ULLSTEIN

Das Buch

Zwei Jahre sind vergangen, seit Tim Hess, Merci Rayborns Partner in der Mordkommission und Vater ihres Sohnes, im Einsatz ums Leben kam. Mit großer Willenskraft und harter Arbeit gelang es Merci, diesen Schock zu überwinden. Nun hat sie einen neuen Freund, wieder einen Kollegen: den aufrechten, etwas introvertierten Mike McNally vom Sittendezernat. Aber Mercis neues Leben droht in sich zusammenzubrechen, als eine junge Prostituierte ermordet wird – und der Hauptverdacht sehr schnell ausgerechnet auf Mike fällt! Außerdem deutet alles darauf hin, dass er ein Verhältnis mit der Halbweltdame hatte. Merci leitet die Ermittlungen und ist hin- und hergerissen: Kann sie Mike vertrauen oder muss sie ihren Freund verhaften?
Zur gleichen Zeit bekommt sie den Auftrag, einen ungelösten Fall aus den sechziger Jahren noch einmal aufzurollen. Auch da geht es um den Mord an einer Prostituierten und wieder scheint ein Merci nahe stehender Mensch in die Geschehnisse verwickelt gewesen zu sein ...

Der Autor

T. Jefferson Parker wuchs in Orange County, Kalifornien, auf. Nach seinem Studium arbeitete er als Journalist, spezialisiert auf Polizeiberichterstattung. Parker ist der Autor mehrerer preisgekrönter Bestseller; für *Der stille Mann* erhielt er 2002 den begehrten Edgar Award in der Kategorie »bester Roman«. T. Jefferson Parker lebt mit seiner Familie in Fallbrook, Kalifornien.

In unserem Hause sind von T. Jefferson Parker bereits erschienen:

Blaue Stunde
Der stille Mann

T. Jefferson Parker

Rote Schatten

Roman

Aus dem Englischen
von Norbert Möllemann

Ullstein

Besuchen Sie uns im Internet:
www.ullstein-taschenbuch.de

Umwelthinweis:
Dieses Buch wurde auf
chlor- und säurefreiem Papier gedruckt.

Ullstein Verlag
Ullstein ist ein Verlag der Ullstein Buchverlage GmbH.
Deutsche Erstausgabe
1. Auflage März 2004

Titel der amerikanischen Originalausgabe: *Red Light*
(Hyperion Books, New York)
Übersetzung: Norbert Möllemann
Redaktion: Lothar Strüh
Umschlaggestaltung: Thomas Jarzina, Köln
Titelabbildung: Leck, München
Gesetzt aus der Minion
Satz: hanseatenSatz-bremen, Bremen
Druck und Bindearbeiten: Clausen & Bosse, Leck
Printed in Germany
ISBN 3-548-25810-7

Prolog

Nicht jeder mochte Aubrey Whittaker. Sie gab sich überlegen. Sie ging, als sei sie die schönste Frau der Welt, was sie nicht war. Sie redete nicht viel. Obwohl sie groß war, trug sie hochhackige Schuhe, und wenn sie schließlich doch einmal etwas sagte, kam man sich vor wie ein Autofahrer, der einen Strafzettel kassiert. Ein Blick aus ihren blauen Augen machte klar, dass sie maßlos enttäuscht von einem war. Sie war neunzehn.

Sie hatte ihn an jenem Abend wieder in ihre Wohnung bestellt, was bisher erst einmal vorgekommen war. Ein Regelverstoß. Aber er war anders als die anderen, auf entscheidende Weise anders. In ihrem Leben hatte sie gelernt, die Männer zu durchschauen. Sie waren so leicht zu lesen wie Verkehrsschilder: Vorsicht, Vorfahrt, Stop. Aber konnte man sie auch verstehen?

Aubrey trug ihr kleines Schwarzes, Strumpfhose mit Naht, Pumps mit Knöchelriemchen und eine Perlenkette. Keine Perücke, sondern ihre kurzen, blonden Haare, die hochstanden wie bei einem Jungen. Apfelroter Lippenstift.

Sie machte ihm Abendessen. Sie konnte nur ein einziges Gericht gut kochen und das gab es heute. Dazu Salat, Brötchen vom Bäcker, einen Becher mit dem französischen

Kaffee, den er gern mochte, und Nachtisch. Blumen in einer runden Kristallvase, die ein Vermögen gekostet hatte.

Sie setzten sich einander gegenüber an den kleinen Tisch. Aubrey überließ D. B. den Platz mit Blick auf den Pazifik. »D. B.« stand für Dark Boy. Diesen Spitznamen hatte sie ihm gegeben, weil er immer so pessimistisch war. Der Name hatte auch etwas Ironisches, denn D. B. wirkte eher wie ein Sonnyboy, mit einem breiten, braun gebrannten Gesicht, einem gepflegten Schnurrbart, wachen Augen und einem blonden Haarschopf, der ihm wie einem Schuljungen in die Stirn fiel. Er lächelte viel, auch wenn sein Lächeln meist etwas Nervöses hatte. Er war fast zehn Zentimeter größer als sie und stark wie ein Pferd, das war nicht zu übersehen. Er erzählte blöde Witze.

Sie sagte ihm, er könne sein Pistolenhalfter über den Stuhl hängen, aber er behielt es an, ein bisschen weiter auf dem Rücken, als man es aus Filmen kennt. Meinetwegen, dachte sie. Das Gefühl von Sicherheit gefiel ihr, ließ sie eine besondere Art von genüsslicher Willfährigkeit empfinden. Aubrey Whittaker erlaubte sich nur selten echte Gefühle, konnte sie manchmal nicht von den gespielten unterscheiden.

Sie unterhielten sich. Kaum einmal wandte er den Blick von ihrem Gesicht ab, und wenn doch, dann nur für einen kurzen Moment. Ein begehrlicher Blick. Nach dem Abendessen blieb er noch kurz sitzen, wischte das Besteck mit seiner Serviette ab. Er war penibel. Dann brach er auf, genau zu der Uhrzeit, die er angekündigt hatte. Er wolle jemanden wegen eines Hundes treffen, sagte er. Einer von ihren kleinen Privatscherzen.

An der Tür umarmte sie ihn, legte ihr Kinn auf seine Schulter und lehnte ihren Kopf für einen kurzen Augenblick an sein Ohr. Sie spürte die Spannung, die von ihm ausging wie Hitze, die nach einem Sommertag vom Highway abgestrahlt wird. Der Mann, den sie brauchte, müsste so sein wie D. B., dachte sie. Dann richtete sie sich auf, lächelte und schloss die Tür hinter ihm. Es war erst zehn Minuten nach zehn.

Sie schaltete den Küchenfernseher an, suchte, bis ein Prediger auf dem Bildschirm erschien, stellte das Geschirr in die Spüle und ließ Wasser darüber laufen. Sie sah einen Wagen vom Parkplatz rollen und Bremslichter an der Bodenschwelle aufleuchten. Vielleicht war es D. B.'s großer, eindrucksvoller Schlitten, vielleicht auch nicht.

Aubrey durchströmte ein warmes Gefühl, als hätte sich ihr Blut um ein paar Grad erwärmt, als käme sie gerade aus der heißen Badewanne oder als hätte sie soeben ein großes Glas Rotwein getrunken. Sie schüttelte den Kopf und an den Rändern ihres apfelroten Mundes erschienen Lachfältchen. Einfach unglaublich, Mädel, dachte sie, was du mit deinem Leben anstellst. Von hundert Jahren hast du gerade einmal neunzehn hinter dir. Endlich findest du einen Mann, den du halbwegs ertragen kannst, er zittert, wenn er durch seine Kleider hindurch deine Berührung spürt, und dann lässt du ihn wegfahren.

Oh, er küsse mich mit dem Kusse seines Mundes!

Lied aus der Bibel.

Ich habe dir im Kino einen geblasen.

Lied aus dem Radio.

Hat sich alles geändert oder gar nichts?

Sie spülte das Geschirr, trocknete sich die Hände ab und fettete sie mit einer Creme ein, die nach Lavendel duftete. Durch das Fenster betrachtete sie den schwarzen Ozean und den hellen Sand und die schaumigen Wellen, die über den Strand und dann wieder zurück fluteten.

Aubrey stand mitten im Wohnzimmer und schaute hinaus auf das Wasser und in die Nacht. Während sie über die unterschiedlichen Schattierungen von Schwarz nachdachte, zog sie ihre Pumps aus, dann ließ sie sich auf alle viere nieder. Gleichgewicht. Sie konnte den Lavendelduft riechen. Ihre Augen befanden sich auf gleicher Höhe mit der Armlehne des schwarzen Ledersofas.

Vorsichtig streckte sie ihre linke Hand aus. Behutsam hob sie ihr rechtes Knie vom Boden und schob es nach vorn. Dann kam der schwierige Teil, der Gewichtswechsel auf die andere Hand und der Augenblick der Instabilität, als sie das linke Knie anhob und nach vorn bewegte.

Sie wackelte ein bisschen, aber als ihr linkes Bein den Boden berührte, war sie wieder entspannt und völlig konzentriert, denn sie musste die komplizierte Prozedur wiederholen. Ihr Seelenklempner hatte ihr dazu geraten. Sie hatte es nie gelernt. Sie war schon mit elf Monaten gelaufen.

Ihr Psychiater hatte gesagt, um sich als Erwachsener völlig entfalten und bestimmte Zusammenhänge, besonders mathematische, begreifen zu können, müsse man krabbeln können.

Es klopfte an der Tür. Plötzlich wurde ihr klar, was für ein lächerliches Bild sie abgeben musste: eine Frau von fast eins achtzig im kleinen Schwarzen, die umhüllt von Lavendelduft auf dem Boden herumkroch.

Sie sprang auf und trat an die Tür. »Wer ist da?«

»Ich bin's noch mal, Aubrey ...«

Es war kaum zu verstehen bei dem Verkehrslärm auf dem Coast Highway.

»... dein Dark Boy.«

Sie betätigte den Schalter für die Verandabeleuchtung und lugte durch den Türspion. Die Glühbirne musste durchgebrannt sein, denn sie konnte nur eine mit Weihnachtskerzen geschmückte Ecke des Wohnhauses auf der anderen Seite der Gasse und die winzigen Scheinwerfer auf dem Coast Highway erkennen, die in dem mit Feuchtigkeit beschlagenen Fischauge noch kleiner erschienen. Sie hatte die Glühbirne schon monatelang nicht mehr ausgewechselt.

Als sie die Tür öffnete, lächelte sie, weil sie fast mit seiner Rückkehr gerechnet hatte, weil sie wusste, dass sie ihn jetzt in der Hand hatte. Und weil sie glücklich war.

Dann erstarb ihr Lächeln und ihr letzter Gedanke war: *Nein.*

Kapitel 1

»Bitte treten Sie zur Seite. Polizei. Nun machen Sie schon. *Weg da.*«

Merci Rayborn duckte sich unter der Absperrung hindurch und ging weiter die Galerie entlang. Ihr Herz schlug schnell und ihre Sinne liefen auf Hochtouren. Sie registrierte gleichzeitig die auf dem Coast Highway zu ihrer Linken vorbeirasenden Autos, die Wellen, die sich auf der anderen Seite des Gebäudes brachen, das Gemurmel der Schaulustigen hinter ihr, den niedrig über den Bergen im Osten hängenden Mond, den Geruch des Meeres und den Gestank der Abgase, die kühle Nachtluft an den Wangen, die hölzernen Bohlen, die sich unter ihren Schuhen bogen. Hier zu wohnen, in San Clemente mit Blick aufs Meer, kostete wahrscheinlich zweitausend im Monat, und trotzdem hatte man Termiten in der Galerie und Spinnweben unter dem Verandadach.

Vielleicht sogar noch Schlimmeres.

Zwei Polizisten und zwei Sanitäter, die sich unterhielten, nickten ihr zu und traten zur Seite, um sie vorbeizulassen. Vor dem überdachten Eingang von Wave Street Nr. 23 blieb Merci stehen und betrachtete die grau gestrichene Tür, die einen Spaltbreit offen stand. Die roten Spritzer ein

Stück über dem Türknauf schienen noch feucht im Licht der Deckenlampe – einer gelben Glühbirne, die angeblich weniger Insekten anlockte.

»Der Nachbar hat Lärm gehört und hatte das Gefühl, dass etwas nicht stimmte. Dann hat er die mutmaßlichen Blutflecken entdeckt. Er hat uns um 22.45 Uhr angerufen. Zehn Minuten später waren wir hier, haben geklopft, haben uns identifiziert, keine Reaktion. Die Tür war angelehnt. Dann bin ich reingegangen und habe die Leiche dort gefunden, wo sie jetzt liegt. Gemeinsam haben wir die Wohnung nach anderen möglichen Opfern durchsucht. Negativ. Außerdem nach einem Eindringling. Ebenfalls negativ. Ich habe das Opfer auf Lebenszeichen untersucht, konnte aber nur den Tod feststellen. Dann haben wir den Vorfall gemeldet und die Wohnung versiegelt.«

»Was haben Sie da drinnen sonst noch gemacht?«

»Nichts. Ich habe die Tür ungefähr wieder so angelehnt, wie sie es vorher war. Den Knauf habe ich nicht berührt.«

»Haben Sie irgendwelche Lichtschalter berührt?«

»Ja. Das hatte ich ganz vergessen, Ihnen zu sagen.«

»Diese Lampe hier draußen, war sie an, als Sie hier ankamen?«

»Ja, ganz bestimmt.«

»War die Tür angelehnt, als der Nachbar als Erster hierher kam?«

»Das hat er ausgesagt.«

»Fragen Sie ihn, ob wir in seiner Wohnung einen Raum für unsere Ermittlungen vor Ort benutzen können. Wenn er nein sagt, machen Sie es trotzdem.«

»Ja.«

»Besorgen Sie ein Zutrittsbuch, füllen Sie es aus und befestigen Sie es irgendwie hier an der Wand. Hier hat niemand Zutritt außer den Gerichtsmedizinern und Zamorra. Niemand.«

»In Ordnung, Sergeant.«

Die Sanitäter lehnten am Geländer, nahmen jedoch Haltung an, als Merci sich an sie wandte. Sie waren jung, sahen gut aus und kamen Merci vor wie Fernsehstars.

»Wir sind reingegangen, haben sie untersucht und sind wieder rausgekommen«, sagte einer der beiden. »Mit einem Defibrillator oder Wiederbelebungsmaßnahmen haben wir es erst gar nicht versucht. Das Opfer war schon kalt, das Blut sickerte bereits nach unten, in den Extremitäten hatte die Leichenstarre eingesetzt. Ich habe innen neben der Tür das Licht an- und dann gleich wieder ausgeschaltet. Sieht nach Schusswunde aus.«

Merci sah auf die Uhr. Dienstag, 11. Dezember, 23:40 Uhr. Sie zog Schutzhandschuhe an und schob die Tür mit der Schuhspitze auf.

In der Wohnung herrschte gedämpftes Licht. Merci sah eine Küche, einen kleinen, flimmernden Fernseher, einen Esstisch mit Blumen, eine Glasschiebetür auf der anderen Seite des Tisches. Aber was ihre Aufmerksamkeit erregte, lag direkt hinter der Tür, die sie mit dem Ellenbogen geöffnet hielt: eine junge Frau in einem schwarzen Kleid, die Arme wie zufällig nach hinten gelegt, so als schliefe sie tief, das Gesicht friedlich und unverletzt, den Kopf ein wenig nach hinten geneigt. Auf ihrer Brust und ihrem Bauch befand sich noch feuchtes Blut, das in dem Dämmerlicht schwarz aussah. Die Schwärze hatte sich zu beiden Seiten von ihr auf dem hellen Teppichboden ausgebreitet.

Merci kniete sich hin und legte zwei Finger ihrer rechten Hand auf die Jugularvene der jungen Frau. Sie hatte immer das Gefühl, den Toten ein bisschen Hoffnung schuldig zu sein, auch wenn es ihnen nichts mehr nützte.

Mit Hilfe einer kleinen Taschenlampe entdeckte sie das Loch im Kleid unterhalb der linken Brust direkt über dem Herzen. Ein weiteres fand sie nicht.

Der Nachbar hatte nichts von einem Schuss erwähnt. Auf dem gleichen Weg, den sie gekommen war, ging Merci zurück zur Tür und schloss sie mit dem Fuß. Die Sanitäter, die wie Schauspieler aussahen und sie beobachteten, verschwanden aus ihrem Blickfeld.

Merci blieb zwischen der Toten und dem Esszimmer stehen. Es gab keine Anzeichen eines gewaltsamen Eindringens oder eines Kampfes, zumindest nicht auf den ersten Blick. Neben dem Sofa standen ein Paar extrem hochhackige Schuhe, als stünde dort ein Geist, der sie beobachtete. In der Wohnung war es still, die gläserne Schiebetür war geschlossen und hielt die Dezemberkälte fern. Merci schloss die Augen, konzentrierte sich auf ihren Geruchssinn. Salzige Luft. Gebratenes Geflügel. Kaffee. Die verdammten Gummihandschuhe, natürlich. Ein leichter Geruch nach verbranntem Schießpulver? Leder. Vielleicht ein Hauch von Parfum, vielleicht aber auch die Blumen auf dem Tisch – Gardenien, Rosen, Lavendel? Und natürlich der obszöne Gestank nach vergossenem Blut – intim, fleischlich, anstößig.

Sie lauschte auf die Wellen. Auf den Verkehr. Auf den leise gestellten Fernseher: Ein Prediger rief zu Spenden auf. Auf irgendjemandes Schritte auf dem Holzboden der alten Galerie. Auf ihr Herz, das heftig in ihrer Brust pochte. Merci fühlte sich am lebendigsten, wenn sie für die Toten arbeitete. Sie hatte schon immer etwas für Underdogs übrig gehabt.

Im Schlafzimmer fand sie eine Handtasche mit einer Brieftasche. Darin einen dicken Stapel Hunderter, ein paar Zwanziger, diverse Kreditkarten und einen Führerschein. Aubrey Whittaker. Neunzehn.

Die Frau war ein Mädchen, und das Mädchen war gerade mal halb so alt wie Merci. In dem Jahr, als Aubrey Whittaker geboren wurde, war Merci auf der Highschool in der elften

Klasse gewesen. In dem Jahr, als Aubrey Whittaker ermordet wurde, war Merci sechsunddreißig Jahre alt und Sergeant in der Mordkommission des Orange County Sheriff Department. Und allein erziehende Mutter. Eine ehemals stolze Frau, die dabei war, sich von einem gebrochenen Herzen zu erholen und von dem, was Polizeipsychologen Stress nach belastenden Ereignissen nennen. Nach außen hin wahrte sie die Fassade, aber im Innern war sie immer noch ein Wrack.

Aubreys zerstörtes junges Leben machte Merci traurig und wütend, aber während ihrer Laufbahn hatten viele Dinge diese Gefühle bei ihr hervorgerufen. Sie blickte aus dem Schlafzimmerfenster auf den Coast Highway. Das Gebäude nebenan hatte schon Weihnachtsschmuck angelegt, ordentlich um die Fenster herum angeordnete Glühbirnen, die von einem Zufallsgenerator an- und ausgeschaltet wurden. Auf der großen Kommode gegenüber dem Bett entdeckte Merci ein Schmuckkästchen mit offenbar teuren Ringen und Halsketten. Unter der Lampe lag eine aufgeklappte Grußkarte mit einem Baum auf einem Hügel. Sie beugte den Kopf vor und betrachtete die Karte, ohne sie zu berühren.

Auf dem blauen Himmel standen die Worte: *In Gottes Welt* ... Auf der Innenseite wurde der Spruch vervollständigt: *... gibt es einen Ort für Freundschaft.* Unterschrieben war er mit: *Herzlichst, dein D. B.*

Von draußen waren Schritte zu hören und Stimmen, die lauter wurden und näher kamen.

Merci ging zur Tür und sah durch den Spion. Im Vordergrund stand Paul Zamorra, dahinter die beiden Mitarbeiter von der Gerichtsmedizin. Als sie die Tür öffnete, schaute ihr Kollege sie mit seinen freudlosen schwarzen Augen an und trat ein. Die beiden anderen folgten ihm.

Alle betrachteten Aubrey Whittacker. Zamorra kniete sich neben sie und untersuchte sie. Er holte Handschuhe aus seiner Sportjacke und zog sie an. »An die Arbeit, Leute«, sagte er. »Uns bleiben nur zwanzig Minuten, bevor die Horden hier einfallen.«

Die Horden fielen ein: drei weitere Streifenwagen mit insgesamt sechs Deputy-Sheriffs; der Rest des gerichtsmedizinischen Teams; der Bezirkspathologe; der Spurensicherungstrupp; der stellvertretende Staatsanwalt und zwei seiner Ermittler. Alle stapften über die hölzerne Galerie zu Aubrey Whittackers Wohnung, während über ihnen zwei Polizeihubschrauber dröhnten, die sinnlose Lichtstrahlen in die Stadt unter ihnen sandten.

Dann kamen die Polizeireporter.

Und wie immer bei solchen Anlässen wuchs auch die Menge neugieriger Passanten, aus der Dunkelheit angelockt vom Blaulicht der Streifenwagen.

Nachbarn tuschelten über die offenbar verstorbene junge Frau, die immer zu später Stunde nach Hause gekommen oder weggegangen war: sehr attraktiv, gut gekleidet, sehr groß, ruhig. Es gab deutliche Meinungsunterschiede darüber, welche Farbe, Frisur oder Länge ihre Haare gehabt hatten.

Außenstehende versuchten, sich ein Bild zu machen, und stellten Spekulationen an. Die meisten hatten sich dick eingepackt, schlangen die Arme um sich oder umeinander, hauchten in die Hände und stießen beim Sprechen Atemwölkchen aus. Surfer in mexikanischen Ponchos mit Kapuzen lehnten gegen ihre Kleinlastwagen, tranken Dosenbier und unterhielten sich nuschelnd.

Merci Rayborn gestattete zuerst nur fünf Personen Zutritt zu Nummer 23. Zum einen den besten Tatortspezialisten, mit denen sie je zusammengearbeitet hatte – Lynda Coiner und Evan O'Brien, beide Spurensicherer. Sie standen schon vor der Tür, als Merci schließlich öffnete, denn sie wussten, sie würde sie als Erste brauchen.

Außerdem dem stellvertretenden Staatsanwalt und seinem Mitarbeiter. Den entscheidenden Leuten eben. Sie waren diejenigen, denen Merci den Fall vortragen würde, diejenigen, für die sie Beweismaterial sammelte. Diese Leute waren klug und gelassen, sie wussten, was zu tun war. Und schließlich dem gerichtsmedizinischen Ermittler, der dafür zuständig war, anhand der Körpertemperatur den Zeitpunkt des Todes festzustellen und die Körperöffnungen zu untersuchen, aus denen serologische Körperflüssigkeiten in dem Leichensack austreten und die Arbeit der Pathologen im Labor erschweren konnten.

Und alle anderen, dachte Merci, können gefälligst noch eine halbe Stunde draußen warten. Lasst meine Leute in Ruhe arbeiten.

Währenddessen sahen sich Merci und Zamorra in der Wohnung um. Das Gebäude war ziemlich heruntergekommen, aber die Einrichtung war edel: hochwertiger Teppichboden, Ledermöbel und indirekte Beleuchtung, um wertvolle Drucke von Kahlo und O'Keeffe, Hockney und Basquiat im rechten Licht erscheinen zu lassen. Über dem teuren schwarzen Ledersofa im Wohnzimmer hing ein Gemälde, das sie noch nie gesehen hatte. Es wirkte gespenstisch und zugleich pulsierend, für Mercis Geschmack ein wenig zu düster für ein Zimmer mit Meerblick. Es war ein Rembrandt, das jemanden darstellte, der einen anderen von den Toten erweckte.

Na dann viel Glück, dachte sie. Sie hatte es selbst schon zweimal versucht.

Zamorra sprach hin und wieder etwas in ein Diktiergerät. Merci notierte sich ihre Beobachtungen wie üblich in einem kleinen Notizbuch mit blauem Deckel.

Sie schrieb: *Aubrey Whittacker, was für einen Job hattest du?*

Aber nachdem sie den Inhalt von Aubreys Wandschrank inspiziert – aufreizende Kleidung in Hülle und Fülle – und die Notizen in einem ledergebundenen Kalender in Aubreys Handtasche überflogen hatte – eine Unmenge von Verabredungen mit einer Unmenge von Männern, die nur anhand von Initialen, verschlüsselten Anmerkungen und mit einer Menge von Telefonnummern aufgelistet waren –, kam Merci der Verdacht, dass Aubreys Gewerbe eines der ältesten der Welt war. Eine Schachtel mit zweihundertvierzig Kondomen, die Zamorra neben einem Paar schenkelhoher Lederstiefel unten im Wandschrank entdeckte, schien den Verdacht zu bestätigen.

Neunzehn und schon Profi.

Das Bett war ordentlich gemacht. Auf dem Nachttisch lag eine aufgeklappte Bibel. An einer Wand im Schlafzimmer hing ein Kreuz. Und auf dem Fernsehbildschirm war der verdammte Prediger zu sehen.

Zamorra starrte Merci an. Sein Blick tat ihr in der Seele weh. Bei Zamorras Frau war vor zwei Monaten, kurz nach der Hochzeit, ein Hirntumor festgestellt worden; seit dem Tag hatte sein markantes Gesicht, zuvor verschmitzt und charmant, einen Ausdruck zunehmend resignierter Härte angenommen. Merci machte sich Sorgen um ihn, kannte ihn aber nicht gut genug, um mit Nachfragen in seine Privatsphäre einzudringen. Gute Zäune, gute Nachbarn – und Zamorras Zaun schien besonders hoch. Der Mann gab fast nichts von sich preis. Sie würde mit einem Arzt über ihn reden.

»Ich hab sie gestern gesehen«, sagte Zamorra.

Mercis Herz machte einen Sprung. »Gestern. Wo?«

»Ein paar Kollegen vom Sittendezernat hingen mit ihr im Pedro's herum. Ich hatte den Eindruck, dass sie ein Callgirl war, an das sie sich ranmachen wollten. Ich saß an der Theke, habe mir einen Drink bestellt und nicht weiter nachgefragt.«

»Wer von der Sitte?«

»Kathy Hulet und dein großer blonder Freund.«

»Mike?«

»Ja. Mike McNally.«

»Ich fall vom Glauben ab.«

»Das tun wir doch alle.«

»Kommt auf das Timing an. Gehen wir zum Nachbarn rüber.«

Als sie die Wohnung verließen, fragte Merci Lynda Coiner, ob sie eine Patronenhülse gefunden hätten.

»Noch nicht«, antwortete Lynda. »Aber wenn es hier eine gibt, dann finden wir sie.«

Der Nachbar hieß Alexander Coates. Er wohnte einen Stock tiefer, drei Wohnungen weiter, in Nummer 2. Er trug eine ausgebeulte schwarze Nylonhose mit elastischen Bündchen an den Knöcheln, ein Achselhemd und einen roten Morgenmantel aus Seide. Neue Turnschuhe. Er hatte kurzes graues Haar mit Geheimratsecken, einen gepflegten grauen Bart und große graue Augen. Er bat sie, Platz zu nehmen. Im Kamin loderten Gasflammen über Holzscheiten aus Keramik. In hölzernen Buchstaben stand auf dem Sims: NOEL. Merci nahm einen vertrauten Geruch wahr, der vom Duft eines Blumensprays überdeckt wurde.

»Die Sache nimmt mich ganz schön mit«, sagte Coates. »Aubrey war so ein nettes Mädchen. So jung und anständig und ... nun ja, vielleicht ein bisschen verwirrt.«

»Fangen wir damit an, was Sie gehört und gesehen haben«, schlug Merci vor.

Coates schaute Zamorra an. »Soll ich Ihnen einen Kaffee machen oder einen Kakao oder sonst was?«

»Nein.«

Coates atmete hörbar aus, sah ins Feuer und begann zu erzählen. Er hatte den Abend allein zu Hause verbracht. Gegen zwanzig Uhr dreißig hatte er Schritte auf der Galerie ein Stockwerk über ihm gehört. Jemand hatte an Aubrey Whittackers Tür in Nummer 23 geklopft. Kurz darauf hatte er gehört, wie die Tür geschlossen wurde. Bis kurz nach zehn war nichts weiter passiert, dann fiel Aubrey Whittackers Tür erneut ins Schloss und es waren Schritte von der Galerie zu hören, und zwar in die Richtung, aus der sie zuvor gekommen waren.

»Wie konnten Sie Aubreys Tür von der in Nummer vierundzwanzig oder zweiundzwanzig unterscheiden?«, fragte Merci.

»Weil ich hier schon seit achtzehn Jahren wohne. Ich habe viele Leute kommen und gehen hören, verstehen Sie.«

Und ob sie verstand. Weil sie sich Alexander Coates vorstellen konnte. Du hast schon oft gewartet, dachte sie. Du hast gewartet und auf die Schritte gelauscht und dich gefragt, was für ein Kerl es diesmal sein mochte. Die Art, wie er geht, verrät eine ganze Menge über einen Mann.

»Also gut. Was war dann?«

»Als Nächstes, so gegen zweiundzwanzig Uhr fünfzehn, kamen wieder Schritte die Galerie entlang, in dieselbe Richtung. Vor Aubreys Tür hielten sie an. Die Tür wurde geöffnet. Und dann, unmittelbar nachdem die Tür geöffnet wurde oder fast unmittelbar danach, habe ich einen dumpfen Schlag gehört, so als wäre etwas Schweres auf den Boden gefallen. Dann wurde die Tür wieder geschlossen. Nicht zugeschlagen, aber ... doch mit Nachdruck. Eine Minute lang oder zwei war gar nichts. Dann wieder ein dumpfer Aufschlag auf den Boden. Es war wie der erste Aufprall, aber kontinuierlich, als würden Möbel gerückt oder als würde gekämpft. Das hat vielleicht eine Minute gedauert. Dann war es eine Weile still. Schließlich waren da wieder Schritte, die sich entfernten.«

»Haben Sie nachgesehen?«

»Nein. Ich war in der Badewanne.«

»Haben Sie einen Schuss gehört oder die Fehlzündung eines Fahrzeugs?«

»Nichts dergleichen.«

»Haben Sie daran gedacht, die Polizei zu verständigen?«

Mit seinen großen grauen Augen blickte Coates Zamorra an, dann wieder das Kaminfeuer. »Nein. Die Geräusche, die ich gehört habe, waren nicht beunruhigend. Sie waren weder laut, noch deuteten sie auf Probleme. Es waren lediglich Geräusche. Meine Devise, verehrte Detectives, meine persönliche Auffassung bei diesen Dingen lautet, dass man die Privatsphäre seiner Nachbarn achten sollte. Es sei denn, etwas Schreckliches ... nun, Sie wissen, was ich meine – passiert direkt vor Ihren Augen.«

»Aber als Sie aus dem Bad kamen, haben Sie dann doch beschlossen, an ihrer Tür nachzusehen?«

»Richtig. Als ich dort ankam – das muss so gegen Viertel vor elf gewesen sein –, sah ich, dass die Tür offen stand.«

Coates beugte sich vor, stützte seine Ellbogen auf die Knie und den Kopf in die Hände. »Ich hatte den Eindruck, dass sich an der Tür Blutflecken befanden. Die Tür stand vielleicht fünfzehn Zentimeter weit offen. Ich habe sie nicht angefasst und auch nicht in die Wohnung geschaut. Ich bin buchstäblich in meine Wohnung gerannt und habe sofort neun-eins-eins gewählt. Ich wusste gar nicht, was ich tun sollte. Ich bin wieder nach oben gegangen und habe mir die Tür noch einmal angesehen. Ich hab ihren Namen gerufen, was vielleicht albern war. Dann bin ich wieder hierher zurückgekommen, bin in der Diele auf und ab gegangen, es kam mir vor wie Stunden. Um Punkt zehn Uhr sechsundfünfzig sind die jungen Polizisten hier eingetroffen.«

Merci betrachtete Alexander Coates, der in seine Hände schluchzte. Die Erfahrung hatte sie gelehrt, dass man einen Zeugen am Reden und Denken halten und Tränen verhindern musste. Tränen reinigen nicht nur die Augen, sondern auch die Erinnerung.

»Sie haben sich richtig verhalten, Mr Coates.«

»Wirklich?«

»Absolut. Sagen Sie, als Sie das erste Mal zu Nummer 23 raufgegangen sind, war da das Verandalicht bei Aubrey Whittacker aus oder an?«

Das Schniefen hörte auf. »An.«

»Und beim zweiten Mal?«

»Auch an.«

»Haben Sie in der Zeit Autos kommen oder vom Parkplatz wegfahren hören?«

»Ja. Aber bei dem Verkehr auf dem Coast Highway verwischen sich alle Geräusche. Da kann ich Ihnen wirklich nicht weiterhelfen. Nach achtzehn Jahren am Coast Highway hat man es sich abgewöhnt, auf Autogeräusche zu achten.«

Eine halbe Stunde später waren sie fast fertig mit Alexander Coates. Er sagte, Aubrey Whittacker hätte selten Besucher gehabt, die ihm aufgefallen seien. Er sagte, er und Aubrey hätten sich manchmal im Waschraum unterhalten, da beide nicht tagsüber arbeiteten und deshalb ihre Wäsche in der ruhigeren Zeit erledigten. Sie hätte wunderschöne, traurige Augen gehabt und über einen beißenden Humor verfügt. Sie hätte weder gewalttätige Freunde erwähnt noch Ex-Ehemänner, die ihr nachstellten, und auch keine Feinde sonstiger Art. Seiner Meinung nach sei sie weder hartherzig noch grausam gewesen. Allerdings sei sie allein gewesen und habe sich auf einer Art Reise befunden, auf der Suche nach etwas in ihrem Leben, das sie noch nicht gefunden hatte. Coates meinte, Aubrey habe für eine Art Begleitservice gearbeitet. Sie habe einen neueren, dunkelroten Cadillac gefahren.

Merci nickte, während sie sich diese Aufzählung anhörte, und machte sich erneut Gedanken über Alexander Coates. Vor Jahren hatte ein kluger alter Mentor einmal gemeint, dass es ihr sowohl bei der Arbeit als auch im Privatleben von Nutzen sein könne, sich in andere Menschen hineinzuversetzen. Darin besaß sie jedoch absolut kein Geschick und damals hatte sie auch nicht daran geglaubt. Sie hatte nie einen Sinn darin erkennen können, Menschen verstehen zu wollen, die sie von Anfang an nicht ausstehen konnte, was auf die meisten zutraf. Aber der alte Knabe Hess hatte Recht gehabt: In den zwei Jahren, drei Monaten und zweiundzwanzig Tagen, seit er tot war, hatte Merci hart an diesem Thema gearbeitet und einiges gelernt, was sie sonst vielleicht nie gelernt hätte.

Zum Beispiel, dass man, wenn man achtzehn Jahre im selben Apartment wohnt und auf das Kommen und Gehen der Nachbarn und von deren Liebhabern lauscht, darin große Fertigkeiten entwickelt.

»Mr Coates, die beiden Male, als Sie oben jemanden kommen hörten, waren es männliche Schritte, ist das richtig?«

»Ja.« Ein bestätigender Blick und Kopfnicken.

»Die Schritte eines Mannes oder von zwei verschiedenen Männern?«

»Oh, auf jeden Fall von zwei verschiedenen Männern. Das hätte ich Ihnen noch gesagt, auch wenn Sie nicht danach gefragt hätten.«

»Wie sicher sind Sie sich dessen?«

»Nun, wenn Sie zwei Stimmen hören, wissen Sie, dass da zwei Menschen sind. Das Gleiche gilt für Schritte.«

»Was können Sie sonst noch vom Geräusch der Schritte her über die beiden Männer sagen?«

Zamorra warf ihr einen Blick zu, sagte aber nichts.

Coates rutschte in seinem Sessel hin und her, bereitete sich auf seinen Vortrag vor. Achtzehn Jahre gesammelter Anekdoten, dachte Merci, waren dabei, ihr Wissen zu einer These zu formen.

»Der erste? Schwer, aber nicht übergewichtig. Hatte es nicht besonders eilig. Er bemühte sich, leise aufzutreten, aber die Bretter lassen sich nicht betrügen. Pfunde sind nun mal Pfunde. Jung und wahrscheinlich sportlich. Außerdem kannte er sich aus. Die Umgebung war ihm vertraut. Er trug Schuhe oder Stiefel mit harten Sohlen. Keine Cowboystiefel, die klingen ganz anders. Für mich hörte es sich an, als käme ein junger Geschäftsmann von der Arbeit, der sich darauf freute, nach Hause zu seiner Frau oder Geliebten zu kommen. Als er wegging, war er ... unentschlossen. Er wäre lieber geblieben, aber es blieb ihm nichts anderes übrig.«

Zamorra starrte auf den Boden, den Stift in der Hand.

Coates blickte Zamorra besorgt an, traf offensichtlich eine Entscheidung und wandte sich wieder Merci zu.

»Und der zweite? Ein viel leichterer Mann. Er war ebenfalls jung, leichtfüßig, schnell. Weiche Schuhe. Irgendwie in Eile. Ich konnte nicht feststellen, ob er mit der Umgebung vertraut war oder nicht. Er ging viel langsamer weg, als er gekommen war. Er hörte sich irgendwie wackelig an. Unsicher. Ich meine mich daran zu erinnern, dass er auf halbem Wege nach unten stehen blieb. Vielleicht habe ich mir das aber auch nur eingebildet. Ich könnte es nicht beschwören. Ich habe ihn mir als einen jungen Mann vorgestellt, der unbedingt jemanden sehen wollte. Bestrebt, dorthin zu gelangen, zu bekommen, was er wollte, und dann wieder zu verschwinden. Sie wissen schon, so ein junger Kerl voller überschüssiger Energie. Als er stehen blieb, kam es mir so vor, als ob er etwas vergessen hätte. Aber er ist nicht zurückgegangen.«.

Coates seufzte und blickte ins Feuer.

Zamorra schaltete abrupt sein Aufnahmegerät ab, heftete seine schwarzen Augen zuerst auf Merci, dann auf den Mann. »Wie viel Gras haben Sie eigentlich in der Badewanne geraucht?«

Auch Merci hatte einen schwachen Geruch wahrgenommen, als sie hereingekommen war. Sie hatte ihm allerdings keine besondere Bedeutung beigemessen.

Coates' Gesicht nahm einen verstockten Ausdruck an. »Einen halben Joint.«

»Starker Stoff oder billiges Zeug?«, fragte Zamorra.

»Sehr stark.«

»Wir müssen noch mit anderen Leuten reden«, sagte Zamorra. Er stand auf und ging hinaus.

Merci klappte ihr Notizbuch zu. Die Tür fiel hinter ihm ins Schloss.

»Dieser Mann ist unglaublich wütend«, bemerkte Coates.

»Allerdings. Vielen Dank.«

Wieder auf der oberen Galerie vor Nummer 23, trat Merci zur Seite, um den Leichenbeschauern Platz zu machen, die Aubrey Whittakers Leiche wegtransportierten. Aubrey Whittacker würde jetzt höchstwahrscheinlich in ihrem roten Cadillac durch die Gegend rollen, wenn sie nicht dem falschen Mann die Tür geöffnet hätte, dachte sie. Sie blickte hinab auf den spärlichen Zwei-Uhr-nachts-Verkehr auf dem Coast Highway. Zamorra war schon dabei, den nächsten Nachbarn zu befragen.

Evan O'Brien begrüßte sie in der Wohnung mit seinem breiten Lächeln und den strahlenden grünen Augen. Der Tatortspezialist hielt ihr eine kleine Papiertüte hin. Merci nahm sie an sich, und ihr Blick fiel auf eine Patronenhülse, die in eine Ecke der Tüte gerollt war.

»Colt, Kaliber .45«, erklärte O'Brien. »Da kommen jede Menge Polizisten in Frage.«

Merci Rayborn warf dem Spezialisten einen feindseligen Blick zu, wozu sie in einem Sekundenbruchteil fähig war. Witze auf Kosten ihres Berufsstands konnte sie nicht ausstehen.

»Hey, Sergeant, beklagen Sie sich nicht bei mir über das beste Beweisstück, das Sie sich wünschen können. Lynda hat es gefunden.«

»Ist die Frau vergewaltigt worden?«

»Anscheinend nicht. Und es gibt auch keine Anzeichen für ein gewaltsames Eindringen. Es sieht aber ganz so aus, als hätte es in der Küche ein Handgemenge oder Ähnliches gegeben.«

»Wie viele Schüsse?«

»Wahrscheinlich nur einer. In der oberen Ecke der Glasschiebetür ist ein Loch. Die Kugel liegt irgendwo da draußen im Meer.«

»Dann finden Sie sie.«

»Zu Befehl, Sergeant.«

Kapitel 2

Merci traf Mike um sieben zum Frühstück in der Gerichtscafeteria. Sie hatte nur drei Stunden geschlafen und konnte noch nicht klar denken. Tim junior war aufgewacht, als sie in sein Zimmer gekommen war. Sie hatte ihn im Arm gehalten, bis er wieder eingeschlafen war. Er war inzwischen eineinhalb Jahre alt, ihr kleiner Mann, der ihr alles bedeutete.

Heißhungrig wie immer morgens holte sie sich ein großes Frühstück. Mike stellte sein Tablett mit Joghurt, Obst und Kaffee mit einem neidischen Seitenblick ab. Er hatte einen Ordner unter dem Arm und überreichte ihn Merci.

»Eine Kopie von Whittakers Akte«, sagte er. »Ich habe gedacht, ich könnte dir ein bisschen Arbeit abnehmen.«

Sie betrachtete das Deckblatt: eine Verurteilung wegen Trunkenheit am Steuer zwei Jahre zuvor, eine Festnahme wegen Haschisch, wofür sie lediglich an einem Drogenentwöhnungsprogramm teilnehmen musste, eine anhängige Klage wegen der Ausübung der Prostitution – die aber fallen gelassen werden sollte für ihre Kooperation mit dem Sittendezernat, das wegen eines Callgirl-Rings ermittelte.

»Wir hatten Aubrey Whittaker endlich so weit, dass sie

uns dabei helfen wollte, dem Callgirl-Ring auf die Spur zu kommen«, sagte er frustriert.

Mike hatte ein hübsches Gesicht und war ein ernster Typ. Und während der vergangenen Monate schien er noch ernster geworden zu sein. Im letzten Jahr war er immer mal wieder für sie da gewesen. Sie mochte ihn und vertraute ihm, und er akzeptierte, dass sie ein wenig Distanz zwischen ihnen hielt, ein kleines Polster. Heirat: nein, nicht jetzt. Zukunft: später. Die Isolierung schien Teil ihres Charakters zu sein. Mike verstand das, auch wenn sie es selbst manchmal nicht tat.

»Das war erst vor zwei Tagen«, sagte Mike.

»Welcher Callgirl-Ring?«

»Epicure.«

»Ist das nicht der italienische Prinz?«

»Er ist ein JAKS-Killer.«

JAKS war eine neue Abkürzung bei der Polizei. Sie stand für Gangster aus Jugoslawien, Albanien, Kroatien und Serbien, die sich – obwohl sie die Schlachtfelder der Geschichte mit ihren in Bruderkriegen gefallenen Toten übersät haben – aus ethnischen Gründen verbündet hatten. Sie agierten in der Regel an der Ostküste, aber das südliche Kalifornien wurde ebenfalls nicht von ihnen verschont.

»Ich dachte, die JAKS würden Supermärkte ausrauben und LKWs klauen«, sagte Merci.

»Nun, dieser hier handelt mit Fleisch und gibt sich als italienischer Prinz aus.«

Mike schälte lustlos seine Banane, dann biss er genauso lustlos hinein. Das war typisch für ihn, dachte sie: Sein ganzes Leben wurde davon bestimmt, was er sollte, anstatt von dem, was er wollte. Dieses Verhalten war das, was seinen Charakter ausmachte, was seine Anständigkeit und manchmal auch seinen Edelmut begründete. Hundert Kilo Muskeln, ein jungenhaftes Lächeln und blaue Augen wie der Himmel über der Wüste, was auch immer das wert war. Manchmal war es eine Menge wert, bei anderen Gelegenheiten hielt sie ihn schlicht für eitel.

»Vorgeschichte?«

»Hier in Kalifornien gibt es Anzeigen wegen Zuhälterei und Gewalttätigkeiten. Natürlich gegenüber Frauen. Was er drüben in New York treibt, wer weiß?«

»Hoffentlich schnappt ihr ihn.«

Mike schüttelte langsam den Kopf. »Sie ... Aubrey Whittaker hat anfangs versucht, den Kerl zu decken. Meinte, wenn wir jemanden verhaften wollten, sollten wir doch sie verhaften. Wollte nicht zugeben, dass er fast den ganzen Gewinn aus ihrer Arbeit einstrich. Sie wollte auch nicht zugeben, dass man von ihr verlangte, ihre Kunden zufrieden zu stellen, egal wie. Und auch nicht, dass sie nur für ein Trinkgeld arbeitete. Er ist ein Schwein, das Neunzehnjährige an alte Säcke verhökert, an High-Tech-Klemmis mit Millionen-Firmen und ohne Moral. Wer das einem Mädchen antut, raubt ihm die Seele. Ich werde ihn kriegen. Und du wirst das widerliche Schwein schnappen, das sie umgebracht hat.«

Mike trug ein silbernes Kreuz um den Hals. Merci sah das Kettchen hinter dem offenen Kragen seines blauen Anzughemds glitzern. Er trug es seit einigen Monaten, seit er sich der Kirchengemeinde angeschlossen hatte. Merci war nur zweimal mitgegangen. Sie hatte keine Lust, eine Kirche aufzusuchen, wo die Gläubigen gezwungen waren, aufzustehen und ihre Nachbarn zu begrüßen.

»Viel Glück bei der Suche nach ihren Angehörigen«, sagte Mike. »Sie hat ihren Namen bei Gericht ändern lassen und wollte mir nicht sagen, wie ihr richtiger lautete.«

»Wo ist sie aufgewachsen?«

»Sie wollte nicht mit der Wahrheit herausrücken. In

Oregon, Seattle, Texas oder auch Ohio, je nachdem, mit wem sie darüber sprach. Mir hat sie gesagt, in Iowa.«

»Und kam dann nach Kalifornien, um ein neues Leben anzufangen.«

»Eine traurige Geschichte. Und was hast du herausgefunden?«

Sie fasste zusammen, was sie wusste. Sie würde später noch einmal alles gemeinsam mit Zamorra durchgehen, sobald die Laborergebnisse vorlagen. Erst dann würden sie sich ein Bild machen können. Was sie bis jetzt hatten – ein Einzeltäter, der womöglich eine schallgedämpfte Waffe benutzt hatte; möglicherweise jemand, den Aubrey gut genug gekannt hatte, um ihm die Tür zu öffnen; keine Vergewaltigung und auch kein Raub. Motiv – bisher Fehlanzeige. Zeugen – einer, der Geräusche gehört hatte. Verdächtige – keine. Es sei denn, man wollte ihre Freier aus dem schwarzen Büchlein mit einbeziehen, von denen es zahlreiche gab.

Mike hörte zu, während seine Augen hin und her wanderten. Wenn ihn irgendetwas beunruhigte, wurde sein Blick unstet und fand keinen festen Punkt.

»Es ergibt keinen Sinn«, sagte er. »Ein Haufen Geld in ihrer Brieftasche, keine Vergewaltigung, nichts gestohlen? Warum bringt jemand sie um? Nur um das Geräusch einer schallgedämpften Automatik zu hören?«

»Ich kann mir auch keinen Reim darauf machen, Mike.«

»Sie war ... gerade mal neunzehn.«

»Ich glaube, dass sie ihn kannte. Lynda hat gesagt, dass es überall Fingerabdrücke gab, wie in jeder anderen Wohnung auch. Wir müssen einige davon jetzt durch die bei CAL-ID und AFIS gespeicherten Dateien schicken und sehen, ob was dabei herauskommt.«

»Ist das schwarze Notizbuch verschlüsselt?«

Sie schüttelte den Kopf. »Wenn, dann schlampig. Eine Menge Initialen und Namen, denen man nachgehen kann.«

»Manche Huren geben sich viel Mühe mit der Verschlüsselung. Dabei geht es ihnen nicht so sehr um Sicherheit als darum, ihre Freier zu Chiffren zu machen.«

»Bei ihr scheint das nicht der Fall gewesen zu sein.«

»Dann ist das womöglich der Schlüssel. Das und die Patronenhülse, falls du einen Verdächtigen und die Waffe auftreibst.«

Mike öffnete den Joghurtbecher und betrachtete die Unterseite der Alufolie. Er hatte lange blonde Wimpern, und wenn er sich entspannte und gedankenverloren auf etwas starrte, wirkte er unschuldig und verwirrt. Manchmal hatte sie das Bedürfnis, ihn fest in die Arme zu nehmen, so wie sie es mit Tim jr. tat. Mike hatte etwas Sanftes an sich – das fiel ihr besonders auf, wenn er mit seinen Hunden arbeitete. Mike trainierte die Spürhunde für das Department. Er hatte ihr geradeheraus gestanden, er sei mehr ein Hundenarr als ein Menschenfreund. Er hatte hart daran gearbeitet, das zu ändern, aus Gründen, die vielleicht nicht ganz auf eigener Einsicht beruhten.

»Merci, ich wollte Brighton bitten, uns den Fall gemeinsam bearbeiten zu lassen.«

Brighton war der Sheriff; und die Zusammenarbeit mit Mike kam nicht in Frage.

»Nein«, erwiderte sie.

»Aber es gibt starke Überschneidungen bei unseren Callgirl-Ring-Ermittlungen. Ich kann dir helfen. Glaub mir.«

»Dann hilf mir, Mike, aber ich möchte nicht, dass jemand außer mir mit dem Fall betraut wird. Außer mir und Paul.«

»Mein Gott, Merci, du könntest wenigstens mal darüber nachdenken.«

»Warum sollte ich?«

Trotz ihrer Erschöpfung und der aufsteigenden Wut bemerkte Merci die Enttäuschung in Mikes Gesicht. Er sah aus wie Tim junior, wenn er feststellte, dass die Flasche leer war: am Boden zerstört, jedes Mal wieder.

»Pass auf, Mike. Du kriegst alle Informationen. Ich werde dich auf dem Laufenden halten. Ich kann im Moment keinen Sergeant vom Sittendezernat in dem Durcheinander gebrauchen. Ich bekomme alle Hilfe, die nötig ist.«

»›Sergeant vom Sittendezernat in dem Durcheinander‹?«

»Genau.«

»Ist das so was wie das Haar in der Suppe?«

»Nein, Mike, ist es nicht.«

»Steht unsere Verabredung fürs Kino heute Abend noch?«

»Ich bin jetzt schon ziemlich erledigt. Können wir das ein andermal nachholen?«

»Wenn's sein muss.«

Mit einer einzigen Bewegung stand er auf und nahm sein Tablett. Sie sah ihm zu, wie er die Essensreste in den Mülleimer kippte, das Tablett wegräumte und hinausging.

Melvin Glandis, der stellvertretende Sheriff, beugte sich mit einem Stapel abgegriffener Akten unter einem Arm über ihren Schreibtisch. Er hatte breite Schultern, schmale Hüften, kurze Beine und kleine Füße. Es hieß, er sei ein hervorragender Tänzer. Er hatte ein rosiges, freundliches Gesicht. Es war acht Uhr morgens.

»Hier ist Ihr Weihnachtsrätsel. Wenn Sie es bis Silvester lösen, kriegen Sie einen geräucherten Schinken als Belohnung.«

»Lassen Sie die Akte hier. Den Schinken können Sie behalten.«

Glandis warf die Akte auf den Tisch. »Patti Bailey, erschossen und irgendwo abgeladen, neunzehnhundertneunundsechzig. Reihen Sie sie in Ihre Liste toter Huren ein. Vielleicht haben Sie mehr Glück damit als wir damals.«

Sie wusste, was es mit dieser Akte auf sich hatte. Am Ende jeden Jahres teilte Sheriff Brighton nach dem Zufallsprinzip jedem Ermittler der Mordkommission einen ungelösten Mordfall zu. So ließ sich Ordnung schaffen und hin und wieder kamen auch mal Ergebnisse dabei heraus.

Die wurden dann veröffentlicht, denn so etwas gab gute Presse, das war werbewirksam wie Menschenleben retten oder den Geburtshelfer bei einer Frau spielen, die es nicht mehr rechtzeitig ins Krankenhaus schafft. So was hielt bei den Bürgern den Glauben wach, selbst vierzig Jahre alte Fälle würden nicht einfach abgelegt und vergessen. Manche Detectives machten sich mit Freude an diese ungelösten Fälle, andere mit Widerwillen, je nachdem, ob sie Überstunden machen wollten oder nicht.

Merci hielt sie in erster Linie für Zeitverschwendung, die Überstunden inbegriffen. Wenn die alten Säcke ihre eigenen Fälle schon nicht hatten abschließen können, wie sollte es jemand anders hinkriegen?

»Sie wirken müde«, sagte Glandis.

»Sie auch.«

»Sind Sie die ganze Nacht wegen dieser Prostituierten auf den Beinen gewesen?«

»Mehr oder weniger.«

»Ein Schalldämpfer. Mein Gott.«

Merci hatte schon lange aufgehört, sich darüber zu wundern, in welchem Tempo sich Klatsch in ihrer Abteilung verbreitete.

Glandis zuckte die Achseln. »Sagen Sie Bescheid, wenn Sie Hilfe brauchen. Damals war ich erst seit einem Jahr in der Abteilung für Raub und Brandstiftung, aber an einiges kann ich mich noch erinnern.«

»Danke, Mel. Wie weit sind wir mit den Ermittlungen bei dem Jungen, dessen Leichenteile gefunden wurden?«

Man hatte die verstümmelte und enthauptete Leiche eines achtjährigen Jungen gefunden. Einzelne Körperteile waren in Müllsäcke verpackt und in seinem Wohnviertel vergraben worden. Bisher gab es keine Festnahmen oder Verdächtigen. Der Fall setzte Merci Rayborn schwer zu. Wheeler und Teague waren damit betraut, sie waren gute Ermittler, aber Merci wünschte, es wäre ihr Fall. Sie war zwar nicht persönlich betroffen, aber es berührte sie dennoch persönlich.

»Wir haben einen Kinderschänder ausfindig gemacht, der eine Straße weiter wohnt, ein ehemaliger Psychiatriepatient. Wir wissen noch nicht, wo er sich zurzeit aufhält.«

Merci schüttelte den Kopf und stellte sich vor, ihr eigener Sohn würde so enden. Eine dumpfe Bereitschaft von Gewalttätigkeit stieg in ihr hoch.

»Wie geht's Tim junior?«

»Bestens.«

»Aus Ihrem Mund hätte ich auch nichts anderes erwartet.«

Mit seinen großen Knöcheln klopfte Glandis zweimal auf ihren Schreibtisch, drehte sich in seinen glänzenden schwarzen Schuhen zu Zamorras unbesetztem Arbeitsplatz, warf ihm auch eine ungelöste Akte auf den Schreibtisch und setzte seine Runde fort.

Wie üblich rief sie um neun Uhr zu Hause an. Ihr Vater berichtete ihr, dass Tim jr. zur normalen Zeit aufgewacht war, sein Frühstück verschlungen hatte und jetzt im Kinderzimmer Bauklötze durch die Gegend warf. Merci hörte im Hintergrund fröhliches Quieken. Die Worte *Leichenteile in Plastiktüten* schossen ihr durch den Kopf, und sie hatte Mühe, sie aus ihren Gedanken zu verbannen.

»Der Kleine hat Arme wie ein Anderthalbjähriger«, sagte Clark.

Arme in Plastiktüten. Wieder musste sie die Gedanken verscheuchen.

»Miss seine Temperatur, wenn er sich beruhigt hat, ich …«

»Schon passiert, mein Liebes. Siebenunddreißig.«

»Nach dem Mittagessen …«

»Mach ich.«

Er fehlte ihr. Trotz seiner Abwesenheit konnte sie seine Umrisse spüren: ein großer, runder, warmer Teil von ihr. Fehlte ihr. War weg. Woanders. Aber sie hatte einfach nicht die Möglichkeit, immer bei ihm zu sein, auch wenn sie es sich noch so sehr wünschte. Schließlich musste sie arbeiten. Die Arbeit hielt ihre kleine Familie aufrecht. Und sie selbst auch. Das war immer so gewesen.

»Wir holen das Dreirad raus, sobald es wärmer wird. Dann gehen wir auf den Markt. Bis du nach Hause kommst, sind wir wieder zurück.«

Clark war zwei Jahre zuvor bei ihr eingezogen, nach dem Tod ihrer Mutter. Merci hatte beobachtet, wie er auf seinen persönlichen Abgrund zugekrochen war und wie er die Kehrtwende geschafft hatte. Diese Umkehr hatte eine Menge mit Tim jr. zu tun. Ihr Vater ging wundervoll mit ihm um. Für Merci waren die beiden »Die Männer«.

»Ich vermisse meine Männer.«

»Also bis bald, Liebes. Du fehlst uns. Arbeite nicht zu viel.«

Es wurde Nachmittag, aber Zamorra tauchte nicht auf. Kein Anruf. Keine Nachricht. Nichts. Sie arbeitete zwar erst seit drei Monaten mit ihm zusammen, aber heute war es das erste Mal, dass er sich so unprofessionell und rücksichtslos verhielt.

Merci rief um eins bei ihm zu Hause an, aber dort meldete sich nur der Anrufbeantworter. Das Krankenhaus, dachte sie. Sie fand die Nummer, die Zamorra ihr vom Zimmer seiner Frau im Medical Center der University of California in Irvine gegeben hatte, rief dann aber doch nicht an. Sie fühlte sich machtlos gegenüber Krankheiten, und Dinge, bei denen sie sich machtlos fühlte, machten ihr Angst.

Sie überprüfte, ob Alexander Coates schon einmal straffällig geworden war: negativ.

Sie überprüfte die Zahl der ungelösten Morde an Prostituierten der vergangenen zwei Jahre: Es waren drei.

Sie sprach mit einem Sicherheitsexperten der Telefongesellschaft, um eine Liste aller Anrufe bei Aubrey Whittaker zu erhalten. Sie brauche sie schnell, und er solle ihr nichts von Vollmacht oder Vorladung erzählen und auch sonst keinen Stuss. Er versprach zurückzurufen.

Sie blätterte durch Aubrey Whittakers ledergebundenen Kalender und betrachtete einige der Namen. Ein paar Freier waren mit Vor- und Zunamen eingetragen, die meisten aber nur mit Initialen plus Zunamen. Bei einigen standen Ziffern, vermutlich Kreditkartennummern. Fantastisch, dachte sie, so kann man die schnelle Nummer in der Mittagspause mit der Kreditkarte zahlen, und wenn dann die Ehefrau die Abrechnung in die Finger bekommt, erklärt man ihr einfach, das seien wohl die Kosten für einen mobilen Autowartungsservice gewesen. Mobiler Sexservice.

Bei vielen Namen waren keine Ziffern vermerkt. Merci fragte sich, ob es sich dabei um Aubreys private Kunden handelte, bei denen sie direkt kassierte, ohne den Löwenanteil an die JAKS-Leute abführen zu müssen. Zwei der Namen kamen ihr bekannt vor, also rief sie einen Freund beim *Orange County Journal* an und bat ihn, im Archiv nachzusehen. Im Gegenzug versprach sie ihm einen ersten Hinweis, wenn bei der Nachforschung eine Geschichte herauskäme. Für alle Fälle gab sie ihm noch zwanzig weitere Namen durch, die wichtig klangen, Namen von Männern, die ziemlich schnell einknicken würden, wenn man sie sich vorknöpfte.

Am Tag, als sie ermordet worden war, hatte Aubrey Whittaker um 15:45 Uhr ein Date mit »Dr.« und um 20:30 Uhr »din« mit »D. B.«. Am Tag davor hatte sie vier Dates im Kalender verzeichnet.

An den Sonntagmorgen gab es zu Mercis Verwunderung Einträge für 8:30 Uhr, die offensichtlich mit irgendwelchen Predigten zu tun hatten und mit Aubreys Meinung dazu.

Christus an erste Stelle setzen – Ken H., gut, aber hin und wieder unrealistisch.

Ziemlich unglaubwürdig, dachte Merci. Dahinter musste etwas anderes stecken.

Nach sechs weiteren Telefonaten hatte Merci in Erfahrung gebracht, dass Reverend Ken Holly der Newport Maranatha Church vorstand und tatsächlich vor drei Wochen eine Predigt zum Thema Christus gehalten hatte.

Doch, er kenne Aubrey. Nein, er wisse nicht, dass sie ermordet worden sei. Er klang ernst.

Er wusste wenig über Aubrey, außer dass sie sich seiner Gemeinde vor ein paar Wochen angeschlossen habe. Sie sei gut gekleidet gewesen, allein, offenkundig ungebunden. Sie sei zu den Christian Singles gekommen. Womit sie ihren Lebensunterhalt bestritt, habe er nicht gewusst.

Er bat Merci, den Namen seiner Kirche nach Möglichkeit aus den Zeitungen herauszuhalten. Sie versprach ihm, dafür zu sorgen. Er erklärte sich bereit, sich mit ihr zu treffen und auch die Namen und Adressen einiger der Christian Singles aufzuschreiben, die Aubrey gekannt hatten. Merci bedankte sich und bat ihn, dies bis zum nächsten Tag zu erledigen.

Sie ging zur Toilette, wusch sich die Hände und fragte sich, wie es wohl sein musste, seinen Lebensunterhalt wie Aubrey zu verdienen. Im Spiegel sah sie eine Frau, die nicht gerade für diese Arbeit prädestiniert war, eine dunkelhaarige, knochige Frau mit einem unversöhnlichen und aufrichtigen Gesichtsausdruck. Wenn man genau hinsah, konnte man in dem Gesicht eine Spur von Sanftheit entdecken. Aber in erster Linie war darin eine Bereitschaft zur Konfrontation zu entdecken.

Sie sah zu, wie die Mitarbeiter des Coroners Aubrey Whittakers Leiche fotografierten und röntgten. Soweit Merci das sehen konnte, gab es keine Kugel oder Bleireste im Körper. In der Nähe des Zentrums von Aubreys rechter Herzkammer befand sich eine kleine dunkle Veränderung im Muskel, die nach Ansicht der Gerichtsmediziner von der Kugel herrührte.

Merci wunderte sich über die Eintrittswunde. Der Wundrand war zwar ausgefranst, aber klein, und die Hautränder waren aufgestülpt und in einem Radius von gut einem Zentimeter um das Loch herum verbrannt. Um den dunklen Kreis befand sich ein weiterer Ring geröteten Fleischs. Abgesehen davon war der makellose, junge Körper von Aubrey Whittaker unversehrt.

»Die Mündung der Waffe wurde direkt auf das Kleid aufgesetzt«, erklärte der Leichenbeschauer. »Die Seide ist verbrannt. Die Haut auch.«

Die Austrittswunde war doppelt so groß, wies jedoch kaum Verfärbungen auf. Nur ein kleiner Hautfetzen war abgerissen. Das Loch befand sich neun Zentimeter höher als die Eintrittswunde. Merci stellte sich die Wohnung und den Schusswinkel vor, und vor ihrem geistigen Auge zog sie eine Linie von Aubrey Whittakers Herz zum oberen Teil der Glasschiebetür, wo die Tatortermittler das Loch gefunden hatten.

»Sieht aus wie ein glatter Durchschuss«, sagte der Gerichtsmediziner. »Kein Knochen getroffen, zumindest nicht erheblich. Ich würde sagen, es handelte sich um gehärtete Munition. Mit einer weicheren Spitze wäre die Kugel auf dem Weg durch den Körper stärker abgeflacht worden.«

Die Autopsie war für den späten Nachmittag angesetzt.

Merci blickte Evan O'Brien im kriminaltechnischen Labor über die Schulter und sah zu, wie er die Karten mit den Fingerabdrücken für die Überprüfung bei der Polizeibehörde CAL-ID durch das Computersystem AFIS vorbereitete. O'Brien war der effizienteste Spezialist für Fingerabdrücke, den Merci je kennen gelernt hatte. In seinem Fachgebiet kannte er sich ebenso gut aus wie in dem labyrinthischen System der staatlichen Zuständigkeiten, bei dessen Computerisierung er während seiner Zeit bei CAL-ID in Sacramento mitgeholfen hatte.

Merci beobachtete Lynda Coiner, die die Patronenhülse aus dem .45er-Colt bereitmachte für die Überprüfung durch die Federal-DrugFire-Registrierung, in der Hoffnung, dass dieselbe Waffe schon bei einem Drogendelikt benutzt worden war. Für Merci roch die Geschichte zwar nicht nach Drogen, aber einen Versuch war es wert.

Sie half einem Labortechniker bei der Entwicklung und Trocknung der letzten Tatortfotos, die sie für die Abstimmung ihres weiteren Vorgehens brauchte. Ein Satz Fotos war für sie bestimmt, einer für Zamorra. Zum Glück hatte sie auf dem College mal Fotokurse belegt. Während sie im

Dämmerlicht der Dunkelkammer neben dem dröhnenden Trockner stand, konnte sie zusehen, wie Aubrey Whittakers Leiche auf dem Fotopapier Formen annahm, langsam und gleichmäßig wie von Geisterhand.

Aubrey Whittaker, dachte sie: Gespielin von Männern, Kritikerin von Predigern, Hausbesuche, christlicher Single. Man ändert seinen Namen, geht von zu Hause weg, fängt von vorn an.

Wer bist du?

Sie machte zwei Kopien des gerichtsmedizinischen Berichts, der Labordaten und des Tatortberichts.

Die Berichte las sie noch nicht, da sie lieber alles im Beisein ihres Partners dort erfahren wollte, wo es geschehen war. Ein Tatort sah bei Tageslicht immer anders aus.

Ein paar Minuten verbrachte sie auf dem Hof für sichergestellte Fahrzeuge und unterhielt sich mit Ike Sumich, einem jungen Techniker, den sie für einen echten Überflieger hielt. Ebenso wie Evan war auch Ike einer ihrer Leute. Merci gefiel die Vorstellung, zu einem Stamm zu gehören. Sie war gerade dabei, einen Stamm zu bilden, indem sie Leute um sich scharte, die ihr helfen konnten und die sie mochte.

Manchmal betrachtete sie sie und versuchte sich vorzustellen, wie sie in dreißig Jahren aussehen würden.

Sumich sah gut aus in ihrer Zukunftsvision, allerdings würde er Sport treiben müssen, um eine Wampe zu vermeiden.

Ike hatte sie sehr unterstützt bei dem Fall, der sie vor einigen Jahren fast das Leben gekostet hätte. Zurzeit bearbeiteten sie keinen gemeinsamen Fall; Merci wollte sich nur mal bei ihm blicken lassen und ihm zeigen, dass er in der Mordkommission eine Verbündete hatte.

Als Zamorra schließlich in ihrem Büro eintraf, war es fast 15:00 Uhr. Er war zwar frisch rasiert und seine Haare waren noch nass vom Duschen, aber er hatte gerötete Augen und einen leeren Blick.

»Sind wir so weit, dass wir uns in der Wohnung umsehen können?«, fragte er.

»Ja.«

»Ich fahre.«

Kapitel 3

Merci entriegelte die Tür und schob sie auf, verließ sich auf ihre Erinnerung. »Coates hat Geräusche gehört und um Viertel vor elf angerufen. Zehn Minuten später trafen die Deputies Burns und Sungaila ein. Die Lampe über der Eingangstür war eingeschaltet und die Tür stand zehn Zentimeter weit offen. Allen dreien ist das Blut aufgefallen.«

Noch einmal schob sie die Tür sanft auf und beobachtete, wie sie wieder zurückschwang. Auch diesmal blieb sie einen Spaltbreit offen stehen. Merci zitterte in der kalten Dezemberluft. Sie nahm den Tatortbericht heraus und überflog den maschinengeschriebenen Text.

»Die Tatortspezialisten haben die Veranda auf Fußspuren untersucht, aber da die Farbe alt ist und hier viel herumgelaufen wurde, konnten sie laut Lynda Coiners Feststellungen nichts Brauchbares entdecken. Wenn wir Alexander Coates Glauben schenken, trug Aubreys erster Besucher Schuhe oder Stiefel mit festen Sohlen, der zweite weiche. Was hältst du von Coates' Lauscherei, Paul?«

»Sechzig zu vierzig. Sechzig, dass er Recht hat.«

»Ich gebe ihm sogar noch mehr. Ich glaube, wir sollten von zwei Männern ausgehen. Die Frage ist, ob sie zusammengearbeitet haben. Woran sie gearbeitet haben, ist dann die nächste Frage.«

Zamorra sagte nichts. Er betrachtete die Tür mit seinen blutunterlaufenen Augen, zeigte auf eine kleine, sichelförmige Einkerbung in der grauen Farbe der Tür. Darunter war das Holz sichtbar, gleich rechts neben dem Blutspritzer, etwa in Herzhöhe.

Er warf einen Blick auf seine Kopie des Berichts. »O'Brien meint, dass hier die Patronenhülse in Richtung Esstisch abgeprallt ist. Coiner hat sie in der Blumenvase gefunden. Das war gute Arbeit.«

»Sie hatte die Abprallstelle als Hinweis.«

Zamorra schüttelte langsam den Kopf. »Er hat sie direkt von hier aus erschossen. Er ist noch nicht einmal zur Tür reingekommen. Sie hat aufgemacht, peng, aus, Ende.«

Seine Stimme klang irgendwie mechanisch, dachte Merci, wie von weit her. Er ist noch immer im Krankenhaus bei seiner Frau.

Sie betraten die Wohnung. Wieder fiel die Eingangstür nicht ganz ins Schloss. Helles Nachmittagslicht schien durch die Glasschiebetür und die Fenster. Der Tag war klar und kühl, und die Sonne stand schon tief über dem Meer. Merci spürte die Wärme, die durch die Scheiben eindrang. Sie bemerkte das Loch in der oberen linken Ecke der Schiebetür, das ihr am Abend zuvor nicht aufgefallen war.

Niemand ist vollkommen, dachte sie, obwohl sie es von sich selbst eigentlich erwartete. Was hatte Hess noch gesagt? Verzeih dir selbst, Merci. Du hast noch fünfzig Jahre vor dir, die du mit dir selbst verbringen musst.

Na gut, wenn's sein muss.

Die Tatortspezialisten hatten die Umrisse der Leiche mit dunkler Kreide auf dem Boden nachgezogen. Merci blickte von ihrer Akte zu ihrem Partner.

»Ich kapier's nicht. Coiner und O'Brien haben gesagt,

nach den Blutspuren auf dem Teppichboden zu urteilen, sei sie einen Meter weit ins Esszimmer hinein geschleppt worden.«

»Damit er die Tür hinter sich schließen konnte«, erwiderte Zamorra. »Ihre Füße waren im Weg.«

»Aber warum, Paul? Was hat er hier drin gemacht? Er hat sie nicht sexuell missbraucht, zumindest soweit wir wissen. Und soweit wir wissen, hat er nichts mitgehen lassen. Er hat weder das Bargeld oder ihre Kreditkarten noch die teuren verschreibungspflichtigen Medikamente angerührt. Er ist ein großes Risiko eingegangen. Er hat Zeit verschwendet. Warum?«

»Vielleicht hat er sie fotografiert, sich einen runtergeholt und ist dann abgehauen.«

Merci rief sich die jüngsten ungelösten Morde an Prostituierten in Erinnerung: Zwei Leichen hatte man in Motels in unterschiedlichen Gegenden des County gefunden, die dritte hatte auf dem Harbor Boulevard, unten bei den Autohäusern, gelegen. Alle drei Frauen waren auf den Straßenstrich gegangen. Eine wurde erwürgt, die nächste erschlagen, die letzte bekam eine Kugel in den Kopf.

»Keine Spermaspuren.«

»Vielleicht hat er einen Gummi benutzt. Es waren schließlich genug da.«

Merci dachte darüber nach, fand aber, dass es keinen Sinn ergab. Die ganze Geschichte kam ihr so geplant, so kaltblütig und frei von Sex vor. Es gab nicht einmal einen Hinweis darauf, dass er sie überhaupt berührt hatte, außer um sie von der Tür wegzuschleifen.

Sie standen sich am Esszimmertisch gegenüber. Merci registrierte die Platzdeckchen, die daneben liegenden passenden Stoffservietten, die kleine Kristallvase, in der Lynda Coiner die Patronenhülse gefunden hatte. An einem Platz stand ein fast leeres Glas Wasser, eine fast volle Tasse Kaffee am anderen. Am Rand des Wasserglases waren Lippenstiftspuren zu sehen. Sowohl auf dem Glas als auch auf der Tasse befand sich noch der schwarze Staub für die Abnahme von Fingerabdrücken. Merci sah, wo das Klebeband vom Wasserglas abgezogen worden war. Sie beugte sich hinunter, um besseres Licht zu haben, und bemerkte Fingerabdruckstaub auch auf dem Glastisch. Reichlich Abdrücke.

Sie ging in die Küche. Eine benutzte Auflaufform auf der Anrichte, in der Spüle Teller, Salatschüsseln, Besteck. In der Auflaufform lagen noch zwei Hühnerschenkel. Keine Schnapsgläser, keine Schnapsflasche. Wenn man vor der Spüle stand, hatte man durch ein zur Rechten liegendes Küchenfenster einen Blick aufs Meer.

»Also gut, Paul. Sie kocht Abendessen für irgendwen. In ihrem Kalender steht D. B. Gehen wir davon aus, dass es sich um den handelt, der laut Coates' Aussage um halb neun angekommen ist – ein großer Mann, leichtfüßig, mit der Umgebung vertraut. Er klopft und sie öffnet ihm die Tür. Keine lauten Worte. Keine laute Musik. Keine Kampfgeräusche, kein Schuss oder sonst etwas. Sie essen Salat und Hähnchen. Kein Alkohol. Um zehn nach zehn geht er. Fünf Minuten lang ist alles ruhig. Wir wissen das, weil Alexander Coates mit der Stoppuhr in der Badewanne liegt.«

Zamorra war mittlerweile im Wohnzimmer. Er stand im Sonnenlicht und schaute hinunter auf Aubrey Whittakers hochhackige Schuhe. Seine Stimme klang flach, abwesend. »Dann kommt Freund Nummer zwei die Treppe rauf und geht über die Galerie. Er ist ein kleinerer Typ und trägt Schuhe mit weicher Sohle. Er klopft nicht, aber sie macht trotzdem die Tür auf.«

Merci blätterte den Tatortbericht durch, um herauszufinden, ob die Klingel auf Fingerabdrücke hin untersucht worden war. Evan hatte sich darum gekümmert, aber nichts gefunden. Sie teilte es Zamorra mit.

»Vielleicht hat er sie abgewischt«, sagte er. »Vielleicht hat er ganz leise geklopft. Vielleicht hat Coates gerade gerülpst, im Wasser geplanscht oder gegähnt und es schlichtweg nicht gehört.«

Merci dachte darüber nach. »Sie hört das Klopfen oder Klingeln, geht zur Tür und macht auf. Aber zuvor schaltet sie das Verandalicht ein und schaut durch den Spion. Das ist wichtig. Sie muss ihn gekannt haben. Warum hätte sie sonst öffnen sollen? Sie ist ein Callgirl. Sie hat schon eine Menge erlebt. Natürlich ist sie misstrauisch. Dennoch öffnet sie.«

»Sie hat ihn gekannt«, sagte Zamorra. »Sie glaubte zumindest, ihn zu kennen. Wenn wir Coates' Annahmen außen vor lassen, die auf Geräuschen beruhen, haben wir es mit ein und demselben Mann zu tun. Das wäre die einfachste Erklärung. Ihr Gast zum Abendessen, D. B. Deshalb hat Coates kein Klopfen gehört. Er hat leise geklopft, weil er gerade erst weggegangen war. Er wusste, dass sie annehmen würde, dass er es wieder war. Ein leises Klopfen, sie geht zur Tür, fragt, wer da ist, und er antwortet, ich bin's noch mal, Freund Nummer eins. Ich hab meine Jacke vergessen, mein Handy, meine Brille.«

Merci betrat das Esszimmer und betrachtete die Umrisse aus Kreide. »Er ist also zum Abendessen hergekommen mit dem Wissen, dass er sie töten würde.«

»Ganz genau. Aus diesem Grunde ist er ja weggegangen und wiedergekommen.«

»Um die Waffe zu holen. Weil er sie nicht mitbringen konnte, ohne dass sie es gemerkt hätte.«

»So kann ich es mir vorstellen, Merci. Und er holte nicht irgendeine Waffe, sondern eine mit einem Schalldämpfer. Wir haben vier Nachbarn, die gestern Abend zu

Hause waren, und keiner hat einen Schuss gehört. Und auch nichts, was sich wie ein Schuss angehört hätte. Du kannst dir vorstellen, was für einen Lärm ein Fünfundvierziger hier machen würde. Eine überdachte Veranda und die Tür halb offen. Es muss eine Waffe mit Schalldämpfer gewesen sein.«

Merci dachte, dass er Recht hatte: Der Schütze war gekommen, um zu töten. Dann versuchte sie, sich eine andere Version vorzustellen. Der Freund kommt zum Abendessen und verschwindet wütend. Beim Auto angekommen, ist er stinksauer, schnappt sich die Pistole und geht zurück. Huren wurden schon oft von durchgedrehten Freiern umgebracht. Aber diese Version erschien Merci nicht logisch. Sie glaubte nicht, dass Aubrey Whittaker an jenem Abend gearbeitet hatte. Callgirls bereiten ihren Kunden kein Abendessen. Das Bett war unbenutzt. Und niemand schleppte einen schallgedämpften Fünfundvierziger mit sich herum, wenn er nicht vorhatte, ihn zu benutzen, und zwar bald.

»Also gut«, sagte sie. Sie arbeitete noch nicht lange genug mit Zamorra zusammen, um seine Denkweise zu kennen, daher wollte sie die Dinge nicht überstürzen und von Anfang an die richtigen Schlüsse ziehen. »Lass uns das noch mal Schritt für Schritt durchgehen. Was ist, wenn es zwei Männer gab?«

»Dann besteht ein Zusammenhang oder auch nicht.«

»Zusammenhang heißt, eine Menge Leute, die hier aus und ein gegangen sind.«

»Und eine Menge Geheimnisse, die gewahrt werden wollen«, ergänzte Zamorra. »Ich gehe von einem einzigen Mann aus. Punkt. Egal was Alexander Coates gehört hat.«

Merci tendierte ebenfalls zu dieser Version. »Das könnte erklären, warum er reingegangen ist, nachdem er sie erschossen hat.«

»Genau. Um seine Fingerabdrücke abzuwischen von allem, was er während des Abendessens angefasst hat.«

»Und noch was anderes.«

Zamorra sah sie an.

»Er wollte die Hülse. Eine Halbautomatik wirft sie zur Rechten des Schützen aus. Als Aubrey hinfiel, ist er reingegangen und hat auf der rechten Seite die Hülse gesucht. Wegen des Schussgeräuschs kann er nicht gehört haben, wie die Hülse gegen die Tür geprallt ist. Selbst eine schallgedämpfte Halbautomatik macht ein Geräusch. Er hat den Kratzer in der Farbe nicht bemerkt. Das war unser Glück. Er hat die Hülse nicht sofort gefunden, deshalb hat er das Mädchen ins Nebenzimmer geschleift, die Tür geschlossen und noch mal nachgesehen. Er ist nicht fündig geworden, weil er in der falschen Richtung gesucht hat. Aber selbst wenn er von einem Abpraller ausgegangen wäre, wäre er dann wohl auf die Idee gekommen, in der Blumenvase nachzusehen? Sie stand links von ihm.«

Zamorra nickte. »Das Problem ist nur, dass diese Version ebenfalls die Theorie von Freund Nummer zwei unterstützt. Wenn er mit Freund Nummer eins in Verbindung steht, dann verwischt er alle Spuren und sucht die Hülse. Wenn er nicht mit ihm in Verbindung steht, dann hat er nichts gegen all die Fingerabdrücke, die Freund Nummer eins zurückgelassen haben muss, aber er will immer noch die Hülse.«

»Woher weiß er, was sein Partner berührt hat?«

»Er geht einfach vom Wahrscheinlichen aus.«

Merci versuchte, diese Version gedanklich nachzuvollziehen. Ein Weg, mehrere Alternativen, eine nach der anderen. »Niemand plant einen Mord und hinterlässt dann seine Fingerabdrücke auf dem Besteck. Wenn wir eine Menge guter Abdrücke finden, bedeutet das zwei Männer, die nicht zusammenarbeiten. Zwei unterschiedliche Schrittgeräusche. Zwei Männer. Wie Coates gesagt hat.«

Zamorra betrachtete die Umrisszeichnung der Leiche, als hätte er sie noch nie gesehen. Er legte den Kopf schräg wie einer von Mikes Bluthunden. Richtete ihn wieder auf, ohne den Blick abzuwenden.

»Was ist?«

»Ich nehme Wände heraus und setze stattdessen Fenster ein.«

Sie sagte nichts. Wahrscheinlich war es wie bei Hess, der Dinge gesehen hatte, die gar nicht da waren.

»Du weißt schon«, sagte er, »ich versuche einfach, mich von meinen Vorstellungen zu lösen.«

»Das kenne ich gut.«

»Zwei Männer. Wie Coates gesagt hat«, wiederholte er ihre Worte. Irgendetwas in seinem Tonfall verriet ihr, dass er ihrem Ohrenzeugen zum ersten Mal Glauben schenkte.

Bekifft oder nicht.

»Aber warum?«, fragte er. »Warum wird sie umgebracht?«

»Darüber denke ich nach, seit ich das Geld in ihrem Portemonnaie gesehen habe. Und ich habe mich gefragt, ob das vielleicht ein Teil der Antwort ist.«

»Das musst du mir erklären.«

»Er rechnet mit uns. Er hat das Geld dagelassen, um uns irrezuführen.«

»Das ist ziemlich weit hergeholt.« Zamorra sah sie skeptisch an, dann wandte er sich ab.

Sie spürte, wie Wut in ihr aufstieg, klar und hell wie die Wintersonne, die durch die Glastür schien.

Sie sagte es nicht, aber was sie dachte, war: Mein Partner wurde getötet, weil ich dachte, ein Psychopath sei zu dämlich, mich zu verfolgen. Zu weit hergeholt. Der Scheißkerl hat meine Waffe benutzt, um damit auf Hess zu schießen. Beinahe wäre ich selbst auch draufgegangen, und manchmal wünschte ich mir, wir könnten die Rollen tauschen.

Zamorra, der ihr immer noch den Rücken zuwandte, schüttelte den Kopf, dann sagte er etwas, das sie nicht verstand.

Sie versuchte, sich den Ärger nicht anmerken zu lassen, was ihr allerdings noch nie gut gelungen war. »Wiederhol das bitte, Paul. Ich bin ein erwachsenes Mädchen. Wir können nicht zusammenarbeiten, wenn wir nicht miteinander reden können.«

»Ich sagte, dass du Recht hast«, erwiderte er freundlich. »Nichts erscheint weit hergeholt angesichts eines Kerls, der gerade einem Mädchen mitten ins Herz geschossen hat.«

Sie konnte ihn gegen das Fenster im Profil sehen, wie er sie von der Seite aus seinen blutunterlaufenen Augen betrachtete.

»Tut mir Leid«, sagte Merci.

»Akzeptiert. Mir auch.«

»Mir tut's aber mehr Leid.«

»Nein, nein, mir noch viel mehr.«

Sie war erleichtert, dass er ihren Scherz aufnahm. Sie lächelte vor sich hin und seufzte. »Manchmal glaube ich, dass ich große Probleme habe – bis ich mir die Fälle ansehe, die ich bearbeite.«

»Mir geht's genauso. Ich brauche mir dann nur Janine anzusehen.«

Janine war seine Frau.

Sie standen zwischen Küche und Esszimmer, und Merci las ihre Notizen über die Befragung von Coates. »Das gibt mir zu denken«, sagte sie. »Laut Coates hat es hier eine Art Kampf gegeben. Zuerst ein dumpfer Schlag, dann noch ein dumpfes Geräusch, das ein bisschen länger dauerte. Er meinte, das zweite habe er eine oder zwei Minuten später gehört. Das erste wird Aubrey gewesen sein, als sie zu Boden stürzte. Aber wenn es anschließend einen Kampf gab, wer, bitte schön, hat dann mit wem gekämpft?«

»Coates meinte, es hätte sich angehört, als würden Möbel verrückt.«

Der Schrank unter der Spüle stand offen, die Schrauben des Türgriffs waren halb aus dem Holz gerissen. Die zweite Schublade war herausgezogen, und die Auszugschienen waren so verbogen, dass sie sich nicht mehr schließen ließ.

Merci kniete sich hin, um den Schaden zu begutachten. »Man braucht einige Kraft, um Schrauben herauszureißen und Metall zu verbiegen. Aber Aubrey wurde zwei Minuten zuvor vier Meter von hier entfernt friedlich zur Ruhe gelegt, wenn man Coates glauben darf. Keine sichtbaren blauen Flecken oder Hautabschürfungen, nichts unter den Fingernägeln, nichts an der Leiche weist auf einen Kampf hin. Mit wem also hat unser Mörder hier gekämpft, mit seinem schlechten Gewissen etwa?«

»Hier kommt Freund Nummer zwei wieder ins Spiel.«

»Die beiden waren aber nicht gleichzeitig hier, falls Coates Recht hat.«

Zamorra schaute sie lange an, dann zuckte er die Achseln. »Was er sagt, passt nicht zu den Beweismitteln. Aber wenn man bekifft ist, geht einem jedes Zeitgefühl flöten. Man glaubt, man hätte zwanzig Minuten lang tief schürfende Gedanken verfolgt, während man in Wirklichkeit bloß fünf Sekunden lang weggetreten war.«

Merci betrachtete die Entfernung von der Leiche zur Küche. »Selbst wenn Coates weggetreten war, selbst wenn der Kampf direkt nach dem ersten Aufprall stattgefunden hat, war Aubrey nicht an einem Kampf beteiligt. Ins Herz getroffen kämpft sie um ihr Leben und verliert nicht einen Tropfen Blut auf dem Küchenboden?«

»Und wohin führt uns das? Es war noch jemand anders hier, als Freund Nummer eins wegging.«

»Möglich.«

»Ein dritter Mann. War nicht zum Essen eingeladen. Niemand hat ihn kommen oder gehen hören. Versteckt sich im Schlafzimmer? Eilt zu Hilfe, als sie erschossen wird?«

Merci hörte zu, antwortete aber nicht. Sie blätterte durch den CSI-Bericht und suchte nach Hinweisen auf einen guten Schuhabdruck, den Lynda Coiner auf dem Küchenboden gefunden hatte. Es gab drei Abdrücke, die vom selben Schuh stammten, mit nach hinten weisenden Profilen, die die Form von großen Kommata hatten. Die Enden verjüngten sich zum Absatz hin. Das Absatzprofil stellte einen Kreis mit zum Rand strebenden Speichen dar.

O'Brien hatte die Abdrücke in reflektierendem Licht fotografiert, dann mit Hilfe von Rußpulver und einem weißen Blatt Papier einen großen Abdruck davon gemacht. Auf diese Weise hatten sie eine Vergleichsmöglichkeit, falls die Detectives einen verdächtigen Schuh auftreiben konnten. Es sah nach Schuhgröße zwölf aus und das ausgeprägte Profil deutete nicht auf Ausgehschuhe hin. Und wahrscheinlich hatte er eine weiche Sohle, wofür der deutliche Abdruck auf dem Hartholzboden sprach.

Zamorra las dieselbe Seite des Berichts. »Dieser Schuhabdruck«, sagte er. »Der passt auch nicht zu dem, was Coates gesagt hat. Der große Typ mit Schuhgröße zwölf soll angeblich Schuhe oder Stiefel mit harten Sohlen getragen haben. Der elegant gekleidete Geschäftsmann, der nach Hause kommt zur Familie. Ich glaube, unser Ohrenzeuge war doch ein bisschen zu bekifft, um die Dinge auf die Reihe zu bekommen.«

»Er mochte sie«, erwiderte Merci. »Er versucht, ihr zu helfen, indem er uns hilft.«

»Wenn er uns helfen will, dann soll er wenigstens zugeben, dass seine Geschichte ein bisschen nebulös ist. Du weißt doch selbst, dass ein inkompetenter Zeuge manchmal schlimmer ist als überhaupt keiner.«

Merci schüttelte nur den Kopf. »Ich weiß. Aber ich will herausfinden, was hier vorgefallen ist. Ich meine, ich will es wirklich wissen.«

Zamorra kniete sich hin und betrachtete den losen Griff an der immer noch offenen Tür des Spülenschranks und dann die Schublade, die herausgezogen war und jetzt nur noch an verbogenen Auszügen hing.

»Ich auch«, sagte er, so als würde es ihn selbst überraschen.

Merci fragte sich, wie es für ihn sein musste, in einem Mordfall zu ermitteln, während seine Frau im Sterben lag. Es hatte eine Zeit gegeben, da hatte sie geglaubt, sie könnte allein mit ihrem Willen Menschen vom Sterben abhalten, aber das dachte sie jetzt nicht. Zamorra wirkte nicht wie jemand, der an so etwas glaubte. Es war eine naive Vorstellung.

Sie kam zu dem Schluss, dass Paul wahrscheinlich manchmal das Bedürfnis verspürte wegzulaufen, um seinen eigenen Schmerz zu beenden. Als Merci in ihrem größten Schmerz steckte – nachdem Hess und ihre Mutter gestorben waren, kurz nach Tims Geburt –, hatte sie sich ein kleines Haus an einem mexikanischen Strand ausgemalt, mit leuchtend violetten Bougainvillen auf der Terrasse, wo sie im Schatten sitzen konnte.

Auch jetzt stellte sie sich dieses Haus am Strand in Mexiko vor, aber dann war sie wieder zurück in Aubrey Whittakers Küche. Woran hatte Aubrey Whittaker gedacht, wenn die zahlenden Freier sich über sie hermachten? Ein Haus mit einem Strand? Ewiges Höllenfeuer?

»Die Fingerabdrücke«, sagte Paul, als wäre er zu einem Schluss gekommen. »Und ihr kleines schwarzes Buch. Da gibt es eine direkte Verbindung, irgendwo. Und die wird uns zu diesem Schwein führen.«

Kapitel 4

Merci hatte Tim auf dem Schoß, während Clark das Geschirr abräumte. In diesem Dezember war das alte Haus besonders kalt, und durch die Socken hindurch spürte sie an den Knöcheln, wie es zog. In der hellen Gartenbeleuchtung konnte sie durch das Fenster die große Terrasse sehen, das Kinderdreirad und den Grill, die Katzen auf der Mauer und dahinter die Orangenbäume. Das Grundstück war umgeben von einem Orangenwäldchen, das wiederum umgeben war von Reihenhäusern, die man aber erst sah, wenn man direkt davor stand. Wegen dieser Abgeschiedenheit und wegen der niedrigen Miete hatte sie sich für das Haus entschieden.

Tim trug eine Strickmütze, einerseits wegen der Kälte, andererseits, weil er so süß damit aussah. Der Anblick erinnerte sie an Hess, Tims Vater, der bei den letzten Malen, als sie mit ihm zusammen war, einen Hut getragen hatte. Tim jr. war das perfekte Abbild von Hess, an den sie kaum denken konnte, ohne daran erinnert zu werden, was alles schief gelaufen war.

Sie verbannte Hess aus ihren Gedanken und kämpfte gegen die Verbitterung an.

»Pokerabend«, sagte Clark. Dass Pokerabend war,

merkte sie daran, wie ihr Vater sich mit dem Geschirrspülen beeilte, um pünktlich um acht beim Spiel zu sein. Clark traf sich mit seinen alten Freunden aus dem Sheriff Department, die jetzt alle Rentner waren. Jeden Mittwoch.

»Viel Glück«, sagte sie geistesabwesend. Sie war mit den Gedanken bei ihrer Arbeit, egal wie sehr sie sich dagegen wehrte. »Übrigens, heute haben wir von der Mordkommission wieder unsere Weihnachtsprämie bekommen.«

»Jeder seinen eigenen ungelösten Fall?«

»Mein Fall ist von neunundsechzig. Eine Frau namens Patti Bailey. Ich habe mir die Akte als Bettlektüre mitgebracht.«

Clark schrubbte gerade eine Kasserolle. Er war ein großer, hagerer Mann mit grauen Haaren und Brille. Merci sah ihm beim Spülen zu. Sie fragte sich, in welchem Alter Männer anfingen, spitze Ellbogen zu bekommen. Hess hatte spitze Ellbogen gehabt, obwohl er kräftig gebaut war, und ihr Vater war schmal. Clark warf ihr einen kurzen Blick über die Schulter zu.

»Kauf dir lieber einen guten Roman.«

»Kannst du dich noch an die Geschichte erinnern?«

»Schwach. Neunundsechzig hatte ich gerade im Dezernat für Einbruchsdiebstahl angefangen. Ich glaube, Rymers und Thornton hatten den Fall.«

»Leben die noch?«

»Thornton wohnt in Arrowhead, soweit ich weiß. Rymers ist gestorben.«

»Woran?«

Clark schaute sie an. Wenn er lächelte, legten sich die Falten in seinem Gesicht in eine andere Richtung, und er wirkte gütig und weise. »Hirnschlag.«

Merci sagte nichts. Ihr Vater riet ihr immer wieder, ihre Arbeit im Büro zu lassen. Die Dinge ruhen zu lassen, die sie nicht ändern konnte. Zu verstehen, dass nicht jeder Todesfall auf der Welt ein Mord war, der gelöst werden musste. Sie solle ihr Leben genießen – diesen modischen Spruch hatte er sich neuerdings angewöhnt und ging ihr damit fürchterlich auf die Nerven.

Außerdem wünschte er, dass sie Mike McNally heiratete, noch ein Kind bekäme, die Stiefmutter für Mikes Sohn Danny und eine richtige Mutter würde, anstatt Polizistin mit Nebenberuf Mutter. Polizist sein war für Clark nichts weiter als ein Job, eine Vorstellung, die Merci nie verstanden hatte.

Für sie war es das Leben. Wenn sie an ihre Eltern dachte, konnte Merci sich nicht erklären, woher sie ihre Zielstrebigkeit und Tatkraft hatte. Der Himmel allein wusste, wie Tim jr. enden würde, wenn einem solche Charaktereigenschaften in die Wiege gelegt wurden.

Während Tim einem Plüschpanda an den Ohren zog und an der Nase herumkaute, las Merci die Akte Patti Bailey. Die Leiche war im Entwässerungsgraben eines Orangenwäldchens gefunden worden, an der Ecke Myford Street und Fourth Street. Erschossen.

Der Panda flog durch das Schlafzimmer. Tim nahm aufgeregt watschelnd die Verfolgung auf.

Myford und Fourth, dachte Merci. Merkwürdig. Das war bloß ein paar Kilometer von ihrem Haus entfernt. Nur dass die Fourth Street mittlerweile Irvine Boulevard hieß. Sie fragte sich, ob Brighton die Akte ausgesucht hatte, um ihr etwas zu geben, was in ihrer Nähe lag; andererseits, warum sollte er sich darüber Gedanken machen?

Die Ermittler waren damals Rymers und Thornton gewesen. Ihr Vater erinnerte sich richtig. Die Leiche war von einem Jungen gefunden worden, dessen Vater die Sheriffs verständigt hatte. Der Deputy, der die Anzeige aufgenommen hatte, war ein gewisser Todd Smith gewesen.

Merci betrachtete ihren Sohn. Er war gerade dabei, seinem Panda die Augen einzudrücken, und quietschte vor Vergnügen.

Patti Bailey war eine unscheinbare Frau gewesen. Dreiundzwanzig, zierlich, glatte braune Haare, die sie hinter die Ohren geschoben hatte. Schwere Augenlider und ein schiefes Lächeln. Um für ein Polizeifoto zu lächeln, brauchte man schon ziemlich gute Nerven, dachte Merci, oder auch eine Menge Alkohol oder Drogen. Im Jahre 1969, so kam es ihr vor, waren anscheinend alle dauernd bekifft und lehnten jede Autorität ab. Allerdings war sie damals erst vier Jahre alt gewesen, insofern war das reine Spekulation.

Patti Bailey war dreimal wegen Prostitution festgenommen, aber nur ein Mal verurteilt worden. Es hatte Anzeigen wegen Besitz von Marihuana und Barbituraten gegeben, aber beide Anklagen waren abgewiesen worden, in beiden Fällen vom selben Richter. Zweimal war sie über den Besitz von Heroin gestolpert, was ihr aber auch nur achtzehn Monate eingebracht hatte.

Während Tim seinen Panda würgte und liebkoste, studierte Merci den Bericht von Todd Smith. Patti Bailey war am Abend des fünften August von dem Jungen entdeckt worden. Smith traf um 18:30 Uhr am Fundort ein und fand die Frau mit dem Gesicht nach unten auf der Böschung des Grabens. Sie war lediglich mit einem BH und Shorts bekleidet.

Die Autopsie ergab keine Beweise für eine Vergewaltigung. Auch nicht für einen Kampf. Im Blut wurden THC, Nembutal und 0,8 Promille Alkohol nachgewiesen. Die Frau hatte weniger als eine Stunde vor ihrem Tod Pfirsiche und Schokoladenplätzchen gegessen. Als der Junge sie fand, war sie bereits etwa vierundzwanzig Stunden tot.

Merci überflog die Fotos vom Tatort und von der Autopsie, die bei einem Bestattungsunternehmen durchgeführt worden war, da der Bezirk damals noch nicht über ein eigenes Leichenschauhaus verfügt hatte. Die Fotos berührten sie wie fast alle Fotos von Mordfällen: entwürdigte Opfer, brutal aus dem Leben gerissen. Womit konnte man eine derartige Behandlung verdient haben? Patti Bailey war aus unmittelbarer Nähe von hinten erschossen worden. Die Einschusswunde war ein sauberes schwarzes Loch, aber bei ihrem Austritt hatte die Kugel die Haut zerfetzt und eine scheußliche dreieckige Wunde hinterlassen. Sie hatte das Herz durchschlagen – den rechten Vorhof. Der Gerichtsmediziner hatte gemeint, das Geschoss stammte aus einer .38er oder vielleicht auch einer .357er-Magnum mit dem gleichen Kaliber, jedoch erheblich höherer Geschwindigkeit. Aber jedes beliebige ungewöhnliche Kaliber hätte ein solches Loch hinterlassen können.

Merci zuckte zusammen, als sie das Foto in die Hand nahm, auf dem der Weg der Kugel durch Patti Baileys Körper dargestellt war. Die Frau lag auf der Seite, ein langer Holzstab war mitten durch ihren Körper gesteckt worden. Sie sah aus wie ein Stück Fleisch auf einem Bratspieß.

Seufzend drehte Merci den Stapel Fotos um.

Mit seinem Babykamm bearbeitete Tim das Fell auf dem Kopf des Pandas und versuchte, ihm eine Frisur zu verpassen. Es sah aber eher so aus, als wollte er das arme Tier erschlagen. Dabei redete er unablässig auf seinen frisierwilligen Kunden ein und lächelte. Aus dieser Perspektive ähnelte er ihr.

Du solltest Visagist werden und einen Schönheitssalon aufmachen, dachte sie.

Merkwürdig, überlegte sie, während sie kaum etwas auf

der Welt gegen ihren Beruf tauschen würde, wollte sie auf keinen Fall, dass ihr Sohn eine solche Laufbahn einschlug. Aber vielleicht würde Tim es einmal genauso sehen wie ihr Vater: Es ist nur ein Job, den man macht, um seine Rechnungen bezahlen zu können. Soll er doch Banker, Verkäufer, Rechtsanwalt oder Footballspieler werden oder Berge oder Models fotografieren. Warum all das Elend erleben?

Weil jeden Tag Menschen eines gewaltsamen Todes sterben, den sie nicht verdient haben, und weil die Arschlöcher, die sie auf dem Gewissen haben, nicht frei herumlaufen sollen.

Genauso war es. Nicht sehr elegant ausgedrückt, aber wahr.

Es sah so aus, als hätten Rymers und Thornton gründlich gearbeitet. Aber es gab keine Mordwaffe, keine Zeugen und kaum Beweismittel, lediglich Fragmente von Schuhabdrücken auf dem weichen Boden des Orangenhains und eine kurze Liste von Drogenhändlern und Freiern, die möglicherweise einen Grund gehabt haben könnten, Patti Bailey umzubringen.

Der Fall wurde zwei Jahre lang untersucht, dann blieb er noch acht Monate liegen und wurde schließlich in dem Schrank mit den ungelösten Akten abgelegt. Bis jetzt.

Fröhliche Weihnachten.

Wie fast jeden Abend rief Mike McNally an, unmittelbar nachdem Tim ins Bett gegangen war.

»Es tut mir Leid wegen heute«, sagte er.

»Schon in Ordnung.«

»Wir werden schon ein anderes Mädchen finden, das wir auf den Hintermann des Callgirl-Rings ansetzen können. Aber ich weiß, wo ich ihn finden kann, und du solltest es auch wissen.«

Merci notierte Namen, Anschrift und Geschäftsadresse: Goren Moladan, Newport Beach und Dana Point.

»Er ist mehrfach wegen Gewalt gegen Frauen verurteilt worden«, sagte Mike. »Aber er hat seine Jahre abgesessen und die Bewährungszeit hinter sich gebracht, also liegt nichts gegen ihn vor. Vermutlich weiß er gar nicht, dass wir gegen ihn ermitteln.«

»Wir werden dafür sorgen, dass das möglichst so bleibt.«

»Deine Leute müssen doch jede Menge Fingerabdrücke in der Wohnung gefunden haben. Ich meine in Aubrey Whittakers Wohnung.«

»Sie hat für irgendwen ein Dinner zubereitet an dem Abend.«

Mike schwieg einen Moment. »Nun, irgendwann wird sich ja herausstellen, wer ihr Gast war. Glaubst du, er war der Schütze?«

»Es deutet alles darauf hin.«

»Andererseits wimmelt es in jeder Wohnung nur so von versteckten Hinweisen. Ich meine, es kommen immer eine Menge Leute und gehen.«

»Stimmt. Lynda Coiner hat reichlich Fingerabdrücke gefunden.«

Wieder war Mike einen Augenblick still. Sie konnte seine Spürhunde Dolly, Molly und Polly in ihrem Zwinger bellen hören.

»Merci, es tut mir wirklich Leid, dass ich heute so ungehalten war. Ich war einfach enttäuscht. Wir hatten ausgemacht, mittwochs mit den Kindern ins Kino zu gehen, wenn die Alten ihren Pokerabend haben. Ich hatte eigentlich damit gerechnet, dich zu treffen. Ich weiß, dass du müde bist.«

»Ist schon in Ordnung. Es überrascht mich nur, wenn du so schnell aus der Hose springst. Du erinnerst mich an mich selbst.«

Der Scherz kam nicht an. Mike kapierte meist nur seine eigenen Witze, die noch dazu oft ziemlich dämlich waren. Er brachte sie an wie ein Sechsjähriger, der einem eine Kröte hinhält. *Ein Pferd setzt sich an die Theke, der Barkeeper wirft ihm einen Blick zu und fragt, warum machst du so ein langes Gesicht?* Und so weiter.

Sie konnte ihn atmen hören. Dann hörte sie, wie die alte Heizung im Keller ansprang, wie die Rohrleitungen knackten und die warme Luft durch die Lüftungsgitter zischte. Eine Katze kam hereingeschlichen und trollte sich dann wieder.

»Merci, hast du über das nachgedacht, worüber wir gesprochen haben?«

Ihre Stimmung schlug um. »Sicher.«

»Und?«

Sie bemühte sich, ruhig zu bleiben. »Ich bin noch nicht so weit, Mike. Mein Gefühl sagt mir, dass es noch zu früh ist.«

»Wir können es tun, wann immer du möchtest. Warte noch ein Jahr. Es muss für uns beide stimmen. Aber wir müssen anfangen, Pläne zu schmieden. Sonst wird nie was draus. Die Jahre verfliegen so verdammt schnell.«

»Lass uns noch warten.«

Wieder Schweigen. Davon schien es in letzter Zeit reichlich zu geben. Sie fühlte sich getadelt.

Die Hunde kläfften immer noch im Hintergrund. Sie konnte sich vorstellen, wie Mikes Gesicht vor Enttäuschung immer länger wurde und seine blonde Haartolle ihm über seinen großen, blauen Augen schlaff in die Stirn hing.

»Ist es wegen der Geschichte mit Hess?«

»Ganz genau.«

»Es liegt nicht an mir?«

»Ich liebe dich, Mike. Ich respektiere dich. Es ist nicht deinetwegen.«

»Wenn man eine gute Sache zu lange hinausschiebt, entschwindet sie einem vielleicht irgendwann. So steht es in der Bibel. ›Aufgeschobene Hoffnung macht das Herz traurig.‹«

Sie spürte, wie ihr Ärger und ihre Schuldgefühle miteinander kollidierten. Sie musste vorsichtig sein. »Ich möchte nicht, dass du traurig bist.«

»Ich dachte auch an dein Herz.«

»Ich weiß. Mein Herz wird damit fertig werden, Mike. Alles wird gut werden.«

»Ich warte auf dich.«

»Gut zu hören.«

»Versprochen. Aber warte du auch auf mich.«

»Mach ich.«

Erneutes Schweigen. »Wir sehen uns morgen, Liebes. Danny und die Spürhunde lieben dich auch.«

»Gute Nacht, Mike.«

Sie hatte kaum aufgelegt, als Gary Brice vom *Orange County Journal* anrief. Brice war zuständig für die Erstberichterstattung bei Verbrechen. Sie vertraute ihm so weit, wie man einem Reporter vertrauen konnte – er hatte nie etwas gebracht, wenn sie ihn gebeten hatte, es noch zurückzuhalten. Ihr Verhältnis beruhte auf Gegenseitigkeit.

Manchmal erinnerte er sie an sich selbst, außer dass Brice etwas umso witziger fand, je scheußlicher es wurde. Sie verstand zwar seine abgeklärte Weltsicht, aber nicht, wie man sich darüber auch noch amüsieren konnte.

Vielleicht hatte es etwas damit zu tun, wie man Erinnerungen abspeicherte, so zumindest hatte Dr. Joan Cash Merci ihr posttraumatisches Belastungssyndrom erklärt. Dr. Cash zufolge bezeichnete man Mercis Erinnerungen daran, wie ihr Partner und Geliebter ermordet worden war und wie sie anschließend den Mörder Colesceau erschossen hatte, als »dysfunktionale« Erinnerungen. Dr. Cash schlug ihr eine Behandlung mit EMDR vor, einer neuartigen traumabearbeitenden psychotherapeutischen Methode, mit der sie bereits einige Erfolge erzielt hatte.

Aber Merci fand ihre Erinnerungen völlig funktional. Ihre Funktion bestand darin, sie mit Schuldgefühlen zu quälen. Darüber, was sie hätte tun sollen, was sie hätte tun können. Sie hatte die gesamte Abfolge jener letzten Tage tausendmal analysiert, hatte den Ablauf immer wieder stundenlang angehalten, um jede einzelne Millisekunde, jede Entscheidung, jede Fehleinschätzung einer Prüfung zu unterziehen.

Ja, sie glaubte, einige Dinge entdeckt zu haben, die sie hätte besser machen können ...

Dann waren da noch die Albträume, erschreckend und beschämend, weit schlimmer, als sie sie Dr. Cash oder sonst wem mit Worten hätte beschreiben können, Träume, aus denen sie atemlos erwachte, schweißgebadet und von Schuld erdrückt.

Sie fragte sich flüchtig, ob Brice' Art, mit den Dingen umzugehen, vielleicht besser war. Alles als makabre Komödie betrachten, darüber lachen und dann gut schlafen.

Nein. Nicht alles im Leben war amüsant. Es sei denn, man unterhielt sich mit eindeutigen Psychopathen.

»Ich hab ein paar interessante Leute auf Ihrer Wunschliste«, sagte Brice.

»Schießen Sie los.«

»Worum geht's da überhaupt?«

»Das müssen Sie mir erzählen.«

»Ich glaube, es handelt sich um Aubrey Whittakers schwarzes Notizbuch. Ich weiß, dass sie Prostituierte war.«

»Das kann ich weder bestätigen noch dementieren, Gary. Geben Sie mir ein paar brauchbare Informationen.«

»Also gut. Da gibt es einmal den Eigentümer von Del Viggio Construction – eine große Baufirma im Norden des County. Dann ist da ein Pastor der Newport Maranatha Church sowie der Footballtrainer an einem College der Stadt. Außerdem taucht ein Millionär aus Irvine auf, dem eine biotechnische Pharmafirma gehört – dort arbeitet man gerade an einer preiswerten pflanzlichen Version von Viagra für Frauen. Und schließlich haben wir da noch einen Basketballprofi mit Zweitwohnsitz in Laguna. Einige sind verheiratet, einige Familienväter, einige sind weder das eine noch das andere.«

Sie war ziemlich überrascht. »Und das alles bei zwanzig Namen. Ich hätte Ihnen fünfzig geben sollen. Vielleicht mach ich das noch.«

»Sie war ’ne Edelnutte«, sagte Brice. »Mich wundert, dass all diese Typen einem Callgirl-Ring ihre wirklichen Namen und ihre Kreditkartennummern anvertrauen.«

Dazu sagte sie nichts, obwohl es sie ebenfalls wunderte.

Sie notierte sich die Namen samt Informationen über Beruf und Ehestand.

Dann gab sie Brice zwanzig weitere Namen durch, die sie aus Aubrey Whittakers Adressbuch abgeschrieben hatte. Bei einigen waren Kreditkartennummern vermerkt gewesen, bei anderen nicht. Merci fragte sich, welche Männer zu Aubreys Privatkunden gehörten. Waren das ihre Lieblingskunden, ihre Stammkunden, die das Glück hatten und reich genug waren, von ihr zum Dinner eingeladen zu werden?

Lachhaft. Callgirls kochten nicht für ihre Kunden.

Merci schaute zu Tim hinüber, der seinem Panda gerade mit einer großen orangeroten Rohrzange die Zähne putzte.

»Ist das alles?«, fragte Brice mit einem Anflug gespielter Verärgerung in seiner Stimme.

»Ja.«

»Dann hätte ich noch eine Frage.«

»Nur zu.«

»Würden Sie nächsten Freitagabend mit mir ausgehen?«

»Nein. Wie alt sind Sie?«

»Sechsundzwanzig.«

»Ich bin zehn Jahre älter als Sie.«

»Sie sind die schönste Polizistin, die ich je bei der Mordkommission gesehen habe. Außerdem gefällt mir Ihre klugscheißerische Art. Hat so was Lockeres. Wir treffen uns auf einen Drink, anschließend sehen wir uns im Kino irgendeinen Actionfilm an, dann trinken wir noch was und reden ein bisschen über den Film. Wenn Sie mir dann nicht mehr widerstehen können, dürfen Sie mit mir machen, was Sie wollen, und mich dann wegschicken.«

»Danke für die Namen. Die anderen brauche ich morgen.«

»Wie wär's denn wenigstens mit einem Kaffee?«

»Wie wär's wenigstens mit Namen?«

»Ich nehme an, Sie sind mit dem Typen liiert, der die Spürhunde trainiert.«

»Stimmt.«

»Sie werden es noch bereuen«, sagte Brice mit theatralischem Tonfall.

»Ich werde damit leben.«

»Man kann auch mit Warzen leben.«

»Keine Warze. Kein Date. Trotzdem danke für die Anfrage. Ich fühle mich ein bisschen geschmeichelt.«

»Eine Altersfrage«, sagte er. »Cool.«

Sie legte auf. Über die Männer konnte sie sich nur wundern. Da war Mike, dem jeglicher Humor abging, auf der anderen Seite Gary, der nichts ernst nehmen konnte.

Und dann war da noch Tim jr., der mittlerweile auf seiner Decke in der Ecke schlief, die eine Hand auf seiner orangeroten Rohrzange und die andere auf seinem Panda.

Kapitel 5

»Mr Moladan erwartet Sie jetzt.«

Merci bedachte die Empfangsdame, die an ihr vorbeirauschte, mit einem wütenden Blick. Die Frau war blond, jung und unverschämt schön. Sie verströmte einen Duft wie eine ganze Parfümerie. Merci bemerkte, dass Paul Zamorra die Frau ansah und sie ihn anlächelte.

Sie hatten beschlossen, Moladan ein wenig unter Druck zu setzen, auch wenn er nicht verdächtig war. Bisher wenigstens nicht. Aber wenn ein Freier Aubrey ermordet hatte, könnte er von Epicure vermittelt worden sein, und dann würde Moladan auch seinen Namen kennen. Merci erbot sich freiwillig, die Rolle des bösen Polizisten zu übernehmen, was ihr in diesem Fall nicht schwer fiel. Zuhälter waren ihr noch mehr zuwider als die rückgratlosen Idioten, die die Körper der Mädchen mieteten.

Das Bürogebäude lag in Dana Point mit Blick auf den Hafen. Epicure Services befand sich in Suite 12 im Obergeschoss. Hinter dem Tresen der Empfangsdame lag ein Flur, der an zwei kleinen Büros vorbeiführte. In jedem Büro saßen zwei Frauen, den Telefonhörer ans Ohr geklemmt und einen Stift in der Hand.

Am Ende des Flurs befanden sich Doppeltüren aus Holzimitat, die wohl Eindruck schinden sollten. In einer der Türen stand ein Mann mittleren Alters; er sah wichtig aus, hatte dunkles lockiges Haar, einen mächtigen Schnurrbart und ein breites Lächeln im Gesicht.

»Ich bin Goren«, sagte er. »Bitte treten Sie ein und nehmen Sie Platz.«

Zamorra setzte sich, während Merci stehen blieb. Sie sah zu, wie Moladan hinter seinen Schreibtisch ging und sich mit dem Rücken zum grauen Dezemberhimmel setzte. Er trug ein knappes schwarzes Polohemd, Jeans und Cowboystiefel. Für einen dicken Mann in Stiefeln war er ziemlich leichtfüßig.

An den Wänden des Büros befanden sich gerahmte Poster mit Motiven aus Italien, ein signiertes Foto mit der italienischen Fußballnationalmannschaft aus dem Jahre 1997 sowie eine Serie Schwarzweißfotos von Rennwagen auf der Piste. Jedes Foto zeigte einen Alfa Romeo.

Moladan schob einen Computermonitor beiseite. »Polizisten wollen meistens Kaffee«, eröffnete er das Gespräch.

»Ich nicht«, sagte Merci.

Zamorra schüttelte ebenfalls den Kopf.

»Was kann ich für Sie tun?«

Er setzte ein einstudiertes Lächeln auf und ließ hinter dem Schnurrbart seine Zähne aufblitzen, aber die Augen waren hart und auf der Hut. Zwar sprach er mit einem unüberhörbaren Akzent, aber seine Ausdrucksweise war gut.

»Erzählen Sie mir von Aubrey Whittaker«, sagte Merci.

»Aubrey ist eine meiner Vertragspartnerinnen.«

»Eins Ihrer Mädchen.«

»Ich benutze diesen Begriff nicht. Nein. Höchstens Frauen. Aber Mädchen nie.«

»Sie ist neunzehn.«

»Ja, eine erwachsene amerikanische Frau. Ist etwas passiert?«

»Na, was glauben Sie wohl. Auf unseren Visitenkarten, die Ihre Empfangsdame Ihnen gegeben hat, steht Mordkommission.«

»Dann schätze ich mal, es ist was passiert.«

»Sie haben eine glorreiche Zukunft vor sich.«

Moladan lehnte sich seufzend zurück. Merci ließ ihn nicht aus den Augen. Er verschränkte die Arme vor seiner mächtigen Brust. Seine linke Stirnseite war von einer senkrechten Narbe gezeichnet.

Merci musterte ihn schweigend.

Er sagte: »Was erwarten Sie von mir? Soll ich Ihre Gedanken lesen oder was?«

»Sie wurde am Dienstagabend ermordet. Überrascht Sie das?«

Mercis Strategie bei der ersten Vernehmung von Verdächtigen bestand darin, ihr Gegenüber mit Fakten und Fragen gleichzeitig zu konfrontieren, um emotionale Reaktionen zu provozieren.

»Ich bin ... absolut überrascht, ja.«

Merci nickte und nahm ihr Notizbuch heraus. Zamorra stellte sein Tonbandgerät auf den Schreibtisch.

»Das hilft uns dabei, Klarheit zu gewinnen. Sie haben doch nichts dagegen, oder?«

»Äh ... nein. Nicht im Geringsten. Ich mache es genauso wie Sie.«

Moladan holte einen schwarzen Minirekorder hervor, schaltete ihn ein und stellte ihn auf den Schreibtisch.

»Machen Sie viele Tonbandaufnahmen, Mr Moladan?«

»Wenn ich von der Polizei des Mordes bezichtigt werde, dann nehme ich das auf.«

»Würden wir Sie des Mordes bezichtigen, wären Sie jetzt auf dem Revier. Und dorthin fahren wir auch, wenn Sie das Ding nicht auf der Stelle abstellen und wieder wegpacken.«

Wut blitzte in seinen Augen auf. Ohne das Lächeln wirkte sein Gesicht hart und verlebt.

Moladan schaltete den Rekorder ab und verstaute ihn wieder in der Schreibtischschublade.

»Wir wissen, dass sie für Sie gearbeitet hat«, sagte Merci. »Wir wissen, dass sie Dienstagabend von jemandem Besuch bekam, den sie kannte und dem sie vertraute. Wir wissen, dass der Mann groß und kräftig war. Wir wissen, dass er über Umgangsformen und Geld verfügte – er war kein Durchreisender, kein Einbrecher, kein Verrückter. Und wir wissen von zwei Nachbarn, dass der Mann mit einem osteuropäischen Akzent sprach. Wir haben all das zusammengefügt, und raten Sie mal, auf wen wir dabei gekommen sind?«

»Ich habe sie am Dienstagabend nicht gesehen. Ich war zu Hause. Im Salon. Und habe der Band zugehört.«

»Ach, Sie haben Ihre eigenen Salonmusiker bei sich zu Hause?«

»Dort, wo ich wohne, müsste ich sagen. Ich wohne im Lido Bay Club in Newport Beach.«

Moladan war stolz auf seine Anschrift. In dem Club in Newport verkehrten reiche Männer, das wusste Merci. Yachten, Cocktails und Mädchen. Nixon hatte sich dort verkrochen, als die Wogen wegen Watergate hochschlugen. Während der vergangenen Jahrzehnte jedoch war der Club von einem Treff der Jungen und Schönen zu einem für ältere Herren heruntergekommen. Und jetzt hatte Goren Moladan sich dort eingenistet. Aber bei dem Geschäft, in dem er tätig war, erschien das Merci nur logisch, da es in dem Club von reichen alten Männern nur so wimmelte.

»Mädchen zu verkaufen scheint sich ja für Sie auszuzahlen.«

»Ich verkaufe Gesellschaft. Von höchster Moral und

Qualität. Die ist teuer. Ich mache einen ehrlichen Gewinn.«

»Wie teuer?«

»Tausend für die Beratung, Einführung und erste Stunde, und zweihundert für jede weitere Stunde. Das ist das Minimum. Reisen und Übernachtungen werden extra berechnet, ebenso wie Sonderwünsche. Es wird vertraglich festgeschrieben, dass keine Begleiterin angefasst oder anzüglich angesprochen werden darf. Ebenso wird festgehalten, dass sie jederzeit entsprechend ihren Wünschen zu behandeln ist. Meinen Kunden ist bekannt, dass die Damen vorzügliche Restaurants, feine Getränke und Luxusfahrzeuge erwarten. Sie können alle Angebote ablehnen oder annehmen, von Alkohol bis hin zu Körperkontakt, der mehr beinhaltet, als Arm in Arm spazieren zu gehen.«

»Entzückend«, sagte Merci. »Wo finden Sie solche feinen Herrschaften?«

»Sie werden sorgfältig ausgewählt.«

»Durch die Intelligenzbestien da draußen am Telefon?«

»Die Frauen sind zuständig für die Annoncen, außerdem führen sie Vorgespräche mit potentiellen Kunden und Begleiterinnen. Im Vorfeld ist eine Menge Arbeit zu erledigen.«

»Wie viele Mädchen haben Sie?«

»Viele Frauen. Alle Altersgruppen, alle Nationen und die unterschiedlichsten Charaktere. Aber keine Mädchen, tut mir Leid.«

»Ich wollte wissen, wie viele.«

»Es sind ungefähr achtzig, die jederzeit telefonisch verfügbar sind.«

Merci dachte darüber nach. Achtzig Aubreys da draußen, die nächtens in ihren großen, leisen Limousinen hin und her pendeln. Angesetzt auf die einsamen Reichen im

Orange County. Im Auftrag eines einzigen Goren Moladan, eines italienisierten Loddels und Unternehmers.

»Sie waren also im Salon des Lido Bay Club am Dienstagabend. Zu welcher Zeit genau?«

»Von neun bis zwei. Die Angestellten und meine Geschäftspartner dort können bestätigen, dass ich unschuldig bin. Ich gebe Ihnen die Namen und Telefonnummern.«

»Die werde ich selbst herausfinden. Was ich von Ihnen brauche, sind die Namen und Telefonnummern sämtlicher Kunden, die Aubrey Whittaker gebucht haben.«

»Oh, Sergeant Rayborn. Das kann ich wirklich nicht tun. Die Grundlage meines Geschäfts ist Vertraulichkeit. Ohne die bin ich nichts.«

Er lehnte sich zurück und hob die Hände wie ein Mann, der keine Möglichkeiten mehr sieht.

»Ohne Vertraulichkeit, Sergeant Ray ...«

»Auch mit Vertraulichkeit sind Sie nichts. Nichts als ein unechter italienischer Zuhälter mit einer Menge reicher Freier.«

»Das ist völlig falsch. Ich bin Serbe und stolz darauf. Von nun an, Sergeant, werde ich nur noch in Gegenwart meines Anwalts reden. Sie haben bei unserer Unterhaltung die Grenzen der Höflichkeit überschritten.«

»Hören Sie mir gut zu, Fettwanst. Wir wissen über Sie und del Viggio Bescheid. Wir wissen über Sie und Pastor Spartas Bescheid. Wir wissen Bescheid über Sie und Collins, den Trainer der Footballmannschaft am College. Wir sind informiert über Sie und den Drogenfuzzi, der für die Damen billigen Viagra-Tee herstellt, und genauso über Sie und den Basketballer aus Laguna.«

»Scheiße. Scheiß Bullen.«

Moladan war im Nu auf den Beinen.

Zamorra ebenso. Sein Sportmantel glitt ihm von den

Schultern, ohne dass Merci eine Bewegung registriert hatte.

Moladan starrte zuerst sie an, dann Zamorra. Irgendetwas machte ihn stutzig und brachte ihn zur Besinnung.

»Setzen Sie sich, Sie Versager«, sagte Merci. »Und sabbern Sie nicht auf Ihr hübsches Hemd. Der kleine Kerl auf dem Pferd muss sonst in die chemische Reinigung.«

Moladan ließ seinen massigen Körper wieder in den Sessel sinken. Sein Gesicht war rot angelaufen und seine dunklen Augen blitzten vor Wut.

Auch Zamorra nahm wieder Platz, den Mantel auf dem Schoß gefaltet.

Merci beugte sich vor. »Sie werden Folgendes tun: Sie rufen sämtliche Freier von Aubrey in Ihrem Computer auf und drucken uns dann die Liste aus. Wenn ich mir die Herren vorknöpfe, werde ich sagen, ich hätte ihre Namen aus Aubreys kleinem Notizbuch. Meine Freunde von der Zeitung und vom Fernsehen werde ich Ihnen vom Hals halten, wenn die wissen wollen, womit Aubrey ihren Lebensunterhalt verdient hat. Ich werde niemandem den Namen Epicure Services ins Ohr flüstern. Ein paar Wochen lang werden Sie nichts an Aubrey verdienen, weil Ihre Kunden möglicherweise ein bisschen scheu werden. Andererseits ist sie tot, sie wird Ihnen ohnehin nichts mehr einbringen. Wenn ihre Freunde wieder Lust verspüren, dann liefern Sie ihnen einfach eine neue Mieze – jung und langbeinig und gierig auf den Schund, den man mit dem Geld dieser Herren kaufen kann. Stimmt's?«

Moladan schaute erneut Zamorra an, dann Merci.

»So könnte man es sehen.«

»Philosophieren können Sie später, Sie Schleimer. Werfen Sie gefälligst Ihren Drucker an.«

Kapitel 6

James Gilliam, Chef des forensischen Labors, hatte eine Nachricht auf Merci Rayborns Schreibtisch hinterlassen: *Melden Sie sich so bald wie möglich bei mir und bringen Sie Zamorra mit.* Dieselbe Nachricht fand sie als E-Mail und auf dem Anrufbeantworter.

Gilliam, in der Regel unerschütterlich, musste auf eine heiße Spur gestoßen sein.

Zamorra hatte offenbar die gleiche Nachricht erhalten. Unterwegs zum Labor teilte er Merci mit, er müsse ihre Besprechung möglicherweise vorzeitig verlassen. Janine sollte sich am nächsten Morgen einer Behandlung unterziehen und er wollte ein paar Vorbereitungen treffen. Anschließend wollte er den Bay Club aufsuchen und Moladans Geschichte überprüfen.

»Ich hoffe, alles geht gut«, sagte Merci. Es kam ihr ziemlich lahm vor. Aber Zamorra beschränkte sich stets auf vage Andeutungen, wie sollte sie da anders reagieren? Nur über den Buschfunk in ihrer Abteilung hatte sie von Janines Diagnose gehört: Gehirntumor. Zamorra hatte das Wort ihr gegenüber nie fallen gelassen.

»Es ist ein Experiment«, sagte er.

Sie wartete vergeblich auf eine Erklärung. Der Begriff

»Experiment« jagte ihr einen Schauer über den Rücken. So deutlich war ihr Partner bisher noch nie geworden, und es war zwecklos, weiter in ihn zu dringen.

»Lass mich wissen, Paul, wenn es etwas gibt, was ich tun kann.«

»Es gibt nichts.«

Am liebsten hätte sie ihm von Hess und seinem Krebs erzählt, wie er ihn besiegt hatte, obwohl die Statistik gegen ihn gewesen war. Damals – vor genau zwei Jahren, drei Monaten und vierundzwanzig Tagen – hatte sie noch geglaubt, mit ihrer Hoffnung und ihrem Willen die Dinge ändern zu können. Daran glaubte sie jetzt nicht mehr. Aber sie glaubte nach wie vor, dass man Hoffnung und Willen brauchte, für alle Fälle. Auch wenn das Paul oder Janine Zamorra nicht im Geringsten helfen würde.

Sie gingen die Treppe hinunter. Merci lauschte auf das harte Klacken von Pauls Straßenschuhen, verglich es mit dem dumpfen, abgefederten Geräusch ihrer Dienststiefel. Davon hatte sie drei Paar, die sie zu fast jeder Gelegenheit trug, da sie unverwüstlich und bequem waren und unauffällig aussahen. Womöglich hatte Freund Nummer zwei auch Dienststiefel getragen, dachte sie.

Der Dezemberwind peitschte durch das Treppenhaus und jagte ihr die Kälte ins Gesicht. Die kahlen schwarzen Platanen neben dem Gerichtsgebäude zitterten. Merci knöpfte ihren Anorak zu und steckte die Hände in die Taschen.

»Es hat mir gefallen, wie du mit Moladan umgesprungen bist«, sagte sie, um Paul aufzumuntern, ihn auf andere Gedanken zu bringen. »Ich weiß nicht, was er in deinem Blick wahrgenommen hat, als er sich aufspulen wollte, aber es hat funktioniert.«

»Ich hab an Janine gedacht.«

Ihr blieb die Spucke weg. Sie stellte sich vor, was Moladan in Paul gesehen haben musste: einen finsteren, hageren Mann mit hasserfüllter Miene, der seinen Mantel abgelegt hatte, um sich im nächsten Augenblick auf ihn zu stürzen. Zamorra war vor ein paar Jahren von der Kripo Santa Ana zu ihnen gekommen. Santa Ana war bekannt als raues Pflaster. Von Zamorra ging etwas Bedrohliches aus – es gab Gerüchte, er habe irgendwann drei Rocker gleichzeitig verprügelt und außerdem einen Boxwettbewerb in Westminster gewonnen. Es hieß, er sei leicht reizbar. Sein Vater war als junger Mann Boxchampion in irgendeiner Gewichtsklasse gewesen.

Als Merci Paul kennen gelernt hatte, waren ihr seine verschlossene Art und die verhaltenen Bewegungen wie eine Marotte vorgekommen. Aber mit der Zeit schien ihr sein Verhalten echt. Er war einfach ein ruhiger Typ und machte nicht so viel Aufhebens um sich. Das mochte manche Leute irritieren, ihr war es recht. Wenn er einer Frau die Tür aufhielt, wirkte es lässig. Und als Sheriff Brighton sie gefragt hatte, ob sie mit Zamorra zusammenarbeiten wolle, war sie einverstanden. Er war düster und verschlossen, aber das war ihr wesentlich lieber als irgend so ein Macho-Windbeutel, von denen es bei der Polizei jede Menge gab. Sie arbeitete jetzt schon drei Monate mit ihm zusammen, aber sie hatte das Gefühl, ihn nur ein ganz klein wenig besser zu kennen als bei ihrer ersten Begegnung. Sie wusste, dass er gut sitzende Anzüge besaß, aber nicht sehr viele.

Das Rätselhafte hatte aber auch etwas Gutes, denn sie fand Menschen mit Geheimnissen interessant.

»Nett die Anspielung auf den osteuropäischen Akzent«, sagte Paul. »Es hat ihm zu denken gegeben.«

Gilliam bat sie in sein Büro und schloss die Tür. Das war neu. Normalerweise ging er mit ihnen durch das Labor, zeigte ihnen Haare und Gewebeproben unter dem Mikroskop, Fingerabdruckkarten auf einem Overhead-Projektor, Patronen und Hülsen, Skizzen mit Rekonstruktionen des Schusskanals; Klebestreifen zur Sicherung von Schussrückständen, die Dummies und Beispiele für die Rekonstruktion von Zielballistik, Messer und Schlagwaffen und die obduzierten Leichen, wenn sie sie sehen wollten. Gilliam wollte ihnen immer alles zeigen.

In seinem frisch gestärkten weißen Laborkittel nahm er hinter seinem Schreibtisch Platz und blickte missmutig drein. Vor ihm lag ein zugeklappter Aktenordner.

»Danke, dass Sie gekommen sind«, sagte er. »Ich will die ersten Laborergebnisse und den Autopsiebericht hier im Büro mit Ihnen erörtern. Danach müssen wir ein Problem diskutieren. Zumindest glaube ich, dass es ein Problem ist.«

Merci sagte nichts. Sie hatte Gilliam noch nie so mürrisch erlebt. Er hatte immer vermieden, ihr in die Augen zu sehen, weil er sie attraktiv fand. Das zu begreifen, hatte sie fünf Jahre gebraucht. Sie wusste nicht, wie sie sich dazu verhalten sollte, außer sein Problem zu ignorieren und den Mann zu respektieren. Mit Geheimnissen konnte sie gut leben; Worte machten ihr eher zu schaffen.

»Okay«, sagte Zamorra.

»Fangen wir mit der Leiche an«, sagte der Chefpathologe.

»Aubrey Whittaker ist an Herzversagen gestorben, das durch eine Schusswunde verursacht wurde. Die Kugel hat die rechte Herzkammer durchdrungen und beim Eintritt in den Muskel ein eineinhalb Zentimeter großes Loch und eine Austrittswunde von eindreiviertel Zentimeter Durchmesser gerissen. Die Rippen, das Brustbein und die Wirbelsäule sind unversehrt. Nach dem Fehlen von Blutergüssen im Umkreis der Schusswunde und dem niedrigen

Histaminspiegel im Blut zu urteilen, ist der Tod beinahe sofort eingetreten. Der Schock durch die Schussverletzung muss gewaltig gewesen sein: Er hat die Blutgefäße in den Augen platzen lassen. Daran, wie der Kleiderstoff zerrissen und das Fleisch zerfetzt ist, und an den Spuren unverbrannten Pulvers um die Eintrittswunde herum lässt sich ablesen, dass der Schuss aus unmittelbarer Nähe abgegeben worden sein muss. Das Opfer hat zwei Stunden vor dem Eintritt des Todes Hähnchenfleisch und gemischten grünen Salat mit Pinienkernen und Tomaten gegessen. Kein Alkohol. Keine Drogen. Keinerlei Hinweise auf Geschlechtsverkehr. Auch nicht auf Strangulierung, Schlagtraumata, Verstümmelung oder Folter. Keine Anzeichen eines Kampfes.

Wir haben vier leichte Hautabschürfungen, zwei auf den Schultern und zwei in den Achselhöhlen. Ob ante oder post mortem, können wir noch nicht sagen. Sie sind erst im Ultraviolettlicht zu erkennen.«

Merci versuchte, sich die Szene vorzustellen, und schrieb dann in ihr blaues Notizbuch: *Zerrspuren.*

»Nun zur Waffe und zur Munition«, sagte Gilliam. Er öffnete seinen Aktenordner, um aus dem kriminaltechnischen Bericht vorzulesen. »Sie können sich mit Dave Sweetzer über Einzelheiten unterhalten, aber dies sind die wesentlichen Einzelheiten seiner Untersuchung.

Die Patronenhülse, die Lynda Coiner gefunden hat, stammt aus einem .45er-Colt; Zentralfeuerzündung, natürlich. Dies lässt sich aus der Schlagbolzeneindruckspur ablesen. Die umlaufenden Waffenspuren deuten auf einen Auszieher und Ausstoßer hin, also eine Halbautomatik.

Dave weist besonders darauf hin«, sagte Gilliam, »dass die Hülse nicht neu ist. Sie ist zuvor schon einmal abgefeuert und mindestens einmal wieder geladen worden. Sie sollten das berücksichtigen, wenn Sie dem Staatsanwalt den Fall darlegen.«

»Wir gehen von einem Schalldämpfer aus«, sagte Paul.

»Dave auch. Es gab nicht genug Pulverspuren, um die zerfetzte Haut oder die zerrissene Seide zu erklären. Für die Schmauchspuren gilt dasselbe. Und der Abstreifring – das ist der Ring aus Rückständen um das Einschussloch, bei denen Dave nach Gleitmitteln sucht – war nicht so ausgeprägt wie bei einem aufgesetzten Schuss. Er meint, es könnte ein Schalldämpfer von fünf bis sieben Zentimeter Länge benutzt worden sein. Außerdem hat niemand in dem Apartmenthaus einen Schuss gehört. Verständlicherweise nicht, denn ein Fünfundvierziger eignet sich sehr gut für die Verwendung eines Schalldämpfers. Die Schussgeschwindigkeit liegt im Unterschallbereich, sodass es nicht zu einem Überschallknall kommt. Das Loch in der Glasschiebetür passt zu der Kugel aus einem Fünfundvierziger. Aus der Austrittswunde und dem direkten Durchschuss schließt Dave auf ein Vollmantelgeschoss.«

Merci machte sich dazu eine Notiz, während Gilliam fortfuhr.

»Natürlich können wir nicht beweisen, dass die Frau mit einer Kugel aus dieser Hülse erschossen wurde oder dass eine Kugel aus dieser Hülse die Schiebetür durchschlagen hat. Wir können auch nicht beweisen, dass die Kugel, die die Frau getötet hat, die Scheibe durchschlagen hat. Wir haben keine Kugel. Ich schätze, die liegt irgendwo draußen im Meer.«

Bislang hatte Merci die Möglichkeit nicht ernsthaft in Betracht gezogen, aber nun fragte sie sich doch, wie man eine Kugel finden konnte. Taucher? Wenn sie eine Flugbahnskizze hätte, würde es vielleicht möglich sein. Wie tief mochte das Wasser in einem Kilometer Entfernung sein, dort, wo die Kugel vermutlich im Meer gelandet war?

Sie verfluchte sich dafür, dass sie nicht in der Lage war, aus dem riesigen, grauen Pazifik eine Kugel herauszufischen.

Gilliam musterte Merci mit dem merkwürdigsten Gesichtsausdruck, den sie je an ihm gesehen hatte, dann wandte er sich wieder dem kriminalistischen Bericht zu. Erwartete er im Ernst von ihr, dass sie die Kugel beschaffte? *Was zum Teufel geht hier eigentlich vor?*

»Keine Fingerabdrücke oder auffällige Anomalien auf der Hülse«, sagte Gilliam. »Wollen wir jetzt zu den anderen physischen Beweismitteln kommen?«

Es gab Teppichbodenfasern, die auf dem Küchenboden gefunden worden waren, aber nicht aus Aubrey Whittakers Wohnung oder aus ihrem Auto stammten: beigefarben, eine Mischung aus Polyester und Nylon. Gilliam erklärte, es handle sich um übliche Fasern, wie sie von einer ganzen Reihe von Teppichbodenherstellern verwendet würden. Teppichböden aus dem Material seien relativ preiswert und weit verbreitet. Er könne später noch näher darauf eingehen, wenn sie mehr Zeit hätten, die Proben gründlicher zu vergleichen.

Merci machte sich eine Notiz dazu, aber Fasern von einem handelsüblichen, beigefarbenen Teppichboden waren etwa so nützlich wie ein Zeuge, der zwei Arme, zwei Beine und einen Kopf gesehen hatte.

Auch Tierhaare waren analysiert worden: drei, die auf dem Küchenboden gefunden wurden, zwei vom Esstisch und eins von der Küchenanrichte. Gilliam meinte, es ließe sich nicht mit eindeutiger Sicherheit bestimmen, ob es sich dabei um Ziegen- oder Pudelhaar handele, man könne nur nach dem Augenschein gehen. Er vermutete Hund, Pferd oder Kuh. Zwei Haare waren schwarz, zwei hellbraun und zwei weiß, jedes ein bis zwei Zentimeter lang.

»Um die Haare vergleichen zu können, bräuchten wir das dazugehörige Tier.«

Merci notierte sich, dass sie herausfinden musste, ob Aubrey gern geritten war oder ob jemand von ihren Bekannten mit Pferden, Rindern oder Hunden zu tun hatte.

Gilliam blätterte eine Seite in seinem Aktenordner um, dann schaute er Merci wieder an. »Bevor die Fotos und Röntgenaufnahmen gemacht wurden, haben wir auch einige Fasern am Kleid der Frau gefunden. Sie bestehen aus einem Gemisch aus schwarzer Wolle und Orlon und stammen eindeutig nicht von ihrem Kleid. Wahrscheinlich von einem Pullover oder irgendeiner Überjacke, vielleicht auch von einem Schal oder Halstuch, oder auch von einer Mütze oder Handschuhen. Wenn sie zu keinem von Aubreys Kleidungsstücken passen, haben wir einen Hinweis auf den Verdächtigen. Die Fasern sind zwischen zwei und drei Zentimeter lang.«

Merci schrieb: *Kleiderschrank und Reinigung überprüfen.*

»Der Schuhabdruck aus der Küche ist sehr brauchbar«, fuhr Gilliam fort. »Das Profil ist nicht besonders tief, aber deutlich. Man kann das Muster der Sohle erkennen, die Einkerbungen im Absatz. Größe fünf- oder sechsundvierzig. Die Frau hatte übrigens Schuhgröße einundvierzig. Wenn wir den Schuh finden, wissen wir, dass ein Mann in der Wohnung war. Wir haben den Abdruck mit allen Katalogen von Schuhherstellern verglichen, allerdings ohne Ergebnis. Das Problem ist, Schuhprofile ändern sich ständig, aber Schuhe können jahrelang halten. Sogar jahrzehntelang, wenn sie nicht allzu häufig getragen werden. Und sie werden überall auf der Welt hergestellt. Vielleicht werden wir ihn nie finden.«

Gilliam meinte, das Muster der Sohle und die Form des Abdrucks lasse seiner Meinung nach auf einen Arbeits- oder Wanderschuh schließen.

Dann lehnte er sich zurück, holte tief Luft und seufzte. »Weiter zu den Fingerabdrücken?«

»Kommen wir damit unserem Problem näher, James?«, fragte Merci.

Er überlegte. »Kommt darauf an, wie man es betrachtet.«

»Dann lassen Sie es uns betrachten.«

Gilliam schob den Aktenordner von sich, klappte ihn zu und begann mit seinen Ausführungen.

Das Labor hatte die Fingerabdrücke durch die normalen Kanäle der bundesweiten Registrierung AFIS und der kalifornischen CAL-ID geschickt. In der ganzen Wohnung seien Fingerabdrücke gefunden worden, an den Türknäufen, an den Lichtschaltern, auf der Tischplatte, etc. Am interessantesten seien die Abdrücke auf dem Besteck, das noch auf dem Tisch gelegen hatte, auf den Lebensmittelverpackungen und den ungespülten Kochtöpfen.

»Die Fingerabdrücke des Opfers haben wir eliminiert, bevor wir die Fingerabdruckkarten durchgeschickt haben«, sagte Gilliam. »Das ist einer der Gründe, warum die Überprüfung so lange gedauert hat. Außerdem gibt es einige Abdrücke, die noch ungeklärt sind. Es dauert eine Weile, bis man mit dem Auge jeden einzelnen Fingerabdruck mit denen des Mädchens verglichen hat.«

Gilliam ließ seinen Blick von einem zum anderen wandern, dann nickte er, als würde er eine Frage beantworten. Weder Merci noch ihr Partner hatten ein Wort gesagt.

»Also«, fuhr er fort, »wir haben es mit zwei, vielleicht drei verschiedenen Personen zu tun, deren Fingerabdrücke in der Wohnung gefunden wurden. Zwei Abdrücke könnten von ein und derselben Person stammen – sie sind unvollständig, undeutlich, zweifelhaft und lassen sich nicht überprüfen. Aber die andere Person hat ihr Zeichen überall hinterlassen. Am Besteck, auf dem Tisch, auf dem

Türknauf, an der Kaffeetasse. Und, nun ja ... durch CAL-ID ist er identifiziert worden. Dort werden die Fingerabdrücke aller kalifornischen Polizisten, ob lebend oder tot, gespeichert. Sie stammen von Mike McNally.«

Merci spürte, wie ihr Herz wie wild zu pochen begann.

»Coiner weiß Bescheid«, sagte Gilliam. »Aber ich muss damit zu Brighton. Und zwar bald.«

Zamorra warf Merci einen Blick zu.

Sie sah ihn an, dann Gilliam. »Lassen Sie zuerst mich mit ihm reden.«

Kapitel 7

Spahn, der stellvertretende Captain, sagte ihr, Mike habe sich krankgemeldet. Er wirkte überrascht, dass Merci nicht informiert war. Alle in der Abteilung wussten, dass sie mehr oder weniger zusammen waren, und die meisten, wie Spahn auch, vermuteten mehr. Die jüngeren Deputies behandelten sie wie ein Paar – mit Respekt. Die Älteren hatten angefangen nachzufragen, wann die Hochzeit stattfinden werde. Merci betrachtete das Ganze als eine schamlose Verletzung ihrer Privatsphäre, aber sie konnte nichts daran ändern.

»Ich bin sicher, dass er zu Hause ist«, sagte der Captain wohlmeinend.

Sie fuhr zu Mikes Haus im Modjeska Canyon hinaus. Am Nachmittag waren dichte Wolkenfelder von Nordwesten her aufgezogen und es war düster und windig. Es kam ihr vor, als würde der Herrgott grollen und sich darauf vorbereiten, ihr eine Lehre zu erteilen. Das Gewitter würde um Mitternacht losgehen. Sie fuhr schnell, auf dem Sitz neben ihr lag ihr 9-mm-Revolver, mit der linken Hand hielt sie das Lenkrad, die andere war frei für das Funkgerät oder das Telefon.

Mike lebte in einem kleinen Haus auf einem großen

Grundstück mit viel Platz für seine Hundezwinger. Er hatte keine unmittelbaren Nachbarn. Der Canyon war nach der Schauspielerin Helena Modjeska benannt, die im frühen zwanzigsten Jahrhundert dort ein Sommerhaus hatte errichten lassen. Mikes Haus lag ein Stück entfernt von der Schotterstraße und war umgeben von gewaltigen Eichen, die das Grundstück in ewigen Schatten tauchten. Als Heizung diente immer noch ein Kamin mit Holzofeneinsatz. Insgesamt ein malerisches Ambiente, aber bei Mike war es noch kälter als bei ihr zu Hause, außerdem schien das Haus überhaupt keine Sonne abzubekommen. Sie hatte es nie gemocht.

Mike war erst vor drei Monaten in dieses dunkle Haus gezogen, was wohl seiner zunehmend düsteren Stimmung entsprach. Zur gleichen Zeit war er in eine Kirche eingetreten und hatte häufiger das Thema Heirat erwähnt, auf das sie stets mit Ausflüchten reagierte. Er hatte gemeint, er fühle sich leer. Er wolle den Geist Gottes in sich spüren. Er wolle Sicherheit in seinem Leben mit einer Frau, mit ihr.

Merci respektierte seine Schwermut, fragte sich jedoch, woher sie kam. Er hatte nicht den Tod eines geliebten Menschen zu verkraften. Seine Eltern und seine Geschwister lebten noch und erfreuten sich bester Gesundheit. Seine Partnerin war nicht umgebracht worden. Er war nie von einem Psychopathen zum Narren gehalten worden. Sein Lebensweg war geradlinig, er war gesund, sah gut aus und hatte viele Freunde.

Es fiel ihr schwer, an Dinge zu glauben, die eher konturlos waren als fest umrissen, emotional anstatt greifbar. Sie glaubte eher daran, dass Fakten Gefühle hervorriefen. Tim jr. bedeutete Glück, zu viel Whisky einen Kater, eine falsche Einschätzung führte zu dysfunktionaler Erinnerung und zu Albträumen. Manchmal fragte sie sich, ob Mike Dinge erstrebte, für die er noch nicht reif war.

Sie parkte neben dem Holzstapel, der unter dem Dachüberstand gelagert und mit einer Plastikplane abgedeckt war, und bemerkte die erst kürzlich aufgelegte Reihe von Scheiten aus Eukalyptusholz.

Mikes Van mit dem Hundegitter stand neben dem Haus. Die Hunde bellten, als sie ausstieg. Rauch quoll aus dem Schornstein und wurde vom Wind in die Baumkronen geweht.

Als Mike die Tür öffnete, war ihr gleich klar, dass er betrunken war. Sie hatte ihn vielleicht dreimal in ihrem Leben betrunken erlebt, ein Irrtum war ausgeschlossen. Als Trinker gab er eine erbärmliche Figur ab.

»Hab mir gedacht, dass du das bist«, sagte er.

»Du hast bestimmt schon drei Martinis intus, stimmt's?«

»Eine Flasche Whisky, die mir irgendein Arsch an meinem Geburtstag geschenkt hat. Haut einen völlig um. Komm rein.«

Sie trat ein in die vertraute Umgebung. Der Fransenteppich auf dem Holzboden, von den Hunden zerkratzt. Die grünen Sofas, die nicht zusammenpassten und im rechten Winkel zueinander standen, groß genug, dass man darauf schlafen konnte. Als Couchtische dienten Überseekoffer, die übersät waren mit Zeitschriften, Kaffeetassen und Dannys Spielsachen. Dannys Königsnatter in einem Terrarium neben dem Fenster. Die Eichenvitrine voller Gewehre vor der Wand aus grobem Kiefernholz. Und die gerahmten Fotos von Hunden, Vögeln und Forellen, die Mike aus Magazinen ausgeschnitten hatte.

»Ich nehme an, du hast mit Gilliam gesprochen«, sagte Mike.

»Ja.«

»Willst du mir sagen, was er rausgefunden hat?«

»Das möchte ich von dir hören.«

»Das hab ich mir schon gedacht. Willst du einen Schluck von dem Zeug?« Er schwenkte ein Glas in ihre Richtung.

»Nein. Sprich mit mir, Mike.«

Sie nahmen auf verschiedenen Sofas Platz, gemeinhin ein Zeichen für Missstimmung zwischen ihnen. Merci wollte es so, während Mike eher Nähe vorzog, es sei denn, er war sauer auf sie. Sie bemerkte die Haare auf dem Sofastoff, genau wie die, die Gilliam beschrieben hatte – die Haare der Spürhunde.

Er beugte sich vor und setzte sein Glas auf einem Koffer ab. »Ich bin Dienstagabend dort gewesen. Von halb neun bis Viertel nach zehn. In der Zeit war sie *zufällig* noch am Leben.«

Merci hörte die Hunde noch immer in ihrem Zwinger bellen und Eichelhäher, die in den Eichen krächzten.

»Fang von vorne an.«

Er seufzte, schwenkte sein Glas, nahm einen Schluck und sah sie an.

»Es hatte rein berufliche Gründe.«

»Bei wem von euch beiden?«

Er starrte sie an. Unter der jungenhaften Tolle seines Blondschopfs wirkten seine Augen klein und boshaft. »Lies keinen Mist da hinein, der nicht da ist.«

»Ich höre nur zu.«

Er trank noch einen Schluck. »Ich wollte mir Klarheit verschaffen über die Geschichte mit Epicure Services. Es gab ein paar Dinge, über die wir uns verständigen mussten, die geklärt werden mussten. Wir waren in den Vorbereitungen, sie für ein Treffen mit Moladan zu verkabeln.«

»Bist du bewaffnet zum Abendessen gegangen?«

Er nickte. Merci wusste, dass Mike eine .45er-Automatik trug. Es war die Waffe, die von den alten Hasen bevorzugt wurde und für ihre Durchschlagskraft bekannt war. Die meisten Jüngeren benutzten 9-mm-Pistolen oder eine .357er-Magnum, die auch für ihre Durchschlagskraft bekannt waren. Die Geschossgeschwindigkeit der .45er-Automatik lag um hundert Meter pro Sekunde niedriger, sodass sie sich schalldämpfen ließ, während die anderen einen Überschallknall erzeugten, der sich durch keinen noch so guten Schalldämpfer unterdrücken ließ. Mike, der mehr von traditioneller Technik hielt, hatte sich für die größere und langsamere Waffe entschieden.

»Wo hast du sie getragen?«

»Wie sonst auch.«

»Und was hat sie gesagt?«

»Ich sollte sie an die Stuhllehne hängen, aber ich hab's nicht getan.«

»Und worüber habt ihr geredet?«

»Wie man sich bewegt, wenn man verkabelt ist, wie man seine Rolle spielt, wie man Goren Moladan überführen könnte, solche Sachen.«

»Wer ist D. B.?«

Er wurde rot. Selbst im Dämmerlicht dieses alten Landhauses konnte sie das sehen.

Er schüttelte sich die Haare aus dem Gesicht. »Ich.«

»Und was hat das zu bedeuten?«

»Nur ein Spitzname. Aubrey hatte wirklich einen lebhaften Sinn für Humor.«

Merci ließ ihr Schweigen auf ihn wirken. Sie fühlte sich hohl und betrogen, und sie spürte, wie sie langsam wütend wurde.

»Dark Boy«, fügte er schließlich hinzu. »Weil ich immer so ernst bin und nie lächle.«

»Du hast ihr diese Karte geschickt. Über Freundschaft.«

»Genau darum ging es, Merci. Um *Freundschaft.*«

Mike goss Whisky nach. Dann schüttelte er die Eiswürfel und stand auf. Er bewegte sich mit der Bedächtigkeit eines Betrunkenen, strahlte eine dumpfe Selbstsicherheit aus. Merci schaute zu der Telefonecke vor der Küchentür hinüber, ein Tischchen mit Telefon, Anrufbeantworter und Notizblock, davor ein Stuhl. Über diese Stuhllehne hängte Mike in der Regel sein Halfter, außer wenn sein Sohn Danny bei ihm war – an jedem zweiten Wochenende – und wenn er schlafen ging. Dann hing es an der Rückseite der Badezimmertür über einem Mantelhaken. Jetzt befand sich das Halfter über dem Stuhl.

Er setzte sich wieder und hielt sein nachgefülltes Glas übervorsichtig vor sich ausgestreckt.

»Ich will dir erzählen, Merci, was ich in ihr gesehen habe. Ich habe in ihr eine junge Frau gesehen, die voller Potential und Leben war, die sich aber durch das, was sie tat, völlig vergeudete. Das war meine Meinung über sie und das hat sie von Anfang an gewusst. Und sie, nun, sie wusste auch, dass ich Recht hatte. Ich habe alles getan, was in meiner Möglichkeit stand, um sie aus dieser Welt rauszuholen. Sie wünschte sich einen Freund. Sie wünschte sich einen Mann, der nicht nur bezahlten Sex von ihr wollte. Sie wünschte sich einen Vater und einen Bruder. Einen Freund. Und das war es, was ich versucht habe, für sie zu sein.«

»Wie?«

Er schnaubte durch die Nase und starrte sie an. »Was glaubst du wohl? Ich habe sie ein paar Mal mit in die Kirche genommen. Wir haben gebetet und über Möglichkeiten gesprochen, darüber, was sie sonst noch machen könnte. Wir haben ganz alltägliche Dinge gemacht. Wir haben Spaziergänge am Strand gemacht, sind im Park gewesen. Wir haben ... uns einfach treiben lassen. Das ist doch wohl nicht zu schwer zu verstehen, oder? Zwei Menschen, die sich einfach *ihres Lebens freuen*?«

Merci hatte das Gefühl, als würde ihre Haut brennen.

Sogar das Sehen fiel ihr schwer. Immer wenn sie wütend wurde, verengte sich ihr Gesichtsfeld, und die Farben verschwanden, so als würde sie die Dinge durch den Lauf einer Flinte betrachten.

»Das ist überhaupt nicht schwer zu verstehen. Und was ist für dich dabei rausgesprungen, Mike?«

»Was meinst du mit ›dabei‹?«

»Deutlicher kann ich dir's nicht erklären.«

Er trank und setzte das Glas ab. »Ich mochte sie. Ich habe ihre – äh – Zwangslage nicht ausgenutzt. Sie war eine angenehme Person mit viel Sinn für Humor, und sie ist von jedem, mit dem sie näher zu tun hatte, bloß ausgenutzt worden, angefangen bei ihren Eltern. Sie hatte sie seit drei Jahren nicht gesehen. Ich hab mich gefühlt wie ihr ... Beschützer. Wie jemand, der ihr einen neuen Anfang ermöglichen konnte. Und was für mich dabei ›rausgesprungen‹ ist, Merci, kann ich dir genau sagen: Es war gut für mein Selbstwertgefühl. Weil ich nichts als Gegenleistung von ihr wollte. Ich habe nichts angenommen. Ich habe sie einfach nur mit Anstand und Respekt behandelt. Einfach nur mit ganz gewöhnlicher Freundlichkeit. Dabei habe ich mich gut gefühlt. Und ich wurde gebraucht. Ich glaube, sie brauchte mich.«

»War sie in dich verliebt?«

Er schaute weg, erst zum Kamin, dann zum Fenster hinaus, schließlich auf den Boden. »Ich glaube, sie fing an, so ein Gefühl zu entwickeln. Als ich gesehen habe, welche Mühe sie sich mit dem Abendessen gegeben hatte, wurde mir das klar. Vorher nicht.«

»Warst du verliebt in sie?«

»Absolut *nicht*, verdammt noch mal. Hörst du mir denn nicht zu?«

»Bisher habe ich dich nicht sagen hören, dass du nicht in sie verliebt warst.«

»Spar dir die Haarspalterei. Das ist unfair.«

»Ich habe dich gefragt, ob du in sie verliebt warst.«

»Und ich habe gesagt, nein. Welcher Teil von dem Satz ist so schwierig?«

Sie spürte seine aufkommende Wut, die ihren eigenen Ärger überdeckte und auslöschte. Sie schwieg einen Augenblick in der Hoffnung, er würde sich wieder beruhigen. Aber an seiner Gesichtsfarbe und seinem nervösen Blick konnte sie ablesen, dass das nicht der Fall war.

»Ich bin in *dich* verliebt«, stieß er hervor. Sie hatte noch nie erlebt, wie jemand diese Worte so giftig ausgesprochen hatte.

»Mein Gott, Mike«, sagte sie ruhig. Dann stand sie auf und trat an den Kamin. Sie konnte die Hitze spüren. Der alte Dielenboden knarrte unter ihren Schuhen. Ein Windstoß fuhr durch die Eichen, und sie hörte, wie die Plastikplane gegen den Holzstapel schlug. Sie ging hinüber zum Waffenschrank, dann zum Telefontischchen und blieb schließlich an dem Fenster stehen, das nach Süden zeigte.

Es war ihr noch nie passiert, dass ihre Arbeit und ihr Herz in einer Sache derart miteinander vermischt waren und in verschiedene Richtungen an ihr zerrten. Mit Hess hatte es keine Missstimmungen gegeben, nur Meinungsverschiedenheiten. Die Hitze des Kaminfeuers und Mikes Wut verursachten ihr ein Gefühl von Klaustrophobie und Schwäche. Die innere Leere wich einem trockenen Feuer.

War sie vielleicht nur ein egoistisches Miststück, das den Männern entweder den Tod oder aber Unglück brachte?

»Diese Geschichte hat sehr viel mit dir zu tun«, sagte Mike.

»Bitte erklär mir diese Bemerkung.«

»Na ja, du ... kommst mir nie entgegen.«

Sie sah ihn an. Er schaute beim Sprechen in sein Glas.

»Du fasst mich nicht an. Du küsst mich nicht. Du redest nicht mit mir. Du machst keine Pläne. Du träumst nicht. Du gibst mir nicht das Gefühl, gebraucht zu werden oder überhaupt da zu sein. Du tust überhaupt nichts.«

»Ja, da hast du Recht.«

»Also, was erwartest du von *mir*?«

»Dich in eine andere zu verlieben.«

»Ich habe dir gesagt, *ich war nicht in sie verliebt*! Verstehst du das nicht?«

Sie kapierte es endlich. Sie hatte ein paar Minuten gebraucht, bis sie es sah. Mike hatte Recht. Mike sagte die Wahrheit. Jedenfalls einen Teil der Wahrheit.

»Du warst dabei, dich in sie zu verlieben. Und du warst unglücklich und hattest Angst vor den Konsequenzen.«

Er drehte sich auf dem Sofa zu ihr hin und sah sie an. Sein flehender Gesichtsausdruck hatte etwas offenkundig Kindisches. Dann stand er schwankend auf.

»Ich habe sie nie mit solchen Hintergedanken berührt. Ich habe ihr die Hand geschüttelt. Ich habe sie umarmt, als ich an dem Abend weggegangen bin.«

Merkwürdig, wie sich ihr Herz anfühlte in diesem Augenblick, als wäre es in eine eiserne Decke gehüllt und von einem Schiff über Bord geworfen worden. Sie trat auf ihn zu und sah ihm in die Augen.

»Aber was, Mike? Du hast nie dies, du hast nie das. Aber was war dann? Was hat der letzte Satz zu bedeuten?«

»Ich habe ihr gegenüber nie etwas mit Hintergedanken getan. Ich habe mich genauso verhalten, wie du es tust.«

»Aber?«

»Aber ich habe ihre Gesellschaft genossen.«

»Genossen, aha.«

»Ja, ich habe es genossen. Ich ... ich habe mich danach gesehnt. Wie sie aussah und wie sie sich bewegte und wie sie redete und was sie sagte. Wie sie duftete. Ich wollte bei ihr sein. Im selben Zimmer mit ihr. Sie gab mir das Gefühl, das ich immer mit dir haben wollte. Aber ich hatte diese Gefühle absolut, hundertprozentig unter Kontrolle.«

»Tatsächlich, Mike?«

»Absolut. Und du bist eine Närrin, wenn du mir das nicht glaubst.«

»Hast du sie getötet?«

Er kam um das Sofa herum, stolperte, packte sie am Arm und schleuderte sie quer durchs Zimmer. Sie taumelte gegen die Wand, behielt aber das Gleichgewicht und stützte sich mit den Händen an der Wandverkleidung ab.

»Ja«, sagte er. »Ich hab mir einen Schalldämpfer gekauft. Ich habe mit ihr zu Abend gegessen, dann hab ich sie umgelegt. Los, verhafte mich.«

Sie schaute wieder zu dem Telefontischchen hinüber und er bemerkte ihren Blick.

»Du weißt, dass das ein Witz war«, sagte er. »Stimmt's?«

»Ich werde darüber nachdenken. Ich gehe jetzt.«

Seine Stimme überschlug sich jetzt vor Panik, Scham und wer weiß was noch.

»Merci, es tut mir wirklich verdammt Leid, was ich gerade getan habe. Das bin nicht ich. Du weißt, dass das nicht ich bin. Du weißt es, sag's doch. Du weißt es doch?«

»Ich weiß. Bleib, wo du bist.«

Sie starrte ihn an, während sie durch das Zimmer zur Tür ging.

Mike blieb wie angewurzelt stehen, wie überrascht, als hätte er erst jetzt begriffen, was er getan hatte. Dicke Tränen liefen ihm über das gerötete Gesicht und seine Mundwinkel waren herabgezogen wie bei einer griechischen Satyr-Maske.

»Es tut mir so verdammt Leid, Merci. Ich liebe dich so sehr. Geh nicht. Geh du nicht auch noch weg.«

Sie bemühte sich, nicht zum Wagen zu rennen, sie wollte keine Angst zeigen. Sie nahm die Autoschlüssel in eine Hand und packte den Griff ihrer Heckler&Koch mit der anderen. Sie warf einen Blick auf den Rücksitz, bevor sie einstieg. Sie verriegelte die Türen und ließ den Achtzylinder an. Sie sah Mike in der Tür und dann nur noch eine Staubwolke im Rückspiegel, als der schwere Impala vom Grundstück schoss.

An einem Supermarkt in Orange hielt sie an, um sich ein Sandwich und die neuesten Tageszeitungen zu holen. Ihre Hände zitterten immer noch, als sie die Münzen in den Automaten warf. Ihr Herz klopfte schnell und unregelmäßig, als wäre es aus dem Takt geraten. Sie hatte einen schlechten Geschmack im Mund. Als ein Penner sie anbettelte, hätte sie ihm am liebsten mit dem Pistolenknauf eins übergebraten.

Weil sie mit Zamorra reden wollte, rief sie im Büro an, doch er war immer noch im Krankenhaus.

Sie stieg wieder in den Wagen, fuhr an die entfernteste Ecke eines fast leeren Parkplatzes und heulte sich aus. Sie gab sich dafür eine Minute, vergoss ihre Tränen und tupfte sie dann mit einem schaudernden Atemzug weg.

Geheimnistuerischer Scheißkerl, dachte sie. Hat sowieso nicht den Mumm, jemanden umzulegen.

Und jetzt hatte sie auch noch ein Mordgeständnis von ihm. Zwar ein betrunkenes, sarkastisches, aber in jedem Fall ein Geständnis. Mit so etwas ließ sich ein Haussuchungsbefehl erwirken. So was ließ sich als Beweismittel vor Gericht verwenden.

Es ließ sich aber ebenso annehmen, dass die Worte im Zorn gesagt worden waren und eigentlich das Gegenteil ausdrücken sollten.

Sie wusste, dass er Aubrey Whittaker nicht getötet hatte,

obwohl er wahrscheinlich alles mögliche andere mit ihr angestellt hatte.

Merci stieg aus dem Wagen, drehte ein paar Runden und stieg wieder ein. Sie kramte ihren Terminkalender hervor und sah nach, was heute noch auf dem Programm stand. Trotz der Tatsache, dass ihr Verehrer sie vermutlich mit einer Hure betrogen und dann auch noch den Mord an ihr gestanden hatte, gab es noch ein paar positive Dinge, auf die sie sich freuen konnte.

Wie zum Beispiel ihre Verabredung um zwei Uhr mit dem Psychiater Dr. Sid Botts – dessen Name sie sich mit Hilfe von Aubrey Whittakers Adressbuch, dem Kalender und einem bisschen Menschenkenntnis zusammengereimt hatte –, dem vorletzten Menschen, der Aubrey Whittaker lebend gesehen hatte.

Dann noch der Termin um halb vier bei Reverend Lance Spartas, dem Leiter der Christian Singles bei der Newport Maranatha Church. Er war einer der beiden Freier, bei dem die Überprüfung auf Waffenbesitz positiv ausgefallen war. Ihm gehörte eine .45er-Smith-Automatik, die er vor drei Monaten erworben hatte.

Und um fünf Uhr war sie mit Bob del Viggio verabredet, Bauunternehmer, Parteiförderer und Kunde von Aubrey Whittaker.

Außerdem lag ein Sandwich mit Putenfleisch unberührt auf dem Beifahrersitz.

Reiß dich am Riemen, Mädel.

Sie rief im Krankenhaus an, aber Zamorra war kurz zuvor gegangen.

Der Mord an Aubrey Whittaker hatte es auf die Titelseiten der Lokalteile bei *Times, Register* und *Journal* geschafft. Bisher hatte kein Reporter etwas herausgefunden, das sie nicht schon wusste. Alle drei beschrieben Aubrey als »professionelle Hostess«. Niemand erwähnte Epicure Services.

Sie faltete die Zeitungen zusammen, packte sie auf den Rücksitz und schaute durch die Windschutzscheibe auf den dunkler werdenden Himmel.

Kapitel 8

Botts war ein dicker, ungepflegter Mann mit Freud'schem Ziegenbart und rosigen Wangen. Die Lesebrille hatte er sich um den Hals gehängt. Sein weißes Hemd wirkte weder sauber noch gebügelt, seine Kordjacke spannte über dem Bauch und wurde von den Schultern nicht ausgefüllt. Sein Händedruck war warm. Merci verspürte den Impuls, sich auf die erstbeste Couch fallen zu lassen und sich über Mike McNally auszukotzen.

Das Gebäude lag in Santa Ana, am anderen Ende der Stadt. Merci durchquerte das unbesetzte Wartezimmer und ging direkt in das Behandlungszimmer. Eine Couch, ein Sessel, ein Schreibtisch mit einer Art-déco-Lampe, vier Regale voller Bücher, zwei weitere Lampen und zwei Fenster, an denen Jalousien den düsteren Tag ausblendeten.

»Ich habe heute die Zeitung gelesen«, sagte er. »Es hat mich sehr traurig gestimmt. Obwohl Sie mir schon bei Ihrem Anruf von ihr erzählt hatten.«

»Danke für den Termin.«

Botts nahm hinter seinem Schreibtisch Platz und Merci setzte sich auf die Couch. Er bemerkte, dass sie ihr blaues Notizbuch zur Hand nahm. »Wie ich schon am Telefon sagte, ich kann hier nicht Aubreys Privatsphäre ausbreiten.

Ich kann nur in sehr allgemeinen Begriffen über sie sprechen. Aber wenn ich Ihnen helfen kann, den Täter zu finden, haben Sie meine Unterstützung. Das erscheint mir menschlich notwendig.«

»Ich will ganz offen mit Ihnen reden, Doktor. Aubrey Whittaker war Prostituierte. Ich nehme an, dass Ihnen das bekannt ist.«

»Ja.«

»Wir haben bisher noch keinen Verdächtigen. Ich habe eine Kopie ihres kleinen schwarzen Buches mit vielen Namen und Verabredungen. Es sind zu viele. Allein die Existenz dieses Büchleins könnte ein Mordmotiv sein. Ich muss die Sache eingrenzen.«

»Was möchten Sie wissen?«

»Ob sie mit jemandem ein Verhältnis hatte. Mit jemandem außerhalb der Arbeit.«

Botts räusperte sich. »Ja, da gab es jemand«, sagte er mitfühlend. »Sie hat mir gegenüber nie seinen Namen oder seinen Beruf erwähnt. Aber sie hat vor kurzem jemanden kennen gelernt – vielleicht vor einem Monat – und sie schien sich Hoffnungen auf eine Beziehung zu machen. Sie war ziemlich ... angetan von dem Mann. Sie sagte, sie habe ihn bei einer Religionsgemeinschaft getroffen. Ich weiß nicht, bei welcher. Sie probierte ständig neue aus, in der Hoffnung, eine Kirche zu finden, in der sie sich wirklich wohl fühlte. Das war auch eine Seite von Aubrey, die für sich persönlich auf der Suche nach etwas war, womit sie glücklich sein konnte. Sie probierte verschiedene Dinge aus, so wie die Perücken, die sie trug und die interessanterweise alle blond waren.«

Merci hatte keine Ahnung, ob das interessant war oder nicht. Sie notierte sich: *Für Botts alle blond, aber im Wandschrank gab es noch andere Farben.*

»Was stimmte nicht an den anderen Kirchen?«

»Sie waren ihr zu oberflächlich, zu persönlich, zu aufdringlich. Zu viel Geselligkeit und zu wenig Religion. Aubrey wünschte sich einen Gott, der fair, aber streng war. Sie wollte bestraft und schließlich gerettet werden. Sie glaubte, dass sie beides verdient hätte.«

Merci dachte über die Widersprüche in Aubrey Whittakers Persönlichkeit nach: den Körper verkaufen und die Seele retten, der Gott der Vergebung und der Gott des Zorns.

»Was können Sie mir noch über diesen Kirchenfreund sagen?«

Botts stützte sich auf die Ellbogen. Sein Jackett rutschte nach oben. »Groß. Kräftig. Gut aussehend. Höflich. Ehrlich. Unverheiratet. Sie sagte, er sei ganz anders als alle Männer, die sie bisher kennen gelernt habe.«

»Wo wohnt er?«

»Das hat sie nie erwähnt.«

»Ein Kirchenmitglied?«

»Gut möglich.«

Merci überlegte. »War sie in ihn verliebt?«

»Ich glaube schon, ja.«

»Hatte sie Angst um ihr Leben?«

»Nein. Ich glaube nicht, dass sie dachte, sich irgendwie in Lebensgefahr zu befinden.«

»Wie lautete Ihre Diagnose über sie?«

Botts räusperte sich erneut. »Depression.«

»Was haben Sie ihr verschrieben?«

»Nichts. Wir sprachen über Medikamente, die Vor- und die Nachteile. Sie entschied sich gegen eine solche Behandlung.«

»War es die richtige Entscheidung?«

»Ich denke schon. Nach unserer ersten Sitzung sagte ich ihr, dass sie tiefe, ungeklärte Gefühle für ihren Vater hegte. Sie lachte darüber, weil das so offensichtlich war. Ich lachte nicht. Ich werde Ihnen gegenüber diese Geschichte jetzt nicht vertiefen, aber ich kann Ihnen so viel sagen, dass sie gute Gründe für ihre Gefühle hatte. Sie war eindeutig nicht psychotisch und hing auch keinen Wahnvorstellungen nach. Ich spürte bei ihr eher die Neigung zu Würde und vielleicht zu Paranoia und auch Depression. Und sie neigte zu Selbstbestrafung, zu Selbstkritik. Für mich stand fest, dass sie weite Gefühlsbereiche nie ausgedrückt oder erforscht hat. Vieles hatte sie einfach verdrängt, um sich zu schützen. Aber meiner Meinung nach war sie für ihr Alter ziemlich scharfsinnig, sich ihrer selbst sehr bewusst und voller Tatkraft. Sie brauchte keine Medikamente. Was sie brauchte, war *Meditation*. Zeit, über Dinge nachzudenken. Und eine andere Arbeit, am besten ganz weit weg von hier. Auf keinen Fall hier oder in Oregon. Dort ist sie aufgewachsen. In Portland.«

Merci dachte nach. In ihr Notizbuch schrieb sie: *Laut Botts Oregon, Iowa laut Mike.*

»Was für ein Typ war sie, Doktor? In Worten, die auch ein Laie versteht.«

Er lächelte. »Respektlos. Auf der Hut. Gelegentlich sarkastisch. Selbstkritisch bis zur Selbstablehnung. In Bezug auf bestimmte Dinge sehr romantisch. Zum Beispiel was Pferde anging – obwohl sie nur einige Male geritten war. Oder was nette Männer anging – auch wenn sie nie einen kennen gelernt hatte, zumindest bis zu diesem neuen Kerl. Es war offensichtlich, dass sie auf der Suche war nach einer idealen Welt, einer Welt, von der sie sich ausgeschlossen fühlte. Ihre rachsüchtigsten und negativsten Gefühle bewahrte sie für Männer im Allgemeinen auf und für sich selbst.«

»Was hielt Aubrey Whittaker von sich selbst?«

Botts seufzte. »Meistens hat sie sich selbst verabscheut, Sergeant. Manchmal bemitleidet.«

Merci dachte darüber nach. Wie das Leben von der geraden Bahn abweichen kann und einen ins Schleudern geraten lässt. Wie im Auto. Man fährt zu schnell, fliegt aus der Kurve und rast in einen Lastwagen. In einen Lastwagen mit Schalldämpfer.

»Hat sie jemals von ihrem Boss geredet?«

»Nie.«

»Goren Moladan?«

»Nein.«

»Sie hat wohl an der Agentur vorbei gearbeitet, soweit ich das sehe. Unter bestimmten Umständen kann das tödlich enden.«

»Heutzutage scheint das für alles zuzutreffen. Auf der Autobahn fahren, die Haustüre öffnen.«

Diese Art von Feststellungen fasste Merci häufig als Beleidigung ihres Berufsstands auf, aber in diesem Fall reagierte sie nicht. »Dr. Botts, hat sie die Sitzungen bei Ihnen aus eigener Tasche bezahlt?«

»Ja.«

»Nur noch eine Frage, Doktor. Bei wie vielen anderen Männern hat sie sich, solange sie bei Ihnen in Behandlung war, ernsthafte Hoffnungen gemacht? So wie bei diesem letzten, den sie angeblich in der Kirche kennen gelernt hat?«

Botts schüttelte langsam den Kopf und auf seinem Gesicht erschien ein trauriger Ausdruck. »Nur bei ihm.«

Lance Spartas, stellvertretender Pastor bei der Newport Maranatha Church, hatte darauf bestanden, Merci nicht in der Nähe seines Arbeitsplatzes zu treffen. Das roch nach schlechtem Gewissen, was allerdings verständlich war bei einem Mann, dessen Kreditkartennummer im Notizbuch einer Prostituierten gefunden worden war.

Er war groß, dunkelhaarig, sah gut aus und lächelte, als wäre er bei etwas erwischt worden und wüsste, dass ihm verziehen würde. Anfang dreißig. Modische Kleidung, große Armbanduhr, markanter Haarschnitt. Ein Spinner, dachte sie, die Art Typ, den sie am liebsten auf der Stelle mit dem Kopf in die Kloschüssel drücken würde.

Sie saßen in der Bar eines teuren kleinen Steakhauses auf dem Coast Highway. Das riesige Aquarium hinter dem Tresen kam ihr überirdisch vor: leuchtende Geister, die zwischen Felsen und Luftblasen schwebten. Die Bar war fast leer.

»Danke, dass Sie bereit waren, mich hier zu treffen«, sagte Spartas. Er klang nervös.

»Das verstehe ich.«

»Ich kannte sie wirklich nicht besonders gut. Soweit ich weiß, war sie nur einmal bei uns. Sie kam nach dem Gottesdienst in meine Gruppe, den Christlichen Singles. Das war vielleicht so vor sechs, acht Wochen. Danach habe ich sie nicht mehr gesehen.«

Schlechtes Gewissen, dachte Merci erneut. Bestrebt zu helfen und zu gefallen und zu lügen.

Die Kellnerin kam und schenkte Spartas ein Lächeln. Sie redete ihn mit Lance an. Er nannte sie Sherry. Er erkundigte sich, wie es ihr ging, und wollte wissen, wann sie zum Gottesdienst kommen würde.

»Samstagabends ist die Hölle los«, sagte Sherry und schob einen Stapel Kassenbons in einen Plastikumschlag auf einem runden Tablett. Sie stellte Spartas eine Limo und Merci eine Tasse Kaffee hin, dann verschwand sie mit einem quietschenden Geräusch ihrer Turnschuhe, das Tablett in die Höhe haltend.

»Waren Sie mal in Aubreys Wohnung?«

»Äh, nein. Ich habe keine Ahnung, wo sie gewohnt hat.«

»Haben Sie sie jemals privat getroffen?«

Er schüttelte den Kopf, sagte jedoch nichts, sondern presste die Lippen um seinen Strohhalm. Er warf ihr einen Blick zu, dann schaute er zum Aquarium hinüber.

»Kam sie allein zur Kirche?«

»Mhm. Nach dem Gottesdienst ist sie bei den Singles aufgetaucht. Das ist die Gruppe der Zwanzig- bis Dreißigjährigen. Sie stellte sich vor als Marketingberaterin mit Wohnsitz im Orange County. Sie sei eben erst von Fort Worth hierher gezogen, wo sie aufgewachsen sei. Sie erzählte, was ihr Spaß machte: Reiten, Rollerskates fahren, sich Ausstellungen ansehen. Sie sagte, sie sei dreiundzwanzig, obwohl sie mir jünger vorkam. In der Zeitung stand neunzehn. Dass sie so jung war, hätte ich nicht gedacht. Dass sie Hostess war, hat mich überrascht.«

»Tatsächlich?«

»Absolut.«

Als er sie kurz ansah, erkannte sie das schlechte Gewissen in seinem Blick. Er konnte seine eigene Mutter nicht belügen, dachte sie. Sie machte sich eine Notiz über die nächste Version von Aubrey Whittakers Geburtsort.

»Was für einen Eindruck hatten Sie von ihr?«

Spartas atmete tief ein, während er in seinem Drink rührte. »Sie war ein wenig reserviert. Irgendwie arrogant. Als wären die Christlichen Singles unter ihrem Niveau. Sie wirkte sehr kultiviert und hatte eine scharfe Zunge. Sie war groß, hatte eine gute Figur und ein hübsches Gesicht. Schöne dunkle Haare.«

Merci notierte, dass Aubrey laut Spartas dunkelhaarig war. »Was hat sie sich von der Gruppe versprochen?«

Spartas nickte. »Das habe ich mich auch gefragt. Dasselbe wie wir alle, denke ich. Gemeinschaft. Freundschaft. Vielleicht jemanden, in den sie sich verlieben konnte. Aber ich weiß es nicht. Sie schien nicht besonders an unseren Aktivitäten interessiert und auch nicht an den Leuten. Allerdings war sie ja nur einmal bei uns. So als hätte sie einen Einkaufsbummel gemacht.«

»Und dann, haben Sie sie angerufen?«

Sie spürte, wie er zusammenzuckte. Er wischte sich den Mund mit der Serviette ab.

»Nein.«

Er sah sie an.

»Na gut. Ja.«

»Wollen Sie mir davon erzählen?«

»Ich wollte wissen, ob sie mit uns zu einem Ski-Wochenende in Big Bear kommen wollte. Sie sagte nein.«

»Dann haben Sie sie um ein Treffen gebeten.«

Wieder zuckte er zusammen, ein psychischer Schauer, den sie spüren, aber nicht so recht sehen konnte. »Ja.«

»Und als sie die Bedingungen genannt hat, haben Sie Ihre Kreditkarte gezückt.«

Spartas atmete tief aus. Er sah sie mit einer Mischung aus Panik und Scham an.

»Wohin sind Sie gegangen?«

»Ins Four Seasons.«

»Am fünfzehnten Oktober, Montagabend.«

»Ich glaube ja.«

»Ach?«

»Also gut, es stimmt.«

»Wie viel?«

»Tausend für ... sie. Das Zimmer hat dreihundertfünfzig gekostet. Wein und Käse nochmal fünfzig.«

»Wie lange waren Sie mit ihr zusammen?«

Er schüttelte den Kopf, der zwischen den Schultern zu verschwinden schien. »Fünf Minuten.«

Als die Kellnerin kam, um nach dem Rechten zu sehen, setzte Lance wieder das schuldbewusste Lächeln auf. Allerdings war die Gewissheit weg, dass man ihm verzeihen würde. »Alles in Ordnung, Sherry. Danke.«

Merci sah ihr nach, wie sie an die Kasse am anderen Ende des Tresens zurückging.

»Waren es wenigstens gute fünf Minuten?«

»Ich bitte Sie«, sagte er leise. »Ja, natürlich. Ganz toll.«

Merci nippte an ihrem Kaffee und spürte, wie Lance Spartas sich vor Verlegenheit wand.

»Haben Sie es noch mal gemacht?«

»Nein. Nur dieses eine Mal. Es war ... nun, was spielt es schon für eine Rolle, aber es war das erste und einzige Mal für, na ja, für Geld.« Dann sprach er sie direkt an. »Sie machen die Geschichte nicht in der Kirche publik, nicht wahr? Das würde mein ganzes Leben ruinieren. Alles.«

»Nur, wenn Sie mich nicht belügen.«

»Ich bin hundert Prozent ehrlich zu Ihnen.«

»Gut.«

»Seit Sie angerufen haben, bin ich von Angst geplagt. Das ist das Einzige, was ich *getan* habe.«

Er wischte sich die Stirn mit einer feuchten Serviette ab und starrte ins Aquarium.

»Als Sie an jenem Abend das Hotel verließen, waren Sie da wütend?«

Spartas überlegte. Er schüttelte den Kopf. »Nein. Ich habe mich gefragt, was ich eben eigentlich getan hatte. Wie es hatte dazu kommen können. Wenn ich wütend war, dann eher auf mich selbst, aber nicht auf sie.«

»Die Fünfundvierziger, die Sie vor drei Monaten gekauft haben, ist Ihnen also gar nicht in den Sinn gekommen?«

Er schaute sie an, die dünnen Lippen geöffnet und die Augen aufgerissen. »Sie liegt unter meinem Bett. Ich schwöre es bei Gott. Ich zeige sie Ihnen, wenn Sie wollen. Sie ist immer noch verpackt. Ich habe sie noch nie benutzt.«

Merci sagte eine Minute lang gar nichts und ließ die Anschuldigung nachwirken. Spartas wand sich auf seinem Barhocker.

Sie beugte sich vor. »Vielleicht hat es sich ja doch nicht ganz so abgespielt, wie Sie gesagt haben. Vielleicht hat es ja auch eine Stunde und fünf Minuten gedauert und das Geschehen hat sich nicht nach Ihrem Geschmack entwickelt. Vielleicht hat sie sich über Sie lustig gemacht. Vielleicht sogar noch was Schlimmeres. Eine Frau kann einen Mann in dieser Hinsicht ziemlich fertig machen. Vielleicht hatte sie es, nach dem, was sie getan hatte, *verdient*, getötet zu werden. Vielleicht hat sie Sie so wütend gemacht, dass Sie ihr, um vierzehnhundert Dollar ärmer, nachgeschlichen sind und rausgefunden haben, wo die großkotzige Neunzehnjährige wohnt. Sie haben darüber nachgedacht, sind ein paar Wochen später zu ihr hin und haben die Sache ins Reine gebracht.«

»Ich schwöre bei Gott, dass ich das nicht getan habe.«

»Haben Sie sie getötet?«

»*Nein!*«

»Aber Sie wollten es?«

»Nein. Nichts dergleichen. Nein.«

»Was ist mit der Waffe?«

»Ich habe sie mir für meinen Schutz zu Hause gekauft«, erwiderte er. »Letzten Sommer hat es in unserer Straße einen bewaffneten Einbruch gegeben. Der Mann, der in dem Haus wohnte, hat die Einbrecher mit seiner Pistole in die Flucht geschlagen. Deshalb habe ich mir auch eine angeschafft.«

Lance Spartas kam Merci vor wie die Sorte Trottel, die bei dem Versuch, einen Verbrecher zu erledigen, eher ihren Nachbarn oder sich selbst erschießen würden. Ein tölpelhafter Normalverbraucher konnte ebenso gefährlich sein wie ein Krimineller. Oder wie ein Sonntagsfahrer.

»Wo waren Sie denn am Dienstagabend?«

Spartas lächelte wie ein Mann, dem soeben vergeben worden war. »Da haben die Christian Singles sich zum Abendessen getroffen, Gott sei Dank. Ich kann es beweisen, wenn nötig. Von sieben bis Mitternacht.«

Sie betrachtete ihn. Er war nicht ihr Typ, aber er war in Ordnung – er sah nett aus, sauber, mehr oder weniger der zu große Junge, wie die meisten Männer es heute zu sein schienen. »Warum waren Sie ausgerechnet bei ihr, Spartas? Wenn es das erste Mal war, dass Sie für so etwas bezahlt haben?«

Er sah Merci an, dann starrte er in sein Glas. Sein Gesicht hatte eine rosa Färbung angenommen.

»Sie war die schönste Frau, die ich je gesehen habe. Sie war absolut schön. Als sie mir anbot, ich könne sie für tausend Dollar und eine gute Flasche Wein besitzen, habe ich zugegriffen.«

»Sie besitzen.«

»So hat sie sich ausgedrückt.«

»Kam der Vorschlag von ihr?«

»Äh, ja. Ich dachte, sie sei Marketingberaterin, was immer das ist. Dass sie eine Professionelle war, wurde mir erst klar, als ich die Kreditkarte hervorzog. Und von dem Moment an spielte es auch keine Rolle mehr. Mein Gott, ich wäre froh, wenn ich das alles ungeschehen machen könnte. Ich komme mir vor, als hätte Satan mich berührt.«

»Empfinden Sie irgendetwas für sie oder nur für sich selbst?«

Er warf ihr einen merkwürdigen Blick zu, den sie nicht zu deuten wusste. Seine Worte kamen nur flüsternd. »Ich habe das Gefühl, dass, wenn sie in die Hölle kommt, ich mit daran schuld bin. So als hätte ich etwas unternehmen müssen, um ihr zu helfen.«

Sie sah ihn prüfend an. Unter seiner Selbstbezogenheit

und Angst und seinen Schuldgefühlen war er ein anständiger Mann. Oder zumindest ein anständiger Junge. Mit einem schlechten Gewissen und Schweiß auf der Stirn.

Merci ließ sich vom Barhocker gleiten und warf ein paar Dollar auf den Tresen.

»Danke. Lance, lassen Sie Ihre Waffe in der Kiste und Ihren Schwanz in der Hose. Sie wissen bei beidem nicht, was Sie tun.«

Bob del Viggio begrüßte sie an seinem Arbeitsplatz per Handschlag und mit einem bewundernden Blick. Er hatte ein listiges Lächeln, breite Schultern, schwarze Locken. Mitte vierzig, schätzte Merci, und stolz auf seinen großen, kräftigen Hintern. Er trug eine Latzhose, ein blaues Arbeitshemd und Sicherheitsschuhe.

Er bat sie in den Bauwagen, warf seine Vorarbeiter raus und lud Merci mit einer Handbewegung ein, an einem mit Blaupausen und Aschenbechern übersäten Tisch Platz zu nehmen. Er goss Kaffee in einen Styroporbecher; Merci lehnte ab. Draußen konnte sie die großen Bagger sehen, deren Arbeit wegen des Regenwetters unterbrochen war; braune Wasserlachen standen auf den Baurampen.

Sie kam direkt zur Sache – die Abbuchung einer Epicure-Rechnung von seiner Kreditkarte.

»Ja, das war ich«, sagte er.

»Und wer war das Mädchen?«

»Sie nannte sich Gayla. Die haben immer nur Vornamen. Alles läuft verdeckt. Ich habe sie in der Zeitung wiedererkannt. Aubrey irgendwas, stand da. Das klingt genauso gefälscht.«

»Erzählen Sie mir davon.«

»Da gibt's nicht viel zu erzählen. Es lief über Epicure, das Mädchen hat mich im Ritz getroffen. Zwei Stunden später ist sie wieder verschwunden. Mehr oder weniger planmäßig.«

Del Viggio musterte Merci von der gegenüberliegenden Seite des behelfsmäßigen Schreibtischs. Er schlürfte seinen Kaffee, blickte aus einem verstaubten Fenster, dann wieder zu Merci.

»Ich habe bei Sheriff Brightons vergangener Kandidatur viel gespendet, und zwar für seinen Gold Circle Club.«

»Und wen interessiert das?«

Er zuckte die Achseln, wobei sich die Schultern unter dem Stoff seines Arbeitshemdes abzeichneten. Seine Unterarme waren kräftig und braun gebrannt. »Brighton, hoffentlich.«

»Wenn Sie glauben, dass Sie wegen der Spende von ein paar tausend Dollar tun können, was Sie wollen, werden Sie sich noch schwer wundern.«

»So habe ich das nicht gemeint. Was ich meinte, war vielmehr, dass ich jemand bin, der die Gesetze respektiert, der sich an die Regeln hält, und dass ich guten Leuten unter die Arme greife. Und er ist einer von den guten Leuten – das ist alles.«

»Sich bei Epicure ein Mädchen bestellen, nennen Sie, sich an die Gesetze halten?«

Er nickte. »Ja. Also gut, Sergeant, ich hätte es nicht tun sollen. Ich bin erwischt worden. Sie können damit meine Ehe ruinieren, meine Familie und einen Großteil meines Geschäfts. Ich bitte Sie, es nicht zu tun. Denn ich habe dem Mädchen nichts zuleide getan. Und ganz sicherlich habe ich sie am vergangenen Dienstagabend nicht getötet, weswegen Sie vermutlich hier sind. Ich ... ich habe getan, was ich getan habe, habe ihr viel zu viel Trinkgeld gegeben und weg war sie. Ich habe eine Hure gekauft. Ich habe sie nicht umgebracht. Ich kann nachweisen, wo ich mich aufgehalten habe.«

Del Viggio hielt ihrem Blick über den Schreibtisch hinweg stand.

»War es das erste Mal mit ihr?«

»Ja.«

»Mit Epicure aber nicht.«

»Nein.«

»Wie oft schon?«

»Zwanzig oder dreißig Mal.«

»Vor Epicure?«

»Nun ja, mit anderen. Ich bin nun mal so.«

»Verheiratet und Familie. Zwei Kinder, die zur Highschool gehen.«

Er nickte und beugte sich auf die linke Seite.

»Zeigen Sie mir die Fotos Ihrer Familie und ich verhafte Sie auf der Stelle.«

Er lehnte sich zurück. »Ich bitte Sie, die Sache auf sich beruhen zu lassen, Sergeant. Auch wenn ich es nicht verdient habe. Aber ich bitte Sie dennoch darum. Ich werde Ihnen helfen, so gut ich kann. Sie können sich darauf verlassen. Aber ruinieren Sie mich nicht.«

Sein Appell kam ihr ehrlich vor, obwohl Merci keine Verzweiflung darin entdecken konnte. Del Viggio war ein Mann, der Entgegenkommen gewöhnt war.

»Es ist ...«, und dann verstummte er.

»Es ist was? Eine Tragödie? Eine Schande? Schrecklich, was passiert ist?«

»Es ist nun mal meine Natur«, sagte er. »Ich verurteile es, ich bin nicht stolz darauf. Aber ich kann es nicht ändern.«

»Besitzen Sie eine Waffe?«

»Ich habe einen Smith-Revolver unter dem Bett. Nur für den Fall der Fälle.«

Merci musterte ihn gründlich. »War Dienstagabend so ein Fall?«

Del Viggio seufzte und schüttelte den Kopf. »Da war ich bei Cindy. Fragen Sie Goren Moladan.«

»Warum nicht bei Gayla?«

»Unabkömmlich.«

Auf dem Weg zurück ins Büro hielt sie bei Seashell Cleaners an und holte Aubreys gereinigte Kleidung ab: vier Kleider, zwei Kostüme, drei Jeans, zwei Pullover.

Die Angestellte betrachtete sie zweifelnd, sagte aber nichts. »Zweiundsechzig fünfzig, bitte.«

Kapitel 9

Brighton hielt Merci die Tür zu seinem Büro auf und schloss sie hinter ihr.

»Hören Sie sich das an«, sagte er.

Der Regen peitschte gegen die Fenster. Es musste schon ein heftiger Sturm sein, wenn man ihn sogar innerhalb der dicken Wände des Gebäudes mitbekam. Die Fenster waren senkrechte Schlitze, an denen das Wasser hinunterströmte. Sechs Stunden früher als angekündigt, dachte sie.

»Nehmen Sie doch Platz«, sagte der Sheriff. Er machte es sich im Sessel hinter seinem Schreibtisch bequem und verschränkte die Hände hinter dem Kopf. Brighton war ein massiger Mann. Er wirkte auf Merci wie ein Farmer: rosige Gesichtsfarbe, geäderte Hände, blassblaue Augen. Das Ende seiner beruflichen Laufbahn rückte näher und wieder einmal sprach er gegenüber der Presse über seinen Ruhestand.

Das hatte er auch schon im Vorjahr getan und ebenso im Jahr davor. Die Reporter wollten jedes Mal wissen, wer der neue Sheriff sein würde. Die Leitartikel schlugen in diesem Jahr einen etwas deutlicheren Ton an, wie Merci festgestellt hatte. Man vertrat die Auffassung, es sei an der Zeit, dass Brighton dem Nachwuchs eine Chance gebe.

Merci hatte immer gehofft, dass auch sie davon profitieren würde und eine Chance bekam aufzusteigen. Es würde ziemlich viel Bewegung geben – nach oben, nach unten, einige würden zur Seite treten und wieder andere ausscheiden. Sie hatte immer davon geträumt, mit vierzig die Mordkommission zu leiten und mit fünfzig der Abteilung für Delikte am Menschen vorzustehen. Mit achtundfünfzig wollte sie zum Sheriff gewählt werden. Vierzehn Jahre zuvor, als sie vereidigt worden war und ihre Karriere geplant hatte, war ihr das zwar möglich erschienen, aber nicht sonderlich wahrscheinlich.

Doch die Dinge änderten sich. Tim Hess, ihr früherer Partner, war im Dienst von einem gewalttätigen Handtaschenräuber getötet worden. Zwar hatte Merci dieses Monster erledigt und war dafür belobigt worden, aber die verschworene Gemeinschaft ihrer Dienststelle kannte die Wahrheit: Hess hatte ihr in letzter Minute das Leben gerettet, und es war ihre Waffe gewesen, mit der er getötet wurde. Man konnte nicht die Mordkommission leiten – geschweige denn das Sheriff Department –, wenn einem die Achtung der Kollegen nicht sicher war. Auch jetzt, mehr als zwei Jahre und tausend Sühnegebete später, wusste Merci Rayborn manchmal nicht, ob sie selbst diese Achtung für sich aufbrachte.

Aber mittlerweile hatte Merci etwas, das ihr viel wichtiger erschien als ihre Karriere: Sie hatte ihren Sohn. Er war wie ein strahlendes Juwel und ihm stand die ganze Welt noch offen. Es war ihre Aufgabe, ihm die Wunder dieser Welt zu zeigen. Mit einer solchen Veränderung in ihrem Leben hatte sie nie gerechnet, und ihr war nur wenig Zeit geblieben, sich auf diese Veränderung vorzubereiten. Sie hatte nur ein einziges Mal mit Hess geschlafen, damals, als sie noch an die Kraft ihres Willens geglaubt hatte und daran, dass sie damit sein Leben retten könnte. Stattdessen hatten sie neues Leben erschaffen.

»Ich habe von Mike und diesem Mädchen gehört«, sagte Brighton.

»Sir, ich bitte um Verzeihung, falls ich Gilliam in die Quere gekommen sein sollte. Ich wollte zuerst mit Mike sprechen. Sehen, ob es eine einfache ...«

»Nein, das meine ich nicht«, erwiderte er und hob abwehrend eine Hand. »Das ist schon in Ordnung. Ich habe Sie zu mir bestellt, weil ich mir darüber Gedanken gemacht habe, was zum Teufel da überhaupt vor sich gegangen ist.«

»Ich glaube, er war dabei, Gefühle für sie zu entwickeln.«

Merci hörte ihre Stimme, als käme sie von jemand anderem. Sie klang ihr selbst fremd, wie aus einem Floskel-Automaten. *Gefühle entwickeln.*

»Aubrey Whittaker war ein Epicure-Mädchen, das für das Sittendezernat arbeiten sollte«, fuhr sie fort. »Mike hat sie angeworben. Sie hatte ihn zum Abendessen eingeladen. Nach dem Essen ist er gegangen. Später am selben Abend wurde sie ermordet.«

Sie verglich ihre mechanische Stimme mit der demütigenden Wut in ihrem Herzen, und sie verstand, warum sie sich so verhielt.

Brighton verstand es auch. »Sie brauchen sich nicht für diesen Trottel ins Zeug zu legen.«

»Sie haben Recht, Sir. Danke.« Sie spürte, wie sich ihr Ärger legte und sich stattdessen Enttäuschung in ihr ausbreitete. Sie fühlte sich hereingelegt, wie eine Idiotin, wie ein Punching Bag. Brighton hatte ihre Beziehung mit Mike nicht nur stillschweigend geduldet, sondern ausdrücklich gutgeheißen. Und das wollte eine Menge heißen im Department.

Er musterte sie wie ein Farmer seinen Weizen. »Hören Sie, ich kann da nicht viel machen. Mike hat sich in eine

Hure verknallt und sie zu Hause besucht. Deshalb finden sich überall seine Fingerabdrücke. Nun gut, solche Dinge kommen vor. Bei der Sitte häufiger, als einem lieb sein kann. Meine offizielle Haltung dazu ist, McNally kriegt eins auf die Pfoten, aber wir hängen die Geschichte nicht an die große Glocke. Was es für Sie persönlich bedeutet, Merci, damit müssen Sie sich auseinander setzen. Ich kann kein großes Theater veranstalten, bloß weil Mike einen dummen Fehler gemacht hat. Tut mir Leid.«

»Ich weiß, Sir. Ich habe auch nichts dergleichen erwartet.«

»Wenn sich die Sache wieder beruhigt hat, vielleicht in einem Monat, werde ich ihn versetzen. Er scheint die Gefühle von Hunden sehr gut zu verstehen.«

Brighton grinste und sie konnte es sich ebenfalls nicht verkneifen. Dann teilte er ihr mit, er habe Gilliam und Coiner die Todesstrafe angedroht, falls die Geschichte an die Presse käme. Das gelte auch für sie. Sie lächelte verbittert und sah weg.

»Wie weit sind denn die Ermittlungen in der Whittaker-Sache gediehen?«

»Es war jemand, den sie kannte. Er klopft. Sie lugt durch den Türspion, das Verandalicht ist eingeschaltet. Sie kennt ihn oder glaubt, dass sie ihm vertrauen kann. Als sie die Tür öffnet, schießt er ihr sofort mit einem schallgedämpften Fünfundvierziger ins Herz. Dann hält er sich mindestens zehn Minuten lang in ihrer Wohnung auf. Einen Haufen Bargeld im Portemonnaie rührt er nicht an. Soweit wir wissen, hat er überhaupt nichts mitgenommen. Das Ganze ist sehr eigenartig, Sir. Eiskalt und präzise durchgezogen wie ein Auftragsmord. Aus nächster Nähe und sehr persönlich, vielleicht eine schief gegangene Liebesgeschichte. Ich habe eine Liste ihrer Freier und dazu von der Telefongesellschaft ein Verzeichnis von Anrufen. Das wird uns eine Menge Arbeit bescheren. Falls Erpressung im Spiel war, könnten viele ein Motiv haben.«

Brighton dachte darüber nach. »Gibt es außer ihren eigenen und denen von McNally noch andere Fingerabdrücke?«

Sie berichtete von den verwischten Abdrücken, die nicht deutlich genug waren, um sie durch die Systeme von AFIS und CAL-ID zu schicken. Außerdem hoffe sie, die Patronenhülse durch die zentrale Waffenregistrierungsstelle indentifizieren lassen zu können. Sie erwähnte die Haare, das Gewebe und den Schuhabdruck und dass sie überlegten, ob sie Aubreys Kleider und, wenn möglich, auch die von Mike McNally ausschließen könnten.

Brighton hörte einfach nur zu. Es war nicht seine Art, Pausen zu füllen. »Und was ist mit Miss Patti Bailey?«

»Damit habe ich mich bisher noch gar nicht beschäftigt.«

»Ich erwarte nicht, dass Sie sich dafür ein Bein ausreißen«, erwiderte er. »Diese Fälle verteile ich, um Ordnung in die alten Akten zu bringen. Sollte einer gelöst werden, umso besser.«

»Verstehe.«

»Bailey war ebenfalls Prostituierte«, fuhr er fort. »Ich nehme an, Sie haben das schon rausgefunden. Ich kann mich erinnern, dass sie sich mit Drogenhändlern eingelassen hat. Na ja, das war neunundsechzig. Freie Liebe, billige Dröhnung und Schlaghosen. In der Regel lief das damals so. Aber das Amphetamin-Geschäft ließen sich die Dealer nicht aus der Hand nehmen und das Geschäft mit Heroin erst recht nicht. Und auf dem Harbor Boulevard gab es auch damals eine Menge professioneller Mädchen, die diejenigen bedient haben, die Sex nicht umsonst bekamen. Viele Messebesucher. Touristen.«

»Wie heute.«

»Stimmt.« Brighton schwenkte seinen Bürostuhl und schaute aus einem der senkrechten Fensterschlitze. »Das ist alles lange her, ich war damals vierzig und Captain. Zwei Jahre später hat man mich gefragt, ob ich Sheriff werden wollte. Und das bin ich jetzt seit dreißig Jahren. Es kommt mir vor wie eine Viertelstunde.«

»Sie haben gute Arbeit geleistet, Sir.«

Er drehte den Stuhl zurück, ein schmales Lächeln auf den Lippen. »Es wird Zeit, dass ich darüber nachdenke abzutreten.«

»Das sagen Sie jedes Jahr, Sir. Zumindest in den letzten Jahren.«

Er lächelte, aber seine Augen verengten sich. »Wird das so gesehen?«

»Von mir ja«, erwiderte Merci ruhig. Auch mit sechsunddreißig hatte sie das Talent, das Falsche zu sagen, noch nicht verloren.

»Ich weiß Ihre Aufrichtigkeit zu schätzen, Sergeant. Geben Sie mir doch gleich noch eine Kostprobe: Was würden Sie von Nelson Neal als Sheriff halten?«

Vorsicht, dachte sie. »In Ordnung. Nicht besonders anregend.«

Brighton nickte. »Craig Braga?«

»Nicht schlecht.«

»Mel Glandis?«

»Genauso wie Nelson.«

»Und wie wär's mit Vince Abelera aus dem Marshal's Department? Er ist scharf auf den Posten. Er hat sich verdient gemacht und die Unterstützung des Departments, außerdem eignet sich sein Gesicht gut für die Kameras.«

Merci hatte Abeleras Geschwätz in den Fernsehnachrichten gehört: Wenn er Sheriff wäre, würde er die Fettleibigkeit bekämpfen, mehr Polizisten einstellen, einen Teil der Gefängnisinsassen in privaten »Justizvollzugsanstalten« unterbringen. Die Öffentlichkeit würde er als seine »Kundschaft« betrachten und die Polizei würde den Regeln der »freien Marktwirtschaft« gehorchen. Das Sheriff Department müsse man leiten wie einen Betrieb, verkündete er. Abelera sah gut aus, war elegant gekleidet und hatte strahlend weiße Zähne.

»Ich glaube, dass er den Leuten erzählt, was sie hören wollen. Jeder will Geld sparen. Jeder will mehr Polizei.«

Brighton nickte wieder. Seine kleinen Augen leuchteten in dem zerfurchten Gesicht.

»Haben Sie immer noch ein Auge auf die Abteilung für Delikte am Menschen?«

»Das scheint mir in ferner Zukunft zu liegen.«

»Und irgendjemand muss die Mordkommission leiten, wenn Peralt in den Ruhestand geht. Das wird Anfang nächsten Jahres sein.«

»Den Job würde ich gerne übernehmen. Aber man braucht den Respekt der Kollegen. Ich bin sechsunddreißig und eine Frau. Ich bin eine Mutter. Früher hatte ich Hess. Ich brauche ... besonderen Respekt.«

Brighton hörte zu, schaute in den Regen hinaus und dann wieder zu ihr. »Meinen haben Sie. Das mit Ihrem Freund tut mir Leid.«

»Es wäre mir lieber, wenn Sie ihn nicht so bezeichnen würden.«

»Ich nehme es zur Kenntnis. Es tut mir Leid, dass der Dummkopf bei diesem Mädchen nicht mehr Verstand an den Tag gelegt hat. Wir werden alle darunter zu leiden haben, dass er sich wie ein Trottel aufgeführt hat.«

»Es tut gut, das von Ihnen zu hören.«

»Es wird vorbeigehen. Es sei denn, es sickert durch und die Reporter stecken ihre Nase da rein.« Brighton schien sich diese Möglichkeit durch den Kopf gehen zu lassen, dann blinzelte er und schüttelte diese Vision ab. »Sehen

Sie, morgen ist Freitag. Sie könnten einen freien Tag gebrauchen. Nehmen Sie sich die Akte Bailey vor. Aber Merci – machen Sie sich nicht verrückt deswegen. Neunundsechzig war schon damals ein beschissenes Jahr und das ist es bis heute. Bringen Sie mir den Mann, der Miss Whittaker auf dem Gewissen hat. Das ist derjenige, den ich haben will.«

»Sie werden ihn kriegen, Sir. Ich verspreche es.«

Zamorra saß an seinem Schreibtisch, als Merci zurück in ihr Büro kam. Er wirkte abgespannt, aber seine Augen drückten eigenartigerweise Hoffnung aus.

»Moladan zieht aus dem Lido Bay Club aus«, sagte er. »Gewisse Kreise wollen unter sich sein.«

»McNally war am Mordabend zum Essen bei ihr. Als Freund. Sie waren dabei, dicke Freunde zu werden.«

Zamorra sah sie kopfschüttelnd an. Er hatte Lippenstift auf dem Kragen seines weißen Hemdes.

»Wie geht's ihr?«, fragte Merci.

»Morgen ist es so weit. Morgen früh um sechs.«

»Ich werde für sie beten, Paul.«

»Es besteht die Chance, dass es klappt.«

Merci fragte sich, ob er »das Experiment« oder ihr Gebet meinte. Was auch immer. Wenn Paul nichts erzählen wollte, würde sie ihn auch nicht drängen.

Sie setzte sich und betrachtete die Liste der Freier, die Moladan ihnen gegeben hatte. Noch mehr Namen, die Gary Brice überprüfen konnte. Sie sah sich nach einer Nachricht von Coiner oder O'Brien um, hoffte, dass bei der Untersuchung der verwischten Fingerabdrücke etwas herausgekommen war. Es wäre schön, zu erfahren, dass sich noch jemand anders in Aubrey Whittakers Wohnung aufgehalten hatte und nicht nur ihr vermeintlicher Freund.

Freund. Sie hatte das Wort nie leiden können. Ex-Freund klang noch lächerlicher. Was zum Teufel war er? Ex – irgendwas. Jedenfalls fand sie keine Notiz.

»Ich möchte mir noch mal Whittakers Wohnung gründlich vornehmen«, sagte sie, »und die Wandschränke und die Wäsche aus der Reinigung auf die Fasern hin überprüfen, die Gilliam gefunden hat.«

»Ich komme mit.«

Merci war froh darüber. Zum einen konnten sie zu zweit mehr herausfinden als sie allein. Vier Augen sehen mehr als zwei. Und für alle Fälle gab es zwei Pistolen.

Außerdem konnte sie es nicht ausstehen, allein zu sein, noch dazu in einer fremden Wohnung. Das ging ihr so, seit der Handtaschenräuber sie überlistet hatte. Am Ende hatte sie ihm zwar das Leben genommen, aber er ihr den Mut. Die Angst war immer gegenwärtig, ihre Nerven lagen blank, und innerhalb von Sekunden konnte sich diese unterschwellige Angst in Panik verwandeln. Dann wurden ihre Glieder kalt, ihre Muskeln schwer und ihr Blick getrübt. Dann fühlte sie sich schwerfällig und hilflos.

Es wäre ihr peinlich gewesen, jemandem davon zu erzählen, welche alltäglichen Dinge diese Panik bei ihr auslösen konnten – dunkle Zimmer, Fahrstühle, Parkhäuser. Autos in der Nacht oder am frühen Morgen. Die Benutzung einer Toilette. Badezimmer. Badentlüftungen, die lossurrten, sobald man das Licht einschaltete. Duschen. Der Weg vom Schlafzimmer zu Tims Bettchen am späten Abend. Der Weg zurück. Das Meer. Bäume ohne Laub.

Alles, was sie allein tat, oder alles, bei dessen Anblick sie sich allein fühlte.

Sie verfügte über eine Menge von Gegenmitteln: Sicherheitsbeleuchtung im Garten, zweimalige Überprüfung des Wageninnern vor dem Einsteigen, in jedem Zimmer eine versteckte Waffe, eine .32er für alle Fälle am Fußgelenk und je eine weitere unter dem Sitz des Impala und auch ihres eigenen Trans Am, nächtliche Streifenfahrten von Polizisten ihrer Dienststelle in ihrem Wohngebiet, eine teure Alarmanlage, die sie in ihrem von Orangenbäumen umgebenen Haus hatte installieren lassen, zusätzliche Übungsstunden auf dem Schießplatz, um die Waffe noch schneller ziehen zu können.

Auch dass ihr Vater bei ihr eingezogen war, war eine Art Gegenmaßnahme gewesen.

Dasselbe galt für ihre Beziehung mit Mike.

Das monatliche Donnerstagstreffen mit Kollegen nach der Arbeit war ein weiteres Gegenmittel.

Keines half. Die Panik lauerte immer, konnte jederzeit ausbrechen, wie ein Magen-Darm-Virus, den man sich auf einer Urlaubsreise in ein exotisches Land einfing. Eigentlich war es noch viel schlimmer. Eher wie ein eiskalter Fluss, der einen mit sich riss, nach unten zog und für immer dorthin spülte, wo es selbst zum Atmen zu kalt und dunkel war.

Sie rief Roy Thornton in Arrowhead an. Die Personalabteilung hatte die Nummer für sie ausgegraben. Er meinte, er könne schon am nächsten Tag mit ihr sprechen, wenn sie wolle, und gab ihr eine Wegbeschreibung. Sie solle Schneeketten mitbringen, sie hätten schon einen halben Meter Schnee und es seien weitere Schneefälle vorhergesagt.

Er bat sie, die alte Akte mitzubringen, um seinem Gedächtnis wieder auf die Sprünge zu helfen, um »die Erinnerungen aus der müden alten Birne herauszuquetschen«.

Dann rief sie ihren Vater an, um ihm zu sagen, dass sie spät nach Hause kommen werde.

»Polizeistammtisch?«

»Ja.«

Die Kollegen trafen sich jeden zweiten Donnerstag im Monat um 19 Uhr im Restaurant Cancun.

»Halte Tim schön warm und trocken«, sagte sie. »Ihr Männer fehlt mir.«

»Du uns auch. Da draußen auf der Autobahn ist der Teufel los. Fahr vorsichtig.«

Kapitel 10

Es schüttete wie aus Eimern, auf der Autobahn bildeten sich an tiefer gelegenen Stellen Seen und die Autos schlidderten von der Fahrbahn oder krachten ineinander. Durch die Windschutzscheibe konnte Merci absolut nichts sehen, obwohl die Scheibenwischer und das Gebläse auf höchster Stufe liefen. Nichts als Wasser und rote Lichter und das Prasseln des Regens auf dem Blech zehn Zentimeter über ihrem Kopf. Sie benötigte mehr als eine Stunde vom Department zu Aubrey Whittakers Wohnung in San Clemente. Zamorra hatte die Dienststelle nach Merci verlassen, war aber vor ihr in der Wohnung.

In seinem schwarzen Mantel stand er im Wohnzimmer und betrachtete den vom Sturm aufgewühlten Pazifik. Sie sah einen blassroten Blitz, der sich über dem dunklen Wasser verzweigte. Sie schaltete ein paar Lampen an, in der Hand die Bügel mit Aubreys gereinigten Sachen. Der Draht der Kleiderbügel schnitt ihr in die Finger.

»Also«, sagte sie. »Wir suchen ein Kleidungsstück aus einer Mischung aus schwarzer Wolle und Orlon, möglicherweise einen Pullover, eine Strickmütze, Handschuhe oder einen Schal.«

»Ich übernehme die Küche«, erwiderte Zamorra. »Die lässt mir keine Ruhe.«

Also gut. Sie schaltete das Licht im Schlafzimmer ein, legte die Bügel mit Aubreys Sachen aufs Bett, öffnete den verspiegelten Wandschrank und hängte die gereinigten Kleider an eine Seite. Dann nahm sie alle anderen Bügel aus dem Schrank, immer drei oder vier auf einmal, und legte sie aufs Bett.

Merci, die sich nicht besonders gut mit Preisen von Textilien auskannte, schätzte den Wert der Kleider auf den ersten zwanzig Bügeln auf ein paar tausend Dollar – Designerkleider, von denen sie kaum eine Ahnung hatte. Ein knapper roter Lederfummel mit goldfarbenen Schnallen an den Riemchen trug noch das Preisschild: 1700 Dollar.

Der höchste Preis, den Merci jemals für ein Kleid bezahlt hatte, betrug 335 Dollar, und das lag zwei Jahre zurück. Es war lang, schwarz und schlicht. Sie hatte es erst ein Mal getragen.

Der Duft von Parfum breitete sich aus, als sie die Sachen aus dem Schrank nahm. Nach den Kleidern kamen die Röcke, dann die Blusen und schließlich die eher typischen Freizeittops. Auf der anderen Seite des Wandschranks hingen die Mäntel, Jacken und Hosen, ein paar ziemlich aufreizende Fummel aus Leder und Latex. Merci hatte keine Ahnung, wie man so etwas trug. Sie versuchte, sie sich an ihr selbst vorzustellen, aber es gelang ihr nicht.

Du fasst niemanden an. Du küsst nicht. Du träumst nicht.

Eine verängstigte, unerotische Kuh, dachte sie. Nun ja, es gab Schlimmeres. Vielleicht würde sie ja wirklich mit vierzig die Mordkommission leiten.

Am liebsten hätte sie ein paar von Aubrey Whittakers Sachen anprobiert, einfach um zu sehen, wie sie darin aussah. Der rote Lederfummel käme in Frage. Schließlich reihte sie den Gedanken in die Liste der zehn dämlichsten Ideen ein, die sie in ihrem Leben gehabt hatte, sie verbannte ihn aus ihrem Kopf. Versuchte es zumindest.

Die Pullover lagen in einem ordentlichen Stapel auf der linken Seite des obersten Fachs. Schwarzer Kaschmir, schwarze Baumwolle, schwarze Angorawolle. Aber nicht die gesuchte Mischung. Rechts davon befanden sich ein paar Strickmützen und Baskenmützen, zwei Paar Strickhandschuhe und drei Schals. Alle Teile waren aus Wolle, aber nur die Handschuhe waren schwarz, auf keinem der Etiketten fand sich ein Hinweis auf Orlon.

Als Nächstes überprüfte sie die Kleider aus der Reinigung. Nichts entsprach dem, was im Labor ermittelt worden war.

Dann untersuchte sie den Wäschekorb in der Ecke: jede Menge Unterwäsche und andere Kleidung, aber keine Wollsachen. Sie betrachtete die Schuhe und Stiefel, die Sandalen und Slipper, die Schachtel mit den 240 Kondomen neben den ledernen Schaftstiefeln. Was für ein Aufwand, um sich seinen Lebensunterhalt zu verdienen, dachte Merci. Wahrscheinlich hatte Aubrey Whittaker in einem Jahr mehr Zeit mit Sex verbracht, als sie es in ihrem ganzen Leben tun würde, dachte sie. Der Gedanke löste Unbehagen bei ihr aus, ohne dass ihr klar war, warum.

Du machst keine Pläne. Du träumst nicht. Du tust überhaupt nichts.

Die Kommode auf der anderen Seite des Zimmers enthielt mehr Unterwäsche, als Merci für möglich hielt, dass eine einzige Frau sie besitzen konnte. Darunter war alles, was man sich nur denken konnte, aber die Socken waren aus Baumwolle oder aus einem Gemisch aus Baumwolle und Lycra. Die Gymnastikanzüge bestanden aus dem gleichen Material.

Unter den Lycra-Shorts in der obersten Schublade fand

sie einen Stapel geöffneter Post. Es schien sich hauptsächlich um Grußkarten zu handeln. Sie setzte sich auf den Stuhl in der Ecke und schaltete die daneben stehende Leselampe ein. Sie suchte nach Absendern auf den bunten Umschlägen – Fehlanzeige. Der Poststempel wies Santa Ana aus. Als sie die Adresse betrachtete, die säuberlich von Hand in kleinen Druckbuchstaben geschrieben war, begann ihr Herz schneller zu klopfen. Sie ordnete die Karten in zeitlicher Reihenfolge und begann mit den ersten.

Blauer Umschlag, passende blaue Karte mit einem Vogelmotiv.

Halt durch. Die Zeiten sind hart, aber es lohnt sich.
– Ein Freund

Grüner Umschlag, passende grüne Karte mit einem Walmotiv.

Das Richtige zu tun, ist manchmal das Schwierigste.
– Ein Freund

Roter Umschlag, passende rote Karte mit einem Kiefernmotiv.

Das Herz heilt am besten dort, wo es gebrochen ist.
– Ein Freund und Verehrer

Sie waren alle in Sergeant Mike McNallys sauberer Druckschrift verfasst. Sie hätte es wissen müssen.

Sie hätte in ihrer Antwortkarte geschrieben:

Mein zitterndes Herz sagt: Zum Teufel mit dir, du dämliches Arschloch, verpiss dich und lass dich nie wieder blicken.
– Merci Rayborn

Weißer Briefumschlag, passende weiße Karte mit einem Kaktusmotiv.

Bin stolz auf das, was du heute getan hast. Danke.
– MM

Gelber Briefumschlag, passende gelbe Karte mit einem Hummelmotiv.

Ich kann nicht in Worte fassen, welch hohe Meinung ich von dir habe.
– Ein nicht so geheimer Verehrer

»Ich könnte kotzen«, sagte sie zu niemandem. Sie hörte, wie in der Küche eine Schranktür zufiel. Paul versuchte offenbar, sich den Kampf zwischen einem lebenden Mann und einer toten Frau, die drei Meter entfernt lag, vorzustellen.

Als sie die Karten wieder zurück in die Schublade steckte, fand sie eine weitere Sammlung unter den Sport-T-Shirts.

Die Umschläge waren von normaler Größe, weiß. Derselbe Poststempel, kein Absender. Die Adresse war mit Computer oder Profischreibmaschine geschrieben, das ließ sich nicht eindeutig erkennen.

Die Schrift im Innern war ebenfalls entweder mit der Maschine getippt oder im Computer gesetzt. Doppelter Zeilenabstand, eine allgemein übliche Schriftart.

11. November
Liebe Aubrey,
ich wollte dir nur sagen, dass du das Richtige getan hast. Moladan muss weg, und du musst mir helfen, ihn zu schnappen. Im Moment mag es dir vielleicht nicht so vorkommen, aber du tust das RICHTIGE. Wenn wir ihn

erst geschnappt haben, wird uns das helfen, uns um DICH zu kümmern.
Pass auf dich auf,
Mike

17. November
Liebe Aubrey,
merkwürdig, jemandem einen Verehrerbrief zu schreiben, den man kaum kennt. Aber irgendwo muss man ja anfangen. Ich möchte mich nicht dauernd wiederholen, aber du solltest wissen, wie STOLZ ich auf dich bin und auf das, was du tust. Hin und wieder begegne ich Menschen, bei denen ich das deutliche Gefühl habe, dass eine Art Fügung auf sie wartet. Ich spüre dann, dass sie ihrer Sorgen ledig sein werden, dass sie sich erheben werden und fliegen können und sich in die wunderbaren Personen verwandeln werden, zu denen das Schicksal sie ausersehen hat. Und das sehe ich auch in dir. Ich bin dankbar dafür, dass ich daran einen kleinen Anteil haben darf. Allein dabei zuzusehen ist ein Vergnügen. Ich werde dir dabei helfen, Pläne zu schmieden, wenn das alles vorüber ist. Ich wünsche mir von ganzem Herzen, dass du frei bist von den Ketten, die dich gefangen halten. Ich möchte sehen, wie du hinauf in die Sonne fliegst und in ihrem Licht entschwindest.
Alles Gute,
Mike

Kopfschüttelnd ließ Merci die ersten beiden Briefe auf den Boden fallen.

28. November
Liebe Aubrey,
wir hatten ein schönes Thanksgiving-Essen, bei dem ich das Gebet gesprochen habe. Ich habe Gott gedankt für all das Schöne auf der Welt, für alles Leben um uns herum, für seine unermessliche Güte. Ich habe Gott gedankt für Menschen wie DICH. Ich hoffte, du würdest etwas tun, das dich Gott näher brächte. Ich wünschte mir, du hättest bei uns sein können. Obwohl ich keine Ahnung habe, was meine Verlobte davon halten würde! Manche Dinge sind schwer zu erklären. Es ist nur eine Fantasie, aber ich umarme dich in meinen Gedanken.
Aufrichtig alles Gute,
Mike

3. Dezember
Liebe Aubrey,
du hast Recht, ich bin ein düsterer Bursche, und wenn du mich D. B. nennen willst, meinetwegen. Zumindest erkennst du, wie es in mir aussieht. Manchmal denke ich, dass ich ein düsterer Mensch bin, der sich Mühe gibt, ein Sonnyboy zu sein, aber all das Zeug, das ich jeden Tag erlebe, macht mich ernst, dann werde ich trübsinnig und schließlich traurig. Wahrscheinlich gibt es ein lebendiges HERZ irgendwo in mir, auch wenn ich es nicht immer spüre. Jedenfalls musste ich gerade an dich denken und wollte mich dir mitteilen. Ich hoffe, du findest diese Karten und Briefe nicht lästig. Manchmal, wenn ich dir schreibe, habe ich das Gefühl, dass ich jemandem schreibe, den ich nie getroffen oder kennen gelernt habe, oder den ich nie treffen oder kennen lernen werde, irgendein Frauenideal, das man nur im Kopf, aber noch nie wirklich gesehen hat. Es ist merk-

würdig, welche Gefühle so was in einem hervorruft. Die Glieder und das Blut fühlen sich unterschiedlich an. Als würde der Körper von einer anderen Energiequelle versorgt. Ich war noch nie gut darin, mich auszudrücken, aber dir zu schreiben fällt mir leicht. Es fällt leicht, ganz einfach zu sagen, was in mir vorgeht. Wie ich vorher gesagt habe, wenn ich dich sehe, sehe ich jemanden, der eines Tages FLIEGEN wird. In nicht allzu ferner Zukunft. Es ist schön, dir zuzusehen, wie du damit anfängst. Es ist schön, zuzusehen, wie Aubrey Whittaker sich zu der Person entwickelt, die sie sein kann. Ich werde alles Erdenkliche tun, um dich zu unterstützen.
Dein Kumpel,
D. B.

5. Dezember
Liebe Aubrey,
ich muss sagen, dass das, worüber du gestern gesprochen hast, mich sehr geärgert hat. Über meine Verlobte und das, was sie für mich tun oder nicht tun sollte, Witze zu machen, ist eine Sache, aber deine Stichelei, du könntest ja mal meinen Kollegen von meiner »Beziehung zu einer Prostituierten« erzählen, fand ich überhaupt nicht witzig. Als du das gesagt hast, ist es mir eiskalt über den Rücken gelaufen. Ich kann nur HOFFEN, dass du es nicht ernst gemeint hast. Du hast eine scharfe Zunge und einen hellen Kopf, junge Dame, deshalb sage ich: im Zweifel für den Angeklagten. Aber mit manchen Dingen musst du vorsichtiger sein. Ich bin stolz auf meine Beziehung zu dir – weil ich stolz bin auf dich –, aber sie könnte in vielerlei Hinsicht von meinen Kollegen und erst recht von meiner Verlobten falsch ausgelegt werden. Also, ich möchte ja nicht ÜBERREAGIE-

REN. Aber du sollst wissen, dass für mich alle meine Beziehungen – unsere, aber auch alle anderen – heilig sind. Bringe da nichts durcheinander.
Immer dein Freund,
D. B.

Merci las den Brief noch einmal. Sie dachte: Ich möchte ja nicht übermäßig MISSTRAUISCH sein, aber ich frage mich doch, ob diese HURE von Erpressung geredet hat.

8. Dezember
Liebe Aubrey,
es tut mir Leid, dass ich am Telefon so ausgerastet bin, aber als du anfingst, von »Bezahlung für das, was ich bekommen habe«, zu reden, habe ich nur noch rot gesehen. Ich dachte, dass das, was ich »bekam«, mir ohne Gegenleistung angeboten wurde. Ich habe jede Minute davon in guter Erinnerung! Man kann doch nicht für ALLES Geld nehmen, oder? Und ich möchte dich bitten, in Zukunft deine Witze über meine Verlobte oder meine Kollegen zu unterlassen. Diese Bereiche sind tabu. Wenn ich dich auf irgendeine Weise ausgenutzt haben sollte, bin ich der Erste, der bereit ist zu bezahlen, um es wieder gutzumachen, aber ich sehe ehrlich gesagt nicht, dass ich das getan hätte. Was habe ich von dir bekommen? Was könnte ich dir schulden? Du siehst, wir müssen miteinander reden. Ich rufe dich in den nächsten Tagen an. Ehrlich, du fehlst mir auf eine Weise, wie mir noch nie jemand gefehlt hat. Ich freue mich schon sehr auf das Dinner bei dir.
Dein Verehrer,
Mike

Sie hat dir gefehlt, du hattest Angst vor ihr und sie hat dich an der Nase herumgeführt. Und drei Nächte später, dachte Merci, gleich nach dem Essen, das sie für dich gekocht hat, war sie tot.

Merci hatte das Gefühl, sie bräuchte eine siedend heiße Dusche mit Ofenreiniger und Drahtbürste. Es war, als hätte sich Mikes ganze Ernsthaftigkeit und Naivität und unglaubliche Dummheit in Teer verwandelt, in den sie soeben getreten war.

Werkzeug, Motiv und Gelegenheit, dachte sie. Laut Lehrbuch die drei Voraussetzungen für einen Mord, und bei Mike waren alle drei gegeben.

Sie sammelte die Briefe ein und legte sie wieder zurück. In derselben Schublade entdeckte sie ganz hinten eine unbeschriftete Videokassette. Bei dem Gedanken daran, was sie auf einem privaten Video von Aubrey Whittaker zu sehen bekäme, lief ihr ein Schauer über den Rücken.

Sie nahm das Video und suchte ihren Partner.

Der saß mit überkreuzten Beinen auf dem Küchenboden vor dem Einbauschrank und den immer noch herausgezogenen Schubkästen. Den Mantel hatte er abgelegt. Die Ellbogen auf die Knie gestützt und den Kopf auf den Fäusten ruhend verharrte er reglos, als sie eintrat. Direkt vor ihm lag ein kleines Staubknäuel.

»Warum die unteren zwei Schubladen?«, fragte er leise. »Warum der Einbauschrank unter der Spüle? Es gab einen Kampf in der Küche. Wer daran beteiligt war, wissen wir noch nicht, aber die Sachen auf der Anrichte stehen ordentlich an ihrem Platz. Die oberen Schubkästen sind ungeöffnet. Der Toaster, der Gewürzständer und die anderen Utensilien sind nicht in Mitleidenschaft gezogen. Der Fernseher auf der Anrichte ist nicht heruntergeworfen. Aber die Schrauben des Türgriffs sind herausgebrochen. Die Metallauszüge des Schubkastens sind so verbogen, dass er sich nicht mehr schließen lässt. Hier ist einer mit roher Gewalt vorgegangen. Irgendwas Heftiges ist zwischen den beiden passiert.«

Sie hielt sich an das Offensichtliche. »Sie sind schnell auf dem Boden gelandet und da fand der Kampf statt.«

Er zuckte die Achseln. »Das habe ich mir auch gesagt. Ich konnte es mir nur nicht vorstellen. Zwei erwachsene Menschen. Keine Kinder. Keine Schlangen.«

Merci versuchte ihrerseits, sich die Szene auszumalen, aber es gelang ihr genauso wenig wie Paul. Hess hatte ihr beigebracht, sich die Dinge bildlich vorzustellen. Sie konnte es zwar, aber immer noch nicht besonders gut.

Zurück zum Offensichtlichen. »Die Tatortspezialisten müssen doch hier alles nach Spuren abgesucht haben wie die Blöden.«

»Der Griff, die Schubkästen – blitzsauber. Alles säuberlich abgewischt.«

»Nein, ich meine *alles*. Alles, was sich unterhalb der Arbeitsplatte befindet. Wenn zwei derart miteinander kämpfen, wie kann sich der Sieger an alles erinnern, was er berührt hat? Das ist guter Lack. Auch auf dem Fußboden. Die Einbaugeräte sind perfekt. Da muss es Abdrücke geben.«

Zamorra nickte. Er sah sie an, dann betrachtete er wieder das Staubknäuel vor sich auf dem Boden.

»Das hier haben sie nicht entdeckt. Coiner und O'Brien waren zwar gründlich, aber längst nicht überall. In der Akte habe ich nichts gefunden über die geschlossenen Schubkästen, die Unterseite des Kühlschranks, den Mülleimer, die Spülmaschine, den Fußboden. Sieh dir all die brauchbaren Oberflächen an, die nicht untersucht wurden.«

Sie tat es. Einige Stellen waren mit Pulver bestäubt. Einige, an denen man Abdrücke genommen hatte, waren gekennzeichnet. Einige aber auch nicht.

»Selbst die besten Tatortspezialisten übersehen schon mal was«, sagte Merci. Sie hatte Coiner und O'Brien angefordert, weil sie die besten waren, die es im Department gab. Es waren ihre Leute. Sie würde die Hand für sie ins Feuer legen.

»Das ist keine Kritik«, sagte er. »Dieses kleine Staubknäuel hier, das habe ich aus den Ecken zusammengesammelt, unter dem Kühlschrank, dem Mülleimer und der Spülmaschine. Ich werde Gilliam darauf ansetzen. Mit bloßem Auge sehe ich eine ganze Reihe Kleiderfasern, die nicht mit den anderen übereinzustimmen scheinen. Wahrscheinlich schon Monate alt. Aber wenn es hier einen Kampf gegeben hat, dann muss es Spuren geben. Einen Versuch ist es wert.«

Zamorra stand auf, beugte sich vor und schob das Staubknäuel mithilfe seines Kugelschreibers in ein Plastiktütchen. Er betrachtete es und sah dann Merci an.

»Ich bin immer wieder völlig verblüfft, wie viel Vertrauen wir Menschen in vage Möglichkeiten setzen. Vermutlich ist es einfach die Hoffnung. Und die wird strapaziert, so lang gezogen, wie es nur eben geht. Bis sie so dünn ist wie ein Haar.«

»Und dann versuchen wir, darüber zu gehen. Wir spannen es über den Grand Canyon oder so.«

»Ja, und wieder zurück. Was hast du im Schlafzimmer gefunden?«

Sie hielt das Video hoch. »Wollen wir mal sehen.«

Im Wohnzimmer schob Merci die Kassette in den Videorekorder über dem großen Fernseher und setzte sich auf eins der schwarzen Ledersofas. Zamorra nahm auf dem anderen Platz. Auf dem Bildschirm erschien erst graues Flimmern, dann waren Farben zu sehen.

Aubrey Whittaker beim Strandspaziergang am Abend. Eine männliche Stimme, die Zeit, Datum und Ort angab.

Aubrey Whittaker auf Rollschuhen in einem Park. Dieselbe Stimme.

Aubrey Whittaker, die ungefähr da saß, wo Paul jetzt saß, und erzählte, wie sie zum ersten Mal auf einem Pferd geritten war. Derselbe Mann wie vorher; er lachte über eine Bemerkung.

Es waren meist Nahaufnahmen und Aufnahmen ihres Gesichts. Merci war überrascht, wie schön sie war. Ihre Haut war hell, ihre Lippen waren rot, ihr Körper war makellos, und ihre Augen sahen aus wie etwas, das man nur aus Zeitschriften kennt. Die Kamera musste auf vollen Zoom eingestellt gewesen sein. Nah, näher, dann verschwommen, wenn sie zu nah kam.

»*Warum machen wir das denn jetzt schon wieder?*«, fragte Aubrey in die Kamera.

»*Damit du sehen kannst, wie liebenswert du bist*«, antwortete der Mann, »*wenn du nur einfach du selbst bist.*«

»*Und das soll ich mir immer wieder ansehen, wenn es mir beschissen geht?*«

»*Jedes Mal.*«

Lachen.

Ende der Vorstellung. Graues Flimmern.

Eine ganze Weile sagte keiner etwas. Merci betrachtete den schwarzen Himmel und das schwarze Wasser, hörte den Regen, der immer noch heftig niederprasselte, entdeckte ein winziges Licht auf einem winzigen Dampfer weit draußen im Meer, das von Süden nach Norden flimmerte.

»Das war McNallys Stimme, oder?«

»Ja.«

Zamorras nächste Worte überraschten sie.

»Was sie hat, ist eine Geschwulst im Gehirn. Niemand weiß, woher sie das hat. Oder wie lange es schon da ist.

Glioblastom. Es hat die Größe einer Zitrone. Es wächst schnell. Diese Art von Tumor ist hundertprozentig tödlich. Man hat uns gesagt, wie lange sie noch leben wird. Vierzehn Monate, wenn sie sich operieren lässt und einer Chemotherapie unterzieht. Sechs, wenn sie es nicht tut. Man kann die acht Monate dazuzählen, aber es können acht Monate der Hölle sein.«

Merci beobachtete ihn, wie er das Gewitter betrachtete.

»Aber es gibt da ein Verfahren im Versuchsstadium. Ein neues Protokoll, wie sie es nennen. Eine Kombination aus radioaktiven Kügelchen und Chemikalien, die in die Geschwulst eingesetzt werden, um sie abzutöten. Sie wissen genau, welchen Schaden jedes Kügelchen anrichten kann, und sie wollen es so platzieren, dass es die gesunden Gehirnzellen nicht angreift. Das ist unsere Hoffnung. Wieder einmal Hoffnung, aber diesmal dehnt sie sich auf die Größe eines radioaktiven, chemisch getränkten Kügelchens aus. Und weißt du, was ich glaube?«

»Sag schon.«

»Ich glaube, es wird klappen. Und weißt du, was noch?«

»Ja?«

»Sie glaubt es auch.«

Merci sah zu, wie das winzige Licht des Bootes verschwand. Sie empfand einen völlig übertriebenen Kummer deswegen, so als hätte der Sturm nicht nur ein Licht weggefegt, sondern alles Licht ausgelöscht. Würde das Licht wieder erscheinen, so sagte sie sich, dann bedeutete das, dass für Janine Zamorra ein Wunder geschähe. Eine halbe Minute später war es wieder da.

»Ich auch.«

»Danke. Ich werde morgen den ganzen Tag nicht da sein. Vielleicht auch übermorgen.«

»Ich weiß. Ich werde beten. Kann ich sie besuchen?«

»Erst mal abwarten, wie es ihr geht.«

Merci stand auf, spulte die Videokassette zurück und nahm sie aus dem Rekorder. Ihre Beine fühlten sich schwer an, als wäre sie stundenlang im Fitnessstudio gewesen. Sie musste an Tim junior denken und konnte sich nicht daran erinnern, ihn schon einmal so sehr vermisst zu haben, so heftig sehnte sie sich nach ihm. Tim. Ihr Vater. Die Männer. Ein Lächeln und ein bisschen Lachen, ein Glas Wein. Dann ins Bett, während sich dieser verdammte Scheißsturm austobte.

Aber nein, heute musste sie zu ihrem Stammtisch, der monatlichen Versammlung, die sie selbst initiiert hatte, um sich eine loyale Truppe aufzubauen – oder diente das Treffen letztlich nur dazu, die Einsamkeit zu überwinden, die sie manchmal empfand? Eine Verpflichtung war eine Verpflichtung.

Zamorras Stimme klang belegt. »Mike wird Probleme bekommen.«

»Und offensichtlich mit jeder Minute mehr. Heute hat er mir erzählt, er hätte sie getötet. Aber er hat auch gesagt, dass er es nicht war.«

»Und was davon stimmt?«

»Er hat es nicht getan. Dazu ist Mike McNally nicht fähig.«

Zamorra sah sie an. Sein Blick war hart und unbarmherzig. »Vielleicht weißt du gar nicht, wozu er fähig ist.«

»Das ist mir klar.«

»Vielleicht sollte ich mit ihm sprechen.«

»Noch nicht.«

»Vielleicht sollten wir einfach ein paar Schüsse aus seiner Pistole abfeuern und sehen, was das Labor uns darüber erzählen kann.«

»Daran habe ich auch schon gedacht.«

»Lass mich mit ihm reden. Ich hole mir die Waffe. Es ist kein Problem.«

Sie hatte noch nicht genug darüber nachgedacht, und in der jetzigen Situation hatte sie auch nicht die Zeit, gründlich nachzudenken, deshalb sagte sie, was sie für richtig hielt. Von dem sie hoffte, dass es richtig war. Die Hoffnung dehnte sich mittlerweile auf den Durchmesser einer Meinung aus.

»Nein. Noch nicht. Ich werde es tun, wenn es nötig ist. Er konnte sie nicht töten, Paul. Ich weiß es einfach.«

»Es passiert jedem mal, dass man sich in einem anderen Menschen täuscht. Aubrey ist das beste Beispiel.«

Kapitel 11

Mit einer Zeitung über dem Kopf rannte sie über den Parkplatz des Cancun, dennoch waren ihre Schultern und Haare nass, als sie das Restaurant erreichte. Sie entdeckte die Gruppe im hinteren Teil, in der üblichen großen Sitznische unter den Wedeln einer künstlichen Palme.

Der Stammtisch war ganz allein Mercis Angelegenheit. Sie lud dazu ein, wen sie wollte, überging andere, fungierte als Gastgeberin und Empfangsdame, sorgte dafür, dass die Rechnungen bezahlt wurden und die Kellnerin ihr Trinkgeld bekam. Sie musste zugeben, dass es sich um ein völlig eigennütziges Unternehmen handelte, eine Art *Netzwerk* – ein Wort, dem sie lange Zeit misstraut hatte.

Sie kannte sich gut genug mit den Gepflogenheiten in ihrer Dienststelle aus, um zu wissen, an welche Spielregeln sie sich halten musste, wenn sie vorwärts kommen wollte. Deshalb war der Stammtisch ein handverlesenes Team, alles Leute, die irgendwann eine führende Rolle im Department spielen würden: Mercis Leute.

Die einzigen beiden Voraussetzungen für die Aufnahme in das Team waren, dass man sich gegenseitig mochte und gute Arbeit als Polizist leistete. Darüber hinaus gab es keinerlei Einschränkungen. Zuerst waren es nur Ike Sumich, Lynda Coiner und ein junger Polizist namens Joe Casik gewesen. Dann kamen Evan O'Brien und Ed Mendez, ein junger Polizist aus dem Einbruch/Diebstahl-Dezernat, dazu. Kathy Hulet von der Sitte war eine willkommene Ergänzung, auch wenn sie sich als Zugpferd für ein paar weniger willkommene Kollegen entpuppt hatte, die vom Stammtisch durch den unvermeidlichen Buschfunk gehört hatten. Merci wollte keinen Club für Singles, deshalb hatte sie auch Mike nicht mit einbezogen. Nach einigen Treffen hatte sie ein paar ältere Kollegen mit einladen müssen, Männer wie Gilliam aus dem Labor, Stu Waggoner aus dem Betrugsdezernat und Ray Dunbar. Einige Polizisten hatten Merci sogar gefragt, ob sie auch kommen könnten. Zwei hatte sie willkommen geheißen, den dritten nicht.

An einem Abend wie diesem, wo ihre Nerven wegen Mike McNallys Anbiederei an eine Edelnutte ohnehin blank lagen, wäre Merci am liebsten einfach nur nach Hause zu ihren Männern gefahren. Aber wenn man etwas angefangen hatte, musste man es auch zu Ende führen, das war keine Frage.

Merci setzte sich neben Kathy Hulet. Diesmal waren nur wenige gekommen, außer Kathy nur Joe Casik, Evan O'Brien und Lynda Coiner.

Das Thema des Abends schien zu lauten: Die Natur im Kampf gegen die neuen gebührenpflichtigen Straßen im Orange County, die sich auf einer Länge von fünfzig Kilometern durch unbewohntes Bergland im Süden des County fraßen. Zwei Pumas, ein Dutzend Hirsche, acht Wildkatzen und zahllose Kaninchen und Eichhörnchen waren von Autofahrern getötet worden. Casik, ein Umweltschützer, Wanderer, Vogelbeobachter und Fotograf, ließ sich gerade über das Schicksal eines Plans der Straßenbaubehörde aus, unter den Straßen Korridore für Wildtiere einzurichten, um Rotwild und großen Wildkatzen Bewegungsfreiheit zu ermöglichen.

»Die *Idee* war nicht schlecht«, sagte er gerade, als Merci der Kellnerin durch ein Nicken zu verstehen gab, dass sie den üblichen Scotch mit Wasser haben wollte. »Aber das Problem ist, das Wild hat Angst vor diesen verdammten Dingern. Die Korridore sind einfach nur Tunnels unter dem Highway, über den tausende von Autos donnern. Also versuchen die Bürokraten, das Wild mit Futter in die Tunnel zu locken. Mit Alfalfa. Aber sie wissen überhaupt nicht, dass Alfalfa für Rotwild giftig ist, also werden die Hirsche, die nicht den Autos zum Opfer fallen, in den Wildkorridoren vergiftet. Das Ergebnis ist, dass wir die Geier mästen. Ich sehe sie überall auf meinen Wanderungen.«

»Wild schmeckt vorzüglich«, sagte O'Brien. »Man könnte das Wildfleisch an die Armen verteilen. Sie bekommen die Genehmigung, in den Korridoren auf die Pirsch zu gehen. Messer und Gabel werden gestellt.«

»Und Servietten«, fügte Coiner hinzu. »Außerdem können sie den Leuten noch drei Dollar und sechzig Cent abknöpfen, damit sie überhaupt nach Green River fahren können.«

Casik wies darauf hin, dass die Natur zum Ausgleich zwei menschliche Todesopfer gefordert habe. Ein Auto war spät am Abend in einen Lichtmast gerast, weil die Fahrerin versucht hatte, einem Tier auf der Straße auszuweichen – aller Wahrscheinlichkeit nach einem Hirsch.

»Ein tragischer Unfall«, bemerkte Coiner. »Es war eine alte Dame mit ihrer Enkelin.«

»Es gibt jetzt Hirschsensoren, die man am Auto anbringen kann«, warf Evan ein. »Die geben ein Signal, wenn ...«

Merci schaltete innerlich ab. Die Musik in der Bar war laut, das Licht schummrig und diese Gesichter – Gesichter, die sie normalerweise gern sah – gaben ihr das Gefühl, hier fremd zu sein und nicht dazuzugehören. Sie wünschte, Hess wäre bei ihr. Sie wünschte, »ihre Männer« wären bei ihr.

Kathy Hulet berührte Merci am Arm, während Casik und O'Brien über Feuerameisen und Killerbienen diskutierten. »Alles in Ordnung?«

»Ich bin fix und fertig. Das war heute ein langer Tag.«

Ja, und dann sind diese afrikanischen Bienen hinter dir her, und aus, das war's ...

Kathy war eine langbeinige Brünette, die ihr gutes Aussehen weder verstecken konnte noch wollte. Sie war der beste Lockvogel des Sittendezernats, und sie hatte sich selbst in manch eine heikle Situation manövriert, aber nie die Ruhe verloren. Sie spielte im Softball-Team des Departments mit.

»Man sieht's«, sagte sie. »Fahr nach Hause und ruh dich aus.«

»Das mach ich auch gleich.«

»Was ist mit Mike?«

Ich hab einen Bruder in Texas, bei dem gibt's Feuerameisen, und wenn die ihn beißen, sind seine Hände drei Tage lang geschwollen ...

»Keine Ahnung«, sagte Merci, obwohl das natürlich nicht stimmte.

»Er ist in letzter Zeit ziemlich merkwürdig – völlig gestresst und ständig müde. Sieht aus, als hätte er eine Woche nicht geschlafen. Ist manchmal nicht da, wenn er eigentlich Dienst hat. Sagt, er geht zu einer Kirche. Was auch immer. Aber diese Whittaker-Geschichte ist ihm wirklich an die Nieren gegangen. Ich habe ihn noch nie so ... schuldbewusst erlebt. Weil er es nicht verhindert hat, weißt du. Ich meine, sie war sein Mädchen und sie sollte für Moladan verdrahtet werden, und das Nächste, was wir erfahren, ist, dass jemand sie in ihrer Wohnung umgelegt hat. Aber es hat schon vorher angefangen, dass Mike immer komischer wurde, es kann also nicht nur mit dieser Whittaker-Sache zusammenhängen.«

Außerdem fressen die Feuerameisen eine Menge Vogeleier, sie haben gerade in Westtexas, wo mein Bruder wohnt, die Wachteln ausgerottet ...

»Ich weiß«, sagte Merci. »Glaub mir, ich weiß es. Er hat mich den ganzen letzten Monat ziemlich unter Druck gesetzt und war dauernd gereizt, manchmal richtig grob.«

»Er liebt dich eben und so was gehört auch dazu.«

»Vermutlich.«

»Du klingst ja nicht gerade begeistert.«

Du kannst ja mal ein paar von den Biestern einsammeln, dann schicken wir sie meinem Neffen in Seattle, der kann sie für seine Ameisenstadt gebrauchen ...

»Weißt du was, Kathy, manchmal wünschte ich mir, ich lebte auf einer einsamen Insel. Bloß ich und Tim und tausend Taschenbücher. Rum und Ananassaft.«

»Und natürlich gehorsame Diener mit braunen Knackärschen?«

»Die immer kommen, wenn man klingelt.«

Braune Knackärsche? Was zum Teufel redet ihr beide da?

»Versucht's mal mit dem Club Mediterranée. Ich komme mit.«

»Hey, vielleicht nehme ich dich beim Wort.«

Merci hielt eine Stunde lang durch, die Stimmen und die Gesichter verwischten und vermischten sich, während sie an ihrem Scotch nippte.

Nein, Glandis hat nicht den Mumm, Ansprüche auf Brightons Posten zu erheben. Das wäre so, als würde ein Pitbull sein Herrchen beißen.

Glandis stellt sich bloß dumm.

Dann ist er ein guter Schauspieler. Habt ihr mal seine Frau kennen gelernt? Sieht aus wie Cruella De Ville. Aber glaubt mir, Glandis braucht Brightons Unterstützung. Ohne Brightons Zustimmung wird keiner Sheriff. Er ist der Motor.

So oder so, Brighton muss über kurz oder lang abtreten. Ich meine, wie alt ist er jetzt, siebzig oder einundsiebzig?

Zweiundsiebzig. Und Glandis ist auch nicht mehr der Jüngste. Da gibt es noch Vince Abelera im Marshal's Department, der scheint doch in Ordnung zu sein. Aber ich fress 'n Besen, wenn wir einen Marshal als Sheriff bekommen. Wir brauchen junges Blut für diesen Posten. Jemand aus unseren eigenen Reihen.

»Merci, willst du nicht für den Posten des Sheriffs kandidieren?« Das war Joe Casik.

»Ich bin noch nicht alt und runzlig genug.«

»Meine Unterstützung hättest du.«

»Meine auch«, sagte O'Brien. »Der Stammtisch steht geschlossen hinter dir.«

»Also, Leute«, erwiderte Merci und stand auf. »Nehmt's mir nicht übel, aber ich bewerbe mich auf keinen Fall für den Posten, und mir reicht's für heute. Ich habe morgen früh einen Termin – oben in Arrowhead.«

»Nimm Schneeketten mit«, sagte Casik.

»Daran habe ich schon gedacht. Tut mir Leid, dass heute Abend nichts mit mir los ist. Nacht, Kinder.«

»Nacht, Mom.«

»Nacht, Mom. Grüße an Timmy.«

Merci stapfte durch den Regen zu ihrem Impala, überprüfte mit ihrer Stablampe den Rücksitz, öffnete die Tür und sah noch mal auf dem Rücksitz nach. Hinter dem Lenkrad rieb sie sich die Hände und trat das Gas durch, um den Motor warm laufen zu lassen.

Sie fuhr über den Irvine Boulevard nach Tustin, nach Hause in das Orangenwäldchen. An der Myford Street verlangsamte sie das Tempo und warf einen Blick auf die

Mietskasernen. Es regnete in Strömen, die Rinnsteine waren überflutet, das Wasser schwappte über die Gehwege.

Myford und Fourth Street, dachte sie. Patti Bailey, mit einer Kugel im Herzen, abgeladen neben dem Abwasserkanal. Damals gab es dort nichts als Orangenbäume. Jetzt nichts als Regen.

Kapitel 12

Blendendes Weiß. Selbst ihre Sonnenbrille konnte die gleißende Helligkeit, die vom Schnee reflektiert wurde, kaum mildern. Merci hörte die Schneeketten auf der vereisten Straße kratzen und spürte durch die Windschutzscheibe hindurch die Kälte in ihrem Gesicht. Sie fuhr im zweiten Gang, trotzdem drohte ihr großer Chevy wegzurutschen.

Sie hatte Schnee noch nie ausstehen können, aber sie fand es unfassbar, wie weiß er war, wie perfekt und makellos weiß. Die Schneewehen neben der Straße schienen drei Meter hoch zu sein. Und erst die Berge – eine einzige Schneedecke, nur durchbrochen von Kiefern. Und die Bäume, gebeugt unter ihrer Schneelast und überwältigt vom Sonnenschein, standen reglos, als hätten sie Angst, sich zu bewegen.

Roy Thorntons Haus lag hinter dem Dorf ein wenig abseits von einer kleinen Straße, die in einem Moment in der Dunkelheit verschwand, um im nächsten ein umwerfendes Panorama freizugeben.

Als sie eintrat, schlug ihr der Duft von Kaffee, Schinken und Holzfeuer entgegen. Thornton war groß und kräftig, hatte volles, graues Haar und begrüßte sie mit einem schüchternen Lächeln. Seine Augen wirkten klein und ein bisschen traurig, sie wurden ein wenig verdeckt von schweren, faltigen Augenlidern, aber funkelten, als er sie geradeheraus ansah. Er bot ihr an, ihn Roy zu nennen, und stellte seine Frau Sally vor, die gerade dabei war, in der Küche mit Blick auf den Lake Arrowhead Frühstück zu machen.

Thornton nahm zwei Tassen Kaffee und geleitete Merci ins Wohnzimmer. Sie setzte sich auf die Couch. Thornton ließ sich in einen ramponierten alten Klubsessel sinken. Merci legte den Aktenordner auf den Couchtisch vor ihm hin, nahm ihr blaues Notizbuch und einen Stift heraus. Die Gardinen am Fenster waren zurückgezogen, damit man einen besseren Blick nach draußen hatte.

»Wie sieht's aus im Orange County?«

»Überfüllt.«

»Es ist das am dichtesten besiedelte County im Staat mittlerweile.«

»Das habe ich kürzlich gelesen.«

»Eine Menge Arbeit.«

»Während der letzten zwei Jahre hat sich die Anzahl der Mordfälle halbiert. Wir können es nur damit erklären, dass es genügend Jobs und sehr gute Polizeiarbeit gibt.«

Thornton lächelte. »Schön, dass es Bürger gibt, die zu beschäftigt sind mit dem Geldverdienen, um Verbrechen zu begehen. Und gibt's noch viel Bandenunwesen?«

»Zu viel.«

»Das gab's zu meiner Zeit noch nicht. Kaum jedenfalls.«

Merci trank ihren Kaffee, betrachtete die präparierte Forelle an der Wand. In einer Ecke stand ein Fernseher, ein altes Phonomöbel mit hölzernen Beinen und Türen und mit Stoff- und Holzverkleidung über den Lautsprechern, wie man sie von früher kannte. Obendrauf stand ein kleines Arrangement aus Plastikblumen und einer Weihnachtskrippe in der Mitte.

»Sally und ich waren auf Tims Beerdigung.«

»Ich weiß.«

»War ein anständiger Kerl. Hat hart gearbeitet. Einer der wenigen, die ich kannte, der für seinen Job gelebt hat und kein Arschloch war. Ich mochte ihn.«

»Ich auch.«

Thorntons kleine, traurige Augen musterten sie unergründlich. Merci musste sich zusammenreißen, nicht darüber nachzudenken, was er vielleicht wusste und was er gehört hatte. Sie kam zu dem Schluss, dass es keine Rolle spielte.

»Patti Bailey«, sagte er, beugte sich vor und nahm den Ordner zur Hand. Er legte ihn sich auf den Schoß und blätterte ihn durch. »Wir haben nie einen Durchbruch geschafft. Wir haben die Wühlarbeit gemacht, haben die Familie und Freunde vernommen, einige ihrer Kunden – nichts. Es gab ein paar gute Anhaltspunkte. Drogen, Motorradfahrer, ihre Kundschaft. Vielleicht zu viele gute Anhaltspunkte. Viele Motive bei so einem Gemenge. Und sie redete viel. Schien in tausend kleinen Intrigen zu stecken. Man weiß ja, wie die Motorradfahrer drauf sind – wer kriegt den Drogenmarkt diesseits vom Ortega Highway, wer jenseits. Und jeder kleine Gangster versucht, dem anderen das Mädchen auszuspannen. Ich kann mich an zwei oder drei erinnern, die meinten, Patti gehörte ihnen. Heroin aus Mexiko. Ein bisschen Gras. Meist Amphetamine und Barbiturate. Sie hatte mit dem Transport zu tun und dabei ein bisschen was verdient. Ehrgeizig, könnte man sagen. Dachte an sich selbst. Wie gut sie an sich gedacht hat, steht auf einem anderen Blatt.«

»Haben Sie je einen ernsthaft Verdächtigen gehabt?«

»Nein. Bei einigen Bikern lag der Verdacht nahe – bei denen, die sie für sich beanspruchten. Aber wir hatten nichts in der Hand. Wir haben ein paar Freier unter die Lupe genommen, Leute aus Timothy Learys Bruderschaft in

Laguna, aber dabei ist auch nichts herausgekommen. Sie waren nicht genug an ihr interessiert, um sie zu töten. Sie waren dauernd bedröhnt, wollten freie Liebe und haben sie mit Dope versorgt. Sie war eine von hunderten. Schließlich fanden wir Schuhspuren, die in der Nähe ihrer Leiche aus dem Wald herausführten, aber der Boden war so locker, dass uns die auch nicht viel genützt haben. Vermutlich Größe neun, wenn ich mich recht erinnere. Der Täter hat offenbar ihre Kleider mitgenommen. Niemand hat etwas gesehen. Sie war schon einen Tag tot, als wir sie fanden. Wahrscheinlich eine großkalibrige Handfeuerwaffe.«

Merci betrachtete ihre Notizen: *Verdächtige* – und dahinter eine Null mit einem Schrägstrich.

»Was hat Ihnen Ihr Gefühl damals gesagt, Roy?«

»Tja, mein Gefühl. Also, zwei Dinge. Zuerst einmal glaube ich nicht, dass sie ermordet wurde, wo man sie gefunden hat. Ich glaube, man hat sie dorthin geschafft. Wir konnten es nicht beweisen – keine Schleifspuren, keine Zeugen. Schwer zu sagen, wie viel Blut in den Boden gesickert ist oder auch nicht. Wir haben an den entsprechenden Stellen gegraben, aber keine Spur gefunden. Ich glaube, die Leiche wurde hingebracht. Was schließt man daraus? Dass der Mörder die Frau an einem Ort getötet hat, wo man eher Belastendes entdeckt hätte, irgendwo, wo es schwieriger war, die Spuren zu verwischen. Aber dennoch ein Ort, von dem man die Leiche wegschaffen konnte, ohne dabei gesehen zu werden. Vielleicht in einem Auto.«

»Ist sie hier in der Nähe auf den Strich gegangen?«

»Sie benutzte verschiedene Hotels in Santa Ana. Ihre Adresse war ein Hotel mit dem Namen De Anza, oben auf der Fourth Street. Ein altes Etablissement mit einem Restaurant im Erdgeschoss. Es gab da zwar auch Prostitution, aber Bailey hat das Hotel nicht für ihr Geschäft benutzt. Vor allem haben dort Soldaten von der Tustin Air Base und aus Pendleton verkehrt. In ihrem Zimmer haben wir nicht viel gefunden. Da hat er sie nicht getötet.«

»Sie sind also davon ausgegangen, dass es ein Freier war?«

Thornton runzelte die Stirn und schüttelte den Kopf. »Zuerst schon. Aber der Mord war wohl überlegt. Was mir am Fundort der Leiche auffiel, war nicht, was wir *hatten* – sondern das, was wir *nicht* hatten – keine Spuren, keine Patronenhülse, keine Reifenspuren, mit denen wir etwas hätten anfangen können. Wir fanden ein paar nette Besenspuren auf dem Seitenstreifen. Wir konnten sehen, wo er die Fußspuren verwischt hatte, als er den Wald verließ. Hübsche saubere Arbeit bei so einem hässlichen Mord.«

Merci dachte nach und notierte: *Hat sich Mühe gegeben, Spuren zu verwischen – ruhig und effizient.* »Vorsätzlich?«, fragte sie.

»Das frage ich mich heute noch. Eine Hure und eine Schusswunde, da hat man es in neunundneunzig von hundert Fällen nicht mit Vorsatz zu tun. Aber wenn man bedenkt, dass die Leiche an einen anderen Ort geschafft worden ist und die meisten Spuren verwischt wurden, dann ergibt sich eine neue Dimension. Zuerst dachte ich an einen wütenden Freier, der das Geld nicht hatte oder nicht bezahlen wollte, oder der nicht bekam, was er wollte. Dann dachte ich, dass es einer ihrer Motorrad-Romeos gewesen sein musste, der der Auffassung war, sie würde ihm gehören. Schließlich fragte ich mich, ob jemand aus der Drogenszene damit zu tun haben könnte. Aber ich glaube es bis heute nicht. Und zwar aus dem einfachen Grunde, dass ich sie mir alle vorgenommen habe und nichts dabei herausgekommen ist.«

»Wieso hat der Täter ihre Kleider mitgenommen?«

»Vermutlich wegen Blut oder Samenspuren. Alles andere ergibt keinen Sinn.«

»Also vielleicht Raubmord?«

Thornton schüttelte den Kopf und lehnte sich zurück. »Nein. Es war wieder nur so ein Gefühl, aber dafür kam mir das Ganze zu sauber vor. Und es passte zu gar nichts, was wir sonst hatten. Wenn ein Typ so gestrickt ist, kann man normalerweise davon ausgehen, dass er es wieder tut.«

Dann schwieg er. Merci betrachtete den Schnee draußen, die Eiszapfen, die im Schatten der Dachrinne auf der Nordseite hingen. Sie konnte spüren, dass Thornton etwas sagen wollte. Es war dasselbe beredte Schweigen, in das Verdächtige manchmal während eines Verhörs verfielen, wenn sie kurz davor standen, alles zu gestehen.

»Und?«, fragte sie ruhig.

Thornton seufzte. »Neunundsechzig, das war ein hartes Jahr. Sheriff Bill Owen legte urplötzlich sein Amt nieder. Angeblich aus gesundheitlichen Gründen, aber er war gesund wie ein Pferd, und wir alle wussten das. Ein Vorgesetzter, Ralph Meeks, ein ziemlich hohes Tier, musste damals wegen eines Schmiergeldskandals zurücktreten. Erinnern Sie sich noch daran? Er war der einflussreichste Politiker im County und musste wegen Bestechung gehen. Dann gab es noch einen alten mexikanischen Farmer – Jesse Acuna –, der halb zu Tode geprügelt wurde und behauptete, das wären rassistische Cops gewesen, die das County von Minderheiten säubern wollten. Der Arbeiterführer Cesar Chavez von der Bürgerrechtsbewegung ACLU hat sich da reingehängt und natürlich hat die Presse die Geschichte ausgeschlachtet. Dafür war extra ein Reporter der *New York Times* hier vor Ort, der hat eine ganze Serie darüber geschrieben, was für ein reiches, weißes und rassistisches County das hier ist. Außerdem hatten wir noch eine ganze Reihe Polizisten, die Mitglieder in der *John Birch Society* waren; die sind durch die Stadtviertel gezogen und wollten eine freiwillige Polizei-Truppe auf die Beine stellen, indem sie rechtsgerichtete Gruppen organisierten, um Recht und Ordnung im Land aufrechtzuerhalten. Für die einen waren diese Leute eine Bürgerwehr, für die anderen altmodische Patrioten. Für mich waren sie eher eine Bürgerwehr. Es hieß, die Birchers hätten jenen Farmer zusammengeschlagen, aber ich glaube, dafür gab es keinerlei Beweise. Vietnam zog sich hin. Das ganze County wurde überflutet von Drogen – Gras aus Mexiko, LSD von Learys Brotherhood in Laguna, Tranquilizer und Speed waren reichlich und billig zu haben. Wissen Sie, damals haben sogar die Kids an der Highschool Haschisch kiloweise in ihren Spinden gebunkert. Die frustrierten Eltern soffen ihren Scotch und wählten streng republikanisch. Aber ihre Kinder mit Haaren bis zum Hintern zitierten Marx, verbrannten die Flagge und waren nur noch zugekifft. Jeder hasste jeden. Alle ließen sich scheiden. Mein eigener Sohn schloss sich irgendeiner miesen religiösen Sekte an und ging für ein Jahr nach Guatemala. Noch heute reden wir kaum miteinander. Eine schreckliche Zeit. Die Black Panthers und die Black Muslims. Alle warteten auf den nächsten Aufstand der Schwarzen. Jede Woche stieg die Zahl der Toten im Vietnamkrieg. Nixon versprach immer wieder den Sieg. Hunderte junge Männer kamen in Särgen zurück, als hätte die Regierung sie absichtlich in den Tod geschickt, um die Opposition auszudünnen. Der gottverdammte Manson und sein Clan – das war eine Woche nach der Bailey-Geschichte. All diese fürchterliche Musik. Ich hatte das Gefühl ... nun ... wir hatten zwar Gesetze, aber keine Ordnung.«

Thornton unterbrach seinen Bericht und sah zum Fenster hinaus. Merci dachte über jene Zeit nach, 1969, aber viel fiel ihr nicht dazu ein, weil sie damals erst vier Jahre alt gewesen war. Sie erinnerte sich noch vage an Unmengen von Haaren, Friedenssymbole, lauter psychedelisches Zeug. Im Fernseher ständige Aufregung: der Krieg, Nixon und sein Vierundzwanzig-Stunden-Schatten Henry Kissinger mit Spürhundblick. Aber sie war zu klein, um die Witze in den Satiresendungen zu verstehen, während ihre Eltern sich darüber halb totlachten. Merci erinnerte sich an ihre Mutter in kurzen Röcken, die ihre Beine freigaben, an Clark in Dienstweste und mit schmalen Krawatten. Sie erinnerte sich an politische Versammlungen, zu denen sie gegangen waren – Filme über die Tragödie im Baltikum, die Kongo-Tragödie, die Kuba-Tragödie und an Kommunisten bei UNO-Versammlungen.

Sally Thornton brachte zwei TV-Dinners herein und riss sie auf. Auf dem von Merci war ein Picknick am vierten Juli dargestellt, mit Flaggen und Wassermelone und einem Wettrennen auf drei Beinen. Das Frühstück war üppig und kalorienhaltig, genau wie Merci es liebte. Sie würde es im Fitnessstudio in Muskeln verwandeln.

»Und Patti Bailey?«, fragte sie, als Sally wieder hinausgegangen war.

Thornton schaute sie an und zuckte mit den Schultern. »Es hat niemanden interessiert. Die Zeitungen haben nicht viel Aufhebens darum gemacht. Sheriff Owen hat sich nicht so ins Zeug gelegt wie normalerweise bei einem Mord. Er hat keine Belohnung ausgesetzt und auch keine zusätzlichen Leute eingestellt. Für ihn war es nur ein Routinefall.«

Unter einem Routinefall konnte Merci sich nichts vorstellen. Sie nahm jeden Fall ganz persönlich, was ein Polizist eigentlich nicht tun sollte. Nicht so sehr die Opfer, sondern die Täter. Sie sah in jedem einen persönlichen Feind. Sie setzte sich dafür ein, dass sie einen fairen Prozess und anschließend die Nadel oder »lebenslänglich« bekamen. Das war ein schlechter Charakterzug an ihr und sie wusste es. Hass war ein schmutziger Brennstoff, aber er brannte heiß und lange.

Thornton beugte sich vor. »Mir gefällt es hier draußen. Saubere Luft, Fische im See. Das Land hat sich verändert. Jeder kümmert sich nur um sich selbst, versucht nur noch, so viel Geld wie möglich zu verdienen. Die Werbung zeigt nur noch schicke junge Männer und Frauen in Geschäftskleidung. Die Ansprüche sind bescheidener. Sie sind nicht mehr so wichtig. Hauptsache die Zuschauerquote stimmt. Alles ist durch Gesetze geregelt. Öffentliche Ordnung ist immer wichtiger.«

Merci dachte darüber nach. »Dienstagabend wurde eine Frau ermordet. Ich werde den Scheißkerl finden, der es getan hat. Für mich sind die Fragen, die wichtig sind, immer noch dieselben. Deshalb tue ich, was ich tue.«

Thornton lächelte. Merci konnte darin nichts Herablassendes oder Belustigtes erkennen.

»Das ist gut so. Und jetzt haben Sie die Whittaker am Hals. Ich hoffe, dass sie sich nicht in Ihre Patti Bailey verwandelt. Ich hoffe, Sie sitzen nicht irgendwann auf Ihrer Veranda, fett und im Ruhestand wie ich, und müssen sich von irgendeinem ehrgeizigen jungen Polizisten fragen lassen, warum Sie den Fall nicht gelöst haben.«

»Ich wollte Sie nicht beleidigen, Roy.«

»Beleidigen? Ich hoffe, Sie finden die Wahrheit heraus, junge Frau. Ich hoffe, dass Sie richtig aufräumen. Ich wäre beleidigt, wenn Sie das nicht täten.«

»Ich werde tun, was ich kann.«

»Also, ich habe einen Anruf gemacht. Patti Bailey hatte ein gutes Verhältnis zu einer ihrer Schwestern, und zu ihr haben wir heute noch Kontakt. Sie hatte ein paar interessante Dinge zu sagen; leider kam das meiste zu spät, als dass es uns hätte helfen können. Sie wird mit Ihnen reden. Sie wohnt in den Bergen, in Riverside. Hier, nehmen Sie.«

Thornton schob ein Blatt Papier in den Aktenordner und gab ihn Merci.

»Das Telefon ist in der Küche.«

In der unbarmherzigen Helligkeit fuhr Merci den Weg zurück hinter einem Schneeräumfahrzeug her, meist im ersten oder zweiten Gang. An einer Raststätte trank sie einen Kaffee, las die Zeitungen, beobachtete die großen Trucks, die ankamen und abfuhren, und blätterte durch ihr blaues Notizbuch.

Sie notierte: *Niemand hat sich interessiert ... die Dinge laufen lassen ... das macht man, wenn alles im eigenen Interesse läuft ... wessen Interesse wurde noch nicht beleuchtet? Wer profitiert davon?*

Sie rief zuerst zu Hause und dann in der Dienststelle an, um Nachrichten von ihrem Anrufbeantworter abzuhören. Mike hatte bei ihr zu Hause angerufen, bevor sie nach Arrowhead aufgebrochen war, aber sie hatte die Lautstärke des Anrufbeantworters heruntergedreht, als sie seine Stimme erkannt hatte. Er teilte ihr mit, dass es ihm sehr Leid tue und er sich mehr schäme, als er mit Worten ausdrücken könne. Er hatte noch eine Nachricht im Büro hinterlassen und zwei weitere bei ihr zu Hause. Er hörte sich an, als würde er gleich anfangen zu heulen. Als sie seine Nachrichten abhörte, schwankten ihre Empfindungen zwischen Mitleid und Wut. Aber neben diesen vorhersehbaren Gefühlen war da noch etwas viel Schlimmeres. Sie spürte, wie ihre Achtung für Mike wegrutschte wie Erdmassen nach wochenlangem Regen.

Sie hat mir das Gefühl gegeben, dass ich mit ihr all die Dinge tun konnte, die ich mit dir tun wollte. Aber ich hatte meine Gefühle völlig, wirklich hundertprozentig unter Kontrolle.

Und warum hast du dann so ein Chaos veranstaltet?, fragte sie sich.

Selbst Evan O'Brien, der Tatortspezialist, hatte eine Nachricht im Büro hinterlassen: Er wolle mit ihr reden. Es sei wichtig.

Cheryl Davis war Patti Baileys Zwillingsschwester. Sie war fünfundfünfzig Jahre alt, hatte einen dunklen Teint, braune Haare und ein hübsches Gesicht und war ziemlich korpulent.

»Das Problem mit den Cops war«, sagte Cheryl, »dass sie nicht kapiert haben, dass Patti sich geändert hatte.«

Merci fragte, was sie damit meinte.

»Sie hatte nichts mehr mit den Motorradgangs zu tun. Schon seit mindestens einem Jahr. Sie ließ sich auch gar nicht mehr mit den Drogenleuten in Laguna ein, weil die nur mit Stoff bezahlen wollten – sie wollte aber Geld. Deshalb sind die Polizisten auch nie sehr weit gekommen. Sie haben die falschen Leute gefragt. Sie hatte längst eine andere Kundschaft, als sie ermordet wurde.«

»Wen?«

»Aus einer höheren Schicht. Geschäftsleute. Politiker.«

Merci überlegte. »Das ist allerdings eine große Veränderung.«

»Patti war ehrgeizig. Sie war ... Also, Sergeant Rayborn, Patti hat häufig kompletten Stuss verzapft, aber manchmal stimmten die Sachen, die sie sagte. Und sie hat mir erzählt, sie würde neuerdings für einflussreiche Leute arbeiten. Für die Elite, die Macher. Sie bildete sich darauf etwas ein. Nein, Namen hat sie mir nicht genannt. Ich hätte diese Leute ohnehin nicht erkannt, denn ich lebte damals in Key

West. Das ist eine völlig andere Geschichte, aber wir haben uns sehr oft geschrieben. Sie schrieb gerne Briefe. Ich auch.«

Cheryl Davis seufzte leise und betrachtete ihre Hände. Sie trug einen großen Strickpullover gegen die Kälte. Das Haus war ein Reihenhaus ein Stück weg von der Tyler Street; gebaut etwa um die Zeit, als Cheryls Schwester erschossen worden war, vermutete Merci. Damals hatten sich die Bauunternehmer noch nicht besonders um Isolierung gekümmert. In einer Ecke des Wohnzimmers standen drei Kartons, voll gepackt mit Weihnachtsschmuck. Bisher war noch nichts aufgebaut, stellte Merci fest.

»Was mich frustriert hat«, sagte Cheryl, »war, dass ich vielleicht hätte helfen können. Schließlich hatte ich die Briefe. Bis mir klar wurde, dass die Polizei Pattis alte Bekannte vernommen hatte, war ein Jahr vergangen. Ich habe den Polizisten Kopien der Briefe gegeben, aber ehrlich gesagt, ich glaube, die waren mittlerweile mit ganz anderen Dingen beschäftigt. Pattis Briefe waren immer großartig, aber auch nebulös. So war sie eben.«

Merci schaute die Frau an. »Es tut mir Leid, was passiert ist. Sie haben mein Mitgefühl.«

Hess hätte das gefallen, dachte sie. Nachzuempfinden, was ein anderer fühlte, oder zumindest den Versuch zu unternehmen.

Cheryl Davis zog ein zusammengeknülltes Papiertaschentuch aus der Tasche ihres Pullovers und wischte eine Träne ab. Sie ist auf die Situation vorbereitet, dachte Merci.

»Erzählen Sie mir ein bisschen«, sagte Merci. »Irgendwas, das mir weiterhelfen könnte.«

»Okay.«

Cheryl stand auf und ging aus dem Zimmer. Nach ein paar Minuten kam sie zurück mit einer altmodischen Aktentasche, der Art mit diversen Seitentaschen und Fächern, die immer dicker wurden, je mehr man hineinsteckte. Ein großer Griff. Er war abgenutzt.

»Oh«, sagte die Frau, als sie Mercis Blick bemerkte. »Die ist noch von meinem Vater. Ich habe alle Unterlagen über die Nachforschungen hier drin gesammelt. Ich dachte, es würde mir vielleicht Glück bringen, wissen Sie. Sie können sie auf jeden Fall geliehen haben.«

»Danke.«

Cheryl Davis löste die Lasche und öffnete die Aktentasche. Dann machte sie sie wieder zu und verschloss sie. »Nein. Ich kann das nicht alles wieder aufrühren. Nicht jetzt. Bitte nehmen Sie sie mit.«

Sie stellte die Aktentasche vor Merci hin und blieb stehen. Merci ebenfalls. Vernehmung beendet.

»Ich sage Ihnen noch etwas. Ich habe es damals auch Rymers und seinem Kollegen gesagt, aber nie wieder etwas davon gehört. Patti hat mir in einem dieser Briefe da drin geschrieben, dass sie wüsste, wer einen Farmer namens Jesse Acuna zusammengeschlagen hätte. Ich nehme an, er war ein Familienmensch, hatte viele Kinder und Enkel und eine Menge Freunde. Er hat vielen Leuten geholfen. Keiner konnte damals verstehen, wer ihm so was hatte antun können. Ich hatte seinen Namen noch nie gehört, aber in Orange County muss es eine ziemlich große Geschichte gewesen sein – dass jemand einen unbescholtenen Farmer zusammenschlägt, der sein Leben lang absolut nichts verbrochen hatte. Er wäre fast gestorben. Auf jeden Fall behauptet Patti in dem Brief, dass sie wüsste, wer es getan hat. Sie sagte, sie hätte es ›dokumentiert‹. Das ist das Wort, das sie benutzt hat. Ich weiß nicht genau, was sie damit gemeint hat.«

»Wie hat sie es denn herausgefunden?«

»Ich glaube, er war einer ihrer Kunden.«

Merci warf Thorntons und Cheryls Aussagen in einen

Topf und schüttelte sie kräftig durch. »Hatte sie Kunden bei der Polizei?«

»Davon hat sie nie etwas gesagt, nein.«

Merci fragte sich, ob der Highway zwischen den Motorradbanden und den wirklich einflussreichen Leuten vielleicht gesäubert und vom Gesetz neu gepflastert worden war. Es musste ein Bindeglied geben. Alles war möglich. Sie brauchte sich nur Mike anzusehen.

»Ich werde Ihnen die Sachen zurückbringen«, sagte Merci und hob die Aktentasche auf. Sie war schwer.

»Ich hoffe, Sie können was damit anfangen.« Cheryl tupfte sich erneut ein paar Tränen von der Wange, als sie Merci zur Tür begleitete. »Wissen Sie, wie Patti war, Sergeant?«

»Sagen Sie's mir.«

»Sie war lebenslustig und witzig und nett. Man konnte sich immer auf sie verlassen. Sie und ich hätten keine ... unterschiedlicheren Wege einschlagen können. Aber sie hat mich immer geliebt. Ganz egal, wie tief sie gesunken war. Wissen Sie, was das Schönste an ihr war? Ihr Hals. Er war schlank und anmutig, einfach wunderschön. Sie trug Halsbänder, um ihn zur Geltung zu bringen. Ich werde nie diese Kette mit falschen Perlen vergessen, die sie zum Abschlussball der Highschool trug. Sie war so ... elegant und doch ... bescheiden. Und das, was man ihr angetan hat, ist eine Sünde. Nicht nur ein Verbrechen, es ist eine Sünde.«

»Es ist die abscheulichste Sünde, die man begehen kann, Miss Davis.«

Kapitel 13

Colin Byrne, der Angestellte am Informationsschalter in der Universitätsbibliothek von Irvine, hatte schon alles vorbereitet, als Merci dort eintraf. Es war fast drei Uhr nachmittags. Byrne, mit dem sie erst eine Stunde zuvor telefoniert hatte, geleitete sie in ein Arbeitszimmer im Archivbereich des Hauses.

Er war ein schlaksiger, blonder junger Mann mit unschuldigen Augen und trug ein Halstuch mit einem Jagdhundmotiv. Seine Hosenträger waren mit Lupen bedruckt.

»Sie haben mich im Sherlock-Holmes-Aufzug erwischt«, sagte er, als sie die Lupen bemerkte. »Bin schon froh, dass ich nicht die Krawatte mit den Einschusslöchern umgebunden habe. Das ist wirklich ein krasser Anblick.«

»Ich hoffe, keine echten Einschusslöcher.«

»Nein. Aber es ist nett, einen echten Detective zu treffen. Ich würde ja nie direkt fragen, aber ich wüsste doch zu gerne, ob Sie den Mord an diesem Callgirl in San Clemente bearbeiten.«

»Ich würde nie auf eine solche Frage antworten, aber nein, ich bin hinter etwas anderem her.«

Er lächelte. »Sagen Sie mir, was Sie brauchen, und Sie kriegen es. *Alles.*«

Er schob ihr den Bürostuhl hin, dann erläuterte er ihr die Suchfunktionen des Computers. Sie konnte nach Themen oder bestimmten Namen für jeden Zeitabschnitt seit 1877 – als die erste Zeitung im County regelmäßig veröffentlicht wurde – bis zum jetzigen Zeitpunkt suchen. Alle Zeitungen des County waren in dem Programm enthalten: die kleinsten und nur zeitweilig erscheinenden Wochenzeitungen, Studentenzeitungen, die Mitgliederrundbriefe von Yachtclubs, reguläre Zeitungen bis hin zu den drei derzeitig erscheinenden Tageszeitungen des County. Sogar ein paar Mitteilungsblätter von Unternehmen.

»Uns fehlen drei Monate der alten *Huntington Beach Watch*«, sagte Byrne, »weil die Ausgaben einem Feuer zum Opfer gefallen sind. Das Gleiche gilt für einige frühe Ausgaben des *Newport Ensign*, die sind bei einer Überschwemmung verloren gegangen. Aber abgesehen davon ist alles hier. Sie werden sich wundern, wie schnell Sie mit diesem Computer die Zeitungen eines ganzen Jahrhunderts durchforsten können. Normalerweise empfiehlt es sich, vom Allgemeinen zum Konkreten zu gehen. Sagen Sie mir einfach Bescheid, wenn Sie nicht weiterkommen.«

Mit »Patti Bailey« landete sie zweiundsiebzig Treffer in acht Publikationen, die meisten in der *Los Angeles Times* und im *Santa Ana Register*.

Bei der Lektüre der Geschichten in den größeren Zeitungen erfuhr sie nichts, was sie nicht bereits der Akte entnommen hatte. Die *Times* druckte eine höfliche Bitte an die Polizei, man möge doch dem Fall größere Aufmerksamkeit widmen, und zwar am ersten Jahrestag von Pattis Tod.

Die *Tustin News* brachte einen Sonderbericht über den Jungen, der die Leiche entdeckt hatte. Er hatte in dem Wäldchen nach Eidechsen gesucht, und als er Patti Bailey entdeckte, dachte er zuerst, sie schliefe. Es gab ein Foto von dem Jungen, wie er auf den Abwasserkanal deutete.

Des Weiteren zitierte die Zeitung einen Auszug aus dem Polizeibericht, aus dem hervorging, dass Patti Bailey ein Jahr vor ihrem Tod wegen Drogenbesitz inhaftiert worden war. Es war nur eine kurze Notiz inmitten von Meldungen über Autoradiodiebstahl und Festnahmen wegen Trunkenheit am Steuer. *Patti Bailey, 22, Wohnsitz in Santa Ana, wurde am Freitagabend von den Orange County Sheriffs wegen Verdachts auf Besitz von Barbituraten festgenommen, nachdem man sie aufgrund auffälliger Fahrweise auf der 17th Street angehalten hatte ...*

Nach dem Mord brachte dieselbe Zeitung einen zweispaltigen Bericht über Prostitution im De Anza Hotel, das an der Fourth Street gleich hinter der Stadtgrenze von Tustin lag. Der Reporter schrieb:

Man kann sich diese leichtlebige Dreiundzwanzigjährige gut an einem turbulenten Freitagabend unter den betrunkenen Zechern in der Bar des De Anza vorstellen. Hier vermischt sich der Geruch nach illegalen Aktivitäten mit dem Aroma von Tequila. Schöne Frauen kommen und gehen, ihr Blick ist gleichermaßen Einladung und Herausforderung.

Die illustrierenden Fotos zeigten das De Anza in einer »sagenhaften« Nacht. Die drei Fotos stammten aus dem Zeitungsarchiv und waren bei einer Silvesterparty acht Monate vor dem Mord aufgenommen worden. Ein Saal im Hazienda-Stil mit einem Springbrunnen und Topfpflanzen, mexikanische Kellner hinter einem meterlangen Tresen, eine Menge offenbar betrunkener Männer und junge Frauen in Miniröcken. Es war ein großer Raum mit frei liegenden Deckenbalken, an denen ein schmiedeeiserner, mit Luftschlangen drapierter Kronleuchter hing, den Hintergrund bildeten Tische, an denen Männer und Frauen saßen, die nach hinten hin mit der Dunkelheit verschmolzen.

Der Hoteleigentümer behauptete, von irgendwelchen illegalen Vorgängen in seinen Räumen nichts zu wissen, daher stammten die meisten Informationen von den Prostituierten. »Patti hatte Freunde in den oberen Schichten«, wurde eine Frau namens »Blossom« zitiert. »Sie kam meist her, um hier zu essen und zu trinken.« Laut Bericht war Patti Bailey Dauermieterin von Zimmer 245 gewesen. Das Zimmer in Augenschein zu nehmen, war dem Reporter nicht gestattet worden.

Es folgten Interviews mit einigen Soldaten, Stammgästen im De Anza, die bekundeten, sie kämen wegen der Atmosphäre und der billigen Cocktails.

Von wegen obere Schichten, dachte Merci.

Der Polizeichef von Santa Ana, Ed Simpson, bezeichnete das Hotel als einen »Unruheherd« und meinte, er könne dort zwar die Gesetze durchsetzen, aber er könne den Laden nicht schließen. Das liege in der Zuständigkeit der Stadtverwaltung.

Eine Woche nach Baileys Tod tat die Stadtverwaltung genau das.

Ein Leitartikel in der *Tustin News*, der vier Monate nach dem Mord an Patti Bailey erschien, enthielt eine interessante Information.

Bereits seit geraumer Zeit, lange vor der Schließung des De Anza, kursierten Gerüchte über Prostitution in dem Hotel. Fast genauso lange gab es auch Gerüchte, dass Polizeimitarbeiter im Hotel verkehrten. Die News *kann nur hoffen, dass das lange Bestehen eines Freudenhauses nicht mit dessen angeblicher Beliebtheit bei einigen Angehörigen der Polizei im Zusammenhang steht. Wo die Ordnungskräfte in Verbrechen verwickelt sind, kann kein Bürger sich mehr sicher fühlen. Vielleicht hat ja der Mord an Patti Bailey dazu beigetragen, uns diese schlimme Wahrheit noch einmal vor Augen zu führen.*

Merci schob den Bürostuhl ein Stück nach hinten und streckte die Beine von sich. Was stimmte nicht im Jahr 1969?, dachte sie. Polizisten, die einen Farmer verprügelten, Polizisten, die sich bei Huren herumtrieben?

Sie holte noch einmal das Silvesterfoto des De Anza auf den Monitor und brachte es auf Bildschirmgröße, in der Hoffnung, vielleicht irgendjemanden an den Tischen wiederzuerkennen.

Sie hatte kein Glück.

Dann druckte sie alle Seiten aus.

Der Name Jesse Acuna wurde 238-mal im Jahr 1969, 135-mal im Jahr danach und selbst ein Jahr später noch 50-mal in Zeitungen erwähnt. Und sogar im vergangenen Jahr tauchte er noch 16-mal in Lokalblättern auf. Acuna war mittlerweile fünfundneunzig Jahre alt und wohnte in San Juan Capistrano im Süden des County.

Merci erinnerte sich daran, dass sie von ihm gehört hatte, als sie in die Grundschule ging.

Sie überflog die Artikel aus der Zeit unmittelbar nach dem Überfall auf Acuna.

Am 4. Juli, kurz vor Sonnenaufgang, war Acuna bewusstlos und blutüberströmt von seinem Enkel Charlie gefunden worden. Jesse Acuna war gerade aus dem Hühnerstall gekommen, wo er wie jeden Morgen die Eier eingesammelt hatte. Er war vierundsechzig, sein Enkel sieben.

Eine Woche Intensivstation. Ein Monat Krankenhaus. Das linke Auge zerschmettert. Sprachstörungen für den

Rest des Lebens. Kopfhaut und Gesicht zigmal genäht. Acht Zähne ausgeschlagen. Zwei Finger unheilbar zerquetscht und nicht mehr zu gebrauchen.

Merci überkam blanke Wut bei dem Gedanken, was diesem alten Mann widerfahren war und auch dem Jungen. Merci dachte daran, welchen Kontrast das Picknick zur Feier des 4. Juli, das auf Sally Thorntons Essenspackung abgebildet war, zu der Überraschung darstellte, die Jesse Acuna und sein Enkel an dem Tag erlebten.

Zwei der Baseballschläger, die bei dem Überfall auf Acuna benutzt worden waren, wurden am Tatort gefunden. Fußspuren auf dem Hof vor der Scheune, Reifenspuren auf dem Feldweg. Charlie hatte drei Männer in den Fluchtwagen steigen sehen – einen hellen Pick-up mit großen Reifen, der mit hoher Geschwindigkeit wegfuhr. Große Männer, sagte er, mit Masken. Charlie war so verängstigt, dass er drei Tage kein Wort herausbrachte.

Die Farm verfügte über vierzig Hektar hügeliges Land im Süden des Orange County.

Merci las weiter, sammelte weitere Details, verknüpfte die Geschichte mit dem, was sie in Erinnerung hatte: keine Festnahmen, keine Verdächtigen.

Fünf Wochen nach dem Überfall brachten die *Times* und der *Register* Acunas Geschichte. Laut Acuna lagen dessen dreißig Hektar Orangenplantagen – seit dem frühen neunzehnten Jahrhundert im Familienbesitz – zwischen zwei wertvollen Grundstücken. Diese Parzellen würden Millionen wert sein, wenn das Land vermessen, erschlossen und verkauft würde. Aber sie wären »viele, viele Millionen mehr wert«, wenn sie mit einer Straße durch die Hügel, die dazwischen lagen, verbunden werden könnten. Und dieses hügelige Land gehörte ihm.

Trotz der Angebote, die das Hundertfache seiner Einnahmen aus einer guten Jahresernte seiner Orangen überstiegen, hatte Acuna sich geweigert, sein Land zu verkaufen oder dem Bau einer Straße zuzustimmen.

Er war von zwei Städten und auch dem County verklagt worden mit dem Ziel, ihn zu enteignen – und alle drei Prozesse hatte er gewonnen.

Sein Land wurde von der einen Stadt annektiert mit der Begründung, die auf dem Grund und Boden stehenden Gebäude seien illegal errichtet worden, obwohl sie aus einer Zeit stammten, als die entsprechenden Gesetze noch gar nicht existierten; dann wurde sein Land von einer anderen Stadt annektiert, die ihm jedoch das Bleiberecht einräumte.

Als Nächstes folgten die Drohungen. Zuerst durch ein paar windige Grundstücksspekulanten, die meinten, ein paar Schläger und ein Feuer im Maschinenschuppen könnten ihn einschüchtern. Irgendjemand drohte damit, Acunas Kindern – elf an der Zahl – könnte auf dem Schulweg etwas zustoßen. Fast zwei Jahre lang hatte er daher seine Sprösslinge von ein paar kräftigen Farmarbeitern zur Schule bringen und von dort wieder abholen lassen.

Kurz vor der Ernte waren seine Bäume mit Herbiziden vergiftet worden; vor Weihnachten waren die Brunnen dran; Scharfschützen zerschossen ihm die Fenster seines Hauses, während er und seine Frau Teresa, mit der er schon seit dreißig Jahren verheiratet war, schliefen.

Acuna meinte, nichts davon habe ihm wirklich Angst gemacht. Es bestärkte ihn nur in seinem Entschluss zu bleiben. Seine Familie betrieb seit Generationen Landwirtschaft, schon in der Zeit der *ranchos* und sogar davor. Orangen seien das Einzige, worauf er sich verstehe. Sie hatten seine Eltern, seine Kinder und seine Enkel ernährt, und er sah keinen Grund, warum nicht auch deren Kinder und Enkel davon leben sollten. Alle hatten zu essen. Alle hatten Arbeit. Seine Orangen waren gut.

Er hatte sich nicht einschüchtern lassen, bis eines heißen Frühlingsmorgens in jenem Jahr zwei Männer in einem Mercedes-Benz vorfuhren und ihm erklärten, sie wollten ihm ein sagenhaftes Angebot für sein Land unterbreiten. Er bot ihnen frischen Orangensaft an, den sie im Schatten des Gartens tranken, lauschte aufmerksam ihren Ausführungen. Das Angebot sei ungewöhnlich hoch gewesen, meinte Acuna, er sei jedoch aus den bekannten Gründen gezwungen gewesen abzulehnen. Über die Höhe der Summe wollte er sich der Presse gegenüber nicht äußern, das sei eine »private Angelegenheit«. Die Männer erklärten ihm, er würde Schwierigkeiten bekommen, wenn er nicht akzeptierte. Auf seine Frage, welcher Art diese Schwierigkeiten sein würden, erhielt er keine Antwort. Der Zeitung gegenüber erklärte Acuna allerdings, er habe am Gesichtsausdruck der Männer ablesen können, dass sie es ernst meinten, und als sie sich verabschiedeten, sei ihm klar gewesen, dass ihm in absehbarer Zeit Unheil drohte.

Zwei Monate später passierte es dann.

Als er wieder sprechen konnte, erklärte Acuna gegenüber Journalisten, er habe nach wie vor nicht die Absicht zu verkaufen. Das wäre, als würde er sein Herz verkaufen.

Sechs Monate nach dem Überfall auf Acuna waren die Schlagzeilen bereits erheblich kleiner und die Artikel zum Thema nur noch im hinteren Teil der Zeitungen zu finden.

Die County-Verwaltung reannektierte einen großen Teil Land im südlichen County, als eine expandierende Stadt ihren Zahlungsverpflichtungen bei den Verwaltungsgebühren nicht nachkommen konnte. Acunas Farm lag auf diesem Land. In der Folge widmete die Verwaltung Acunas gesamtes Grundstück von dreißig Hektar zu Bauland für Einfamilienhäuser um. Man setzte ihm sehr bald eine Frist für den Anschluss ans Abwasser- wie ans Telekommunikationsnetz. Er wurde dazu verdonnert, die für

Wohngebiete üblichen Gebühren für Wasser, Strom und Gas zu entrichten – eine Erhöhung von fast fünfhundert Prozent. Das Land wurde steuerlich neu eingestuft, Acuna bekam prompt eine gepfefferte Grundsteuererhöhung aufgebrummt – fast siebenhundert Prozent. Subventionen und steuerliche Begünstigungen für landwirtschaftliche Betriebe wurden ihm gestrichen. Man machte ihm zur Auflage, sämtliche Straßen auf seinem Grund und Boden zu asphaltieren und einen Antrag auf vorbehaltliche Genehmigung zur Nutzung seiner bislang nicht vorschriftsmäßig gepflasterten Straßen zu stellen. Er stellte den Antrag, der umgehend am 14. Januar 1970 abgelehnt wurde.

Nachdem er alles durchgerechnet hatte, rang sich Jesse Acuna schließlich dazu durch, sein Land mit allem, was sich darauf befand, für 4,2 Millionen Dollar an die Baugesellschaft Orange Coast Capital zu verkaufen.

Merci fand nichts über Polizisten, die man der Tat beschuldigte. Solche Berichte erschienen erst im folgenden Jahr anlässlich des Jahrestags des Verbrechens.

An seinem neuen Wohnsitz in San Juan Capistrano erklärte Acuna einem Journalisten gegenüber, seiner Meinung nach seien die Männer, die ihm im Frühjahr des Vorjahres ein Angebot unterbreitet und ihn bedroht hatten, Polizisten gewesen. Als mexikanischer Farmer, der seit vierundsechzig Jahren in einer Welt weißer Republikaner lebe, kenne er Polizisten. Er wisse, wie sie aussähen und handelten, er erkenne sie am Gang, an ihren Worten und kenne ihre Art zu denken.

Auf eine diesbezügliche Frage des Reporters hin gab Acuna zu, dass er diese Männer weder vor noch nach jenem 4. Juli 1969 je gesehen habe. Seine Angreifer hätten Masken getragen. In dem Zeitungsartikel wurde darauf hingewiesen, dass es keinerlei Beweise gab, mit denen Acuna seine Meinung untermauern konnte, dass seine

Überzeugung ausschließlich auf seinen Beobachtungen und Ansichten über die Männer beruhte, die eines heißen Frühlingsmorgens mit einem weißen Mercedes-Benz in sein Leben eingedrungen waren und gemeinsam mit ihm im Garten einen Krug Orangensaft geleert hätten.

Der Reporter hatte sämtliche polizeilichen Vernehmungsprotokolle durchforstet und keinerlei Hinweis auf die Vermutung Acunas gefunden, seine Angreifer seien Polizisten gewesen.

Damit konfrontiert habe Acuna lediglich mit den Achseln gezuckt und »mit seinem verbliebenen Auge in seinen kleinen Garten gestarrt«.

Merci dachte: Wenn ich davon überzeugt wäre, dass ich von Polizisten zusammengeschlagen wurde, dann würde ich das der Polizei auch nicht auf die Nase binden.

Beim Weiterlesen konnte Merci verfolgen, wie das Gerücht sich ausgebreitet hatte, bis die Bürgerrechtsorganisation ACLU eine Untersuchung des Falls durch einen Ausschuss forderte und die *Los Angeles Times* Acunas Meinung als mehr oder weniger der Wahrheit entsprechend darstellte. Die zweite große Tageszeitung des County – der *Santa Ana Register* – war weniger überzeugt. In den Leitartikeln hieß es, Acunas Geschichte sei durch nichts untermauert, man werde sie jedoch sehr ernst nehmen, sollten je Beweise auftauchen.

Die Zeitung deutete vorsichtig an, Jesse Acuna könne bei dem Überfall einen Gehirnschaden davongetragen haben, der seine Erinnerungen an die Gesichter und Vorgänge möglicherweise verzerre.

Die *Times* hielt dem entgegen, falls Acunas Geschichte tatsächlich das Ergebnis eines bei dem Überfall davongetragenen Gehirnschadens sei, müsse die Polizei erst recht alles daransetzen, jeden noch so geringen Verdacht zu zerstreuen.

Das zu jener Zeit noch kleine *Orange County Journal* meldete sich mit einem allgemeinen Ruf nach mehr Gerechtigkeit für alle Männer und Frauen jeder ethnischen Herkunft und Hautfarbe und ging auf das Thema des Tatverdachts gegen Polizisten erst gar nicht ein.

Der Arbeiterführer Cesar Chavez mischte sich in die Debatte ein. Er sprach sich weder für noch gegen Acunas Version aus, nutzte jedoch die Gelegenheit, um auf die Notwendigkeit einer Landarbeitergewerkschaft, der späteren UFW, hinzuweisen. Seine Reden vor den Studenten von Fullerton und Irvine mobilisierten Tausende.

Merci erinnerte sich, in jener Zeit an einer Kundgebung teilgenommen zu haben, zu der wesentlich weniger Leute erschienen waren. Ihre Eltern hatten sie dorthin mitgenommen. Die Veranstaltung fand im Freien statt, auf dem Parkplatz einer neuen Kirche. Es war sehr heiß gewesen – Sommer oder Frühherbst. Mit der Kundgebung sollte Vertrauen in die Polizei demonstriert werden und sie wurde vom Ortsverein der John Birch Society unterstützt. Die Demonstranten trugen Plakate und Anstecker mit dem Konterfei eines Mannes, darunter das Wort LÜGNER. Sie konnte sich noch an die Autoaufkleber erinnern, die man in die Hand gedrückt bekam: *Unterstützt eure Polizei.*

Dass ihr dieser Tag im Gedächtnis haften geblieben war, hatte mit all dem eigentlich nichts zu tun, sondern lag daran, dass ein fürchterlicher Wüstenwind zum Meer hin wehte, so stark, dass die Plakate von ihren Halterungen gerissen wurden und herumflogen wie Herbstblätter. Ihre Mutter war wütend geworden, als sie Merci gemeinsam mit anderen Kindern auf dem Dach des Gemeindehauses entdeckte. Sie warfen Plakate hinunter, die fünfzig Meter weit wie Bumerangs durch die Luft segelten, dann, wenn sie von einer Bö erfasst wurden, plötzlich in die Höhe schossen und über die Rohbauten von Wohnhäusern jagten und schließlich herumwirbelten, als würden sie mit den Ecken vom Himmel abprallen.

Der Mann auf den Schildern musste Acuna gewesen sein, dachte Merci. Erst jetzt wurde ihr das bewusst.

Jedenfalls zogen die ACLU und die *Times* den Kürzeren. Das zuständige Gericht verwarf nach einer Anhörung den Antrag auf Herausgabe von Mitarbeiterfotos durch die Polizeidienststellen und die Sheriff Departments des Orange County, anhand derer Acuna die Männer hätte identifizieren können, die ihn bedroht hatten.

Mittlerweile waren seit dem Überfall zwei Jahre vergangen und die Entscheidung des Gerichts war dem *Register* nur noch eine kleine Spalte unter den Lokalnachrichten wert. Die *Times* berichtete darüber lediglich auf Seite B-22.

Wieder einmal hatte die Geschichte eines ihrer kleinen, facettenreichen, aber nicht übermäßig bedeutenden Kapitel geschlossen.

An jenem Tag titelte das *Journal*:

Bugliosi erklärt die des Mordes angeklagten Anhänger Mansons für »geistig verwirrt«

Wie Merci einem weiteren kleinen Zeitungsartikel entnehmen konnte, hatten kurze Zeit später zwei Polizeidienststellen und das Sheriff Department dem Farmer freiwillig Fotos zur Verfügung gestellt, aber Acuna hatte seine Angreifer nicht identifizieren können.

Merci schob den Bürostuhl nach hinten, stand auf, trat ans Fenster und schaute in den klaren, windigen Himmel. Der Sturm hatte sich gelegt und der Himmel schimmerte seltsam blassblau. Das Blau wirkte falsch, als wäre es von irgendwoher hergeweht worden. Vielleicht von Island?

Die Bäume im Hof der Bibliothek waren vom Wind kahl gefegt und schwarz vom Regen. Gelbe Blätter lagen auf dem Betonboden. Sie fragte sich, warum auf jedem Unicampus so viele Handzettel zu finden waren – Unmengen weißer, gelber und rosafarbener Blätter mit Abreißtelefonnummern, die an Geländern und Verkaufsständen befestigt waren, aufgeweicht und vom Sturm zerfetzt.

Sie hatte ihre Studentenjahre in Fullerton genossen. Hauptfach Psychologie, Schwerpunkt Strafrecht. Psychologie hatte ihrer Meinung nach eine Menge Schwachköpfe angezogen, das Fach entpuppte sich als Sammelbecken für Weltverbesserer ohne Ansprüche und mit niedrigem IQ. Aber sie bekam eine Menge guter Bücher zu lesen und verbrachte viel Zeit mit sich allein. Oder mit Ben, ihrem Quasi-Freund. Ben konnte zwei Dreiviertelliterflaschen Schnaps nacheinander kippen, ohne zu kotzen. Er nahm eine Stelle beim Forest Service, einer Waldschutzorganisation, an und meldete sich nie wieder bei ihr. Es war wirklich eine schöne Zeit gewesen, die bloß ein paar tausend Jahre zurücklag.

Sie schaute immer noch aus dem Fenster, dann hielt sie sich ein Auge zu. Die Farben waren nach wie vor gut zu sehen, aber die Abstände verschwanden. Keine Tiefenperspektive.

Dürfte schwer sein für Acuna, seine Peiniger mit nur noch einem Auge zu finden, dachte Merci.

Selbst mit zweien.

Aber sie hätte nicht viel auf Acunas Theorie gegeben, selbst wenn er drei gute Augen gehabt hätte.

Warum Cops? 1969 waren es immer die Cops gewesen. Die Cops waren Schweine. All die Comics mit Schweinen in engen kleinen Uniformen, die mit ihren großen Schlagstöcken zuschlugen und mit ihren überdimensionalen Revolvern herumballerten. Cops waren immer die ersten

Sündenböcke für jedes gewalttätige, winselnde Opfer, oder? Man konnte von einem Blitz getroffen worden sein, von einer Schlange gebissen, schlecht geträumt haben, alles konnte man den großen, bösen Schweinen anlasten.

Jesse Acuna hatte also was gegen Polizisten, das war in Ordnung. Merci war auch nicht von jedem Polizisten hingerissen. Das hieß aber noch lange nicht, dass sie ihn mit Baseballschlägern halb zu Tode geprügelt hatten, als er an jenem 4. Juli aus dem Hühnerstall kam.

Er behauptete es, weil er es glaubte. Es wurde gedruckt, weil er es gesagt hatte und es die Auflage steigerte: Es passte gut in die politische Stimmung jener Tage. Und wahrscheinlich war es purer Schwachsinn.

Aber Patti Bailey hatte die Wahrheit gekannt oder es zumindest behauptet. Und einer ihrer Freier ließ es durchsickern. Und Patti Bailey wohnte in einem Hotel, das im Ruf stand, eine Spielwiese für Cops und leichte Mädchen zu sein.

Merci druckte das gesamte Material aus, bedankte sich bei Sherlock Holmes und bat ihn um einen Gefallen. Sie wollte eine Verbindung zwischen Patti Bailey, Acuna und der Polizei herstellen.

»Korrupte Polizisten im Orange County, um 1969«, sagte sie. »Ich möchte alles darüber erfahren.«

Byrne lächtelte sie verschmitzt an. »Geben Sie mir einen Tag, Sergeant.«

Kapitel 14

Es war fast sechs Uhr abends, als Merci in ihre Dienststelle zurückkehrte. Das Wochenende stand bevor, die meisten Zivilangestellten waren bereits nach Hause gegangen, aber die uniformierten Polizisten der Nachtschicht wirkten frisch und voller Tatendrang.

Gute Nachrichten auf dem Anrufbeantworter: Die Telefongesellschaft war bereit, die Telefonnummern, Namen und Adressen aller Leute herauszugeben, mit denen Aubrey Whittaker in der letzten Woche vor ihrem Tod telefoniert hatte. Sie brauchten Zeit bis Montagnachmittag.

Gary Brice vom *Journal* hatte »ein paar Dinge für Sie« und bat höflich um Rückruf.

Mike hatte zwei weitere Nachrichten hinterlassen, sie möge sich so bald wie möglich bei ihm melden.

Auch Evan hatte noch einmal angerufen, er wolle mit ihr reden. Merci fiel auf, dass der übliche Klugscheißertonfall in O'Briens Stimme fehlte. Sie war beeindruckt.

O'Brien war im Labor und damit beschäftigt, mit Hilfe einer Lupe und ultraviolettem Licht ein weißes Blatt Papier zu untersuchen, auf dem ein schwarzer Schuhabdruck zu sehen war. Unter dem ultravioletten Licht wirkte O'Briens Gesicht wie das eines unterernährten Außerirdischen.

»Was hast du denn da?«, fragte sie und setzte sich auf den Hocker neben ihm.

»Für mich sieht es verdächtig nach dem Schuhabdruck aus Aubrey Whittakers Küche aus.«

Das war also Evans wichtige Nachricht.

»Und warum das UV-Licht?«

Er schaute sie an und lächelte schmallippig. »Kein besonderer Grund. Ich bin auf der *Suche* nach einem Grund.«

»Und das geht hier unten als wissenschaftlich durch?«

»Also, Madame Wichtig, ich wollte mal sehen, wie sich die Tinte unter UV-Licht verhält, ob etwas zum Vorschein kommt, das ohne das Licht nicht zu sehen ist. Das war nicht der Fall, aber sieh's dir selber an.«

Evan war Mitte zwanzig, schlank und drahtig, mit einem sommersprossigen Gesicht, das häufig belustigt wirkte. Rotbraune Haare und eine Stupsnase. Single. Er zog Frauen an, ohne es zu bemerken, so viel hatte Merci mitbekommen. Manchmal legte sich ein feierlicher Ausdruck über seine hellgrünen Augen, als beschäftigte ihn zwischen den Scherzereien plötzlich etwas ganz Ernstes. Sie wusste wenig über sein Privatleben und das war ihr ganz recht. Er war der gründlichste, am besten organisierte und intelligenteste Tatortspezialist, mit dem sie je zusammengearbeitet hatte.

Sie hatte eine so hohe Meinung von O'Brien, dass sie im Frühjahr eine Empfehlung an die Personalabteilung abgegeben hatte, um seinen Antrag auf Beförderung zu unterstützen. Drei weitere Kollegen hatten sich ebenfalls für ihn stark gemacht. Evan hatte seine Chancen eher vorsichtig eingeschätzt und sich selbst aufgrund einer schwachen Veranlagung zur Epilepsie als Teilzeitkrüppel beschrieben. Diese Veranlagung ließ sich zwar problemlos mit Medikamenten unter Kontrolle halten, aber es war und blieb eine

Behinderung. »Die werden doch einem Spastiker keine Knarre in die Hand drücken«, hatte er Merci gegenüber gefrozzelt. »*Du* würdest das vielleicht tun, aber das ist was anderes. Außerdem brauchen die hier unten im Labor fleißige Sklaven. Wir werden schlechter bezahlt, dafür arbeiten wir mehr.«

Merci war dennoch davon ausgegangen, dass Evan zum Deputy befördert werden würde, denn für einen Tatortspezialisten war er bemerkenswert hoch qualifiziert. Er war jung und fit. Und es schadete auch nicht, dass sein Vater ein hoch angesehener Deputy gewesen war – genau wie Clarks Ansehen ihr und Pat McNallys guter Ruf Mike genutzt hatte. Aber die Kommission hatte Evan übergangen, genau wie er es vorhergesagt hatte.

Merci hatte sich natürlich fürchterlich darüber aufgeregt, besonders weil er in einer höheren Position als Verbündeter noch wertvoller für sie wäre.

O'Brien nahm das alles wesentlich gelassener. Zusammen mit ein paar Kollegen ging er an dem Abend, als die Entscheidung bekannt gegeben wurde, in eine Kneipe. Mit von der Partie war auch Lynda Coiner, deren Antrag auf Beförderung wegen ihrer schlechten Augen ebenfalls abgelehnt worden war. Sie weinte sich schließlich an Mike McNallys Schulter aus. Mike war immer nett zu ihr gewesen, hatte sich ebenso fürsorglich um sie gekümmert wie um seine Spürhunde. O'Brien hatte die ganze Nacht gelacht, sarkastische Witze gemacht und Lynda schließlich nach Hause begleitet. Merci glaubte, dass ihn die Ablehnung seines Antrags verletzt hatte, denn danach hatte er nie wieder ein Wort darüber verloren, eine typisch männliche Reaktion, eine Fähigkeit, die Merci bewunderte.

»Ich sehe nur einen Schuhabdruck, Evan.«

»Mehr ist es auch nicht. Experiment beendet.«

Er schaltete die UV-Lampe ab und schob seinen Schreibtischstuhl zurück.

»Was gibt's, Evan?«

Er schüttelte den Kopf, und sie merkte, wie sich seine gute Laune verflüchtigte. Er holte tief Luft und atmete langsam aus. »Es fehlt ein Beweisstück, und zwar vom Tatort Whittaker.«

»Wie bitte?«

Er sah sie durchdringend an, dann sagte er ganz ruhig: »Kann sein, dass es verlegt wurde. Wir haben viel zu tun, da kann so was vorkommen. Vielleicht hat irgendjemand es weggeworfen. Auch das kommt vor. Wir sind nicht perfekt. Ich habe jeden Winkel dieses Labors abgesucht. Lynda auch. Es ist weg.«

Merci wartete, schaute ihm in die ernsten grünen Augen. »Was war es?«

»Fasern vom Küchenboden. Fingerabdrücke vom Küchenschrank. Eine Grußkarte aus der Schlafzimmerkommode, die wir als Handschriftenprobe mitgenommen hatten. Wir haben neunundvierzig Beweismittel in der Wohnung gesammelt. Vierundvierzig davon sind noch da. Der Rest – zwei Gewebeproben, zwei Fingerabdruckkarten und eine Handschriftenprobe – wie vom Erdboden verschluckt.«

Merci überlegte. Es war nicht das erste Mal, dass Beweismittel verschwanden. Sie tauchten immer irgendwo wieder auf. Oder es stellte sich heraus, dass die Listen über die Beweismittel das Problem waren. Techniker, Spurensicherer, Kriminalisten, Tatortspezialisten, Gerichtspathologen und Polizeiermittler, alle waren in Aktion und produzierten gelegentliche Überschneidungen, Doppel von Beweisstücken oder Unterlassungen. Es war ein Wunder, dass nicht öfter etwas abhanden kam.

Es interessierte sie weit mehr, ob die fehlende Grußkarte eine von denen war, die Mike an Aubrey geschickt hatte.

»Tja, Evan, entweder tauchen die Sachen wieder auf oder nicht.«

»Die zweite Möglichkeit gefällt mir nicht.«

Er musterte sie, dann stand er auf und legte seinen Laborkittel ab. Er nahm eine Sportjacke von der Garderobe und zog sie sich über.

»Du wirst mir schon eine Frage stellen müssen, Sergeant Rayborn. Denn etwas wie das, was ich dir mitzuteilen habe, sage ich nur, wenn es unbedingt sein muss.«

»Schieß los.«

»Also gut. Wie du weißt, darf ich eigentlich nicht wissen, dass Mike McNallys Fingerabdrücke überall in der Wohnung von Aubrey Whittaker zu finden waren. Aber ich kriege nun mal *alles* mit, was in diesem Labor passiert. Bisher habe ich mit niemandem darüber gesprochen – außer jetzt mit dir. Ich werde weiterhin mit niemandem darüber reden. Das ist nicht das Problem. Die Tatsache, dass seine Fingerabdrücke da waren, ist auch nicht das Problem. Das ist sein Problem und deins. Ich tue hier nur meine Arbeit.«

Er wartete ab und in seinem Blick lag so etwas wie Ärger.

Sie brauchte einen Moment, aber schließlich begriff sie. »Ist Mike wieder hier unten rumgeschlichen?«

O'Brien nickte, hob die Hände, als versuchte er etwas abzuwehren – ihre Worte, vermutete sie –, dann drehte er sich um und ging hinaus.

Zehn Minuten später durchquerte Merci das Parkhaus. Sie war angespannt und in ihren Eingeweiden nagte eine dumpfe Angst. Pfeifend jagte der Wind durch das Gebäude, prallte von den Betonwänden ab, schlug ihr entgegen.

Auch Parkhäuser standen mittlerweile auf ihrer Angstliste, alles, was mit Autos zu tun hatte. Schließlich hatte der Handtaschenräuber sie genau dort überrumpelt – in ihrem eigenen Wagen, dem Impala, ihrem Dienstwagen. Immer noch träumte sie nachts, dass irgendwer oder irgendwas sie von einem Rücksitz her ansprang. Sie trat an den Wagen, leuchtete den Rücksitz mit einer Taschenlampe ab, öffnete die Tür und schaute noch einmal nach. Alles in Ordnung. Sei nicht dumm.

Auf dem Weg zum Krankenhaus mied sie Tunnel und Unterführungen. Es war nur ein kleiner Umweg zu ihr nach Hause. Der Wind fegte und schüttelte die Straßenlaternen.

Jemandem lästig zu sein, war das Letzte, was sie wollte, aber Zamorra und Janine sollten wissen, dass sie genug Anteil nahm, um sie zu besuchen.

Im Geschenkeladen kaufte sie einen kleinen, überteuerten Blumenstrauß. Außerdem kaufte sie eine Karte und schrieb einen aufmunternden Gute-Besserungs-Gruß darauf.

Im Krankenhaus ließ sie sich erklären, wie sie in die Neurologie gelangte. Die Stationsschwester nannte ihr die Zimmernummer und zeigte den Flur hinunter.

Merci hörte es, bevor sie das richtige Zimmer erreichte – leises, gedämpftes Stöhnen im Wechsel mit schrillen Schreien, die aus weiter Ferne zu kommen schienen. Sie fragte sich, ob Krankenhauswände und -türen nur aus diesem Grund so dick konstruiert wurden.

Vor Janine Zamorras Tür blieb sie stehen. Die Tür war verschlossen. Merci hatte das Gefühl, als würde ein schweres Gewicht in ihren Magen fallen, wie ein Anker, der durch dunkles Wasser in die Tiefe rast. Ihre Arme und Beine wurden schwer. Es war eher ein Heulen als ein Schreien. Es stammte von einer Frau. Es drückte eher Entsetzen aus als Schmerz. Hilflosigkeit. Als hätte sie etwas Furchtbares erblickt und könnte sich nicht davor retten.

Die Schwester war so leise hinter ihr aufgetaucht, dass Merci sie um ein Haar in den Schwitzkasten genommen hätte.

»Ich kann die Blumen entgegennehmen«, sagte die Schwester.

Janine Zamorra war verstummt. Merci konnte die Stimme eines Mannes hören, leise und besänftigend, Worte konnte sie nicht verstehen.

Als Merci die Schwester anschaute, entdeckte sie in ihrem Blick nichts als Scham und Angst, die sich unter einer Fassade von Autorität verbargen.

»Ich sorge dafür, dass sie sie bekommt.«

Dann wieder leises Wimmern, das zu heulendem Klagen anschwoll. Wie bei einem Tier, dachte Merci. Ein Tier, das von anderen Tieren zerfleischt wurde.

»Was passiert da drinnen?«

»Ihr Zustand ist stabil. Sie gehen jetzt besser.«

Die Schwester streckte eine Hand nach den Blumen aus, mit der anderen umschloss sie fest Mercis Arm. Die Frau war klein, aber kräftig.

Die Berührung mobilisierte Merci Rayborns Instinkte, die zwar nicht direkt gewalttätig waren, die Möglichkeit der Anwendung von Gewalt jedoch beinhalteten. Und nicht zum ersten Mal in ihrem Leben wurde ihr die schreckliche Unzulänglichkeit eines solchen Verlangens bewusst, die Gewissheit, dass weder ein Würgegriff noch ein Schlagstock oder ein Paar scharfe Plastikhandschellen dazu beitragen konnten, Janine Zamorras Qualen zu lindern. Merci, die einmal geglaubt hatte, sie hätte auf fast alles eine Antwort, spürte einmal mehr, und dafür schämte sie sich zutiefst, dass sie auf fast gar nichts eine Antwort wusste.

Und auf das hier schon gar nicht.

Sie reichte der Krankenschwester die Blumen und ging. Janines Stöhnen wurde wieder lauter, als die Stationstüren sich hinter Merci schlossen und die Geräusche verstummen ließen.

Mikes Wagen stand in ihrer Einfahrt, als sie nach Hause kam. Mike saß mit Clark im Wohnzimmer vor dem Fernseher. Tim junior saß auf seinem Schoß.

Ihr Sohn sah sie an wie immer, wenn sie nach Hause kam, mit weit aufgerissenen Augen, die so viel zu erfassen schienen. Dann sprang er von Mikes Schoß und watschelte auf sie zu, lächelte sie breit an und brabbelte drauflos. Sie kniete sich hin und er stürzte sich in ihre Arme. Wie immer duftete er angenehm und in seinen hellgrauen Augen spiegelte sich das Kaminfeuer. Clark hatte ihm eine flauschige rote Strampelhose mit weißen Plastiksohlen angezogen. Merci liebte Strampelanzüge, die seinen ganzen Körper wärmten, und wünschte, sie könnte ein paar in ihrer Größe kaufen.

Sie nickte Mike und ihrem Vater zu, dann trug sie Tim ins Schlafzimmer, wo sie ihm auf sein Gebrabbel antworten und sich dabei umziehen konnte. Darauf freute sie sich jeden Tag ganz besonders: nach Hause zu ihren Männern zu kommen, raus aus der Dienstkleidung, das Halfter mit der H&K von der Schulter und die Reserve-Zweiunddreißiger von der Wade nehmen und mit ihrem Sohn dummes Zeug plappern. Das war die Zeit, in der sich ihr Herz riesengroß und zugleich ganz leicht anfühlte. Aber heute Abend fühlte es sich nur groß und schwer an.

Als sie ins Wohnzimmer zurückkam, war Clark in der Küche, Mike saß immer noch vor dem Fernseher. Sein Gesicht war von seinem Besäufnis am Vortag aufgedunsen.

»Können wir miteinander reden, Merci?«

»Lass uns nach draußen gehen.«

Sie holte die dicken Daunenjacken für sich und Tim, zwei gleiche Jacken, die sie in einem Versandhauskatalog gefunden hatte, mit schwarzen und gelben Streifen und mit Kapuze. Sie kaufte für sich und ihn immer die gleichen Sachen, auch wenn es ihr kindisch vorkam – es hatte etwas zu tun mit Uniformen, Farben, die anderen und wir.

Sie gingen auf die Terrasse. Die Sicherheitsbeleuchtung schaltete sich ein und tauchte den Garten in kaltes, weißes Licht. Die Katzen beäugten sie.

»Darf ich dich als Erstes um Verzeihung bitten für das, was ich gestern getan habe?«

»Ich kann dir verzeihen, aber es wird eine Weile dauern. Du hast mich *verarscht*, Mike. Und du hast mich verraten.«

Eine Weile herrschte Schweigen. Sie schaute ihn an und sah den Atemdampf aus seiner Nase kommen. Mike stand da in seiner Windjacke, die Schultern eingezogen. Seine blonde Haartolle hing herab wie der Schwanz eines unterwürfigen Hundes.

»Ich hätte nicht so viel trinken dürfen.«

»Es gibt noch ein paar andere Dinge, die du nicht hättest tun dürfen.«

»Ich weiß, dass ich mich falsch verhalten habe.«

Sie blickte hinaus auf den Bretterzaun entlang der Orangenbäume. Die hohen Eukalyptusbäume ächzten und schwankten im Wind und die Blätter spiegelten das Mondlicht in silbrigen Facetten. Sie kniete sich hin und betrachtete Tim, der die Bäume mit einem Ausdruck von Ehrfurcht anstarrte. Über den Wipfeln funkelten die Sterne und eine gezackte, vom Mondlicht erhellte Wolke glitt vorüber.

Mike kniete sich vor sie. »Wenn ich mit einem großen schwarzen Marker einen dicken Strich durch das Geschehene machen könnte, würde ich es tun. Und ich würde alles nehmen, das bis gestern passiert ist, es abschneiden und wegwerfen. Merci, ich habe mir in letzter Zeit große Mühe gegeben, die Dinge fest im Griff zu behalten, alles am Leben zu erhalten. Ich ... das ist nicht ... das ist das Schwerste, das ich je in meinem Leben gesagt habe, aber ich bin nicht glücklich ohne dich. Ich möchte dich behalten. Ich wünsche mir ein Leben mit dir und Tim und Danny. Ich möchte, dass wir ein Haus haben mit viel Platz für uns alle. Ich möchte hart arbeiten, ich brauche das, aber wenn ich nach Hause komme, möchte ich, dass du da bist. Ich werde dir so viel Zeit und Raum geben, wie du brauchst. Du könntest alles tun, was du willst. Du könntest arbeiten. Vielleicht könnten wir auch gemeinsam ein Baby haben, ganz wie du es willst. Für mich wäre all das in Ordnung. Ich bin jetzt achtunddreißig und ich bin beruflich abgesichert. Zumindest war ich das bisher. Und ich weiß, wer ich bin und was ich will. Ich will dich. Weil ich dich liebe.«

Er holte etwas aus seiner Jackentasche und legte es auf ihr Knie. Grau, abgerundete Ecken, ein dünner Draht um die Mitte. Tim, der sich wie immer von kleinen Sachen angezogen fühlte, versuchte es zu nehmen. Aber Mercis Hand war zuerst da und sie konnte den Samt an ihren kalten Fingern spüren.

»Ich weiß, dass du mir jetzt keine Antwort geben kannst. Aber du kannst darüber nachdenken. Ich möchte einfach nur, dass du darüber nachdenkst.«

Sie sah ihn an. Der Wind zerzauste sein Haar und er lächelte.

»Wie viel Angst hast du gehabt?«, fragte sie. »Angst davor, dass Aubrey es tun könnte? Ich habe deine Briefe und Karten gelesen. Du weißt, wovon ich rede.«

In dem kalten Licht sah sie, dass er errötete.

»Nun ja ... ich hatte Angst. Ja. Ich dachte, sie würde vielleicht versuchen ... mich bloßzustellen. Als sie anfing, darüber zu reden, wurde mir klar, dass ich sie gar nicht so gut kannte. Ich wusste nicht, wie sie sich verhalten würde. Ich merkte, dass alles, was ich getan hatte, sich gegen mich richten und mich in ziemlich schlechtem Licht dastehen lassen könnte.«

Merci musterte sein verquollenes Gesicht, seine müden Augen.

»Hast du sie geliebt?«

»Ich habe sie nie angefasst. Außer dass ich ihr die Hand geschüttelt und sie manchmal in den Arm genommen habe. Das habe ich dir ja alles erzählt. Ich wollte nie ...«

»Aber hast du sie *geliebt*, Mike?«

»Ich hatte das Gefühl, dass ich im Begriff war, mich in sie zu verlieben. Und in dem Moment wusste ich, dass ich es beenden musste.«

Sie ließ die Worte im Raum stehen. Selbst bei dem Wind standen sie genau vor ihr, fest wie Felsbrocken, undurchdringbar für die Elemente.

»Wie wolltest du es beenden?«

»Als ich nach dem Dinner an jenem Abend die Wohnung verlassen hatte, wusste ich, dass es vorbei war. Ich war schon zu weit gegangen, und mir war klar geworden, was auf mich zukäme. Dazu war ich nicht bereit. Niemals. Ich hatte erfahren, was ich wissen wollte.«

»Und was war das, Mike?«

»Nichts, auf das ich stolz bin.«

»Was war das, was du wissen wolltest?«

»Dass mich jemand, also, liebenswert findet, glaube ich. Das war alles. Es war eine Frage, die nur mit mir zu tun hatte, Merci. Das hatte nichts mit uns zu tun. Und auch mit niemand anderem.«

Du gehst also zu einer Prostituierten, um deine Antwort zu finden, dachte sie.

Sie gab ihm die Schachtel zurück, hob Tim hoch und stand auf.

Mike blieb weiterhin auf Knien. »Ich wusste, dass du den Ring nicht annehmen würdest, und das ist in Ordnung. Ich habe ihn schon seit einem halben Jahr, aber nie schien sich der richtige Augenblick zu ergeben. Jetzt ist natürlich auch nicht der passende Zeitpunkt. Ich wollte dich einfach wissen lassen, wie ich zu dir stehe. Aber wichtiger als das, wichtiger als alles andere ist im Moment, dass du weißt, wie Leid mir das tut, was gestern vorgefallen ist. Du sollst es einfach nur wissen. Ich werde den Ring aufbewahren, solange du es dir überlegst. Er wird immer da sein.«

Er stand auf und küsste sie auf die Wange. Ihr Gesicht war so kalt, dass sie es kaum spürte.

Tim grabschte nach Mikes Gesicht und Mike lächelte. In dem harten Schein der Sicherheitsbeleuchtung wirkte er wie jemand, den sie kaum kannte, ein erschöpfter großer Junge mit einem Lächeln kalt wie die Sterne.

Mike legte einen Arm um Merci und Tim und drückte sie sanft. Dann spürte sie die Finger seiner anderen Hand auf der Innenseite ihres Schenkels.

»Wir könnten uns gegenseitig wärmen. Ich kann dich halten und du hältst mich. Es war eine schrecklich lange Zeit. Vielleicht können wir uns daran erinnern, wer wir sind.«

»Ich weiß, wer ich bin.«

Er ließ sie los.

»Ich werde dich nicht verlieren, Merci. Sie können meine Existenz vernichten und du wirst mich vielleicht nie wieder ansehen, aber ich werde dich nie verlieren. Du bist für immer hier drin. Ich werde dich nie da rauslassen.«

Er formte eine Pistole mit der Hand und zielte auf sein Herz.

Kapitel 15

Am nächsten Morgen, einem Samstag, mietete Merci sich in aller Frühe im Hafen von Dana Point ein Motorboot und manövrierte die Nussschale mit dem Außenbordmotor an den Wellenbrechern vorbei in die Untiefen des Pazifiks hinaus. Als sie das offene Meer erreichte, wurde ihr ganz flau im Magen.

Sie hielt sich Richtung Süden. Der Morgen war kalt und klar, und sie konnte die riesigen Sandsteinklippen sehen, von denen vor gerade mal hundert Jahren die Rinderhäute zu den Handelsschiffen hinuntergeworfen worden waren. Kalter Schweiß bildete sich auf ihrer Stirn.

Der Bug des kleinen Boots schaukelte heftig in der Dünung, und die harte Sitzbank ruckte unter ihr hoch, als sie Gas gab. Wenn sie ihre Geschwindigkeit anhand der heranrollenden Wellen abschätzte, kam sie ihr beträchtlich vor. Wenn sie sich an den steinernen Wellenbrechern hinter ihr orientierte, kam es ihr so vor, als würde sie sich überhaupt nicht vorwärts bewegen.

Während der Motor tuckerte, stritten sich mehrere Stimmen in Mercis Kopf.

Mike ist ein anständiger Mann, aber du verstehst ihn nicht.

Mike ist schwach und macht Fehler.
Du solltest ihm helfen.
Du solltest ihm misstrauen.
Du solltest ihn verlassen.
Du solltest ihn lieben.

Merci betrachtete die dicken weißen Wolken, die sich im Westen auftürmten, die Möwen, die über einem Knäuel Seetang kreisten. Die Sitzbank schlug gegen ihren Hintern, sie versuchte schneller zu fahren, aber der kleine Zweitakter gab nicht mehr her, und sie roch das verbrannte Öl in dem Benzingemisch.

Die Dämpfe drehten ihr den Magen um, brachten sie fast zum Würgen.

Sie hielt sich möglichst nah an der Küste, wagte sich gerade so weit aufs Meer hinaus, dass sie notfalls würde ans Ufer schwimmen können. Sie hatte das Meer noch nie gemocht. Es war nicht vertrauenswürdig und neigte zur Gewalt. Ein naturgegebener Verbrecher, dachte sie.

Einmal hätte es beinahe Tim junior in den Tod gerissen. Von ihr selbst ganz zu schweigen. Aus unerfindlichen Gründen hatte das Meer sie wieder ausgespuckt und ihnen das Leben zurückgegeben.

Aber Hess hatte den Ozean geliebt, und Merci sagte sich, dass Hess hier draußen einen gewissen Einfluss auf sie hatte, dass ein Rest Wohlwollen von ihm auf sie abgefärbt haben musste. Auf sie als seine Geliebte.

Während sie an ihn dachte, fragte sie sich, warum die Erinnerung so kummervoll war.

Sie blinzelte in Richtung Süden. Vor ihr lag der Pier von San Clemente, und das bedeutete, dass sie nur noch etwa zwei, drei Kilometer von der Wave Street 23 und dem winzigen Stück Ozean entfernt war, das den Schlüssel zu dem Mord an Aubrey Whittaker barg.

Eine halbe Stunde später befand sie sich direkt vor den

Wave-Street-Apartments. Sie versuchte, mit den Augen nachzuvollziehen, welchen Weg die Kugel genommen haben konnte, wenn man davon ausging, dass sie in einer geraden Linie von der Pistole durch Aubrey Whittakers Herz, durch die dünne Scheibe der Glastür in den unermesslich weiten Ozean geflogen war.

Von ihrem schaukelnden Boot aus schaute sie ins Wasser: indigoblau mit silbernen Facetten, die wie Spiegel blitzten, zahllose Variationen, die sich niemals wiederholten.

Was sie zu finden hoffte, musste etwa anderthalb Kubikzentimeter groß sein, vielleicht ein bisschen aufgequollen, aber nicht viel größer. Und es musste auf den Grund gesunken sein, wie tief der auch sein mochte.

Sie betrachtete ihre Strandtasche, die von der Bank gerutscht und von Gischt und Kielwasser ganz durchnässt war. Durch das Netzgewebe konnte sie die beiden verstellbaren Flossen, die rosafarbene Taucherbrille und den durchsichtigen Schnorchel erkennen.

Sie berührte die Tasche mit der Fußspitze. Während sie vor Kälte zitternd versuchte, noch tiefer in ihren warmen Pullover hineinzukriechen, sagte sie sich, sie könnte sich jetzt einfach die Taucherbrille aufsetzen, die Flossen überstreifen und ins Wasser springen. Sie könnte heute hundert Tauchgänge machen. Und morgen noch einmal hundert und so weiter bis ans Ende aller Tage, und sie würde die Kugel nie finden. Sie würde noch nicht einmal bis zum Meeresgrund vorstoßen.

Alles in ihr sträubte sich gegen diese Erkenntnis, widersprach sie doch ihrer Überzeugung, dass harte Arbeit zu Ergebnissen führte, dem Prinzip der Hoffnung.

Mike hat das Mädchen geliebt.

Mike glaubte, das Mädchen zu lieben.

Du kannst Mike dein Leben anvertrauen.

Du kannst Mike nicht über den Weg trauen.

Lange Zeit saß sie da, starrte in das unruhige Wasser, sagte sich, dass Wunder nur für die geschehen, die sich in einer guten Position befinden. Und genau da befand sie sich jetzt.

Sie schaute noch einmal zur Wave Street 23 hinüber. Sie schaute nach Westen, wo Catalina sich wie ein niedriger Hügel am Horizont abzeichnete. Wind kam auf und sie spürte ihn bis in die Gelenke.

Schließlich ließ sie den kleinen Außenborder wieder an, drehte eine Kurve und fuhr zurück in die Richtung, aus der sie gekommen war.

Zwei Stunden später stand sie in Aubrey Whittakers Schlafzimmer und betrachtete sich in den großen Spiegeln auf den Türen des Wandschranks. Das rote Lederkleid saß hauteng. Merci wusste, dass sie etwas kräftiger war als Aubrey. Und etwas kleiner.

Und nicht ganz so schön, dachte sie.

Sie drehte sich um. In den goldenen Schnallen fing sich das Licht. Das Leder duftete angenehm, es fühlte sich kühl an auf der Haut, vielleicht ein bisschen steif, aber Leder machte eine gute Figur, oder?

Mit einer Hand hielt sie ihre Haare hoch. Dann mit der anderen. Sie stemmte beide Hände in die Hüften, dann ließ sie die linke locker hängen, drehte sich. Aber was sie auch tat, Merci konnte nichts Attraktives im Spiegel entdecken, nichts Verlockendes oder Verführerisches. Sie sah aus wie eine Wuchtbrumme in einem zu kleinen Kleid mit Tränen im Gesicht.

Was war schief gelaufen?

Was immer es gewesen sein mochte, es war der Schlüssel zu dem, was Mike getan oder nicht getan hatte, da war sie sich ganz sicher.

Ja, denn du bist der Schlüssel zu ihm.

Nein, denn Mike ist, was er tut.

Du musstest ihn lieben, das alles aus ihm herausholen, was vor sich hin faulte und gor, bis es schließlich ausbrach.

Ich bin kein Monstrum. Ich habe ein Herz. Ein großes.

Groß und kalt. Groß und kalt.

Kapitel 16

Sonnenaufgang, Montagmorgen. Die letzten Sterne verblassten am bleichen Himmel, als Merci ihren Wagen ein Stück weit entfernt von Mikes Haus hinter einem Baum parkte, wo er ihn nicht sehen konnte. Eichenzweige verschwanden im Dunkel, als sie die Scheinwerfer ausschaltete. Sie stellte den Motor ab, spürte, wie ihr Puls zu rasen begann, sich wieder beruhigte.

Sie legte einen Arm über die Rückenlehne, ließ ihn in der angenehmen Kühle, in der tröstlichen Leere baumeln. Aus den Schornsteinen auf beiden Seiten des Modjeska Canyon stieg Rauch auf. Merci bemühte sich, die innere Stimme, die ihr sagte, dass das, was sie tat, falsch war, zum Schweigen zu bringen.

Die letzten achtundvierzig Stunden hatte sie dieser Stimme gelauscht. Sie hatte mit ihr gestritten, ihr zugestimmt, mit ihr argumentiert, sie angeschrien. Jetzt, wo die Entscheidung gefallen war, konnte sie nichts anderes mehr tun, als ihr zu sagen, sie solle endlich Ruhe geben.

Um 7.02 Uhr sah sie seinen Van aus der Einfahrt biegen und die Straße hinunterfahren. Mikes Arbeitstag begann um Viertel nach acht und Mike würde eher sterben als sich verspäten.

Verrätst du ihn, um ihn besser kennen zu lernen?

Ermittelst du gegen ihn, um seine Umschuld zu beweisen?

Zehn Minuten später fuhr sie los, parkte vor dem Haus und ging hinein, als die Hunde anschlugen.

Wie immer duftete es im Haus nach Holzfeuer und Kaffee. Das Feuer war heruntergebrannt, hinter dem Glasfenster in der Ofentür war nur noch wenig Glut zu sehen. Die Tiere auf den Bildern schauten sie an. Das Tischchen mit dem Telefon war ordentlich aufgeräumt, wie alles, was Mike besaß. Der Anrufbeantworter blinkte. Eine Nachricht. Sie hörte sie ab.

Mike, hier ist dein Vater, bist du da oder …

Die Küche war blitzsauber, das Geschirr gespült, die leere Scotchflasche im Eimer für Altglas.

Sie schaute in Dannys Zimmer, dann ins Gästezimmer, dann ging sie durch den schmalen Flur in Mikes Zimmer.

Vertraute Gerüche: Rasierwasser, Deo, der feuchte Duft eines Mannes, der gerade geduscht hatte. Das Zimmer war groß und dunkel, das einzige Fenster war zu einem steilen Hang hin gelegen, der fast den ganzen Tag die Sonne fern hielt. Sie schaltete zwei Lampen an.

Das Bett war ungemacht. An einer Wand stand ein Schreibtisch – nur eine liegende Tür auf zwei Aktenschränke aufgebockt – mit einem Computer und einem Drucker. Die Kabel liefen durch das für den Türgriff vorgesehene Loch zur Wand. Bilder von Bluthunden, Kalender mit Bluthunden, Bücher über Bluthunde. An einer Wand hing eine Navajodecke über Mikes gerahmter Sammlung von Pfeilspitzen. An der anderen Wand stand ein Regal mit Büchern, Fotos, Fossilien, Muscheln und Bibelsprüchen, die Mikes Mutter mit der Hand auf buntes Papier geschrieben und in kleine, aufstellbare Rahmen gesteckt hatte.

Eine gute Ehefrau, wer kann sie finden?
Sie ist wertvoller als Edelsteine.
Das Herz ihres Gatten vertraut ihr,
und es wird ihm wohl ergehen.

Lieber Gott, dachte Merci, *am besten, du machst kurzen Prozess und lässt mich auf der Stelle tot umfallen. Meine innere Stimme würde dir Recht geben. Ich bin schlecht. Ich bin schlecht.*

Aber er tat es nicht, und Merci machte sich an die Arbeit, die sie am besten beherrschte.

Sie brauchte weniger als eine Minute, um den schwarzen Pullover in der Schublade zu finden. Den Pullover, den er beim Abendessen getragen hatte. Er saß eng, hatte einen runden Ausschnitt, und Mike trug ihn, wenn er gut aussehen wollte. Er brachte sein blondes Haar, seine helle Haut und seine Muskeln zur Geltung.

... ein Mischgewebe aus schwarzer Wolle und Orlon, auf keinen Fall von ihrem Kleid, möglicherweise von einem Pullover oder irgendeiner Art Oberbekleidung ...

Sie las das Etikett: 65 % Schurwolle, 35 % Orlon. Sauber, ordentlich gefaltet, keine Blutspuren.

Sie sagte sich, dass es nichts zu bedeuten hatte, überhaupt nichts – außer dass er für Aubrey gut aussehen wollte. Wut stieg in ihr auf.

Es bedeutete nicht mehr als der beigefarbene Teppichboden im Haus. Der Teppichboden, auf dem sie stand.

Verrätst du ihn, weil du ihn liebst? Oder weil er dich gedemütigt hat?

Der Wandschrank war alt, und die Schiebetüren gingen so schwer, dass sie sich dagegen stemmen musste, um sie zu öffnen. Am hinteren Ende, ganz in der Ecke, befanden sich die Sachen, die sie immer bei ihm ließ: ein Morgenrock, saubere Jeans, eine Bluse, eine leichte Jacke.

Sie kniete sich hin und sah sich die Schuhe an. Mike stand auf Schuhe – er besaß insgesamt wahrscheinlich zwanzig Paar. Größe zwölf. Sie nahm ein Paar nach dem anderen aus dem Schrank und betrachtete die Profile. Keins passte zu dem Abdruck von Evan O'Brien. In der hinteren Ecke hinter einem langen Mantel fand sie eine alte Reisetasche mit einem Paar abgetragener Mokkasins, einem Paar schlammverkrusteter Sportschuhe und einem Paar Arbeitsschuhe.

Das Profil an den Arbeitsschuhen entsprach dem Abdruck, den sie am Tatort abgenommen hatten. An einem der kommaförmigen Riefen klebte ein dunkler, lehmiger Klumpen. In der kreisförmigen Vertiefung unter dem rechten Absatz entdeckte sie noch mehr von dem Zeug.

Sie verfluchte Mike. Und sie verfluchte sich selbst. Und sie verfluchte Gott, den Schöpfer aller Dinge.

Sie legte die Schuhe zurück in die Tasche und stellte die Tasche wieder hinter den Mantel. Dann stand sie auf und lehnte sich mit ihrem ganzen Gewicht gegen die Schranktür, um sie wieder zu schließen.

Es musste eine Erklärung geben, sagte sie sich. Es musste einfach irgendeine Erklärung geben.

Schwitzend, mit klopfendem Herzen, durchsuchte sie Mikes Kommode, seine Bücherregale, seine Aktenschränke, seine Schreibtischschubladen. Wenn er Aubrey Whittaker Briefe geschrieben hatte, hatte sie ihm vielleicht geantwortet. Hatte ihm ihre Zuneigung gestanden, ihre Liebe, hatte ihm gedroht.

Sie entdeckte die kleine Schachtel, die er ihr am Abend zuvor geben wollte, versteckt unter seinen weißen Sportsocken. Sie öffnete sie. Ein goldener Ring mit einem Diamanten, der so groß war wie der Radiergummi an einem Bleistift, aber erheblich schöner. Sie schloss die Schachtel schnell wieder, in der Hoffnung, sie würde sich dann selbst weniger ekelhaft finden. Es nützte nichts. Sie stellte sich einen Schandfleck vor, der sich von ihrem Herzen aus bis ans Ende des Universums und darüber hinaus ausbreitete.

Langsam. Immer mit der Ruhe. Es gibt für alles Erklärungen.

Sie fand das kleine Bündel unter dem Bett in dem Waffenkoffer für die .357er-Magnum, die Mike zum Selbstschutz im Haus aufbewahrte. Er hatte darauf bestanden, dass sie sich die Zahlenkombination für das Schloss merkte, für den Fall, dass sie die Waffe brauchte, wenn er nicht da war. 4-4-5-7. Immer wieder hatte er sie die Kombination wiederholen lassen, 4-4-5-7, 4-4-5-7, und jetzt benutzte sie sie, um die Liebesbriefe der Hure zu finden.

Ihr Herz klopfte so heftig und ihr Kopf war vor lauter Wut und Kränkung und Schuldgefühlen so benebelt, dass sie die Briefe gar nicht lesen konnte. Sie faltete sie einfach auf und überflog sie: *... sooo cool, dass du mir geschrieben hast ... wie aufregend, dass ein Bulle so was zu einem Mädchen wie mir sagt ... Ich empfinde dasselbe für dich ... ich finde auch, dass Freundschaft ein hinterlistiges Geschenk Gottes ist, mit dem er uns ... was für ein anständiger Mann du bist ... können uns gern auf einen Kaffee treffen oder einen Spaziergang ... riesige Unterschiede zwischen deinem und meinem Leben ... in aufrichtiger Zuneigung und voller Respekt deine, deine, deine ... A. W., Aubrey, A. Whittaker ...*

»Verdammt«, murmelte sie vor sich hin. Dann noch einmal. Die Hure war in ihn verliebt. Immer mit der Ruhe. Lass dir Zeit und finde heraus, was da los war.

Sie überprüfte die Poststempel und die Daten. Der letzte Brief war mit der Maschine geschrieben und trug das Datum vom 4. Dezember.

Lieber Mike, düsterer Bursche, Polizist, Supertyp,
ich muss immerzu an dich denken, egal, was ich tue und mit wem ich es tue! Es ist, als hätte ich immer einen Freund bei mir. Andererseits bin ich froh, dass du nicht wirklich immer da bist, denn ein Mädchen braucht schließlich auch ein bisschen Privatsphäre, nicht wahr? Ich stimme dir vollkommen zu, wenn du sagst, dass ich eine bessere Möglichkeit finden muss, um mir meinen Lebensunterhalt zu verdienen. Eine Stimme tief in meinem Innern, die Stimme, die mich hasst, sagt mir, ich soll so weitermachen, aber ich weiß, dass sie Unrecht hat. Es ist einfach nur so ... verdammt bequem. Und es erinnert mich auch immer daran, was Männer für Schweine sind, aber weißt du, ich wünschte, das wäre nicht so. Jetzt, wo ich dich kennen gelernt habe, fange ich an zu glauben, dass es vielleicht nicht stimmt.
Aber weißt du was? Ich frage mich, wann du mir endlich gibst, was ich verdient habe. Ich habe immer nur gegeben – und dir nie einen Penny dafür berechnet, haha –, aber wann wirst du mir auch mal etwas geben? Ich habe allmählich das Gefühl, dass du dich für mich schämst. Ich bin ja bloß eine Hure. Ich verstehe, dass du dich nicht mit mir sehen lassen kannst – was würde deine Mama dann von dir denken? Ich verstehe sogar, dass du eine andere Mieze hast. Aber Mike, wenn sie dich glücklich macht, warum bist du dann die ganze Zeit so schlecht drauf? Ich mache dich glücklich. Das sehe ich an deinem D. B.-Gesicht! Ich finde, es wird Zeit, dass du zugibst, was ich dir bedeute und was du getan hast. Es wird Zeit, dass du mir auch was gibst. Zeit, deine Schulden zu begleichen! Ich verlange nicht viel. Mir ist klar, dass keiner von mir wissen darf, vor allem deine Kollegen nicht, aber ich frage mich, ob es nicht das Beste wäre, was dir passieren kann – dass sie erfahren, was du

von mir hältst, was du mit mir machst, was wir einander bedeuten. Vielleicht könnte ich dir was richtig Gutes tun, indem ich ihnen alles erzähle. Wie soll ich mich ändern, wenn du mich daran hinderst? Werde ich für dich immer nur Aubrey die Nutte sein? Dann will ich dir mal was sagen: Ich überlege, meinen Job an den Nagel zu hängen!
Ich hoffe, dass wir tausend heiße Nächte vor uns haben, um alles herauszufinden!
Aubrey

PS: Ich habe heute ein Bild in einem Buch gesehen – *In die Welt kam eine Seele, genannt Ida.* Es war das hässlichste, das ich je gesehen habe – eine Frau, es kann nur eine Hure gewesen sein, die regelrecht verrottet, ein zerfressener, trauriger, verbrauchter Körper, ruiniert von der Zeit und von den Männern. Es war, als würden jeden Augenblick die Maden aus dem Bild rauskriechen. Ich musste furchtbar weinen und ich habe nur gedacht: So möchte ich nicht enden. Wenn ich daran denke, dass du mich eine weise junge Frau genannt hast! Manchmal möchte ich am liebsten sterben, aber wer würde dann die Raten für meinen Caddy bezahlen? Hilf mir! Hilf mir, du großer, starker Polizist!

Merci packte die Briefe wieder zusammen und legte sie zurück in den Koffer. Klappte den Deckel zu und hörte das Schloss einrasten. Blieb eine Minute lang auf Mikes ungemachtem Bett sitzen und lauschte auf das Geräusch eines Autos, das die Straße entlangfuhr.

Was für ein seltsames Gefühl. Verblüffung. Schock. Es war, als würde sie sich selbst zum ersten Mal sehen. Als würde ihr plötzlich bewusst, dass sie gar nicht die Person war, die sie zu sein glaubte, dass sie die Person nie gewesen war. Seit dem Morgen, als sie ins Auto gestiegen war und die Hände des Monstrums, nach dem sie suchte, auf ihrem Gesicht gespürt hatte, hatte sie sich nie wieder so hereingelegt gefühlt. Wie dumm konnte sie eigentlich sein? Das Ausmaß ihrer Dummheit schien keine Grenzen zu kennen.

Es musste eine Erklärung geben, sagte sie sich.

Dann erinnerte sie sich an seine Worte: *Ich hab mir einen Schalldämpfer gekauft. Ich habe mit ihr zu Abend gegessen, dann hab ich sie umgelegt. Los, verhafte mich.*

Erklär mir das, Kollege.

Die Garage war eigentlich eine kleine Scheune. Es gab Stellfläche für zwei Autos, eine große Werkstatt, und das Obergeschoss diente als Lagerraum.

Merci stand an der langen Werkbank, betrachtete die Werkzeugkisten und -schränke, die blitzblanken Gartengeräte, die an den hölzernen Wänden an Haken hingen, die Kanister mit Benzin und Motoröl, die riesigen Säcke mit Hundefutter, das Polly, Molly und Dolly in Unmengen verschlangen, den alten Tiefkühlschrank.

Sie konnte ihren Atem sehen, das Kondenswasser in den Fensterecken, die Tautropfen auf den Spinnennetzen in den Ilexsträuchern vor dem Fenster.

Am hinteren Ende der Werkbank lagen Mikes Werkzeuge zum Wiederladen benutzter Patronen. Sie nahm die Plastikabdeckung weg. Mike füllte .45er-Patronen für seine Colts auf, .357er für seine Smith, Schrotpatronen für seine Remington und .30-'06er-Patronen für seine Büchse. Merci betrachtete den roten Meac-Wiederlader. Daneben stand eine offene Blechdose mit .45er-Patronenhülsen und die Zündhütchen in der Zufuhrvorrichtung schienen Merci für .45er-Patronen bestimmt zu sein.

Sie wünschte, sie könnte feststellen, welche von diesen Hülsen aus Mikes Colt gefeuert worden waren. Sie könnte eine davon mitnehmen, sie im Labor mit der leeren Hülse vergleichen lassen, die Lynda Coiner in Aubrey Whittakers Blumenvase gefunden hatte, und dieser ganze Wahnsinn wäre zu Ende.

Zu Ende, auf welche Weise auch immer.

Ihr fiel ein, dass die .45er, mit der Aubrey erschossen worden war, für Unterschallpatronen geeignet sein musste, damit der Schalldämpfer funktionierte. Schweres Geschoss, schwaches Pulver. Sie fand die Patronen in einer grünen Pappschachtel: .255er-Hornadys, Vollmantel, Rundkopf. Am Pulverbehälter auf dem Meac-Wiederlader war eine Messskala angebracht, deren Daten sie in ihr blaues Notizheft eintrug. Sie hatte keine Ahnung, ob Mike schwere oder leichte Patronen benutzte oder irgendetwas dazwischen. Timmerman auf dem Polizeischießplatz würde ihr das sagen können.

Am anderen Ende der Werkbank waren eine riemengetriebene Schleifmaschine und eine Bandsäge eingespannt, an der Arbeitsplatte hingen mehrere große Schraubzwingen und obenauf standen weitere Werkzeugkisten. An der Ecke waren zwei kleine Vorrichtungen zum Fliegenbinden befestigt. Mikes Angelruten hingen quer an der Wand, penibel der Größe nach geordnet. Auf einem Regalbrett lagen drei Angelrollen, drei Kisten mit Angelzeug und jede Menge Kästen mit Ködern zum Fliegenfischen. Sie nahm die Kisten und Kästen nacheinander herunter und überprüfte den Inhalt.

Eine alte Kiste aus Kiefernholz erregte ihre Aufmerksamkeit, denn sie erinnerte sich, dass diese Kiste früher im Schlafzimmer gestanden hatte. Mike hatte sie als Siebtklässler im Werkunterricht gebastelt und sie hatte all die Jahre überdauert. Vor dem Lackieren hatte er ein Abziehbild auf dem Deckel angebracht, ein blau-weißes Oval mit der Aufschrift *Angebissen!* und der Silhouette eines Anglers, der gerade einen Fisch aus dem Wasser zieht. Sie wusste, dass Mike in dieser Kiste seine Nass- und Trockenfliegen, seine Nymphen und Streamer aufbewahrte, viele eigenhändig gebunden, alle in zwei Jahrzehnten, seit er seine Leidenschaft für das Fliegenfischen entdeckt hatte, liebevoll gesammelt. Jetzt stand die Kiste auf der Werkbank zwischen zwei Köderkästen aus Plastik. Obenauf lag eins von Mikes Fischernetzen, wodurch die Kiste fast ganz verdeckt wurde. Wäre das bunte Abziehbild nicht gewesen, hätte Merci sie unter dem schwarzen Netzgewirr gar nicht entdeckt.

Irgendetwas an der Kiste und dem bunten Bild versetzte ihr einen Stich, ließ all ihre Wut und Scham wieder hochkommen und die innere Stimme wieder zetern: *Du hinterhältiges, misstrauisches, selbstgerechtes, schmutzgeiles Miststück, lass die Finger von seinen Sachen, solange es noch nicht zu spät ist ...*

Dennoch zog sie die Holzkiste zu sich heran und stellte sie auf die Bank vor ihr. Der oberste Einsatz enthielt einige von Mikes Fliegenbehältern – zwei Aluminiumdosen, zwei Ledertaschen, zwei Plastiktaschen. Sie nahm den Einsatz heraus und stellte ihn auf der Werkbank ab, wo er etwas kippelig stehen blieb.

Darunter befanden sich zwei größere Behälter, randvoll mit Fliegen. Sie erinnerte sich, wie er ihr all diese Fliegen stolz gezeigt und einzeln aufgezählt hatte: Moskitos und Spinner, Eintagsfliegen und Köcherfliegen, Halbe Hasen und Kugelblitze, Goldfliegen und Mistfliegen, Hummeln und Caddis.

Mehr, als sie sich hatte merken können, und dazu noch eine ganze Reihe, die er selbst entworfen hatte. Eine Fliege hatte Mike sogar nach ihr benannt – Trauernde Merci –, weil sie nach Hess' Tod so untröstlich gewesen war. Mit dieser Fliege hatte er damals im Walker eine fette Forelle gefangen, woraufhin er den Köder als Glücksbringer betrachtete.

Am besten hatte ihr der Name Lieutenant Cahill gefallen, weil er klang wie ein Polizist.

Leg sie zurück, mach, dass du hier rauskommst, und vergiss, dass du je hier rumgeschnüffelt hast ...

Sie legte die Fliegen zurück in die Behälter und legte den Einsatz zurück in die Kiste. Und dabei entdeckte sie das kleine Stoffbündel, das darunter befestigt war, der Grund, warum der Einsatz beim Abstellen gekippelt hatte.

Sie hielt den Einsatz hoch: weißer Baumwollstoff, fest um etwas gewickelt und mit Klebeband zusammengehalten. Etwa so dick wie ein Filmdöschen, aber länger. Mike hatte es mit Gummiband an dem Einsatz befestigt und zusätzlich mit Heftzwecken gesichert.

Die Heftzwecken ließen sich nur schwer aus dem dick lackierten Holz herausziehen. Sie bekam zwei an einem Ende heraus, dann fiel das Bündel in ihre Hand. Sie riss das Klebeband ab. Der weiße Baumwollstoff löste sich und etwas Schweres fiel auf die Werkbank. Sie erkannte die Verpackung – ein Slip, den sie Mike vor ein paar Monaten nach einer leidenschaftlichen Liebesnacht überlassen hatte. Eigentlich eher widerstrebend. Sie hatte ein ungutes Gefühl dabei gehabt, ihm den Slip zu überlassen, es war ihr vorgekommen wie Beweismaterial, wie etwas, das niemanden außer ihr etwas anging. Er hatte ihr versprochen, dass niemand ihren Slip zu Gesicht bekäme.

Aber das war gar nichts im Vergleich zu dem, was sich darin befand. Sie starrte auf den schweren Zylinder auf der Werkbank, eine zusammengeschweißte Vorrichtung mit lauter kleinen Löchern und voll gestopft mit etwas, das aussah wie Stahlwolle. Das Innenteil war glatt mit noch größeren Löchern. Ein Ende war abgeflacht und hatte in der Mitte eine runde Öffnung, die etwa der Größe einer .45er-Patrone entsprach. Das andere Ende war zu einem rechteckigen Anschlussstück zusammengeschweißt, mit einer Dichtschnur auf der Innenseite. Um den Zylinder lag eine kräftige, metallene Schelle, die mit einer Schraube zusammengehalten wurde, sodass man sie enger und weiter stellen konnte. Um die Öffnung herum entdeckte Merci feine schwarze Schmauchspuren.

Sie betrachtete das Ding in seiner ganzen Hässlichkeit, seiner widerlichen Zweckmäßigkeit, seiner Unberechenbarkeit. Ein Gegenstand aus Stahl, von Hand hergestellt, um einen Zweck zu erfüllen. Mehr nicht.

Sie wusste, dass es eine Erklärung gab, auch wenn es die war, die sie am wenigsten gewollt hatte.

Mercis Hände zitterten, als sie das Ding wieder einwickelte und an der Stelle befestigte, wo sie es gefunden hatte. Aber ihre innere Stimme schwieg.

Auf dem Weg nach draußen lief Merci Mrs Heath, der Nachbarin, in die Arme. Mrs Heath war eine rosige, extrem leutselige Frau, nett, aber ziemlich aufdringlich. Sie fand es ganz aufregend, neben einem Polizisten zu wohnen. In der einen Hand hielt sie einen Brief, in der anderen eine Hundeleine. Reggie, ihr Yorkshireterrier, sprang an Mercis Beinen hoch wie ein aufgezogenes Spielzeug.

Merci war klar, dass sie ein Problem hatte, aber sie war immer noch erschüttert über das, was sie in der Scheune entdeckt hatte, und sie wusste nicht recht, wie sie sich elegant aus der Affäre ziehen konnte.

»Ich habe Post für Mike angenommen«, sagte Mrs

Heath und hielt den Umschlag hoch. »Ich wollte das hier gerade in den Briefkasten werfen.«

»Ach, das mach ich schon.« Der Briefkasten war an dem Verandageländer befestigt und so angebracht, dass der Postbote nicht aus dem Wagen zu steigen brauchte, wenn er etwas abzuliefern hatte.

Mrs Heath musterte Merci. »Mike ist nicht zu Hause?«

»Er ist gerade losgefahren.«

Merci rechnete damit, dass Mrs Heath sich nach ihrem Auto umsehen würde, das nirgendwo zu sehen war. Sie tat es nicht. Falls Mrs Heath sie hatte ins Haus gehen sehen, dann war nichts zu machen. So oder so, die Aussicht, dass Mike Wind von der Sache bekam, stand jetzt etwa achtzig zu zwanzig.

»Montags bin ich immer spät dran«, sagte Merci.

»So ein klarer Himmel nach dem Sturm«, bemerkte Mrs Heath. Der Hund hörte auf herumzuspringen, setzte sich hin und starrte Merci an.

»Das war ein ziemliches Unwetter, nicht wahr?« Merci überlegte krampfhaft, welche Lüge sie der Frau auftischen konnte, um ihre Anwesenheit hier zu erklären, aber sie hatte noch nie zu den Schnelldenkern gehört, wenn es sich nicht gerade um Polizeiarbeit handelte. Sie versuchte es mit einer Geschichte, die etwas weit hergeholt war, aber vielleicht Mrs Heaths romantischen Gefühlen entgegenkäme.

»Mrs Heath, können Sie ein Geheimnis für sich behalten? Mike hat bald Geburtstag, und ich bin hergekommen, um ein paar Sachen im und ums Haus herum zu verstecken. Kleine Überraschungen.«

»Wie Ostereier?«

»Genau. Auch ein paar Sachen für Danny.«

»Ach, wie nett. Ich werde schweigen wie ein Grab.«

»Jedenfalls ein paar Wochen lang.«

»Kein Problem, meine Liebe.«

»Dann will ich mal den Brief einwerfen.«

Mrs Heath wirkte plötzlich verwirrt. »Wieso haben Sie so weit weg geparkt?«

Merci errötete, versuchte, sich mit einem entwaffnenden Lächeln zu retten. »Ach, damit er meine Reifenspuren nicht in der Einfahrt entdeckt. Sie wissen ja, wie diese Polizisten sind.«

»Ja, allerdings. Darauf hätte ich auch gleich kommen können.«

Wenn sie mich jetzt nach Fußabdrücken fragt, dreh ich ihr den Hals um, dachte Merci.

»Und Ihre Fußabdrücke?«

Merci schaute zurück zur Einfahrt. Sie war nicht schwer genug, um auf dem festen Boden deutliche Spuren zu hinterlassen, aber die Konturen ihrer Schuhe waren sichtbar.

Mrs Heath folgte ihrem Blick. »Wissen Sie was, Detective Rayborn, ich werfe den Brief selber ein, und auf dem Weg zum Briefkasten trete ich genau in Ihre Fußspuren, dann wird er nur meine sehen und die von Reggie. Wenn Mike Sie darauf anspricht, können Sie ihm die Wahrheit vorenthalten, ohne zu lügen. Es sind ja nicht Ihre.«

Verdammt, dachte Merci, das entwickelt sich zum reinsten Agatha-Christie-Roman. Mühsam riss sie sich zusammen und strahlte die Frau an.

»Gute Idee, Sergeant Heath!«

Sie sah zu, wie die alte Frau zum Briefkasten ging, wie Reggie um sein Frauchen herumsprang, wie Mrs Heath den rostigen Briefkasten öffnete, zurückkehrte und dabei sorgfältig darauf achtete, in Mercis Fußstapfen zu treten.

»Unser kleines Geheimnis«, sagte sie. »*Nach* seinem Geburtstag werden wir Mike davon erzählen.«

Merci lächelte, hob die Hand zum Gruß und ging zu ihrem Wagen. Mike hatte erst in fünf Wochen Geburtstag, aber bis dahin saß er womöglich schon längst im Gefängnis.

Bevor sie aufs Revier zurückkehrte, fuhr Merci noch zum Polizeischießstand in Anaheim. Sie sprach kurz mit dem Ausbilder, sagte ihm, sie ziehe in Erwägung, ihre Neuner gegen eine .45er umzutauschen, sie brauche eine Waffe mit mehr Mannstoppwirkung.

Timmerman erklärte ihr, einen Angreifer zu stoppen oder ihn niederzustrecken, seien mysteriöse, stark vom subjektiven Empfinden bestimmte Effekte. Einige Experten seien der Meinung, sie hingen eher von der Geschwindigkeit als von der Geschossmasse ab, andere behaupteten das Gegenteil. Genüsslich zerlegte er Einsteins Relativitätstheorie in für Laien verständliche Worte und erläuterte deren Bedeutung für die Wirkung von auf Menschen abgegebenen Schüssen.

Er selbst verlasse sich auf die Forschungsergebnisse in LaGardes Klassiker *Gunshot Injuries*. Dort war nachzulesen, dass hängende Kadaver, auf die mit einer .38er gefeuert wurde, nur leicht ins Pendeln gerieten, hingegen heftig schaukelten, wenn man sie mit einer .45er beschoss. Deswegen, so erläuterte der Ausbilder, hatte LaGarde die .45er als Faustfeuerwaffe für die amerikanischen Streitkräfte empfohlen – und zwar im Jahre 1904.

»Denken Sie dran«, sagte er, »was ein angreifendes Tier aufhält, ist nicht die Wucht der Kugel, sondern die kinetische Energie, die das Geschoss im lebenden Körper entfaltet.«

»Ich werd's mir merken.«

»Natürlich spielen Geschwindigkeit, Kaliber, Form der

Geschossspitze, Verformbarkeit und Durchschlagskraft eine Rolle. Es gibt eine Menge Faktoren.«

Merci nickte, gab sich interessiert, dann suchte sie sich einen .45er-Colt aus, um ihn ein paar Wochen lang zu testen. Netterweise gab er ihr noch ein Schulterhalfter und ein Hüfthalfter dazu, außerdem Scheibenpatronen zur Benutzung auf dem Schießstand.

Kapitel 17

Mel Glandis lehnte seinen massigen Oberkörper zurück und nickte. Sein Büro war genauso farblos und bürokratisch wie Glandis selbst, aber nach der Aufregung, die Mike McNally verursacht hatte, wirkte es angenehm beruhigend auf Merci.

Im Augenblick konnte sie, was Mike anging, keinen klaren Gedanken fassen. Aber was den Fall Patti Bailey betraf, konnte sie durchaus klar denken.

»Wieso niemand sich für Patti Bailey interessiert hat? Das fragen Sie *mich*?« Der stellvertretende Sheriff lachte laut auf.

»Vielleicht haben Sie und Ihre Kollegen das damals lustig gefunden, dass eine Frau erschossen wurde und Sie den Mörder nicht dingfest machen konnten. Heute ist das nicht mehr lustig.«

Glandis richtete sich auf, sein Gesicht verlor den amüsierten Ausdruck. »Gott, so hab ich das doch nicht gemeint. Ich wollte nur sagen, dass ich damals noch ein kleiner Polizist war. Ich hatte nichts zu sagen.«

Merci kannte Glandis gut genug, um zu wissen, dass ihn nur interessierte, was seiner Karriere dienlich war: Macht und Politik, Rache und Belohnung, wer was gegen wen in der Hand hatte, wer einem Knüppel zwischen die Beine werfen konnte, wer einen ruinieren, wer einem helfen konnte. Einer, der mit den Wölfen heulte. Als lebenslanger Schüler von Chuck Brighton hatte Glandis von Anfang an das Glück gehabt, sich an den Sieger gehängt zu haben.

»Genau deswegen habe ich Sie gefragt«, sagte Merci. »Sie gehörten hier nicht zum Establishment – damals jedenfalls noch nicht.«

Er lächelte, wertete ihre Bemerkung wie erwartet als Kompliment. Er stand auf, ging auf seinen kleinen Tänzerfüßen zur Tür und machte sie zu.

»Stimmt. Wissen Sie, in dem Jahr hat sich keiner für die Fälle interessiert, die wir zu bearbeiten hatten. Damals ist hier alles drunter und drüber gegangen. Der alte Sheriff, Bill Owen, war ganz dicke mit dem Vorsitzenden des County Board of Supervisors – und das war Meeks, Ralph Meeks. Und Meeks stand unter Druck wegen einer Immobilienschieberei. Sie wissen ja, wie das läuft. Die Politiker machen die Gesetze, schieben ihren Freunden die Aufträge zu, und die lassen wieder was zurückfließen. Dann kriegt irgendeiner Ärger, und schon fangen die Ersten an, mit dem Finger auf ihn zu zeigen. Die Presse macht einen Skandal daraus. Als gegen Meeks die Ermittlungen eingeleitet wurden, war von Bill Owen kein Mucks mehr zu hören. Als hätte er sich in einem Fuchsbau verschanzt, weil er befürchtete, dass man sich auf ihn einschießen würde.«

»Stand er auf Meeks' Lohnliste?«

»Nein, nein, so eindeutig lief das nicht. Da gab es nichts, was man hätte beweisen können. Die beiden waren Freunde. Eine Hand wäscht die andere, Sie wissen schon. Freunde eben.«

»Was war dann Owens Problem, außer dass er Meeks' Freund war?«

»Politik. Einigen Polizisten gefiel sein Stil nicht. Sie

müssen bedenken, das waren damals sehr politische Zeiten. Das war anders als heute. Wir hatten eine Clique von Mitgliedern der John Birch Society und die konnten Owen auf den Tod nicht ausstehen. Die hielten jeden, der nicht zu ihrer Vereinigung gehörte, für einen Kommunisten, und das schloss Owen ein, weil er ihnen nicht konservativ genug war. Er griff ihnen nicht hart genug durch. Das gehörte deren Meinung nach zur kommunistischen Verschwörung, wissen Sie – Amerika von innen verrotten lassen, die Verbrecher die Oberhand gewinnen lassen wie bei den Rassenunruhen in Watts. Fünfundsechzig gab es Autoaufkleber, auf denen zu lesen war: *Kein Watts in Orange County.* Owen war nicht bereit, jedem Reaktionär eine Genehmigung zum verdeckten Tragen einer Schusswaffe zu erteilen. Und als Owen sich während des Skandals um Meeks bedeckt hielt, haben die Bircher sich auf ihn gestürzt und dafür gesorgt, dass man ihm die Hölle heiß machte.«

»Wer gehörte denn zu den Birchers?«

Glandis warf ihr einen seltsamen Blick zu, sein normalerweise offenes Gesicht bekam etwas Wachsames. »Das waren eine ganze Menge. Beck Rainer war der Anführer. Die Birchers meinten, er würde mal 'n guten Sheriff abgeben. Dann war da so ein dicker, lustiger Typ namens Bob Vale. Außerdem Ed Springfield, Dave Boone und Bob Emmer. Ich glaube, Roy Thornton und sein Partner Rymers gehörten auch dazu. Ferner Pat McNally, Mikes Vater, und eine ganze Reihe Verkehrspolizisten auf Motorrädern – North und Morrison und Wilberforce. Ihr alter Herr hatte auch eine Zeit lang mit denen zu tun, wenn ich mich recht erinnere.«

Merci musste wieder an die Kampagne der Birch Society denken, mit der vor Jahren die örtliche Polizei unterstützt werden sollte. Sie versuchte, einen Zusammenhang zu der Leiche einer Prostituierten herzustellen, die an der Ecke Myford Street und Fourth Street abgelegt worden war.

»Und welche Rolle spielt Patti Bailey bei all dem?«

Glandis' Gesicht nahm einen verschlagenen Ausdruck an, als dächte er, die kleine Merci würde das sowieso nie kapieren.

»Na ja, Merci, ich kann nicht behaupten, ich *wüsste*, was sie damit zu tun hat. Ich versuche nur, Ihnen die Situation zu schildern. Überlegen Sie mal, erst wird diese ganze Sache mit der Immobilienschieberei hochgekocht, und dann fangen die Birchers auch noch an, gegen Owen Stimmung zu machen; was glauben Sie, was hier los war? Das war der reinste ... Hexenkessel. Alle reagierten nervös. Die sind regelrecht in Panik geraten. In einer solchen Atmosphäre ist es doch kein Wunder, dass kein Mensch sich für eine tote Hure in einem Orangenwäldchen interessiert hat.«

Erneut versuchte Merci, eine Verbindung herzustellen, dieselbe Verbindung, die sie zwischen Patti Bailey, Jesse Acuna und den Polizisten herzustellen versucht hatte, von denen Acuna behauptete, sie hätten ihn zusammengeschlagen.

»Sind irgendwelche von diesen Männern regelmäßig im Hotel De Anza gewesen?«

Glandis nickte. »Klar, da haben wir alle rumgehangen. Das war ein netter Laden, bis die Nutten ihn übernommen haben.«

»Ralph Meeks und Bill Owen?«

Glandis lächelte. »Nee, das waren doch damals hohe Tiere. In einem Laden wie dem De Anza haben die sich nicht blicken lassen. Da gingen nur wir kleinen Leute hin.«

Er beugte sich vor und schaute sie an, verschränkte die Finger ineinander, als wollte er beten.

»Wie wär's mit einem Themawechsel?«

»Schießen Sie los.«

»Ich will mal einen Moment lang ganz offen und ehrlich mit Ihnen reden. Und von Ihnen erwarte ich dasselbe.«

Sie sah ihn an und wartete.

»Halten Sie Brighton für einen guten Sheriff?«

Sie dachte nach, nicht über die Frage, sondern darüber, warum Glandis sie gestellt hatte.

»Ja.«

Er nickte. »Ich habe ihn auch immer für einen guten Sheriff gehalten. Das Department hatte bei ihm immer Vorrang. Aber ich frage mich, ob er uns einen guten oder einen weniger guten Nachfolger beschert, wenn er jetzt abtritt. Sie haben ja sicherlich gehört, was dieser Idiot von Abelera vorhat – er will den Laden führen wie ein großes Privatunternehmen. Die Hälfte unserer Arbeit privatisieren. Ich hoffe bloß, dass Brighton diesen Spinner nicht unterstützt.«

»Ich auch.«

»Was halten Sie denn von Nelson Neal? Als Sheriff, meine ich?«

Geht das schon wieder los, dachte Merci. Sie gab ihm dieselbe Antwort, die sie Brighton gegeben hatte, als der sie nach Neal gefragt hatte – nicht besonders anregend.

»Craig Braga?«

»Der wäre gut.«

»Mel Glandis?«

Sie zögerte, suchte nach einem Anzeichen für Humor in Glandis' trägen Augen. Sie fand keine, und sie verstand, worauf er hinauswollte.

»Ich würde gern für Sie arbeiten, wenn Brighton Sie unterstützt.«

»Und wenn nicht?«

»Sie wären ein guter Sheriff, Mel. Ich hätte gar nicht gedacht, dass Sie sich für den Posten interessieren.«

Andererseits, warum nicht?, fragte sie sich. Glandis war

ein Speichellecker. Seine derzeitige Stellung verdankte er seiner treuen Ergebenheit gegenüber Brighton. Jetzt fürchtete er, sein Idol könnte ihn übersehen. Es gab wirklich unfähigere Leute als Mel Glandis, die auf den Posten des Sheriffs spekulierten. Auf seine schwerfällige Art schaffte er es, seine Arbeit zu tun und dafür zu sorgen, dass die Leute ordentlich zusammenarbeiteten.

»Ich versuche nur, die Stimmung zu erkunden«, sagte er ruhig. »Ich habe ein paar Kollegen gefragt, Leute, die ich schätze. Ich möchte mich nicht blamieren, den Laden hier in Aufruhr versetzen. Aber wenn ich mich nützlich machen und dem Wohl des Departments dienen kann, dann mache ich's.«

»Was hält Brighton davon, dass Sie sein Nachfolger werden könnten?«

Glandis zuckte lächelnd die Achseln. »Sie kennen ja Chuck. Er redet gern davon, dass er in den Ruhestand geht, aber wirklich tun will er's nicht. Seit fünf Jahren drückt er sich davor. Ich nehm's ihm nicht übel. Man will weitermachen, tun, was man kann. Aber wissen Sie, irgendwann ist die Zeit reif für neue Ideen, für junges Blut. So ist das nun mal. Wir sind alle wie Boxer, wollen alle unbedingt noch einmal kämpfen. Und dann kriegen wir eins auf die Nase. Er ist jetzt zweiundsiebzig. Ich bin achtundfünfzig. Ich denke, ich könnte meinen Beitrag leisten. Vielen Dank jedenfalls für Ihre Ehrlichkeit.«

Vor vierzehn Jahren, als sie den Polizeidienst angetreten hatte, war achtundfünfzig das Alter, in dem sie Sheriff werden wollte. Aus unerfindlichen Gründen betrachtete sie achtundfünfzig als Glückszahl. Sie wusste nicht, ob Glandis sich ihres Glücks bemächtigte oder auf irgendeine Weise dazu beitrug, ihr Glück zu mehren.

Ihr Aberglaube ging ihr selbst auf die Nerven, aber sie konnte sich nicht dagegen wehren.

»Ich kann nicht gut lügen.« Fragen Sie Mrs Heath, dachte sie.

»Ich auch nicht. Aber ich bin anständig zu den Leuten, die anständig zu mir sind. Denken Sie daran. Ich werde daran denken, wenn es so weit ist, dass ich einem fähigen Detective die Leitung der Mordkommission übertragen muss.«

»Gut zu wissen.«

Glandis seufzte. »Also, was hat Mike an dem Abend in der Wohnung der Hure gemacht?«

»Mit ihr zu Abend gegessen.«

Er schüttelte langsam den Kopf. »Das kann nur böse oder noch schlechter enden. Ich helfe Ihnen dabei, wenn ich kann.«

»Wie denn?«

»Ich habe nicht die geringste Ahnung.«

»Ich auch nicht. Aber als Erstes könnten Sie das Ganze schon mal für sich behalten.«

»Mach ich. Versprochen. Das halbe Department weiß es sowieso schon. Und bis morgen weiß es die andere Hälfte. Wenn das rauskommt, ist Mike erledigt. Dann werden wir alle darunter zu leiden haben.«

Merci spürte, wie ihr Puls schneller ging, wie ihr die Hitze in den Kopf stieg. »Das ist so ein verdammter Tratschhaufen hier.«

»Das ist in jeder Organisation so.«

»Alle reden nur Hühnerscheiße.«

»Sie haben ja vielleicht eine Sprache am Leib.«

Wieder an ihrem Schreibtisch, versuchte Merci, sich auf den Bericht der Spurensicherung über den Aubrey-Whittaker-Tatort zu konzentrieren. Sie hoffte, irgendetwas würde ihr auffallen, was ihre Aufmerksamkeit in Anspruch nahm und von dem ablenkte, was sie in Mikes Haus gefunden hatte.

Aber ebenso wenig, wie sie einen Verbrecher davonkommen lassen konnte, gelang es ihr, den Gedanken zu verdrängen. Das lag einfach nicht in ihrer Natur.

Und so stellte sie sich immer wieder dieselben Fragen und musste sich immer wieder dieselben Antworten geben.

Welches Motiv konnte Mike haben, einen Schalldämpfer und blutbefleckte Stiefel, die er bei einem Mord benutzt hatte, aufzubewahren? *Überhaupt keins.*

War es nur irgendein Ding, das er gebastelt oder auch gekauft, aber nicht benutzt hatte, um Aubrey Whittaker zu erschießen? War das Wachtel- oder Hirschblut an seinen Stiefeln? Oder stammte es von einem verletzten Bluthund? *Möglich.*

Was war, wenn jemand ihm die Beweisstücke untergeschoben hatte? *Aber wer könnte das sein? Und wie ist er an meinen verdammten Slip gekommen?*

Erneut zog sie in Erwägung, ihn einfach zur Rede zu stellen. Ihn alles erklären zu lassen. So verhielten sich doch Erwachsene, oder? Aber wenn er Aubrey wirklich getötet hatte, würde er alle Beweismittel vernichten. Vielleicht noch Schlimmeres tun.

Wenn er Aubrey nicht getötet hatte, würde seine Schusswaffe ihn dank der wertvollen Hülse aus der Wave Street 23 entlasten. Dann würde sie sich nie als das misstrauische, schnüffelnde, verbitterte Miststück, das sie war, bloßstellen und nie zugeben müssen, wie wütend sie auf ihn war.

Der Schlüssel war Mikes Colt. Für ihn und für sie.

Ein junger Polizist brachte die Nachmittagspost. Merci bekam ihre monatliche Ausgabe des FBI-Magazins *Law Enforcement Bulletin*, eine Reklamesendung einer Kreditkartengesellschaft und einen weißen Umschlag mit ihrer Adresse in einer sauberen, kindlichen Handschrift. Kein Absender. Der Poststempel stammte aus Santa Ana. Auf der Briefmarke war ein Zylinderhut mit dem Sternenbanner abgebildet. Unten in dem Umschlag befand sich etwas Hartes, etwas, das das Papier ausgebeult hatte.

Vorsichtig öffnete sie den Brief mit ihrem Taschenmesser. Er enthielt ein Blatt weißes Papier, auf dem stand:

Für P. B.
23974 Tyler # 355
Riverside, CA 92503

Auf das untere Ende des Blattes war ein Schlüssel geklebt.

Die Schrift war dieselbe wie auf dem Umschlag. Sie sah aus, als hätte ein Rechtshänder mit der linken Hand geschrieben oder umgekehrt.

Für P. B.

Merci schob sich mit ihrem Stuhl zurück, drehte sich um und ließ ihren Blick durchs Büro schweifen, als würde sie, wenn sie nur grimmig genug dreinschaute, eine Erklärung finden. Dickinson saß an seinem Schreibtisch, in seine Arbeit versunken. Arbaugh hatte die Füße hochgelegt und telefonierte. Zwei Uniformierte saßen mit Metz zusammen und tranken Kaffee.

Für Patti Bailey?

Was zum Teufel hat das zu bedeuten?

Zamorra kam um Viertel vor drei. Sein Gesicht war blass und sein Schnurrbart wirkte wie ein dunkler Fleck, aber wie immer sah er in seinem schwarzen Anzug und seinem weißen Hemd aus wie aus dem Ei gepellt. Diesmal kein Lippenstift am Kragen, stellte Merci fest.

Er nickte zum Gruß und setzte sich. »Ich habe Aubrey Whittakers Küche nochmal gründlich nach Fingerabdrücken abgesucht. Unten in Bodennähe, wo sich alles abgespielt hat.«

Er drehte sich auf seinem Stuhl um und hielt die Karten mit den Fingerabdruckproben hoch.

»Coiner und O'Brien können ...«

»Nein, das mach ich selbst.«

»Warum?«

»Ich traue ihnen nicht. Ich traue niemandem. Keinem Laborfritzen, keinem Neurochirurgen, noch nicht mal Gott dem Allmächtigen oben auf seinem Thron. Ich verlasse mich nur auf mich selbst.«

Und ich dachte, *ich* wäre entnervt, ging es Merci durch den Kopf. »Meinetwegen. Mach es selbst.«

Er wandte sich ab. »Tut mir Leid, dass ich dauernd weg bin. Wie gefällt es dir, mit einem unsichtbaren Partner zusammenzuarbeiten?«

»Ich verstehe das.«

»Schöner Blumenstrauß, den du ihr geschickt hast. Diese ... äh, Dingsblumen hat sie schon immer besonders gern gemocht.«

Sie kam sich oberflächlich und kaltschnäuzig vor. Was sie Paul gegenüber empfand, schien ihr noch weniger angemessen – aber was war es? Mitgefühl? Trauer? Wut?

»Es waren Chrysanthemen«, sagte sie. »Komm, wir machen einen Spaziergang.«

Sie verließen das Gebäude durch das Südtor, vorbei an dem gerichtsmedizinischen Institut und dem Gefängnis. Es war ein sonniger Tag, die Luft war kühl und wie gereinigt nach dem Gewitter, und auf dem Gipfel des Saddleback lag Schnee.

An einem Kiosk kauften sie sich jeder eine Tasse Kaffee. Merci verbrannte sich die Lippen. Sie beobachtete, wie

Paul seinen Kaffee trank, ohne mit der Wimper zu zucken. Merci war es gewohnt, schnell zu gehen, aber Zamorra war ihr immer einen Schritt voraus.

»Hör zu«, sagte er und drehte sich um. »Es tut mir wirklich furchtbar Leid, dass ich dich dauernd hängen lasse. Es ist mein Job und es ist das Zweitwichtigste in meinem Leben, aber ich kann nicht immer hier sein.«

»Paul, ich *verstehe* das.«

»Tja, aber ich *nicht*.«

Am Straßenrand standen einige große Magnolien, deren grüne Blätter wächsern im Wind schimmerten. Zamorra zerknüllte seinen Plastikbecher und warf ihn in einen Mülleimer. Merci hatte immer noch keinen einzigen richtigen Schluck getrunken.

»Was ist mit ihr passiert, Paul?«

»Sie haben mit der Bestrahlung und der Chemotherapie angefangen. Das soll angeblich den Tumor vernichten, ohne die guten Gehirnzellen in Mitleidenschaft zu ziehen. Aber der Tumor sitzt direkt neben dem Kleinhirn – das ist der Teil des Gehirns, der dem Körper sagt, wie er sich bewegen soll. Also, sie ist heute Morgen um sieben ins Krankenhaus gegangen, um den Eingriff machen zu lassen. Um sieben heute Abend lag sie auf ihrem Zimmer und ... und musste erleben, wie die Teile ihres Körper nach und nach ihren Dienst versagten. Erst wurden die Zehen taub, dann die Füße und die Knöchel. Dann die Waden und Knie. Dann die Oberschenkel und die Hüften.«

Zamorra blieb stehen und schaute sie an. Als sie näher kam, sah sie Tränen in seinen Augen. Sein Blick schien in weite Ferne gerichtet zu sein.

»Ihr Körper wurde einfach taub, Zentimeter für Zentimeter. Sie konnte nichts anderes tun als zusehen und schreien. So habe ich noch nie einen Menschen schreien hören. Und dann kamen diese verdammten Ärzte und sagten uns, na ja, durch die Chemo werden Sie gelähmt bleiben, zu spät, um noch einzugreifen, wahrscheinlich haben wir die falsche Stelle erwischt oder eine zu hohe Dosis benutzt. Tut uns Leid, Verehrteste, aber Sie werden nie wieder gehen können. Am meisten haben die sich den Kopf darüber zerbrochen, ob sie nun die Chemo oder die Bestrahlung zu hoch dosiert hatten. Etwas anderes hat sie nicht interessiert. Beinahe hätte ich einen von denen erschossen, aber ich wollte nicht, dass Janine es sieht. Hatte meine Pistole genau auf seine Schläfe gerichtet. Aber ich wollte meinen Job nicht verlieren. Es hätte sowieso nichts gebracht. Egal, was ich tue, es spielt keine Rolle mehr.«

Merci sagte nichts.

»Und weißt du was, Merci? Ich will hier sein. Ich liebe meinen Job. Er ist mir wichtig. Das Letzte, was ich will, ist, in einem Krankenzimmer zu sitzen und zuzusehen, wie meine Frau Zentimeter für Zentimeter gelähmt wird. Ich habe da gesessen und das Elend ansehen müssen, und am liebsten wäre ich weggeflogen, verdammt, ich wünschte mir, ich hätte Flügel und könnte einfach dort in der neurochirurgischen Abteilung der Klinik im fünften Stock aus dem Fenster springen und nie wieder zurückkommen. Sie merkt mir meine Verzweiflung an und es bricht ihr das Herz. Es bricht ihr das Herz, mir das anzutun.«

Sie gingen schweigend nebeneinander her. Mercis Dienstschuhe machten kaum ein Geräusch, Zamorras Budapester Schuhe knallten hart auf den Asphalt.

»Es bricht ihr das Herz, zu sehen, wie ihr das Leben entschwindet. Sie hat mehrere Perücken – lauter verschiedene Frisuren und Farben. Sie hat neue Kleider. Jeden Tag legt sie Make-up auf und schminkt sich die Lippen und tupft sich Parfum auf die Handgelenke. Sie kämpft und kämpft. Und dann sagt sie immer: ›Die Krankheit kann meinen Körper töten, aber mich kann sie nicht töten.‹ Sie ist so tapfer. So unglaublich tapfer und voller Anmut in ihrer Hoffnungslosigkeit.«

Zu ihrer eigenen Überraschung nahm Merci mit Erleichterung zur Kenntnis, dass der Lippenstift auf Zamoras Hemdkragen von Janine gewesen war. Dieser Lippenstiftfleck war ihr wichtig gewesen, auch wenn sie sich noch nicht so recht darüber im Klaren war, warum.

»Sie weiß, dass du sie liebst, Paul. Das hält sie aufrecht.«

»Wegfliegen, abhauen«, murmelte er. »Das ist das Einzige, wozu ich tauge. Wenn das ausgestanden ist, werde ich es tun.«

Zu fragen, *Was wirst du tun?*, schien ihr dumm und aufdringlich. Sie gingen den Civic Center Drive hinauf, dann die Flower Street hinunter. Die Sonne stand schon tief, und Merci spürte, wie die Kälte der Nacht sich über die Stadt legte. In einem der Büros der Kautionsverwalter blinkte die Weihnachtsbeleuchtung. Merci fragte sich, welchem Zweck dieser fröhliche Schein diente. Liefen die Geschäfte dann besser?

Sie war drauf und dran, Paul zu erzählen, was sie bei Mike entdeckt hatte, ließ es jedoch bleiben. Was sie getan hatte, war nicht nur illegal, was sie gefunden hatte, war nicht nur unzulässig. Es war ein glatter Vertrauensbruch, Punkt, aus, sie hatte ihn willentlich begangen und würde es wieder tun. Das bedeutete nicht, dass Paul davon wissen musste. Sie glaubte an das Recht eines jeden, Geheimnisse zu haben.

Sie hatte sich bereits überlegt, was sie tun würde. Immerhin hatte sie die Pistole vom Schießstand. Sie brauchte Mike nur anzurufen und sich mit ihm zu verabreden. Morgen um dieselbe Zeit würde sie mit Sicherheit wissen, ob Mikes .45er für das benutzt worden war, was sie vermutete. Noch nie in ihrem Leben hatte sie sich so sehr gewünscht, eines Besseren belehrt zu werden, aber sie hatte keinerlei

Hoffnung, dass darauf auch nur die geringste Aussicht bestand.

Warum also sollte sie Zamorra damit belasten?

»Kannst du dich an den Fall Jesse Acuna erinnern, den Mann, der von Unbekannten zusammengeschlagen wurde?«, fragte sie.

»Die Leute aus dem *Barrio* erinnern sich daran. Ich war damals erst zehn. Warum fragst du?«

»Patty Bailey hat ihrer Schwester erzählt, sie wüsste, wer das getan hat.«

»Ein Kunde?«

»So wurde vermutet.«

»Acuna hat damals gesagt, es seien Cops gewesen.«

»Das stimmt, und Bailey wohnte in einem Zimmer im alten De Anza – ein beliebter Treffpunkt von Polizisten und den Schönen der Nacht.«

Zamorra sah sie stirnrunzelnd an. Irgendwie wirkte sein Gesicht auf einmal weniger verbittert als während der letzten halben Stunde. Das Thema gab ihm etwas zum Nachdenken, sagte sie sich. Lenkte ihn von seiner Frau ab.

»Als ich noch klein war, haben die Leute immer gesagt, die Cops hätten es getan. Damals war das *Barrio* noch kleiner. Wenn ein Mexikaner zusammengeschlagen wurde, dann gingen wir davon aus, dass das passierte, weil er Mexikaner war. Die Cops waren uns gegenüber gleichgültig oder sie hassten uns. Entweder das eine oder das andere. Wir durften uns lediglich als Obstpflücker oder Tellerwäscher verdingen, sonst nichts.«

»Was war deine Meinung bei der Geschichte?«

»Ich dachte, dass Jesse Acuna wahrscheinlich Recht hatte. Erst als ich anfing, für das Examen auf der Sheriff Academy zu büffeln, ist mir das in aller Deutlichkeit klar geworden.«

»Und was war das?«

Er zuckte die Achseln und schaute Merci an. Ein sarkastisches Lächeln huschte über sein trauriges Gesicht. »Es ging doch um Land, oder?«

»Vierzig Hektar zwischen zwei Parzellen.«

»Und wer hat das Land am Ende bekommen, Merci?«

»Irgendwelche Baulöwen. Orange Coast Capital. Für 4,2 Millionen.«

»Und was haben sie damit gemacht?«

»Reihenhaussiedlungen gebaut.«

»Nur zum Teil. Einen halben Hektar haben sie dem County geschenkt und das County hat ein neues Verwaltungsgebäude draufgesetzt.«

»Welches denn?«

»Unseres. Jedes Mal, wenn du die South County Sheriff Substation betrittst, befindest du dich auf Acunas ehemaliger Orangenplantage.«

Als sie die Wahrheit begriff, lief ihr ein eiskalter Schauer über den Rücken. Von Acuna über Orange Coast Capital zu Meeks und Owen, dachte sie: ein halber Hektar bestes Bauland. 1969. Und eine tote Hure an der Ecke Myford und Fourth Street, die behauptete, sie würde die Wahrheit kennen.

Auf den Stufen vor dem Gebäude verabschiedete sie sich von ihrem Partner, dann ging sie noch einmal um den Block. Ein letzter Schimmer Tageslicht verschwand am Horizont und die Nacht brach herein. Merci wünschte, Gott wäre ein bisschen stolzer auf das Licht, das er erschaffen hatte. Diente es nur dazu, die Dunkelheit zu verdrängen? Sie versuchte, sich selbst aus Gottes Perspektive zu sehen, als einen von zahllosen Menschen, die mit schweren Fragen konfrontiert werden und keine vernünftigen Antworten finden.

Von hoch oben sah sie eine Frau, die nach der Wahrheit suchte. Sie kannte den Wert der Wahrheit, denn man hatte sie gelehrt, daran zu glauben. Mehr als einmal war ihr klar geworden, dass die Wahrheit manchmal düster und traurig sein kann. Man brauchte sich nur Janine Zamorra anzusehen. Aber die Wahrheit führte wenigstens zu einem Ende, wie ein Fall, der endlich gelöst wurde. Lügen hingegen schienen ewig zu überdauern, unaufgedeckt wirkten sie weiter und brachten neue Lügen hervor, an denen die Welt erstickte.

Sie ging zum Sittendezernat. Mike saß an seinem Schreibtisch und telefonierte. Seine Augen leuchteten auf, als er sie sah, sein Gesicht bekam Farbe. Nach einer Minute legte er auf und winkte sie zu sich. Wie ein Oberkellner schob er ihr einen Stuhl zurecht, aber Merci setzte sich nicht.

Es fiel ihr schwer, die Worte auszusprechen, doch sie schaffte es.

»Wie wär's mit einem Abendessen bei dir zu Hause heute Abend?«, fragte sie. »Dann könnten wir uns unterhalten.«

»Gute Idee. Ich besorge Steaks für uns und Würstchen für Tim junior.«

»Nur wir beide.«

Mike lächelte. Sie verabredeten sich für sieben Uhr.

Er begleitete sie aus dem Büro. Ein Stück weiter den Korridor entlang, wo sie außer Hörweite der Kollegen waren, fragte er sie, ob sie über das nachgedacht hätte, was sie am Abend zuvor gesprochen hatten. Sie sagte, ja, sie habe darüber nachgedacht, ging jedoch nicht weiter darauf ein.

Lächelnd nahm er ihre Hände und drückte sie sanft.

»Bring deine Nachtsachen mit, wenn du magst. Wir zünden ein Feuer im Kamin an und machen es uns gemütlich. Es tut mir alles so Leid. Du fehlst mir so sehr.«

»Ich werde zu Hause schlafen. Aber das bedeutet nicht, dass wir kein Feuer machen können.«

Er nickte und lächelte wieder. Sein Lächeln erinnerte sie an das von Tim junior – es war eins mit dem Moment, ohne Bezug zu dem, was war oder was es auslösen könnte.

»In Ordnung. Also bis heute Abend.«

Kurz vor fünf verließ sie das Gebäude und fuhr nach Newport Beach, um Dr. Joan Cash in ihrer Praxis aufzusuchen. Joan Cash war eine Psychologin und Freundin, in dieser Reihenfolge. Sie hatten sich im Studentenheim der Universität Fullerton ein Zimmer geteilt, nachdem Joan Mercis »Mitbewohnerin gesucht«-Zettel an der Aushangtafel entdeckt hatte.

Jahre später hatte Merci mit dafür gesorgt, dass Joan Cash in die County-Liste von Dienstleistern aufgenommen wurde, weil sie so geschickt im Hypnotisieren war. Merci betrachtete dies als besondere Gabe. Einmal, während ihres Grundstudiums, hatte sie sich als Versuchskaninchen zur Verfügung gestellt und mit aller Macht versucht, sich gegen die Hypnose zu wehren. Als Joan sie aufforderte, sich einen See in den Bergen auszumalen, hatte Merci auf ihrer Unterlippe herumgekaut. Als sie sich Wolken vorstellen sollte, hatte sie sich auf die Zungenspitze gebissen. Gerade noch hatte sie Blut geschmeckt, und im nächsten Augenblick war sie schon dabei, draufloszuerzählen. Wie in einem Wachtraum geistig völlig klar, aber erstaunlich entspannt und an nichts anderem als der Wahrheit interessiert. Gott, was ihr alles in den Sinn gekommen war!

Wie bei all ihren Freundschaften war auch die mit Joan über die Jahre im Sande verlaufen.

Als Merci jetzt das Sprechzimmer betrat, umarmten sich die beiden Frauen eher förmlich, lächelten einander an, umarmten sich noch einmal herzlicher.

»Danke für den kurzfristigen Termin«, sagte Merci.

»Ich schreibe bloß Rechnungen. Wie geht es dir?«

»Mir geht's gut. Ich komme wegen meines Kollegen.«

Dr. Cash schaute sie verblüfft an. Merci wusste, dass Joan Cash von ihr als Patientin nicht gerade begeistert war. Vor allem, dass Merci die Behandlung ihres posttraumatischen Stresssyndroms nur widerstrebend über sich ergehen ließ, hatte Dr. Cash ihr übel genommen. Dr. Cash und ein paar Kollegen aus dem Department – die den Mut hatten, es offen auszusprechen – waren der Auffassung gewesen, Merci sei einer unerträglichen psychischen Belastung ausgesetzt, weil sie innerhalb weniger Monate einen Menschen getötet hatte, ihren Partner und ihre Mutter verloren und einen Sohn geboren hatte.

Aber Merci war davon überzeugt, dass Leid und Einsamkeit nun mal zum Leben eines Polizisten gehörten und dass es im Leben Wichtigeres gab, als in alten Wunden herumzustochern. Von ihr aus konnte man den ganzen Psychoquark auf den Mond schießen.

Irgendwann würden die Alpträume ein Ende haben; die Flecken auf ihrer Seele würden verblassen. Und wenn sie noch hundertmal mitten in der Nacht mit Wadenkrämpfen aufwachen musste, weil Colesceau sie wieder einmal durch einen Traumwald gejagt hatte, dann würde sie auch das durchstehen.

»Setz dich. Erzähl mir von ihm.«

In kurzen Zügen erläuterte Merci Paul Zamorras hoffnungsloses Dilemma. Dr. Cash, als Ärztin über Hirntumore im Bilde, pflichtete Merci bei, dass die Situation in der

Tat hoffnungslos sei, zumindest in medizinischer Hinsicht. Sie hatte von radioaktiver Bestrahlung und chemischen Implantaten gehört, aber auch von schlimmen Komplikationen.

»Befürchtest du, er könnte Selbstmord begehen?«, fragte Dr. Cash.

Merci nickte.

»Die meisten Selbstmörder teilen ihre Absicht mit – verbal oder nonverbal. Hat er das getan?«

»Ja. Er hat gesagt, er würde am liebsten einfach wegfliegen, wenn das alles vorbei ist. Mit ›das alles‹ ist natürlich Janines Leben gemeint.«

Merci schaute die Ärztin an, wohl wissend, dass die Suizidrate bei Polizisten ungefähr drei Mal so hoch lag wie bei der Durchschnittsbevölkerung, dass mehr Polizisten durch Selbstmord als durch Mord ums Leben kamen.

»Bis vor ein paar Tagen«, fuhr Merci fort, »hat er seine Frau mit keinem Wort erwähnt. Jetzt hat er schon drei Mal von ihr gesprochen. Ich glaube, er will reden.«

»Dann ist er reif für QPR, eine Intervention von außen, und er möchte, dass du es machst.«

Erst vor einem halben Jahr hatte Dr. Cash im Sheriff Department über die QPR-Intervention, ein dreistufiges Präventionsprogramm für Suizidgefährdete, einen Vortrag gehalten, an dem Merci und achtundvierzig ihrer Kollegen teilgenommen hatten. Merci hatte sich eingeredet, sie sei nur ihrer Freundin zuliebe dort gewesen, um die Teilnehmerzahl zu erhöhen. Die QPR-Intervention lief darauf hinaus, dass man dem potentiellen Selbstmörder zuhörte und ihm anschließend den dringenden Rat gab, möglichst schnell professionelle Hilfe zu suchen. Laut neuesten Untersuchungen, aus denen Dr. Cash zitiert hatte, ging hervor, dass die heiße Phase einer Suizidkrise relativ kurz war – ungefähr drei Wochen.

»Ich fürchte, wenn ich ihm einen Seelenklempner vorschlage, packt er sein Spielzeug ein und geht auf einen anderen Spielplatz.«

»Der andere Spielplatz bin ich.«

Merci überlegte.

»Er dachte, die neuartige Behandlungsmethode würde Janine retten. Das hat er mir gesagt. Es hat mich an deinen Vortrag erinnert – an die Passage über die Ankündigungen.«

»Nun ja. Männliche Suizidgefährdete machen in der Regel düstere Ankündigungen. Also so was wie ›morgen geht die Sonne nicht mehr auf‹ oder ›irgendwann wird man mich auf irgendeinem Acker finden‹. Aber die Hoffnung, die er in die neue Behandlungsmethode gesetzt hat ... ich verstehe, worauf du hinauswillst.«

»Es hing einfach alles davon ab.«

»Und jetzt ist sie fehlgeschlagen.«

Merci nickte und schaute aus dem Fenster. Es war mittlerweile stockfinster. Sie mochte die Wintermonate nicht, wenn es um fünf dunkel wurde und die Nächte ewig schienen.

»Dein Kollege ist womöglich schon auf der Suche nach einem geeigneten Ort. Es ist genauso wie bei einem Mord – man braucht Mittel, Motiv und Gelegenheit. Polizisten benutzen fast immer eine Pistole. Du musst den nächsten Schritt machen. Du musst ihm die Frage stellen. Wenn nötig, frage ihn ganz offen: *Hast du vor, dich umzubringen?*«

»Ich weiß«, erwiderte sie ruhig.

»Erscheint er häufiger nicht zum Dienst, als du in Anbetracht der Situation erwarten würdest?«

»Er ist viel weg. Aber ich habe das Gefühl, dass er nichts unternehmen wird, solange sie noch lebt.«

»Vielleicht hast du ja Recht, aber du bist am nächsten an ihm dran. Du bekommst ihn am ehesten mit. Du bist diejenige, die ihm den Ausweg zeigen kann. Wir haben positive Statistiken über Erfolge mit QPR. Es funktioniert. Aber damit es funktioniert, muss derjenige, der am nächsten dran ist, handeln. Und das bist du. Stell ihm Fragen. Schick ihn zu mir. Das ist mein professioneller Rat.«

Auf dem Weg zur Tür drehte Merci sich noch einmal um und nahm Joan Cash in die Arme.

»Danke.«

»Du hast das Richtige getan, Merci. Ich wünschte, du würdest mit dir selbst ebenso liebevoll und aufmerksam umgehen wie mit deinem Kollegen.«

»Aber ich bin doch nicht suizidgefährdet, Joan. Ich bitte dich. Mir geht es gut.«

»Nicht suizidgefährdet zu sein, heißt noch lange nicht, dass es einem gut geht. Lass dir einen Termin geben, und dann erzählst du mir, wie gut es dir geht, ja? Bring Tim mit. Ich würde mich freuen, ihn mal wieder zu sehen.«

»Glaub ja nicht, dass ich mich noch einmal auf so eine EMDR einlasse, weder bei dir noch bei jemand anderem. Die einzigen Abkürzungen, denen ich vertraue, sind FBI oder PD.«

Sie lächelten sich an, dann mussten sie laut lachen.

»Hör zu, Mädchen, wenn du keine EMDR willst, dann lassen wir es eben. Aber bei Situationen, die deiner ähneln, erzielen wir fantastische Ergebnisse.«

Merci öffnete die Tür. »Aber genau so geht's mir, Joan – in jeder Hinsicht fantastisch.«

»Du bist meine Freundin. Lass mich dir helfen, wenn ich kann. Du hast mir jedenfalls sehr geholfen.«

Kapitel 18

Als Merci nach Hause kam, saß Tim am Esszimmertisch auf dem Schoß ihres Vaters. Clarks Hochzeitsalbum lag offen vor ihnen, gerade so weit weg, dass Tim es nicht mit seinen gierigen Händchen erreichen konnte. Tim kreischte, kaum dass er sie sah, und strampelte, um sich zu befreien.

Merci nahm den Kummer in Clarks Gesicht wahr, als er zu ihr aufschaute. Sie küsste ihn auf die Wange, dann hob sie ihren Sohn hoch. Der kleine Mann wurde langsam schwer. Sie betrachtete das Album: ein Schwarzweißfoto von Clark und Marcella neben einer riesigen Hochzeitstorte. Sie wirkten sehr jung und sehr glücklich. Alle paar Monate kramte Clark das Album hervor, saß dann still und verträumt da, ging spazieren oder fuhr mit dem Wagen weg oder ging einfach früh zu Bett.

»Für mich kein Abendessen«, sagte sie. »Ich bin heute Abend bei Mike.«

Sie warf einen Blick auf ihre Armbanduhr. Der Gedanke an die Verabredung um sieben lag ihr schwer auf dem Magen.

»Habt ihr gestern Abend eure Probleme überwunden?«

»Die üblichen Meinungsverschiedenheiten, Dad. Es geht uns gut.«

»Er ist ein anständiger Kerl.«

»Trotzdem darf ich anderer Meinung sein als er, oder?«

Clark lächelte schwach und schlug die nächste Seite im Album auf.

Merci duschte, während Tim in seinem Laufstall schmollte. Er konnte es nicht ausstehen, eingesperrt zu sein, und natürlich gab er ihr die Schuld, aber wenn sie ihn laufen ließe, würde er hinfallen, sich den Kopf aufschlagen, ein Spielzeug verschlucken, den Fernseher umstoßen oder – seine Lieblingsbeschäftigung – an den Steckdosen herumspielen. Er war ausgesprochen draufgängerisch. Und er redete neuerdings an einem Streifen – lange Sätze aus unsinnigen Silben vermischt mit Worten, von denen er offenbar annahm, sie würde sie verstehen – *Dadu, dadu, mam-mam-mam, bim-lala, dä-dä-dä, ga ga ga …*

Aus der Dusche heraus, durch die Glastür, wiederholte sie sein Gebrabbel, und er schien sie bestens zu verstehen. Was genau erzählte sie ihm da eigentlich? Hoffentlich was Hilfreiches, dachte sie, während sie sich die Beine rasierte.

Sie genoss es, wie Tim ihr das Gefühl gab, selbst ein kleines Kind zu sein: sorglos, frei von Ansichten, dem Hier und Jetzt verhaftet, nur auf eins fixiert – *ich, ich, ich.* In Tims Welt gab es keine Verabredung mit einem Mann, den man einmal geliebt hatte und jetzt kaum noch ansehen mochte.

Im Spiegel sah sie sich selbst, eine große, nackte, kräftig gebaute, dunkelhaarige Frau, die daherplapperte wie eine Spottdrossel.

Sie führte das Gespräch mit Tim, während sie sich abtrocknete, ihr Make-up auflegte, sich anzog. Sie vergewisserte sich, dass das Magazin voll war, verstaute den geliehenen .45er-Colt in ihrer Handtasche, achtete darauf, dass sie Tim dabei den Rücken zuwandte, damit er die Waffe nicht sah. Alles, was er in die Finger bekam, musste er untersuchen.

Eine halbe Stunde später war sie wieder in der Küche. Sie trank ein Glas Wein, Tim saß im Hochstuhl, und Clark rührte in einer Suppe, die er schon den dritten Tag aufwärmte.

»Sag mal, Dad. Damals, 1969, hast du da gedacht, dass an dem Fall Bailey irgendwas nicht stimmte?«, fragte sie.

Clark atmete hörbar aus und drehte sich um. »Ich war damals in der Abteilung Einbruch/Diebstahl, Merci.«

»Du warst ein guter Ermittler. Du hast doch bestimmt was gehört.«

»Solche Sachen habe ich nie gehört.«

Clark hatte nie viel über seine Arbeit gesprochen. Er war kein Erzähler, nicht nostalgisch, er glaubte einfach nicht, dass es irgendjemanden interessierte. Sie wusste aus eigener Erfahrung, dass Clark sogar eine spannende Geschichte langweilig machen konnte.

Schon lange bevor sie daran gedacht hatte, selbst Polizistin zu werden, hatte sich Merci einige Grundsätze ihres Vaters in Bezug auf die Polizeiarbeit zu Eigen gemacht: Erledige deine Arbeit, statt darüber zu reden, es gibt die anderen und es gibt uns, Reden ist Silber, Schweigen ist Gold.

Aber ihre übrigen Überzeugungen hinsichtlich der Polizeiarbeit hatte sie keineswegs von Clark. Woher sie sie eigentlich hatte, wusste sie selbst nicht so recht, jedenfalls nicht von ihrer schönen, reichlich unsicheren und unzuverlässigen Mutter. Die Punkte, in denen sie mit Clark nicht übereinstimmte, waren: Man riss sich Tag für Tag den Arsch auf, um dem Gesetz Geltung zu verschaffen. Man war Teil des Gleichgewichts der Macht und nicht nur ein Verwaltungsangestellter. Was man tat, war wichtig, verdammt wichtig. Man war im Recht und gehörte zu den Guten, und man hatte das Privileg, daran zu glauben, und die Verantwortung, danach zu handeln.

»Und was hast du gehört?«

»Ich habe Thornton sagen hören, dass die Leiche zum Fundort geschafft wurde. Aber der hat sowieso immer zu viel gequatscht, wenn du mich fragst.«

»Thornton hat mir erzählt, niemand hätte sich um eine tote Hure geschert. Glandis meint, die Ermittlungen seien im Sande verlaufen, weil damals im Department keiner dem anderen über den Weg traute und jeder jeden im Verdacht hatte, Kommunist zu sein.«

»Das war ein beschissenes Jahr, Merci. Auf keinen Fall lustig, und erst recht nicht so einfach.«

»Ich weiß.«

Merci sah zu, wie Tim versuchte, einen Löffel mit Kartoffelbrei zum Mund zu führen. Vor lauter Konzentration, den Löffel nicht aus den Augen zu verlieren, schielte er tatsächlich. Er fing an zu strampeln. Der Brei war inzwischen auf seinem Lätzchen, dem Hochstuhl, seinem Gesicht, in seinen Haaren und auf seinen Fäusten verteilt. Den Mund weit aufgerissen, schob Tim den Löffel gegen sein Kinn, ließ ihn fallen, grapschte danach, bis er ihn wieder zu fassen bekam. Immer noch strampelte er aufgeregt. Zum dritten Mal innerhalb von fünf Minuten wischte Merci ihm Gesicht und Hände mit einem feuchten Waschlappen ab.

»Warst du für Bill Owen oder gegen ihn?«

Clark drehte sich um und schaute sie an, dann setzte er sich zu ihr an den Tisch. »Gegen ihn. Owen war seit zweiundzwanzig Jahren Sheriff. Er war alt. Ich fand, wir brauchten einen durchsetzungsfähigeren Mann. Einen, der ein bisschen aufräumte, der das Department auf Vordermann brachte. Weißt du, damals war das hier fast alles noch nicht erschlossenes Land. Wir waren eine Art ländliche Einheit. Aber das County wuchs und wir brauchten einen Macher, einen, der uns auf Trab brachte. Wir hatten kein kriminaltechnisches Labor. Wir hatten keine Leichenhalle. Wir hatten keine Außenstelle unten im südlichen County. Und Bill, na ja, der lehnte sich am liebsten auf seinem Sheriffsessel zurück und ließ den lieben Gott einen guten Mann sein.«

»Er soll mit Meeks verbandelt gewesen sein.«

»Meeks war mächtig und korrupt. Die Countyregierung tanzte nach der Pfeife von Grundstücksspekulanten – und jeder wusste es. Ich hab den Gedanken daran möglichst verdrängt, zumindest was das Department anging. Welche Freunde der Sheriff hatte, war mir egal.«

Merci überlegte. Typisch Clark, nicht Partei zu ergreifen.

»Hast du auch zu den Birchers gehört?«

Seufzend blätterte Clark eine Seite im Hochzeitsalbum um. »Ganz kurz. Ungefähr ein Jahr lang. Diese Leute waren mir zu hitzköpfig, hatten zu wenig Durchblick.«

»Hat Owen gewusst, dass du gegen ihn warst?«

»Wahrscheinlich. Aber ich war ja bloß ein kleiner Diebstahlermittler. Mit Owen hab ich kaum je geredet.«

»Und welche Leute waren *wirklich* gegen Owen? Die Deputies, die ihn loswerden wollten?«

Clark hielt Merci das Fotoalbum hin. Lächelnd zeigte er auf ein Foto von Marcella an einem Strand in Mexiko. Flitterwochen in Acapulco. Sie sah aus wie ein Bond-Girl – lange Haare, große Titten, große Sonnenbrille, knapper Bikini.

»Ich hab dich was gefragt, Dad.«

»Beck Rainer stand an vorderster Front. Er war beliebt, ein guter Lieutenant, der Anführer. Ed Vale war auch mit von der Partie. Dann eine ganze Menge Leute aus den unteren Dienstgraden – North, Wilberforce, und so weiter. Jim O'Brien war damals ein ziemliches Großmaul, ein strammer Bircher. Eine echte Stimmungskanone. Knallhart.«

»Evans Vater?«

»Ja. Wirklich merkwürdig. Von all den Leuten, mit denen ich damals zusammengearbeitet habe, war Jim O'Brien der Letzte, den ich für einen Selbstmordkandidaten gehalten hätte. Man kann eben nie wissen, wer irgendwann durchdreht.«

»Wo stand Pat McNally bei der Diskussion um Owen?«

Clark nickte. »Pat hat sich bedeckt gehalten. Er war kein Anhänger von Owen, aber er hat's nicht an die große Glocke gehängt.«

»Das kam doch ganz plötzlich, dass Owen abgetreten ist, oder?«

Clark klappte das Album zu und zuckte die Achseln. »Alle waren überrascht. Wahrscheinlich hatte er einfach die Nase voll. Merci, darf ich dich fragen, worauf du eigentlich hinauswillst? Zwischen den Department-Interna und Patti Bailey kann ich keinerlei Zusammenhang entdecken, wenn du meine Meinung wissen willst. Der Fall ist einfach im allgemeinen Durcheinander untergegangen. Wie viele andere auch. Hör keine Flöhe husten.«

Merci spürte, wie ihr die Hitze in den Kopf stieg. Sie wischte Tims Gesicht noch einmal ab. Er lächelte und grabschte nach dem Teller.

»Hör zu, Dad. Irgendjemand hat Patti Bailey umgebracht und alle Spuren beseitigt. Thornton, ein guter junger Polizist, übernimmt den Fall, aber kommt zu keinem Ergebnis. Er glaubt, dass die Leiche an den Fundort geschafft wurde. Thornton sagt, niemand hat eine Verhaftung gefordert. Weder Owen 1969 noch dessen Nachfolger Vance Putnam. Auch Rymers nicht, der damals die Mordkommission geleitet und die Leute eingeteilt hat. Thornton meint, neunundsechzig hätte sich niemand um eine tote Hure geschert. Glandis erzählt mir dasselbe. Also gut. Aber meine Frage ist: *Warum nicht?* Warum hat sich niemand darum geschert? Diese Männer waren doch keine Dilettanten. Sie waren keine Tiere. *Warum* hat es sie nicht interessiert? Jetzt sagst du, der Fall ist im Durcheinander untergegangen. Okay, Dad, ich nehme es zur Kenntnis, aber was ich wissen möchte ... *welches Durcheinander?* Ihr wart alle überlastet. Das sind wir immer. Ihr wusstet nicht, wann der Sheriff abtreten würde. Nun, *wir* wissen auch nicht, wann Brighton abtreten wird, aber das heißt noch lange nicht, dass wir den Fall Aubrey Whittaker in dem verdammten angeblichen *Durcheinander* aus den Augen verlieren. Nächste Frage: Hat vielleicht jemand von Patti Baileys Tod profitiert? Meiner Meinung nach sind das absolut legitime Fragen. Oder nennst du das die Flöhe husten hören?«

Clark nickte lächelnd. »Ja, das tue ich. Aber zieh es durch, Merci. Vielleicht hast du Recht und ich liege falsch. Ich rate dir nur: Löse den Fall und nicht die Probleme dieser Welt.«

Der sanfte Tonfall ihres Vaters verwandelte Mercis Zorn in Scham. Ihre Entschlossenheit reduzierte sich auf den schalen Schrecken, den Mike McNally und ihre Sieben-Uhr-Verabredung darstellten. Sie sah auf die Uhr. Sie liebte ihren Vater sehr, aber sein Realitätssinn und seine Vernunft hatten eine einschläfernde Wirkung auf ihren Enthusiasmus. Wie ihre Mutter zu sagen pflegte: *Manchmal versetzt er mein Herz in Tiefschlaf.*

»Ich habe heute einen Brief erhalten«, sagte sie. »Auf dem Umschlag stand nichts weiter als: Für P. B. – Patti Bailey, nehme ich an. Er enthielt einen Schlüssel, anscheinend für einen Lagerraum draußen in Riverside.«

Plötzlich war er ganz Ohr. Zwar verzog er keine Miene, aber sie konnte regelrecht sehen, wie seine grauen Zellen arbeiteten. »Ach ja? Das ist aber verflixt merkwürdig.«

»Find ich auch. Wir bekommen Hilfe. Jemand mischt

sich ein. Ein kleiner, echter Schlaumeier. Morgen werde ich mehr erfahren.«

»Dann hat also jemand ein Interesse daran, dass du den Fall löst. Oder ihn nicht löst. Sei vorsichtig, Merci. Was wie Hilfe aussieht, könnte das Gegenteil bedeuten.«

»Ein Grund mehr, mich ins Zeug zu legen, Dad. Ich werde den Fall Bailey lösen, und wenn es mich umbringt.« Als Merci sich das sagen hörte, ordnete sie es gleich unter die fünf bescheuertsten Dinge ein, die sie je von sich gegeben hatte.

»Das nehme ich zurück.«

Ihr Vater legte eine kühle, trockene Hand auf Mercis erhitztes Gesicht. »Das weiß ich doch. Tim weiß das auch. Also dann, grüß Mike von mir, ja?«

Sie erreichte Zamorra zu Hause. Seine Stimme klang tonlos, als würde er von einem Manuskript ablesen.

»Die Fingerabdrücke, die ich in der Whittaker-Küche abgenommen habe, passen zu keinen anderen aus der Wohnung. Ihre eigenen sind es nicht. Auch nicht die von Mike. Aber mit den Systemen von AFIS und CAL-ID habe ich keinen Treffer gelandet, zumindest nicht mit den Parametern, die ich benutzt habe. Der Täter ist also kein registrierter Krimineller und kein Polizist. Vielleicht ist es Freund Nummer zwei, den der Nachbar gehört hat. Vielleicht ist es aber auch Freund Nummer drei – einer, den wir bisher noch gar nicht auf der Rechnung haben. Wer auch immer es ist, er hat in der Mordnacht die Schubkästen herausgerissen.«

Merci versuchte, die neuen Fingerabdrücke mit dem in Einklang zu bringen, was sie in Mikes Scheune gefunden hatte. Es war, als wollte man zwei Magneten andocken lassen, wenn man sie falsch herum hielt.

»Und wenn sie vorher schon da waren?«

»Was meinst du damit?«

»Wenn die Fingerabdrücke schon früher hinterlassen wurden, könnten sie auch von einem Handwerker stammen – von einem, der die Schubkästen repariert hat, von einem Klempner, einer Putzfrau, die dort jede Woche für fünfzig Dollar sauber gemacht hat.«

»Von einem, den sie angeheuert hat, damit er ihr die Schubkästen rausreißt und die Metallauszüge verbiegt?«

»Nein. Also gut. Nein. Ich versuche nur, die Sache zu vereinfachen.«

»Merci. Die Fingerabdrücke sind unter dem Puder sofort sichtbar geworden. Sie waren ganz frisch. In der Küche hat es einen Kampf gegeben, und es war nicht Aubrey Whittaker, die die Schubkästen ruiniert hat.«

Es ergab einfach keinen Sinn, egal wie sie es drehte und wendete. »Und was ist mit Moladan?«

»Den hab ich überprüft. Aber was ist mit diesem Knilch von der Kirche, der sich die Fünfundvierziger zur Selbstverteidigung gekauft hat?«

»Lance Spartas.«

»Ich werde ihn mir morgen noch mal vorknöpfen. Er wird mir bestimmt ein paar schöne Fingerabdrücke überlassen.«

»Das dürfte nicht allzu schwierig sein. Er macht sich vor Angst in die Hose, dass alles rauskommen könnte.«

Schweigen.

»Paul, eigentlich hab ich angerufen, um zu hören, wie es dir geht.«

»Gut.« Derselbe emotionslose Tonfall.

»Und Janine?«

»Von der Hüfte abwärts gelähmt. Beide Seiten. Keine Chance, dass sie je wieder laufen kann.«

»Scheiße«, murmelte sie.

Aber Zamorra sagte nichts. Was erwartete sie von ihm, sollte er dafür sorgen, dass es ihr besser ging?

»Was kann ich für sie tun, Paul?«

»Absolut gar nichts.«

»Und wie sieht's mit dir aus?«

»Verpass mir einen Kopfschuss. Dann geht's mir besser.«

Das war ihr Stichwort. Sie schloss die Augen und kam direkt zur Sache: »Hast du vielleicht vor, das selbst zu tun, Paul?«

»Ich werde sie nicht im Stich lassen. Niemals.«

»Aber wenn sie weg ist? Irgendwann wird sie nicht mehr da sein.«

»Damit beschäftige ich mich, wenn es so weit ist.«

»Ich möchte gerne, dass du mit einer Freundin von mir redest. Sie ist Ärztin.«

»Sehr witzig.«

»Ich meine es ernst. Eine gute Ärztin.«

Zamorra schwieg ein paar Sekunden lang. »Ich weiß das zu schätzen, aber nein, danke. Die Antwort lautet nein.«

»Hör zu, Paul. Vielleicht solltest du dir ein paar Tage frei ...«

»Wenn ich nicht bald wieder zur Arbeit gehe, dann geb ich mir tatsächlich die Kugel. Sobald ich kann, bin ich wieder zur Stelle. Übermorgen kommt Janine nach Hause, es wird also noch ein paar Tage dauern. Ich muss mich um einen Pflegedienst kümmern, ein verstellbares Krankenbett mit Motor besorgen, außerdem einen Rollstuhl und ein tragbares Klo. Diesen Spartas werde ich noch in die Mangel nehmen, aber das war's dann vorerst.«

Merci versuchte sich vorzustellen, was Paul Zamorra in diesem Augenblick empfand, doch es gelang ihr nicht. Bei Hess war es wenigstens schnell gegangen. Sie hatte nicht mit ansehen müssen, wie er Stück für Stück krepiert war.

»Du hast mein Mitgefühl, Paul.«

»Danke. Aber du würdest es in meiner Nähe nicht aushalten.«

»Erzähl mir nicht, was ich aushalte. Es wird ein Ende geben, das weißt du. Irgendwann wird es vorüber sein.«

Schweigen.

»Ja, ich weiß. Ich freue mich schon auf den Tag. Ich komme mir vor wie Abschaum, weil ich das sage, aber es ist die Wahrheit.«

»Du wirst keine gemeinsamen Jahre mehr mit ihr verbringen, Paul. Aber Tage. Und Stunden. Das sind deine Stunden.«

»Ich will sie nicht.«

»Irgendwann doch. Sprich mit meiner Freundin. Rede einfach. Nur ein Mal. Es ist absolut vertraulich. Sie ist eine tolle Frau.«

»Ich bin nicht in der Stimmung für tolle Leute.«

»Ich gebe dir jetzt ihre Praxisnummer. Nimm einen Stift und schreib sie dir auf, Paul.«

»Merci ...«

»Schreib dir jetzt diese gottverdammte Nummer auf. Los, mach schon.«

Sie wartete einen Augenblick, kramte ihr Adressbuch aus ihrer Handtasche, dann las sie ihm die Nummer vor. Sie forderte ihn auf, sie zu wiederholen, und er tat es mit flacher, tonloser Stimme, die klang wie eine digitale Ansage.

Kapitel 19

An kahlen, schwankenden Eichen vorbei fuhr Merci in Richtung Modjeska Canyon, die Hand fest am Lenkrad, die Augen starr auf den Mittelstreifen gerichtet, der ihr aus der Unendlichkeit entgegenzukommen schien. Schwarzer Himmel, schwarze Erde, schwarze Straße.

Sie zitterte, schaltete die Heizung eine Stufe höher, holte tief Luft. Allein in dieser Finsternis, eingesperrt in einer Blechkiste, fühlte sie sich wie in einer Falle, abgeschnitten von den Männern, von ihrem Partner, von allem und jedem. Sie stellte sich vor, sie säße allein in einem kleinen Boot, das am Horizont verschwand. Nein, Janine Zamorra war mit im Boot, im Rollstuhl mit einer Decke über den Beinen.

Merci redete sich ein, sie täte es für Mike. Dieselbe hoffnungslose Zuversicht, mit der sie heimlich sein Haus durchsucht hatte, ließ sie jetzt glauben, dass sie Mike eine weitere Chance gab. Sie unterdrückte die widersprechende Stimme in ihrem Herzen und zitterte, weil sie wusste, sie konnte sich irren. Sie hatte sich schon einmal geirrt, und zwar gründlich.

Dieser Irrtum hatte alle Beteiligten einiges gekostet, Hess das Leben.

Für dich, Mike, weil ich dir vertrauen will. Ich will an dich glauben. Ich will dich kennen lernen.

Er trug seinen schwarzen Lieblingspullover, als er die Tür öffnete. Als er sie umarmte, nahm sie einen neuen Duft an ihm wahr, irgendetwas Frisches und Alpines. Sie hatte ganz vergessen, was für starke Arme er hatte.

»Du bist ja völlig durchgefroren, Merci.«

Ihre Fingerkuppen waren taub. Mike führte sie ins Haus und ließ sie am Kamin Platz nehmen.

»Schön, dich zu sehen«, sagte sie.

Es war nicht mal gelogen. Sie fürchtete sich vor dem, was er möglicherweise getan hatte. Aber sie fürchtete sich nicht vor *ihm*. Egal, was er getan hatte, ein Teil von ihm war der Mann, der sie gut behandelte, wahrscheinlich besser, als sie es verdiente.

»O Mann, es tut so gut, dich zu sehen. Rot oder Weiß?«

»Rot.«

»Soll ich dir deine Jacke abnehmen?«

»Erst mal nicht.«

Da es im Zimmer kalt war, blieb sie am Kamin sitzen und behielt ihre Jacke an. Kurz darauf kam Mike mit dem Wein zurück. Im orangefarbenen Licht des Kaminfeuers schien sein Gesicht zu glühen. Sein Haar war ganz flauschig, offenbar frisch gewaschen und geföhnt. Mike hatte rote Flecken auf den Wangen, wie immer nach dem Rasieren. Plötzlich fühlte Merci sich benommen, als würde sie hintenübersacken, ganz langsam, als hätte sie keine Beine, um sich zu halten. Genau wie Janine Zamorra.

Er stieß mit ihr an.

Sie richtete sich auf. »Mike, du hast gesagt, vieles war mein Fehler. Ich gebe dir Recht.«

»Merci ...«

»*Nein.* Lass mich ausreden. Ich will dir erzählen, wie ich

die Dinge sehe. Es ist wichtig. Ich möchte, dass du es verstehst.«

Er schaute sie schweigend an.

»Weißt du, als du mich kennen gelernt hast, bist du auf eine ziemlich verhärtete Frau getroffen. Von außen betrachtet wirke ich ganz normal, aber innen drin bin ich einfach ... manchmal ziemlich hart. Mir selbst gegenüber. Und gegenüber den Menschen, die ich zu lieben versuche.«

Mike hatte sich zu ihr aufs Sofa gesetzt, hielt jedoch großen Abstand, so wie sie es wünschte.

»Seit Hess tot ist, lebe ich wie unter einer Dunstglocke. Das weißt du. Ich kann meine Arbeit tun. Ich kann meinen Jungen aufziehen. Aber ich komme einfach nicht da raus. Es ist wie Nebel, der sich nicht verziehen will. Und seit mindestens zwei Jahren sage ich mir jedes Mal, wenn ich dich ansehe, Mike, er ist ein anständiger Kerl, der gut aussieht und fürsorglich ist und der dich liebt. Aber ich erwidere deine Gefühle nicht. Nicht mit ganzem Herzen, nicht einmal mit einem großen Teil von mir. Ich bin einfach gar nicht richtig da.«

»Das weiß ich«, erwiderte er ruhig. »Das war Teil der Vereinbarung.«

Was sie eigentlich sagen wollte, war: Erklär mir gefälligst den Schalldämpfer in der Angelkiste. Und die Briefe im Pistolenkoffer. Und die fehlende Grußkarte und deine Anwesenheit im Labor. Aber wenn dies tatsächlich die Beweise für den Mord an Aubrey Whittaker waren, dann würde Mike sie anschließend vernichten, und sie hätte sich nicht nur des Verrats, sondern auch noch unverzeihlicher Dummheit schuldig gemacht.

»Ich kann das nicht einfach abwaschen. Es haftet an mir. Ich kann nicht einfach noch mal von vorne anfangen.«

Er nickte und rückte ein wenig näher. »Aber du kannst dir nicht dein Leben lang Vorwürfe machen, Merci. Das versuche ich dir schon lange klar zu machen. Du musst das alles in eine Kiste verstauen und die Kiste dann wegwerfen.«

In einer Angelkiste vielleicht?, fragte sie sich. Und wo würde Hess dann hingehen? Hess. Er stand im Mittelpunkt all dessen. Sie konnte ihn nicht hinauswerfen wie ein Paar alter Schuhe oder einen zu lauten Mieter. Sie ärgerte sich darüber, dass Hess mehr Anteil an ihrer Traurigkeit hatte als an ihrer Fröhlichkeit, aber den Schaltplan ihres Herzens hatte schließlich nicht sie entworfen. Sie verstand ihn nicht und konnte ihn weder reparieren noch austauschen.

»Du hast Recht, aber ich kann mein Gewissen nicht zum Schweigen bringen. Seine Stimme ist zu laut. Manchmal höre ich sie ein paar Tage nicht, aber dann macht sie sich umso lauter bemerkbar. Beim Frühstück. Oder beim Autofahren. Oder im Traum. Oder wenn ich dich anschaue und mir einzureden versuche, ich müsste dich eigentlich lieben.«

Sie zwang sich dazu, ihn als schuldlos zu sehen. Er saß da, gestriegelt und nett, jung und stark, mit seiner Stirnlocke und den lebhaften Augen, extra für sie schön gemacht und wohlriechend, und versuchte – zum wievielten Mal? Vielleicht zum hundertsten Mal –, ihr Herz zu gewinnen.

Merci begriff, dass es vielleicht das letzte Mal war, dass sie ihn so sehen konnte. Ihr wurde so weich ums Herz, dass ihr die Wärme in die Finger und die Tränen in die Augen trieb.

Dann war es vorbei. Briefe. Arbeitsschuhe. Angelkiste.

»Ich kann den Ring auch wieder verkaufen, wenn du dich zu sehr unter Druck gesetzt fühlst«, sagte er.

»Ich muss meinen Kopf klar bekommen.«

Sie nahm ihre Handtasche und ging in Mikes Schlafzimmer, hinter dem das Badezimmer lag. Im Spiegel sah sie, dass sie ganz gelb aussah. Sie spürte, wie ihr Herz gegen die Rippen pochte. Sie beugte sich über die Kloschüssel und erbrach sich. Dann ließ sie heißes Wasser laufen, wusch sich die Hände, nahm ihre Zahnbürste aus der Schublade und putzte die Zähne.

Zurück im Schlafzimmer lauschte sie, aber nichts war zu hören. Sie betrachtete das Bett. Es war frisch bezogen, die Kissen waren aufgeschüttelt, die Tagesdecke geglättet. Sie malte sich aus, wie sie mit ihm im Bett lag, eng umschlungen und schwitzend, auf der Jagd nach der flüchtigen Erleichterung, die sich weitaus seltener einstellte, als sie es sich wünschte. Bebende Muskeln, heißer und schneller Atem. Eine Minute lang oder vielleicht auch zwei war man wirklich frei, einfach weg, wie neugeboren.

Was für ein perfekter Zeitpunkt, sich mit dieser Vorstellung zu quälen, dachte sie. Inzwischen hatte sie begriffen, dass das Gewissen stets auf der Lauer lag, stets bereit, einen zu verraten.

Dann schlich sie zurück ins Badezimmer, wo Mikes Schulterhalfter meist am Garderobenhaken hing. Sie schob die Tür auf und ging hinein. Laut hustend, um jedes verräterische Geräusch zu übertönen, öffnete sie den Verschluss des Halfters, zog den .45er-Colt heraus und ließ ihn in ihre Jackentasche gleiten. Dann steckte sie den Colt, den sie sich am Schießstand ausgeliehen hatte, in das Halfter und ließ den Verschluss offen. Anschließend hängte sie ihre Jacke darüber auf.

Sie betätigte noch einmal die Toilettenspülung und wusch sich die Hände.

Mike stand am Kamin.

»Alles in Ordnung?«, fragte er.

»Mir ist übel.«

»Ich mach dir einen Kräutertee.«

»Kräutertee kann ich nicht ausstehen.«

»Beruhigt aber den Magen.«

»Lieber nur Wasser.«

Eilig brachte Mike ihr ein Glas Wasser mit Eis und Zitrone.

»Im Department geht ein Virus um«, sagte er.

»Den hab ich mir vermutlich eingefangen.«

Das Abendessen dauerte mehrere tausend Jahre. Merci lenkte das Gespräch auf Tim junior und Danny. Mike überließ die Gesprächsführung ihr und ergriff selten die Initiative. Er lauschte ihr mit einer Intensität, von der sie ursprünglich angenommen hatte, dass sie dazu diente, sie schneller ins Bett zu bekommen. Im Kreise seiner Freunde konnte er reden wie ein Wasserfall, wenn es um Sport oder um die Jagd ging, aber Merci interessierte weder das eine noch das andere. An diesem Abend war er still, aufmerksam, und sein Gesicht glühte im Kerzenlicht. Er sah gut aus in seinem Pullover. Sie stellte sich vor, wie er mit seinem schallgedämpften Colt auf Aubrey Whittakers Herz zielte und abdrückte. Seinen Körper konnte sie sich gut vorstellen, aber sein Gesicht lag im Nebel.

Sie glaubte es und doch konnte sie es nicht glauben.

Sie half ihm beim Abwaschen. Mike hängte das Geschirrtuch über die Stange an der Ofentür.

»Komm mit mir ins Bett«, sagte er.

»Okay.«

Es war so schnell vorüber, dass sie noch einmal von vorn anfingen. Merci ergab sich in die Verlogenheit der ganzen Situation, klammerte sich daran wie ein Säufer an die Flasche, ein Selbstmörder an die Pistole. Jenseits der Verlogenheit fand sie etwas, das Liebe sein musste, weil dort nichts anderes existieren konnte. Die Liebe für das, was sie einst verbunden hatte. Die Liebe für Mike, den Jungen und den Mann. Die Liebe für die Liebe. Ihre Höhepunkte waren kraftvolle Implosionen, die sich eher in den Knochen als in den Muskeln und Nerven zu ereignen schienen. Dazwischen war sie wie im Taumel, fühlte sich frei und wünschte sich, stundenlang weitermachen zu können und ihre erschöpfte, gereinigte und molekular neu geordnete Person in eine völlig andere zu verwandeln – eine gutmütige Blondine, vielleicht, oder eine Fundamentalistin, eine Weise, eine Pilotin. Ihre Halsschlagader pochte und ihre Ohren dröhnten.

Als es vorüber war, lagen sie schwer atmend im Dunkeln. Sie hatte getan, was sie tun wollte. Wenigstens ein paar Minuten hatte sie geliebt und an ihn geglaubt. Sie hatte ihm alles gegeben, was sie hatte, sogar die Unschuldsvermutung. Sie hatte sich bekannt zu der Unschuld, die zu verlieren sie ihm geholfen hatte. Hatte ihm einen Vertrauensbeweis angeboten, nach dem sie sich selbst so sehr sehnte.

Während Mike neben ihr döste, kam sie wieder zu sich, und plötzlich war sie unendlich traurig.

Sie starrte an die Decke und wusste, dass alles, was je zwischen ihnen existiert hatte, nun endgültig vorüber war. Sie würde ihn nie wieder auf dieselbe Weise ansehen können, egal was passieren würde. Es ging um Verrat und vielleicht sogar um Mord. Es gab die Zeit vor Aubrey und die Zeit danach. Etwas war eben zu Ende gegangen, etwas anderes hatte begonnen; und zwischen beidem gab es einen dicken schwarzen Trennungsstrich.

Sie stand auf, packte die Kondome zusammen, die sie mitgebracht hatte, ging ins Bad, nahm das Spermizid-Spray aus ihrer Handtasche und sprühte sich damit ein. Dann duschte sie und zog sich an.

»Bleib über Nacht«, flüsterte er im Dunkeln.

»Nein.«

»Ich liebe dich, Merci Rayborn.«

Sie schob ihm die Haare aus dem Gesicht und küsste ihn auf die Stirn. »Wir sehen uns morgen.«

Nach einer Fahrt von zehn Kilometern durch den Modjeska Canyon hielt sie auf einem breiten Seitenstreifen an. Der Mond stand hoch und tauchte die Berge in silbriges Licht.

Sie nahm den .45er aus ihrer Tasche und zielte auf den Mann im Mond, versuchte, ihn über die Kimme im Auge zu behalten. Es gelang ihr nicht, die Waffe ruhig zu halten.

Plötzlich sprang sie in ihrer Hand und der scharfe Knall schmerzte in den Ohren. Mit der Taschenlampe suchte sie die Hülse und hob sie mit einem Papiertaschentuch auf. Dann leerte sie das Magazin und füllte es wieder. Zuerst legte sie drei Patronen aus der neuen Schachtel hinein, die sie am Schießplatz gekauft hatte. Die oberen vier Patronen nahm sie von Mikes Munition. Mit einem Lappen, den sie im Kofferraum aufbewahrte, wischte sie den Colt ab.

Fünf Minuten später betrat sie wieder Mikes Haus. Alles war unverändert. Obwohl die Spürhunde einen Höllenlärm veranstalteten, schlief Mike wie ein Stein.

Sie ging den Flur entlang zum Schlafzimmer und warf einen Blick hinein. Mike hatte sich inzwischen auf die Seite gerollt, was er in den ersten Stunden seines Tiefschlafs am liebsten tat. Sie trat ein und schloss die Tür halb hinter sich. Das Zimmer lag wieder im Dunkeln. Mike rührte sich nicht.

»Wieder zurück?«, murmelte er im Schlaf.

»Du hast mir so eingeheizt, dass ich meine Jacke vergessen habe«, sagte sie und schlich sich ins Bad, ohne das Licht anzumachen. Sie nahm die Jacke vom Haken und zog sie über. Dann hob sie die geliehene Waffe aus Mikes Halfter und ließ sie in ihre Jackentasche gleiten.

»Das war ein schöner Abend, Merci.«

»Finde ich auch.«

Sie steckte Mikes Colt lautlos zurück ins Halfter.

Dann trat sie ans Bett und berührte Mikes Wange. Ihre Hände zitterten wieder und am liebsten hätte sie ihn um Verzeihung gebeten, aber sie wusste, dass sie selbst ihm das nie verziehen hätte.

Er atmete schwer und tief, seine Hände lagen zu Fäusten geballt neben dem Kinn. Sie fühlte sich an Tim erinnert. Der Schlaf eines Kindes, der Schlaf der Unschuldigen.

Um halb eins in der Nacht rief sie Gilliam zu Hause an und erklärte ihm, was sie brauchte.

»Keine Fallnummer, keine andere Abteilung. Niemand sieht es, niemand fasst es an, niemand außer Ihnen erfährt davon. Auch nicht Coiner oder O'Brien. Niemand. *Nur Sie ganz allein.*«

Er hatte verstanden. Er stellte keine Fragen. Was sie brauchte, würde er vor Beginn des Arbeitstages liefern.

Während sie mit der Linken den Wagen steuerte – die Hand oben in der Mitte genau wie ihr Vater –, schaltete sie die Schwenklampe über dem Radio ein und schrieb die Wegbeschreibung, die Gilliam durchgab, in ihr blaues Notizbuch.

Sie versuchte sich auf die Straße zu konzentrieren, aber das Denken fiel ihr schwer. Ihre Gefühle zu sortieren fiel ihr schwer. Zu glauben, dass heute Dienstag und kaum eine Woche vergangen war, seit sie Aubrey Whittaker das erste Mal gesehen hatte. Am vergangenen Mittwoch hatte sie sich noch mit Mike gestritten, weil sie eine Verabredung zum Kino absagen wollte. Und jetzt, nur wenige Tage später, sammelte sie Beweismittel, um herauszufinden, ob Mike McNally ein Mörder war oder nicht. Ihre Hand verkrampfte sich um das Lenkrad, sie biss die Zähne zusammen und konnte nur verschwommen sehen.

Zu viel, dachte sie. Zu schnell, zu merkwürdig, zu beschissen.

Zu Hause angekommen sah sie nach Tim, richtete seine Bettdecke und überprüfte, ob er noch seine Fäustlinge anhatte. Er rührte sich nicht. Sie stellte die Heizung höher.

Die Tür zu Clarks Zimmer war geschlossen. Träumt wahrscheinlich von Marcella, dachte Merci, davon, was sie gehabt hatten und wovon sie sich hatten trennen müssen. Manchmal erdrückte sie der Gedanke, dass sie, Merci, das Beste war, was ihrem Vater geblieben war. Vielleicht war es auch Tim. Sie wünschte, er würde noch einmal eine Frau finden, die er lieben könnte, aber er ging nie weg, außer zu seinen Pokerrunden dienstagabends. Sie fragte sich, ob er sich wohl einsam fühlte.

Sie goss sich einen riesigen Scotch ein, dachte an Hess, wie immer, wenn sie sich einen Scotch genehmigte, und duschte noch einmal. Sie schäumte die Haare ein, wusch sie aus und wiederholte die Prozedur. Sie rieb sich mit Duschgel ein, dann mit Seife. Sie stand unter dem kräftigen, heißen Duschstrahl und wünschte, dass alles, was in ihr unrein war, einfach von ihr abtropfen und im Ausguss verschwinden würde, so wie sich aller äußerer Schmutz einfach abwaschen ließ. Als sie aus der Dusche trat, hatte sie gerötete Augen und sah zum Fürchten aus.

Sie steckte ihre kleine .32er in die Tasche des Bademantels und ging ins Wohnzimmer. Eine Weile saß sie im Lehnsessel ihres Vaters, der zwar alt und durchgesessen, aber bequem war. Das Gebälk des alten Hauses knarrte und ihr blieb das Herz stehen. Sie verabscheute ihre Angst. Sie fragte sich, ob es ihr in einem modernen Haus, das nicht knarrte, besser gehen würde, aber dort müsste sie sich mit Nachbarn herumschlagen, hätte keine Orangenbäume als Schutz, nichts zwischen den anderen und uns.

Ich kann den Ring auch wieder verkaufen, wenn du dich zu sehr unter Druck gesetzt fühlst.

Sie nippte an ihrem Whisky und fragte sich, ob wohl das Leben für alle anderen auch so traurig war. Ihre Traurigkeit nervte sie genauso wie ihre Angst, aber sie wusste nicht, wie sie sie abschalten sollte. Das Problem war, egal worauf sie einen optimistischen Gedanken richtete, er prallte ab und kam zurück in ihren Kopf. Sie dachte an den Mann, den sie geliebt hatte – er war tot; sie dachte an ihre Mutter – sie war tot; sie dachte an Clark – er war allein; sie dachte an Mike – er versteckte Schalldämpfer in seiner Scheune, und Herr im Himmel, selbst wenn er Aubrey Whittaker *nicht* erschossen hatte, was zum Teufel ging in seinem Schädel eigentlich vor? Paul. Janine. Der einzige Lichtblick in all dem Elend schien Tim junior zu sein, so strahlend und durch und durch glücklich. Aber was wird in fünfzehn Jahren sein?, dachte sie. Wie wird er dann sein, auch einer von den Jungs, die mit einer Knarre in die Schule kommen und Amok laufen? Wie viel Zeit bleibt ihm, bevor das Leben ihn versaut? Was für schreckliche Gedanken. Sie verabscheute sich dafür, dass sie jetzt sogar schon die ungelebte Zukunft ihres Kindes mit ihren Ängsten und Depressionen vergiftete. Am liebsten würde sie aus ihrer Haut kriechen. Ganz neu werden. Besser werden. All ihre Ängste und ihre Traurigkeit eintauschen und stattdessen ruhig, zufrieden, leistungsfähig und hin und wieder sogar fröhlich werden. Wie lange war es her, dass sie einmal ohne Sarkasmus gelächelt hatte? Wann hatte sie das letzte Mal ohne Verbitterung gelacht? Es kam ihr vor wie eine Ewigkeit. War das zu viel verlangt? Und dennoch, wenn sie die Wahl hätte, diesen Zustand würde sie nicht wählen. Solche Gefühle entsprachen nicht ihrer Natur. In ihrem ganzen Leben hatte sie keinen einzigen so erbärmlichen Tag gehabt, bis das mit Hess passiert war. Seitdem hatte sie nichts anderes mehr. Es umgab sie wie eine Hülle, wie etwas, das sie nicht abstreifen konnte.

Sie dachte an Joan Cashs EMDR-Verfahren, für das das FBI in seinen Behandlungsstudien von posttraumatischen Belastungsstörungen warb. Bei dieser Behandlungsmethode ging man von der Beobachtung unwillkürlicher Augenbewegungen aus, die im Zusammenhang mit unbewussten Erinnerungen an traumatisierende Erlebnisse auftreten. Aber Merci assoziierte mit EMDR vor allem jene Filmszene, in der ein Augapfel mit einem Rasiermesser aufgeschnitten wird. Dabei wurde ihr nur übel.

Wahrscheinlich war das alles sowieso nur Selbstmitleid, sagte sie sich, wahrscheinlich hatte sie diese Gefühle nur, weil sie sich dafür *entschieden* hatte. Hieß es nicht immer, man sei seines eigenen Glückes Schmied? Dass man für seine Gefühle selbst verantwortlich war? Dass die Welt, die man sah, diejenige war, die man sehen wollte? Solch ein *Blödsinn* wurde einem doch ständig aufgetischt. Sie überlegte, ob sie sich vielleicht Jesus anvertrauen sollte, aber vor einem Gott, der einen bedingungslos liebte, hatte sie keine Achtung. Einem solchen Gott misstraute sie. Aus diesem Grunde konnte sie Mike auch nicht heiraten. Aber setzte sie Mike jetzt schon mit Gott gleich? Was sagte *das* denn wohl über sie aus? Ach, zum Teufel, was für ein verfluchtes Durcheinander.

Sie kippte den Whisky fast vollständig hinunter, in der Hoffnung, er würde ihre Traurigkeit ein wenig dämpfen. Nach einer halben Minute tat er das auch. Er machte sie benommen und es war nicht einmal unangenehm. Sie konnte verstehen, warum Leute zu dem Zeug griffen.

Sie schüttete den Rest in den Ausguss und sah noch einmal nach Tim. Da lag er, die Perfektion im Kinderbett, das ganze Potential der Gattung in einem Bündel von fünfzehn Kilo.

Lächelnd schüttelte sie den Kopf.

Später am Morgen – Merci hatte keine Ahnung, wann genau – träumte sie, dass sie in ihrem Bett lag und träumte.

Sie hörte ein Geräusch neben sich. Augenblicklich war sie wach und griff nach ihrer H&K unter dem Bett. Als ihre Hand die Waffe ertastete, erstarrte sie. Hess stand im Zimmer und sah sie an, die Hände gefaltet, als nähme er an einer Prozession teil.

Es ist alles in Ordnung, sagte er, drehte sich um und verschwand wieder.

Von Panik ergriffen sprang sie aus dem Bett und landete hart auf dem Fußboden. Sie starrte auf die Wand, durch die Hess gegangen war, aber da war nichts als die Wand. Schweiß lief ihr in die Augen, und sie spürte, dass sie nass geschwitzt war, ihr Nachthemd war feucht, ihre Handflächen glitschig, ihr Haaransatz fühlte sich kalt an.

Sie hörte die Schritte ihres Vaters auf dem Dielenboden im Flur, spürte den Luftzug, als die Tür aufgestoßen wurde, und im nächsten Augenblick wurde sie vom Licht geblendet, ihr Vater hob sie auf und trug sie zurück ins Bett.

»Hast schlecht geträumt«, sagte er. Seine Stimme klang rau, als hätte er auch geträumt, als versuchte er, eine Fünfjährige zu beruhigen. »Es war nur ein böser Traum, Kleines.«

»Ja. Hess.«

»Hess. Ach so. Dem geht's gut, weißt du. Jetzt beruhige

dich wieder. Beruhige dich, Mädchen, es war nur ein böser Traum.«

»Ein guter Traum.«

»Ganz genau. Du hast Recht. Schlaf jetzt. Ein guter Traum.«

Kapitel 20

Bei der Adresse in dem Brief »Für P. B.« handelte es sich um ein Lagerhaus in Riverside. Merci hielt am Tor und gab den Eingangscode ein. Als der alte Pförtner sie misstrauisch musterte, erwiderte sie seinen Blick. Sie fuhr über das Gelände und suchte die Nummer 355. Es war wie in einem Labyrinth. Die orangerote Farbe an den Türen war verblichen, einige der Vorhängeschlösser braun vom Rost. Die frühmorgendliche Sonne stand noch tief über den Dächern und blendete sie wie Scheinwerfer.

Sie parkte auf der anderen Seite des Gebäudes und warf noch einmal einen Blick auf den Brief. *Für P. B.* Der Gedanke, dass sie nicht die Einzige war, die sich für Patti Bailey interessierte, überraschte sie. Sie nahm ihr Spurensicherungsset aus dem Kofferraum und setzte sich wieder ans Steuer. Dann zog sie sich ein paar neue Latexhandschuhe über und bestreute den Schlüssel mit schwarzem Fingerabdruck-Pulver. Sie fand genau, was sie erwartet hatte, nämlich nichts.

Sie entfernte den Schlüssel von dem Briefbogen, untersuchte das Klebeband und das Stückchen Papier, das daran hängen geblieben war. Im Labor würde sie den Brief, den Umschlag und die Briefmarke unter Klebstoffdämpfen auf

Fingerabdrücke untersuchen, aber ihr Gefühl sagte ihr, dass sie nur ihre Zeit vergeudete. Der Schlüssel war erst vor einiger Zeit aus einem glatten Rohling hergestellt worden, auf dem sich kein Hinweis auf einen Schlüsseldienst oder ein Geschäft finden ließ.

Er passte leicht in das Vorhängeschloss und der Bügel sprang aus seiner Halterung. Merci zog das Schloss von der Lasche und schob den Riegel zurück. Die große Aluminiumtür vibrierte, als sie sie am Griff anhob, ihren Fuß darunter klemmte und die Tür aufwuchtete. Staub und Rost rieselten herunter, als die Tür aufschwang. Das Sonnenlicht drang in den Raum und erleuchtete die Spinnweben. Staub wirbelte auf und Merci musste zweimal niesen.

Ein halbes Dutzend Pappkartons. Ein Fahrrad mit platten Weißwandreifen. An der hinteren Wand ein gelbes Sofa. Ein Stapel Zeitungen. Eine 70er-Jahre-Stereoanlage mit vier Lautsprechern und einem Achtspurtonbandgerät. Obendrauf Tonbänder mit verblichenen und abblätternden Aufklebern: Jefferson Airplane, Fifth Dimension, The Doors. Zwei metallene Aktenschränke, eine Anrichte. An der linken Wand hing eine Pendeluhr, davor zwei Stehlampen ohne Schirm. Eine Matratze und ein Sprungfederrahmen lehnten an der rechten Wand, eingepackt in Plastikfolie, die längst brüchig geworden war. Zwei Kommoden mit Schubkästen. Ein Kühlschrank, der alt aussah. Das war's auch schon. Viel Platz, wenig Inventar.

Merci musste erneut niesen, dann noch einmal, und trat zurück in die Sonne, um Luft zu bekommen. Als sie von draußen in den Raum blinzelte, wirkte das Ganze wie das Diorama einer Studentenbude oder eine Junggesellenwohnung aus der Zeit vor über dreißig Jahren. Es fehlten nur die Lavalampen und jene astrologischen Kalender mit Sexpositionen, die sie zum ersten Mal im Alter von zwölf

Jahren in einem Headshop gesehen hatte und die sie damals ziemlich verwirrt hatten.

Für P. B.

Sagt wer?

Merci ging zurück in den Lagerraum und fächerte sich mit der Hand Luft zu. Sie nahm den verstaubt-süßlichen Geruch von Taschenbüchern und alten Kartons wahr. Auf dem Boden lagen Mäuseköttel und eine Mausefalle mit einem darin gefangenen kleinen grauen Skelett. Kein Käse. Sie klopfte auf das Sofa und sah zu, wie der Staub aufstieg. Sie nahm eine Zeitung vom Stapel und betrachtete das Datum. 11. Februar 1970.

Die Aktenschränke waren leer. Die Anrichte und die Kommoden ebenfalls. Als sie den Kühlschrank öffnete, löste sich der obere Teil der dicken, alten Dichtung und baumelte vor ihrer Nase. Auf dem Gefrierfach stand: EAZY DE-frost, und Merci wunderte sich, dass die Hersteller schon vor dreißig Jahren Wörter falsch schrieben, nur um die Aufmerksamkeit der Kunden zu erregen.

Das Fahrrad war eins der Marke Schwinn. Die Matratze von Sears. Die Musikanlage – die gleiche hatte ihre Freundin Melanie besessen – war von Pioneer.

Der erste Karton, in den sie hineinschaute, war voller Geschirr. Sie wuchtete ihn vom Stapel und stellte ihn zur Seite. Im nächsten befanden sich ein paar Bücher, ein paar Kugelschreiber und Bleistifte, eine alte Schreibtischlampe, deren Kabel um den Fuß gewickelt war. Am Lampenschirm klebte ein orangefarbenes Friedenssymbol. Der dritte Karton enthielt Wintersachen – Handschuhe und Fäustlinge, ein Paar pelzgefütterte Damenstiefel, einige Regenjacken, die fest zusammenklebten, als Merci sie herausnahm. In einem der Stiefel hatten sich Mäuse ein Nest gebaut. Zeitungs- und Pappeschnipsel fielen auf den Boden, als sie ihn umdrehte und schüttelte.

Der unterste Karton des ersten Stapels war voller gebundener Bücher: *I Was Castro's Prisoner; Five Days to Oblivion; East Minus West Equals Zero; Witness; The Blue Book.* Merci schlug das Letztere auf, ein Buch mit Spiralbindung, und überflog die Titelseite. Es war das Handbuch der John Birch Society, geschrieben von Robert Welch. Merci konnte sich aus ihrer Mädchenzeit an einige der Titel erinnern, die bei ihr zu Hause im Bücherregal gestanden hatten. Clark und Marcella hatten hunderte von Büchern gehabt, aber diese kamen ihr bekannt vor. Die Mäuse hatten das Deckblatt des Buchs *Tail of the Paper Tiger* angeknabbert.

Ein weiterer Karton: Töpfe und Pfannen. Im nächsten: Schreibmaschinenpapier und Smith-Corona-Farbbänder, Kohlepapier, Briefumschläge, die mit der Zeit vergilbt waren, ein schwerer Kurbel-Bleistiftspitzer, ein paar Lineale, ein Rechenschieber und ein Stapel Broschüren, die mit einem dicken Gummi umwickelt waren, der zerbröselte, als sie ihn anhob. Die Kampfschriften hatten rote und weiße Einbände: *Communism, Hypnotism and the Beatles.* Eine davon blätterte sie durch. Der Autor schien zu argumentieren, dass die primitiven Dschungelrhythmen, die in einigen Stücken der Beatles verwandt wurden, den Hörer in einen hypnotischen Zustand versetzen konnten, wodurch er für kommunistische Botschaften empfänglich wurde. Es gab noch andere Stapel: *Fluoride and Moscow; Disarmement and Surrender; The Obligations of the Informed American.*

Der unterste Karton war der einzige, der mit Klebeband verschlossen war. Merci fiel auf, dass das Klebeband relativ neu war – weder riss es, noch zerbröselte es, als sie versuchte, es zu lösen. Mit ihrem Taschenmesser schnitt sie den Karton auf, dann klappte sie die Deckel zurück. Obenauf lag ein dicker Stapel vergilbter Zeitungen aus den letzten Monaten des Jahres 1969. Die Schwarzweißfotos, der Druck und das Layout ließen sie noch älter wirken.

Unter den Zeitungen kam ein großer Briefumschlag zum Vorschein und darin befanden sich ein einfacher Terminkalender und eine Audiokassette. Die Kassette war unbeschriftet. Sie war verpackt in einem verschließbaren Plastikbeutel, von dem Merci sich ziemlich sicher war, dass er nicht aus dem Jahr 1969 stammte. Der Terminkalender war randvoll mit Namen und Zahlen, Stenoschrift, Spitznamen, Codenamen und weiteren Zahlen.

Merci musste an Aubrey Whittakers Terminkalender denken. Sie überflog die ersten Seiten in der Hoffnung, den Namen des Eigentümers und dessen Adresse zu finden. Fehlanzeige.

Unter dem Umschlag entdeckte sie einen schwarzen Müllbeutel, der irgendetwas Leichtes enthielt. Merci hob ihn aus dem Karton und stellte ihn auf den Boden. Sie löste den lockeren Knoten – kein zerbröselndes Plastik – und schaute hinein. Ein Kleidungsstück. Mit beiden Händen nahm sie es behutsam heraus und legte es auf den Beutel. Es war ein blaues Samtkleid, klein, voller Blut. In der Mitte vorn gab es zwei Risse, ebenso hinten. Außerdem befanden sich zwei Schuhe in dem Müllbeutel, die Merci einen nach dem anderen hervorzog: blaue samtene Pumps, mit hohem Absatz und sehr klein. Noch mehr Blut, uralt und fast schwarz.

Patti Bailey, dachte sie. Schwarzes Buch, Audiokassette und die letzten Kleidungsstücke, die sie in ihrem Leben getragen hatte.

Der Karton enthielt noch einen Plastikbeutel. Darin einen weiteren, kleineren, einen jener Gefrierbeutel mit Verschluss, die Merci auch gelegentlich benutzte, um Lebensmittel einzufrieren. In diesem Beutel befand sich allerdings eine Reuger .38 Special mit Zwei-Zoll-Lauf und zwei leeren Patronenhülsen. Der blaue Stahl war angerostet.

Das Beweisstück, dachte sie, das Beweisstück, das Thornton nie gefunden hat. Oder vielleicht besser gesagt, das Beweisstück, das Thornton *hätte finden müssen.*

In dem Karton fand sich ein weiterer Stapel alter Zeitungen, auf dem ein weißes Blatt Papier befestigt war. Mit dickem, schwarzem Filzstift und in der gleichen kindlichen Schrift wie auf dem Briefumschlag, der Merci hierher geführt hatte, stand darauf geschrieben:

MERCI – ICH DACHTE, SIE MÖCHTEN BEI DER BEARBEITUNG IHRES UNGELÖSTEN FALLES EIN BISSCHEN SCHNELLER VORANKOMMEN.

Sie trat ins gleißende Sonnenlicht hinaus. Von der Wüste her wehte eine kalte Brise. Sie nahm ihren Spurensicherungskoffer aus dem Wagen, füllte das Beweismittel-Formular aus, fotografierte, was sie gefunden hatte, beschrieb die Szenerie in dem ihr eigenen Telegrammstil, packte die Sachen wieder in den Karton und lud ihn in den Impala. Sie ging davon aus, dass der Brief und der Schlüssel als Begründung für einen Durchsuchungsbefehl reichten. Falls der Richter sich dagegen entschied, würde sie die Beweismittel vor Gericht nicht verwenden können. Aber wenn sie sie jetzt nicht mitnahm, lief sie Gefahr, alles zu verlieren. Die Beweisstücke waren zweiunddreißig Jahre lang versteckt gehalten worden. Sie konnten gut und gerne für weitere zweiunddreißig Jahre verschwinden. Merci klebte den Karton zu und beschriftete ihn mit Patti Baileys Fallnummer aus dem Jahre 1969: H38–069.

Der Geschäftsführer von Inland Storage war Carl Zulch. Er hatte weißes, kurz geschorenes Haar und eine bleiche Gesichtsfarbe. Seine Augen waren dunkelbraun mit einem dünnen blauen Rand. Merci schätzte ihn auf Mitte siebzig.

Als sie sich auswies, bestand Zulch darauf, dass sie ihm ihre Dienstnummer aufschrieb. Sie erklärte ihm, dass sie herausfinden müsse, wer die Miete für den Lagerraum mit der Nummer 355 bezahle, worauf er antwortete, das sei unmöglich – er benötige eine gerichtliche Anordnung.

»Ich hab was Besseres«, sagte sie. »Einen Durchsuchungsbeschluss.«

»Das müssen Sie mir schon beweisen.«

Sie warf ihm einen kalten Blick zu, den er erwiderte. Sie ging zum Wagen, holte den Brief aus dem Umschlag, steckte den Schlüssel wieder hinein, legte den Umschlag auf den Tresen und hielt ihm den Brief hin.

Zulch las. »Wer ist P. B.?«

»Eine Frau, die 1969 ermordet wurde.«

»Hier?«

»Nein. Im Orange County. Wer bezahlt hier die Miete, Mr Zulch?«

»Ich kann es Ihnen wirklich nicht mit Gewissheit sagen«, erwiderte er. »Das ist alles, was ich für den Lagerraum erhalte. Jeden Monat. Jeden Monat seit fünf Jahren.«

Er kramte in einer Schublade und brachte einen Stapel Umschläge zum Vorschein, von dem er ein Gummiband entfernte. Er brauchte eine Weile, bis er gefunden hatte, wonach er suchte. Er reichte es ihr über den Tresen.

Es war ein Umschlag mit maschinengeschriebener Adresse, kein Absender, eine selbst klebende Briefmarke. Darin fand Merci einen Zwanziger, einen Zehner und zwei Ein-Dollar-Scheine.

»Zweiunddreißig im Monat«, sagte Zulch. »Nie verspätet, immer bar. Es ist nicht der einzige Lagerraum, der auf diese Weise bezahlt wird. Die Leute haben ihre Geheimnisse. Ich wahre sie.«

»Wen benachrichtigen Sie, falls es brennt? Wem schreiben Sie, wenn die Miete erhöht wird?«

»Wenn man einmal gemietet hat, wird die Miete nicht erhöht.«

»Erzählen Sie mir jetzt nicht auch noch, dass hier alles feuer- und erdbebensicher ist.«

Zulch hatte bereits vorsorglich einen Finger erhoben. Damit blätterte er einen alten Rolodex-Karteikasten durch, zog eine Karte hervor und legte sie auf den Tresen.

Oben auf der Karteikarte stand ein Datum. Sie war auf Bob Cartwright ausgestellt, komplett mit Adresse, Telefonnummer und Unterschrift.

»Wie Sie sehen, wurde der Mietvertrag vor fünf Jahren abgeschlossen.«

»Kommt oft jemand zu dem Lagerraum?«

»Nein. Ich drehe manchmal in meinem Golfwagen meine Runden, um nach dem Rechten zu sehen. Ich habe den Mieter nie gesehen.«

»Ich nehme den Umschlag und das Geld mit. Ich sorge dafür, dass Ihnen die zweiunddreißig Dollar ersetzt werden.«

Noch bevor Merci die Schranke an der Ausfahrt des Komplexes erreichte, wählte sie von ihrem Handy aus die Nummer des Mieters von Lagerraum 355. Eine Frau meldete sich. Sie hatte noch nie etwas von einem Bob Cartwright gehört. Die Telefonnummer war ihr vor acht Jahren von Pac Bell zugeteilt worden, als sie das Haus erworben hatte. Sie erklärte Merci, sie kaufe nichts per Telefon, und bat sie, ihren Namen von der Liste zu streichen, falls sie für eine Marketingfirma anrufe.

Merci versprach es.

Als Nächstes rief sie im Department an und ließ die angegebene Adresse von einem Kollegen überprüfen. Die von Bob Cartwright angegebene Adresse existierte nicht.

Kaum hatte sie die Verbindung getrennt, klingelte ihr Handy. Trotz des schlechten Empfangs erkannte sie James Gilliams ruhige und gelassene Stimme.

»Die Patronenhülse aus Whittakers Wohnung und die, die Sie mir gegeben haben, sind mit derselben Pistole abgefeuert worden.«

»Sind Sie ganz sicher?«

»Sicherer geht's kaum. Die Auszieh- und Auswurfspuren sind identisch, ebenso wie die Schlagbolzen- und Stoßbodenspuren. Die Übereinstimmung ist perfekt, alle Riefen und Scharten sind gleich. Wie aus dem Lehrbuch.«

»Würden Sie das beschwören?«

»Kommt drauf an, wie Sie an die zweite Hülse gekommen sind.«

»Sie wissen, dass ich das nicht so gemeint habe.«

»Eine bessere Übereinstimmung als bei diesen beiden Hülsen kann ich mir nicht vorstellen. Es ist dieselbe Waffe. Jeder Zweifel ausgeschlossen. Jede Diskussion darüber wäre zwecklos, egal welche Waffenexperten man anschleppt. Es ist absolut wasserdicht. Aber eins möchte ich gern von Ihnen wissen. Stammt die Hülse von da, wo ich glaube?«

»Ja.«

»Das könnte ziemlich übel werden.«

»Das ist es bereits. Ich weiß noch nicht so recht, was ich tun soll.«

»Sie werden mit Brighton reden müssen.«

»*Scheiße.* Und dann? Was mache ich dann?«

»Das, was er Ihnen sagt.«

Merci lauschte auf das Rauschen in der Leitung. Sie

konnte jetzt keinen klaren Entschluss fassen. Ihr Herz klopfte viel zu wild und ihr Gehirn lag im Nebel.

»Die Hülsen sind kein Beweis dafür, dass er sie getötet hat, Merci. Wir können nur vermuten, dass die gefundene Hülse die Patrone enthalten hat, mit der sie getötet wurde. Aber ohne die Patrone können wir es nicht beweisen und die Patrone liegt im Meer. Wenn es weitere erhärtende Beweise gäbe, dann würde die Hülse ihn belasten. Schwer belasten. Wenn zum Beispiel die Fußabdrücke von seinen Schuhen stammten. Oder wenn die Gewebefasern von einem seiner Kleidungsstücke wären. All das zusammen genommen würde für eine Verurteilung reichen. Das wissen Sie selbst. Dass er zum Abendessen dort war, macht die ganze Sache so kompliziert.«

Merci brachte kein Wort heraus. Zum ersten Mal in ihrem Leben war sie unfähig, etwas zu sagen. Schließlich sprudelten die Worte nur so aus ihr heraus.

»Und was ist, wenn er es nicht war? Vielleicht gibt es ja eine Erklärung, die ich noch nicht kenne.«

»Dann bleibt immer noch die Frage, wie eine Hülse, die aus seiner Waffe abgefeuert wurde, in Aubrey Whittakers Apartment kommt. Er hat sie bestimmt nicht als Gastgeschenk in der Vase deponiert.«

»Das ist nicht lustig.«

»War auch nicht so gemeint.«

»Er ist einer von uns, James. Einer von *uns.*«

Es dauerte eine Weile, bis Gilliam antwortete. »Wer auch immer Aubrey Whittaker getötet hat, ist auf keinen Fall einer von uns. Vielleicht war er das mal. Wer auch immer sie getötet hat, muss festgenommen und verurteilt werden.«

Das wusste Merci selbst, aber bis zu diesem Augenblick hatte sie sich nicht vorstellen können, dass es passieren würde. Sergeant Michael McNally, verhaftet wegen Mordes an Aubrey Whittaker. Es klang wie die Schlagzeile einer Fantasiezeitung.

»James, ich bringe Ihnen Beweismittel vom Mordfall Patti Bailey.«

»Das ist doch schon zweiunddreißig Jahre her.«

»Ich habe eine Waffe und einen Briefumschlag. Ich möchte, dass Sie jede noch so winzige Spur daran finden. Außerdem gibt es noch ein Kleid. Mit vier Schusslöchern und voller Blut.«

»Die DNA-Analyse ist bestimmt interessant. Wir werden unser Möglichstes tun.«

»Ich habe den Eindruck, dass mit jeder Minute alles schlimmer wird.«

»Das kann ich nur bestätigen. Zamorra ist gestern hier mit Karten voller Fingerabdrücke aufgekreuzt, die er selbst abgenommen hatte. Er wollte sie niemanden sehen lassen. Hat sie verglichen mit denen, die Ihre Leute in der Wohnung gefunden haben. Heute hat er dieselbe Nummer abgezogen, da hab ich ihn rausgeworfen. Ich habe mir alles notiert. Ich werde wohl mit Brighton reden müssen. Zumindest hat er das übliche Prozedere für den Umgang mit Beweismitteln völlig missachtet. Das ist hier kein Selbstbedienungslabor, weder für Zamorra noch für sonst irgendjemanden, damit wir uns richtig verstehen.«

Merci hatte die subtile Betonung auf »Ihre Leute« registriert und auch die nicht ganz so subtile Aufforderung, sie solle ihren Partner davon abhalten, in Gilliams Wissenschaftstempel Amok zu laufen.

»Er meint, die Spurensicherer hätten in der Küche geschlampt.«

»Dann hätte man von ihnen verlangen sollen, ihre Schlamperei in Ordnung zu bringen.«

Was erwartete er von ihr? Sollte sie sich für ihren Partner entschuldigen?

»James, das Netz zieht sich zusammen.«

»Allerdings. Und es wird das ganze Department belasten. Für lange Zeit. Passen Sie auf, was Sie tun, Merci. Ich werde die Vergleiche selbst durchführen, sodass hier niemand etwas darüber erfährt. Absolut nichts.«

Kapitel 21

Sie fuhr zu Colin Byrne in die Universitätsbibliothek von Irvine. Diesmal trug er einen glänzenden Anzug mit einer schmalen Krawatte und einen grauen Filzhut. Er wirkte noch schlaksiger und lächerlicher als beim ersten Mal. »Das ist mein Marlowe-Stil«, sagte er.

»Keine Schusslöcher in der Krawatte.«

»Das wäre vielleicht ein bisschen zu viel des Guten.«

Er hatte einen dicken Ordner für sie zusammengestellt, der alles enthielt, was irgendwie mit Polizeikorruption im Orange County in der Zeit von 1965 bis 1975 zu tun hatte. Das Material war chronologisch geordnet, mit vielen Querverweisen, außerdem hatte Byrne einen praktischen Namensindex und ein Stichwortregister am Ende des Ordners angelegt.

»Das meiste habe ich in kleineren Zeitungen gefunden, einiges in Publikationen der Polizei. Es gab eine Menge Überschneidungen zwischen der Polizei und der Birch Society«, erläuterte er. »Deshalb habe ich in den Archiven gestöbert und dabei die Rundbriefe von *American Opinion* gefunden und das hier für Sie gesammelt.«

Er reichte ihr einen dicken Hefter mit den monatlichen Rundbriefen der John Birch Society und einer voluminösen Sammlung von *JBS Chapter 231*-Rundbriefen, die auf einer Schreibmaschine getippt zu sein schienen.

»Es gab eine ganze Menge über Jesse Acuna und das De Anza Hotel, aber ich wusste, dass Sie schon Material dazu haben. Die Sachen habe ich nur oberflächlich gesichtet. Sie werden ein paar interessante Namen darin finden.«

Merci klemmte die Ordner unter den Arm. »Ich bin Ihnen sehr dankbar, Mr Byrne.«

»Keine Ursache.«

Sie sah zu, wie O'Brien die Verdampfungsvorrichtung – ein Vierzig-Liter-Aquarium – in Betrieb nahm. Sie war ganz neu. Er wischte den Glaskasten gründlich mit Glasreiniger und Papierhandtüchern aus, dann stellte er zwei flache Dessertteller mit Wasser in je eine Ecke. Er hängte die rostige .38er-Special und die Messinghülsen an Drähten auf, die an einem Plastikdeckel befestigt waren. Den Briefumschlag, in dem sich die Mietzahlung für den Lagerraum befand, stellte er hochkant auf den Boden der Dampfkammer, sodass dieser mit zwei Ecken am Glas lehnte. Aus einer Tube verteilte er Klebstoff auf dem Boden des Gefäßes, damit sich die Dämpfe gleichmäßig entfalten konnten. Jeden Tropfen zählte er laut mit.

»Fünfunddreißig Tropfen«, sagte er. »Man kann auch vierzig nehmen, aber ich will es nicht übertreiben. Ich kann später immer noch etwas hinzufügen.«

Über die Oberseite des Kastens spannte er Alufolie, die er an den Seiten andrückte. Dann legte er eine zweite Lage oben drüber, die er mit Isolierband befestigte.

»Wir werden es erhitzen und sehen, was passiert. Die Zyanoacrylatester polymerisieren, wenn sie mit der Feuchtigkeit und den Aminosäuren in den Rückständen der Fingerabdrücke in Berührung kommen. Bei älteren Abdrücken sind die Rückstände trocken, deshalb will ich den Prozess nicht durch Hitze beschleunigen, sondern werde zwei Feuchtigkeitsquellen anstatt wie üblich nur eine hineinstellen. Es wird vermutlich acht Stunden dauern, vielleicht auch weniger, bis wir ein Ergebnis haben. Aber wahrscheinlich kommt überhaupt nichts dabei heraus – die Körpersalze in den Fingerabdrücken haben längst die Oberfläche ausgetrocknet und dadurch die Abdrücke ruiniert. Ich habe bisher noch nie ein Beweisstück bedampft, das schon so alt ist.«

O'Brien zeigte auf die Fallnummer, die auf Mercis Beweismittelverzeichnis vermerkt war. »Hätte nie gedacht, dass ich mal an einem Fall arbeiten würde, auf dem eine Neunundsechzig steht. Ich bin siebzig *geboren.*«

»Ich fünfundsechzig«, murmelte Merci. Die Zyanoacrylatdämpfe beschlugen mittlerweile die Glasscheiben des Behälters.

»Was ist mit der Patrone, an der Gilliam heute Morgen gearbeitet hat? Soweit ich gesehen habe, stammt sie aus einem Fünfundvierziger.«

Sie sah O'Brien durchdringend an, dann fuhr sie mit der Hand quer über ihre Kehle.

Er zog den Kopf ein bisschen ein, eine Schildkröte ohne Panzer. »Ich werde unwissend sterben und das tue ich voller Freude für Sie, meine Dame, meine Königin, meine Göttin.«

»Perfekt. Ich melde mich.«

Punkt drei Uhr. In ihrem weißen Chevy kurvte Merci um das Department-Gebäude herum, konnte niemanden an der Kreuzung Flower Street und Civic Center entdecken, fuhr die Schleife noch einmal. Sie betrachtete das eigentümliche Weiß des Himmels weit oben im Norden – für den nächsten Morgen waren erneut Gewitter und Regen angekündigt worden.

Beim zweiten Mal sah sie ihn und fuhr an den Bordstein. In einen Wintermantel gehüllt wuchtete sich Chuck Brighton auf den Beifahrersitz und schloss die Tür. Es dauerte eine Weile, bis er es sich bequem gemacht hatte.

»Als ich so was zuletzt gemacht habe, wollte mir ein Angestellter des Finanzamts weismachen, das County sei soeben Pleite gegangen.«

»Und was haben Sie dazu gesagt?«

»Ich habe ihn gefragt, warum zum Teufel er mir das nicht schon vorher gesagt hat. Daraufhin meinte er, er habe es kommen sehen, sei sich aber nicht sicher gewesen. Er hielt wohl nichts von vorbeugenden Maßnahmen.«

»Meine Nachrichten sind auch nicht viel besser.«

»Das hab ich befürchtet. Sehen Sie zu, dass wir hier wegkommen«, sagte er. »In dieser Gegend kenne ich die Hälfte der Leute. Die andere Hälfte habe ich ins Gefängnis gebracht.«

Merci steuerte die Fourth Street an und hielt sich dann links. Sie fuhren vorbei an der *carniceria*, der *zapateria*, den Pfandhäusern, dem Laden mit Hochzeitskleidern, die auf Ständern draußen vor dem Fenster hingen, dem mexikanischen Musikgeschäft. In den Schaufenstern gab es schon Weihnachtsbeleuchtung und Lametta, Krippen und Weihnachtsmänner mit Schlitten, »*Feliz Navidad*« und »Frohe Weihnachten« war in leuchtenden Farben auf die Scheiben gepinselt. Merci suchte die Hausnummern ab.

Zwei Blocks weiter waren die Gebäude größer und lagen ein Stück von der Straße entfernt, davor Rasenflächen oder Parkplätze.

»Das ist das alte De Anza«, sagte sie. Es war ein großes Gebäude aus rotem Ziegelstein mit sauberen weißen Markisen und Fensterrahmen. Ein außen angebrachtes Holzschild verriet: GRECO, GRAF AND REYES – RECHTSANWÄLTE.

»Erst Huren, dann Anwälte. Kann man ja gespannt sein, was als Nächstes kommt.«

»Haben Sie auch hier verkehrt, damals in den schlechten alten Zeiten?«

Brighton schüttelte lächelnd den Kopf. »Ich habe immer nur gearbeitet. Meine Vorstellung von Vergnügen bestand eher darin, mit meiner Familie nach Bridgeport zu fahren, zu zelten und zu angeln. Mit zweiundvierzig hat man mich zum Sheriff gewählt. Ich war noch viel zu jung. Ich hatte keine Ahnung, was ich zu tun hatte, deshalb habe ich doppelt so viel gearbeitet wie nötig.«

»Der Fall Bailey hat mich hierher geführt. Ihre Schwester meinte, Patti habe gewusst, wer den Farmer zusammengeschlagen hat. Der Farmer behauptete, es seien die Cops gewesen. In den Zeitungen stand, die Cops hätten sich bei den leichten Mädchen im De Anza herumgetrieben. Ich habe mir gesagt, wenn ich nachweisen könnte, dass Patti Bailey hier angeschafft hat, hätte ich eine Spur.«

»Und haben Sie eine gefunden?«

»Nicht im De Anza. Aber ein besorgter Bürger hat mir den Schlüssel zu einem Lagerraum in Riverside zukommen lassen.«

Sie berichtete ihm, was sie gefunden hatte und wie sie darauf gestoßen war.

»Ich vermute, dass es sich um die Waffe handelt, mit der Patti Bailey ermordet wurde. Sie wird derzeit im Labor auf Fingerabdrücke untersucht.«

Brighton schnaubte. »Gilliam hat's mir erzählt. Ich habe keine Ahnung, wer Ihnen den Hinweis gegeben haben könnte. Und Ihnen den Schlüssel geschickt hat. Jemand, der mit dem Mord zu tun hatte? Jemand, der einen anderen decken will? Wer interessiert sich denn heute noch für einen Fall, der zweiunddreißig Jahre zurückliegt?«

»Was mich interessiert, sind eine tote Frau und die Wahrheit.«

»Offenbar sind Sie nicht allein. Gilliam meint, die Chancen, so alte Fingerabdrücke sichtbar zu machen, seien ziemlich gering.«

»Einen Versuch ist es wert.«

»Auf jeden Fall.«

Brighton betrachtete die Stadt, die an den Fenstern von Mercis Impala vorüberzog.

»Jetzt erzählen Sie mir mal, warum Sie mich hier rauskutschieren«, sagte er schließlich. »Doch bestimmt nicht, um mit mir über eine verrostete Pistole und Patti Bailey zu plaudern.«

Sie redete sich alles von der Seele: die Patronenhülse in Aubrey Whittakers Wohnung, die fehlende Grußkarte und Mikes ungebetenen Besuch im Labor, die Briefe und den Erpressungsverdacht, die Arbeitsschuhe und den Pullover, den Schalldämpfer, das Vertauschen der Colts bei Mike – allerdings ohne weitere Einzelheiten –, die drei Schüsse, die sie auf den Mann im Mond abgegeben hatte, die Übereinstimmung der Patronenhülsen, die Gilliam nachgewiesen hatte.

Sie wusste, dass es sich bis auf die Hülsen um nicht viel mehr als ein großes Wirrwar von Indizien handelte. Aber alles deutete auf Mike hin und nur auf ihn.

»Sir ... ich weiß einfach nicht, wie ich mich verhalten soll.«

Brighton starrte sie an. Sie hielt den Blick auf die Straße geheftet und wartete ab. Sie musste ziemlich lange warten.

»Ich werde mich mit Clay unterhalten«, sagte er ruhig. »Unternehmen Sie vorerst überhaupt nichts. Und reden Sie auch mit niemandem darüber.«

Der Name Clayton Brenkus ließ ihren Mut sinken. Der alte Herr war der leitende Bezirksstaatsanwalt und bekannt für seine scharfe Zunge und seine eiserne Faust. Von seinen Kollegen wurde er entweder verehrt oder gefürchtet; er gewann fast jeden Prozess. Es hieß, er würde immer wieder gewählt, weil die Leute Angst hätten, gegen ihn zu stimmen. Die Vorstellung, dass Brenkus auf Mike losgelassen würde, überraschte sie irgendwie. So weit hatte sie noch gar nicht gedacht.

»Ich überlege dauernd, was ich übersehen haben könnte«, sagte sie. »Ich suche die ganze Zeit nach einem Ausweg. Für Mike. Für uns alle.«

»Dafür ist Clay zuständig. Er ist seit zwanzig Jahren unser Bezirksstaatsanwalt, weil er weiß, welche Fälle er gewinnen kann und welche von vorneherein verloren sind.«

»Was habe ich übersehen, Chef? Was spielt sich vor meinen Augen ab, das ich nicht sehe?«

»Ich weiß es nicht, Merci. Vielleicht haben Sie einfach nur Ihre Arbeit getan und dabei einen Mörder überführt.«

Sie wendete und fuhr zurück zur Fourth Street, noch einmal am De Anza vorbei.

Brighton betrachtete das Gebäude durch das Wagenfenster. »Ich kann mich nicht daran erinnern, dass Patti Bailey irgendwas mit diesem Hotel zu tun hatte.«

»Es heißt, sie hätte zwar dort gewohnt, aber nicht dort gearbeitet.«

»Vielleicht ist das Huren-Cops-Acuna-Szenario einfach zu simpel«, sagte er. »Man nimmt einen Aspekt raus und schon bricht das Dreieck zusammen.«

»Welcher Aspekt könnte das sein?«

»Nun ja, ich habe nie was von einer Verbindung zwischen Patti Bailey und der Polizei gehört. Und wenn sich Acuna von Anfang an geirrt hat? Er wurde bedroht von Männern, die ihn an Polizisten erinnerten. Er wurde von

Maskierten zusammengeschlagen. Macht sie das schon zu Cops? Das sind schon zwei schwache Aspekte, wenn Sie mich fragen. Und was die Schiene Cops und Bailey angeht, hat Thornton überhaupt nichts zutage gefördert.«

»Aber dieses Gerücht kam erst ein Jahr nach dem Mord auf. Da waren doch alle Spuren längst kalt.«

»Wollen Sie sich mit Einzelheiten herumschlagen oder wollen Sie einen Mord aufklären?«

»Den Mord aufklären.«

»Dann sollten Sie die Möglichkeit in Betracht ziehen, dass Sie Ihre Zeit verschwenden. Dass Patti Bailey überhaupt nichts über Jesse Acuna gewusst hat.«

»Ich werde darüber nachdenken. Und ich entschuldige mich, Sir. Ich bin mit mir selbst im Widerstreit über diese Geschichte.«

Brighton warf ihr einen prüfenden Blick zu und schwieg eine geraume Weile. Sie bog in die Flower Street ein.

»Mit wem außer Thornton haben Sie über den Bailey-Fall gesprochen?«

»Mit ihrer Schwester. Glandis. Und ein bisschen mit meinem Vater.«

»Hat Mel Sie gefragt, ob er Ihrer Meinung nach einen guten Sheriff abgeben würde?«

»Ja.«

»Und wollte er auch wissen, ob ich nicht zu alt und ausgelaugt bin, um noch effektiv zu arbeiten?«

»Nein.« Zumindest nicht in diesen Worten, dachte sie.

Brighton lächelte. Es hatte nichts Heiteres, fand Merci, als würde er eher in sich hineinlächeln.

Überfordert, dachte Merci: Er hatte sich mehr anhören müssen, als er in zehn Minuten verarbeiten konnte. Zu viele schlechte Neuigkeiten, unter anderem, dass einer seiner besten Ermittler unter Verdacht stand, eine Prostituierte ermordet zu haben, die ihn erpresst hatte.

»Haben Sie mit Mikes Vater darüber gesprochen?«

»Worüber? Über Mike oder Patti Bailey?«

»Beides.«

»Nein«, erwiderte sie, und ihr wurde augenblicklich klar, dass sie schnell handeln musste, falls sie Big Pats Erinnerungen an den Mordfall Bailey anzapfen wollte.

Der Sheriff starrte zum Fenster hinaus, den Mantel fest um seine Schultern gezogen, und zum ersten Mal kam Brighton ihr alt vor. Sie spürte seine Schwäche, was bei ihr sowohl Mitleid als auch Aufregung auslöste.

Sie betrachtete den Abendhimmel im Norden und fragte sich, was diese Gefühle über sie selbst aussagten. Sie musste an umherstreifende Löwen denken, die in ein Rudel eindringen, auf der Stelle den Nachwuchs töten und die Weibchen begatten, um ihre eigenen Gene fortzupflanzen.

»Aubrey Whittakers Vater hat mich heute Morgen im Büro angerufen«, sagte Brighton. Seine Stimme war undeutlich und kraftlos. »Er hat ihr Foto in den Nachrichten gesehen. In Wirklichkeit hieß sie Gail White, ist in Bakersfield aufgewachsen und mit sechzehn von zu Hause abgehauen. Er hatte seit drei Jahren nichts mehr von ihr gehört.«

»Wie hat er es aufgenommen?«

»Er wollte wissen, was mit ihren Bankkonten ist.«

»Noch so einer.« Es hatte Merci immer wieder erstaunt und geärgert, wie viele Angehörige von Mordopfern in erster Linie am Nachlass des Opfers interessiert waren.

»Er wird die Leiche abholen und das Begräbnis organisieren. Ich gebe Ihnen seine Nummer, wer weiß, wofür es noch gut ist.«

Sie schaute hinaus auf das Gerichtsgebäude und sah Anwälte hinein- und hinausgehen. Ein Kautionshändler, den sie kannte, eilte den Gehweg entlang, in der einen Hand hielt er verdeckt eine Zigarette, die andere hatte er in seine Manteltasche geschoben.

»Ich hoffe, es gibt eine stichhaltige Erklärung dafür«, sagte Brighton. »Das hoffe ich für Mike. Für Sie. Für mein Department. Für meine eigene Haut. Halten Sie hier an. Ich gehe den Rest zu Fuß.«

Neben dem alten Gerichtsgebäude fuhr sie rechts ran und rief Big Pat McNally an. Er war nicht zu Hause, aber das hatte sie auch nicht erwartet. Um diese Tageszeit war er vermutlich im Restaurant Cancun, unten in der First Street.

Wie Clark war auch er im Ruhestand; im Gegensatz zu Clark ging er aber gerne aus und amüsierte sich.

Es war noch früh genug, um einen Parkplatz am Restaurant zu finden. Sie hielt Ausschau nach Pat McNallys schwarzem Cadillac. Er stand in der hinteren Ecke und nahm zwei Parkbuchten ein.

Pat saß auf einem Barhocker vor dem Cocktail-Mixer und flirtete mit einer hübschen jungen Frau, die sich beim Anblick von Merci auf der Stelle verzog, als hätte sie eine Ohrfeige bekommen.

»Ich hatte nicht vor, dir den Spaß zu verderben«, sagte sie.

Pat wuchtete sich vom Hocker und umarmte sie. Er hatte gewaltige, sommersprossige Arme und sein Hals war dick wie ein Strommast. Sein roter Haarschopf wurde schon grau, und er hatte die sanftesten blauen Augen, die sie je gesehen hatte. Schiefes Grinsen, herzhafte Lache, netter Kerl.

»Du hast mich vor der Versuchung gerettet. Das ist das Einzige, wobei ich nicht widerstehen kann.«

Sie nahm neben ihm Platz und bestellte sich einen Kaffee. Sie fragte sich, ob sie je wieder so locker mit ihm plaudern würde, so wie sich die Dinge gegen seinen Sohn zusammenbrauten. Sie starrte vor sich hin.

Er legte ihr die Hand auf den Unterarm und drückte ihn kurz. »Wie geht's dir, Merci? Alles in Ordnung?«

Sie nickte und schaute ihn an, aber ihre Augen verrieten sie.

»Was ist los? Macht mein Sohn dir das Leben schwer?«

»Nein. Mike ist ein Schatz.« Sie bemühte sich, überzeugend zu klingen. Zum ersten Mal kam ihr in den Sinn, dass sie möglicherweise dabei war, nicht nur Mike, sondern auch Big Pat zu ruinieren. Es war, als müsste sie das Ausmaß ihres Verrats stündlich neu bewerten.

Pat musterte sie mit seinen klaren blauen Augen. Er trank einen Schluck Bier. »Lass mich raten. Er hat dich zum zwanzigsten Mal angefleht, ihn zu heiraten, und du wünschst dir nur, dass er damit aufhört.«

»Nein, Pat. Es geht wirklich nicht um Mike.«

»Um was dann?«

»Patti Bailey.«

Gespielt theatralisch taumelte er nach hinten, als hätte ihm jemand einen Kinnhaken verpasst. »Von allen miesen ungelösten Fällen hast du ausgerechnet den erwischt? Mike hat mir schon davon erzählt.«

»Kannst du mir was darüber sagen?«

»Also, Detective, das ist schon ziemlich lange her.«

»Es mischt sich gerade jemand von außen ein. Vielleicht ist es eine Hilfe. Aber ich weiß noch nicht, was ich davon halten soll.«

»Das wirst du mir schon ein bisschen näher erklären müssen.«

Sie zählte auf, was sie bisher zusammengetragen hatte – den Brief, den Schlüssel, den Mietvertrag für den Lagerraum, die Waffe und die Hülse, das blutverschmierte Kleid.

Pat schaute sie verblüfft an, als hätte er das Gefühl, sie wollte ihm einen Bären aufbinden. Sie beobachtete ihn, wie er seine Überraschung herunterschluckte und sich bemühte, der Geschichte etwas Positives abzugewinnen.

»Was war sonst noch in dem Karton?«

»Zeitungen von neunundsechzig. Das war's.«

Das stimmte nicht ganz, denn sie hatte noch Patti Baileys kleines schwarzes Notizbuch und die unbeschriftete Audiokassette im Kofferraum ihres Wagens. Aber sie dachte nicht daran, diese Dinge preiszugeben, bevor sie sie sich selbst zu Gemüte geführt hatte. Nicht dem Labor, nicht Brighton, nicht McNally. Niemandem.

»Dann hast du ja jetzt ein paar handfeste Beweismittel. Das ist mehr, als Thornton je gefunden hat. Das ist schon mal ein Anfang. Aber irgendjemand versucht, dir ins Handwerk zu pfuschen, Merci. Irgendjemand will, dass du das Zeug hast. Und er verspricht sich was davon. Also zieh die Geschichte durch, so gut es geht.«

Er rutschte etwas näher an sie heran, bis sein breites rotes Gesicht direkt vor ihrem war. »Aber sei vorsichtig. Wer die Frechheit hat, einen Cop an der Nase herumzuführen, der ist auch gefährlich. Patti Bailey wurde ermordet. Vor dreißig Jahren oder vor dreißig Minuten – das ist kein Spiel, verdammt.«

»Pat, es ist, als wäre derjenige ... in mir drin. Als würde er alles beobachten, was ich tue, als würde er mich wie eine Schachfigur herumschieben. Als säße er dauernd auf dem Rücksitz meines Wagens.«

Big Pat lehnte sich zurück, schien mit einer Schweigeminute dessen zu gedenken, was Merci mit dem Handtaschenräuber durchgemacht hatte. Irgendetwas an Pat erinnerte sie an Hess, die hellwache Traurigkeit in den Augen, die schon viel gesehen hatten, die gleiche würdevolle Weigerung, sich verbittern zu lassen. Der Unterschied bestand darin, dass Pat noch ein Leben neben der Arbeit führte; das hatte Hess nicht gefunden. Er war nahe dran gewesen, eins zu finden.

»Die Waffe und das Kleid, sind die mittlerweile sicher im Labor? Kann niemand da reinpfuschen?«

Sie nickte. Sie waren so sicher, wie ein Labor sein konnte; Polizisten, die dort ein und aus gingen, Sachen, die verschwanden, Gilliam, der es bei Bedarf zur Tabuzone erklärte außer für seine Mitarbeiter.

Big Pat überlegte. Was ihm durch den Kopf ging, konnte sie nicht erraten. Ein Handy klingelte, und Merci sah in ihrer Handtasche nach, es war aber nicht ihres. Pat hob eine Hand ans Ohr.

»Ja? Hallo, Bright. Ja. Mal sehn. Du hast es erfasst.«

Was erfasst, fragte sie sich.

Er legte das winzige Telefon auf den Tresen. Er betrachtete sein Bier, nahm es vom Bierdeckel und hielt den Blick auf den feuchten Ring in der Mitte gerichtet.

»Merci, was du tust, ist nicht leicht. Ich werde ein bisschen über den Bailey-Fall nachdenken und sehen, was mir nach all den Jahren noch dazu einfällt. Pass auf dich auf. Du weißt nicht, was vor sich geht, und das ist gar nicht gut. Wenn man eine zu dünne Eisfläche betritt, bricht sie ein und man fällt ins Wasser. Zerbrich dir nicht zu sehr den Kopf, Mädchen. Kopf hoch.«

Er legte für die Kellnerin ein paar Banknoten auf den Tresen, nahm sein Handy und die Zigaretten und kletterte vom Barhocker.

»Tut mir Leid«, sagte er und nahm sie noch einmal in den Arm. »Der Boss ruft, ich eile.«

Kapitel 22

Nach dem Abendessen nahm sie Tim mit in ihr Zimmer und gab ihm einen Plüschgorilla zum Spielen. Der Affe war fast so groß wie der Junge. Tim setzte ihn auf den Boden, krabbelte um ihn herum, schlich sich von hinten an, um ihn dann entweder zu knutschen oder zu verprügeln.

Merci steckte die unbeschriftete Kassette in ihren alten Ghettoblaster. In das zweite Laufwerk legte sie eine Leerkassette, drückte auf »Überspielen« und setzte sich auf den Boden, den Rücken ans Bett gelehnt. Beim Zuhören blätterte sie in Aubrey Whittakers Terminkalender.

Mann: »Wasndas?«
Frau: »Was?«
Mann: »Da hat was geklickt.«
Frau: »Mein Kaugummi.« Kaugeräusche.
Mann: »Wohl dein Lieblingsgeschmack, wie?«
Frau: »Am besten schmeckst du mir, Kleiner.«
Mann: »Hab ich ein Glück.«
Frau: »Ist rein organisch und geht gut runter.«
Mann: »Noch 'n Drink?«
Frau: »Klar. Noch 'n bisschen Stoff?«
Mann: »Nee, ich bin immer noch völlig stoned.«

Frau: »Armer kleiner Ralphie. Bist nichts gewöhnt.«
Mann: »Fühl mich, als hätt mich 'n Zug überrollt.«
Frau: »So wie der Farmer, von dem du mir erzählt hast.«
Mann: »Nich witzig.«
Frau: »Du hast gesagt, jetzt hat er's endlich kapiert.«
Pause. Bandrauschen. Bettdeckenrascheln?
Mann: »Weißtewas, Patti, Herzchen?«
Frau: »Sag's mir, Schätzchen.«
Mann: »Für 'ne verdammte Hure haste verdammt große Ohren.«
Frau: »Ich bin geil, Schätzchen, nicht taub. Wenn du was erzählst, dann hör ich dir zu. Alle reden über diesen Farmer. Es steht in allen Zeitungen. Du hast gesagt, jetzt hat er's kapiert. Das glaub ich dir.«
Mann, hämisches Lachen: »Ja, kapiert hat er's auf jeden Fall.«
Eiswürfelklimpern. Ein Streichholz wird angezündet. Jemand inhaliert ganz tief.
Frau, hustend: »Weißt du, wer ihm die Fresse poliert hat?«
Mann: »Habbichdirdoch gesagt. Wieso stellste mir so 'ne saublöde Frage, wenn du mir zugehört hast?«
Frau: »Weil ich's genau wissen will, Meeksie. Mich interessiert das. Das ist mir nicht egal. Mann, dieser Stoff ist echt super.«
Mann: »Du bissja total bedröhnt. Dir erzähl ich überhaupt nichts mehr. Bis morgen hättest du's sowieso wieder vergessen.«
Frau, kichernd: »Ich weiß ganz genau, daß du's weißt. Du weißt doch immer alles.«
Mann: »Komm schon her und mach dich nützlich.«
Frau, immer noch kichernd: »Ich mach doch nur Spaß, Schätzchen. Es ist mir doch scheißegal, was du weißt und was du nicht weißt.«
Mann: »Ich weiß nich nur über den Scheiß Bescheid, der

hier im County passiert, ich sorge dafür, dass es passiert. Ich bin der Scheißkönig.«
Frau: »Spitze.«
Mann: »Du kriegst gleich eins auf die Rübe. Vielleicht arbeitest du dann mehr und redest weniger.«
Frau: »Ich werd's dir ordentlich besorgen, Ralphie.«
Mann: »Wann denn? Nächstes Jahr?«
Frau: »Dieses Jahr. Im gottverdammten Jahr neunzehnhundertneunundsechzig. Mmmm.«
Mann: »O ja. O ja, ja, ja.«
Sexgeräusche.

Merci drückte auf »Pause« und dachte: Patti Bailey und der Politiker Ralph Meeks. Pattis Schwester hatte also Recht gehabt, als sie sagte, Patti habe sich nach ihrer Zeit in der Biker-Szene zu einer besseren Kundschaft hochgearbeitet. Und Meeks wusste, wer hinter dem Anschlag auf Jesse Acuna steckte, oder gab zumindest Patti gegenüber damit an, es zu wissen. Er hatte sogar durchblicken lassen, dass er etwas damit zu tun hatte. War das die Wahrheit, oder versuchte er nur, sie mit einer Lügengeschichte zu beeindrucken?

Merci schaute zu Tim hinüber. Es gefiel ihr nicht, dass er so etwas hörte. Er kaute gerade auf der Hand seines Gorillas herum und schien weder Merci noch den Stimmen aus dem Rekorder die geringste Aufmerksamkeit zu schenken. Sie ließ die Stöhngeräusche schnell vorlaufen, dachte dabei an die Szene in *Clockwork Orange*, wo sie es zum Wilhelm-Tell-Marsch trieben. Aber auf Patti Baileys Band klang es nicht lustig, nur abstoßend.

Frau: »Hier spricht Patti Jo Bailey. Ich werde gleich ein Gespräch mit William Owen vom Sheriff Department von Orange County aufnehmen. Owen ist der Sheriff. Ich werde versuchen, ihn dazu zu bringen, dass er seinen Namen

sagt, damit ihr mir glaubt, aber das wird nicht so einfach werden. Ich muss ganz cool bleiben. Er ist kein Säufer wie Ralph Meeks. Ich werde es auch nochmal mit Meeksie probieren, aber ich konnte ihn nicht weiter über diesen Farmer ausquetschen, ohne ihn misstrauisch zu machen. Als er zum ersten Mal darüber gesprochen hat, hörte es sich so an, als wäre er dafür verantwortlich, dass der Farmer halb totgeprügelt wurde, ein Auge und ein paar Zähne verloren hat und überall genäht werden musste. Wenn ich alles, was ich brauche, auf Band habe, spiele ich es den beiden vor, und von dem vielen Geld, was ich dann kriege, kaufe ich mir was Schönes. Super. Sobald er klopft, schalte ich das Gerät ein, wahrscheinlich wird es also erst mal jede Menge Sexgeräusche geben. Bill sagt nicht viel, der hat's immer eilig, aber seine Stimme dürfte Beweis genug dafür sein, was er tut. Ach ja, heute ist der fünfundzwanzigste Juli neunzehnhundertneunundsechzig. Die erste Aufnahme auf diesem Band, die mit Meeks, stammt vom neunten Juli.«
Bandrauschen. Aus.
Klopfen an der Tür.
Frau: »Wer ist da?«
Mann: »Jerry.«
Frau: »Jerry?«
Mann: »Mach gefälligst die Tür auf, Patti.«
Tür wird geöffnet.
Frau: »Hallo, Süßer. Komm rein.«
Mann. »Hallo.«
Tür wird geschlossen.
Frau, kokett: »Du siehst mir aber gar nicht aus wie ein Jerry.«
Mann: »Es sieht auch nicht jeder seinem Hund ähnlich.«
Frau: »Ich würde mal sagen ... also, eher wie ein Bill Owen.«
Mann: »Blödsinn. Den Namen hab ich noch nie gehört.«

Frau: »Ist nur ein Spiel, Schätzchen. Bloß weil du der große böse Sheriff bist, brauchst du nicht verkrampft zu sein. Entspann dich. Du bist doch bestimmt schon fünf- oder sechsmal bei mir gewesen, oder?«
Mann: »Sheriff. Du bist wohl besoffen. Woher soll ich wissen, wie oft ich schon hier war?«
Frau: »Möchtest du einen Drink?«
Mann: »Keine Zeit.«
Frau: »Was dann?«
Mann: »Das Übliche.«
Frau, kokett: »Und was könnte das sein?«
Mann: »Los, setz dich aufs Bett und mach deine Arbeit.«
Frau: »Da wär noch das kleine Problem mit dem Geld.«
Knistern, wie von Papier.
Frau: »Fünfzig Dollar, okay. Dann mal her mit deinem Kumpel.«
Ein Reißverschluss, das Klappern einer Gürtelschnalle, das Stöhnen eines Mannes.

Merci drückte wieder auf die Pausentaste. Supervisor Ralph Meeks, Sheriff Bill Owen und ihre Gespielin. Was für eine Besetzung. Was für ein trostloses Hörspiel. Patti Bailey hatte genug in der Hand, um die beiden nach Strich und Faden zu erpressen. Und sie schien verrückt genug zu sein, um es zu probieren.

Merci versuchte Bill Owen unter dem 25. Juli in Baileys Terminkalender zu finden. Gar nicht so einfach. Auf der Seite gab es acht Eintragungen.

12TI/15CQ/16:30BK/18MO/21CS/23MH/0ED/1FC

Kein BO, kein SBO und auch kein SO.

Sie versuchte, Ralph Meeks unter dem Datum des neunten Juli zu finden, wurde aber auch hier nicht fündig.

16TN/17SO/19AL/21TU/1CO

Kein RM, kein SM, nichts. Sie versuchte es mit den Buchstaben in umgekehrter Reihenfolge, aber es funktionierte nicht. Sie fügte einen Buchstaben hinzu, zog einen ab. Nichts. Kein RM, kein BO. Vielleicht waren Meeks und Owen Stammkunden, die einen regelmäßigen Termin hatten. Vielleicht meldeten sie sich ganz kurzfristig an. Vielleicht waren die Initialen verschlüsselt.

Oder vielleicht hatten die Patti Bailey noch nie im Leben gesehen, und sie war so durchgeknallt, dass sie sich einbildete, sie könnte bekannte Männer mit fingierten Beweisen erpressen. Ziemlich unwahrscheinlich. Der erste Freier hatte nicht protestiert, wenn Patti ihn Ralph oder Meeks genannt hatte. Und der zweite Mann hatte auch nur halbherzig widersprochen, als Patti ihn Sheriff nannte.

Wenn sie sich ein altes Nachrichtenvideo aus dem Jahre 1969 beschaffte, wäre es ein Leichtes, die Stimmen zu analysieren, dachte Merci. Gilliam konnte das für sie machen. Aber alte Nachrichtensendungen könnten ein Problem sein. Das Orange County hatte damals noch keinen eigenen Nachrichtensender. Die Sender in L. A. interessierten sich nicht sonderlich für das, was hinter dem Orange-County-Vorhang passierte. Und Ende der sechziger Jahre besaß fast niemand einen Videorecorder. Die gab es nur in den Fernsehstudios. An Colleges vielleicht. Aber wenn alte Aufnahmen existierten, dann würde Colin Byrne sie schon beschaffen.

Selbst wenn die Stimmen nicht zu den Männern gehörten, die Patti Bailey genannt hatte, wusste Merci, was sie in der Hand hielt. *Ich spiele ihnen das vor, und von dem vielen Geld, das ich dann kriege, kaufe ich mir was Schönes. Super.*

Mit solchen Absichten, dachte Merci, konnte man sich ganz schnell ganz großen Ärger einhandeln.

Sie blätterte in dem Terminkalender. Das Einzige, was sie mit Sicherheit feststellen konnte, war, dass er voll war. Patti Bailey hatte durchschnittlich fünf Freier pro Tag bedient, und das waren nur die Stammkunden. Merci betrachtete die Initialen, fragte sich, ob sie echt oder verschlüsselt waren. Es gab einige Telefonnummern, aber nicht viele. Auf die sehr geringe Chance hin, dass die Nummern sich innerhalb von zweiunddreißig Jahren nicht geändert hatten, wählte Merci ein paar davon. Es meldeten sich die Familie Escobar in Tustin, die Familie Miller, eine Firma namens All-American House Painting, ein Faxsignal, das ihr in den Ohren kreischte.

Es spielte keine Rolle. Merci hatte die Verbindung zwischen der Polizei und Patti Bailey gefunden – Sheriff Bill Owen. Und da Owen dick mit Meeks befreundet war und Meeks angedeutet hatte, er hätte veranlasst, dass Jesse Acuna zusammengeschlagen wurde, brauchte man kein Genie zu sein, um zwei und zwei zusammenzuzählen: Owen.

Auftritt Patti Bailey. Eine kleine Nutte mit großen Ohren. Nachdem Bailey den beiden ihr Band vorgespielt hatte, war sie zu einer großen Gefahr geworden. Entweder sie bezahlten, oder sie räumten sie aus dem Weg, bevor der Schaden zu groß war. Wieder Owen? Das wäre die einfachste Erklärung.

So weit ergab es einen Sinn. Aber der Rest war immer noch rätselhaft. Wer hatte nach dem Mord die Beweise verschwinden lassen? Wer hatte sie in den Lagerraum geschafft? Warum waren die Beweise zweiunddreißig Jahre lang aufbewahrt worden?

Und vor allem, wer hatte ausgerechnet ihr, Merci, die Informationen zugespielt?

Sie schaute zu Tim hinüber, der seinen Gorilla gerade mit lauter Kissen zudeckte. Für ein anderthalbjähriges Kleinkind, dachte sie, ging er erstaunlich entschlossen und intelligent vor. Er drehte sich um und lächelte, an seinem Kinn hing ein langer Speichelfaden. Kreischend schnappte er sich das nächste Kissen.

Merci schaltete den Kassettenrekorder wieder ein.

Autogeräusche.

Frau: »... der beste Stoff, den ich je probiert hab. Ich schätze, du kannst dir aussuchen, was du willst.«

Mann: »Es gibt genug von dem Zeug.«

Frau: »Schon mal überlegt, es zu verkaufen?«

Mann: »Ich mach das nur aus Gefälligkeit. Für Freunde.«

Frau: »Für kleine Huren wie mich. Also, wer ist der Typ?«

Mann: »Ein Freund.«

Frau: »Hat der viel von dem Grünen, so wie die anderen?«

Mann: »Jede Menge.«

Frau: »Du bist so nervös heute Abend. Stimmt irgendwas nicht?«

Mann: »Nein, alles in Ordnung. Ich bin nur müde. Hab gestern doppelte Schicht gearbeitet, mir ein paar Dollar extra verdient. Nicht hier drin anzünden.«

Frau: »Wo denn?«

Mann: »Wir halten eben an.«

Frau: »Ich sehe nur ein Orangenwäldchen. Wo sind wir überhaupt?«

Mann: »Myford Ecke Fourth Street.«

Frau: »Myford Ecke Fourth. Was ist ein Myford? Hat das was mit Apfelsinen zu tun?«

Mann: »Es ist ein Name. Der Typ hat sich mit einer Schrotflinte oder einem Jagdgewehr oder so was umgebracht. Hat sich dreimal in den Kopf geschossen. Ist aber schon lange her.«

Frau: »Wahnsinn. Hört sich für mich aber nicht gerade nach einem Selbstmord an.«

Mann: »Hat 'ne Menge Gerede um den Fall gegeben.«

Autogeräusche verstummen.
Mann: »Komm, wir gehen ein Stück spazieren. Dann kannst du dir den Joint anzünden.«
Frau: »Im Jointanzünden bin ich gut. Wie wär's mit einem ordentlichen Feuer?«
Mann: »Da wäre ich nicht abgeneigt.«
Frau: »So ist's recht. So liebe ich dich.«
Mann: »Ich liebe dich auch.«
Frau: »Für euch bin ich doch nur 'ne kleine Nutte.«
Mann: »Und wer sagt, ich könnte keine Nutte lieben?«
Frau: »Auf deine Art vielleicht, ja.«
Knistern. Geräusche, als würde das Mikrofon an etwas gerieben, vielleicht verschoben. Autotüren werden geöffnet und zugeschlagen. Schritte auf dem Kies, dann leisere Schritte – auf der Straße vielleicht.
Frau: »Ziemlich dunkel heute Nacht.«
Mann: »Der Mond geht gerade erst auf.«
Schritte.
Frau: »Wie weit gehen wir denn noch? Bis China?«
Mann: »Da ist eine Kabelrolle, da können wir uns draufsetzen.«
Frau: »Kommst du mit deinen anderen Freundinnen auch hierher?«
Mann: »Nur mit dir.«
Schritte. Ein dumpfes Geräusch, dann hören die Schritte auf. Ein Rascheln in der Nähe des Mikrofons.
Frau: »Ich zünde mir jetzt meinen Joint an.«
Mann: »Mach, was du willst.«
Ein Streichholz wird angezündet, dann inhaliert jemand.
Frau, den Atem anhaltend: »... Tierisch gutes ... Zeug.«
Husten, Inhalieren.
Frau: »Geht mir bis in die Haarspitzen.«
Eine Minute vergeht. Kein Gespräch, nur die Geräusche der Frau, wie sie den Joint raucht. Schritte.

Frau: »Irre, wie der Mond da auf das Wasser in dem Graben scheint. Sieh dir das an. Sieht aus, als würde Gott flüssiges Silber in den Graben schütten. Die Menschen sollten nicht auf Gottes Mond rumlaufen.«
Mann: »Schön. Hier ist die Kabelrolle.«
Frau: »Super! Sieht aus wie 'ne riesige Garnrolle.«
Mann: »Ungefähr.«
Frau: »Irgendwie bist du heute nicht gut drauf, Baby. Was ist los? Du solltest mal hier an dem Joint ziehen, dich ein bisschen gehen lassen.«
Mann: »Mir geht's gut. Ich brauch nur das hier.«
Trinkgeräusche.
Mann: »Ah.«
Die Frau raucht.
Frau, den Rauch ausblasend: »Ist es nicht toll, wenn es so warm ist, dass man ohne Jacke und alles draußen rumlaufen kann? Sommer ist einfach irre. Am liebsten würde ich an den Strand gehen und mich eine Woche lang in den Sand legen. Leider muss ich arbeiten. Wenn's heiß ist, geht das Geschäft besonders gut, macht euch Jungs schön geil, und dann kommt ihr mit euren Dollars zur guten alten Patti. Mann, ist der Boden weich hier. Ich hab meine Zehen reingesteckt. Kuck dir das an. Ganz warm, wie man sich Dreck gar nicht vorstellt. Mutter Erde.«
Mann: »Mhmm.«
Bewegungsgeräusche.
Frau: »Komm, tanz mit mir.«
Geräusch von Flüssigkeit in einem Glas. Ein Mann seufzt.
Frau: »Du magst mich doch, oder?«
Mann: »Das weißt du doch.«
Frau: »Wirst du deine Frau verlassen?«
Mann: »Das geht nicht.«
Frau: »Du liebst uns also beide.«

Mann: »Ja, wahrscheinlich.«
Frau: »Weiß sie Bescheid?«
Mann: »Die weiß überhaupt nichts und kann nichts anderes als herumschreien und streiten.«
Frau: »Wo bleibt denn der neue Kunde?«
Mann: »Er wird schon kommen.«
Frau: »Was macht er eigentlich? Ist er ein großes Tier?«
Mann: »Nein. Ein ganz normaler Typ.«
Frau: »Wieso müssen wir ihn dann in einem Orangenwäldchen treffen? Steht der darauf, es draußen zu treiben?«
Mann: »Ja, das hat er gesagt.«
Die Frau summt eine Melodie. Es klingt, als würde sie tanzen.
Frau: »Ich glaube, ich bin wiedergeboren. In meinem früheren Leben war ich ein Wal, ganz tief unten im Meer. In meinem nächsten Leben werde ich ein Schmetterling sein.«
Mann: »Die leben aber nur ein paar Wochen lang.«
Frau: »Dann werde ich eben als Löwe wiedergeboren. Oder vielleicht als Adler oder als Kolibri.«
Mann: »Kannst du den Mann im Mond sehen?«
Frau: »Mal sehen.«
Die Stimme der Frau wird schwächer, als würde sie sich vom Mikrofon wegbewegen oder als hätte sie sich umgedreht.
Frau: »Ah, ja. Da ist er. Kann nicht sagen, ob er heute Abend glücklich oder traurig ist. Ich glaub, der hat unterschiedliche Stimmungen. Außerdem, woher wollen wir wissen, ob es keine Frau ist? Vielleicht könnte ich als die erste Frau im Mond wiedergeboren werden.«
Der Mann stöhnt. Das Geräusch von Flüssigkeit in einem Glas. Noch einmal. Dann ein Rascheln. Schritte. Stille. Dann ein lauter Knall, gefolgt von einem weiteren.

Mann, leise: »O Gott. O mein Gott.«

Schwache Geräusche. Stöhnen. Schritte. Etwas wird über den Boden geschleift. Ein Mann schluchzt. Schritte. Stille.

Eine ganze Weile saß Merci da und lauschte dem Rauschen der Kassette. Tim drehte sich zu ihr um und schaute sie seltsam an.

»Alles in Ordnung«, sagte sie leise. »Alles in Ordnung, kleiner Mann. Tut mir Leid. Das hätte ich dir nicht zumuten dürfen.«

Sie schaltete das Gerät aus, nahm Tim auf den Arm und ging mit ihm ins Wohnzimmer. Sie schaute in den hell erleuchteten Garten hinaus und zu dem dunklen Wäldchen hinter dem Zaun. Nur ein paar Kilometer von hier entfernt, dachte sie. Myford Ecke Fourth Street. Eine heiße Nacht Anfang August 1969.

Sie setzte sich in den Schaukelstuhl und sang Tim etwas vor. Wenige Minuten später wurde er ganz schwer in ihren Armen und sie trug ihn in sein Zimmer. Sie legte ihn in sein Bettchen, klappte das Gitter hoch, schaltete das Babyfon ein.

Lange blieb sie da stehen und betrachtete ihren Sohn, wie er da lag, die Arme nach oben gestreckt, kleine Fausthandschuhe an den Händen zum Schutz gegen die kalte Zugluft. In diesem Augenblick schwor sie sich, ihn nicht in diese Welt hineinzuziehen, in der sie sich bewegte. Bis jetzt hatte sie sich immer gesagt, er könne sich eines Tages selbst entscheiden. Jetzt schien es ihr, als wäre es das Beste, wenn sie ihn davon abhielt, in ihre Fußstapfen zu treten, wenn sie es ihm ersparte, sich solche Dinge anzuhören, wie sie sie eben gehört hatte. Alles konnte er werden, dachte sie, alles außer Polizist.

Zurück in ihrem Zimmer hörte sie sich das Ende der Kassette noch einmal an. Dann schlug sie die letzte Seite in Patti Baileys Terminkalender auf und las die Einträge für den 3. August.

16SV/18CM/19DL/20:30FD/23KQ

Es musste KQ gewesen sein, dachte sie, der Mann, der um elf Uhr mit ihr verabredet war. Um halb neun war es noch zu hell, um den Mann im Mond zu sehen. Und nicht dunkel genug, um ein geparktes Auto zu verstecken, um unauffällig in das Orangenwäldchen an der Ecke Myford und Fourth Street zu gelangen.

KQ.

KQ, der Drogen verschenkt. KQ mit einem neuen »Freund«. KQ, der reiche Freunde hat. KQ, ein verheirateter Mann, der es nebenher mit Patti Bailey treibt. KQ, der unbemerkt eine .38er-Special mitbringt, ohne dass seine Gespielin Verdacht schöpft.

Vielleicht war sie aber auch an die Waffe gewöhnt, weil er ein Polizist war. Daher die kostenlosen Drogen, die Waffe, der Schichtdienst. Und das Vertrauen. Bailey vertraute ihm. Ein Freund von Bill Owen und Ralph Meeks?

Merci ließ das Ende der Kassette noch einmal ablaufen und versuchte, sich die Szene vorzustellen, die Dinge zu sehen, die nicht im Vordergrund waren, so wie Hess es ihr beigebracht hatte. Sie schloss die Augen und stellte sich vor, wie Patti Bailey auf dem Weg unter den dunklen Bäumen stand, mit dem Rücken zu KQ, der immer noch auf der Kabelrolle saß, wie sie den Mann im Mond betrachtete und das Wasser im Graben, das aussah wie flüssiges Silber. Merci sah, wie KQ seine Flasche abstellte, wie er aufstand, auf Patti zuging und sie in den Rücken schoss. Zweimal, schnell hintereinander. Dann brach er in Tränen aus, zog die Frau nackt aus und schleppte sie fort.

Das Band lief noch zehn Minuten weiter. Nichts als das leise Rauschen in den Orangenbäumen in einer lauen Sommernacht. Dann schaltete es sich ab.

Mike rief um zehn Uhr an. »Hallo, Merci. Tut mir Leid, dass ich so spät noch störe, aber du fehlst mir.«

»Schön, deine Stimme zu hören.«

»Wirklich? Na ja, gib mir lieber keine Antwort. Gestern Abend war für mich etwas ganz Besonderes. Klingt vielleicht komisch, mich zu bedanken, aber trotzdem danke.«

»Es klingt komisch, wenn ich sage, gern geschehen, also sag ich's nicht. Ich ... ja. Für mich war es auch etwas Besonderes.«

»Was machst du gerade?«

Sie sagte, sie sei gerade dabei, die Akte Bailey noch einmal durchzugehen. »Ich habe heute mit deinem Vater darüber gesprochen.«

»Und? Konnte er dir irgendwas Erhellendes sagen?«

»Er hat's versucht.«

»Ein Wunder, dass er sich überhaupt an was erinnert, bei all dem Bier, was er trinkt.«

»Er ist immer noch ziemlich fit im Kopf.«

Mike schwieg einen Augenblick. »Hättest du Lust, eine Woche wegzufahren? Einfach alles stehen und liegen zu lassen und eine Woche Urlaub zu nehmen? Mein Kollege Carver hat ein kleines Ferienhaus auf Maui. Wir könnten Freitagmorgen losfliegen. Einfach mal alles vergessen. Ein bisschen in der Sonne liegen, braun werden, angeln gehen.«

»Das geht nicht. Das weißt du doch.«

»Du könntest Tim mitnehmen.«

»Das ist es nicht. Ich hab einfach zu viel zu tun.«

Schweigen. »Wie kommst du denn im Fall Aubrey Whittaker voran?«

»Ganz gut.«

»Gehöre ich immer noch zu den Tatverdächtigen?«

»Nein. Du warst nie verdächtig, Mike.«

»Auch nicht, als ich gesagt habe, ich hätte es getan?«

Merci sagte nichts.

»Du wirst das vielleicht nicht glauben, aber ich werde das alles wieder gutmachen.«

»Mir bist du nichts schuldig.«

»Wem denn?«

»Ich weiß es nicht, Mike. Aubrey Whittaker vielleicht.«

Mike schwieg erneut. Dann sagte er so leise, dass Merci ihn kaum verstehen konnte: »Ich bin jemandem was schuldig. Ich hab Mist gebaut. Ich hätte nicht tun sollen, was ich getan habe. Es macht alles kaputt, wirft auf alles einen Schatten. Alles, was ich hatte, war mein guter Ruf. Der ist jetzt zum Teufel. Ich weiß nicht, wie ich diesen Schatten wieder loswerden soll.«

»Du hast dich verliebt. So was passiert.«

Sie wollte ihm die Chance geben, es zu bestätigen. Selbst nach allem, was sie gefunden hatte, war es ihr immer noch wichtig, zu wissen, ob er sie in seinem Herzen betrogen hatte, ob er mit der Frau im Bett gewesen war oder nicht. Ob er sie ermordet hatte oder nicht. Wie kleinlich, dachte sie, aber es war zu spät, um ihre Worte zurückzunehmen.

»Nein, das habe ich nicht. Ich liebe dich. Aber ich ... ich schwöre dir, Merci, ich dachte einfach, ich könnte ... sie verändern. Ihr da raushelfen. Ihr helfen, etwas anderes aus ihrem Leben zu machen. Das ist es, was ich wollte.«

»Sie ist draußen.«

»Ja. Okay. Hör zu, Merci, das mit Maui mach ich trotzdem. Allein. Ich fliege am Freitag. Ich muss einfach für ein paar Tage raus hier. Jeder im Department scheint zu wissen, dass ich mit Aubrey zu Abend gegessen habe.«

»Tu, was gut für dich ist, Mike.«

»Ich sag dir noch Bescheid. Merci, bitte, glaub an mich. Ich bin es wert. Ich werde dir zeigen, dass ich es wert bin. Es ist nur im Moment nicht so deutlich zu sehen.«

Evan O'Brien rief um 22.40 Uhr an.

»Kein Glück bei der .38er-Special – zu alt, zu trocken, zu verrostet. Auch nichts auf dem Umschlag von Inland Storage. Diese selbst klebenden Briefmarken sind Spitze, die Leute drücken sie an und fertig. Aber deine war sauber. Ich kann's noch mit Joddampf probieren. Dann noch mit Ninhydrin oder Silbernitrat. Aber allzu viel solltest du dir nicht davon versprechen.«

»Was ist mit dem Umschlag selbst?«

»Daran hab ich auch schon gedacht. Absolut sauber, Sergeant.«

»Vielen Dank, dass du's versucht hast.«

»Das ist mein Job, auch wenn er mich manchmal zur Verzweiflung bringt. Du hast Glück, dass du heute so früh gegangen bist. Zamorra ist heute Nachmittag ins Labor gestürmt und war drauf und dran, Gilliam zusammenzuschlagen. Es ging um die Beweismittel vom Tatort Whittaker, ich weiß aber nicht genau, um *welches* Beweisstück. Kurz darauf kommt Brighton rüber und hält Gilliam hinter verschlossenen Türen eine zwanzigminütige Standpauke. Ich konnte sie durchs Fenster sehen – die waren beide stinksauer. Dann kommt Gilliam raus und verkündet, ab sofort darf niemand das Labor betreten, der nicht dort arbeitet. Vor allem Mike McNally, Paul Zamorra und Merci Rayborn ist der Zutritt untersagt. Am Eingang muss sich jeder auf einem Formular ein- und austragen, wie an einem Tatort.«

»Was zum Teufel hab ich verbrochen, dass ich auf der Liste stehe?«, fragte sie wütend.

»Frag mich nicht, aber Zamorra ist ausgerastet, Brighton hat gesprochen und Gilliam hat die Konsequenzen gezogen. Ich rufe dich jetzt von zu Hause an – ich wollte kein Telefon im Labor benutzen, um mit einer Kollegin zu sprechen. Verdammt, die sind einfach alle paranoid, wenn du meine Meinung hören willst. Als ich später nach oben gegangen bin, um ein paar Sachen von den Jungs in der Abteilung für Brandstiftung überprüfen zu lassen, hab ich gesehen, dass Pat McNally bei Brighton im Büro saß. Das ist im Moment hier der reinste Altherrenclub. Wenn du erst mal Sheriff bist, hoffe ich, dass du so klug bist und mich zum Laborchef beförderst.«

»Ich werde sehen, was ich tun kann.«

»Hat Glandis dich auf seine Chancen für Brightons Job angesprochen?«

»Ja.«

»Mich auch. Ich hab ihm gesagt, meiner Meinung nach würde er einen klasse Sheriff abgeben. Ist nicht meine Schuld, wenn er blöd genug ist, mir zu glauben.«

Merci wunderte sich, als sie im Hintergrund eine Frau leise kichern hörte.

»Ich muss Schluss machen«, sagte O'Brien.

»Okay.«

Sie legte auf und fragte sich, was Brighton wohl mit Pat McNally zu bereden hatte. Bei dem Gespräch hätte sie gern Mäuschen gespielt.

Brighton rief um 23.05 Uhr an. Er sagte ihr, sie würden Mike am nächsten Morgen um Punkt acht Uhr ins Zimmer Nummer 348 des Marriott Hotels in Newport bringen. Sie würden eine Weitwinkel-Videokamera installieren. Er bat sie, um 6.30 Uhr dort zu sein, damit sie nebenan in Zimmer Nummer 350 Posten beziehen konnte.

»Ich würde es für unklug halten, wenn Sie ihn vernehmen«, sagte Brighton. »Er sollte Sie am besten gar nicht sehen. Das ist im Moment nicht nötig. Aber später werden wir Sie vielleicht beim Verhör brauchen. Lassen Sie Zamorra vorerst draußen. Den können Sie später noch auf Trab bringen.«

»Okay. Verstehe.«

»Aber ich möchte, dass Sie uns unterstützen. Clay Brenkus und einer seiner Staatsanwälte werden als Erstes eine eidliche Aussage von Ihnen aufnehmen. Dann haben sie einen roten Faden, an den sie sich halten können – was Mike gesagt hat, wie Sie die Beweise entdeckt haben. Clay und ich werden mit dabei sein, damit Mike gleich weiß, dass es um die Wurst geht. Ich werde ein paar Polizisten ins Hotel beordern, für den Fall, dass Mike randaliert. Wir werden ihm jede Chance geben, sich zu erklären – jede erdenkliche Chance, Merci. Zwei Ermittler vom Büro des Staatsanwalts werden vor Mikes Haus postiert sein, um sich sofort an die Arbeit zu machen, sobald Mike seine Zustimmung für eine Hausdurchsuchung gibt.«

»Und was ist, wenn er es nicht tut? Er hat keinen Grund, uns zu gestatten, sein Haus zu durchsuchen.«

»Dann werden wir ihn verhaften. Wir haben das Geständnis, das er Ihnen gegenüber gemacht hat, die Haare und Fasern vom Whittaker-Tatort und die Tatsache, dass er eine Stunde vor ihrem Tod bei ihr war. Das reicht für eine Hausdurchsuchung ohne richterliche Anordnung – weil die Gefahr besteht, dass er Beweismittel vernichtet. Zumindest gehe ich davon aus, und Clay ebenso. Die Fünfundvierziger lag offen herum, das ist also kein Problem. Wir werden sie beschlagnahmen, einen Schuss abfeuern, und schon haben wir eine Hülse. Und selbst wenn wir uns telefonisch einen Durchsuchungsbeschluss beschaffen müssen, dauert das höchstens einen Tag.«

Anfangs brachte sie kein Wort heraus. Sie kam sich vor wie in einem Zug, der durch einen Tunnel fuhr, vor den Fenstern nur Dunkelheit, keine Chance, klar zu sehen. Es war Dienstag, genau eine Woche nach dem Mord an Aubrey Whittaker. Eine Woche. Und jetzt sollte Mike McNally im Zusammenhang mit dem Mord vernommen werden.

»Ich kann das alles immer noch nicht fassen«, sagte sie leise.

»Es hat gerade erst angefangen. Schnallen Sie sich an, junge Frau, das wird eine lange, holprige Fahrt.«

Kapitel 23

Plötzlich fuhr sie aus dem Schlaf hoch. Es war dunkel, Regen trommelte aufs Haus und aus dem Babyfon, das sie auf volle Lautstärke gestellt hatte, weil sie meistens schlief wie ein Stein, ertönte Tims Geschrei. Ihr erster Gedanke war, dass ihm irgendetwas Furchtbares zugestoßen sein musste, und sie rannte zu seinem Zimmer, schaltete unterwegs sämtliche Lampen an.

Die Dunkelheit schien nach ihr zu greifen und das machte ihr Angst, und sie hasste die Dunkelheit dafür. Als sie bei ihrem Sohn ankam, schlug ihr das Herz bis zum Hals. Er schaute mit tränenerfüllten, großen Augen zu ihr auf und strampelte mit den Beinen. Da begriff sie, dass das Gewitter ihn erschreckt hatte, mehr nicht, nur die Angst eines Kleinkindes vor dem Donner.

Sie hob ihn auf den Arm und nahm ihn mit in ihr Zimmer. Großer Gott, dachte sie: Wäre es nicht wunderbar, wenn sie wieder unerschrocken und selbstsicher und ein bisschen gemein wäre, so wie früher, als Hess noch lebte? Bevor sie dem Handtaschenräuber begegnet war? Bevor sie all ihren Mut aufbringen musste, bloß um während eines Gewitters ins Kinderzimmer zu gelangen?

Sie nahm Tim mit zu sich ins Bett. Augenblicklich hörte

er auf zu weinen und schlief friedlich ein, während Merci seinen kleinen, weichen Kopf streichelte und auf den Regen lauschte, der draußen auf die Veranda pladderte. Sie schaute zur Tür hinüber und bemerkte, dass sie alle Lampen angelassen hatte, einschließlich der in ihrem Schlafzimmer.

Sie drehte sich um, zog sich die Decke über den Kopf und dachte nach.

Wir werden ihm jede Chance geben, sich zu erklären.

Und welche Erklärung konnte es geben? Dass er einen Schalldämpfer in seiner Angelkiste versteckt und sich dann entschlossen hatte, ihn nicht zu benutzen?

Dass der Schalldämpfer jemand anderem gehören und ihm untergeschoben worden sein musste?

Fast konnte sie das glauben. Fast. Aber es erklärte nicht das Blut an seinen Arbeitsschuhen oder die Briefe von Aubrey, in denen sie andeutete, sie könnte ihn womöglich bloßstellen. Es erklärte nicht das Beweismittel – eine Karte mit seiner Handschrift –, das aus dem Labor verschwunden war. Es erklärte nicht die Tatsache, dass er in Aubreys Wohnung mit ihr zu Abend gegessen hatte und angeblich eine Stunde vor ihrem Tod nach Hause gegangen war. Es erklärte nicht den Slip, den Merci ihm wider besseres Wissen überlassen hatte und der später benutzt worden war, um den Schalldämpfer zu verstecken.

Sie stellte sich die Szene noch einmal vor. Sie sah, wie Mike Aubrey Whittakers Wohnung verließ, wie seine blonden Haare wippten, als er die Treppe hinunterlief. Sie sah ihn wenige Minuten später zurückkommen – er wirkt angespannter, entschlossener. Sie sah ihn im Licht der Verandabeleuchtung stehen und anklopfen. Sie sah Aubrey an der Tür, sah, wie Aubrey durch den Spion lugte, die Tür öffnete, um den Mann hereinzulassen, der eben erst gegangen war ...

Sie stand auf, legte den schlafenden Tim in sein Bettchen und zog sich an. Es war kurz nach fünf. Die Welt war immer noch dunkel, als sie ihren Impala über den von Fahrspuren durchfurchten Weg lenkte, der von ihrem Haus zur Straße führte, die rechte Hand gedankenverloren in dem leeren Raum hinter der Rückenlehne – inzwischen eine Gewohnheit. Der Regen kochte in den Pfützen, und im Scheinwerferlicht sah es aus wie schäumende Säure, wie Hexengebräu, irgendetwas, das einem die Augen verätzen würde. Sie hatte nur vier Stunden geschlafen, ihr dröhnte der Schädel, die Augen brannten, die Gliedmaßen waren schwer wie Blei.

Mike, es tut mir so verdammt Leid.

Ronald, der Sicherheitschef des Hotels, empfing sie in der Eingangshalle und geleitete sie in Zimmer 350. Schweigend fuhren sie mit dem Aufzug nach oben. Wahrscheinlich hielt Ronald nicht viel von weiblichen Kriminalpolizisten, dachte Merci.

Brighton öffnete ihnen die Tür. Clay Brenkus schüttelte ihr kräftig die Hand und sagte: »Sie haben viel Mut bewiesen, junge Frau. Meine Hochachtung, und weiterhin viel Glück.«

»Ich hoffe, dass wir mehr als Glück haben, Mr Brenkus.«

»Nennen Sie mich Clay. Wir versuchen nur, die Wahrheit zu erfahren. Das ist nicht Ihre oder meine Wahrheit, sondern McNallys. Entweder er war's oder er war's nicht. Das werden wir herausfinden.«

Guy Pitt, einer der jungen Staatsanwälte, mit denen Merci zusammengearbeitet hatte, brachte ihr eine Tasse Kaffee und ein Croissant. »Ich werde Ihnen Ihre eidliche Aussage abnehmen«, sagte er ruhig. »Marion wird Sie vereidigen und Ihre Aussage auf Band aufnehmen. Einverstanden?«

Merci nickte. Es war alles wie ein Traum, doch sie konnte nicht aufwachen. Draußen schüttete es immer noch wie aus Eimern.

Eine magere, unscheinbare Frau erhob sich von einem Sofa und streckte Merci die Hand entgegen. »Wenn Sie so weit sind, kann's losgehen, Guy.«

»Merci, außer mir werden Clay, zwei von unseren Ermittlern, der Sheriff und zwei von dessen Mitarbeitern anwesend sein. Ich werde die Fragen stellen. Vergessen Sie nicht, Mike hat Ihnen gegenüber ein Geständnis abgelegt – er hat zugegeben, den Mord begangen und einen Schalldämpfer in seinem Besitz zu haben. Trotzdem werde ich versuchen, die Fragen so zu stellen, dass das, was Sie getan haben, sinnvoll und notwendig erscheint, dass Sie dazu berechtigt waren, weil Gefahr im Verzug war. Man kann davon ausgehen, dass die Beweismittel vernichtet worden wären, wenn Sie die Hausdurchsuchung nicht durchgeführt hätten. Dies ist eine eidliche Aussage, aber Sie sind nicht vor Gericht. Entspannen Sie sich, sagen Sie die Wahrheit, und wenn Sie etwas nicht verstehen, fragen Sie einfach.«

»Okay.«

»Fertig?«

»Ja, Guy, ich bin so weit.«

»Wenn wir hier fertig sind, gehen wir alle nach nebenan, um Mike zu vernehmen. Sie werden von hier aus alles sehen und hören können – wir haben im Nebenzimmer eine Kamera installiert, eine Überwachungskamera, da drüben neben dem Sofa. Wenn nötig, werden wir jemanden rüberschicken – falls wir Fragen an Sie haben oder falls Unklarheiten auftauchen. Aber wir möchten nicht, dass Sie mit dabei sind. Er soll nicht wissen, dass Sie hier sind oder was Sie getan haben. Jedenfalls vorerst noch nicht.«

Brighton führte sie zum Sofa hinüber, sein Arm lag schwer auf ihrer Schulter. »Sie haben das Richtige getan.«

»Wie kommt es dann, dass jeder mir das immer wieder beteuert?«

»Immer mit der Ruhe.«

Die Abgabe der eidlichen Aussage dauerte fast eine Stunde. Es war immer dasselbe mit Juristen – zu viele Fragen, dann noch mehr Fragen.

Und die Angelkiste, die Sie beschrieben haben? Welchem Zweck diente diese Kiste Ihres Wissens?
Sie diente zum Aufbewahren von Zubehör zum Fliegenfischen.
Wurde sie ausschließlich zum Fliegenfischen oder auch für andere Angeltechniken verwendet?
Nur zum Fliegenfischen.
Sie sagten, es handelte sich um die selbst gebaute Kiste auf der Werkbank?
Sie war die einzige, die ich gesehen habe.
Und Sie sagen, Sie wussten, dass Mr McNally diese Kiste selbst gebaut hat?
Ja.
Und stand die Kiste offen auf der Werkbank in Mr McNallys Schuppen?
Sie war mit einem Netz bedeckt. Aber ich konnte die Kiste durch die Maschen erkennen. Sie war nicht versteckt. Nur leicht verhüllt.

Oder Fragen, die einem peinlich waren, die sie aber trotzdem stellten.

Sergeant Rayborn, wie konnten Sie so sicher sein, dass das Wäschestück – das Wäschestück, in das der Schalldämpfer eingewickelt war, den Sie in der Angelkiste gefunden haben – Ihnen gehörte?

Weil ich es Mike geschenkt habe.

Als sie fertig waren, ging Merci ins Bad und wusch sich das Gesicht mit warmem Wasser, versuchte mit einem dicken, weichen Waschlappen alles abzuschrubben, was wie Gift aus ihr herauszuquillen schien. Anschließend warf sie den Waschlappen wütend in eine Ecke, dann tat es ihr Leid und sie hob ihn wieder auf, wusch ihn aus, wrang ihn aus, hängte ihn sorgfältig über die Stange des Duschvorhangs, ärgerte sich über ihr schlechtes Gewissen, feuerte ihn wieder in die Ecke.

In Zimmer 348 saß Mike mit einem Gesichtsausdruck auf dem Sofa, der Merci an Hess erinnerte. So hatte Hess immer dreingeblickt, wenn er von einer Bestrahlung kam – benommen, aber nicht bezwungen.

Sein Gesicht war blass. Er saß auf seinen Händen. Lange starrte er in die Kamera, dann schaute er jemanden an, der ihm gegenübersaß, nervös und verächtlich zugleich, wie eine Klapperschlange, die zu einer Schaufel aufblickt.

»Sie zeichnen das Gespräch auf?«, fragte er.

»Ja«, erwiderte Brighton schroff. »Was dagegen?«

»Um was geht es hier überhaupt, Sir?« Mike beugte sich vor.

»Aubrey Whittaker, Dienstagnacht vor einer Woche.«

Mike sah sich um. Merci konnte einen Teil von Brightons Schulter und seinen Hinterkopf sehen, als er seinen Detective anschaute. Am oberen Bildschirmrand sah sie Brenkus' Profil. Zwischen den beiden saßen die zwei staatsanwaltlichen Ermittler. Die beiden Kollegen, von denen Brighton gesprochen hatte, waren nicht im Bild.

»Also, Mike«, sagte Brighton. Er sprach leise, ohne Eile, seine Stimme klang Vertrauen erweckend. »Sie haben letzte Woche mit Aubrey Whittaker zu Abend gegessen. Kurz nachdem Sie ihre Wohnung verlassen haben, wurde sie ermordet. Ich möchte, dass Sie mir von dem Abend erzählen. Jede Einzelheit. Ich möchte wissen, aus welchem Grund Sie die Einladung zum Dinner angenommen haben. Wie Sie sich gefühlt haben, als Sie dort ankamen. Verdammt, erzählen Sie mir meinetwegen sogar, was es zum Nachtisch gegeben hat. Ich will einfach wissen, was passiert ist. Ich möchte alles wissen, was vorgefallen ist. Denn, offen gesagt, Mike, wir haben einiges an Beweismitteln, das Sie in unseren Augen schwer belastet. Sie haben hier und jetzt Gelegenheit, alles zu sagen, reinen Tisch zu machen, den Verdacht von sich abzuwenden. Wenn Sie uns die Wahrheit sagen, ist das hier in ein paar Stunden vorbei und Sie sind draußen. Dann können wir alle wieder zurück ins Büro gehen und uns an unsere Arbeit machen. Das wäre uns das Allerliebste.«

Merci sah, wie sich abwechselnd Wachsamkeit, Verblüffung, Fassungslosigkeit, Scham und Wut in Mikes Gesicht abzeichneten. Mike war nicht verschlagen. Mike war nicht unaufrichtig. Mike war leicht durchschaubar, sein Gesicht war ein offenes Buch. Es war, als würde sie einem Chamäleon dabei zusehen, wie es die Farbe wechselte.

»Sie glauben, ich hätte sie getötet.«

Das war keine Frage.

»Wir glauben gar nichts«, sagte Brenkus. »Wir sind lediglich auf der Suche nach der Wahrheit.«

»Ach so«, sagte Mike sarkastisch. »Na dann.«

Mike lehnte sich zurück, beugte sich wieder vor. Merci sah, wie sein Blick ins Leere ging, dann wieder scharf wurde, ihn in die Wirklichkeit zurückbrachte. Er nickte, als hätte er eine Abmachung mit sich selbst getroffen. Dann holte er tief Luft.

»Ich werde jetzt aufstehen«, sagte er. »Ich werde an dieses Fenster treten und hinausschauen. Hat irgendeiner von euch Vollidioten was dagegen?«

Brenkus sah Brighton an, Brighton sah McNally an, dann nach links. Schatten bewegten sich durch den Raum. Mike stand auf und trat ans Fenster, verschwand vom Bildschirm.

Alle standen auf. Die beiden Zivilfahnder folgten Mike, bemüht, lässig zu wirken, unsicher, als wie gefährlich die Situation einzuschätzen war.

Merci schaute aus dem Fenster: Regen verdunkelte den Morgenhimmel.

Mike kam zurück zum Sofa, setzte sich aber nicht. »Also dann, hier haben Sie die Wahrheit: Ich werde keine einzige Frage ohne einen Anwalt beantworten.«

Einen Moment lang sagte niemand etwas. Clay Brenkus schüttelte seufzend den Kopf.

»Sie machen sich doch selbst das Leben schwer, Mike«, sagte Brighton. »Dafür werden wir in die Stadt fahren müssen.«

»Also gut, gehen wir.«

Mike hatte seine Fünfundvierziger gezogen, bevor Merci begriff, was geschah. Er streckte den Arm aus und zielte auf Brighton. Allgemeine Hektik, Flüche, Schatten. Pitt sprang auf, geriet aus dem Bild. Brenkus ließ sich von seinem Sessel fallen. Brighton erstarrte.

Mike ließ den Colt um seinen Finger kreisen, hielt ihn an, spreizte die Finger und legte die Waffe dann auf den Couchtisch.

»Möge Gott euch Arschlöchern vergeben.«

Dann schaute er direkt in die Kamera, schaute Merci ins

Gesicht. Noch nie hatte sie eine solch eiskalte Wut in seinem Gesicht gesehen, doch jetzt war sie da. Sie hatte sich gar nicht vorstellen können, dass er zu einem solchen Blick fähig war.

»Du dummes Weibsstück«, sagte er. »Es ist doch einfach nicht zu fassen, dass du mir das antust, du feiges Miststück.«

Nachdem Mike abgeführt worden war, kam Brighton zu Merci ins Zimmer. Sein Gesicht war grau, er wirkte zehn Jahre älter als am Tag zuvor.

»In Anbetracht dessen, was uns heute erwartet«, sagte er, »fahren Sie nach Hause.«

»Mach ich.«

Seine harten Augen durchbohrten sie. »Ich weiß nicht, was ich sagen soll, Merci. Ich weiß nicht, wie das alles enden wird. Ich weiß nur, wenn die Presse erfährt, dass wir wegen des Whittaker-Mordes unseren eigenen Detective aus dem Sittendezernat verhaftet haben, wird das schlimmer werden als in einem Zirkus. Halten Sie sich bedeckt. Ich werde das übernehmen.«

Sie nickte. »Ich muss ein paar Zeugen vernehmen. Im Fall Patti Bailey.«

»Tun Sie, was Sie tun müssen. Hören Sie, ich habe mich gestern mit Paul Zamorra unterhalten. Ich fürchte, er ist drauf und dran, irgendjemandem Schaden zuzufügen, wahrscheinlich sich selbst. Ich habe ihm eine Woche Urlaub angeboten, damit er sich um seine Frau kümmern kann, aber er hat abgelehnt. Ich bin der Meinung, er sollte das Angebot annehmen. Reden Sie doch mal ein ernstes Wort mit ihm. Ich möchte ihn nicht zwangsweise beurlauben, aber ich werde es notfalls tun.«

»Verstehe, Sir.«

Brighton reichte ihr die Hand. Sie zitterte. »Mike hätte mich vor zehn Minuten erschießen können. Das wird mir erst jetzt richtig bewusst. Vielleicht werde ich tatsächlich langsam zu alt für diesen Job. Vielleicht sollte ich aufhören, solange ich noch einen heilen Arsch zum Sitzen habe.«

Kapitel 24

Ralph Meeks öffnete die Tür in Schaffellstiefeln, die ihn wie einen Sherpa aussehen ließen, dachte Merci.

»Sie sind ja nass bis auf die Haut, meine Liebe.«

»Es regnet seit sechs Stunden am Stück.«

Meeks war ein kleiner, magerer Mann, seine ausgebeulte Hose hatte er in die Stiefel gesteckt. Kleine, funkelnde Augen, Haare wie Stahlwolle. Unter einem riesigen Strickpullover mit einem Rentiermuster quer über die Brust trug er einen Rollkragenpulli.

In der Tür stehend drehte er eine dicke Zigarre zwischen den Fingern und blies den Rauch an Merci vorbei nach draußen. »Kommen Sie rein. Zumindest sehen Sie gut aus. Wie groß sind Sie, eins achtzig?«

»Eins achtundsiebzig«, erwiderte sie und betrat die große Diele.

»Ich bin eins fünfundsiebzig. Und ich bin neunundsiebzig Jahre alt. Heutzutage werden die jungen Leute immer größer. Körbchengröße D?«

Sie starrte ihn ungläubig an. Ralph Meeks lachte in sich hinein. »Ich spiele nur ein bisschen mit Ihnen. Meine Frau war flach wie ein Waschbrett, für mich spielt es also eigentlich keine Rolle.«

»Spielen Sie ein anderes Spiel, Mr Meeks, ich bin hier, um –«

»Ich weiß, ich weiß. Um herauszufinden, wer Patti Bailey umgebracht hat und so weiter. Dann gehen Sie mal *elf* Schritte über diesen blitzblank gebohnerten Boden, und wenn Sie zu dem Zimmer kommen, aus dem es nach brennendem Holz riecht, biegen Sie links ab. Wo es nach brennendem Holz riecht, gibt es Feuer. Gehen Sie rein und setzen Sie sich an den Kamin. Ich hole Ihnen eine Tasse heißen Kakao.«

»Nein, danke, ich ...«

»Er ist schon fertig und Sie bekommen ihn. Und jetzt marsch, marsch, junge Dame – ich habe nicht den ganzen Tag Zeit.«

Während sie zehn Schritte abzählte, ließ sie ihren Blick schweifen: hohe Diele mit Marmorfliesen und einem riesigen Kronleuchter, Wohnzimmer mit weißem Teppichboden und Blick auf den vom Sturm gebeutelten Strand, der direkt hinter dem Haus begann, eine Bibliothek mit vier Meter hohen Regalen und Leitern auf Rollen, um an die Bücher zu gelangen.

Beim elften Schritt stand sie vor dem Arbeitszimmer: riesiger Kamin mit einem lodernden Feuer, davor ein lederner Lehnsessel und ein Ledersofa, rechts ein imposanter Mahagonischreibtisch und von Wand zu Wand Aktenschränke aus Eichenholz. Im ganzen Raum gab es nur indirektes Licht und durch eine riesige Glaskuppel war Gewitterleuchten zu sehen. Das Feuer rauschte ruhig wie ein Fluss und der Regen trommelte auf die Lichtkuppel.

Meeks kam hereingeschlurft, in den Händen zwei Henkeltassen, aus denen es dampfte. Er reichte ihr eine davon.

»Angenehmer Duft, nicht wahr? Orangenholz, das Einzige, das ich für Kaminfeuer benutze. Inzwischen muss ich es mir aus dem Riverside County kommen lassen.«

Merci nickte und betrachtete den kleinen Mann.

»Gefällt Ihnen mein Haus?«

»Nicht schlecht.«

»Nixon hat früher ganz in der Nähe gewohnt, keine hundert Meter entfernt. Wir haben bei ihm zu Hause zusammen Partys gefeiert – na ja, wenn man das Partys nennen konnte. Er war ein Verbrecher, keine Frage, aber er konnte sich nicht amüsieren. Er hat wohl von beiden Welten das Schlechteste abbekommen.«

»Haben Sie seine Wahl unterstützt?«

»Wir haben ihm ein paar Stimmen besorgt. Das war nicht schwer in Orange County.«

»Ich dachte, die Birchers wären hinter Ihnen her gewesen.«

»Sergeant, es gibt konservative Republikaner und es gibt die Birchers. Ich war Mitglied der *Demokratischen* Partei, als ich nach dem Krieg hierher kam, aber kurz vor den Wahlen von zweiundfünfzig hab ich das Lager gewechselt.«

»Wie kam's?«

»Die Republikaner waren damals die Einzigen, die hier in der Stadt eine Rolle spielten. Gott, sogar der Vorsitzende des republikanischen Ortsverbandes war früher mal Demokrat gewesen. Ist übergelaufen, als er gemerkt hat, dass hier nichts anderes zählt. Jetzt haben wir diese mexikanische Demokratin im Kongress, es hat sich also alles geändert. Die Politik ist langweilig geworden. Reden wir lieber über Huren und Mord und schöne Frauen mit einer Kugel im Rücken. Nehmen Sie Platz – am besten auf dem Sofa da drüben. Falls Ihnen zu heiß wird, dürfen Sie sich ruhig ausziehen.« Meeks lachte wieder in sich hinein. »Kommen Sie schon, haben Sie ein bisschen Humor.«

»Sie sind nicht wirklich abstoßend, Mr Meeks, aber es fehlt nicht viel.«

»Ich bin vollkommen harmlos.«

Sie setzte sich. Dann holte sie ihr blaues Notizbuch und ihren Kassettenrekorder hervor. Sie schaltete das Gerät ein und stellte es neben sich auf das Sofa. »Wenn Sie zu nahe kommen, werde ich Ihnen mit meiner Pistole eins überbraten, Mr Meeks.«

Er schaute sie an. »Das würde mir gefallen.«

Merci dachte: Genauso, wie es dir gefallen hat, als Patti Bailey den kleinen Ralphie rausgeholt hat?

»Hören Sie, Mr Meeks, ich habe hier etwas Wichtiges zu erledigen. Sie haben mir Ihre Unterstützung zugesagt. Ich werde dieses Gespräch aufzeichnen und mir einige Notizen machen, wenn Sie nichts dagegen haben.«

»Moment mal – ich feiere Partys mit Richard Nixon, und Sie glauben, ich lasse es zu, dass Sie ein Gespräch mit mir aufnehmen? Ich rede nicht mit Kassettenrekordern. Wenn Sie eine Aufnahme wollen, müssen Sie mich verhaften.«

Meeks blieb zittrig neben dem Ledersessel stehen. Merci sah, dass sein Rücken gebeugt und steif war. »Kommen Sie schon, junge Frau. Stecken Sie das Ding weg und ich helfe Ihnen. Ich stehe zu meinem Wort.«

Merci schaltete das Gerät aus. Sie hatte erreicht, was sie wollte. Seine Großspurigkeit hatte bereits nachgelassen. Sie würde ihn also hart anpacken, versuchen, zum Kern der Sache vorzudringen.

»Wie haben Sie Patti Bailey kennen gelernt?«

Meeks stand immer noch vor dem Sessel. Während er Platz nahm, schien er über ihre Frage nachzudenken. Sie sah zu, wie er sich nach Art alter Männer setzte: die Füße positionieren, mit einer Hand abstützen, Beine beugen und Hintern ablegen, beim Gewichtverlagern kurz innehalten, Rücken gerade, geschafft. Als er fertig war, schaute er Merci an. Sein Gesicht war kantig und im Licht des Feuers nur halb zu sehen. Seine Augen waren orangefarbene Punkte. Er nahm einen Aschenbecher von dem Beistelltisch neben seinem Sessel und stellte ihn sich auf den Schoß.

»Auf einer Party.«

»Wer hat Sie miteinander bekannt gemacht?«

»Wir haben uns selbst vorgestellt, wie ganz normale Leute, wissen Sie. In der Küche. Ich war gerade dabei, mir einen Bourbon einzuschenken, sie brauchte Feuer. Sie hatte einen Joint. Also gab ich ihr meine Streichhölzer und sagte ihr, sie solle den Mist draußen rauchen. Damals war der Besitz von Marihuana noch strafbar. Ich bin mit meinem Bourbon rausgegangen und wir sind ins Gespräch gekommen.«

»Haben Sie sich verabredet?«

»Nee. So was habe ich nicht gemacht. Ich war doch verheiratet.«

»Sie haben sich nie mit ihr verabredet?«

»Das sagte ich doch gerade.«

»Haben Sie sie nach der Party noch einmal gesehen?«

»Auf anderen Partys. Ich würde mich nicht mal an sie erinnern, wenn sie nicht ermordet worden wäre. Sie wissen ja, wie das ist.«

»Das war die erste Lüge, die Sie mir aufgetischt haben, Mr Meeks.«

Merci stand auf und ging zum Kamin. Nach einigen Schritten blieb sie stehen, weil die Hitze zu stark wurde. Sie drehte sich zu Meeks um. Er wirkte noch kleiner in dem riesigen Ohrensessel, die Rentiere tanzten über seinen Pullover, als wäre es Weihnachten. Er stieß eine dicke Rauchwolke aus.

»Was wollen Sie, junge Frau?«

»Hören Sie zu.«

Sie ging zurück zum Sofa, nahm die leere Kassette aus

dem Rekorder und legte die Kopie von Patti Baileys Band ein.

Sie ließ den Teil laufen, auf dem Meeks' Stimme zu hören war. Er hörte es sich an, ohne mit der Wimper zu zucken, nur der Zigarrenqualm kräuselte sich vor seinem Gesicht.

»Ich habe auch ihr Notizbuch, wo sie alle Verabredungen eingetragen hat. Interessante Lektüre. Sie haben sich etwa einmal pro Woche mit ihr getroffen. Sie haben zusammen etwas getrunken. Sie hat Marihuana geraucht. Dann sind Sie zur Sache gekommen.«

»Ich höre Ihnen zu.«

»Gut. Es sieht folgendermaßen aus. Ich kann Sie auf der Stelle mit in die Stadt nehmen und festnehmen wegen Verdachts auf versuchten Mord an Jesse Acuna. Ich könnte noch eine Anzeige wegen Verschwörung hinzufügen und wahrscheinlich damit durchkommen. Falls das Gericht Sie nicht verurteilt, werden die Medien es tun. Ich kann Kopien von diesem Band machen und sie zusammen mit Ihrer privaten Telefonnummer ein paar Journalisten zuspielen. Ich könnte Ihnen Ihre letzten Lebensjahre richtig versauern, *Meeksie.* Oder Sie können mir helfen.«

Schweigen. Das Feuer knisterte. Schließlich sagte er: »Ich weiß nicht, wer sie getötet hat. Damit hatte ich nichts zu tun. In den Zeitungen stand, ein paar Biker würden verdächtigt, und das schien mir damals wahrscheinlich. Sie hatte alle möglichen zwielichten Freunde, Typen, die Sie nicht mit der Kneifzange anpacken würden. Wissen Sie, junge Frau, ich war damals Supervisor, ich war Politiker. Ich hatte was übrig für die Mädchen, ja, das gebe ich zu. Ich habe meine Frau schlecht behandelt und sie hat es mir nie heimgezahlt. Vielleicht habe ich sogar jemanden beauftragt, diesen alten Mann zusammenzuschlagen, denn ich war stinkwütend über das, was er diesem Land antat – ich fand es einfach unrecht. Ich habe also schlecht über ihn gesprochen und vielleicht haben ein paar junge Burschen das in den falschen Hals gekriegt. Vielleicht, vielleicht auch nicht. Aber ich habe *niemals* auch nur einen Finger gegen diese Hure Patti Bailey erhoben. *Niemals.* Nicht einmal, als sie mich mit demselben Band erpresst hat, das Sie mir eben vorgespielt haben.«

»Was haben Sie unternommen?«

»Ich habe gezahlt, den Mund gehalten und gehofft, dass auch sie ihren Mund halten würde. Dann war sie plötzlich tot. Ich habe ihr keine Träne nachgeweint. Ich habe mich gefühlt, als hätte man mich gerade aus der Todeszelle entlassen.«

»Wie viel haben Sie ihr bezahlt?«

»Fünftausend. Kleinkram. Sie wollte fünfzehntausend, und das hätte ich bezahlen können, aber ich wollte ein bisschen Zeit gewinnen.«

»Wozu?«

»Na, was glauben Sie wohl? Was sie mir verkaufte, war Zeit, Schweigezeit, also wollte ich die Finanzierung auf möglichst viele Monate verteilen. Wie bei einem Auto, das man sich eigentlich nicht leisten kann.«

Merci versuchte, die zeitliche Abfolge bis zu Patti Baileys Mord im August nachzuvollziehen. »Wann war das?«

»Juni, Juli.«

»Aber im Dezember sind Sie vom Board of Supervisors zurückgetreten. Da haben Sie Ihr Amt als gewählter Politiker niedergelegt.«

Er zuckte die Achseln. »Das sind zwei verschiedene Dinge – das Mädchen und mein Job. Das eine hat mit dem anderen nichts zu tun. Ich bin zurückgetreten, weil das Geschworenengericht mich in der Mangel hatte, weil die Presse mir die Hölle heiß machte und weil in meinem eigenen Bezirk Forderungen nach Amtsenthebung laut wurden. Das Letzte, was ich gebrauchen konnte, war eine Hure, die mich mit Dreck bewirft. Aber das hat sie nie getan, wissen Sie. Da hatte ich nichts zu befürchten. Als ich zurückgetreten bin, war Patti Bailey schon seit vier Monaten tot. Mit ihr hatte das nichts zu tun. Das hatte andere Gründe.«

»Schmiergelder von Orange Coast Capital.«

»Ach, was heißt schon Schmiergelder. Ich hatte Freunde. Ich habe ihnen geholfen, ja. Sie haben mir geholfen, ja. Ich habe dafür gesorgt, dass ein Stück Land als Bauland ausgewiesen wurde. Und zwar, weil ich an Wachstum glaube, weil ich an die Menschen glaube, weil ich glaube, dass wir ein Recht haben, hier zu sein, und warum sollen wir uns dann nicht wohl fühlen? Was spricht dagegen, dass jeder sein eigenes Haus hat mit einem Supermarkt, einer Tankstelle und einer Imbissbude an der Ecke? Was ist daran verwerflich? Was würden Sie denn als Alternative vorschlagen – dass wir das Land den Erdhörnchen und Kakteen überlassen? Also machen wir doch lieber Bauland daraus. Die Typen, die daran verdienten, haben mir eine Woche Skiurlaub spendiert oder eine Woche Hochseeangeln in Mexiko. Und jetzt sagen Sie mir – fällt das unter Schmiergeld oder unter die Rubrik: Eine Hand wäscht die andere?«

»Das fällt unter Schmiergeld.«

Meeks blies Rauch in die Luft, hustete. »Dann habe ich richtig daran getan, zurückzutreten.«

»Wie haben Sie Patti Bailey kennen gelernt? Und kommen Sie mir nicht wieder mit der Bourbongeschichte.«

Er starrte erst sie an, dann ins Feuer. »Owen. Sie waren Freunde.«

»Wo haben Sie sich mit ihr getroffen?«

»In Hotels. Verschiedenen Hotels.«

»Im De Anza?«

»Zu gefährlich. Zu ordinär. Nein, nein, im alten Grand in Anaheim, im Hotel Laguna. Und in einem oben in Newport Beach, der Name fällt mir nicht mehr ein.«

»Wer war ›KQ‹?«

Er schaute sie an, dann zuckte er die Achseln. »Keine Ahnung.«

»Wen hat sie sonst noch bedient?«

»Etwa tausend andere. Woher soll ich das wissen?«

»Versuchen Sie's.«

Meeks paffte, klopfte die Asche im Aschenbecher ab. »Ein paar Polizisten. Namen weiß ich keine.«

»Aus welchem Department?«

»Owens Männer. Sie redete viel. Viel zu viel.«

»Was hat Owen unternommen, als sie ihn mit dem Band erpresst hat?«

»Dasselbe wie ich, soviel ich weiß. Über unsere Erpresserpost haben wir uns nicht besonders intensiv ausgetauscht.«

»Und warum nicht? Zwei mächtige Männer. Eine kleine Hure mit großen Ambitionen.«

Meeks schüttelte den Kopf. »Wenn man von einer kleinen Hure erpresst wird, will man einfach nur weg. Weg von ihr und weg von jedem, der irgendwie mit ihr zu tun hat. Owen und ich, wir mussten beide für uns selbst sorgen. Ich wollte nicht in seiner Nähe sein, falls er stürzte. Und er wollte nicht in meiner Nähe sein, falls ich stürzte. Solche Sachen entfremden einen von allem und jedem. Man bringt sich selbst in Sicherheit und hofft, dass seine Freunde das ebenfalls schaffen.«

»Einen Monat nach Ihrem Rücktritt ist auch Owen zurückgetreten. Wollen Sie etwa behaupten, das hätte nichts mit Patti Bailey zu tun gehabt?«

»Bis dahin war das Mädchen schon fünf Monate tot – was sollte sie also damit zu tun haben? Owen hatte Probleme im Department. Er war nicht mehr der Jüngste. Das County wurde immer größer, aber er hielt stur an seinen alten Methoden fest. Die Rechten wollten ihn weghaben. Diese Leute hatten damals einen ziemlichen Einfluss. Wenn Sie sich damit näher befassen, dann werden Sie erfahren, warum Bill von seinem Posten zurückgetreten ist.«

Merci schaute zu der Lichtkuppel hinauf. Der Regen hatte nachgelassen, aber nicht aufgehört.

Meeks hustete leise. »Was haben Sie mit diesem Band und mit Pattis Notizbuch vor?«

»Beides bleibt in unserem Gewahrsam, da, wo es hingehört.«

»Das ist vernünftig. Mit solchen Dingen kann man großen Schaden anrichten. Genauso, wie Patti Bailey es versucht hat. Ich kann nur hoffen, dass Sie nicht annehmen, dass es einen Unterschied macht, bloß weil Sie eine Polizistin sind und sie eine Hure war.«

»Das macht allerdings einen himmelweiten Unterschied.«

»Würden Sie mir das erklären?«

»Patti Bailey hat Sie für Geld gefickt, weil das ihr Job war. Ich fick Sie umsonst, weil es mein Job ist.«

Meeks lachte. »Und warum wollen Sie das tun? Was wollen Sie von mir?«

»Ich will wissen, wer sie umgebracht hat. Sie wissen es. Das weiß ich. Falls Ihr Gedächtnis sich also wieder erholt, rufen Sie mich an. Bis dahin werde ich ein bisschen Kleinarbeit erledigen und basierend auf diesem Band eine Anklage wegen Anstiftung zu schwerer Körperverletzung zusammenbasteln. Wie das Band entstanden ist, wird Ihnen natürlich wesentlich mehr Ärger einbringen als das, was Sie darauf sagen. Aber das ist Ihr Problem, nicht meins. Auf dieser Karte stehen meine sämtlichen Telefonnummern und ich werde sie Ihnen in etwa fünf Sekunden in die Hand drücken.«

Sie kritzelte ihre Handynummer auf die Rückseite einer Visitenkarte, ging zu Meeks hinüber und blieb in seiner Rauchwolke stehen. Dann gab sie ihm die Karte.

»Ich weiß nicht, wer sie umgebracht hat, junge Frau. Wieso müssen Sie mir auf meine alten Tage auf die Pelle rücken und mir von neuem das Leben schwer machen?«

»Sie haben ein Mädchen für Sex bezahlt, Sie haben einen alten Farmer so schlimm zurichten lassen, dass er seitdem halb blind und zahnlos ist. Das ist unrecht. Es ist illegal. Und Sie werden dafür bezahlen.«

»Sie dumme Gans. Wenn ich wüsste, wer das Mädchen ermordet hat, glauben Sie nicht, ich hätte es Ihnen inzwischen gesagt?«

»Sie werden es mir sagen, sobald Sie kapiert haben, was auf dem Spiel steht. Das County-Gefängnis ist nicht besonders gemütlich. Wir haben dreitausend Betten für fünftausend Ganoven. Sie müssten womöglich auf dem Fußboden schlafen. Rauchen verboten. Sie müssten vielleicht sogar Ihre Villa hier an Ihre Anwälte abtreten. Und selbst wenn es Ihnen gelänge, davonzukommen, würde es Sie eine Menge Geld kosten. Dann müssten Sie Abfallholz in Ihrem Kamin verbrennen anstatt die letzten Orangenbäume von Kalifornien.«

Kapitel 25

Sie setzte sich in eine Fensternische im Fisherman's Restaurant, draußen auf dem Pier in San Clemente. Es war weniger als fünf Minuten von Meeks' Haus entfernt, und sie wollte im Warmen sitzen und ungestört Colin Byrnes Artikel über »korrupte Cops« lesen. Herausfinden, ob seine Erkenntnisse mit dem übereinstimmten, was Meeks gesagt hatte.

Sie nahm Platz und schaute auf den Pazifik hinunter – schwarzes Wasser, grauer Himmel, weißer Schaum auf den Wellen und der verdammte Regen, der schon wieder gnadenlos niederprasselte.

So dicht über dem Ozean zu sitzen, der sie und ihren Sohn einmal beinahe verschlungen hätte, gab ihr ein mulmiges Gefühl. Das war damals eigentlich bloß ein dummer Unfall gewesen, ihr eigener Fehler, etwas, das sie nie wieder tun würde. Während der ersten Monate nach Tims Geburt war sie nicht ganz bei Sinnen gewesen. Aber irgendwie hatte das Meer ihr vergeben und ihr eine zweite Chance geboten.

Über dem Meer zu sitzen und es durchs Fenster zu beobachten, war ungefährlich. Hier befand sie sich in einem geschlossenen Raum. So dicht am Ozean zu sein, sagte sie sich, war etwa so, als würde man ein Pferd, das einen abgeworfen hatte, wieder besteigen. Sie schaute hinunter. Die Kugel, die Aubrey Whittaker getötet hatte, abgefeuert aus Mike McNallys Dienstwaffe, lag irgendwo da draußen. Eine Kellnerin brachte ihr eine Tasse Kaffee und Merci rührte reichlich Milch und Zucker hinein.

Colin Byrnes Berichte begannen mit ein paar kurzen Artikeln über Polizeikorruption auf der unteren Ebene – übertriebene Gewaltanwendung, Polizisten, die Geld unterschlugen und beschlagnahmte Drogen stahlen, Polizisten, die bei Zuhältern abkassierten. Eine dreiteilige Serie über die Polizei und das Hotel De Anza brachte keine neuen Erkenntnisse: Alle möglichen Polizisten gaben zu, dort zu verkehren, aber natürlich wusste keiner von ihnen etwas über Prostitution in dem Hotel.

Byrne war einigen Polizisten in die Welt der Politik des Jahres 1969 gefolgt. Er hatte sich auf eine kleine Gruppe von Gesetzeshütern konzentriert, insgesamt acht Männer, die offen rechtsgerichtet waren, die Einrichtung von ehrenamtlichen Polizeistellen in Wohnvierteln befürworteten und die Arbeit in den Departments offen kritisierten.

Einige Namen waren Merci vertraut: Beck Rainer, Pat McNally, Art Rymers. Andere hatte sie noch nie gehört.

Sie verglich die Namen der acht mit den Mitgliederlisten der John Birch Society. Alle waren eingetragen. Die meisten gehörten der Organisation von Anfang bis Ende der sechziger Jahre an, nur wenige waren im Jahre 1972 noch aktive Mitglieder.

Im Rundbrief vom Februar 1967 der Ortsgruppe 231 der John Birch Society schrieb Beck Rainer:

> Angesichts der weltweiten kommunistischen Verschwörung ist die ständige Wachsamkeit nicht nur sinnvoll, sondern absolut notwendig, wenn wir eine freie Gesellschaft erhalten wollen. Zu Lenins Plan, Amerika zu er-

obern, gehört die UNTERWANDERUNG VON INNEN. Unsere Schulen, Kirchen und Wohngebiete müssen beschützt werden, damit wir in Frieden und Freiheit lernen, beten und leben können. Wenn unsere Gesellschaft von Drogensüchtigen infiltriert wird, die gezwungen sind, für ihren nächsten Schuss zu stehlen und zu rauben, von Kleinkriminellen, die die Gesetze missachten, von Hippies, die nach Moskaus Pfeife tanzen, dann ist es an der Zeit, zu HANDELN. Amerika wird nicht wie überreifes Obst in die Hände des Kommunismus fallen, wenn wir auf den Straßen, in den Schulen und in den Kirchen starke Präsenz zeigen. Ich fordere alle Mitglieder der John Birch Society auf, sich ins Zeug zu legen und alle Nachbarn und Freunde aufzuklären – all die wohlmeinenden Männer und Frauen, die so anfällig sind für kommunistische Propaganda. Ladet sie zu euren Versammlungen ein, zeigt ihnen die Filme, die euch dazu gebracht haben, der John Birch Society beizutreten, und vor allem – GEBT IHNEN *DAS BLAUE BUCH*. Das Buch von Robert Welch ist immer noch die effektivste Waffe, über die wir verfügen. Ich danke euch!

Merci fragte sich, ob so ein Artikel Beck Rainer zu einem schlechten Polizisten machte, abgesehen davon, dass man ihm übertriebenen Eifer vorwerfen konnte.

Im Laufe des Sommers 1969 hatte die *Los Angeles Times* mehrere Leserbriefe abgedruckt. Es handelte sich um Briefe von Bürgern, die sich über »Schwadronen« von »Naziartigen Polizeimotorrädern« beschwerten, die in ihrem Stadtviertel in den Einfahrten von Häusern geparkt standen, wo offenbar »Propaganda-Versammlungen der John Birch Society« abgehalten wurden.

Ein Leitartikel in der *Times* warnte vor »Vigilantismus« und »falsch verstandenem Patriotismus« und argumentierte, »Bürgerwehren« seien »keine Antwort auf wachsende Kriminalität und die Angst vor der kommunistischen Gefahr«.

Merci verfolgte Rainers Geschichte in den Zeitungen: In einem Interview aus dem Jahre 1969 warf er Sheriff Bill Owen »Führungsschwäche« und »Disziplinmangel« vor. Nachdem Owen 1969 vorzeitig zurückgetreten war, hatte Rainer im Jahre 1970 für das Amt des Sheriffs kandidiert. Er hatte jedoch weder die Unterstützung von Vance Putnam gehabt, der das Amt kommissarisch verwaltet hatte, noch war es ihm gelungen, die unteren Ränge auf seine Seite zu bekommen, obwohl viele Konservative im Orange County hinter ihm standen. Er verlor die Wahl knapp gegen Chuck Brighton – den von Putnam gewünschten Nachfolger. Das war im Juni 1970. Der enttäuschte Rainer gelobte, bei der nächsten Wahl erneut zu kandidieren. Er gehörte ebenfalls zu den fünfundsechzig Polizisten, deren Fotos Bill Owen Jesse Acuna zur Identifizierung vorgelegt hatte. Merci überflog die Liste der Namen, erkannte Rymers, Thornton und Pat McNally. Acuna hatte keinen von ihnen als einen der Männer in dem weißen Mercedes identifizieren können, die ihm ein Kaufangebot für sein Land gemacht und ihn bedroht hatten.

In einem kurzen Artikel von Ende 1978 wurde ein erfolgreicher privater Sicherheitsdienst vorgestellt, die Firma Patriot Protective Services unter der Leitung von Beck Rainer. Rainer stellte bevorzugt Polizisten und Expolizisten ein, »weil die wissen, was sie tun«. Merci betrachtete Rainers Foto: Locken, gewinnendes Lächeln, harte Augen.

Am Rand hatte Colin Byrne mit Bleistift die derzeitige Adresse und Telefonnummer der Firma notiert.

Pat McNally wurde häufig in den Zeitungen zitiert und hatte viele Artikel im Rundbrief der John Birch Society veröffentlicht. Sein Stil war großspurig und sarkastisch. Supervisor Ralph Meeks nannte er einen »Scheißliberalen mit einem Bankkonto voller öffentlicher Gelder«. Er sagte, Richard Nixon sei eine »Marionette der kommunistischen Verschwörung, die amerikanische Soldaten in Vietnam in den Tod schickt«. Er sagte: »Wir sollten Hanoi in Grund und Boden bomben, und wenn die Russen aufmucken, wird Moskau als Nächstes plattgemacht.« Entgegen der Haltung von Sheriff Bill Owen hatte McNally dafür plädiert, Mitgliedern der freiwilligen Polizei das Tragen von Schusswaffen zu gestatten. Owen konterte, einen solchen Antrag würde er niemals befürworten, »egal wie viele John Birchers ihn unterschrieben haben«.

McNally schrieb einen langen, leidenschaftlichen Leserbrief an den *Register*, in dem er es als völlig absurd und lächerlich bezeichnete, dass das Sheriff Department einem voreingenommenen, zornigen und verbitterten alten Mann, der »ohne Beweise und ohne Grund behauptete, von rassistischen Polizisten geködert und zusammengeschlagen worden zu sein«, Fotos von anständigen Polizisten zur Identifizierung vorlegte.

Zum letzten Mal in Byrnes Akte tauchte der Name McNally in einem *Times*-Artikel aus dem Jahre 1989 auf, in dem der Fall Acuna rückblickend erwähnt wurde. McNally war mittlerweile zum Lieutenant aufgestiegen und in den Verwaltungsdienst übergewechselt. Er sagte, im Nachhinein, zwei Jahrzehnte später, erschienen ihm die leidenschaftlichen Debatten aus dem Jahr 1969 »ungerechtfertigt«, meinte, das sei damals »eine ganz andere Welt« gewesen. »Kühlere Köpfe« hätten sich am Ende »durchgesetzt«.

Kühlere Köpfe, dachte Merci. War es das? Sie schlug noch einmal Byrnes Namensverzeichnis auf und fuhr mit dem Finger über die Liste der Mitspieler.

Niemand mit den Initialen KQ.

Jim O'Brien war aufgeführt, ein Eintrag.

Ihr Herz begann zu rasen, als sie las: *Rayborn, Clark – Seiten 81, 88, 119.*

Ihr Vater wurde im Rundbrief 231 der John Birch Society als neues Mitglied aufgeführt, geworben von O'Brien. Das Datum lautete 24. Januar 1967. In einem Rundbrief, der ein halbes Jahr später herausgekommen war, schrieb Clark einen Artikel über Waffenkontrolle und argumentierte, Hitlers erster Schritt zur Versklavung der Juden habe darin bestanden, ihnen den Besitz und das Tragen von Waffen zu verbieten. »Unsere Regierung«, schrieb er, »würde dasselbe gern mit uns machen. Ohne Waffen ist der Bürger sowohl den Kriminellen als auch der Politik hilflos ausgeliefert.«

Den letzten Hinweis auf ihren Vater fand sie in einer kleinen Zeitung aus Buena Park, wo Clark 1970 die Begrüßungsrede bei den Abschlussfeierlichkeiten einer Highschool gehalten hatte. In seiner Rede sprach er von »unserer Nation, die auf Recht und Ordnung aufgebaut ist«, und forderte die Schulabgänger auf, »unsere Republik innerhalb und nicht außerhalb der Gesetze« zu verändern. Der Autor des Artikels bezeichnete die Rede als »bewegend«. Von einigen Schülern wurde Clark ausgebuht und als Schwein beschimpft.

Merci stellte sich ihren sanftmütigen Vater auf dem Podium vor, wie er versuchte, sich dreihundert Teenagern verständlich zu machen, die sich einbildeten, soeben erwachsen geworden zu sein. Es musste ihm schwer gefallen sein, vor Leuten, die es nicht erwarten konnten, aus dem Footballstadion rauszukommen, sich zu besaufen und zu feiern, über seine Prinzipien zu sprechen.

Erst als sie die letzten Rundbriefe der John Birch Society durchging, wurde Merci fündig. Die Versammlung der

Ortsgruppe 231 vom Mai 1969 wurde im Haus von Pat McNally abgehalten und Thema der Diskussion war die Rolle Amerikas in der UNO. Auf der Anwesenheitsliste waren unter anderen Clark Rayborn und Jim O'Brien eingetragen. Der Sprecher war der Vorsitzende der Ortsgruppe Beck Rainer.

Zu den elf Besuchern gehörte Patti Bailey.

Beck Rainers Firma Patriot Protective Services, PPS, hatte ihren Hauptsitz in einem von einer Parkanlage umgebenen Bürogebäude in Orange. Ihre Büros lagen im zweiten Stock. Es gab einen großen Empfangsraum, wo ein paar junge Männer Bewerbungsformulare ausfüllten. An einer Wand hing hinter Glas eine riesige amerikanische Flagge, daneben befanden sich einige gerahmte Dokumente – die Unabhängigkeitserklärung, die Präambel der Verfassung, die *Gettysburg Adress*, ein Auszug aus einer Rede von Teddy Roosevelt. Außerdem gab es ein paar große Landschaftsfotos mit patriotischen Sprüchen darunter – der Grand Canyon, der Half Dome, ein paar Mammutbäume im Sonnenlicht.

Am Telefon hatte sich Rainer auf ein kurzfristiges Treffen mit Merci eingelassen, und als sie eintraf, empfing er sie sogleich. Er war ein großer, schlanker Mann mit großen Händen und Armen, die ein bisschen zu lang für seine Ärmel waren. Kordhose, kariertes Hemd, runzlige Haut im Nacken. Er ging gebeugt wie ein Mann, der es gewohnt war, eine gebeugte Haltung einzunehmen. Er schlurfte durch einen mit Teppichboden ausgelegten Flur und ließ Merci den Vortritt in sein Büro. Keine Sekretärin, keine Empfangsdame. Auf seinem Schreibtisch standen mehrere Telefone und eine große Gegensprechanlage, wie sie sie im Department benutzten.

»Wie geht's Ihrem Vater?«

»Meine Mutter ist vor zwei Jahren gestorben. Das hat ihn sehr mitgenommen.«

»Marcella war eine wunderbare Frau. Viel zu jung, um zu sterben.«

»Zweiundfünfzig.«

»Meine Frau ist noch gesund und munter. Ich kann mich glücklich schätzen.«

An den Wänden hingen gerahmte Fotos von Porsches und einige Fotos von Rainer mit den Präsidenten Nixon, Ford, Reagan und Bush. Ein Hochschulzeugnis. Eine Auszeichnung der John Birch Society. Und noch mehr Fotos: Rainer in einem Basketballertrikot, Rainer in Polizeiuniform, Rainer mit Frau und Kindern, Rainer zu Pferd irgendwo, wo dreißig Meter hohe Pinien wuchsen. Durch das große Fenster konnte Merci sehen, dass es aufgehört hatte zu regnen. Sie schaute zu den Vorstädten des Orange County hinaus, die sich unter dem grauen, triefenden Himmel zu ducken schienen.

»Was für Sicherheitsdienste bieten Sie an?«

»Alles, was es gibt. Wir sichern Privathäuser – fahren Streife und erscheinen, sobald Alarmanlagen losgehen. Wir stellen Bodyguards. Bewachen Industrieanlagen. Vor allem die Hightech-Firmen halten uns auf Trab. In letzter Zeit bekommen wir viele Aufträge für diese geschützten Wohnanlagen, die neuerdings wie Pilze aus dem Boden sprießen. Jeder will heutzutage einen Wachmann und einen Sicherheitsdienst. Wir haben mittlerweile dreihundert Mitarbeiter.«

»Stellen Sie immer noch bevorzugt ehemalige Polizisten ein?«

Rainer lächelte, halb freundlich, halb gierig. »Klar. Interessiert?«

»Noch nicht.«

»Manche Jobs sind interessant. Die Hightech-Firmen müssen vorsichtig sein. Bei denen sind es vor allem die Angestellten, die klauen. Der Rest ist mehr oder weniger Routinearbeit. Das bedeutet, dass wir die Sache im Griff haben, wenn es Routine ist.«

Merci sagte ihm, dass der Fall Patti Bailey auf ihrem Schreibtisch gelandet war, berichtete ihm von der Tonbandaufnahme und dem Notizbuch, von Patti Baileys Behauptung, sie habe Beweise im Fall Jesse Acuna, von Baileys Versuch, Meeks und wahrscheinlich Owen und womöglich noch andere Leute zu erpressen.

»Wow«, sagte Rainer, »das ist ja ein Ding. Wie sind Sie denn an das Band und an das Notizbuch gekommen?«

»Das kann ich Ihnen nicht sagen.«

Er hob eine Braue und nickte.

Merci fuhr fort. »Und ich kann mir beim besten Willen nicht erklären, was Patti Bailey drei Monate vor ihrem Tod bei einer Versammlung der John Birch Society zu suchen hatte.«

»Also, das ist mir neu. Bei welcher Versammlung war sie denn?«

»Das war im Mai neunundsechzig. Bei Pat McNally zu Hause. Sie haben eine Rede über die Vereinten Nationen gehalten. Und Patti Bailey war als Gast dort. Das habe ich aus dem Rundbrief der Ortsgruppe. Ortsgruppe zweihunderteinunddreißig – die mit den vielen Polizisten.«

»Ach ja, an die Ortsgruppe zweihunderteinunddreißig kann ich mich gut erinnern. Wenn die eine Versammlung hatten, standen mindestens zwanzig schwarzweiße Harleys in der Einfahrt. Hat die Nachbarn in Angst und Schrecken versetzt. Nur die Kinder, die waren begeistert von den Motorrädern. Die Teenager haben uns als Schweine beschimpft, aber die Kinder mochten uns noch.«

Merci sagte nichts. Sie erinnerte sich – sehr schwach und

nebelhaft – an einen Vorgarten mit lauter Polizeimotorrädern, die im Sonnenlicht glänzten. Eine Versammlung der Birchers? Wahrscheinlich. Bei ihr zu Hause? Bei den McNallys? Sie wusste es nicht mehr.

Rainer sah sie nachdenklich an. Er saß jetzt ganz aufrecht, nicht mehr im Geringsten gebeugt, den Blick fest auf Merci geheftet. »Es wundert mich, dass ich mich nicht an sie erinnere. Aber ich war immer vollkommen nervös, wenn ich eine Rede halten musste, dann habe ich immer alles ausgeblendet, um mich vorzubereiten.«

Sie suchte nach einer Schwachstelle in Rainers Schutzpanzer, konnte jedoch keine entdecken. Kein Tick, kein nervöser Blick, kein herausforderndes Anstarren. Er wirkte einfach nur, als würde er in seinen Erinnerungen graben.

»Das ist verständlich. Aber ich verstehe nicht, was eine Hure bei einer Versammlung der John Birch Society zu suchen hat. Das ist die merkwürdigste Verbindung, von der ich je gehört habe.«

»Wie lautet noch das alte Sprichwort von der Politik und den seltsamen Bettgenossen?«

»In dem Sprichwort kommt jedenfalls nichts von Mord vor.«

»Nein. Und auch nicht von Erpressung.«

Sie wartete darauf, dass Rainer seine Sentimentalität ein bisschen herunterschraubte und etwas mehr Klartext redete. Sie hatte das Gefühl, dass er ihr Honig um den Bart schmierte. Und das konnte sie nicht ausstehen.

»Versuchen wir es noch einmal, Mr Rainer – ich verstehe nicht, *wie* Patti Bailey bei der Versammlung gelandet ist. Sie war ganz dicke mit Meeks und Owen. Aber Sie und Ihre rechtslastigen Kumpane haben diesen beiden Männern damals die Hölle heiß gemacht. Was also wollte Patti Bailey? Gehörte sie zu den Birchers und versuchte, Meeks und

Owen auszuspionieren? Oder steckte sie mit Meeks und Owen unter einer Decke und versuchte, die Birchers auszuspionieren?«

Rainer seufzte, drehte sich um, schaute aus dem Fenster, drehte sich wieder um und schaute Merci an. »Oder vielleicht beides? Schließlich war sie eine Prostituierte, die für Geld arbeitete.«

»Das weiß ich. Ich hatte gehofft, Sie könnten mir ein bisschen was Genaueres sagen, Mr Rainer. Ich hatte gehofft, Sie würden das Offensichtliche überspringen und mir erzählen, wer zum Teufel Patti Bailey an jenem Abend, als Sie Ihre Rede gehalten haben, mit zu der Versammlung geschleppt hat. Ich arbeite unter Termindruck und ich bin etwa zweiunddreißig Jahre im Hintertreffen.«

Er nickte, als hätte er mit ihrer Frage gerechnet. »Ich weiß es nicht. Ich kann mich nicht an die Frau erinnern. Aber ich kann Ihnen sagen, dass Pat McNally und Jim O'Brien immer einen guten Draht zu den Damen hatten. Sie waren zwar verheiratet, aber sie standen in einem gewissen Ruf. Vielleicht hat keiner von den beiden Patti Bailey an jenem Abend gesehen. Vielleicht hat sie sich anständig gekleidet und behauptet, sie sei irgendeine Sekretärin, die sich Sorgen machte um Fluor im Trinkwasser. Ich weiß es nicht. Aber wenn einer als Kandidat dafür in Frage kommt, eine Hure mit zu der Versammlung gebracht zu haben, dann nur einer von den beiden.«

McNally oder O'Brien, dachte Merci. Die glücklichen Konservativen, die Familienväter, die sich nebenbei eine kleine Gespielin hielten.

Merci wurde allmählich mulmig zumute: Vater und Sohn, der alte Pat und Mike, beide in einen Mord an einer Prostituierten verwickelt. Und sie war naiv genug gewesen, um ins Restaurant Cancun zu latschen und den alten Pat zu fragen, was er über den Fall Patti Bailey wusste.

Merci schüttelte lächelnd den Kopf. Mädel, dachte sie, manchmal kann ich mich über dich nur wundern.

Aber was war, wenn O'Brien und/oder McNally es so eingerichtet hatten, dass Patti Bailey den Feind kennen lernte – Meeks und Owen. Sie vielleicht dazu angestiftet hatten, ein Tonband laufen zu lassen, für den Fall, dass einer von ihnen etwas Interessantes von sich gab?

Oder umgekehrt, dachte sie dann: Was war, wenn Owen sie auf die bösen Jungs der Ortsgruppe 231 angesetzt hatte, damit sie etwas über die in Erfahrung brachte?

Oder, wenn man beides zusammennahm und von Geld als dem gemeinsamen Nenner ausging, dann hatte man eine Hure, die sich auf beiden Seiten schadlos hielt – wie Rainer gesagt hatte. Hauptsache, die Kasse stimmte.

Aber irgendjemand hatte ihr KQ auf den Hals gehetzt, KQ hatte ihr eines Abends in einem Orangenwäldchen zwei Kugeln verpasst und dann war der ganze Zirkus vorbei.

Meeks und Owen waren zurückgetreten.

O'Brien hatte sich aus dem Staub gemacht und sich einen besseren Job besorgt. Fünfundzwanzig Jahre später hatte er sich das Leben genommen. War sein Tod vorprogrammiert gewesen? War sein Tod eine Spätfolge dessen, was mit Patti Bailey passiert war?

Pat McNally blieb, wo er war. Pat machte Karriere bei der Polizei, mit Unterstützung von Brighton. Wer hatte gewonnen? Wer hatte von der lebenden Patti profitiert, wer von ihrem Tod?

»Ich suche nach einem Mann mit den Initialen KQ. Sagt Ihnen das was?«

Rainer überlegte. »Nein. Nicht viele Familiennamen fangen mit Q an.«

Merci betrachtete die Fotos von Rainer mit sämtlichen republikanischen Präsidenten seit Kennedy.

»Ich habe gelesen, dass Ihr Foto unter denen war, die man Jesse Acuna vorgelegt hat.«

Rainer lachte. »Das stimmt tatsächlich. Ich war damit beauftragt, diese Fotos zusammenzustellen.«

»Wonach haben Sie entschieden, welche Polizeifotos auf die Liste kamen und welche nicht?«

»Das war rein freiwillig«, erwiderte Rainer lächelnd.

»Himmel.«

»So lief das in allen Departments. Glauben Sie bloß nicht, wir hätten uns von der Bürgerrechtsbewegung zwingen lassen, vertrauliche Informationen herauszugeben. So funktioniert das nicht.«

»Die gottverdammten Kommunisten, stimmt's?«

»Ganz genau.«

Merci schaute aus dem Fenster, betrachtete den Himmel, die Hügel, die Häuser, die sich überall ausbreiteten, die Tankstellen und Straßen, die Schulen, Kirchen und Geschäfte. Autos, Autos und noch mehr Autos. Zwei Komma sieben Millionen Menschen, und ein Ende war nicht abzusehen, dachte sie. Manchmal kam Orange County ihr vor wie ein kleines Aquarium mit einem riesigen Schwarm Fische darin, die alle in dieselbe Richtung schwammen, und niemand fragte, wohin oder warum.

»Wieso sind Sie aus dem Polizeidienst ausgeschieden? Sie waren immerhin Captain. Sie haben gut verdient.«

»Brighton hat mir das Leben schwer gemacht. Er hielt nicht viel von uns Rechten. Er versuchte, die goldene Mitte einzuhalten, es jedem recht zu machen, um nur ja seinen Posten nicht zu gefährden, wollte ein netter, anständiger Kerl sein. Er meinte, die Birchers würden das Department in Verruf bringen, womit er wahrscheinlich Recht hatte. Unsere Zeit war vorbei. Als Nixon zurücktrat, war die konservative Ära vorüber. Zumindest für mich. Und da hab ich mir gesagt, ich sehe zu, dass ich von Brightons Knute wegkomme, vielleicht eine eigene Firma gründe. Ich bin froh, dass ich es getan habe. Ich sorge dafür, dass die Leute sich sicher fühlen. Ich halte ihnen das Gesindel vom Hals. Wenn sich hier jemand um einen Job bewirbt, der mir nicht gefällt, brauche ich ihn nicht einzustellen. Wir haben gute Leute. Ich verdiene gutes Geld. Wenn ich die Cops in ihren Streifenwagen sehe oder wenn ich Sie sehe, dann bin ich froh, dass ich nicht mehr bei der Polizei bin.«

»Warum? Ihr Job wirkt ziemlich langweilig.«

»Das ist er auch. Aber ich lebe noch, ich habe keine Magengeschwüre, und ich brauche mich nicht jeden Abend in den Schlaf zu saufen wie viele der Männer, mit denen ich früher zusammengearbeitet habe. Ich lasse mich nicht von einem Kerl herumkommandieren, der Jahr für Jahr seinen eigenen Beliebtheitswettbewerb ausficht. Ich kann sagen, was ich denke, ohne Gefahr zu laufen, dass ich zur Verkehrspolizei versetzt werde. Das hat Brighton mir tatsächlich einmal angedroht. Ich habe mir damals gesagt, wenn der mich zur Verkehrspolizei versetzen will, bloß weil ich der Meinung bin, dass die Russen unser Land am liebsten vernichten würden, sich unsere Rohstoffe unter den Nagel reißen und das Land auslaugen, wie sie ihr eigenes Land ausgelaugt haben, dann soll er's versuchen. Also bin ich aus dem Polizeidienst ausgeschieden. Und darüber bin ich heute noch froh.«

Rainer schien über seine Worte nachzudenken, als fragte er sich, ob er sie selbst glauben sollte oder nicht. »Sie schauen aus dem Fenster, Sergeant Rayborn. Was sehen Sie da?«

»Fische.«

Rainer runzelte die Stirn und nickte langsam. »Ich nicht. Ich sehe tausende von Menschen, die dieses Land aussaugen, Menschen, die dieses Land bedrohen, obwohl sie nicht mal unsere Sprache richtig beherrschen, drogensüchtige Blutsauger, die sich vom Staat aushalten lassen, analphabetische Kleinkriminelle und schwangere Teenager, die sich wie die Ratten vermehren, Flüchtlinge aus jeder drittklassigen Demokratie der Welt, die sich auf unsere Kosten mästen. Alle anderen treiben sich in den Malls herum oder hocken zu Hause vor der Glotze. Das ist es, was *ich* sehe, aber jeder hat einen anderen Blickwinkel. Das akzeptiere ich.«

»Warum wandern Sie nicht aus?«

»Darüber habe ich schon oft nachgedacht. Aber ich habe in einem Park ganz hier in der Nähe meinen ersten Baseball geschlagen. In der Highschool um die Ecke habe ich mich zum ersten Mal verliebt. Hier habe ich meinen jüngeren Bruder begraben – er wurde in Vietnam von einem Scharfschützen getötet. Also bleibe ich hier. Dieses Land gehört mir ebenso wie allen anderen. Ich verdiene meinen Lebensunterhalt. Ich bin einer von den Fischen.«

»Sie schwimmen gegen den Strom, Mr Rainer.«

»Sie auch. Sie sind knallhart, zielstrebig und von der Welt um Sie herum ziemlich angewidert. Man sieht es an Ihrem Gesicht. Das bewundere ich.«

Rainer stand langsam auf und streckte seine Hand aus. Merci stand auf und schüttelte ihm die Hand.

»Ich hoffe, Sie finden heraus, wer das Mädchen umgebracht hat. Niemand hat das Recht, mit so was ungestraft davonzukommen. Falls Sie es irgendwann satt haben sollten, Ihr Leben jeden Tag für Leute aufs Spiel zu setzen, die nicht mal Ihren Namen aussprechen können, kommen Sie zu mir.«

Merci fuhr auf den Parkplatz des Departments. Von ihrem Wagen aus rief sie im Labor an und verlangte Evan O'Brien zu sprechen.

»Ich muss mit dir reden«, sagte sie.

»Ich muss auch mit dir reden«, erwiderte er.

»Ich hole dich in zwanzig Minuten ab. Wir werden unseren Toten einen Besuch abstatten.«

»Warum treffen wir uns nicht im Cancun, wo ihr Revolverhelden sonst alle rumhängt?«

»Ich möchte nicht, dass die anderen mitbekommen, worüber wir reden.«

»Na ja, die Toten halten wenigstens die Klappe.«

Kapitel 26

Sonnenlicht fiel in Streifen durch die Bäume auf dem Fairview-Grove-Friedhof, als sie in die Einfahrt bogen. Die Grabsteine und die Erde waren feucht und dunkel, die regennassen Kiefern glitzerten im Licht, das Gras schillerte leuchtend grün. Wie in einem Werbespot, dachte Merci. Hess und Jim O'Brien waren beide hier begraben, aber ihre Gräber lagen so weit voneinander entfernt, dass man mit dem Auto von einem zum anderen fahren musste.

Merci war Evan hier eines Nachmittags begegnet, kurz nach Hess' Beerdigung. Evan hatte ihren Impala erkannt und sie am Grab stehen sehen. Seitdem waren sie nur zweimal gemeinsam auf dem Friedhof gewesen, denn bereits nach dem ersten Mal war Merci klar geworden, dass sie lieber mit Hess alleine war.

Selbst ein rücksichtsvoller Begleiter wie Evan O'Brien – der zu ihrer Überraschung beide Male sein loses Mundwerk am Eingang abgegeben hatte – war zu viel Ablenkung, wenn es um Hess ging. Sie wollte sich ihren Gefühlen hingeben, nichts erklären. Und wenn ihre Gefühle traurig und verworren und sehnsüchtig waren, bitte sehr.

Wahrscheinlich hatte O'Brien ebenso widersprüchliche

Gefühle, wenn es um seinen Vater ging. Oder vielleicht empfand er etwas ganz anderes, aber darum ging es nicht. Das Gedenken an die Toten war etwas Privates. Niemand lauschte, wenn man hier redete.

Zuerst besuchten sie Hess' Grab. In seinen schlichten Grabstein aus schwarzem Marmor waren nur sein Name, Geburts- und Todesdatum eingraviert. Keine Engelchen, keine sentimentalen Sprüche.

Eine ganze Weile standen sie auf dem schwammigen Rasen. Schließlich brach O'Brien das Schweigen. »Kannst du mir mal sagen, was bei uns im Labor los ist? Neuerdings hat niemand mehr Zutritt außer dem Personal und Brighton. Das Formular, auf dem man sich eintragen musste, wenn man hineinwollte, ist weg. Gilliam verteilt alle Aufgaben neu, wie einer, der die Karten neu mischt, weil ein Falschspieler am Tisch sitzt. Er hat uns dazu verdonnert, rund um die Uhr auf Rufbereitschaft zu sein, aber weswegen, erklärt er uns nicht. Muss ja irgendeine Riesensache sein, ein Fall, der nach einer schnellen Lösung schreit. Aber jetzt was ganz anderes: Es heißt, Mike McNally sitzt seit mindestens sechs Stunden in einem Verhörzimmer. Ich habe gehört, sie haben ihn heute Morgen hergebracht. Ich habe gehört, sie haben ihn bisher nicht wieder rausgelassen. Clay Brenkus wurde im Department gesehen. Guy Pitbull – seine Nummer eins – wurde gesehen. Ein hochrangiger Strafverteidiger namens Bob Rule wurde gesehen. Brighton schleicht kreidebleich durchs Gebäude und Merci Rayborn ist verschwunden. Tja. Vielleicht kannst du mich ein bisschen aufklären.«

»Sie verhören Mike wegen des Mordes an Aubrey Whittaker.«

Evan schüttelte den Kopf und pfiff leise durch die Zähne. »Ich hab's mir gedacht, aber ich wollte es nicht glauben. Wir warten also auf einen Durchsuchungsbefehl.«

Merci nickte.

»Scheiße«, flüsterte er. »Mike.«

»Wir haben heute Morgen versucht, die Sache informell zu lösen. Aber ohne seinen Anwalt wollte Mike sich auf nichts einlassen.«

»Damit macht er sich doch erst recht verdächtig.«

»Es ist das Richtige, falls er schuldig ist.«

»Ist er das?«

»Verdammt, Evan, es sieht so aus.«

Evan betrachtete das Grab. »Was hast du rausgefunden?«

»Nichts.«

»Irgendjemand muss was rausgefunden haben. Wenn man ein Verhör durchführt und einen Durchsuchungsbefehl beantragt, muss man wissen, was sich hinter Tür Nummer drei befindet. Was hast du rausgefunden?«

»Das kann ich dir jetzt noch nicht sagen.«

»Es heißt, vor etwa einer Stunde sei der Durchsuchungsbeschluss telefonisch bestätigt worden.«

»Dann wirst du es bis heute Abend wissen.«

»Falls Gilliam mich in meinem eigenen verdammten Labor arbeiten lässt.«

»Das bestimmt er.«

Kopfschüttelnd stocherte Evan mit der Fußspitze im nassen Gras herum. »Möchte wissen, was Paul Zamorra in Aubrey Whittakers Wohnung gefunden hat. Fingerabdrücke, irgendwelche Fasern? Schwer zu sagen. Jedes Mal, wenn ich in seine Nähe kam, hat er mich angestarrt, als hätte ich seinen Hund erschossen.«

»Darüber darf ich nicht mit dir reden, Evan, tut mir Leid. Aber ich kann dir sagen, dass es in Aubrey Whittakers Küche so aussah, als hätte ein heftiger Kampf stattgefunden. Erinnerst du dich? Die Schubladen rausgerissen, die Schienen verbogen. Darauf hat Zamorra sich konzentriert.

Das Problem ist, er hat Gilliam erzählt, was er gefunden hat. Gilliam hat sich fürchterlich aufgeregt. Ich weiß noch nicht mal, ob es überhaupt eine Rolle spielen wird, wenn die mit Mike fertig sind.«

»Jedenfalls scheint es so wichtig zu sein, dass sie das ganze Labor abgeriegelt haben. Nicht, dass ich was dagegen hätte – je weniger Leute da rumspringen, umso besser. Aber wenn Gilliam anfängt, mich zu beobachten, als wäre ich der Nächste, der rausfliegt, dann werde ich nervös. Wenn wir in der Küche was übersehen haben, dann haben wir halt was übersehen. Keiner ist perfekt, selbst ich nicht. Und die arme Lynda, die ernährt sich ohnehin nur noch von Vitamintabletten und Kräutertee. Und jetzt dieses Gerücht. Sie mag Mike. Sie himmelt ihn an wie einen Halbgott. Ich nehme an, das weißt du.«

Merci sah ihn an und nickte. »Jeder mag Mike.«

»Ich meine, nichts Ernstes.«

»Ist schon gut.«

»Es ist eher so eine Schulmädchenschwärmerei«, sagte Evan. »Gott, sie ist halb so alt wie er.«

Merci lauschte auf das Rascheln des Windes in den großen Kiefern. Wassertropfen rieselten von den Zweigen, glitzerten in der Sonne.

»Übrigens, Evan, was ist mit dem Umschlag und der Briefmarke aus dem Lagerraum? Hast du es schon mit Jod probiert?«

»Den Umschlag hat Gilliam höchstpersönlich übernommen. Und er rückt nicht mit Informationen raus. Jedenfalls uns gegenüber nicht. Ich habe keine Ahnung, was er damit vorhat.«

Merci spürte, wie sie die Wut packte wie etwas Heißes, das ihr in die Venen schoss. »Muss ich jetzt etwa Kniefälle machen, damit er mich bei einem seit zweiunddreißig Jahren ungelösten Fall unterstützt?«

»Ich will mal sehen, was ich für dich in Erfahrung bringen kann.«

»Wenn es sein muss, sorge ich dafür, dass Brighton die Informationen aus ihm rausprügelt.«

Evan schaute sie an und schüttelte den Kopf. Er schnaubte verächtlich. »Es sei denn, Brighton hat *angeordnet*, dass Gilliam sich eigenhändig um diese Sache kümmert und das Ergebnis unter Verschluss hält.«

Sie starrte ihn verblüfft an. »Und warum sollte er das tun?«

»Was weiß ich?«

»Gilliam ist doch normalerweise Manns genug, um seine Arbeit zu tun, ohne sich vom Sheriff auf die Füße treten zu lassen.«

»Stimmt. Aber wenn das alles nicht dazu dient, Gilliam eine Horde unqualifizierter, schießwütiger Cowboys vom Hals zu halten und seine heiligen Hallen zu schützen, was soll dann das ganze Theater?«

»Es geht um Patti Bailey«, erwiderte Merci, ohne nachzudenken. »Alles an dem Fall stinkt. Ein ungelöster Mordfall. Ermittlungen, die fast nichts erbracht haben. Jetzt, drei Jahrzehnte später, stößt mich auf einmal irgendein Scheißkerl mit einem anonymen Brief mit der Nase auf Dinge, die Rymers und Thornton damals hätten rausfinden müssen. Und Brighton hockt breit und bräsig mittendrin wie eine Henne in ihrem Nest.«

»Ich glaube nicht, dass es was mit dem Fall Patti Bailey zu tun hat oder mit den Beweismitteln. Ich glaube, Brighton versucht nur sicherzustellen, dass das Labor unter seiner Knute bleibt.«

»Das Labor war noch nie unter seiner Knute.«

»Da wäre Gilliam aber anderer Meinung«, widersprach Evan.

»Gilliam hat nicht immer den Überblick.«

»Hmm. Ich schätze, *da* bin *ich* anderer Meinung.«

»Patti Bailey«, wiederholte sie.

Evan zuckte die Achseln. »Zweiunddreißig Jahre sind eine lange Zeit. Soweit ich das mitbekommen habe, hat sich damals kein Mensch für sie interessiert, warum sollte sich also heute jemand für sie interessieren?«

»Das sagt jeder. Komm, gehen wir zum Grab deines Vaters. Vielleicht erzählt er mir, was er noch weiß.«

O'Brien lächelte, etwas Schelmisches huschte über sein Gesicht. »Ja, genau. Mein Dad wird dir bestimmt unter die Arme greifen.«

James und Margaret O'Briens Gräber lagen unter einer großen Platane am nördlichen Ende des Friedhofs. Der Baum war kahl, aber auf dem Rasen lagen noch vereinzelte tellergroße braune Blätter, die vom Regen ins Gras gedrückt worden waren.

Evan fegte ein nasses Blatt vom Grabstein. »Ich habe mich für schwarzen Granit entschieden, weil der angeblich nicht so schnell von der Sonne ausgebleicht wird.«

»Angeblich.«

Merci las die Grabinschrift.

JAMES UND MARGARET O'BRIEN
DER TOD KANN UNS NICHT TRENNEN
EINE LIEBE IN ZWEI HERZEN

»Ein schöner Spruch«, sagte Merci.

»Den habe ich mir ausgedacht.«

»Wie war es damals, Evan? Ich meine, als du draußen in der Wüste aufgewachsen bist?«

»Mir hat's gefallen. Es war anders. Wir hatten einen Swimmingpool, in dem im Sommer die Skorpione und im

Winter die Stinkwanzen ertrunken sind. Jede Menge Land, wo ich rumstrolchen konnte. Platz, um mich auszutoben und nachzudenken.«

»Und deine Eltern? Waren die glücklich?«

»Mein Gott, nein. Die hatten sich ständig in den Haaren. Meine Mutter hat dauernd auf meinem Vater rumgehackt und er hat sich immer nur verteidigt. Hast du schon mal miterlebt, wie zwei Betrunkene sich streiten?«

»Nein.«

»Hast nichts verpasst.«

»Worüber haben sie sich denn gestritten?«

Er schaute sie von der Seite an, dann schien er zu einem Schluss zu kommen. »Meistens über die Wüste. Dass es Dads Schuld war, dass sie dort gelandet waren. Meine Mutter hat immer gesagt – gebrüllt –, mein Vater hätte es geschafft, einen gut bezahlten Job zu verlieren, und sie dann in die Wüste geschleppt, wo sie es zum Kotzen fand. Das Fazit war, dass sie meinen Vater für einen Feigling hielt, weil er abgehauen war. Wovor sie sich fürchtete, weiß ich nicht. Hat sie ihm bloß deswegen die Hölle heiß gemacht, weil ihr der Strand fehlte? Keine Ahnung. Meine Mutter war der Meinung, wenn mein Vater ein richtiger Mann gewesen wäre und sich behauptet hätte, dann wäre sie nie in diesem gottverlassenen Kaff gelandet. Sechsundsiebzig hat sie sich schließlich zu Tode gesoffen. Und vor fünf Jahren hat mein Vater getan, was er getan hat. Das Haus gehört jetzt mir. Er hat es mir in seinem Testament vermacht. Ich wollte es verkaufen, aber das habe ich bisher nicht gemacht. Es erinnert mich an die beiden. Wie willst du ein Haus verkaufen, in dem deine Eltern sich umgebracht haben? Das ist irgendwie völlig absurd.«

Merci dachte an ihre Gespräche mit Clark und Thornton. »Ich dachte, Jim hätte einen guten Job gehabt – Lohnerhöhung, Beförderung.«

»Hatte er auch. Er wurde ziemlich schnell zum Sergeant befördert. Aber das reichte ihr nicht.«

Merci bemerkte die Verachtung in seiner Stimme.

Evan streckte seine Hand aus und berührte erneut den Grabstein. »Bei diesen Streitereien hab ich mich meistens auf seine Seite geschlagen. Ich meine, innerlich. Wenn ich den Mund aufmachte, ist meine Mutter auf mich gleich mit losgegangen, also hab ich mich bedeckt gehalten. Ich weiß noch, wie ich meinen ersten Anfall hatte. Ich war fünf, sechs Jahre alt. Die beiden hatten sich mal wieder in der Wolle und ich hab mir die Ohren zugehalten und lautlos geschrien. Kennst du das, wenn man innerlich schreit wie am Spieß, sodass keiner dich hört und du auch nichts hörst? Meine Eltern beharkten sich draußen am Pool. Es ging mal wieder darum, dass meine Mutter ein normales Leben führen wollte. Das Nächste, woran ich mich erinnere, ist, dass ich auf dem Rücken lag und durch eine Blutspur zu meinen Eltern hochsah, die über mir knieten. Ich dachte, einer von ihnen hätte mich mal wieder geschlagen. Aber ich hatte einen Anfall gehabt und mich am Wohnzimmertisch verletzt.«

»Das muss schlimm sein für ein Kind.«

Evan zuckte die Achseln. »Ja, aber die haben mich geliebt, weißt du. Ich wusste, dass sie mich liebten. Sie waren total kaputt, haben wahrscheinlich überhaupt nicht zueinander gepasst, aber sie haben mich geliebt, und das wusste ich. Sie waren eigentlich keine schlechten Eltern. Ich lehne sie nicht ab. Ich beklage mich nicht. Sie haben zu mir gestanden, wenn ich sie brauchte.«

Merci dachte über ihre nächsten Worte nach, entschloss sich, sie auszusprechen. »Ich habe gehört, Jim hätte einen Ruf als Weiberheld gehabt.«

Evan schaute sie an, hielt ihrem Blick lange stand. Seine Augen verengten sich und sein Blick wurde stumpfer. »Er war im Krankenhaus und hat ihr die Hand gehalten, als sie starb. Ich hielt die andere Hand. Er hat sie um fast zwanzig Jahre überlebt und in den ganzen Jahren hat er nicht eine einzige Freundin gehabt. Jedenfalls keine, von der ich wüsste. Ich habe ihn oft besucht. Wir haben uns sehr nah gestanden. Wir haben geredet. Wer hat das von ihm behauptet?«

Nicht zum ersten Mal in ihrem Leben wünschte Merci Rayborn sich, sie hätte den Mund gehalten. Dass sie ausgerechnet am Grab des Mannes ihre Klappe aufmachen musste. Wahrscheinlich gab es in der Hölle einen ganz speziellen Ort für Leute, die einfach nicht klug wurden. Vielleicht konnte sie *diese* Abteilung leiten, wenn sie achtundfünfzig war.

»Es spielt keine Rolle, Evan.«

»Für mich schon. Also sag dem Schnüffler, der diesen Mist verzapft hat, er soll sich das Maul zunageln. Und wenn er dazu keine Lust hat, soll er mal zu mir kommen. Dann polier ich ihm die Fresse, bis er um Gnade winselt.«

»Gut, ich sag's ihm.«

Evan richtete sich seufzend auf. »Keiner verteidigt die Toten. Aber das ist das Mindeste, was wir für sie tun können.«

»Ja, das Mindeste.«

Sie lauschte wieder auf den Wind in den Bäumen. Verschlüsselte Geheimnisse, dachte sie. Wenn man den Code knacken könnte, würde man die Welt verstehen.

Du musst das alles in einer Kiste verstauen und die Kiste dann wegwerfen.

Musste man das wirklich?

»Hat dein Vater jemals über den Fall Patti Bailey gesprochen?«, fragte sie.

Evan schaute sie verwundert an, dann seufzte er. »Wenig. Mein Vater hat nicht viel über seine Arbeit gesprochen.

Bis an sein Lebensende hat er nicht über seine Arbeit geredet.«

»Ging es bei den Streitereien zwischen deinen Eltern auch zum Teil um Patti Bailey?«

»Irgendjemand namens Bailey wurde hin und wieder erwähnt, ja.«

»Hat dein Vater sie gekannt?«

»Weiß ich nicht. Ich habe das alles nur noch sehr verschwommen in Erinnerung, Merci. Das ist alles sehr lange her. Ich meine, ich habe über viele Dinge nachgedacht, seit mein Vater sich das Leben genommen hat. Das war vor fast fünf Jahren. Ich denke viel an ihn und auch an meine Mutter. Patti Bailey kommt mir überhaupt nie in den Sinn. Verstehst du, was ich meine?«

Sie schaute ihn an, musterte sein kantiges, irisches Gesicht, das so selten ernst wirkte. Aber jetzt wirkte es ernst.

»Warum hat er sich das Leben genommen, Evan?«

O'Brien hob die Brauen und seufzte. »Irgendwas hat ihn fertig gemacht. Ich weiß nicht, was. So ganz hat er mich nie an sich rangelassen. Ich glaube, er hat überhaupt niemanden an sich rangelassen.«

Das passte zu dem, was Merci durch den Handtaschenräuber über die Menschen gelernt hatte: Man konnte einen anderen nie ganz und gar kennen. Man konnte einen Menschen zum Teil kennen. Zum großen Teil. Aber nie ganz und gar.

»Ich träume manchmal von ihm«, sagte Evan. »Ziemlich oft sogar. In meinen Träumen ist er gesund und munter und wir unternehmen alles Mögliche zusammen. Dinge, die wir im wirklichen Leben nie getan haben. Angeln, in einem Flugzeug fliegen, uns Bälle zuwerfen. Die meisten Dinge machen mir in Wirklichkeit nicht mal Spaß, aber in meinen Träumen mache ich das alles mit ihm.«

Sie blieb noch eine halbe Stunde allein an Hess' Grab. Sie stand im nassen Gras, den Kragen gegen die Kälte hochgeschlagen. Zwei Jahre, drei Monate, neunundzwanzig Tage. Wenn sie an Hess dachte, brach es ihr das Herz. Wenn sie an Mike dachte, brach es ihr das Herz auf eine andere Weise. Wenn sie an Aubrey Whittaker dachte, brach es ihr das Herz auf wieder andere Weise. Es kam ihr so vor, als wüchsen in ihrem Innern schwarze Ranken, die ihr Herz zu ersticken drohten. Ihre Mutter hatte es immer »dein kleines hölzernes Herz« genannt. Keine Erklärung. Sie dachte an ihre Mutter, und dann fiel ihr etwas ein, was ihre Mutter einmal zu ihr gesagt hatte: Wenn du traurig bist, mein Schatz, dann mach jemandem eine Freude.

Es war einer der wenigen Ratschläge von Marcella, der zu funktionieren schien. Merci hatte es ausprobiert.

Auf dem Weg zurück zu ihrem Wagen rief sie Paul Zamorra auf dem Handy an. Er wirkte sehr ruhig. Sie sagte, sie wolle mit ihm sprechen, von Angesicht zu Angesicht.

»Komm rüber«, sagte er. »Ich bin zu Hause. Ich bin beim Möbelrücken.«

Er gab ihr seine Adresse.

Zamorra bewohnte in den Hügeln oberhalb von Fullerton ein Haus im spanischen Stil, das hinter einer langen Einfahrt versteckt lag. Merci stellte ihren Wagen ab und schaute zu den riesigen Palmen neben der Garage auf, ließ ihren Blick über den Hof mit dem Brunnen und den Bänken und über die große Garage schweifen, die drei Autos Platz bot. In der offenen Garage standen Zamorras Dienstwagen, ein ziemlich neuer Van und daneben ein rotes BMW-Cabrio.

Sie öffnete das Tor und betrat den Hof: Überall auf den Fliesen standen geschmackvoll angeordnete Kübel und Töpfe mit Blumen und Grünpflanzen, der Brunnen plätscherte vor sich hin, an einer Wand wuchsen Bromelien und mindestens zehn riesige Strelizien standen in voller Blüte. Die leuchtend orange-blauen Blüten schienen Merci anzustarren, als sie auf die Tür zuging.

Bevor sie dazu kam, anzuklopfen, machte Zamorra auf und ließ sie ein.

»Schönes Haus«, sagte sie.

»Janine hat sich immer um die Blumen gekümmert«, erwiderte er. »Kümmert sich um die Blumen.«

Zamorra wirkte bleich und hungrig. Er war rasiert und gekleidet wie immer – Bundfaltenhose und weißes Hemd –, aber das Hemd hing über der Hose und an den Knien klebte braune Erde.

»Bist du gekommen, um mir zu sagen, dass du um einen anderen Partner gebeten hast?«

»Eigentlich nicht. Ich bin gekommen, um zu fragen, ob ich dir irgendwie helfen kann. Irgendwas für dich tun.«

»Du kannst mir helfen, dieses Krankenhausbett aufzubauen.«

Zamorra führte sie durch einen langen Flur, vorbei an einem Wohnzimmer mit riesigen Fenstern, die auf einen großen Garten hinausgingen: Swimmingpool, Grillplatz, ein smaragdgrüner Rasen. Links lag die Küche – sie war etwa so groß wie Mercis ganzes Haus. Was ihr besonders auffiel, war die Stille. Keine Musik. Kein Vogelgezwitscher. Keine Verkehrsgeräusche.

»Hier ist es sehr ruhig, Paul.«

»Janine hat Geld. Sie stammt aus einer wohlhabenden Familie.«

»Es ist liebevoll eingerichtet.«

»Wir haben es preiswert gekauft und umgebaut. Es ist sehr alt, und wir mussten sämtliche Decken rausreißen, weil die voller Asbest waren. Ich hab mich schon gefragt, ob ein paar Fasern von dem Zeug in ihr Gehirn gelangt sein könnten und den Tumor ausgelöst haben. Aber der Arzt sagt, das ist unwahrscheinlich. Ich habe ihn gefragt, was den Tumor denn ausgelöst hat, und er hat gesagt, das ist einfach Pech.«

»Wie geht es ihr?«

Zamorra antwortete nicht. Er führte Merci in ein geräumiges Zimmer im hinteren Teil des Hauses. Die Wände waren weiß gestrichen, der Teppichboden war cremefarben und der ganze Raum schien mindestens sieben Meter hoch zu sein. Durch eine breite Glasschiebetür gelangte man auf eine von Spalieren eingefasste Terrasse und dahinter lagen der Whirlpool und das Schwimmbecken.

Eine riesige Matratze und ein Sprungfederrahmen standen an eine Wand gelehnt. Daneben das Bettgestell mit den Rollen. An der gegenüberliegenden Wand, vor einer hölzernen Kopfleiste, stand ein sehr schmales Bett mit einem Metallrahmen und einem dicken Elektrokabel, das in einer Steckdose endete. An einer Seite des Rahmens war eine kleine Schalttafel mit einem Kabel befestigt.

Zamorra drückte einen Knopf an der Schalttafel und das Kopfteil des Betts begann sich zu heben. Er drückte einen anderen Knopf und das Fußteil fuhr nach oben. Dann ließ er beide Teile wieder herunter. Konzentriert beobachtete Zamorra, wie die Matratze sich bewegte, und Merci fragte sich, was er da sah.

»Faszinierend, nicht wahr?«

»Es wird ihr helfen«, sagte Merci.

»Ich habe mir gedacht, ich schlafe in dem großen Bett, denn in diesem Ding da kann man nicht zu zweit liegen. Ich habe mir gesagt, es ist sicher gut für sie, wenn sie hier schläft, wo sie es gewohnt ist.«

»Bestimmt, es wird ihr ganz normal vorkommen.«

»Ja, ja, normal. Kannst du mir helfen, das alte Bettgestell hier rüberzuschieben?«

Sie hob das riesige, wacklige Ding an, trug es mit ihm vor die Glastür, stellte es ab. Der Sprungfederrahmen war leicht, aber die Matratze wog mindestens zehn Zentner und hatte keine Haltegriffe. Ächzend schob sie sie auf das Bett und drückte sie mit dem Knie in Position.

Zamorra betrachtete das alte Bett mit demselben konzentrierten Blick wie vorher das neue.

»Sie haben sie halbiert«, sagte er. »Der Teil von ihr, der denkt und lächelt, funktioniert noch.«

Merci sagte nichts, denn das, was sie sich vorstellte, war unaussprechlich.

Sie versuchte, sich an den Rat ihrer Mutter zu halten, überlegte, wie sie ihm eine Freude machen konnte. Ihm etwas Aufmunterndes, Hilfreiches, Optimistisches sagen. Aber, und das passierte ihr nur selten im Leben, Merci Rayborn wusste einfach nichts zu sagen.

»Hör zu, Merci. Ich möchte mich nicht lang und breit über all das hier auslassen. Ich will weder dein Mitgefühl noch dein Entsetzen. Ich möchte noch nicht mal, dass du überhaupt über das hier nachdenkst. Das ist unser Problem. Wir werden damit fertig werden. Aber du bist meine Partnerin und du sollst über die Tatsachen Bescheid wissen. Das sind die Tatsachen.«

»Okay.«

»Ich habe die Telefonnummer von dieser Seelenklempnerin. Ich werde sie anrufen, wenn ich so weit bin. Du hast getan, was du konntest. Dass du mir die Nummer gegeben hast, war gut gemeint. Ich habe es registriert.«

Sie nickte, doch sie war ein bisschen frustriert darüber, dass Zamorra ihr, was Joan Cashs QPR-Programm anging, so leicht den Wind aus den Segeln nehmen konnte. Aber was sollte sie tun? Sich mit ihm anlegen, während er für seine sterbende Frau die Möbel umräumte? Und sie musste sich eingestehen, dass sie genauso reagierte, wenn jemand ihr mit EMDR kam. Der Unterschied war, dass sie sich sicher war, dass sie sich nicht das Leben nehmen würde. Aber konnte sie sich bei Zamorra ebenso sicher sein?

»Merci, was zum Teufel hat das ganze Theater um Mike McNally zu bedeuten?«

Sie saßen in der großen Küche am Tresen, auf dem sich ungeöffnete Post und Zeitungen stapelten. Außerdem stand da ein leuchtend roter Durchschlag mit Apfelsinen und ein blauer mit Nüssen. Das Einzige, was benutzt wirkte, war die Kaffeekanne und eine halb leere Flasche Tequila neben der Spüle.

Sie berichtete ihm von McNally – von dem Blut an seinen Stiefeln, den Briefen und dem Schalldämpfer. Sie berichtete ihm von der Pistole. Sie ließ sogar durchblicken, wie sie sich ohne Mikes Wissen in den Besitz der Waffe gebracht, sie abgefeuert und wieder an Ort und Stelle zurückgelegt hatte. Sie erzählte ihm jedes verdammte Detail, das ihr einfiel, selbst worin der Schalldämpfer eingewickelt war, denn sie sagte sich, nachdem Paul ihr seine privatesten Probleme offenbart hatte, konnte sie das auch tun. Was sie empfand, war primitiv und kindlich – ähnlich wie das, was sie in der fünften Klasse mit ihrer besten Freundin Melanie verbunden hatte –, aber es hatte auch jetzt dieselbe kathartische Wirkung, vielleicht sogar noch mehr.

»Mike wird seit dem frühen Morgen verhört«, sagte sie. »Wenn es vorbei ist, werden sie ihn wahrscheinlich verhaften.«

Zamorra hörte ihr zu, ohne sie zu unterbrechen. Er wirkte in keiner Weise überrascht. »Gilliam hat zweifelsfrei nachgewiesen, dass die Hülse, die Aubrey Whittaker getötet hat, aus Mikes Waffe stammt?«

Sie nickte.

»Das erklärt immer noch nicht das, was in der Küche vorgefallen ist. Den Kampf.«

»Nein.«

»Ich habe die Abdrücke überprüft, die ich in der Küche abgenommen habe – wo der Kampf stattgefunden hat. Keine Entsprechung im Archiv. Erinnerst du dich an den Staub, den ich eingesammelt habe? Ich habe die Fasern untersucht, aber ich weiß noch nicht genug, um sagen zu können, um was es sich handelt. Von irgendeinem Kleidungsstück, nehme ich an. Ich werde Gilliam bitten, sie für mich zu analysieren. Ich kann ihn nicht leiden, aber er ist der Einzige im Labor, dem ich traue.«

»Was ist mit Coiner und O'Brien?«

Paul wischte den Tresen mit seiner Hand ab. Es sah aus, als würde er ein Betttuch glätten. Seine Stimme klang ruhig und tonlos, doch sie spürte seinen Zorn.

»Lynda Coiner ist in Mike verknallt, okay? Das ist wirklich nicht zu übersehen. Sie lässt ihn im Labor rumfuhrwerken, als wäre es sein privater Sandkasten. Außerdem ist sie die Letzte, die die Schriftproben – diese Grußkarte – und die drei Fingerabdruckkarten gesehen hat, die verschwunden sind. O'Brien? Der hat zu viele Komplexe – weil er nicht befördert wurde, übertreibt er jetzt alles. Der meint, er wüsste alles, kommt sich vor wie der Chef. Aber als er in Aubrey Whittakers Küche steht, wo ein Blinder sieht, dass dort ein Kampf stattgefunden hat, was macht er da? Nichts. Keine Fingerabdrücke. Keine Fotos in den Originalberichten vom Tatort. Kein Wort von den verbogenen Auszugschienen, den rausgerissenen Schubladen. Der Typ ist arrogant und schlampig, wenn du mich fragst. Ich gebe meine Fingerabdruckkarten nicht an Leute weiter, dic Sachen verhunzen, die glauben, sie hätten die Weisheit mit Löffeln gefressen. So einfach ist das.«

Sie sagte ihm nicht, dass sie anderer Meinung war. Was

sie noch mehr ärgerte als Zamorras Misstrauen, war das, was es über Mike McNally aussagte.

»Du glaubst nicht, dass Mike es getan hat.«

»Ich glaube, dass es um mehr geht als darum, wer es getan hat.«

»Was willst du damit sagen, Paul?«

Zamorra schenkte ihnen beiden Kaffee ein. »Der Nachbar sagt, er hat zwei verschiedene Personen auf der Treppe gehört. Beide innerhalb von zehn Minuten, in denen Aubrey Whittaker erschossen wurde. Wenn Mike es getan hat, erklärt das nur eine Person, die am Tatort gewesen ist. Ein Kampf in der Küche, aber wer hat da mit wem gekämpft? Wir schaffen die Beweismittel ins Labor und sie verschwinden. Gilliam beklagt sich bei Brighton und die beiden werfen alle aus dem Labor. Alles, was wir haben, deutet auf Mike als Täter hin. Aber wenn Mike es getan hat, ein *Cop*, verdammt nochmal, wieso hat er dann seine Fingerabdrücke in der ganzen Wohnung und seine Patronenhülse in der Blumenvase hinterlassen? Wenn du vorhast, jemanden umzulegen und nicht erwischt werden willst, dann setzt du dich nicht mit demjenigen zum Essen an den Tisch, gehst weg und kommst fünf Minuten später zurück, um ihn zu erschießen. Das ist doch komplett bescheuert, so blöd ist doch kein Mensch. Ich sage ja nicht, Mike hat es nicht getan, aber warum hätte er es auf diese Weise tun sollen? Nein, nein, irgendwas stimmt da nicht. Da hängt mehr als ein Täter drin, oder zumindest mehr als eine *Person*.«

»Lynda Coiner? Sie hat immerhin die Hülse gefunden. Die Hülse hat uns zu der Waffe geführt und die Waffe hat uns zu Mike geführt.«

»Andererseits kann es sein, dass sie immer noch versucht, ihn zu decken. Macht mit der einen Hand ihre Arbeit und zerstört sie dann mit der anderen.«

Eine ganze Weile sagte keiner von ihnen ein Wort. Merci

versuchte zu verdauen, was Zamorra mit seinen Vermutungen impliziert hatte – dass sie Mike womöglich nicht nur an eine Prostituierte verloren, sondern dass Mike Lynda Coiner womöglich dazu angestiftet hatte, einen Mord zu vertuschen. Mike McNally: Mörder und Meister der Manipulation. Merci Rayborn: Idiotin.

»Hier geht es nicht um dich«, sagte Zamorra, der anscheinend ihre Gedanken gelesen hatte.

Seine Worte verblüfften sie. Sie stand auf, trat ans Fenster und betrachtete das blaue Wasser des Swimmingpools, das sich im Wind kräuselte, die Palmwedel, die sich hoch oben gegen die weißen Wolken abhoben.

»Das ist mein persönlicher Fimmel, dass ich dauernd glaube, alles, was auf der Welt passiert, hat mit mir zu tun.«

»Den haben wir alle. Manchmal habe ich mehr Mitleid mit mir selbst als mit Janine.«

Merci sah zwei schwarze Krähen am blauen Himmel kreisen. Plötzlich drehte sich der Wind, und die Vögel gerieten kurz ins Trudeln, als hätte jemand auf sie geschossen. Selbst Vögel können nicht sehen, wenn der Wind sich ändert, dachte Merci.

Zum ersten Mal wurde ihr bewusst, welche negativen Auswirkungen Mikes Verhaftung auf sie hatte, auf ihre Pläne und Träume, auf ihre immer noch labile Psyche. Innerlich fühlte sie sich verraten und gedemütigt, als hätte sie kein Recht, etwas für jemanden zu empfinden, weil sie sich so in einem Mann geirrt hatte, der ihr Geliebter gewesen war, als wäre ihr Herz dumm und blind und unzuverlässig.

Von außen fühlte sie sich einfach lächerlich gemacht.

»Mir wird jetzt erst klar, wie schlimm seine Verhaftung für mich ist«, erklärte sie. »Die Tatsache, dass ich an ihn geglaubt habe, ihn vielleicht geliebt habe. Ihm jedenfalls vertraut habe. Ein Beweis für meine schlechte Menschenkenntnis. So einer Person kann man nicht besonders vertrauen. Man kann ihr nicht die Verantwortung für eine Einsatzgruppe oder eine Abteilung anvertrauen. Kannst du dir vorstellen, dass eine Frau mit einem so schlechten Urteilsvermögen wie ich eines Tages die Leitung des Departments übernimmt?«

Zamorra schaute sie an. Dann sagte er mit einer Sanftheit, die sie noch selten an ihm erlebt hatte: »Überleg mal, wie schlecht du erst dastehst, wenn er unschuldig ist.«

»Diese Vorstellung habe ich noch gar nicht in Betracht gezogen. Wenn ich es getan hätte, wäre ich mit den Beweismitteln nicht zu Brighton gegangen. Ich habe sie verworfen, als sich herausstellte, dass die Hülse, die wir bei Aubrey Whittaker gefunden haben, aus Mikes Waffe abgefeuert wurde.«

Zamorra schüttelte den Kopf. »Wir werden nie erfahren, aus welcher Waffe die Kugel abgefeuert wurde, die Aubrey getötet hat.«

»Das ist letztlich unerheblich, Paul. Eine Patronenhülse am Tatort, abgefeuert aus einer Waffe des Beschuldigten. Ein Schalldämpfer. Motiv. Gelegenheit. Zahllose Beweismittel. Wir haben praktisch alles, bis auf ein Video. Glaubst du im Ernst, die Geschworenen werden ihn freisprechen?«

»Nein. Aber ich rede nicht von Geschworenen. Ich rede davon, wer Aubrey Whittaker ermordet hat und wer nicht.«

»Was wäre also die Alternative? Mikes Colt als Tatwaffe, aber Mike hat ihn nicht benutzt?«

»Das wäre eine Möglichkeit. Du hast dir die Waffe für eine Stunde ausgeliehen. Vielleicht hat jemand anders sie sich für zwei Stunden ausgeliehen. Oder jemand anders hat Aubrey mit einer anderen Waffe erschossen. Jemand, der gehofft hat, dass die Kugel aus dem Fenster fliegt, oder sich vorgenommen hatte, sie aus der Wand zu popeln, falls nicht. Das würde die zehn Minuten erklären, die von dem Zeitpunkt an, als der Täter an die Tür geklopft hat, bis zu dem Zeitpunkt, an dem er die Wohnung wieder verlassen hat, vergangen sind – er hat das Loch im Fenster nicht gleich gefunden. Oder, zweite Möglichkeit: Jemand hat, genau wie du, die Waffe in seinen Besitz gebracht, irgendwo ein paar Schüsse abgefeuert und die leere Hülse mitgenommen.«

»Und sie in Aubrey Whittakers Wohnung in die Blumenvase gelegt? Wer könnte das denn gewesen sein?«

Zamorra schüttelte den Kopf. Merci wusste nicht, ob er damit Unsicherheit oder Widerwillen ausdrücken wollte. »Jemand hat gestern darüber einen Witz gemacht. Er war nicht für meine Ohren bestimmt. Jemand meinte, vielleicht hat Merci Rayborn das Mädchen umgelegt – sie wusste schließlich, dass Mike sich mit der Hure eingelassen hatte.«

Merci schaute Zamorra durchdringend an. »Das ist die pure Gehässigkeit. Warum erzählst du mir das?«

Er hielt ihrem Blick stand. »Um dir zu sagen, wie die Dinge stehen. Weil ich auf deiner Seite bin.«

Mercis Handy klingelte. Es war Brighton.

»Wir haben Mike vor einer halben Stunde verhaftet«, sagte er. »Die Anschuldigungen lauten: Missbrauch der Dienstwaffe, Manipulation von Beweismitteln, Behinderung polizeilicher Ermittlungen und Mord. Keine offizielle Bekanntgabe vor morgen früh. Glandis und ich übernehmen die Pressekonferenz. Sie sollten sich vielleicht lieber vorerst von hier fern halten. Ich übergebe den Fall an Wheeler und Teague. Arbeiten Sie mit ihnen zusammen, Rayborn. Wir haben den Durchsuchungsbefehl, und ich möchte, dass Sie die Kollegen bei der Hausdurchsuchung unterstützen.«

Merci brachte kaum einen Ton heraus. Als sie ihre Sprache wiedergefunden hatte, klang ihre Stimme wie die einer Fremden. »Mach ich.«

»Sie haben das Richtige getan. Und ich weiß, dass es das Schwerste war, was Sie je in Ihrem Leben getan haben. Irgendwann wird es sich für Sie auszahlen. Bis dahin, *halten Sie durch.* Das ist ein Befehl.«

»Ja, Sir.«

Als sie das Handy ausschaltete, schaute Zamorra aus dem Fenster. »Wir haben ihn verhaftet«, sagte er.

»Ja.«

Kapitel 27

Erst um zehn Uhr abends stattete Merci Mike einen Besuch ab. Sie musste sich von Brighton eine Sondergenehmigung besorgen, um den Sicherheitstrakt des Gefängnisses betreten zu dürfen. Brighton erklärte sie für verrückt, aber sie setzte sich durch.

Um diese späte Stunde war es sehr ruhig im Gefängnis, aber es war nicht zu übersehen, dass die Sicherheitsmaßnahmen verschärft worden waren – zwei Wachen vor dem Sicherheitstrakt anstatt einer. Dank Brightons Anruf ließen sie sie durch, als wäre sie eine hochrangige Persönlichkeit. In ein oder zwei Tagen, dachte sie, würden alle wissen, wie die Anklage zustande gekommen war. Dann würde sie sehen, wie viele ihrer Kollegen noch hinter ihr standen.

Im Gang vor der Zelle saß ein Wachmann. Er las kaugummikauend in einem Taschenbuch.

Mike lag rücklings auf seiner Pritsche und stierte an die Decke. Er trug noch dieselben Sachen, in denen sie ihn zuletzt gesehen hatte, seine Hände waren mit Handschellen gefesselt. Als sie vor dem Zellengitter stehen blieb, drehte er den Kopf in ihre Richtung.

Im menschlichen Gesicht können sich zahllose Gefühlsregungen spiegeln, aber einen Ausdruck, wie sie ihn jetzt auf Mikes Gesicht wahrnahm, hatte sie noch nie gesehen. Kapitulation und Stolz, Wachsamkeit und Resignation, Angst und Triumph. Aber vor allem Enttäuschung.

»Mike.«

Er starrte sie an. »Hallo.«

»Hallo.«

Um sie herum hörte sie die gedämpften metallischen Geräusche des Gefängnisses, das Klappern und Klimpern, die Männerstimmen. Es kam ihr vor wie der Soundtrack der Hölle, der aus weiter Ferne an ihre Ohren drang.

Mike hob die Füße, schwang sie auf den Boden und setzte sich auf. Keine Schnürsenkel, kein Gürtel, keine Krawatte. Er hielt seine mit Handschellen gefesselten Hände hoch.

»Ich müsste schon meine eigene Zunge schlucken.«

»Tu's nicht.«

»Nein. Die brauche ich noch, um mich zu verteidigen.«

»Hast du Bob Rule als Anwalt bekommen?«

»Er hat sich regelrecht um meine Verteidigung gerissen. Unschuldiger Mandant. Prestigeträchtiger Fall. Zumindest ab morgen Mittag.«

Sie schaute ihn an, sie hörte seine Stimme und sie verstand seine Worte, aber sie wusste beim besten Willen nicht, was sie sagen sollte. Sie fühlte sich wie in einem Schnellzug, der durch einen Tunnel fuhr, alles raste nur verschwommen an ihr vorbei.

Er musterte sie, die Augen matt unter der blonden Tolle, die Mundwinkel verbittert nach unten gezogen.

»Ich verbiete dir, mich jemals wieder nach Aubrey Whittaker zu fragen.«

»Einverstanden.«

»Bisher hast du dich noch nie mit irgendwas einverstanden erklärt. Ich sollte öfter ins Gefängnis gehen. Was willst du hier? Mich anglotzen?«

»Nein. Ich ... wollte dich sehen.«

»Die Neugier treibt dich her, stimmt's? Du suchst nach dem, was du übersehen hast. Nach irgendetwas, das dich davon überzeugt, dass ich zu so etwas fähig bin. Nach etwas, das mich eindeutig verrät. Du glaubst, nachdem du so lange blind gewesen bist, müsste es sich jetzt deutlich zeigen.«

»Nein, ich wollte dich nur sehen.«

»Das hast du ja nun.«

»Und hören, ob es irgendwas gibt ... irgendwas, womit ich dir helfen kann.«

Mike grinste wie ein Totenschädel. *»Mir helfen?«*

»Ja. Danny und Pat und ...«

»Alles geklärt. Keine Sorge. Ich bin tatsächlich in der Lage, mich um meine Familie zu kümmern. Ich lasse mir sogar das Essen liefern, denn der Fraß, den sie einem hier vorsetzen, ist absolut ungenießbar.«

Merci hatte das Gefühl, vor Scham und Trauer im Boden versinken zu können. Am liebsten wäre sie weggelaufen, weit weg, nur um diesem Mann nie wieder in die Augen sehen zu müssen.

»Okay. Das war's dann also.«

Er stand auf. Sie sah, wie rot und geschwollen seine Hände von den Handschellen waren. Er hielt sie unters Kinn, um das Blut ablaufen zu lassen. Es sah aus, als würde er beten.

»Warte noch. Es gibt etwas, das du für mich tun kannst. Du könntest die Hunde füttern. Alles andere habe ich für die nächsten Tage geregelt. Aber die Hunde habe ich ganz vergessen.«

»Ich würde ... Ich meine, sicher. Mach ich. So lange wie nötig.«

Er schaute sie an. »Du hast ja noch einen Schlüssel. Inzwischen werdet ihr einen Durchsuchungsbefehl haben, du kannst also das eine mit dem anderen verbinden. Dann brauchst du nur einmal rauszufahren.«

»Wheeler und Teague haben den Fall jetzt.«

»Nein. Das ist unser Fall, Merci. Deiner und meiner.«

Auf dem Weg über den Parkplatz sah Merci Lynda Coiner auf den Gefängniseingang zugehen, zielstrebig, doch ohne Eile, den Blick geradeaus gerichtet, die Handtasche über der Schulter, in einer Hand eine weiße Papiertüte.

Merci betrat Mikes Haus mitten in der Nacht. Nur die Verandabeleuchtung wies ihr den Weg.

Drinnen nahm sie vertraute Gerüche wahr, während sie nach dem Lichtschalter tastete. Das Kaminfeuer war erloschen und es war kalt im Haus. Einen Augenblick lang stand sie da und dachte an die vielen Stunden, die sie hier mit Tim junior, Mike und Danny verbracht hatte, erinnerte sich an das fröhliche Geplapper ihrer beiden halben Familien, die zusammen fast eine komplette Familie ergeben hatten. Als sie tief einatmete, wurde ihr beinahe schwindlig, und mit einem Mal wurde ihr klar, wie viele Dinge Mike außer Aubrey Whittaker noch getötet hatte.

Sie nahm den Hundezwingerschlüssel vom Haken unter dem Hängeschrank in der Küche, wo er neben den Henkeltassen hing. Seit ein paar Nachbarskinder über den Zaun geklettert waren und die Hunde rausgelassen hatten, hatte Mike sich angewöhnt, den Zwinger abzuschließen. Polly war fast drei Kilometer weit den Canyon entlanggelaufen, bis sie jemandem aufgefallen war, der dann bei Mike angerufen hatte.

Draußen begannen die Spürhunde zu bellen, und Merci hätte schwören können, dass sie traurig klangen. Doch sie wusste, dass sie nur darauf aus war, sich selbst zu bestrafen, und wenn es bedeutete, dass sie drei Hunden menschliche Eigenschaften andichtete, um sich zu geißeln, dann schreckte sie auch davor nicht zurück.

»Hallo, Doggies«, sagte sie ruhig. »Hallo, ihr. Mike konnte heute Abend nicht kommen, also werde ich euch heute füttern. Ich heiße Merci.«

Sie öffnete das Tor zum Auslauf und ließ Dolly, Molly und Polly hinaus. Dolly und Molly teilten sich einen Zwinger, aber Polly war zickig und brauchte einen eigenen. Die Hunde knurrten und stubsten ihre Schnauzen gegen Mercis Beine, schauten sie mit ihren, so schien es ihr, kummervollen Augen an. Sie kniete sich hin und tätschelte die Tiere, kraulte sie hinter den Ohren, streichelte ihnen das weiche, seidige Fell.

Dann sammelte sie die Näpfe ein. Die Hunde – Mike nannte sie immer seine Mädels – folgten ihr zur Futtertonne, aus der sie mit Hilfe einer alten Konservendose, an die Mike einen Henkel gelötet hatte, das Trockenfutter schöpfte. Sie gab ihnen allen ein bisschen mehr als gewöhnlich.

Nachdem sie sie mit den vollen Näpfen zurück in ihre Zwinger gelockt hatte, verriegelte sie die Türen und schloss das Tor hinter sich. Sie verriegelte auch das Tor und brachte den Schlüssel zurück ins Haus. Die ganze Zeit über hatte sie einen dicken Kloß im Hals, der sich anfühlte, als würde er gleich platzen.

Die große Verräterin, dachte sie: Rayborn, die verräterische, Rayborn, die falschzüngige, Rayborn und ihre dreißig Silberlinge. Wo genau waren die Silberlinge? Nicht in den Gesichtern ihrer Kollegen. Nicht auf ihrem Bankkonto, in ihrem Lächeln oder ihrer Seele. Sie sind nirgendwo, dachte sie, denn ich habe es nicht für Geld getan, ich habe es getan, weil es richtig war. *Richtig.* Sie konnte das Wort nicht mehr hören.

Wenige Minuten später war sie auf dem Weg zurück durch den dunklen Canyon. Ihre rechte Hand baumelte in dem leeren Raum hinter ihrem Sitz. Die Baumwipfel waren in silbriges Licht getaucht, die Zweige nackt und reglos. Die Sterne leuchteten hell und es gab keine Wolken am Himmel. Der Mann im Mond schaute auf sie herab, als sollte sie wegen Verrats gehängt werden, und sie musste ihm Recht geben.

Sie legte ihre zweite Hand wieder ans Steuerrad und befahl sich, sich zusammenzureißen. Es fiel ihr immer schwerer, ihren Willen einzusetzen, an die Dinge zu glauben, an die sie glauben wollte, der Welt ihren Willen aufzuzwingen. Früher war ihr das ganz leicht gefallen, aber da war sie noch jünger gewesen und naiver.

Sie öffnete ein Fenster, spürte den kalten Wind im Gesicht. Als sie die Autobahn erreichte, hielt sie das Steuerrad mit einer Hand und jagte den großen V-8 auf hundertdreißig Stundenkilometer.

Bei ihrem Eintreffen zu Hause saß Clark vor dem Fernseher. Er beäugte sie aufmerksam, während sie mit einem großen Glas Scotch auf Eis ins Wohnzimmer kam.

Früher am Abend, als sie ihrem Vater von Mikes Verhaftung berichtet hatte, war Clark ganz blass geworden. Er hatte sich sofort einverstanden erklärt, seinen Pokerabend abzusagen und Tim junior zu hüten, beide waren sie sich andererseits darüber im Klaren – ohne dass einer von ihnen es erwähnt hätte –, wie schwer es Clark gefallen wäre, sich mit Pat McNally zum Kartenspielen an den Tisch zu setzen.

Jetzt, Stunden später, hatte sein Gesicht wenigstens wieder Farbe angenommen.

»Mein Gott«, sagte sie leise. Sie beugte sich vor, nippte

an ihrem Whisky, ließ ein bisschen Zeit verstreichen. »Ich habe diesen Fall bearbeitet, Dad. Bin vorgegangen wie immer. Habe mich an die Vorschriften gehalten. Getan, was ich tun musste. Und alles hat mich zu Mike geführt. Und egal, wie sehr ich mich bemüht habe, meine Erkenntnisse in Frage zu stellen, die Dinge aus einem anderen Blickwinkel zu betrachten, es führte trotzdem alles zu Mike. Ich habe etwas getan, das ich nicht hätte tun sollen – ich bin zu ihm nach Hause gefahren, habe meinen Schlüssel benutzt und das Haus durchsucht. Ich habe Drohbriefe gefunden, die das Mädchen ihm geschickt hat. Ich habe in seinem Schrank mit Blut beschmierte Schuhe gefunden, deren Abdruck mit denen des Mörders übereinstimmte. Ich habe einen Schalldämpfer für einen Fünfundvierziger gefunden. Ich habe sogar aus seiner Waffe ein paar Schüsse abgefeuert und die Hülsen mit denen vom Tatort verglichen – sie stimmten überein. Eigentlich habe ich nach etwas gesucht, das mich auf eine andere Spur bringen würde, das mir sagen würde, dass ich auf dem falschen Dampfer war. Aber ich habe nur ... sein Schicksal besiegelt.«

»Mike hat sein eigenes Schicksal besiegelt.«

Sie trank einen Schluck, lehnte sich zurück. »Jetzt haben wir also unseren Fall und Mike seinen eigenen. Heute am späten Nachmittag haben wir den Durchsuchungsbeschluss bekommen, der Richter hat also meinen ... Übereifer gedeckt. Niemand braucht zu erfahren, was für ein doppelzüngiges Miststück ich bin. Wenn es sich nicht schon herumgesprochen hat.«

»Merci, deine Ermittlungen haben zu einer Verhaftung geführt. Und wer ist doppelzüngig gewesen?«

»Ja, ich weiß.«

»Dann vergiss es nicht. Hör auf, dich selbst zu zerfleischen. Du darfst dich jetzt nicht unterkriegen lassen. Du wirst Prügel beziehen. Das wirst du überleben. Aber du hast das Richtige getan und das war nicht einfach. Du hättest dich hinter deiner Dienstmarke verschanzen können und niemand hätte je die Wahrheit erfahren.«

Sie nickte. Clarks Worte schienen an ihrer Haut abzuprallen, als bestünde sie aus undurchdringlicher Keramik.

»Weißt du, was ich immerzu vor mir sehe? Mich. Mich, wie ich an dem Tag, an dem alle erfahren, dass ich Mike McNally überführt habe, zur Arbeit gehe. Ich schaffe das nicht, Dad. Ich kann nicht in der Gewissheit, dass alle mich hassen, ins Department gehen. Wie soll ich in Zukunft meine Arbeit tun? Wie soll ich all das tun, was ich mir vorgenommen hatte?«

»Du wirst schon eine Möglichkeit finden. Jeder findet seinen Weg.«

Sie schaute ihn lange an, begriff, dass seine bedingungslose Liebe dasselbe war, was sie für Tim empfand. Diese Liebe war wunderbar, vielleicht das Wunderbarste, das sie je erlebt hatte, aber sie konnte Menschen zu Narren machen, was nicht selten geschah.

»Ich werde meinen Weg finden«, sagte sie leise.

»Das weiß ich.«

»Hör dir bloß an, wie ich vor Selbstmitleid zerfließe. Die Ich-Expertin. Weißt du, was ich mir wünsche? Ich wünschte, ich könnte mich unter meiner Bettdecke zusammenrollen und mich verpuppen wie eine Raupe. Und dann irgendwann als *Engel* ausschlüpfen. Aber als ein Engel mit einer Heckler & Koch. Dann würde ich überall rumfliegen und alle Verbrecher fangen, und alles wäre perfekt. Dann bräuchte ich nicht ins Department zu gehen und zweitausend Leuten in die Augen zu sehen, die mich für eine Verräterin halten und zum Teufel jagen wollen.«

Sie fragte sich, wie Joan Cash ihren kleinen Vortrag interpretieren würde.

Clark lachte in sich hinein. »Ein Engel mit 'ner Knarre.

Nein. Du würdest deinen Sohn zu sehr vermissen. Und ich würde *dich* vermissen. Ich habe mir nie einen Engel gewünscht, nur eine Tochter.«

»Na ja, jetzt hast du eine.«

Sie stand auf, ihre Beine waren schwer, ihr Kopf schmerzte, ihr Herz schlug langsam und heftig, als sträubte es sich, seine Arbeit zu tun.

Auf halbem Weg durch das Zimmer blieb sie stehen und schaute ihren Vater an. »Willst du wissen, was mir die ganze Zeit durch den Kopf gegangen ist, als ich all die Beweise bei Mike gefunden habe? Ich habe mir gesagt, dass das alles wenigstens ein Gutes haben würde.«

»Und was war das?«

»Dass ich ihn nicht würde heiraten müssen.«

Sie konnte Clarks Gesichtsausdruck nicht deuten. Er stand auf, kam auf sie zu und nahm sie in die Arme. Er war schmal, aber hoch gewachsen und selbst jetzt noch waren seine Arme stark.

Sie spürte Tränen in ihren Augen brennen, doch sie weinte nicht. Sie hörte sich sprechen, hörte ihre tränenerstickte, rotzverstopfte Stimme, eine Stimme, die sie verabscheute, weil sie schwach und abhängig und nutzlos klang. »Ich wünschte, ich könnte verhindern, was mir alles durch den Kopf geht.«

»Das geht vorüber.«

»Bring mich nach draußen und erschieß mich.«

»Ich bringe dich lieber ins Bett. Komm schon. Es war ein langer Tag.«

Sie sah noch einmal nach Tim, vergewisserte sich, dass er seine Mütze auf dem Kopf hatte, und deckte ihn gut zu. Er war das absolut beste Lebewesen, das sie je gesehen hatte.

Dann ging sie in ihr Zimmer, setzte sich aufs Bett und

dachte nach. Sie hörte das alte Haus ächzen und den Wind draußen heulen. Zweimal klingelte das Telefon ihres Vaters und zweimal hörte sie sein leises Murmeln. Es war fast Mitternacht.

Sie sagte sich, dass sie das Richtige getan hatte. Sie fragte sich, warum das Richtige sich so falsch anfühlte. Dann, ganz allmählich, gestand sie sich ein, dass sie damit fertig werden würde, wenn sie im Department in Ungnade fiel. Stück für Stück ließ sie diese Vorstellung zu, wie Brotkrümel, die man in die Handfläche fegt, vorsichtig, dass man nicht zu viele auf einmal erwischt.

Es spielt keine Rolle, dachte sie, dass du mit vierzig nicht die Leitung der Mordkommission übernimmst oder mit fünfzig die Abteilung Delikte am Menschen oder mit achtundfünfzig nicht für die Wahl zum Sheriff kandidierst – das waren die Träume einer anderen Frau. Vielleicht ist das auch besser so.

Vielleicht würde die Verachtung ihrer Kollegen ihr auch ein bisschen Freiheit bescheren. Freiheit für Tim, für sich selbst, für alles, was sie außerhalb der Arbeit interessierte. Dann kroch das Selbstmitleid wieder in ihr hoch, und sie fragte sich, wieso ausgerechnet eine große, starke Frau wie sie, die wie geboren war für den Beruf der Polizistin, zum Opfer einer solchen Geschichte werden musste. War es einfach Pech? Würde als Nächstes eine Glückssträhne folgen?

Interessen, die ich vielleicht außerhalb der Arbeit finden werde.

Einen Augenblick lang dachte sie über diesen Aspekt nach und musste sich schließlich eingestehen, dass sie keine Interessen hatte außer Tim. Sie hatte keine Hobbys, betrieb keinen Sport, war nicht künstlerisch begabt. Sie hatte kein Bedürfnis zu reisen, Fremdsprachen zu lernen oder sich mit einer anderen Kultur als ihrer eigenen zu beschäftigen. Sie schaute sich Filme an, um sich abzulenken, der Fernseher diente ihr als Beruhigungsmittel, Bücher las sie nur, um sich über bestimmte Dinge zu informieren, große Kunstausstellungen in L. A. besuchte sie, weil irgendjemand die Eintrittskarten besorgt hatte.

Sie schüttelte den Kopf und lächelte traurig. War sie in dieser Hinsicht nicht genau wie Hess? Waren seine Zielstrebigkeit und sein beruflicher Ehrgeiz genau die Eigenschaften gewesen, die sie anfangs an ihm fasziniert hatten? Ja, genau das war es gewesen. Und mit einem Mal wurde ihr bewusst, dass sie schon damals in dem alten Krieger Hess sich selbst gesehen hatte.

Sie hatte einen großen, einsamen Helden bewundert, weil sie selbst davon geträumt hatte, eine große, einsame Heldin zu werden. Das war ein Grund, warum sie ihn geliebt hatte.

Wenn sie die Vorstellung von einem Leben für die Arbeit noch einen Schritt weiter dachte, musste sie sich eingestehen, dass sie noch eine Seite hatte, die sie faszinierte: Ihre Arbeit war etwas, das sie allein bewältigen konnte. Klar, sie würde immer einen Partner haben. Klar, sie würde immer Teil eines Teams und einer Bürokratie sein. Aber ihre eigentliche Arbeit war etwas Individuelles, einer gegen alle. Einer gegen den Rest der Welt. Sie selbst legte die großen Strategien fest, erledigte die banalen verfahrenstechnischen Schritte und traf in Bruchteilen von Sekunden Entscheidungen, die ein Leben retten oder beenden konnten. Die Macht, die die Welt einem mit einer Dienstmarke und einer Dienstwaffe übertrug, war wirklich eindrucksvoll. Man hatte alles selbst in der Hand.

Während sie auf ihrer Bettkante saß, betrachtete Merci sich von außen: eine dunkelhaarige Frau mit einem freudlosen Gesicht, ein halb leeres Glas Scotch in der Hand. Allein. So sah sie sich immer. Nie im Zusammenhang mit dem Department, einem Ehemann, einem Partner, einem Sohn, einem Vater, einer Familie. Einfach allein.

Was genau war es eigentlich, das sie zu etwas so Besonderem machte, das sie so einzigartig und selbstgenügsam machte?

Nichts, dachte sie, überhaupt nichts.

Nachdem sie den Mörder Colesceau erschossen hatte, hatte sie gespürt, wie ihre Willenskraft sie verlassen hatte. Sie war einfach aus ihr entwichen wie Atem. Davon hatte sie noch nie jemandem erzählt. Mehrere Monate lang war ihre Willenskraft verschwunden geblieben, was sie so gut wie möglich zu verbergen versucht hatte.

Ganz allmählich, Stück für Stück, war sie schließlich wiedergekommen, aber sie fühlte sich anders an als früher. Irgendwie steifer. Brüchig und weniger reißfest. Sie fürchtete sich vor allem Neuen. Sie fühlte sich vertraut und zugleich fremd an, wie das Gesicht eines Freundes, das durch eine Operation verändert worden war, wie ein Zwilling, den man jahrelang nicht gesehen hatte.

Und seit dem Tag, an dem sie Colesceau erschossen hatte, wusste Merci, dass man nicht nur das ist, was man aus sich selbst macht, sondern auch das, was die Welt aus einem macht.

Diese Welt, die man um sich herum wahrnimmt. Wenn es eine Vorstellung gab, die demütigender und beängstigender war, dann musste Merci sie sich erst ausdenken.

Kapitel 28

Merci stand zusammen mit Paul Zamorra hinten im Konferenzsaal, während Sheriff Chuck Brighton den versammelten Journalisten und Reportern mitteilte, dass einer seiner Detectives vom Sittendezernat wegen Mordes an einer Prostituierten festgenommen worden war.

Die Detectives Wheeler und Teague – einer dünn, einer massig – saßen an einem Tisch hinter dem Podium, bemüht, sich gelangweilt zu geben.

Der stellvertretende Sheriff Melvin Glandis, herausgeputzt in Uniform, trat nach Brighton ans Mikrofon, um den Stand der Ermittlungen zu erläutern.

»Vielen Dank«, sagte er, als er ans Rednerpult trat, obwohl niemand ihm irgendetwas angeboten hatte, wofür er hätte dankbar sein müssen. Brighton trat zur Seite, aber nicht in den Hintergrund. Glandis, ein Mann, der es gewohnt war, Befehle entgegenzunehmen, nickte leicht, das Kinn entschlossen vorgereckt.

Merci sah, wie die Kamerascheinwerfer die Gesichter von Brighton und Glandis in weißes Licht tauchten, jede Falte und jede Hautunreinheit hervorhoben, den Schweiß auf Glandis' Stirn sichtbar machten, als dieser mit seiner kurzen Zusammenfassung der Ermittlungsarbeiten geendet hatte. Glandis stieß einen Seufzer aus, als ein Reporter wissen wollte, wie und wann der Verdacht auf Sergeant Mike McNally gefallen war.

»Zum jetzigen Zeitpunkt bin ich nicht befugt, diesen Punkt zu erörtern«, sagte Glandis. »Der Nächste? Susanne?«

»Hatte Sergeant McNally ein Verhältnis mit der Frau?«

Glandis schüttelte den Kopf. »Sergeant McNally gehörte einer Ermittlungsgruppe an, die die Ausbreitung von Callgirl-Ringen im County eindämmen soll.«

»Dann kannte er also Miss Whittaker?«

»Sie haben bis zu einem gewissen Grad zusammengearbeitet, ja.«

»Bestand zwischen den beiden ein persönliches Verhältnis?«

»Dazu kann ich zum jetzigen Zeitpunkt nichts sagen. Der Nächste? Dan?«

»Wo befindet sich Sergeant McNally jetzt?«

»Im Sicherheitstrakt des County-Gefängnisses.«

»Haben Sie die Mordwaffe sichergestellt, und wenn ja, können Sie sie beschreiben?«

»Wir haben einen .45er-Colt semiautomatik beschlagnahmt, der Sergeant McNally gehört. Die Waffe befindet sich zurzeit in unserem Labor, wo ihre Waffenspuren untersucht werden und wo sie ballistischen Tests unterzogen wird. Der Nächste? Brice?«

»Haben Sie den Schalldämpfer gefunden?«

»Wir hatten einen Durchsuchungsbeschluss, um nach einer solchen Vorrichtung zu fahnden.«

»In McNallys Haus oder irgendwo anders?«

»Zum jetzigen Zeitpunkt bin ich nicht befugt ...«

»Wie sieht es mit besonderen Umständen und der Todesstrafe aus?«

Merci zuckte zusammen, als sie Brice so locker über die

Möglichkeit sprechen hörte, Mike McNally hinzurichten, und sie sah, dass Glandis errötete.

»Was soll das heißen, *Wie sieht es aus?*«, erwiderte Glandis. »Sie sind hier nicht in einem Zirkus, Brice, es geht um das Leben eines Mannes. Und das einer Frau.«

»Das Leben der Frau ist zu Ende. Also, besondere Umstände oder nicht?«

»Das ist nicht unsere Entscheidung. Wir haben aufgrund von Beweisen eine Verhaftung durchgeführt. Über diese Frage können Sie sich mit dem Bezirksstaatsanwalt auseinander setzen. Der Nächste. Bowman?«

»Mel, hat er die Tat allein begangen?«

»Davon gehen wir aus.«

»Was war sein Motiv?«

»Das wissen wir noch nicht. Wir überprüfen derzeit verschiedene Möglichkeiten.«

»Gibt es Zeugen?«

»Ich bin nicht befugt ...«

Merci sah, wie Gary Brice sich auf seinem Platz umdrehte und sie anschaute. Er starrte sie über seine Brille hinweg an. Offenbar fragte er sich, warum sie und Zamorra nicht anstelle von Wheeler und Teague da oben am Tisch saßen. Sie schüttelte kaum merklich den Kopf und wandte sich ab.

Brice war der einzige Reporter, der über ihr privates Verhältnis mit Mike im Bilde war – zumindest soweit sie wusste. Wurde unter Journalisten genauso getratscht wie unter Polizisten? Vielleicht nicht. In Anbetracht der Schlagzeilenträchtigkeit dieser Enthüllung war es erstaunlich, dass keiner auf die Idee gekommen war, nachzufragen, warum die Detectives, die ursprünglich in dem Fall ermittelt hatten, abgelöst worden waren.

Zamorra, der anscheinend mal wieder ihre Gedanken gelesen hatte, flüsterte ihr ins Ohr: »Sag ihm, das geht ihn einen Scheißdreck an. Sonst sag ich's ihm.«

»Ich mach das schon«, flüsterte sie zurück.

»Wir treffen uns wieder hier, wenn du mit ihm fertig bist. Ich habe was Neues.«

Sie nickte und verließ den Saal.

Brice holte sie im Korridor ein und Merci ging mit ihm nach draußen. Zum Schutz gegen die helle Sonne setzte sie ihre Sonnenbrille auf, während sie schnellen Schrittes neben Brice herging.

»Ich hätte in dem Fall ein bisschen Futter gebrauchen können«, sagte er.

»Wir haben ihn erst gestern Abend verhaftet, Gary. Am späten Abend.«

»Was ist los – erst ist es Ihr Fall, und auf einmal nicht mehr.«

»Mike und ich sind befreundet, das wissen Sie doch. Das ist eine Frage des gesunden Menschenverstandes und der Verfahrensordnung.«

»Interessenkonflikt.«

»So könnte man es nennen.«

»Wie soll ich Ihr Verhältnis zu Mike also in meiner Zeitung darstellen?«

»Wir sind gute Freunde – wenn Sie es denn unbedingt erwähnen müssen. Hier geht es nicht um Mike und mich, hier geht es um Mike.«

»Der springende Punkt ist, wie Sie ihn geschnappt haben. Helfen Sie mir ein bisschen, Merci.«

»Ich kann Ihnen wirklich nichts sagen, Gary. Wenn die Ermittlungen etwas weiter fortgeschritten sind, werde ich mehr für Sie tun können.«

»Bisher haben Sie in dem Fall überhaupt noch nichts für mich getan. Kommen Sie schon, Sergeant – versetzen Sie sich mal in meine Lage. Ich hab eine Story. Ein Detective, verhaftet wegen Mordes an einer Prostituierten, die für ihn als Informantin gearbeitet hat. Zwei Kollegen, eine davon seine, äh ... eine Freundin – überführen ihn. *Aber wie?* Wie sind Sie ihm auf die Schliche gekommen? Was hat Sie überhaupt auf die *Idee* gebracht, den Mörder in Ihren eigenen Reihen zu suchen?«

Sie überlegte. »Die Beweismittel am Tatort haben den Verdacht auf ihn gelenkt. Bei einem Verhör wurde der Verdacht erhärtet. Bei einer Hausdurchsuchung wurden entscheidende Beweismittel entdeckt. So sieht's aus. Soll ich den Artikel auch noch für Sie schreiben?«

»Was für Beweismittel?«

»Genaueres kann ich Ihnen nicht sagen, Gary. Wir versuchen gerade, den Fall unter Dach und Fach zu bringen. Ich will Mike nicht den Lesern des *Journal* zum Fraß vorwerfen. Er soll einen fairen Prozess bekommen.«

»Er hat sie gebumst und sie wollte ihn erpressen, stimmt's?«

Sie wurde wütend und musste sich zusammenreißen, um Brice nicht an die Gurgel zu gehen und ihm den Hals umzudrehen.

»Kein Kommentar.«

»Das war bereits einer.«

»Was zum Teufel soll das heißen?«

»Ich dachte, Sie wollten meine Vermutung bestätigen.«

Merci sah ihn durchdringend an. »Ich sagte, kein Kommentar.«

»Aber können Sie mir das erklären?«

Gary Brice langte in seine Jackentasche und brachte einen Stapel zusammengehefteter Zettel zum Vorschein. Er trat neben Merci und hielt die Zettel mit beiden Händen vor sie hin, sodass sie sie betrachten konnte. Langsam drehte er ein Blatt nach dem anderen um. Es waren insgesamt acht. Lauter Fotokopien von Grußkarten und Briefen

– denen, die Mike und Aubrey Whittaker einander geschrieben hatten. Merci erkannte einige davon aus Aubreys Wohnung, andere aus Mikes Haus in Modjeska. Eine Kopie von der Karte, die vor einer Woche aus dem Labor verschwunden war, war auch dabei. Instinktiv griff sie danach, doch Brice zog die Zettel schnell weg, faltete sie zusammen und steckte sie wieder in die Tasche.

»Wollen Sie meine Existenz ruinieren?«

»Woher haben Sie das?«, fragte sie leise. »Und seit wann?«

»Ist gestern Nachmittag mit der Post gekommen. Anfangs wusste ich nicht recht, was ich damit anfangen sollte. Jetzt weiß ich's.«

»Haben Sie den ...«

»Hab ich. Großer brauner Umschlag, kein Absender, ganz normale Briefmarke. Die Handschrift kindlich oder mit der falschen Hand geschrieben. Wurde mir nach Hause geschickt. Ich habe den Umschlag im Auto, wenn Sie ihn haben wollen. In einer verschlossenen Plastiktüte. D. B. steht für ›Düsterer Bursche‹ – das ist Mike. Aubrey oder AW erklären sich selbst. Richtig?«

Merci nickte, sagte jedoch nichts. Sie drehte sich um und ging über den Parkplatz, dicht gefolgt von Brice. Die Morgenluft war kühl und Merci stopfte die Hände in ihre Jackentaschen. Sie versuchte, so viel Überzeugung wie möglich in ihre Stimme zu legen, aber sogar sie selbst hörte, wie hohl ihr Versprechen klang.

»Gary, halten Sie das eine Woche lang unter Verschluss, dann sorge ich dafür, dass Sie was Besseres bekommen.«

»Was Besseres gibt es gar nicht. Was ich bisher von Ihnen bekommen habe, ist die Ehre, zusammen mit sämtlichen anderen Reportern des County in einer Pressekonferenz sitzen zu dürfen und zuzusehen, wie Mel Glandis Blut und Wasser schwitzt. Vielen Dank auch. Das war eine Riesenhilfe.«

Sie schüttelte den Kopf, blieb stehen und drehte sich um. »Ich kann diese Briefe als Beweismittel beschlagnahmen.«

»Ich hab sie längst kopiert. Und Kopien von den Kopien gemacht. Vergessen Sie's.«

Sie musterte ihn, wünschte, sie hätte einen Wasserwerfer, mit dem sie ihn auf die Straße pusten könnte. »Also gut. Sie haben die Briefe. Damit können Sie zwei Wochen lang die Schlagzeilen beherrschen. Und ich bitte Sie, die Story nicht zu bringen.«

»Warum nicht?«

»Weil Sie einen fairen Prozess verhindern, wenn Sie einen Mann in der Presse vorverurteilen. Das ist unrecht und Sie sollten es nicht tun.«

Brice lachte. »Das ist mein *Job.*«

»Das ist wichtiger als Ihr Job.«

»Falsch. Ich sage Ihnen, was ich habe: Mike McNally, guter Polizist, Junggeselle, versucht, einer Prostituierten zu helfen, die Prostituierte tut, was Prostituierte eben tun – sie will Profit rausschlagen. Versucht es mit Erpressung. Jetzt bringen wir Merci Rayborn ins Spiel, eine Polizistin, eine enge Freundin und Geliebte von Mike. Eine Zeit lang leitet sie die Ermittlungen, dann, als ihr Geliebter unter Verdacht gerät, wird sie von dem Fall abgezogen. Das ist eine verdammt gute Story, und wissen Sie was? Es ist auch noch eine *wahre* Geschichte. Also kommen Sie mir jetzt nicht damit, ich wäre ein Aasgeier, bloß weil ich eine wahre Geschichte bringen will. Es gibt Menschen auf dieser Welt – so genannte Bürger –, die ein Recht haben, informiert zu werden. Und zufällig glaube ich an dieses Recht. Ich glaube, dass es zu den Dingen gehört, die dieses Land so großartig machen. Ich bringe die Story. Ich werde die Archivbilder von Ihnen und Mike und Aubrey Whittaker benutzen. Ich brauche nur noch zweierlei von Ihnen.«

Sie sagte nichts. Brice trat einen Schritt zurück. »Erstens – erzählen Sie mir die ganze Geschichte, von Anfang an, in Ihren eigenen Worten. Ich werde sie drucken und kein Wort ändern. Um Mike zu schützen, um Ihren Fall zu schützen, was auch immer, können Sie mir beim Redigieren helfen. Dieses Angebot habe ich noch niemandem gemacht, nur damit Sie Bescheid wissen.«

»Das mache ich nicht. Niemals.«

»Verstehe. Zweitens – wie fühlen Sie sich im Moment?«

»Herrgott nochmal, sind Sie jetzt schon so tief gesunken?«

»Ob Sie es glauben oder nicht, es ist wichtig. Welche Gefühle löst das alles bei Ihnen aus?«

»Offiziell oder inoffiziell?«

»Beides.«

»Offiziell, Gary, macht es mich traurig, dass man ihn verhaftet hat. Inoffiziell – es hat mir mein Scheißherz gebrochen.«

Er sah sie ein bisschen seltsam an, als hätte er einen Teil von ihr zum ersten Mal wahrgenommen. »Wie schreibt man Scheißherz?«

Sie drehte sich um und ging zurück. Brice holte sie ein und ging schweigend neben ihr her.

»Gary, ich mache Ihnen ein letztes Angebot. Kippen Sie die Geschichte und ich besorge Ihnen was Besseres.«

»Was könnte besser sein als das?«

»Die Wahrheit.«

»Was ist nicht die Wahrheit? Nennen Sie mir ein Detail, das ich erwähnt habe, das nicht der Wahrheit entspricht. *Ein einziges!*«

Sie biss sich auf die Lippe und ging weiter. Sie wusste ihm nichts zu antworten außer dem Offensichtlichen.

»Sie werden benutzt.«

»Das stört mich nicht im Geringsten. Ganz im Gegenteil.«

»Irgendetwas Schlimmes wird noch passieren.«

»Ach? Versuchen Sie mir etwa zu sagen, Sie wollen nicht, dass mir etwas zustößt?«

»Nein, durchaus nicht. Ich wünschte, Sie würden auf einer Guillotine liegen – ich würde eigenhändig das Fallbeil betätigen.«

»Das sollte ich in meine Story aufnehmen.«

»Ich geb's auf, Gary.«

»Hey, lassen Sie mich nicht fallen. Sie haben meine Telefonnummern.«

Auf den Stufen zum Polizeigebäude sah Merci einige Reporter um Mikes Verteidiger Bob Rule herumstehen. Er schaute in ihre Richtung, dann wandte er sich wieder den Presseleuten zu.

Sie ging in eine andere Richtung, folgte Gary Brice zu dessen Wagen. Die Handschrift auf dem Umschlag, den er ihr reichte, schien dieselbe zu sein wie die auf dem Umschlag mit dem Schlüssel. Wahrscheinlich würden sich keine Fingerabdrücke auf dem Papier finden.

Derselbe anonyme Informant, dachte sie: Erst führt er mich zu Patti Bailey, dann benutzt er die Presse, um Mike zu bestrafen.

Krisenstimmung im Polizeigebäude. Merci spürte sie schon beim Eintreten: grimmige Blicke, kein privates Wort, und die Luft so dick, dass sie jedes Geräusch zu verstärken schien, während alle sich bemühten, leise und konzentriert zu arbeiten. Brightons Tür war geschlossen. Glandis klebte am Telefon, seine Schweißflecken reichten bis zur Brust. Die Captains hatten sich um seinen Schreibtisch geschart und die Uniformierten liefen herum wie innerlich für einen Einsatz gewappnet.

Sie fand Zamorra allein im Konferenzsaal vor. Er saß erschöpft an dem großen Tisch, vor sich eine dampfende Tasse Kaffee. Sie schloss die Tür hinter sich und setzte sich ihm gegenüber.

»Irgendjemand hat Brice Informationen zugesteckt«, sagte sie. »Ich glaube, es war derselbe, der mir den Schlüssel zu dem Lagerraum mit den Sachen von Patti Bailey geschickt hat. Brice hat Kopien von Mikes Briefen an Aubrey. Und von Aubreys Briefen an ihn. Er wird eine Story über eine schief gelaufene Dreiecksromanze bringen – Mike, Aubrey und ich.«

»Sag Brighton, er soll bei seinem Verleger anrufen.«

»Ich werd's versuchen, aber es wird wenig Zweck haben. Das ist ein gefundenes Fressen für den *Journal*. Eine Eins-a-Story.«

»Könntest du Brice unter Druck setzen? Was hast du gegen ihn in der Hand?«

»Nichts.«

Sie seufzte. »Hör zu, Paul«, sagte sie dann ruhig. »Wir haben mit dem Fall Whittaker nichts mehr zu tun, richtig?«

»Richtig.«

»Aber es gibt noch ein paar lose Enden, richtig?«

Zamorra lächelte kaum merklich. »Ja, da hast du allerdings Recht.«

»Wir könnten also versuchen, ein paar Antworten zu finden und Wheeler und Teague ein bisschen unter die Arme zu greifen, nicht wahr? Das ist doch unsere Verantwortung, oder?«

»Sehr richtig.«

»Also gut. Was hast du herausgefunden?«

»Eine Jacke, vielleicht auch ein Hemd aus schwerem

Stoff, auf dem Boden von Aubrey Whittakers Küche. Ob das Kleidungsstück einer Frau oder einem Mann gehört, konnten die mir nicht sagen. Aber sie konnten mir sagen, dass das Material dunkelgraue, violette und dunkelgrüne Fasern enthält. Bei dem Kampf ist das Kleidungsstück an der Ecke einer Schublade hängen geblieben. Ich habe acht Fasern aus dem Holz gepult. Und auf dem Boden habe ich noch mehr gefunden.«

»Wer sind ›die‹?«

»Freunde aus dem Department von San Diego. Ich habe ihnen die Fasern am Dienstag gebracht, gestern Abend haben sie mich angerufen. Ich habe alles dokumentiert. Die Beweiskette ist wasserdicht.«

Merci fragte sich, woher Zamorra die Zeit für eine dreistündige Autofahrt nach San Diego und zurück nahm, wo er doch für nichts anderes Zeit zu haben schien. Dann verscheuchte sie diesen Gedanken, weil er ihr argwöhnisch und boshaft erschien.

»Ich bin die ganze Liste der Beweisstücke aus Aubrey Whittakers Wohnung nochmal durchgegangen – die Fasern passen zu keinem einzigen Kleidungsstück in ihrem Schrank. Ich habe die Sachen nochmal überprüft, die du aus der Reinigung geholt hast – nichts. Was ist also mit Mike? Hat er eine Jacke oder ein Hemd, das in Frage käme? Dunkelgrau mit Violett und Grün drin?«

Merci nahm ihr blaues Notizbuch zur Hand und schrieb sich auf, was ihr Partner in Erfahrung gebracht hatte. »Nein. Mike hat nichts, worauf diese Beschreibung passt. Jedenfalls nicht dass ich wüsste.«

»Ich habe außerdem menschliche Haare nach San Diego geschickt – zwei Haare, dic ich auf dem Küchenfußboden gefunden habe. Dunkel und gelockt. Eins ist knapp zweieinhalb Zentimeter lang, das andere drei. Aubrey Whittaker war blond. Mike ist auch blond. Ich glaube, unser Küchenmann hat die Haare bei dem Kampf verloren, seine Fingerabdrücke auf der Schubladenschiene und dem Fußboden hinterlassen und sich seine Jacke oder sein Hemd an der Schublade eingerissen.«

»Moladan ist blond.«

»Fehlanzeige. Wir haben seine Abdrücke im Computer, sie stimmten nicht mit denen aus der Küche überein.«

»Lance Spartas?«

»Er hat mir freiwillig seine Fingerabdrücke gegeben, den ganzen Satz, links und rechts. Ebenfalls Fehlanzeige.«

»Del Viggio?«

»Der hat ein Alibi, das von Cindy, einem von Moladans Mädchen, bestätigt wurde. Er war's nicht. Okay, wir wissen, der Typ ist an dem Abend in Aubreys Wohnung gewesen. Wir wissen, dass er kein Großkrimineller ist, sonst hätten wir seine Fingerabdrücke im Computer.«

Merci plapperte drauflos, ohne nachzudenken, und ihre Worte kamen ihr selbst komisch vor, als sie sie aussprach. »Und was ist mit einer Frau? Auch Frauen tragen Sportjacken und hinterlassen Fingerabdrücke.«

Zamorra schaute sie an. »Coiner?«

»Sie hat Mike gestern Abend im Gefängnis besucht. Hat ihm was zu essen gebracht. Aber ich rede ins Unreine, Paul. Ist wahrscheinlich Quatsch.«

Zamorra schwieg eine Weile. Dann sagte er: »Wir wissen, dass sie ihn mag. Vielleicht wissen wir aber nicht, wie sehr. Oder was sie von ihm bekam. Oder nicht. Aber wenn man es so betrachtet, dann hat es vielleicht gar keinen Kampf auf dem Küchenfußboden gegeben. Dann haben die beiden es vielleicht drei Meter neben einer Leiche getrieben. Wenn man Coiner als Mittäterin in Betracht zieht, dann haben wir besondere Umstände. Das ist dann Verabredung zum Mord. Darauf steht die Todesstrafe.«

Merci stand auf und ging durch den Raum. Sie war innerlich vollkommen aufgewühlt.

»Aber wenn ... also davon würden sich doch die Schubladenschienen nicht verbiegen.«

Zamorra sagte nichts, vielleicht dachte er, dass das durchaus passieren konnte.

»Warum hat sie die Patronenhülse zu den Beweismitteln getan? Warum hat sie sie nicht einfach übersehen?«

»Weil *irgendjemand* sie schließlich finden musste. Aber so konnte sie den Verdacht von sich ablenken.«

»Und auf Mike lenken.«

Zamorra schaute auf den Tisch, dann zu Merci hinüber. »Eine Art Versicherung, für den Fall, dass ihr, Mike und du, da heil herauskommt.«

»Hast du auch Fingerabdrücke von Frauen überprüft?«

»Nein. Aber das kann ich noch machen, kein Problem.«

»Tu das. Trotzdem kommt es mir immer noch absurd vor, Paul. Die Abdrücke sind bestimmt nicht von Lynda und ihre Haare sind hellbraun.«

Zamorra zuckte die Achseln. »Er war jedenfalls nicht allein in der Wohnung. Irgendjemand anders ist auch noch da gewesen. Sie haben irgendetwas in der Küche getan. Mike weiß es. Er war nicht allein. Darauf würde ich meinen Hals verwetten.«

Kurz vor zehn am Morgen brachte Merci den Umschlag von Gary Brice ins Labor. Ein Deputy, den sie noch nie gesehen hatte, hielt sie am Eingang an, bat sie, sich in das Zutrittsformular einzutragen und den Grund ihres Besuchs zu nennen. Sie musste zehn Minuten warten, bis Gilliam herauskam und sie mit in sein Büro nahm. Er schloss die Tür hinter sich und sie nahmen Platz.

»Tut mir Leid«, sagte er. »Wir haben für die Zeit, in der

wir die Beweisstücke aus Mikes Wohnung untersuchen, das gesamte Labor abgeriegelt.«

»Was wurde denn bei ihm gefunden?«

»Ein selbst gebauter Schalldämpfer, ein Paar Arbeitsschuhe, sein .45er-Colt und sieben Schuss Munition. Außerdem einiges an Korrespondenz – Briefe und Grußkarten.«

»Die muss ich sehen. Die Briefe.«

Gilliam runzelte die Stirn. »Das ist nicht mehr Ihr Fall, Merci. Warum wollen Sie die Briefe jetzt sehen?«

Sie berichtete ihm, was Gary Brice am Vortag ins Haus geflattert war, und legte die Plastiktüte mit dem braunen Umschlag auf Gilliams Schreibtisch.

»Wenn Sie die Originale hier haben, dann weiß ich, dass sie nicht nur aus Mikes Haus gestohlen, kopiert und an Brice geschickt wurden. Denn dann wurden sie nämlich aus Mikes Haus gestohlen, kopiert und wieder *zurückgelegt*, damit wir sie finden konnten. Und das würde Wheeler und Teague vielleicht interessieren.«

Gilliam starrte sie ungläubig an.

»James, Gary Brice wird seine Story bringen. Sie wird von einem Polizisten vom Sittendezernat, einer Kriminalpolizistin und einer Prostituierten handeln. Ich will wissen, wer uns das eingebrockt hat.«

»Die Originale werden soeben bedampft. Geben Sie her.«

Gilliam schnappte sich die Plastiktüte ein bisschen zu unwirsch. Inzwischen stehen wir alle so unter Druck, dass wir uns aufführen wie Idioten, dachte Merci.

Zehn Minuten später wusste Merci, was sie wissen wollte: Vier der Karten und einer der Briefe, die man bei Mike gefunden hatte, waren vorher fotokopiert, an Brice geschickt und anschließend in Mikes Haus im Modjeska Canyon zurückgebracht worden.

Und auf keinem davon war auch nur die Spur eines Fingerabdrucks zu finden. Noch nicht.

»Geben Sie uns noch ein bisschen Zeit«, sagte Gilliam. »Mindestens sechs Stunden. Ich lasse jetzt den Umschlag an Brice untersuchen.«

Lynda Coiner, über ein Mikroskop gebeugt, schaute seitlich zu Merci auf, dann wieder in ihr Okular.

Evan O'Brien, mit einem weißen Laborkittel bekleidet, stand unter einem grellen Scheinwerfer und betrachtete ein kleines Bündel, das Merci als ihre Unterwäsche erkannte.

Er blickte auf, sah erst sie, dann den Slip, dann wieder sie an. Ausdrucksloses Gesicht. Er zuckte mit den Schultern.

Einer der jüngeren Laborassistenten ging mit einem Tablett voller mit Blut gefüllter Röhrchen vorbei. Er starrte Merci an, als wäre sie eine Aussätzige.

»Halten Sie uns nicht von der Arbeit ab«, sagte Gilliam und fasste sie am Arm.

»Bekomme ich die Resultate von dem Umschlag mit dem Schlüssel? Und von der Briefmarke? Ich rede von dem Briefumschlag, den ich Ihnen zusammen mit der Pistole gebracht habe. Das sind Beweismittel im Fall *Bailey*, Gilliam.«

»Negativ«, erwiderte er. »Keine Fingerabdrücke. Sie wollen bestimmt möglichst schnell in Aubrey Whittakers Wohnung fahren. Um Wheeler und Teague zu helfen, natürlich.«

Er begleitete sie zum Ausgang. »Sagen Sie Zamorra, unser Labor ist besser ausgerüstet als das in San Diego«, bemerkte er. »Sagen Sie Zamorra, wir sind auf seiner Seite. Aber wir wüssten gern, auf wessen Seitc *er* ist.«

»Ich werd's ihm ausrichten.«

Merci betrat die kalte, helle Wohnung. Durch die Fenster konnte sie den Pazifik sehen. Das Wasser war ganz braun und aufgewühlt. Ihr Blick wanderte zu dem mit Kreide gezogenen Umriss, Aubrey Whittakers letzter Silhouette.

Alles wirkte unverändert. Sie ging um die Kreidemarkierung herum in den Flur und weiter ins Schlafzimmer. In der Kommode fand sie die Sammlung von Briefen und Karten, von denen sich zwei in Gary Brice' Sammlung befunden hatten – gestohlen von einem versiegelten Tatort, kopiert, zurückgelegt.

Auf der Veranda blieb sie lange stehen und ging zum hundertsten Mal durch, was passiert war. Sie fragte sich, ob Hess stolz auf sie gewesen wäre. Dann schloss sie die Augen und versuchte sich vorzustellen, was sich in jener Nacht vor knapp einer Woche, am Dienstag, dem 11. Dezember, hier abgespielt hatte.

Sie stellte sich vor, wie Mike die Treppe heraufkommt. Er trägt eine Bundfaltenhose, ein legeres Jackett und seinen schwarzen Pullover, der seine Muskeln so schön hervorhebt und sein blondes Haar zur Geltung bringt. Er geht entschlossen, aber ohne Eile. Seine Hände sind leer, sein Jackett ist offen. Die Fünfundvierziger hat er sich unter den linken Arm geklemmt, weil sie mit dem Schalldämpfer zu lang ist für das Halfter. Vor der Tür bleibt er stehen und fährt sich mit der rechten Hand durchs Haar, bevor er anklopft. Er klopft leise. Das gelbe Verandalicht ist an. Aubrey geht an die Tür, schaut durch den Spion. Sie sieht, dass es Mike ist, fragt sich, ob er was vergessen hat. Sie öffnet die Tür. Sie lächelt – halb zur Begrüßung, halb fragend. Mike langt unter sein Jackett und zieht die Pistole, feuert einen Schuss ab und stößt Aubrey, als sie stürzt, in ihre Wohnung. Sie ist tot, bevor sie den Boden berührt. Er geht um sie herum, packt sie unter den Achseln und zieht sie ein Stück weiter in die Wohnung – damit er die Tür schließen kann. Er macht die Tür zu. In seinem Gesicht liegt ein Ausdruck panischer Angst.

Danach sah Merci nichts mehr.

Sie öffnete die Augen, überrascht, Wheeler und Teague gefolgt von Chuck Brighton die Treppe heraufkommen zu sehen.

Wheeler, der Dünne, ging voran, Teague ächzte hinter ihm her, dann kam Brighton, dessen Augen hinter einer dunklen Fliegerbrille verborgen waren.

»Kriminalpolizei«, sagte Wheeler.

»Weisen Sie sich aus«, erwiderte Merci.

Grinsend hielt Wheeler ihr seine Marke unter die Nase und schob sich an ihr vorbei in die Wohnung.

Teague begrüßte sie freundlich, sagte, er müsse mit ihr reden.

»Jederzeit.«

Dann Brighton, der stehen blieb, um sie zu mustern. Wo seine Augen hätten sein sollen, sah sie Himmel und Wolken. »Ich wollte mir das mit eigenen Augen ansehen.«

»Irgendjemand ist hier drin gewesen und hat sich an den Beweismitteln vergriffen. Das ist das zweite Mal innerhalb einer Woche, wenn ich richtig mitgezählt habe.«

Brighton nahm seine Sonnenbrille ab. Er wirkte uralt. »Gilliam hat mir die Briefe gezeigt. Die an Gary Brice.«

»Sie stammen aus dieser Wohnung – aus der Kommode im Schlafzimmer, oberste Schublade. Wer auch immer sie an sich genommen hat, hat sie wieder an Ort und Stelle zurückgelegt, damit wir sie finden.«

»Rayborn, was zum Teufel geht hier vor?«

»Vielleicht finden Wheeler und Teague das ja raus. Ich habe ein paar Ideen, aber keine guten.«

»Es reicht, Merci. Sie mischen sich da nicht weiter

ein. Wenn Bob Rule von Ihrem Verhältnis mit Mike erfährt ...«

»Verstehe.«

»Also halten Sie sich da raus.«

»Ja, Sir.«

Brighton nickte. »Fürchterlich, dieser ganze Zirkus. Halten Sie sich aus dem Department fern, wenn Sie können. Zum Glück kräht niemand nach Ihnen und Mike. Bisher jedenfalls noch nicht.«

»Das wird spätestens losgehen, wenn Brice seinen Artikel veröffentlicht.«

»Sie und Zamorra übernehmen den Mord an dem Jogger und den Jungen, dessen Leiche man in Einzelteilen gefunden hat. Damit dürften Sie vorerst genug beschäftigt sein.«

Bei dem Wort »Einzelteile« zuckte Merci innerlich zusammen. Ihr fielen einige Dinge ein, die sie gern gesagt hätte, doch sie hielt den Mund.

»Ich brauche die Dienstpläne für den Fall Patti Bailey«, sagte sie.

»Dienstpläne von vor dreißig Jahren? Damals wurden die noch handschriftlich geführt. Ich weiß gar nicht, ob die noch existieren.«

»Tun sie. Sie sind im Archiv. Aber ich brauche Ihre Genehmigung, um sie einzusehen.«

Er setzte seine Sonnenbrille wieder auf, schaute zur Küstenautobahn hinüber und dann wieder zu Merci. »Sie sind immer noch davon überzeugt, dass wir die Bösen sind. Selbst damals.«

»Ich versuche nur, uns auszuschließen.«

»Ein schwaches Argument. Aber von Ihnen akzeptiere ich es. Reden Sie mit Mel. Er kann Ihnen die Genehmigung erteilen.«

Sie nahm ihr Handy aus der Gürteltasche, tippte die

Nummer ein und reichte es Brighton. »Das Archiv. Würde es Ihnen was ausmachen? Für Glandis oder für mich wird sich da niemand beeilen.«

Brighton schaute sie durch seine dunklen Brillengläser an, dann nahm er das Handy.

Kapitel 29

Als Merci die Journalistentrauben und die Übertragungswagen vor dem Department sah, senkte sie den Kopf und beschleunigte ihre Schritte. Bevor sie irgendjemand erkannte, hatte sie den Eingang schon fast erreicht. Sie schob die Mikrofone beiseite und beantwortete jede Frage mit denselben Worten: Kein Kommentar. In der Eingangshalle, wo ein junger, uniformierter Polizist sie durch die Personaltür schleuste, hängte sie sie ab.

Das Großraumbüro war jetzt fast leer, es war Mittagszeit und die Kollegen waren entweder zu Tisch oder im Außendienst. Jetzt, da einer aus ihren eigenen Reihen wegen Mordes im Gefängnis saß, war jeder darum bemüht, sich möglichst nicht blicken zu lassen, dachte sie. Und jeder war wild darauf, mit jedem zu reden. Wahrscheinlich war das Cancun mal wieder der beste Umschlagplatz für Klatsch und Tratsch.

Der Karton mit den alten Dienstplänen stand auf ihrem Schreibtisch. Er roch nach altem Papier und die Ecken waren eingedrückt. Sie unterschrieb den Empfangsbeleg und legte ihn in den Ausgangskorb.

Sie schleppte den Karton in den leeren Konferenzsaal, ging dann noch einmal zurück, um die Bailey-Akte und eine Tasse Kaffee zu holen. Im Korridor ging ein Kollege an ihr vorbei. Er hob die Brauen und zuckte die Achseln, sagte jedoch nichts.

Merci nahm die Karten aus dem Karton, der auf dem Tisch stand. Sie waren nach Wochen sortiert. Die Dienstpläne wurden am Ende eines Monats eingesammelt, zusammengeheftet und in einem Ordner abgelegt.

Links neben die Karten legte sie Patti Baileys Terminkalender, den sie am Datum ihres Todestages, dem 4. August 1969, aufgeschlagen hatte.

16SV/18CM/19DL/20:30FD/23KQ

Nur eins, dachte Merci. Nur eins will ich wissen: Zu wem gehören die Initialen KQ? Wenn sie zu einem Polizisten gehörten, würde sie ihn in den Dienstplänen finden.

Sie brauchte zwanzig Minuten, bis sie auf eine Spur stieß. Sie ging jeden einzelnen Dienstplan des Jahres 1969 durch, fand jedoch nirgendwo die Initialen KQ eingetragen. *Nicht einmal irgendein Q.*

Ist es ein Code? Das muss es sein.

Sie drehte die Buchstaben um und ging die Karten noch einmal durch.

Kein QK.

Sie versuchte es mit den Buchstaben vor K und Q, dachte, vielleicht hatte Patti Bailey einfach jeweils den nächsten Buchstaben benutzt.

Kein JP.

Sie versuchte es mit den Buchstaben *nach* K und Q, vielleicht hatte Patti Bailey einfach jeweils einen Buchstaben abgezogen.

LR.

Zurück zu den Dienstplänen. Bingo! Sie fand einen Deputy namens Lee Ripley, der tatsächlich am 4. August für die Nachtschicht eingeteilt war. Sie überprüfte den Streifenbericht und stellte fest, dass Ripley in jener Nacht Streife gefahren war. Interessant. Sie war davon ausgegangen, dass ein Hurenmörder in der Tatnacht keinen Dienst gehabt hatte – aber warum eigentlich? Wenn er Streife gefahren war, hätte er die Gelegenheit gehabt. Er konnte sich um elf mit ihr getroffen haben, genau wie es in Baileys Terminkalender eingetragen war. Er war unbeobachtet, arbeitete ohne Partner, wie es damals noch üblich war.

Merci hatte den Namen noch nie gehört.

Sie versuchte es mit demselben Code an Tagen, an denen Bailey sich mit Männern getroffen hatte, deren Namen ihr bekannt waren – Ralph Meeks und Bill Owen.

Kein RM. Kein BO. Falscher Code.

Frustriert und ziemlich sauer stand sie auf, ging dreimal um den Tisch, setzte sich wieder. Der Kaffee war kalt und schmeckte scheußlich, trotzdem trank sie ihn.

Sie betrachtete die mit Daten versehenen Eintragungen, suchte nach einer einfachen Möglichkeit, Initialen zu verschleiern. Etwas, das eine bekiffte Hure sich merken und anwenden konnte, ohne zu viel nachzudenken. Merci fiel auf, dass der seltene Buchstabe Q sowohl am Tag des Mordes als auch am Tag des Termins mit Owen auftauchte, aber der erste Buchstabe stimmte nicht überein.

Erneut stand sie auf und ging dreimal um den Tisch, diesmal in umgekehrter Richtung, sagte sich, wenn man sich verirrt hatte, war es am besten, seine eigenen Spuren zurückzuverfolgen. Sie setzte sich wieder hin, ratlos wie zuvor. Sie steckte die Daumen in die Hosentaschen, lehnte sich zurück und starrte auf die verwirrenden Codes.

Dann dämmerte ihr, dass es sich vielleicht überhaupt nicht um einen Code handelte, dass Meeks und Owen vielleicht nicht zu Baileys offiziellen Kunden gehört hatten und KQ womöglich gar nichts mit der Polizei zu tun hatte.

Dennoch versuchte sie es noch einmal mit den umgekehrten Initialen, dann mit den vorangehenden und den folgenden Buchstaben. Doch sie fand weder einen BO noch einen RM, und das Ganze war so kompliziert, dass sie kurz vor einem Wutanfall stand, als sie die letzte Kombination ausgetüftelt hatte.

Was für ein verdammter Schlamassel, dachte Merci. Dann holte sie tief Luft und murmelte ein paar Flüche vor sich hin.

Sie zog *einen* Buchstaben von der ersten und *zwei* von der zweiten Initiale ab. Von der ersten einen zurück, von der zweiten zwei – leicht zu merken.

Das gefiel ihr. Sie überprüfte es, vergewisserte sich ein zweites Mal.

Nach diesem Code wurde aus CQ BO – Bill Owen, dem Patti Bailey am 25. Juli um 15 Uhr einen Besuch abgestattet hatte. Bestätigt von Bailey persönlich auf dem Tonband, das sie besprochen hatte.

Die Buchstaben SO wurden zu RM – Ralph Meeks, aufgesucht von Patti Bailey am 9. Juli um 17 Uhr. Ebenfalls bestätigt von Bailey, auf demselben Tonband.

Aus den Buchstaben KQ wurde JO. Und damals hatte es tatsächlich im Sheriff Department einen Polizisten mit diesen Initialen gegeben.

Plötzlich wieder klar im Kopf und mit klopfendem Herzen schlug Merci die Bailey-Akte auf und überflog den Schlussbericht des Gerichtsmediziners. Bailey war zwischen 21 Uhr und 9 Uhr gestorben.

Als Nächstes nahm sie sich die Dienstpläne für den 4. August 1969 vor. Insgesamt dreiundneunzig Polizisten waren an jenem Tag im Dienst gewesen, einundvierzig waren für die Frühschicht, neunundzwanzig für die Spätschicht, dreiundzwanzig für die Nachtschicht eingeteilt.

Da war er.

Jim O'Brien hatte in der Spätschicht gearbeitet. Um 17.10 Uhr hatte er seinen Dienst angetreten und um 1.16 Uhr beendet.

Als sie die Dienstpläne für Juni, Juli und September überprüfte, stellte Merci fest, dass O'Brien immer für die Frühschicht eingeteilt gewesen war, nur in einer Woche nicht – in der Woche, als Patti Bailey ermordet wurde.

Es kostete sie weitere zwei Stunden, bis es ihr schließlich gelang, dasselbe merkwürdige Muster bei zwei weiteren Polizisten festzustellen, die in der Mordnacht im Dienst gewesen waren. Die Partner Rayborn und McNally waren in jener Woche ebenfalls auf Spätschicht gewesen.

Das ganze restliche Jahr über hatten alle drei ausschließlich in der Frühschicht gearbeitet.

Eine Woche Spätschicht, und das Chaos brach aus.

Als die Tür geöffnet wurde, schrak sie aus ihren Gedanken. Sie drehte sich um, hoffte, dass niemand gesehen hatte, wie sie zusammengezuckt war.

Evan O'Brien stand da. »Wir sind fertig mit dem Zeug von McNally. Ich kann dir zwar nicht sagen, wie es gelaufen ist, aber ich kann lächeln.«

Er lächelte. Dann wurde er ernst. »Alles in Ordnung?«

»Alles in Ordnung.«

»Ich wette, die Pressekonferenz war das reine Vergnügen.«

»Nein.«

»Schon gut. Ich lass dich in Ruhe. Nach dem Dienst gehe ich mit Lynda und Gilliam noch auf ein Bier zu Sal's. Vielleicht hast du ja Lust mitzukommen. Befehl von Gilliam, dir das auszurichten.«

Merci zögerte. Ihre Gedanken kreisten und rasten, kamen zu keinem Ergebnis.

O'Brien wartete. »Ich kann dich in meinem Wagen mitnehmen, wenn du willst«, sagte er schließlich.

»Nein, danke. Aber ich möchte trotzdem mit dir reden.«

»Dann komm doch einfach mit. Wir sind bloß Laborfritzen, wir beißen nicht.«

»Ich hab noch was zu erledigen. Würdest du mich begleiten?«

Er schaute sie an. »Klar. Um was geht's denn?«

»Ich muss die Hunde füttern. Bei Mike.«

Einen Blick wie den, mit dem Evan sie anstarrte, hatte sie noch nie gesehen: Einen Klugscheißer wie Evan dermaßen zu verblüffen, war gar nicht so einfach.

»Ich erklär's dir unterwegs.«

Merci fuhr mit einem solchen Tempo durch den Modjeska Canyon, dass die Reifen des Impala in den Kurven quietschten. Die Nacht war kalt. Merci hatte ihre Windjacke bis oben hin zugeknöpft und warme Lederhandschuhe übergezogen.

O'Brien hatte die Hände in die Taschen seines langen, dunkelbraunen Mantels gestopft. Er schwankte auf seinem Sitz, wenn Merci beherzt durch die Kurven fuhr. Ihr fiel auf, dass er ziemlich schmächtig war im Vergleich zu den anderen Männern, die sie bisher in ihrem Wagen mitgenommen hatte. Hess. Mike. Brighton. Clark.

»Also, Sergeant, worüber wolltest du mit mir reden?«

»Ich glaube, dein Vater war bei Patti Bailey in der Nacht, als sie ermordet wurde.«

O'Brien schaute sie von der Seite an. »Was soll das heißen, *bei* ihr? Und woher weißt du das?«

»Er war als Freier bei ihr. Es steht in ihrem Terminkalender. Um elf Uhr abends. Sie ist irgendwann zwischen neun Uhr abends und ein Uhr früh gestorben.«

»Eine Verabredung und ein Mord sind zwei verschiedene Dinge.«

»So habe ich das nicht gesagt.«

»So hast du es aber gemeint.«

Sie bog nach rechts ab, nahm die Kurve ein bisschen zu schnell. O'Brien hielt sich fest.

»Bailey hat ein Band aufgenommen«, sagte Merci. »Unter ihren Kunden war ein führender Politiker, zu ihren Kunden gehörte auch Bill Owen – der alte Sheriff. Sie hatte vor, die beiden zu erpressen.«

»Erzähl mir nicht, mein Vater ist auch auf dem Band zu hören.«

»In der Nacht, als sie ermordet wurde, hatte sie das Aufnahmegerät die ganze Zeit eingeschaltet. Sie hat mit ihrem Mörder ein langes Gespräch geführt.«

Sie bemerkte, dass O'Brien sie erneut anschaute und den Blick dann wieder auf die Straße richtete. Merci verringerte die Geschwindigkeit, als sie sich der Abbiegung näherte, die zu Mikes Haus führte.

»Also gut, Merci. Du hast eine Tonbandaufnahme von einem Mord, und ich habe einen toten Vater, den du für den Mörder hältst. Was erwartest du von mir? Soll ich ihn von den Toten auferwecken, damit wir einen Stimmenvergleich anstellen können?«

»Hast du seine Stimme irgendwo auf Band? Auf einem Video vielleicht?«

»Natürlich. Er war mein Vater. Aber die Stimme auf meinem Video ist nicht die Stimme auf deinem Band. Das garantiere ich dir.«

»Wieso bist du dir da so sicher?«

Sie bog in Mikes Einfahrt ein.

»Weil er ein *anständiger Mann* war.«

Merci nahm die Schlüssel aus der Tasche und schaute O'Brien an.

»Ich hätte gern eine Kopie von dem Video, Evan.«

Er schüttelte seufzend den Kopf, dann betrachtete er

Mikes Haus. Die Hunde hatten zu jaulen angefangen und wieder meinte Merci, etwas Klagendes in ihren Stimmen zu vernehmen.

»Ziemlich armselige Hütte«, sagte er, als er durch das Fenster schaute.

»Es ist gar nicht so schlecht.«

Sie fragte sich, warum sie sich immer noch verpflichtet fühlte, Mike zu verteidigen.

Sie schloss die Tür auf und schaltete das Licht im Wohnzimmer ein. Im Haus war es noch kälter als beim letzten Mal.

»Ich wusste gar nicht, dass er ein Waffennarr ist«, sagte O'Brien, während er den Waffenschrank neben der Küche betrachtete.

»Das sind bloß Waffen, Evan. Deswegen braucht er kein Narr zu sein.«

Sie ging in die Küche. Das abgewaschene Geschirr auf dem Abtropfgestell erinnerte sie an alte Zeiten mit Mike. Sie hatte oft nach dem Essen in dieser Küche gestanden und das Schlachtfeld betrachtet. Sie hatten miteinander geredet. Sie hatte gespült und Mike hatte abgetrocknet, während Tim in seinem Reisebettchen oder, als er noch nicht krabbeln konnte, auf dem Boden auf einer Decke lag. Die Stunden nach dem Essen waren die schönsten Stunden gewesen, dachte sie. Wenn sie beim Aufräumen geredet und gescherzt und vielleicht noch ein Glas Wein getrunken hatten.

Jetzt mit einem Mann hier zu stehen, erinnerte sie so sehr an diese schönen Stunden, dass sie auf einmal ganz traurig wurde.

»Ich füttere die Hunde, dann machen wir, dass wir hier wegkommen.«

O'Brien sah sie ernst an. »Weißt du, Merci, bloß weil eine Nutte den Namen eines Mannes in ihrem Terminkalender stehen hat, heißt das noch lange nicht, dass sie sich wirklich mit ihm getroffen hat. Was ist, wenn er nicht gekommen ist? Oder wenn sie die Verabredung hat platzen lassen? Ermordete tauchen selten pünktlich zu einer Verabredung auf.«

»Ich weiß. Deswegen möchte ich das Video haben.«

»Und dann? Ich meine, wenn es nicht dieselbe Stimme ist, wo machst du dann weiter?«

Einen Augenblick lang herrschte Schweigen, nur das Scheppern des Zauns war zu hören, als die großen Hunde dagegen sprangen.

»Das weiß ich noch nicht.«

»Hast du dir schon mal überlegt, dass er sich auch aus einem anderen Grund mit Patti Bailey verabredet haben könnte? Bloß weil er in ihrem Terminkalender aufgeführt ist, muss er noch kein Freier gewesen sein. Es könnte doch genauso eine Geschichte gewesen sein wie zwischen Mike und Aubrey Whittaker.«

»Möglich. Der Mann auf dem Band war ein Freier. Daran besteht kein Zweifel.«

Sie holte den Sack mit dem Hundefutter aus der Vorratskammer, schleppte ihn zur Hintertür und bat O'Brien, sie für sie aufzuhalten. Sie schaltete die Außenbeleuchtung ein und trat in die kalte Nacht hinaus.

Dann hatte sie wieder ein Déjà-vu, als sie die Hunde anschaute und bemerkte, dass sie den Schlüssel für den Zwinger vergessen hatte.

»Verdammt, ich hab den Schlüssel vergessen.«

Ein eiskalter Schauer lief ihr über den Rücken, denn das waren genau dieselben Worte, die sie gesagt hatte, als sie einmal spätabends mit Mike zusammen die Hunde gefüttert hatte. *Haargenau dieselben Worte.* Sie hatte genau da gestanden, wo sie jetzt stand, sie in demselben Tonfall ausgesprochen. Mike hatte gestanden, wo Evan jetzt stand.

In Mikes Haus zu sein, während er im Gefängnis saß, und einen anderen Mann zu bitten, ihr den Zwingerschlüssel zu bringen, schien ihr ein schlimmerer Verrat zu sein als alles, was sie bisher getan hatte. Die Hunde waren Mike heilig. Mikes Hunde. Es war, als hätte sie die Geschichte neu geschrieben, Mike ausradiert und gegen einen anderen Mann ausgetauscht.

Verdammt, ich hab den Schlüssel vergessen. Einen Augenblick später hatte Mike mit dem Schlüssel dagestanden. Einen Augenblick später stand O'Brien mit dem Schlüssel da.

»Alles okay?«, fragte er und reichte ihn ihr.

»Alles okay. Ich mach das gern.«

Sie ließ die Hunde aus den Käfigen, sammelte die Näpfe ein, dann ging sie, gefolgt von den Tieren, zum Futtertisch, wo sie die Näpfe besonders großzügig füllte. Dolly, Molly und Polly drängten sich gegenseitig zur Seite, wobei sie Merci beinahe umwarfen.

Sie lachte, versuchte die Hunde wegzuschieben, wohl wissend, dass sie nicht kräftig genug war, um die zentnerschweren Tiere mit den Knien zu bewegen. Aber es erinnerte sie an die vielen Male, die sie es versucht hatte, die vielen Male, die sie in die Gesichter mit den traurigen Augen und den Schlappohren geschaut hatte, wie oft sie ihren Spieltrieb erlebt hatte, und sie musste lachen. Weil das Lachen so fremd klang, weil der Anlass für das Lachen so weit zurück lag und so verdorben war, brach es ihr das Herz, all das jetzt ohne Mike zu tun, jetzt, wo Mike im Gefängnis saß und die Hunde wahrscheinlich bis an sein Lebensende nie wiedersehen würde.

Dolly, Molly und Polly ahnten von all dem nichts.

Sie spürte etwas Heißes auf ihren Wangen, verfluchte

innerlich diesen schwachen Moment, vergewisserte sich, dass sie O'Brien den Rücken zukehrte, ärgerte sich, dass sie ihn überhaupt mit in Mikes Haus gebracht hatte.

»Hast du das schon oft gemacht?«, fragte Evan.

»Ja.«

»Hast du ihn geliebt?«

»Ich hab's versucht.«

»Die Hunde lieben dich jedenfalls.«

»Ja, stimmt.«

»Manche Dinge kommen einem im Nachhinein schöner vor. Man neigt dazu, die Vergangenheit zu beschönigen.«

»Das tue ich gerade.«

O'Brien schaute schweigend zu, wie Merci die Näpfe füllte. Sie trug sie einen nach dem anderen in die Käfige, wobei sie die Kommandos erteilte, die die Mädels willig befolgten, sobald es ums Fressen ging. Sie schloss die Hunde wieder ein, ließ O'Brien ins Haus vorausgehen und schleppte den Sack mit dem Hundefutter zurück in die Vorratskammer.

O'Brien schaute sie an.

»Verdammt, Merci. Eigentlich wollte ich bloß eine Frau, die ich ganz nett finde, zu einem Bier einladen, und eh ich weiß, wie mir geschieht, erklärt sie mir, dass sie meinen Vater für einen Mörder hält, und verlangt von mir, dass ich ihr dabei helfe, die Hunde ihres Freundes zu füttern.«

»Du bist ein echter Kumpel. Vielen Dank.«

»Nimm doch nicht immer alles so ernst. Das ist mir zu anstrengend.«

»Trotzdem danke.«

»Aber das Video willst du immer noch haben?«

Sie nickte.

O'Brien lächelte wehmütig und schüttelte den Kopf.

»Weißt du, was ich glaube? Ich glaube, ich bin reingelegt worden. Aber von dir reingelegt zu werden, ist wenigstens keine große Schande.«

Auf dem Rückweg durch den Canyon sagte er kein Wort. Sie schaute ihn zweimal von der Seite an, doch er starrte nur durch die Windschutzscheibe ins Nichts. Als er schließlich sein Schweigen brach, klang seine Stimme ruhig und er schaute Merci immer noch nicht an.

»Eigentlich darf ich dir das jetzt noch gar nicht sagen, aber die Abdrücke von Mikes Arbeitsschuhen passen zu den Abdrücken in Aubrey Whittakers Küche. Das Blut, das daran klebt, stammt von Aubrey. Die umlaufenden Waffenspuren auf der Hülse aus der Blumenvase stimmen mit denen aus der Fünfundvierziger, die Wheeler und Teague in Mikes Haus sichergestellt haben, überein. Und das Ding, das in den Slip eingewickelt war, ist ein selbst gebauter Schalldämpfer, der genau auf den Colt passt. Es passt alles wunderbar zusammen. Der Fall ist unter Dach und Fach. Gilliam wollte das heute Abend feiern. Er konnte Mike McNally noch nie ausstehen. Aber dich mag er. Ich glaube, es hat ihm Leid getan, dich so aus dem Labor rauszukomplimentieren.«

Zamorra war der Einzige im Büro, als Merci, nachdem sie O'Brien abgesetzt hatte, zurückkehrte. Es war fast acht.

Er war wie immer frisch rasiert, wie immer trug er einen dunklen Anzug. Er saß aufrecht auf seinem Stuhl, beide Hände auf den Armlehnen, und starrte vor sich hin. Merci spürte, dass er emotionsgeladen war, doch welcher Art seine Gefühle waren, konnte sie nicht deuten: Trauer, Hass, Ekstase, Freude?

Er grüßte sie, ohne sie anzusehen. Sogar ohne seine Lippen zu bewegen, wie es ihr schien.

Sie setzte sich. »Janine?«

Zamorra sagte nichts, also drehte Merci sich mit ihrem Stuhl um, warf einen Blick in ihren Ausgangskorb, um sich zu vergewissern, dass die Empfangsbestätigung für die Karten aus dem Archiv abgeholt worden war, wollte ihren Anrufbeantworter abhören, überlegte es sich jedoch anders und drehte sich wieder zu Zamorra.

»Paul, was ist los?«

Er schien aus seiner Trance zu erwachen. Dann schaute er sie an, als hätte er sie gerade erst bemerkt.

»Tut mir Leid«, sagte er. »Die ... äh ... ja, Janine. Die Implantate haben sich entzündet. Sie werden gerade entfernt. Der Eingriff ist gefährlich wegen des Ödems, das sich bilden kann.«

»Fahr hin. Geh ins Krankenhaus, damit du bei ihr bist, wenn sie aufwacht.«

»Sie war im Koma, als sie sie in den OP gebracht haben. Sie wissen nicht, ob sie nochmal aufwacht.«

»Fahr trotzdem hin.«

Er schaute sie an, seine dunklen Augen wirkten hungrig und gequält und irgendwie hoffnungslos. »Ja, das habe ich vor. Ich bin nur hergekommen, um dich zu sehen. Und um dir zu sagen, dass ich morgen nicht hier sein werde.«

»Du hättest doch anrufen können, Paul.«

»Es tut mir Leid. Ich möchte, dass du das weißt. Ich möchte, dass du weißt, dass du einen Partner hast.«

»Ich habe einen Partner, der jetzt nicht hier sein dürfte.«

»Hör zu, die Leute in San Diego sind mit der Überprüfung der Fingerabdrücke aus Whittakers Küche noch nicht fertig. Mein Freund im Department hat mir versprochen, notfalls die Nacht durchzuarbeiten. Ich habe ihnen keinerlei ausschließende Parameter gegeben – sie vergleichen sie mit Proben von Männern, Frauen, Schwarzen, Weißen, das volle Programm. Es wird also ...«

»Es wird Zeit brauchen, Paul. Lass es doch ruhig Zeit brauchen.«

Er seufzte und schloss die Augen. »Weißt du, was sie als Letztes zu mir gesagt hat, bevor sie ins Koma fiel? ›Ich wünschte, es wäre vorbei, Paul. Ich wünschte, es wäre einfach vorbei.‹«

Mike saß auf seiner Pritsche, ein Tablett mit unberührtem Essen vor sich. Er blickte auf, schaute Merci in die Augen, dann starrte er wieder auf das Tablett.

Er hatte sich nicht rasiert. Seine Haare waren fettig. Der orangefarbene Gefängnisoverall war eine Nummer zu klein und seine kräftigen, muskulösen Arme wirkten irgenwie lächerlich darin.

»Wie geht's den Mädels?«

»Ganz gut. Sie wissen, dass du fort bist.«

»Das hab ich mir gedacht. Mein Vater wird sie ab morgen füttern, du bist erlöst.«

»In Ordnung.«

Er schaute sie wieder an, stand auf. »Morgen muss ich vor den Untersuchungsrichter. Bob Rule meint, Brenkus wird eine Kautionssumme von zwei Millionen festsetzen. Ich werde also wohl noch eine Weile hier sein.«

»Brauchst du irgendwas?«

Kopfschüttelnd kam er auf sie zu, blieb einen Meter vor ihr stehen und verschränkte die Arme vor der Brust. »Na ja, zehn Prozent von zwei Millionen sind zweihundert Riesen. Ich brauche einen Vater für Danny, jemanden, der meine Hunde trainiert, jemanden, der das Feuer in meinem Haus in Gang hält. Welchen Job würdest du denn gern übernehmen?«

»Ich bin nicht dein Feind.«

»Wenn das so ist, dann bleib einfach da stehen und sieh

mich an. Sieh mir ins Gesicht, damit ich dich anschauen kann.«

Sie tat es. Mike starrte sie mindestens eine Minute lang an.

»Gut«, sagte er. »Das reicht.«

Sie sagte nichts.

»Ich konnte einfach nicht entscheiden, ob du ein schlechter Mensch bist«, sagte er. »Und ich glaube, jetzt weiß ich es. Ich hatte ein interessantes Gespräch mit Mrs Heath. Sie hat mir erzählt, dass du am Montag bei mir zu Hause warst. Bob Rule hat sich heute zwei Stunden lang mit ihr unterhalten.«

Sie spürte, wie ihr das Blut in den Kopf stieg. »Ich habe meine Jacke geholt.«

»Du hattest überhaupt keine Jacke bei mir liegen gelassen.«

»Das ist mir aufgefallen, als ich sie nicht gefunden habe.«

Merci, eine ungeübte Lügnerin, wunderte sich darüber, wie überzeugend sie klang. Selbst in ihren eigenen Ohren.

Er lächelte, dann setzte er sich wieder auf seine Pritsche. »Für mich hört sich das eher an wie eine Hausdurchsuchung ohne Durchsuchungsbeschluss. Du hattest kein Recht, in mein Haus einzudringen. Es ist durch kein Gesetz abgesichert. Ich konnte davon ausgehen, dass mein Haus mein Privatbereich ist. Das ist gesetzlich festgeschrieben. Durch eine illegale Hausdurchsuchung wird die, die deine Kollegen gestern durchgeführt haben, nichtig. Alles, was sie gefunden haben, ist nichtig.«

»Ich habe keine Haussuchung gemacht. Sie haben gefunden, was sie gefunden haben, Mike. Ich war bei dir zu Besuch gewesen. Ich dachte, ich hätte meine Jacke vergessen. Ich bitte dich.«

»Und wie haben die die Sachen so schnell entdeckt? *Ich*

wusste ja nicht mal, wo das Zeug war, wie konnten die es dann wissen? Woher wussten Wheeler und dieser Fettsack, wo sie suchen mussten?«

Merci sagte nichts.

»Nein«, sagte Mike. »Ich glaube nicht, dass du ein schlechter Mensch bist. Irgendjemand hat mich reingelegt und dich als Werkzeug benutzt.«

»Wer?«

Mike schüttelte den Kopf und atmete hörbar aus. »Du bist doch die große Ermittlerin. Sag du's mir.«

Kapitel 30

Zu Hause angekommen, schaute Merci nach ihrem schlafenden Sohn, setzte ihm seine Mütze wieder auf, deckte ihn sorgfältig zu und blieb noch eine Weile an seinem Bett stehen und betrachtete sein Gesicht. Lautlos sprach sie ein Gebet für ihn. Zwar glaubte sie, dass Gott nur hin und wieder einmal zuhörte, aber einen Versuch war es trotzdem wert. Clark stand unter der Dusche.

Ich habe keine Hausdurchsuchung gemacht.

Sie hatte den Mann belogen, den sie einmal geliebt und geachtet hatte. Aber was war schlimmer: dass sie nach den Beweisen, die ihr in die Hände gefallen waren, gehandelt hatte oder dass sie ihre Hände zu früh in Unschuld gewaschen und den Fall an Wheeler und Teague übergeben hatte? War sie Mike diese Hausdurchsuchung nicht *schuldig*?

Was ich ihm schuldig bin, ist eine faire und sorgfältige Ermittlung, dachte sie.

Er hatte gestanden, dass er Aubrey Whittaker getötet hatte. Es war ein sarkastisches, zorniges, unernsthaftes Geständnis gewesen, aber er hatte es abgelegt, als es noch keine Beweise gegen ihn gab. Nichts hatte gegen ihn gesprochen, außer dass die Frau, in die er sich beinahe verliebt hätte, tot aufgefunden worden war und dass eine hintergangene Geliebte ihm Fragen gestellt hatte.

Weil er wusste, dass ich es niemals glauben würde, dachte sie.

Sie holte die Akten der Fälle Whittaker und Bailey aus ihrem verschlossenen Kofferraum, brachte sie ins Haus und legte sie auf ihr Bett. Tims Babyfon drehte sie auf volle Lautstärke, sodass sie ihn atmen hören konnte. Sie hörte, wie im Badezimmer ihres Vaters die Dusche abgestellt wurde, hörte das Klappern des Ventils und das Gurgeln in den alten Leitungen.

Sie setzte sich im Schneidersitz auf den Boden, stützte den Kopf in die Hände und lauschte auf die geräuschvollen Kollisionen in ihrem Kopf: die Beweismittel in Mikes Haus, sein Verrat an ihr und ihr Verrat an ihm, seine Behauptung, er sei hereingelegt und sie sei benutzt worden, der unerklärte Kampf in Aubrey Whittakers Küche, der Einbruch in Aubreys Wohnung, das Misstrauen im Labor, die verschwundenen oder verlegten Beweismittel, die Briefe, die Gary Brice mit der Post erhalten hatte, der Artikel, den Brice zu schreiben plante.

Sie lauschte auf Tims Atemzüge. Dann der Fall Bailey: Jim O'Brien, der in der Nacht des Mordes mit Patti Bailey verabredet war, der wenige Monate später den Polizeidienst quittiert und sich Jahre später das Leben genommen hatte; der Brief mit dem Schlüssel zu dem Lagerraum, der Beweismittel gegen Bill Owen, Ralph Meeks und Jim O'Brien enthielt; Evan, ihr Kollege, der einen Vater verteidigte, den er womöglich doch nicht so gut gekannt hatte, wie er glaubte; und die seltsame Verbindung, die die beiden Fälle durch sie, Merci, erhalten hatten, weil ein anonymer Informant einen Schlüssel geschickt und Liebesbriefe kopiert hatte.

Geräusche, Geräusche, Geräusche.

Das Telefon in Clarks Zimmer läutete. Sie lauschte auf

das leise Murmeln ihres Vaters. Aus dem Babyfon kamen Tims Atemzüge, langsam und rhythmisch.

Eins nach dem anderen, dachte sie, einen Fuß vor den anderen setzen. Was wäre, wenn Mike tatsächlich hereingelegt worden war? Wenn das stimmte, dann war jemand anders in Aubrey Whittakers Wohnung gewesen, nachdem Mike gegangen war, hatte Aubrey getötet und die Beweise sorgfältig arrangiert – die Patronenhülse in der Blumenvase, die blutigen Fußspuren mit den Arbeitsschuhen. Die anderen Beweise hatte Mike als Aubreys Gast und Verehrer selbst hinterlassen. Und später – oder vielleicht auch vorher – musste der Unbekannte den Schalldämpfer in Mikes Schuppen versteckt haben. Woher konnte man eine Hülse bekommen, die aus Mikes Colt stammte? Woher konnte man seine Arbeitsschuhe bekommen, um sie mit Blut zu beschmieren?

Jemand, der sich in Mikes Haus auskennt.

Jemand, der ihn vielleicht auf dem Schießplatz beschattet und unauffällig eine Hülse aufgehoben hat, nachdem Mike mit dem Training fertig war?

Sie dachte an Lynda Coiner. Hatte Lynda Mike zu Hause besucht? Wie oft? Für eine Spezialistin der Spurensicherung wäre es sicherlich ein Leichtes, Beweise so zu manipulieren, dass sie den Verdacht auf eine bestimmte Person lenkten – aber *warum* hätte Lynda das tun sollen? Lynda Coiner mochte Mike, sie kümmerte sich um ihn im Gefängnis. Sie würde ihn vielleicht decken – aber nicht hereinlegen. Merci konnte sich sogar vorstellen, dass Lynda heimlich in Mike verliebt war. Sie konnte sich vorstellen, dass die beiden ein heimliches Verhältnis hatten. Aber war die schüchterne, gewissenhafte Lynda Coiner fähig, Aubrey Whittaker zu ermorden?

Merci stand auf, trat ans Fenster und schaute hinunter auf die von den Sicherheitslampen grell erleuchtete Einfahrt.

Für Evan O'Brien wäre es fast ebenso leicht wie für Lynda Coiner, Mike hereinzulegen, aber welchen Grund könnte er haben, das zu tun?

Und Gilliam? Was in aller Welt könnte ihn dazu veranlassen, Mikes Leben zu zerstören und Merci die Drecksarbeit machen zu lassen? Abgesehen davon, dass er seit ewigen Zeiten heimlich in sie verknallt war, fiel ihr keine Erklärung ein. Und würde er deswegen töten, einen Kollegen ans Messer liefern? Nein.

Überdies: Aubrey Whittaker hätte nicht jedem die Tür geöffnet. Auf der Veranda gab es keine Möglichkeit, sich zu verstecken. Der Mörder hatte unter der Verandabeleuchtung gestanden, durch den Spion in der Wohnungstür deutlich zu erkennen.

Es war einfach absurd. Coiner und O'Brien waren Tatortspezialisten. Sie waren zusammen mit Merci am Tatort gewesen, kurz nachdem Aubrey Whittaker ermordet worden war. Beide waren zu Hause gewesen, als sie den Anruf erhalten hatten: beide waren ohne zu zögern erschienen. Gilliam war hoch geachtet und professionell.

Absurd.

Jemand, der Mike hereinlegen wollte, musste wissen, dass Aubrey ihn an diesem Abend zum Dinner eingeladen hatte. Er musste wissen, dass die beiden sich gegenseitig Briefe geschrieben hatten und wo die Briefe zu finden waren. Er musste wissen, wann die beiden zu Hause waren und wann nicht, musste ihre Gewohnheiten und Pläne gekannt haben. Woher konnte irgendjemand all das wissen? Er musste die beiden sehr gut gekannt haben. Sie beobachtet, abgewartet haben, ihre Briefe gelesen, ihre Telefongespräche abgehört ...

Merci hörte Tim wimmern, dann im Schlaf vor sich hin murmeln. Erstaunlich, wie empfindlich so ein Babyfon war.

Wenn man so ein Gerät bei Mike und bei Aubrey installiert hätte, wäre es ein Leichtes gewesen, genug Informationen zu sammeln, um Mike hereinlegen zu können.

Wenn man so ein Gerät bei Mike und Aubrey installiert hätte ...

Sie suchte den Computerausdruck der Telefongesellschaft heraus, auf dem sämtliche Anrufe von und bei Aubrey Whittaker aufgelistet waren. Sie addierte die Anrufe, die an Mikes Privatnummer und an seine Dienstnummer gegangen waren. Insgesamt zweiunddreißig. Die Dauer aller Gespräch belief sich auf fast 330 Minuten.

Viel Zeit, um zu lauschen, dachte sie. Um mitzubekommen, worüber die beiden sich unterhielten und was sie vorhatten.

Womöglich hatten Mike und seine Kollegen sich eine Genehmigung besorgt, um Aubreys Telefon abzuhören, überlegte Merci, doch sie konnte keinen entsprechenden Vermerk in der Akte finden, die sie kopiert hatte. Sie rief Kathy Hulet an, um sich zu vergewissern: Mike selbst hatte den Antrag auf die Abhörgenehmigung zurückgezogen, kurz nachdem Aubrey sich bereit erklärt hatte, mit der Polizei zusammenzuarbeiten. Aubrey Whittakers Telefonleitung war also sauber – zumindest angeblich.

Tim junior seufzte. Es klang so viel lauter als in Wirklichkeit, dachte Merci.

Kopfschüttelnd trat sie an ihren Kleiderschrank, als ihr plötzlich ein eiskalter Angstschauer über den Rücken lief – die Angst vor Dunkelheit und Autos, die Angst, allein zu sein und überrascht zu werden, die Angst, *sich zu irren, genauso wie sie sich im Fall des Handtaschenräubers geirrt hatte. Und das hatte Hess das Leben gekostet.*

Sie zog sich an. Das Babyfon unter dem Arm ging sie zu ihrem Vater ins Zimmer und rüttelte ihn wach.

»Ich muss für ein paar Stunden weg. Tim schläft. Ich schließe das Babyfon hier an.«

»Wo gehst du ...«

»Später. Bis bald, Dad.«

Sie stellte das Babyfon neben seinem Bett auf den Boden, stöpselte es ein.

Bevor sie in ihren Wagen stieg, überprüfte sie die Rückbank mit einer Taschenlampe. Sie musste ganz dicht ans Fenster treten, um mehr zu sehen als ihr eigenes Spiegelbild, und wie immer überfiel sie die Angst. Okay. Alles in Ordnung. Sie ließ den Motor an und schaltete die Scheinwerfer ein.

Das tue ich für dich, Mike.

Eine halbe Stunde später stand sie vor der Tür zu Aubrey Whittakers Wohnung. Sie spürte die feuchte, kühle Meeresluft im Gesicht. Einen Augenblick lang schloss sie die Augen und stellte sich die Szene noch einmal vor. Der Besucher steht im gelben Licht der Verandalampe, klopft an die Tür. Aubrey lugt durch den Spion. Sieht jemanden, dem sie bereitwillig die Tür öffnet. Sie macht auf. Ihr verblüffter Blick. Das gedämpfte *Plop* aus der schallgedämpften Waffe. Sie stürzt, er schubst sie in die Wohnung, geht um sie herum, schleppt sie aus dem Weg ...

Merci betrat die Wohnung, schloss die Tür und schaute durch den Spion: eine zur Ellipse verzerrte Veranda, Weihnachtsbeleuchtung, die in illusionärer Ferne funkelte. *Sie hat ihn gesehen. Sie hat ihn erkannt. Sie hat ihm die Tür aufgemacht.*

Merci schaltete das Flurlicht ein, dann die Küchenlampe, dann das Licht im Wohnzimmer. Durch die Jalousie schaute sie auf das Meer hinaus, betrachtete die schwarze Brandung, die auf den weißen Strand rollte, sah die Lichter eines kleinen Fischerboots als ein winziges Funkeln weit draußen.

Zurück in der Küche trat Merci an den kleinen Frühstückstresen, nahm das schnurlose Telefon ab und lauschte. Immer noch angeschlossen. Sie spielte die Nachrichten auf dem Anrufbeantworter ab. Seit sie sie das letzte Mal abgehört hatte, waren drei neue hinzugekommen: eine Werbung für eine Versicherung; eine vom Zahnarzt zur Bestätigung eines Termins am folgenden Tag; eine von Bobby vom Cadillac-Händler mit Informationen über einen Wartungstermin.

Sie betrachtete das Telefon von allen Seiten, konnte nichts Ungewöhnliches entdecken. Dann bückte sie sich unter den Tresen und schaute nach oben. Wo der Fliesenspiegel endete, waren die Gipskartonplatten zu sehen. Ein etwa fünfundvierzig Zentimeter breiter Streifen, etwa anderthalb Meter lang. Nichts.

Ein zweiter Anschluss?

Auf der Suche nach der Telefonanschlussdose schob Merci im Schlafzimmer das Bett von der Wand. Sie fand, was sie suchte – aus der Anschlussdose führte ein Kabel zu einem Kästchen, von dem ein zweites Kabel an der Wand entlang zum Boden verlief und unter dem Teppichboden verschwand. Sie hob den Teppichboden an und folgte dem Kabel durch die Glasschiebetür, die nach draußen führte. Das Kabel lief durch ein kleines, sauberes Loch. Es war erst kürzlich gebohrt worden, stellte Merci fest: Auf dem Boden lagen noch Reste des Sägemehls.

Als sie sich auf dem Balkon über das Geländer beugte und mit der Taschenlampe nach unten leuchtete, konnte sie sehen, wie das Kabel an der Seite des Gebäudes entlang in die Gasse führte.

Eine Minute später stand Merci in dieser Gasse. Sie zitterte ein bisschen in der kalten Dezemberluft, während sie mit dem Lichtkegel ihrer Taschenlampe dem Kabel folgte. Es verschwand hinter einem Fallrohr, das von der Regenrinne nach unten führte. Sie hockte sich hin, richtete den Lichtstrahl auf das untere Ende des Fallrohrs. Es beschrieb einen Neunzig-Grad-Winkel, bevor es in einem mit wuchernden Margeriten gefüllten Pflanzkübel endete. Merci langte durch das Blumengestrüpp hinter das Rohr. Im nächsten Augenblick zog sie das braune Kabel hervor.

Zwei Stecker.

Für einen Kassettenrekorder, dachte sie. Ein stimmaktiviertes Tonbandgerät, angeschlossen ans Telefonkabel. Es war ganz einfach: Man brauchte bloß hierher zu fahren und in der Gasse zu parken. Kassette herausnehmen, neue Kassette einlegen, wegfahren. Das Ganze würde nicht mal eine Minute dauern.

Merci schüttelte sich, als ein Windstoß kalten Nebel aufwirbelte. Ein Wassertropfen fiel vom Dach und platschte auf den Betonboden.

Aubrey, dachte sie, du bist nie ganz allein gewesen.

Sie ging zur Vorderseite des Hauses und stieg die Treppe hinauf. Vor der Wohnungstür blieb sie stehen und ging die Szene noch einmal durch. Diesmal ohne Mike. An seiner Stelle stellte sie sich irgendeinen typischen Mann vor, einen gut gekleideten mit einem netten Gesicht, um es wahrscheinlicher zu machen, dass Aubrey die Tür öffnete.

Frage: Wenn ein Fremder an Aubreys Tür geklopft hatte, warum hatte sie aufgemacht?

Weil er etwas Überzeugendes gesagt hatte? Das wäre das Mindeste, denn einem Mann gegenüber, der mitten in der Nacht an ihre Tür klopft, wäre Aubrey Whittaker sicherlich nicht unvorsichtig gewesen. Aber Alexander Coates, der besorgte Nachbar, der zwei verschiedene Besucher am Schritt erkannt haben wollte, hatte überhaupt keine Stimmen gehört.

Nein, dachte Merci: Fang nochmal von vorne an.

Sie ging hinein, schloss die Tür und lugte hinaus.

Warum?

Warum hast du die Tür aufgemacht?

Sie schaute noch einmal durch den Spion, und sie dachte an Hess und daran, was er ihr über das Sehen gesagt hatte, und da wusste sie es.

Sie wusste es.

Das Licht war aus. Er hatte die Birne herausgedreht, bevor er geklopft hatte. Sie hatte nur die Umrisse eines Mannes gesehen. Mike war gerade erst gegangen. Sie dachte, es sei Mike, der zurückgekommen war, weil er etwas vergessen hatte. Sie öffnet die Tür. Zehn Minuten später, nach dem Kampf, auf dem Weg nach draußen, hat er die Birne wieder reingedreht, damit wir glauben, Aubrey hätte den Mann an der Tür erkannt.

Vor Kälte zitternd, mit schlotternden Knien ging sie zurück in die Wohnung und schaltete die Verandalampe aus. Dann eilte sie die Treppe hinunter und holte ihren Spurensicherungskoffer aus dem Auto. Anschließend wartete sie vor Aubreys Tür darauf, dass die Birne abkühlte.

Sie streifte ein Paar frische Latexhandschuhe über und sah sich die Lampe genauer an. Der Lampenkörper bestand aus einem gläsernen Sechseck mit einem spitz zulaufenden Deckel aus Messing und einer Messingkugel auf der Spitze. Der Deckel wurde von keiner Schraube gehalten, lag nur obenauf. Sie brauchte ihn nur an einer Ecke anzuheben und in einem Spurensicherungsbeutel zu verstauen.

Nachdem der Deckel entfernt war, griff sie in die Lampe hinein und tastete nach der Glühbirne. Die Fassung war noch warm. Sie fasste die Birne und begann zu drehen. Nach acht Vierteldrehungen löste sie sich. Merci nahm sie heraus und legte sie vorsichtig in eine zweite Tüte.

Vom Auto aus rief sie Zamorra auf dem Handy an. Der Empfang war schlecht, sie konnte ihn kaum verstehen. Janine sei immer noch im Koma, meinte sie ihn sagen zu hören.

Sie berichtete ihm, was sie in Aubrey Whittakers Wohnung entdeckt hatte, wie gut alles zu der Theorie passte, dass Mike hereingelegt worden war. Vielleicht hatte Mike ja Recht. Sie sprach es nicht aus, fragte sich jedoch im Stillen, ob er womöglich unschuldig war. *Unschuldig.* Die Vorstellung durchflutete sie wie ein unermesslicher Segen. Ein Segen so groß wie ihre Bereitschaft, ihn anzunehmen.

»Aber wer hat denn den Antrag auf Telefonüberwachung zurückgezogen, Merci?«

»Mike.«

»Das ist doch ziemlich merkwürdig. Ich könnte mir vorstellen, dass er den Antrag locker zurückziehen konnte, nachdem er sein privates Abhörsystem bereits installiert hatte.«

»Überleg doch mal, was ich entdeckt habe, Paul. Jemand, der Aubreys Wohnung und Telefon abgehört hat, konnte genug Informationen sammeln, um Mike hereinzulegen. Und er brauchte nichts weiter zu tun, als die Glühbirne aus der Verandalampe zu schrauben, bevor er anklopfte. Ganz einfach. Sie würde annehmen, dass es Mike ist, der zurückkommt, weil er was vergessen hat.«

Er schwieg einen Moment lang. Das Handy zischte und knisterte. »Hoffnung ist was Schönes, Merci.«

»Ich rufe dich in einer Stunde an.«

»Alles klar.«

Zu Hause angekommen, schaute sie nach Tim und holte das Babyfon aus dem Zimmer ihres Vaters. Clark gab keinen Mucks von sich.

Sie schenkte sich ein großes Glas Scotch auf Eis ein und schlich auf Strümpfen so leise wie möglich durchs Haus, lauschte auf das Knarzen der Bodendielen und das Ächzen in der alten Heizungsanlage.

Sie rief bei Zamorra an, doch die Leitung war besetzt. Versuchte es noch einmal. Immer noch besetzt. Noch einmal – besetzt.

Sie dachte an Mike.

Sie versuchte, nicht an ihn zu denken.

Wenn er schuldig war, würde ihre Welt auf den Kopf gestellt – das war sie bereits. Aber wenn er *unschuldig* war, würde ihre Welt auf eine Weise auf den Kopf gestellt, die sie sich nicht vorstellen konnte.

Sie sollte sich beruhigen. Sich ausruhen. Schlafen.

Stattdessen ging sie im Zimmer auf und ab. Starrte aus dem Fenster, betrachtete die Orangenbäume und den kalten Winterhimmel.

Um Mitternacht lag sie im Bett, bei eingeschaltetem Licht, starrte an die Decke, konnte nicht schlafen. Sie verdrängte jeden Gedanken an Mike, jeden Gedanken an den Fall Patti Bailey. Sie verdrängte das ganze Gewirr aus Lügen und Halbwahrheiten und Vermutungen und Widersprüchen. Sie dachte an Tim Hess und Tim junior und an ein rosafarbenes Strandhaus in Mexiko. Der kleine Tim versuchte, Sandkrabben zu fangen. Merci stand ein paar Meter von ihm entfernt, und wenn sie ihren Blick schweifen ließ, konnte sie ihren Vater sehen, der auf der Veranda in einer Hängematte lag und ein Buch las.

Und schließlich schlief sie ein.

Um vier Uhr früh wachte sie schweißgebadet auf. Ein verstörender Traum. Sie stand in Mikes Garten vor dem Tor zum Hundezwinger und fragte nach dem Schlüssel. Mike hielt eine schallgedämpfte Fünfundvierziger in der Hand, als schämte er sich, damit gesehen zu werden. Aber Mike war nicht Mike, sondern ihr Vater.

Sie setzte sich im Bett auf, während der Traum mit wirklichen Erinnerungen verschmolz.

Die Erinnerung wurde zu einer Szene, die sie beobachten konnte: Sie holt das Hundefutter, sie geht in den Garten und bemerkt, dass sie den Schlüssel vergessen hat.

Verdammt, ich hab den Schlüssel vergessen.

Irgendetwas stimmte nicht, aber was?

Sie stellte sich Evan vor, wie er am Hundezwinger neben ihr gestanden hatte, der Schein der Außenbeleuchtung auf seinem sommersprossigen Gesicht. Er wirkte so schmächtig in seinem langen Mantel.

Hatte er nicht ein graues Sportjackett unter dem Mantel getragen?

Sie schlug ihr Notizbuch auf und überflog, was sie nach Zamorras ersten Informationen aus dem Labor in San Diego eingetragen hatte. *Dunkelgrau, mit violetten und dunkelgrünen Fasern ... bei dem Kampf ist der Täter mit dem Kleidungsstück an der Schublade hängen geblieben.*

Sie schaute in der Whittaker-Akte nach und fand bestätigt, dass entsprechende Fasern aus dem Labor verschwunden waren, zusammen mit den Fingerabdruckkarten aus der Küche.

Als sie sich in Erinnerung rief, wie Evan O'Brien im Schein von Mikes Außenbeleuchtung neben ihr gestanden und ihr geholfen hatte, die Hunde zu füttern, sah sie vor ihrem geistigen Auge das graue Sportjackett unter seinem Mantel. Grau-violett-grün meliert? Schwer zu sagen. Aber hatte Evan das Jackett an dem Abend getragen, als sie Aubrey Whittakers Wohnung untersucht hatten?

Nein. Sie erinnerte sich, dass er an jenem Abend vor gut

einer Woche seine Dienstjacke getragen hatte, dazu Jeans und Sportschuhe. Kein Jackett.

Aber wahrscheinlich gab es in Südkalifornien zwei Millionen Sportjacketts.

Sie setzte sich im Wohnzimmer aufs Sofa und schloss die Augen. Zurück zu Mikes Haus. Die Erinnerung irritierte sie immer noch, also ging sie alles noch einmal durch.

Sie trägt den Sack mit dem Hundefutter aus der Speisekammer zur Hintertür. Sie hievt den Sack auf ein Knie, öffnet die Tür mit der freien Hand. Sie tritt hinaus in die kühle Nachtluft. Sie geht auf die bellenden Hunde zu. Sie bemerkt, dass sie den Zwingerschlüssel vergessen hat.

Verdammt, ich hab den Schlüssel vergessen.

Mike kommt mit dem Schlüssel.

Evan kommt mit dem Schlüssel.

Irgendwas stimmt nicht, aber was?

Sie fragte sich, warum Evan O'Brien Aubrey Whittaker hätte umbringen und den Mord Mike in die Schuhe schieben sollen. Egal, wie sehr sie sich den Kopf darüber zerbrach, es ergab einfach keinen Sinn. Welchen Vorteil sollte er davon haben? Was hatte Mike McNally Evan O'Brien jemals angetan?

Es war halb sechs, als ihr Telefon klingelte.

»Merci, ich bin's, Zamorra. Ich bin noch im Krankenhaus, aber ich habe vor einer Stunde die Ergebnisse aus San Diego bekommen. Ich musste ein paar Nachforschungen anstellen, um da überhaupt irgendwie durchzublicken. Bist du bereit?«

»Schieß los, Paul.«

»Die Abdrücke in Aubrey Whittakers Küche stammen von Jim O'Brien. Ich habe das nochmal überprüfen lassen – dasselbe Resultat.«

Sie sagte nichts.

»Ich habe mit dem Gerichtsmediziner von San Bernardino gesprochen. An O'Briens Selbstmord war nichts Mysteriöses. Die Identifikation war einfach und zweifelsfrei. Routinefall. Er hat sich das Leben genommen. Aber letzte Woche war er in Aubrey Whittakers Wohnung.«

Ihre Gedanken rasten, doch sie gebot ihnen Einhalt, versuchte, sie einen nach dem anderen anzugehen.

»Gib mit die Fallnummer von dem Selbstmord«, sagte sie ruhig. »Und den Namen des verantwortlichen Kollegen.«

Sie brauchte eine halbe Stunde, um Deputy Sean Carver vom Sheriff Department in San Bernardino zu erreichen. Seine Stimme klang jung und ein bisschen verschlafen, als er erklärte, er sei gerade aufgestanden, um zur Arbeit zu gehen.

An Jim O'Briens Selbstmord konnte er sich gut erinnern. Er war Jim mehrmals dienstlich begegnet, und O'Brien war ihm vorgekommen wie ein alter Trinker, der seine Tage nur noch absaß.

»Er hat uns angerufen, bevor er abgedrückt hat«, sagte Carver. »Ich wusste also mehr oder weniger, was mich erwartete. Eine ziemliche Sauerei. Aber ein Selbstmord ist wohl immer eine Sauerei.«

»Es gab also keinen Zweifel daran, dass es Selbstmord war?«

»Nein, nicht den geringsten. Der Gerichtsmediziner hat es bestätigt. O'Brien hatte Schmauchspuren an der Hand, die ganze Pistole war mit seinen Fingerabdrücken übersät. Getrunken hatte er auch. Ziemlich viel.«

Merci überlegte. »Nichts Ungewöhnliches? Überhaupt gar nichts?«

Schweigen. Dann ein Seufzer.

»Also gut«, sagte er.

»Okay«, erwiderte sie – ohne zu wissen, zu was sie ihre Zustimmung gab.

»Eine Sache. Belastet mich seit fünf Jahren.«

»Entlasten Sie sich.«

»Wir kamen kurz vor dem Coroner und seinen Leuten, der Feuerwehr und dem Rettungswagen an. O'Brien war tot – das stand außer Frage. Wir haben nichts verändert, haben uns nur davon überzeugt, dass er tot war. Dann bin ich durchs Haus gegangen. Ein normales Haus. Eins, das nicht viel benutzt worden war. Aber in einem der Schlafzimmer stand ein Briefumschlag gegen das Kopfkissen gelehnt. Es war mein erstes Jahr als Polizist. Ich war jung. Ich wusste nicht, ob der Umschlag etwas mit dem Selbstmord zu tun hatte oder nicht. Also habe ich ihn liegen gelassen. Habe ihn nicht angerührt. Habe mich an die Vorschriften gehalten. Ich habe meinem Partner davon erzählt, er hat einen Blick auf den Umschlag geworfen und mir gesagt, ich soll dem Chef davon berichten. Ich hab's meinem Chef gesagt, den Leuten des Coroners, den Kollegen von der Mordkommission.«

»Sie haben das Richtige getan.«

»Nicht ganz. Denn als der Gerichtsmediziner drei Tage später die Autopsie vornahm, war der verdammte Brief verschwunden. Entweder war er verlegt oder weggeworfen worden, oder jemand hatte ihn an sich genommen ... wer weiß? Als die Leute von der Mordkommission im Haus auftauchten, haben sie mich rausgeworfen – ich hatte meine Arbeit getan. Aber ich habe mich immer für das geschämt, was ich nicht getan habe. Ich hätte diesen verdammten Brief nehmen, den Ermittlern in die Hand drücken und darauf bestehen sollen, dass sie ihn lesen. Vielleicht hatte der Brief ja keine besondere Bedeutung. Aber vielleicht doch. Demjenigen, der ihn geschrieben hat, war er bestimmt wichtig, da bin ich mir ganz sicher. Wie dem auch sei, so einen Fehler werde ich nie wieder machen.«

»Haben Sie versucht, den Brief zu finden?«

»Ja. Bei Detective Taylor ist er noch auf dem Schreibtisch gelandet. Er hat ihn nie wieder gesehen. Niemand, mit dem ich gesprochen habe, hat den Brief je wieder zu Gesicht bekommen. Aber ich war damals der Neue – Sie wissen schon. Falls irgendjemand einen Bock geschossen hatte, würden sie es auf keinen Fall ausgerechnet mir unter die Nase reiben.«

»Stand auf dem Umschlag irgendetwas geschrieben?«, fragte Merci.

»Ja. ›An meinen Sohn‹. Das hat Taylor auch zu denken gegeben.«

Merci wurde hellhörig. »Inwiefern?«

»Er hat zwei Tage nach dem Selbstmord mit O'Briens Sohn gesprochen. An seinem Schreibtisch. Taylor sagt, er hätte den Mann dort kurz allein sitzen lassen, um Kaffee zu holen. Etwa eine Minute lang. Er meinte, da wäre der Umschlag verschwunden.«

»Aber er hatte doch sicherlich eine Kopie von dem Brief gemacht, oder nicht?«

»Er hat den Umschlag nie geöffnet. Taylor war sich nicht sicher, ob wir dazu berechtigt waren. Da war er sich ebenso unsicher wie ich. Er hatte beim Bezirksstaatsanwalt nachgefragt, aber noch keine Antwort erhalten. O'Brien war einer von uns, Taylor wollte also alles richtig machen. Wenn man am Ort eines Selbstmords einen offenen Brief findet, ist das eine Sache. Aber wenn man einen verschlossenen Brief findet, der offensichtlich an ein Familienmitglied gerichtet ist, dann ist das etwas ganz anderes. Der Ort, an dem ein Selbstmord verübt wurde, ist ein Tatort. Und Sie wissen ja selbst, wie sich die Verfahrensrichtlinien andauernd ändern.«

Merci rief Zamorra an, berichtete ihm, dass Evan O'Brien einen Brief und ein Video von seinem Vater besaß, die vielleicht beweisen könnten, dass Jim O'Brien Patti Bailey ermordet hatte. Und möglicherweise würden diese Beweisstücke ebenfalls etwas Licht auf die Frage werfen, wie die Fingerabdrücke eines Toten in die Wohnung in der Wave Street 23 gelangt waren.

»Ich werde ihn in etwa einer halben Stunde vor seiner Wohnung abfangen«, sagte sie. »Mir die Beweismittel besorgen.«

»Und wenn er sie nicht rausrückt?«

»Dann zwinge ich ihn notfalls mit Gewalt dazu.«

Kapitel 31

O'Brien wohnte in einem kleinen Wohnblock nicht weit vom Department entfernt, in einem unruhigen Viertel mit Graffiti an den Wänden und leeren Bierdosen in den Rinnsteinen. Merci hatte ihn schon mehrmals nach dem Stammtisch nach Hause gebracht. Sie erinnerte sich an seinen Parkplatz, Nr. 65, weil in dem Alter ihre Mutter gestorben war. Sie parkte hinter Evans Cabrio und stellte den Motor ab.

Eine halbe Stunde später kam er um die Ecke auf den Parkplatz. Seine Haare waren noch nass vom Duschen, er trug einen Schal um den Hals, eine dampfende Henkeltasse in der einen und eine alte Brieftasche in der anderen Hand. Wieder der lange Mantel. Sie kurbelte ihr Fenster herunter, sah kleine weiße Atemwölkchen aus seiner Nase quillen.

Er bemerkte sie und kam lächelnd auf ihren Wagen zu. »Taxi?«

»Sozusagen.«

»Tut mir Leid, Merci, das alte Geburtstagsvideo hab ich doch nicht mehr. Ich hab überall nachgesehen. Es muss immer noch im Haus meiner Eltern sein.«

»Und was ist mit dem Abschiedsbrief, Evan?«

Seine Augen weiteten sich, sein Mund öffnete sich, doch er brachte die Worte nur mit Verzögerung heraus.

»*Wie bitte?*«

»Der Brief, den dein Vater vor seinem Selbstmord an dich geschrieben hat. Ist der auch im Haus deiner Eltern?«

Er blickte sie starr an, sein Gesichtsausdruck eine Mischung aus Verblüffung und Argwohn.

»Ja, ich glaube schon ... aber ...«

»Wunderbar. Steig ein. Deine Aktentasche kannst du in den Kofferraum tun.« Sie betätigte den Hebel, um die Kofferraumklappe zu öffnen.

»Ist das eine Entführung?«

»So könnte man es nennen.«

»Wirklich?«

»Steig ein, Evan, es ist kalt da draußen. Der Kofferraum ist offen.«

Sie sah, wie die Klappe sich hob, hörte, wie die Aktentasche abgestellt, sah, wie die Klappe zugeschlagen wurde. Dann kam O'Brien nach vorne und stieg ein, die Tasse mit dem heißen Kaffee immer noch in der Hand. Er schaute sie mit gehobenen Brauen an, die Augen klar, durchdringend und ein bisschen verwirrt. Er machte die Tür zu. »Was ist los, Merci?«

»Lass uns das Video und den Brief holen.«

»Jetzt gleich?«

»Jetzt gleich.«

»Dann musst du das aber mit Gilliam klären. Ich soll ...«

»Mach ich. Die Adresse?«

»Rancho Verde vierzehn. Geht von der Waterman Street ab, ein gutes Stück den Berg rauf. – Sergeant Rayborn, vielleicht solltest du mich mal darüber aufklären, was das zu bedeuten hat.«

Sie legte den Gang ein und setzte aus der Parklücke zurück.

»Wir versuchen rauszufinden, wie die Fingerabdrücke deines Vaters in Aubrey Whittakers Wohnung kommen.«

»Das ist doch völlig unmöglich.«

»Sag das den Experten.«

»Die Fingerabdrücke meines Vaters?«

»Das haben sie gesagt. Wir haben es zweimal überprüfen lassen, um uns zu vergewissern.«

O'Brien schwieg eine Weile, während sie in Richtung Autobahn fuhren. Merci fiel auf, dass das Sportjackett, das er unter seinem Mantel trug, grau war.

»Es kann sich nur um einen Irrtum handeln«, sagte er. »Er ist tot. Und in dem Computer sind mittlerweile mindestens zwanzig Millionen Fingerabdrücke gespeichert.«

Sie wusste, dass er sie anschaute, doch sie hielt den Blick auf die Straße gerichtet. Er schwieg.

»Ich muss den Abschiedsbrief sehen und das Video brauche ich für einen Stimmenvergleich. Ich glaube, dass ich mit Hilfe der beiden Beweismittel den Fall Patti Bailey knacken kann.«

»In dem Brief steht nicht viel Lesenswertes drin, Merci.«

»Tut mir Leid, aber ich denke, es ist einen Versuch wert.«

Sie rief Zamorra an, sagte ihm, dass sie mit Evan unterwegs war, gab ihm O'Briens Adresse durch.

»Ich kann leider nicht dorthin kommen. Aber ich kann dir Verstärkung schicken, wenn du willst.«

Merci spürte das regelmäßige Pochen ihres Herzens und die Warnung, die jeder Herzschlag bedeutete. Sie wusste, dass irgendetwas nicht stimmte, und das machte sie wachsam und nervös.

»Ja, das wäre nett«, sagte sie so beiläufig wie möglich.

»Ich kümmere mich sofort darum. Ich kann hier nicht weg, Merci. Ich ...«

»Ich weiß. Wie geht es ihr, Paul?«

»Unverändert.«

»Halt die Ohren steif, Partner.«

»Du auch.«

Merci schaltete die Innenbeleuchtung ein, stellte das Funkgerät leiser, betrachtete Evan und Evans Jackett. Er blickte starr durch die Windschutzscheibe, die Kaffeetasse an den Lippen. Der Verkehr auf der Autobahn nahm allmählich zu, weiße Scheinwerfer hinter ihr, rote Rücklichter vor ihr.

»Evan, ist das dasselbe Sportjackett, das du gestern Abend bei Mike anhattest?«

»Ja, warum?«

»Es gefällt mir.«

»Mir auch. Es hat mal meinem Vater gehört. Die Brieftasche auch.«

Das Haus stand allein am Hang, am Ende einer langen, asphaltierten Straße, aus deren rissigem Belag Gras und Unkraut sprossen. Das hier war noch Wüstengebiet, unterhalb der Baumgrenze. Ein kräftiger Wind wehte von den Bergen her, und Merci spürte, wie er den Chevrolet erfasste, als wollte er gegen ihn kämpfen. Auf dem letzten Straßenschild, das sie gesehen hatte, stand Willow View, und sie fragte sich, ob Evan ihr eine falsche Adresse angegeben hatte, damit sie sie Zamorra durchsagte.

»Was ist mit Rancho Verde?«

»Das ist die Straße, auf der wir gerade fahren.«

»Nur ein Haus an der ganzen Straße?«

»Ja, Ma'am. Es geht ein bisschen rauf und runter, und dann ist man schon in der Einfahrt.«

Das Haus kam in Sicht, als sie das Ende einer steilen Kuppe erreichte. Es war ein breites, niedriges Gebäude im Missionsstil, mit einem Dach aus Lehmziegeln und schmiedeeisernen Geländern an den Balkonen. Ein paar

Dachziegel waren heruntergefallen und einige Fenster mit Brettern vernagelt. Die Bougainvillea, die einmal die überdachte Veranda berankt hatte, war längst vertrocknet. Die weißen Wände waren mit braunen Flecken übersät, wo das Regenwasser heruntergelaufen war. Vor dem Haus hatten sich Tumbleweeds gesammelt, die vor dem Garagentor vibrierten, als begehrten sie Einlass. Der Brunnen aus Beton war von der Witterung geschwärzt und mit Regenwasser gefüllt.

»Du kannst parken, wo du willst«, sagte Evan. »Dein Auto wird so oder so gesandstrahlt.«

Sie hielt unter dem Carport und schaltete den Motor ab. Sie schaute Evan an. Er hatte das Gesicht abgewandt und blickte zur Haustür hinüber, an der die ausgebleichte Farbe abblätterte.

Er drehte sich zu ihr um und sah sie missmutig an. »Ich kann dieses Haus nicht ausstehen. Ich kriege nur schlechte Laune, wenn ich herkomme.«

»Danke, dass du mich hierher eingeladen hast.«

»Wenn ich mich recht erinnere, ist es ein bisschen anders gelaufen.«

»Trotzdem vielen Dank.«

»Tja, ich hoffe, du genießt den Geruch nach Selbstmord. Und am besten, du vergisst einfach, was du über die Fingerabdrücke meines Vaters zu wissen glaubst. Du kannst ja die Blutflecken im Wohnzimmer analysieren lassen, wenn mein Wort dir nicht reicht. Poe hatte Recht. Blut kann man nicht abwaschen, egal, wie viel Mühe man sich gibt.«

Sie folgte ihm zur Haustür, wartete, während er sich mit dem Schloss abmühte. Sie hörte, wie der Riegel mit einem Klicken einrastete. Als sie eintrat, hörte sie den Sand unter ihren Füßen knirschen.

»Jetzt ist es kalt hier. Aber im Sommer wird man gebraten.«

»Das ist schlecht für die Fassadenfarbe.«

»Das ist schlecht für die Haut.«

Evan schloss die Tür und verriegelte sie. Dann drehte er sich um und schaute sie an. »Du kannst dir alles ansehen, was du willst. Aber sieh zu, dass du es schnell hinter dich bringst. Ich bin nicht gern in diesem Haus. Es deprimiert mich nur.«

»Zeig mir den Brief.«

»Hier entlang.«

Sie gingen über den Flur: links die Küche, eine Staubschicht auf der Anrichte, rechts das Esszimmer, die Möbel mit Laken abgedeckt. Geradeaus befand sich ein großes Wohnzimmer mit einem offenen Kamin zur Linken und Glasschiebetüren, die in einen Garten mit Swimmingpool führten. Der Boden war mit Steinplatten gefliest – Schiefer, vermutete Merci –, dazwischen breite Mörtelfugen. Auch hier waren die Möbel mit Laken bedeckt. Sie konnte zwei Sofas ausmachen, mehrere Sessel. Ein schwerer Ledersessel vor dem Kamin war nicht verdeckt.

Evan ging voraus zu dem Sessel, betrachtete den Fußboden. »Man sieht immer noch die Flecken, die das Blut auf den Steinfliesen hinterlassen hat«, sagte er. »Er saß in diesem Sessel hier, als er es getan hat. Ich hab ihn da stehen gelassen. Den Sessel, meine ich. Ich habe alles so gelassen, wie es war. Irgendwie hatte ich immer das Gefühl, es würde das Andenken an ihn beleidigen, wenn ich hier alles schrubbe, also hab ich's gelassen.«

»Das ist bestimmt eine große Belastung.«

»Mit dem, was passiert ist, bist du so oder so geschlagen.«

Sie betrachtete die dunklen Flecken auf dem Sessel, einige oben an der Rücklehne, andere auf der Sitzfläche.

»Kopfschuss«, sagte O'Brien. »Die Pistole ist da drüben gelandet.«

Er zeigte auf den Kamin. Merci starrte in den schwarzen Schlund, hörte den Wind heulen, sah, wie hinter dem Swimmingpool eine Sandwolke aufwirbelte. Sie spürte die kalte Luft, die durch den Schornstein fiel. Sie trat ans Fenster und schaute hinaus. Der Swimmingpool war leer und fast weiß gebleicht. Dunkle Linien zogen sich über die Wände, wo die Dichtmasse abgeplatzt war.

Evan durchquerte den Raum, den Blick immer noch auf den Sessel geheftet, als sähe er ihn zum ersten Mal. In der Ecke vor dem großen Fernseher blieb er stehen. An der Wand standen Regale, in denen sich jede Menge Taschenbücher aneinander reihten, daneben ein Phonoschrank, gefüllt mit Videokassetten, einem Verstärker, zwei Lautsprechern. Er öffnete eine Schublade und schaute hinein. Sie sah Staub aufwirbeln.

Einen Augenblick lang stand er einfach nur stumm und reglos da. Dann langte er in die Schublade und brachte einen weißen Umschlag zum Vorschein. Er starrte darauf. Dann kam er langsam auf sie zu, seine Sohlen quietschten auf den Steinplatten, und reichte ihr den Umschlag. Kein Blickkontakt.

»Der Brief. Taylor hat mir gesagt, er hätte auf meinem Bett gelegen. Ich habe ihn mir genommen, als er auf seinem Schreibtisch lag, immerhin war er an mich persönlich gerichtet und nicht an einen Hängebackentyp namens Taylor.«

Sie öffnete den Umschlag und zog die sauber gefalteten Seiten heraus: weißes Schreibmaschinenpapier, schwarze Tinte, handgeschrieben. Das helle Sonnenlicht, das durch die Glastüren fiel, erleichterte ihr das Lesen.

»Tu dir keinen Zwang an, Merci. Lies den Brief und lass dich zu Tränen rühren.«

18. Dezember
Lieber Sohn,
ich bin erledigt, mit mir ist es aus, und es tut mir Leid, dass ich dir das antun muss. Ich verlasse mich darauf, dass der Coroner vor dir hier eintrifft und dir den schlimmsten Anblick erspart. Ich rufe ihn an, bevor ich es tue, sorge dafür, dass er einen Vorsprung hat.
Ein paar Dinge möchte ich noch klären, mein Sohn. Vor vielen Jahren habe ich eine Frau getötet, von der ich annahm, dass sie ein paar Leute, die ich kannte, erpressen wollte. Sie war eine Prostituierte und ich hatte sie mit diesen Leuten bekannt gemacht. Ich war selber scharf auf sie, denn mit diesem Mädchen konnte man viel Spaß haben, und deine Mutter und ich haben uns in dieser Hinsicht nie besonders gut verstanden. Die Männer, mit denen ich sie zusammengebracht habe – Bill Owen und ein Politiker namens Ralph Meeks –, waren Arschlöcher. Sie wollten, dass ich den Rechtsradikalen spiele, die Ortsgruppen der Birchers aushorche, mich mit diesen faschistischen Typen von der Bürgerwehr herumtreibe und den beiden über alles Bericht erstatte. Zu den Birchers gehörten damals Beck Rainer, Pat McNally und deren Kumpels. Es hat mir Spaß gemacht, denn die Birchers und die Bürgerwehrleute waren auch meine Kumpels. Ich mochte sie und wir kamen gut miteinander aus. Ich teilte ihre Ansichten. Außer was leichte Mädchen anging – ich konnte meine Finger einfach nicht von ihnen lassen. Aber nur mit Huren hab ich's getrieben, an Ehefrauen habe ich mich nie vergriffen. Rainer und McNally jedenfalls wollten, dass ich Bill Owen und Ralph Meeks im Auge behielt. Es war ihre Idee, die beiden mit Patti Bailey zusammenzubringen. Auch die Idee mit den Tonbändern ist auf ihrem Mist gewachsen, allerdings war Patti Bailey auch eine ziemliche Intrigantin.

Ich saß also zwischen zwei Stühlen, spionierte beide Seiten aus, aber Owen und Meeks habe ich nie irgendwelche brauchbaren Informationen geliefert. Das waren korrupte Arschlöcher. Die hatten Jesse Acuna halb totprügeln lassen, bloß um sich sein Land unter den Nagel zu reißen. Sie haben versucht, mich dafür einzuspannen, aber ich habe abgelehnt. Sie haben Patti Bailey gegenüber sogar noch damit angegeben, die großkotzigen Idioten. Als die Bailey sie dann mit den Tonbändern unter Druck gesetzt hat, taten sie genau das, was wir erwartet hatten: Sie haben einen ihrer Spezis zu mir geschickt, um mir zu sagen, ich soll die Hure aus dem Weg räumen und die Beweismittel verschwinden lassen. Der Spezi war Chuck Brighton – ein Arschkriecher vor dem Herrn. Meine so genannten Freunde aus dem rechtsradikalen Lager hielten es auch für eine gute Idee, die Bailey aus dem Weg zu räumen. Hat mich gewundert. Ich hab ihnen gesagt, ich würde keine Frau umbringen, bloß um ein paar korrupten Politikern ihre Posten zu sichern. Ich hab gesagt, seid ihr verrückt geworden? Aber sie meinten nur, es ist besser fürs Department, Jim. Wir müssen zusammenhalten. Wir können nicht zulassen, dass eine Nutte den Sheriff und den Vorsitzenden des Board of Supervisors zu Fall bringt, auch wenn wir nicht mit allem einverstanden sind, was sie tun. Sie sagten, mach dir keine Sorgen, wir lassen sämtliche Beweise vom Tatort verschwinden, und kein Mensch wird je die Wahrheit erfahren – aber die Frau muss einfach verschwinden. Ich sagte, deswegen bringe ich trotzdem keine Frau um. Und dann haben sie gesagt, entweder du legst die Nutte um, oder wir erzählen deiner Frau, was du in den letzten Monaten mit ihr getrieben hast – dann wirst du dir wünschen, Patti Bailey wäre tot. Die haben das ernst gemeint. Ich wusste genau, dass sie tun würden, was sie sagten. Schöne Freunde. Das waren Typen, für die ich mein Leben riskiert hätte – und so haben sie es mir gedankt. Also habe ich sie umgelegt. Aber es hat mein Leben zerstört, mein Sohn. Es war eine schlimme und egoistische Tat, und seit siebenundzwanzig Jahren bringt sie mich ganz allmählich um. Deswegen ist heute so ein großer Tag – ich bringe es endlich hinter mich.

Meine schönen Freunde jedenfalls haben überhaupt nicht daran gedacht, die Beweise vom Tatort verschwinden zu lassen, um meinen Arsch zu retten. Sie haben die Beweise und die Tonbänder an sich genommen und sie Brighton übergeben. Und Brighton hat sich gegen seine Gönner gewandt, die Tonbänder benutzt, um sich Owen vom Hals zu schaffen und selbst Sheriff zu werden. Ich bin sicher, dass Owen ihn bei der nächsten Wahl zum Sheriff unterstützt hat, weil er verhindern wollte, dass Brighton der Presse die Tonbänder zuspielt. McNally hat sich an Brighton gehängt und dafür gesorgt, dass er befördert wurde. Es hatte also gar nichts mit dem Wohl des Departments zu tun, sie wollten nur Owen und Meeks loswerden. Alle außer mir haben von dem Mord profitiert. Und ich? Ich fühlte mich verraten und schuldig und wollte nur noch sterben. Aber ich konnte nichts machen, weil Brighton und McNally die Beweise vom Tatort hatten – sie hätten sie jederzeit gegen mich verwenden können. Also hab ich mich bei der nächstbesten Gelegenheit nach San Bernardino abgesetzt. Hab mich von all den hinterfotzigen Scheißkerlen im Orange County verabschiedet. Es war das Beste, was ich je getan habe. Leider zu spät. Viel zu spät, um mir damit noch zu nützen.

So, das musste ich mir von der Seele schreiben. Jetzt fühle ich mich besser. Leider nicht gut genug, um dieses elende Leben weiterzuführen. Ich wechsle auf die andere Seite. Und du? Pass auf dich auf. Du sollst wissen, dass ich dich immer geliebt habe. Ich war ein schlechter Mensch und ein schlechter Vater, aber keiner kann mir vorwerfen, ich hätte meinen einzigen Sohn nicht geliebt. Ich hoffe, dass du findest, was du dir vom Leben erhoffst. Bleib ehrlich, bleib sauber und lass nicht zu, dass deine Freunde dir antun, was meine mir angetan haben. Pass auf dich auf, denn das kann niemand anders für dich tun. Lass die Finger von den leichten Mädchen. Such dir eine gute Frau und halte ihr die Treue. Am Ende ist es sowieso alles dasselbe, da kannst du auch gleich jemanden eine Zeit lang ein bisschen glücklich machen. Ich liebe dich, Evan. Vergieße keine Tränen um mich. Jetzt bin ich glücklich. Ich werde bald an einem besseren Ort sein, wo auch immer das sein mag. Ich schicke dir eine Postkarte, wenn ich eine finde.

In Liebe,

Dad

Als Merci den Brief zu Ende gelesen hatte, begriff sie, was mit Mike McNally passiert war. Als sie Evan anschaute, begriff sie, wie nahe sie der Wahrheit gekommen war.

Er stand an den Phonoschrank gelehnt, einen großen Revolver in der Hand.

»Dads Revolver«, sagte er. »Man hat ihn mir ausgehändigt, nachdem die Beweisaufnahme abgeschlossen war. Ich hab ihn hier in den Schrank zurückgelegt, wo er hingehört.«

»Verstehe«, erwiderte sie. »Du solltest das Ding weglegen, Evan.«

»Vergiss es.«

Er richtete den Lauf auf sie, schnalzte mit der Zunge.

»Erwischt.«

»Komm schon, Evan.«

»Anfangs wollte ich nicht, dass du den Brief liest. Aber auf der langen Fahrt hierher hatte ich Zeit zum Nachdenken. Ich hab die Sache immer noch in der Hand.«

Merci suchte in O'Briens Gesicht nach Anzeichen seines typischen ätzenden Humors, seines Sarkasmus, konnte jedoch keine entdecken. Nicht die geringste Spur. Nur ruhige Wachsamkeit. Fieberhaft überlegte sie, wie sie ihn in eine andere Richtung lenken konnte.

»Das ist ein persönlicher Brief von deinem Vater an dich, dabei wollen wir es belassen. Los, lass uns zurückfahren und uns um unsere Arbeit kümmern.«

»Das könnte dir so passen. Das war's, Sergeant. Keine Bewegung.«

Ihre Arme hingen locker herunter. Den Brief hielt sie immer noch in der Hand. Ohne hinzusehen, ließ sie die Seiten auf den Boden fallen, dann drehte sie ihre Handflächen nach außen, spreizte die Finger.

Wie ein Polizist im Fernsehen machte Evan eine Seitwärtsbewegung mit dem Revolver, dann richtete er ihn auf Merci. Seine Hand war ganz ruhig, nicht das geringste Zittern.

»Es ist besser so. Ich bin verdammt stolz auf mich, Merci. Wie ich dich an der Nase herumgeführt und dir den spaßigen Teil überlassen habe. Einfach saugut.«

»Du hast Mike reingelegt, um dich an Pat McNally für das zu rächen, was er deinem Vater angetan hat. Um dich am ganzen Department zu rächen.«

Evan hob grinsend die Schultern. Er stand gut sechs Meter von ihr entfernt. Wenn sie versuchte, an ihre H&K zu gelangen, sagte sie sich, würde er sie wahrscheinlich erschießen, bevor sie auch nur in ihre Jackentasche greifen konnte. Zwischen ihnen stand das Sofa, mehr nicht.

»Aber du hast die geheimnisvollen Fingerabdrücke in

Aubrey Whittakers Küche hinterlassen. *Deine* Fingerabdrücke.«

»Das krieg ich schon geregelt. Ich wusste, dass Mike mit einem Callgirl zusammenarbeitete, und dachte mir, dass sich da eine Möglichkeit ergeben könnte. Ihren Namen und ihre Adresse hab ich von dem Antrag auf die Genehmigung, ihr Telefon anzuzapfen, der dann nie gestellt wurde. Ein Foto von ihr hab ich aus der Akte. Hübsches Gesicht. Ich hab ihre Leitung dann selber angezapft, und was glaubst du wohl? Auf einmal kam die Sache ins Rollen. Eine hübsche Tussi, ein geiler Bulle, perfekt. An dem Abend, als sie zusammen zu Abend gegessen haben, hab ich draußen gewartet, dann bin ich raufgegangen und hab sie kaltgemacht. Den Schalldämpfer und die Arbeitsschuhe hab ich in seinem Haus deponiert, als er im Dienst war.«

»Ich *wusste* doch, dass irgendwas nicht stimmte, als wir bei Mike waren, aber ich bin einfach nicht dahinter gekommen, was es war. Du hättest eigentlich gar nicht wissen können, wo Mike den Schlüssel zum Hundezwinger aufbewahrt. Aber du wusstest es, weil du schon mal in seinem Haus gewesen warst.«

O'Brien lächelte. »Nein. Ich wusste es, noch bevor ich sein Haustürschloss aufgebrochen habe. Mike hat es Aubrey eines Abends erzählt. Er meinte, seit er sie kenne, würde er alles in Frage stellen, was er tat. Warum er welche Klamotten trägt, warum er sich mit einem blauen anstatt mit einem gelben Rasierapparat rasiert, warum er die Schlüssel zum Hundezwinger unter dem Hängeschrank aufbewahrt, warum er seine Brieftasche immer in die linke Gesäßtasche steckt, warum er sich die Haare auf eine bestimmte Weise kämmt. Die Kleine hat ihn ganz schön durcheinander gebracht. In dem Augenblick, als ich dir den Schlüssel gab, wusste ich, dass ich einen Fehler gemacht hatte. Aber ich wusste nicht, ob du es merken würdest.«

Der Wind pfiff ums Haus, fegte eine Staubwolke durch den Garten.

»Leg die Waffe weg. *Sofort.*«

»Merci, halt die Klappe. Sofort. Ab sofort bin *ich* derjenige, der hier Befehle erteilt. Am besten, du gewöhnst dich schon mal dran.«

Er hob den Revolver, hielt ihn mit beiden Händen und richtete den Lauf auf ihre Brust.

»Zamorra ist unterwegs zur falschen Adresse«, sagte er. »Die liegt am anderen Ende des County. Das San Bernardino County ist ungefähr so groß wie Delaware, falls du das nicht wusstest.«

Sorg dafür, dass er weiterredet, dachte sie. Ihr Herz raste und in ihrem Kopf drehte sich alles.

»Was ist mit der Hülse? Wie hast du es geschafft, eine Hülse aus Mikes Waffe in Aubrey Whittakers Blumenvase zu deponieren?«

Evan grinste. »Mike geht zweimal im Monat auf den Schießstand. Einmal bin ich ihm gefolgt, hab ihm und ein paar von den Jungs beim Schießen zugesehen und selber ein bisschen rumgeballert. Als ich meine leeren Hülsen eingesammelt hab, hab ich auch eine von seinen aufgehoben. Ganz einfach. Viel schwieriger war es, den Schuss so anzusetzen, dass die Kugel aus dem Fenster flog und nicht in der Wand stecken blieb. Die Kugel hätte nämlich nicht zu der Hülse gepasst. Ich bin also einmal in Aubrey Whittakers Wohnung eingebrochen und hab mir alles genau überlegt. Das Panoramafenster war die Lösung. Ich hab mir gesagt, ich muss sie einfach direkt an der Tür erschießen, und zwar ganz schnell in einem aufsteigenden Winkel, dann würde die Kugel draußen im Meer landen.«

»Und dann hast du dafür gesorgt, dass Lynda sie findet. Reizend.«

»Das war ganz leicht. Sie ist eine gute Tatortspezialistin.

Das Einzige, was wirklich schief gelaufen ist, war der Ringkampf in der Küche.«

Er lächelte, lachte kurz auf, lächelte wieder. »Das hat dich und Zamorra ein paar schlaflose Nächte gekostet, stimmt's?«

»Es hat keinen Kampf gegeben«, sagte Merci.

»Du sagst es.«

»Du hast dort in der Küche einen Anfall bekommen. Hast die Schubladen rausgerissen, bist mit der Jacke hängen geblieben, hast dir einen von deinen Latexhandschuhen zerfetzt. Du hast zwar nicht geblutet, aber an Stellen, wo du nicht genug Zeit zum Saubermachen hattest, hast du deine Fingerabdrücke hinterlassen. Du warst benommen. Du wusstest nicht, wie viel Zeit vergangen war, wie viel Lärm du gemacht hattest. Deswegen lagen auch zehn Minuten zwischen dem Zeitpunkt, an dem du die Treppe raufgegangen, und dem, als du wieder runtergegangen bist. Deswegen hast du auf der Treppe gezögert. Du musstest dein Gleichgewicht wiederfinden.«

»So ungefähr. Es wundert mich, dass ihr Dads Fingerabdrücke identifiziert habt. Ihr müsst ja wirklich alles durchforstet haben, das ganze Archiv, bis hin zu Polizisten, die längst das Zeitliche gesegnet haben, um sie zu finden. Wie seid ihr darauf gekommen?«

»Zamorra ist drauf gekommen.«

»Wenn der sich einmal an was festbeißt, lässt er nicht mehr locker.«

Unwillkürlich mischte sich eine Spur Bewunderung in ihre Angst und Verblüffung.

»Du hast jahrelang an dem Plan gearbeitet, stimmt's?«

»Wenn einem etwas Spaß macht, vergeht die Zeit wie im Flug.«

»Du hast deine Fingerabdrücke mit denen deines Vaters vertauscht, nachdem er sich das Leben genommen hatte.

Damals hast du noch in Sacramento gearbeitet, wo die Fingerabdrücke archiviert werden. Du konntest nicht einfach deine Abdrücke vernichten, denn es wäre aufgefallen, dass sie fehlen. Also hast du sie einfach mit denen deines Vaters vertauscht. Auf diese Weise warst du nicht mehr im System. Nur für den Fall, dass du mal irgendwo deine Fingerabdrücke hinterlassen würdest, wo es dich in Schwierigkeiten bringen könnte. Für den Fall, dass du dir mal einen Latexhandschuh zerreißen würdest. Du wusstest, dass deine Abdrücke im Archiv schwer zu finden sein würden, die Abdrücke eines Toten. Später hast du dich hierher versetzen lassen, damit du deinen Plan ausführen konntest. An dem du seit zwei Jahren gefeilt hattest.«

»Eigentlich war ich unentschlossen. Aber als mein Antrag auf Beförderung wegen meiner läppischen gesundheitlichen Probleme abgelehnt wurde, da hab ich mir gesagt, denen zeig ich's jetzt richtig.«

»Das hast du allerdings.«

O'Brien wirkte entspannt hinter seinem Revolver. Der Lauf bewegte sich kaum. Merci hörte hinter sich den Wind heulen, hörte den Sand gegen die Fensterscheiben schlagen.

»Ich habe dich und Mike im Wohnzimmer beobachtet, Sergeant. Im Gestrüpp hinter seinem Haus gibt es eine nette kleine Lichtung. Da kann man gemütlich sitzen und direkt ins Wohnzimmerfenster gucken. Da habe ich Stunden verbracht. Erinnerst du dich noch an den Abend, als du es ihm besorgt hast, während im Fernsehen *Die zehn Gebote* lief?«

»Ostern.«

»Du bist gekommen, als Charlton Heston mit den Tabletts runterkam. Von meinem Versteck aus sah es aus, als würden seine Haare plötzlich ganz weiß, als er gesehen hat, was für einen tierischen Orgasmus du hattest. In dem Augenblick habe ich mich in dich verliebt. Und gehasst habe ich dich auch. Ich empfinde immer noch so eine Art Hassliebe für dich. Es kotzt mich an, wie wichtig ihr euch mit euren Hundemarken nehmt, so tut, als würde euch die ganze Welt gehören. Am meisten hat es mich angewidert, wie du und dieser Vollidiot Mike McNally rumgelaufen seid, als gehörte euch das ganze Department, wie ihr in mein Labor gelatscht kamt und mir gesagt habt, was ich tun soll. Ich habe euch dafür gehasst. Ich wusste, dass ich genauso gut bin wie ihr. Obwohl meine Beförderung abgelehnt wurde, wusste ich, dass ich genauso gut bin wie ihr. Und ich habe es bewiesen. Ich habe Mike in den Knast gebracht für einen Mord, den er nicht begangen hat. Ich habe dafür gesorgt, dass du gegen ihn ermittelst. Ich habe dafür gesorgt, dass Brightons Department dasteht wie eine Truppe von Hurenmördern und Volltrotteln. Ich habe gewonnen. Der kleine Scheißkerl, der nicht gut genug war für eine Hundemarke, hat euch eingebildete Arschlöcher allesamt fertig gemacht.«

»Und um das zu erreichen, hast du eine unschuldige Frau ermordet.«

»Sie hat bekommen, was sie verdient hat. Genau wie Patti Bailey. Huren ruinieren das Leben von Menschen. Geh mir nicht auf die Nerven mit dem Geschwätz.«

Sie beobachtete sein Gesicht, hoffte, ein Zucken oder Zittern zu entdecken, ein Anzeichen dafür, dass er unter Stress geriet und sich ein Anfall anbahnte. Seine Augen wirkten ruhig und gelassen.

Er lächelte. »Ich habe heute Morgen eine doppelte Dosis Dilantin genommen. Im Moment bin ich so ruhig wie ein Packesel.«

»Warum hast du dir eigentlich all die Mühe gemacht? Warum hast du Pat McNally und Brighton nicht einfach umgelegt und es hinter dich gebracht?«

Er zuckte die Achseln, doch der Revolver blieb weiterhin auf sie gerichtet. »Klar, ich hätte den besoffenen McNally irgendwann nachts auf einem Parkplatz einfach überfahren können. Ich hätte Brighton erschießen können, wenn er morgens joggt. Ich hab's in Erwägung gezogen. Aber weißt du was? Es wäre zu einfach gewesen. Ich will, dass sie ihren eigenen Untergang auf sich zukommen sehen, in dem Bewusstsein, dass sie nichts tun können, um ihn aufzuhalten. Ich will, dass Pat zusieht, wie sein Sohn im Knast verrottet. Ich will, dass Brighton zusieht, wie sein ganzes Department zum Teufel geht wegen der *Scheiße*, die sie mit Jim O'Brien abgezogen haben. Ich will, dass es ihnen so geht wie meinem Vater – dass sie sich beschämt und nutzlos und verraten fühlen. Weißt du, was mein Vater dafür gekriegt hat, dass er Polizist war, dass er diesen Typen ein Freund war? Eine versoffene Ehefrau, einen epileptischen Sohn und eine Kugel in den Kopf – aus seiner eigenen Waffe. Das ist das Allerletzte. Der Tod wäre eine viel zu geringe Strafe für diese Dreckschweine. Ich wünschte, du hättest das alles nicht rausgefunden, denn jetzt muss ich dich töten, und irgendwie verdirbt mir das ein bisschen den Spaß. Andererseits gefällt es mir, dass jemand Bescheid weiß. Macht die Sache komplett. Ich hab es genossen, dich zu hassen, denn eigentlich bewundere ich dich zutiefst – du bist groß und stark und vollkommen selbstgenügsam, so restlos von dir überzeugt. Du bist wie zwanzig Liter Scheiße in einem Zehn-Liter-Eimer, Merci. Ich konnte einfach nicht widerstehen, deinen Slip zu benutzen, als ich ihn in einer von Mikes Schubladen gefunden habe. Es wäre eine fantastische Show geworden, zuzusehen, wie du mit ansehen musst, dass Mike ›lebenslänglich‹ bekommt. Es hätte dich ganz langsam umgebracht, schlimmer als Krebs.«

O'Brien lächelte wieder und stellte sich ein bisschen breiter hin, um sich in eine bessere Schussposition zu bringen. In Mercis Ohren dröhnte es so laut, dass sie sich fragte, ob Evan es hören konnte.

Denk nach. Lass dir irgendwas einfallen. Halt ihn am Reden.

»Wie willst du eine tote Polizistin im Haus deines Vaters erklären?«

»Kein Problem. Du hast mich auf dem Weg zur Arbeit abgefangen. Stimmt. Hast gesagt, du wolltest den Brief und das Video von meinem Vater haben. Stimmt ebenfalls. Ich hab gesagt, das Zeug ist hier draußen, also sind wir hergekommen. Stimmt. Als wir hier ankamen, konnte ich den Brief nicht finden. Das wird dann auch stimmen. Aber die Selbstmordwaffe konnte ich dir zeigen. Du hast sie dir angesehen, wahrscheinlich angenommen, sie sei nicht geladen, und da ist sie losgegangen. Stimmt auch irgendwie. Ich habe erste Hilfe geleistet, aber es war leider zu spät. Natürlich werde ich den Revolver abwischen, bevor ich ihn dir in die Hand drücke. Dann helfe ich dir dabei, durch das Fenster da zu schießen, aber dann bist du sowieso schon tot, das wird also ganz einfach sein. Die abgefeuerte Patrone werde ich ersetzen, damit es so aussieht, als wäre nur einmal geschossen worden. Das Fenster werde ich mit Brettern zunageln, das wird keinem auffallen, weil hier sowieso die meisten Fenster verbrettert sind. Anschließend werde ich mir die Hände gründlich schrubben, um sämtliche Schmauchspuren zu eliminieren. Am Ende steht einfach meine Aussage gegen deine, aber du wirst ja nicht mehr viel zu sagen haben. Unfälle gibt es immer wieder.«

»Zamorra wird dir die Geschichte niemals abkaufen.«

»Mit Zamorra komme ich schon klar. Der ist doch im Moment völlig weggetreten.«

»Deine Fingerabdrücke waren in Aubrey Whittakers Küche.«

»Hör mal, Schätzchen, ich bin Spurensicherer. Ich habe da meine Arbeit getan. Jeder macht mal einen Fehler.«

Sie hechtete hinter das Sofa, landete auf der linken Seite, die Hand bereits in ihrer Jacke. Das Zimmer explodierte, und sie spürte, wie sie etwas in die Seite traf. Dann zwei weitere Schüsse, wieder dröhnte das ganze Zimmer. Mercis Bein schien in Flammen aufzugehen. Sie schob ihre Pistole über den Sofarand und feuerte zweimal, hörte aber vier Detonationen, und das Laken bauschte sich auf, als zwei Löcher hineingerissen wurden. Als der Lärm sich gelegt hatte, hörte sie O'Brien fluchen, dann Schritte, die sich schnell entfernten.

Mühsam richtete sie sich auf die Knie auf, die H&K schussbereit, und sah O'Brien in der Küche verschwinden, sah den Blutfleck auf dem Boden. Mit einem Ellbogen schob sie ihre Jacke aus dem Weg, dann betastete sie ihre blutenden Wunden. Als sie einen Finger in eine der Wunden steckte, kam die Fingerspitze auf der anderen Seite wieder heraus. Beinahe wäre sie ohnmächtig geworden. Inzwischen war alles voller Blut. Ihre Hose war unterhalb des Knies gerissen, doch sie konnte nicht feststellen, ob der Knochen zersplittert war oder nicht. Sie stand auf und schleppte sich zur Küche.

Blut auf dem Boden und am Türrahmen. Die Terrassentür schwang auf, wurde vom Wind gegen das Haus geschlagen. Auf die Anrichte gestützt schleppte sie sich zur Tür und schaute nach draußen.

Zu ihrer Linken neben dem Swimmingpool ein Gartenhäuschen, zu ihrer Rechten eine Garage, alles ringsherum vom umherwirbelnden Sand bedeckt. Ihre Augen brannten, der Wind schlug ihr ins Gesicht, ein riesiger Tumbleweed torkelte vorüber und zum Pool führten Blutspuren.

Sie holte tief Luft, nahm die Pistole fest in ihre vom Blut glitschigen Hände und humpelte hinüber zum Swimmingpool. Sie beugte sich vor und schaute hinein. Kein Wasser, nur ein paar Tumbleweeds, die sich am Boden gesammelt hatten. Aber an der gegenüberliegenden Wand bemerkte sie eine Bewegung, etwas, das sich vom Boden erhob, größer wurde, der Schatten eines Mannes, und alles, was sie denken konnte, war, losspringen, sich in der Luft drehen, drei schnelle Schüsse abfeuern, während sie in das Dornenmeer stürzte.

Sie sank ein. Sie versuchte, sich aufrecht zu halten, aber es war, als würde sie in Glassplittern schwimmen. Als sie sich an der Wand hochzuziehen versuchte, sah sie einen Revolverlauf über den Beckenrand ragen, sah die Hand dahinter.

Einen Augenblick lang schien das große, schwarze Auge sie zu beobachten, dann bewegte es sich hin und her, als suchte es den Boden nach ihr ab. Als sie sich gerade zur Seite wegrollen wollte, fiel das schwarze Auge in den Pool und schlitterte unter die Tumbleweeds.

Sie spürte, wie sie kurzatmig wurde, doch sie konnte nichts hören außer dem kreischenden Wind über sich. O'Briens Hand zuckte rhythmisch. Merci schob sich von ihr weg, zum flachen Ende des Pools hin, kämpfte sich durch Dornen und Staub, bis sie endlich die Stufen erreichte. Die ganze Zeit versuchte sie, ihre Waffe auf den bäuchlings am Boden liegenden Evan O'Brien gerichtet zu halten.

Er lag auf der Terrasse, eine Hand baumelte über dem leeren Swimmingpool in der Luft. Sie setzte sich auf die unterste Stufe, beugte sich vor, stützte die H&K auf der Terrasse ab. Trotz des Bluts und Staubs und trotz der Dornen, an denen sie sich die Haut aufgerissen hatte, zitterten ihre Hände nicht.

Sie richtete die Waffe auf O'Briens Seite. Sie legte die Arme auf die Terrasse, stützte sich auf die Ellbogen. Sie keuchte. Sie lauschte auf das Heulen des Windes. Die Stufen waren voller Blut, und sie fühlte sich leicht und schmerzlos und seltsam beglückt.

Als sie aufstehen wollte, stolperte sie und rutschte zurück in den Pool, versuchte vergeblich, mit den Schuhen Halt zu finden. Die Pistole fiel ihr aus der Hand.

Sie lag in einer Ecke am Grund des Pools. Direkt vor sich sah sie ein Stück Wand und zwei blutige Hände darauf.

Sie fragte sich, wem die Hände gehörten. Überall Dornen, Blut und Sand. Musste wehtun.

Sie meinte Sirenen zu hören, aber sie meinte auch, Musik zu hören.

Kapitel 32

Ihr Zeitgefühl hatte sie vollkommen verlassen: Minuten dehnten sich zu Ewigkeiten, während Stunden vorüberflogen wie Kolibris. Die Welt war abwechselnd da und wieder weg, eine Welt mit Uniformen und lauten Stimmen, mit Sirenen und Schläuchen in ihren Armen und ihrem Mund, mit hellem Licht und maskierten Gesichtern und schließlich einem Raum, wo es still war, wo Menschen, die sie nicht kannte, leise kamen und gingen, und, wenn sie das nicht nur geträumt hatte, mit kurzen Besuchen von ihrem Vater, von Paul Zamorra und Sheriff Chuck Brighton.

Sie fror. Sie schlief. Sie hatte Durst. Sie fror. Sie schlief. Sie hatte Durst.

Dann wieder Sirenen und das Knattern von Rotorblättern, Wind auf dem Dach der Uniklinik, wo der Notarzthubschrauber landete und die Nadeln in ihren Venen vibrieren ließ. Ein Raum, wo Menschen sich leise um sie herum bewegten, überall Monitore, Gesichter, die sie nicht kannte, kurzes Auftauchen von Gesichtern, die sie kannte.

Das Erste, was sie deutlich wahrnahm, waren ihre Hände: geschwollen wie von tausend Wespenstichen, winzige, schwarze Splitter, die tief in ihrem roten Fleisch saßen. Sie taten weh. Am schlimmsten schmerzten ihre Fingerkuppen und die Nagelbetten. Wenn sie eine Hand bewegte, war es, als würde sie in einen stacheligen Kaktus greifen.

Das Nächste, was sie wahrnahm, war ihr Geruch: schlecht. Sie setzte sich im Bett auf, was einen Alarm auslöste, worauf zwei Schwestern in den Raum geeilt kamen. Sie schnallten sie auf dem Bett fest und verpassten ihr eine Katzenwäsche, nachdem sie aufgehört hatte zu weinen und um sich zu schlagen.

Die untere Hälfte ihres Oberkörpers war in Gaze gewickelt, dazu hatte man sie in eine weiche Windel gepackt. Als ihre rechte Hand zu eitern und zu brennen begann, fügte man der Kochsalzlösung in ihrem Infusionsbeutel ein Beruhigungsmittel hinzu, das sie in einen Zustand versetzte, als hätte Joan Cash sie hypnotisiert. Sie zogen die Dornen aus ihren Händen. Dann gingen sie fort. Jahre später wachte sie auf und hielt ihre Hände hoch, die dick mit Gaze umwickelt waren, aber nicht mehr so schmerzhaft pochten wie zuvor.

Sie erwachte aus einem schrecklichen Traum, in dem sie von Kugeln getroffen und von kleinen, spitzen Pfeilen durchbohrt wurde, nur um festzustellen, dass es kein Traum war. Sie schrie und versuchte, sich von ihrem Bett loszureißen. Eine Schwester fügte noch etwas zu ihrer Infusionslösung hinzu, und schon war die Welt wieder warm und verschwommen und heiter. Clark kam mit Tim. *Die Männer!*

Sie berührte Tim mit ihren weißen Fäustlingen, dann traf sie etwas wie ein weicher Hammer. Als sie wieder zu sich kam, saß sie aufrecht im Bett, vor sich ein Tablett mit einer Tüte Orangensaft und einem Strohhalm, den sie zwischen ihren bandagierten Händen hielt.

Außer ihrem Vater war niemand im Zimmer. Er sagte ihr, ein ganzer Tag sei vergangen, seit er sie mit Tim besucht habe. Es war Montag, der Tag vor Weihnachten. Er lächelte und streichelte ihr über die Stirn und sagte ihr, alles würde wieder gut werden.

Der medizinische Befund: Schusswunde in der rechten Seite, Fleischwunde, Muskelverletzung, eine Rippe angebrochen. Knochensplitter entfernt, Restknochen geglättet und zusammengefügt. Eintritts- und Austrittswunde genäht. Schusswunde in der rechten Wade, kein Schaden an Nerven und Knochen, erheblich zerstörte Hautpartien, die durch Gewebe aus dem Gesäß der Patientin ersetzt wurden. Geringfügige Fleischwunden an beiden Händen und Fingern, verursacht durch wiederholten Kontakt mit Tumbleweeds – Dornen entfernt und Einstichwunden gesäubert.

Erheblicher Blutverlust, weiterhin Transfusionen, Anzahl der Blutplättchen und weißen Blutkörperchen unter Normalniveau, aber ansteigend.

Zustand der Patientin: stabil.

Dauer des Krankenhausaufenthalts: bisher vier Tage.

Nachmittag, erster Weihnachtstag.

»O'Brien ist tot«, sagte Zamorra. Sein dunkles Gesicht schwebte verschwommen am Ende einer Höhle. »Du hast ihn dreimal getroffen – einmal in den Arm, zweimal in die Brust.«

»Einmal daneben geschossen«, hörte sie sich krächzen. Ihr Hals brannte, und alles Wasser, das sie trank, konnte den Schmerz nicht lindern. »Janine?«

»Darüber reden wir später.«

»Die Glühbirne und der Lampendeckel aus Aubreys Wohnung sind in meinem Kofferraum.«

»Alles klar.«

»Der Abschiedsbrief. Besorg dir eine Kopie aus San Bernardino und bring sie mir. Möglichst bald.«

»Mach ich. Fröhliche Weihnachten.«

»Ich bin müde.«

»Schlaf ruhig.«

»Schick mir Brenkus her.«

Am Abend erschien Clayton Brenkus, weißhaarig und majestätisch. Er nahm Platz. Er stellte Fragen. Sein Stift flog in kurzen Stößen übers Papier.

»Er hat gestanden?«

»Whittaker. Die angezapfte Leitung. Untergeschobene Beweisstücke. Sein Vater hat für ein paar angebliche Freunde Patti Bailey umgebracht. Sie haben ihn verraten. Evan wollte Rache.«

Langes Schweigen, Kratzen des Stifts auf dem Papier. »Letzte Worte sind beweiskräftig und zulässig.«

»Holen Sie Mike aus dem Knast, Herrgott nochmal.«

»Erst mal, ja. Ein angemessenes Weihnachtsgeschenk. Stellen Sie sich mal vor, was für ein Gerichtsprozess uns da erwartet.«

»Ja, stellen Sie sich das mal vor.«

Stiftkratzen auf Papier. Schmelzende Wände. Dunkelheit.

»Ich bin müde.«

»Ruhen Sie sich aus.«

Morgen.

»... fehlst ihm die ganze Zeit. Er drückt sich dauernd in deinem Zimmer herum und versucht, sich zusammenzureimen, wo du steckst. Ich erklär's ihm immer wieder, aber du weißt ja, wie das geht. Aber er hat einen gesegneten Appetit und er schläft viel, es geht ihm also eigentlich gut. Wenn du wieder zu Hause bist, werden wir dich nach Strich und Faden verwöhnen und dafür sorgen, dass du wieder ganz gesund wirst. So, und jetzt iss noch was von deinem Rührei. Du musst wieder zu Kräften kommen, sonst lassen die dich nie hier raus. Du wirst zu Hause *gebraucht*, junge Dame. Das ist ein Befehl von Tim.«

Clark beugte sich vor, einen Löffel mit gelbem Matsch in der Hand, ein mitleidvolles Lächeln im Gesicht.

»Gib ihm einen Kuss von mir.«

»Mach ich die ganze Zeit. Gary Brice vom *Journal* hat zwölf Nachrichten hinterlassen. Ich habe dreimal mit ihm gesprochen. Er sagt, er ist jetzt bereit, im Austausch für eine Gegenleistung die Artikelreihe über dich und Mike nicht zu bringen. Er meinte, du würdest schon wissen, um was es geht.«

»Ich bin müde.«

»Ruh dich aus, mein Schatz.«

Abend.

Brighton, groß und alt, stand mit einem Blumenstrauß in der Tür.

»Wir lassen Mike bald raus.«

»Mhm.«

»Gilliam und seine Leute überprüfen alles, was O'Brien in der letzten Woche bearbeitet hat. Jedes Beweisstück, das er in der Hand gehabt, verlegt, verloren, verändert, untergeschoben hat. *Alles.*«

»Eine Menge.«

»Was kann ich für Sie tun?«

»Ich bin müde.«

»Sehen Sie zu, dass Sie sich ausruhen.«

Er drehte sich um und ging, dann kam er nochmal mit den Blumen zurück. Er stellte sie auf den Boden, weil der kleine Nachttisch bereits mit Blumen überfüllt war.

Spät am Abend. Durch das Fenster konnte sie die Autos über die Autobahn kriechen sehen, die Leuchtreklame eines Kinokomplexes in der Ferne. Regen lief am Fenster herunter und ließ alles verschwommen erscheinen.

Merci ging im Korridor auf und ab, immer noch mit dem Tropfständer verkabelt. Ihr rechtes Bein schmerzte, ihre Rippen taten weh, ihr Hintern brannte an den Stellen, wo das Gewebe entnommen worden war. Eine Krankenschwester ging neben ihr her, erzählte von ihren Kindern.

Gary Brice saß vor ihrem Zimmer, als sie zurückkehrte. »Hallo, Merci«, sagte er. »Dafür, dass Sie sechs Tage in zwei verschiedenen Krankenhäusern verbracht haben, sehen Sie prächtig aus.«

»Ich kann jetzt nicht reden, Gary.«

»Ich weiß. Ich wollte Ihnen nur sagen, sobald Sie so weit sind, können wir loslegen. Sie haben mir die Wahrheit versprochen.«

»Die bekommen Sie.«

»O'Brien hat Mike reingelegt, stimmt's?«

»Das ist eine lange Geschichte. Später.«

»Versprochen?«

»Versprochen.«

»Exklusiv?«

»Vollkommen.«

Zamorra kam noch sehr spät, schloss die Tür und setzte sich ans Fenster. Im kalten Krankenhauslicht wirkten seine Augen schwarz und seine Haut grau. Wie immer trug er einen schwarzen Anzug, ein frisch gebügeltes Hemd und eine ordentlich gebundene Krawatte. Das Einzige, was seine korrekte Kleidung hervorhob, war die Erschöpfung in seinem Gesicht.

»Janine«, sagte Merci.

Zamorra nickte. »Lass uns einfach einen Moment so hier sitzen.«

Minuten kamen ihr wie Stunden vor. Vielleicht waren sie es auch. Merci öffnete die Augen, spürte, wie ihr Kopf zur Seite sank. Draußen schüttete es wie aus Eimern, doch das Brummen der Heizung und die allgemeine Geräuschkulisse des Krankenhauses übertönten das Rauschen des Regens.

»Was ist passiert, Paul?«

»Am Freitagmorgen gegen acht hatte sie einen fürchterlichen epileptischen Anfall. Kurz nachdem du mir mitgeteilt hattest, dass du mit Evan unterwegs zu Jim O'Briens Haus warst. Um neun Uhr dreiundvierzig ist sie gestorben.«

Zamorra wandte sich ab und schaute aus dem Fenster. Seine Stirn war zerfurcht und er schien kaum atmen zu können.

»Deswegen konnte ich ... nicht kommen. Ich habe die Kollegen in San Bernardino angerufen und ihnen die Adresse durchgegeben, habe ihnen gesagt, du könntest in Schwierigkeiten geraten. Später ist mir aufgegangen, dass O'Brien dir wahrscheinlich die falsche Adresse gegeben hatte. Also habe ich im Department angerufen und ein paar Leute gebeten, Jim O'Briens Adresse auszugraben. Aber inzwischen, na ja, inzwischen warst du schon halb verblutet. Und dein Partner war im Seitenflügel dieses Gebäudes.«

»*Paul.*«

Sein Profil hob sich deutlich von dem dunklen Fenster ab, aber er schaute sie immer noch nicht an.

Eine Schwester kam herein, überprüfte die Infusion und

den Monitor, fragte Merci, ob sie ein Schmerzmittel wünsche. Sie sagte nein. Zamorra würde es wahrscheinlich wesentlich dringender brauchen, schoss es ihr durch den Kopf, aber welche Medikamente dieser Welt konnten ein gebrochenes Herz heilen?

Eine Weile saßen sie schweigend in der zeitlosen Atmosphäre des Krankenhauses.

»Sie hatte eine schöne Stimme«, sagte Zamorra schließlich. »Manchmal hat sie mir etwas vorgesungen. Broadway-Melodien mit viel Dramatik. Das war lustig.«

»Was wirst du tun, Paul?«

»Die Jungs in San Diego hätten mich gern in ihrem Department. Vielleicht kaufe ich mir da unten ein kleines Stück Land.«

»Ich meine jetzt. Heute Abend.«

»Nichts. Überhaupt nichts.«

»Versprich's mir.«

Er wandte sich ab. »Wenn ich das vorhätte, was du meinst, wäre ich jetzt nicht hier. Dann würde ich mich wie ein alter Kater verkriechen und es einfach tun.«

»Denk daran, dass manche Schicksalsschläge uns stärker machen.«

»Ich weiß.«

»Du bist noch jung. Alles ändert sich. Und ändert sich wieder.«

Merci lauschte auf die Stimmen im Korridor, das Dröhnen der Heizung.

»Ich hab dich hängen lassen und das tut mir Leid«, sagte er.

»Ich will dir mal was sagen, Paul. Ich habe einmal meinen Partner hängen lassen. Das hat ihn das Leben gekostet. Es gibt nichts auf der Welt, das einen so fertig macht. Ich weiß das. Man wünscht sich an die Stelle des anderen, möchte mit ihm tauschen, aber das geht nicht. Und lange

Zeit kann man sich das selbst nicht verzeihen. Aber das musst du. Wir müssen es. Es ist die einzige Möglichkeit, am Leben zu bleiben.«

Er schaute sie an. »Du hast es dir noch nicht verziehen?«

»Ich spiele die Situation in Gedanken immer wieder durch. Vorwärts und rückwärts. Versuche zu ändern, was ich getan habe, was ich gedacht habe, was ich geglaubt habe. Es geht einfach nicht. Aber sieh mich an. Ich bin da. Ich hab's geschafft. Ich lebe. Du hast nicht meinen Tod zu verantworten. Also trauere um Janine. Trauere um dich. Aber nicht um mich. Ich weiß nicht, ob es hilft, Paul, aber ich verzeihe dir. Komm drüber weg. Mach weiter.«

Als sie diese Worte aussprach, spürte sie, dass etwas in ihr aufbrach, sich abschälte und außer Sichtweite rutschte. Schwarzes Wasser schlug darüber zusammen und kreisförmige Wellenringe entfernten sich sanft. Sie wusste, dass Hess dasselbe zu ihr gesagt hätte. Er hätte ihr verziehen. Er hätte ihr gesagt, dass man nicht zuerst seinem Feind, sondern sich selbst vergeben muss, dass nur ein Narr sein Leiden verlängert.

In diesem Augenblick liebte sie Hess von neuem, und sie liebte Paul Zamorra, und sie liebte Mike McNally, und sie liebte sogar sich selbst. Zum ersten Mal seit vielen Monaten glaubte sie, dass alles gut werden würde.

Vor ihrem geistigen Auge sah sie die letzte Welle verschwinden und etwas wie Mondlicht schimmerte auf dem Wasser.

»Ich kann heute Abend nicht nach Hause fahren.«

»Mach das Licht aus. Setz dich in den Sessel. Die Schwester wird dir eine Decke bringen.«

Während der Nacht wachte sie dreimal auf. Beim dritten Mal war Zamorra verschwunden.

Kapitel 33

Eine Woche später, am zweiten Tag des neuen Jahres, mietete Merci in der Sand Street in Newport ein kleines Haus am Strand. Es war billig und duftete nach Holzpflegemittel und Meer. Der Teppichboden war alt, die Möbel waren alt und an den Wänden hingen alte, von der Sonne ausgebleichte Kunstdrucke. Clark, der immer noch versuchte, ihr die ganze Sache auszureden, half ihr beim Umzug.

Sie hatte sich die Haare kurz schneiden lassen. Sie kaufte sich ein paar weite Klamotten, die über ihre Verbände passten. Das Haus hatte sie unter dem Namen Gail White gemietet und versucht, den Vermieter zu überreden, eine Vorauszahlung in bar an Stelle eines Ausweises zu akzeptieren. Als er sich geweigert hatte, hatte sie ihm ihre Polizeimarke vor die Nase gehalten und ihn angepflaumt, er solle ihr gefälligst helfen, verdammt, und da hatte er eingewilligt. Später, am Nachmittag, war er mit einem Strauß Nelken erschienen.

Nachdem Clark weg war, ging sie mit Tim an den Strand. Sie sah ihm zu, wie er hinter den Möwen herlief, die im Sand kauerten. In der Nähe eines Seetangfeldes warf ein Fischerboot seinen Anker aus. In der Nähe des Bademeisterturms standen ein paar Jugendliche, die einen Joint rauchten. Sie warf ihnen einen strengen Blick zu, bis ihr wieder einfiel, wer sie war. Ich muss nicht alles zu meinem Problem machen, dachte sie. Es gefiel ihr, »Gail« zu sein. Es war die ihr eigene schräge Art, Aubrey die letzte Ehre zu erweisen.

Sie las Zeitung. Sie schlief. Sie spielte mit Tim. Sie sah fern. Sie telefonierte ein bisschen. Sie machte Strandspaziergänge.

Zweimal versuchte sie, Paul Zamorra anzurufen. Zu Hause ging er nicht ans Telefon. Auch auf ihre Nachrichten auf dem Anrufbeantworter reagierte er nicht. Er hatte sich wegen des Trauerfalls ein paar Tage Urlaub genommen. Niemand im Department wusste, wo er war. Sie erkundigte sich bei den Kollegen in San Diego, konnte jedoch nicht herausfinden, wer Zamorras Freunde waren.

Wenn ich das vorhätte, wäre ich jetzt nicht hier. Dann würde ich mich verkriechen wie ein alter Kater und es einfach tun.

Jeden Tag gegen Feierabend rief Merci bei Joan Cash an. Nein, Zamorra hatte sich nicht bei ihr gemeldet, weder wegen einer Therapie noch aus irgendeinem anderen Grund. Joan und Merci redeten jedes Mal fast eine Stunde lang miteinander. Es waren lange, intensive Gespräche, die Joan ohne Umschweife auf Mercis Gefühle in Bezug auf O'Brien, den Handtaschenräuber und Hess lenkte.

Merci stellte fest, dass es ihr leichter fiel, mit Joan am Telefon statt von Angesicht zu Angesicht zu reden. Die Vorstellung, dass sie meilenweit voneinander getrennt waren, während ihre Stimmen mit der Geschwindigkeit von elektrischem Strom hin und her flogen, hatte etwas Beruhigendes. Joan meinte, Zamorras Spruch von dem »alten Kater« sei eine eindeutige Warnung, und ermahnte Merci, ohne es auszusprechen, sie solle sich auf alles gefasst machen.

Clark hatte für sie sämtliche Zeitungsartikel gesammelt, die mit Mikes Verhaftung zu tun hatten, mit O'Briens Tod und den darauf folgenden Ermittlungen, wie Mike hereingelegt worden war.

Beim Lesen wurde ihr klar, dass ohne Jims Brief keinerlei Motiv erkennbar gewesen wäre, warum Evan die Tat begangen haben sollte. Nicht einmal Gary Brice vom *Journal* konnte begreifen, warum der Spurensicherer einen solchen Aufwand betrieben hatte, um einem Unschuldigen Leid zuzufügen.

Brighton hatte sich rätselhaft gegeben. Glandis hatte auf jede zweite Frage mit »Kein Kommentar« geantwortet. Die Kollegen hatten sich mit Mike, der sich weigerte, mit den Medien zu reden, solidarisch erklärt. Und Merci sagte niemandem, dass sie den Schlüssel zu allem besaß – eine Fotokopie von Jim O'Briens Abschiedsbrief –, den Zamorra ihr besorgt hatte, bevor er verschwunden war.

Nach dem dritten Tag wurde ihr Gail White langweilig und sie lud Mel Glandis zum Mittagessen ein.

Er ließ seinen massigen Körper in den Sessel am Wohnzimmerfenster sinken, betrachtete sie mit seinen Kuhaugen, das Gesicht gerötet, die Hände auf dem Schoß verschränkt.

»Dass ich den Fall Patti Bailey bekommen habe, war kein Zufall«, sagte Merci. »Sie haben ihn mir aus einem ganz bestimmten Grund gegeben. Sie wussten von Anfang an, und zwar seit 1969, dass mit dem Fall etwas nicht stimmte. Sie hatten sogar genug in der Hand, um es zu beweisen, aber Sie hatten nicht den Mumm, es zu tun.«

Er lächelte. »Wovon reden Sie überhaupt, Merci?«

»Evan hat gesagt, er wollte die Wahrheit über Patti Bailey wissen. Als er Sie darum bat, ihm beim Ausgraben des alten Falls zu helfen, sind Sie sofort darauf angesprungen. Sie wussten, wenn es Ihnen gelänge, Brighton in Verruf zu bringen, dann würden Sie seinen Job übernehmen können, genau wie er es damals gemacht hat. Evan hat mir den Schlüssel zu dem Lagerraum zugeschickt, aber ich glaube, der Mieter dieses Raums waren Sie. Brighton und McNally hatten versucht, die Beweismittel verschwinden zu lassen, aber Sie haben sie gefunden. Sie haben sie an sich genommen. Und für alle Fälle in Sicherheit gebracht. Eine kleine Investition in die Zukunft. Bloß dass Sie nie den Mut hatten, sie zu benutzen, bis Evan auf der Bildfläche erschien. Drecksarbeit liegt Ihnen nicht. Und all das zusammengenommen bringt mich zu dem Schluss, dass Sie nicht zur Sorte der gemeinen Arschkriecher gehören. Nein, was Sie getan haben, ist Beihilfe zum Mord.«

Glandis fiel die Kinnlade herunter, sein Gesicht wurde noch eine Spur dunkler. »Nichts von dem, was Sie da sagen, entspricht der Wahrheit.«

»Evan O'Brien hat aber das Gegenteil behauptet. Letzte Worte, Mel. Vor Gericht zulässig. Er hat Ihren fetten Arsch in die Pfanne gehauen.«

Glandis starrte sie an. Dass Evan Glandis verpfiffen hatte, war gelogen, aber das störte sie nicht im Geringsten, denn sie ging davon aus, dass das meiste den Tatsachen entsprach.

»Mel, ich glaube nicht, dass Sie wussten, dass Evan vorhatte, Aubrey Whittaker zu ermorden. Für so etwas sind Sie nicht kaltblütig genug. Sie haben einfach nur die Chance gewittert, Brighton was anzuhängen. Ich überlasse es Ihnen, mir die Einzelheiten zu berichten. Erzählen Sie mir haarklein, was passiert ist, dann werden Sie keinen Ärger bekommen. Aber wenn Sie mich anlügen, dann werde ich Sie wegen Beihilfe zum Mord verhaften lassen. Ich werde Sie ruinieren.«

Glandis starrte aus dem Fenster. Sie schätzte, dass er in weniger als dreißig Sekunden einknicken würde. Es dauerte nur zehn.

»Also gut. Ich wusste, dass an dem Fall Bailey irgendetwas faul war, aber ich wusste nicht genau, *was*. Ich dachte, Brighton würde irgendwas decken. Und ich hatte das Gefühl, dass Owen und Meeks mit in der Sache drinsteckten, aber ich war mir nicht sicher, auf welche Weise. Also habe ich Augen und Ohren offen gehalten. Damals, dreiundsiebzig, war Rymers mein Partner und wir waren ziemlich gute Kumpels. Er bekam jeden Monat eine Rechnung von Inland Storage in Riverside. Und zwar an seine Dienststelle. Ich hab mich gefragt, warum die ihm die Rechnung nicht nach Hause schickten. Dann habe ich ihn mit Brighton über einen Lagerraum reden hören. Das hat mir zu denken gegeben. Einmal habe ich gesehen, wie Pat McNally Rymers einen Schlüssel zurückgegeben hat. Das hat mir noch mehr zu denken gegeben. Also habe ich mir den Schlüssel geschnappt und bin zu dem Lagerraum gefahren, um nachzusehen. Sie hatten sämtliche Beweismittel aufbewahrt – die Pistole, Baileys Klamotten, die Bänder, ihren Terminkalender. Nur für den Fall, dass Jim O'Briens Gewissen sich melden sollte. Die hatten Meeks und Owen in der Tasche. Als O'Brien sich dann umgebracht hat, wusste ich, dass sie das Zeug verschwinden lassen würden, also bin ich eingebrochen und hab's mir geholt. Ich habe den Laden komplett ausgeräumt, damit sie glaubten, es wäre ein ganz normaler Einbruch. Dann habe ich mir am anderen Ende der Stadt einen kleinen Lagerraum gemietet, wo ich den ganzen Krempel unterbringen konnte.«

»Sie denken wie eine kleine Ratte, Mel.«

Er zuckte die Achseln, als würde ihn der Vergleich nicht kratzen. In seinem Gesicht lag etwas wie Genugtuung.

»Als Evan den Job im Department bekam und anfing, davon zu reden, dass er die Wahrheit über den Fall Bailey ausgraben wollte, muss Ihnen regelrecht das Wasser im Mund zusammengelaufen sein.«

»Kann man wohl sagen. Als Brighton mir die ungelösten Fälle auf den Tisch gelegt hat, hab ich Ihnen die Bailey zugeteilt. Ich wollte unsere beste Ermittlerin auf den Fall ansetzen. Dachte, wenn irgendjemand zäh genug ist, diesen Fall zu knacken, dann Sie.«

»Ich fühle mich geschmeichelt.«

Glandis' Augen leuchteten auf, als würde er ihr das glauben.

»Aber ich hatte keine Ahnung, was Evan mit der Whittaker und mit Mike vorhatte. Das wusste ich wirklich nicht, Merci. Als sie ermordet wurde, dachte ich, es war einer von ihren Freiern. Dann, als Sie die ganzen Beweise gegen Mike zusammengetragen haben, da dachte ich, er hätte die Kleine umgelegt, weil sie ihn erpresst hat. Aber Evan? Nein. Ich wusste nur, dass die Beweismittel im Fall Bailey Sie zu Brighton führen würden, deswegen habe ich dafür gesorgt, dass Sie das übernehmen. Das ist alles. Wenn ich geahnt hätte, was Evan im Schilde führte, dann ...«

Merci beobachtete ihn, hörte, wie er ins Stocken geriet.

»Sie hätten ihn nicht daran gehindert. Sie hätten Evan die Drecksarbeit machen lassen und gehofft, dass er geschnappt wird. Weil Sie wollen, dass das Department den Bach runtergeht, damit Sie es übernehmen und wieder zu Ruhm und Ehre bringen können.«

Er schaute sie an, dann starrte er vor sich auf den uralten grünen Teppichboden. Er atmete schwer. Betrachtete seine kleinen Füße. Dann lehnte er sich zurück, rollte die Schultern wie ein Boxer und sah ihr direkt in die Augen.

»Sie nicht?«, fragte er. »Wollen Sie nicht an die Spitze aufsteigen?«

»Das will ich allerdings.«

Er lächelte. »Wissen Sie, Brighton müsste sich schwer für mich einsetzen, wenn ich ihm diesen Scheißdreck vom Hals schaffen soll. Wenn ich Sie nur dazu überreden könnte, diese Geschichte mit der Bailey zu vergessen. Dann, wenn ich Sheriff bin, haben Sie freie Hand. In jeder Hinsicht, Merci Rayborn. *In jeder.*«

Sie blickte ihn durchdringend an. »Gehen Sie mir aus den Augen, Sie elende Ratte.«

»Was haben Sie vor?«

»*Verschwinden Sie!*«

Glandis stand auf. Schweiß rann ihm übers Gesicht und in den Hemdkragen. »Machen Sie mich nicht fertig. Ich habe nichts Böses getan. Ich versuche nur, ein bisschen nach vorne zu kommen, zu kriegen, was mir zusteht.«

Sie hielt ihm die Tür auf, und als er draußen war, knallte sie sie zu. Das kleine Haus wackelte und ein Bild fiel von der Wand. Tim fing in seinem Zimmer an zu weinen.

Nummer eins, dachte sie. Jetzt fehlt noch Nummer zwei. Sie langte unter das Sofa und schaltete den Kassettenrekorder aus. Dann ging sie zu ihrem Sohn.

Mit Tim auf dem Arm ging sie auf das Haus in den Fullerton-Hügeln zu. Das kunstvoll gearbeitete schmiedeeiserne Tor schwang quietschend auf, als sie dagegen drückte. Der Springbrunnen im Hof war ausgeschaltet und die Topfpflanzen waren verblüht und vom Regen zerzaust. Sie spähte durch ein Fenster, sah jedoch nichts als Möbel. Sie drückte auf den Klingelknopf, doch niemand öffnete die Tür.

Keine Zeitungen. Keine Post. Das Garagentor gab keinen Millimeter weit nach.

Sie trat durch ein Seitentor und ging über den gepflasterten Weg in den Garten. Der Swimmingpool war mit einer hellblauen Plane abgedeckt, unter dem Sprungbrett hatte sich in einer braunen Pfütze Laub gesammelt.

Sie spähte durch die Lamellen einer Terrassentür: das Schlafzimmer der Zamorras, ein Krankenhausbett mit aufgerichtetem Kopfteil und eine extrabreite Matratze auf dem Boden daneben. Die Blumen in der Blumenvase ließen die Köpfe so tief hängen, als suchten sie nach etwas unter dem Bett.

Manchmal wünschte ich, ich könnte einfach wegfliegen.

Wehe dir, dachte sie. Alles würde ich dir verzeihen, aber das nicht.

Brighton kam am frühen Abend. Er hatte sich nur zögernd darauf eingelassen, sie zu Hause aufzusuchen, doch schließlich hatte sie ihn am Telefon dazu überreden können. Er stand da und betrachtete den Sessel, in dem Mel Glandis wenige Stunden zuvor gesessen hatte. Er setzte sich nicht. Als sagte sein Instinkt ihm, es nicht zu tun, dachte Merci, als wüsste er, dass ihn in diesem Sessel keine guten Neuigkeiten erwarteten.

Stattdessen kniete Brighton sich hin und streckte Tim seine große Hand hin, worauf dieser versuchte, ihm den Trauring vom Finger zu ziehen.

»Netter Junge«, sagte Brighton. »Du bist ein netter Junge, Tim junior. Du siehst deinem Dad ein bisschen ähnlich und deiner Mom auch ein bisschen. Das ist eine gute Kombination.«

Merci legte eine Kopie von Jim O'Briens Abschiedsbrief auf den Couchtisch. Brighton schaute sie an, stand auf und nahm den Umschlag.

»Setzen Sie sich ruhig zum Lesen«, sagte sie.

»Ich stehe lieber.« Seine Augen wirkten hellwach in seinem zerfurchten, müden Gesicht. »Ich habe heute nochmal mit Mike geredet. Es geht ihm ganz gut. In einer Woche kommt er wieder zur Arbeit.«

»Ich habe noch nicht mit ihm gesprochen.«

»Ja, das hat er mir gesagt. Ich schätze, er ist versöhnlicher, als Sie annehmen. Er versteht, was passiert ist. Er versteht, dass Evan uns alle reingelegt hat.«

»In erster Linie mich.«

»Sie, mich, Gilliam. Uns alle. So was kommt vor. Wenn nicht, wären wir unseren Job los.«

»Ziemlich anstrengender Job, nicht?«

Brighton schürzte die Lippen und hob die Schultern. »Jedenfalls besser als Schuhverkäufer.«

»Haben Sie irgendwas von Paul gehört?«

»Er hat sich einen ganzen Monat Urlaub genommen. Irgendwas sagt mir, dass er nicht zurückkommen wird. Ich glaube, er will sich nach San Diego versetzen lassen. Wundert mich nicht, dass er sich nicht bei Ihnen gemeldet hat.«

»Warum?«

»So ist er nun mal. Er beschwert sich nicht. Er erklärt nichts. Er tut einfach, was er tut. Als wir ihn vom Department in Santa Ana übernommen haben, wussten wir, dass er ein bisschen empfindlich ist.«

Er schaute Merci an, dann nahm er den Brief aus dem Umschlag. Er las ganz langsam, blickte zweimal zu ihr auf. Dann schob er den Brief wieder zurück in den Umschlag.

»Interessant«, sagte er.

»Ich habe noch mehr. Von Patti Bailey zum Beispiel.«

Sie schaltete ihren Kassettenrekorder ein und drehte die Lautstärke hoch.

Mann: »Wasndas?«
Frau: »Was?«

Mann: »Da hat was geklickt.«
Frau: »Mein Kaugummi.« Kaugeräusche.

»In Wirklichkeit war es das Geräusch von Pattis Kassettenrekorder, der angesprungen ist.«

Brightons Augen verengten sich. Merci hielt den Schlüssel hoch, den O'Brien ihr geschickt hatte, mit Empfehlung von Mel Glandis.

»Inland Storage, Riverside«, sagte sie. »Da ist Ihre Kiste mit dem Beweismaterial gelandet. Nachdem sie aus Ihrem Lagerraum verschwunden war.«

Verblüffung und Verwirrung zeigten sich in seinem Gesicht. Merci sah, dass Brighton nicht begreifen konnte, wer ihn verraten hatte. Weil es dem so sehr ähnelte, was er vor zweiunddreißig Jahren mit Bill Owen gemacht hatte. Sie fragte sich, ob Intriganten besonders leicht hereinzulegen waren, ob ihre Verschlagenheit sie mit Blindheit strafte.

»Wo haben Sie den her?«

»Das spielt im Augenblick keine Rolle. Wichtig ist, was ich in der Kiste gefunden habe.«

»Nehmen Sie dieses Gespräch auf?«

»Das brauche ich nicht. Sie kennen das, was Sie gerade hören. Sie haben es schon mal gehört. Und ich schätze, nicht nur einmal. Bailey und Meeks. Bailey und Bill Owen. Bailey und Jim O'Brien. Er erschießt sie von hinten. Man hört, wie sie stürzt, wie er flucht und weint. Sie haben ihn zu der Tat angestiftet. Sie und Pat McNally. Genau wie es in dem Brief steht.«

Brighton nickte, als würde er einem unwichtigen Tagesordnungspunkt zustimmen. »Jim O'Briens letzte Worte, zweiunddreißig Jahre nach der Tat, werden vor Gericht nicht viel wiegen.«

»Auf den Titelseiten der *Times*, des *Register* und des *Journal* würden sie dagegen umso mehr wiegen.«

»Das würden Sie nicht tun.«

»Und warum nicht?«

»Sie kapieren's nicht, was?«

»Brief und Band sprechen für sich, da gibt's nicht viel zu kapieren.«

»Nein, Rayborn – ich rede von den *Konsequenzen*. Die Konsequenzen, die es nach sich ziehen würde, wenn Sie mit dem Zeug an die Öffentlichkeit gehen oder vor Gericht oder was auch immer Sie vorhaben.«

»Ich verstehe, dass Sie in Ungnade fallen würden. Das Tonband und der Brief beweisen, dass Sie sich der Beihilfe zum Mord, der Erpressung sowie der Behinderung von Ermittlungen schuldig gemacht haben.«

»Sicher. Sie könnten mich ruinieren. Aber was würde das für *Sie* bedeuten?«

»Nichts Gutes.«

»Dann verstehe ich Sie nicht. Wie können Sie so etwas überhaupt in Erwägung ziehen? Es geht gegen Ihr Department. Gegen Ihre Vorgesetzten. Gegen Ihre Freunde und Unterstützer. Sie werden alle um Sie herum zu Fall bringen. Wozu? Warum?«

»Für Patti Bailey. Sie war diejenige, die von uns beschützt werden sollte. Erinnern Sie sich?«

Brighton schüttelte den Kopf und schaute Tim an. Dann nahm er den Jungen auf den Arm und setzte sich mit ihm ans Fenster. Er schaukelte Tim sanft auf den Knien, seine großen Hände an Tims weichem Körper.

Der Junge schaute Merci an und lächelte, stolz, auf dem Schoß eines großen, starken Mannes zu reiten.

»Ich will Ihnen mal ein paar mögliche Szenarien beschreiben, Merci. Erstens: Sie decken das alles auf, um einen zweiunddreißig Jahre zurückliegenden Mordfall zu lösen – gut und schön. Ich werde abgesetzt und Mel Glandis wird als kommissarischer Sheriff eingesetzt. Pat

McNally ist erledigt. Die Männer und Frauen im Department betrachten Sie als Aasgeier – als die Ermittlerin, die ihren eigenen Freund des Mordes bezichtigt hat, die Ermittlerin, die einen läppischen Fall von vor zweiunddreißig Jahren wieder aufgewärmt und aus purem Idealismus allen um sich herum Schaden zugefügt hat. Die würden Sie zerfleischen. Sie wären erledigt. Wenn Sie sich also aufführen wie ein Kind, müssen alle darunter leiden. Sie selbst eingeschlossen. Sogar der kleine Tim – er müsste in einer Welt leben, in der jeder seine Mutter hasst. Super. Fantastisch. Genau so würde ich meinen Sohn auch großziehen.«

Tim ließ sich immer noch vergnügt auf Brightons Knien schaukeln.

»So, und jetzt kommt Szenario Nummer zwei. Sie schließen einen Kompromiss mit sich selbst, nur einen ganz kleinen. Sie kennen die Wahrheit über Patti Bailey, und Sie wissen, dass Sie sie jederzeit publik machen können. Das läuft Ihnen nicht weg. O'Brien hat sie getötet – nicht ich, nicht Pat und auch sonst niemand. In Ihrem Herzen ist der Fall gelöst, und es läuft kein Killer auf den Straßen herum, der wieder zuschlagen könnte. Patti Bailey wird nicht von den Toten auferstehen, egal, wie Sie es anstellen. Das wäre der Preis, den Sie zahlen müssen. Und was bekommen Sie dafür? Alles, was Sie wollen. Die Leitung der Mordkommission und der Abteilung Verbrechen am Menschen? Bitte sehr. Meinen Job in ein paar Jahren? Bitte sehr. Ich werde Ihre Wahl nach Kräften unterstützen. Sie hätten ein Department, das geschlossen hinter Ihnen steht und sich nicht gegen Sie verschworen hat. Sie würden in einer Welt leben, in der Sie geliebt und geachtet werden. Sie würden diesem kleinen Kerl hier eine Menge Vorteile verschaffen. Und Sie könnten Clark aus der Sache raushalten.«

Sie spürte, wie ihr das Blut ins Gesicht stieg, wie ihr Herz schneller schlug. »Was gibt es da herauszuhalten?«

Brighton seufzte, hielt Tim fest und schaute ihm in die Augen. »Tim, dein Großvater hat zehn Jahre lang die Miete für den Lagerraum mit den Beweismitteln im Fall Bailey bezahlt. Achtundzwanzig Dollar pro Monat, in bar. Er hat mir geholfen, Tim. Er hat einem alten Freund dabei geholfen, sich den Scheißdreck vom Hals zu halten, mit dem wir alle leben müssen. Wie es sich für einen guten Polizisten gehört. Wenn du willst, kannst du natürlich behaupten, dein Großvater hätte Beihilfe zu einem Verbrechen geleistet. Er steckt mit drin. Das würde rauskommen und er würde leiden. Aber er hat das Richtige getan. Er wusste, dass es einen Unterschied gibt zwischen einem kleinen Jungen, wie du einer bist, und einem erwachsenen Mann.«

Brighton sah Merci mit kalten, durchdringenden Augen an. »Jim hat dieses Mädchen umgebracht, um sich und seine Freunde zu schützen. Wir haben die Tat zum Wohle des Departments vertuscht, Sergeant. Wir haben sie vertuscht, um mir den Posten zu verschaffen, der mir zustand. Um Frank Stills den Job von Meeks zu verschaffen. Um das County sauber zu halten. Damit es sich hier leben lässt, damit man hier Kinder wie dieses großziehen kann.«

»Machen Sie meinen Sohn nicht für Ihre Verbrechen verantwortlich, Brighton. Das kotzt mich an. In Ihren Augen ist alles austauschbar, stimmt's? Gesetze, Freunde, Frauen. Wen haben Meeks und Owen bezahlt, um Jesse Acuna zusammenzuschlagen?«

»Ein paar junge Cops aus L. A. Von dem Arrangement haben wir durch die Tonbänder erfahren, wir haben es benutzt, um eine Außenstelle zu bekommen, die wir dringend brauchten. Das war Teil des Deals, als Stills aufgestiegen und Meeks weg vom Fenster war. Was spielt das jetzt noch für eine Rolle?«

Brighton stand auf, Tim zwischen den Händen. Er reichte ihn Merci und Merci nahm ihn in die Arme.

»Tun Sie das Richtige für den Kleinen. Er wird es Ihnen nie danken. Er wird es nie erfahren. Aber Sie. Willkommen in der Realität, Rayborn. Ein garstiger Ort. Aber ab und zu bekommt man die Gelegenheit, etwas Gutes zu tun. Ergreifen Sie sie.«

Er streichelte Tim über die Wange, warf Merci einen ausdruckslosen Blick zu und ging.

Mit pochendem Herzen und vollkommen erschöpft ging Merci in ihrem kleinen Haus auf und ab. Zum dritten Mal an dem Tag rief sie bei Zamorra an – erreichte wieder nur seinen privaten Anrufbeantworter. Sie notierte sich die Telefonnummer von Janines Eltern. Sie unterhielten sich kurz. Sie sagten, Paul habe mit Hochachtung von ihr gesprochen. Seit sie ihre Tochter begraben hatten, hatten sie ihn weder gesehen noch von ihm gehört. Das Begräbnis war jetzt eine Woche her. An dem Tag war er in einem schrecklichen Zustand gewesen, hatte durch jeden hindurchgeschaut, als suchte er nach etwas, das er nicht finden konnte. Er hatte irgendetwas davon erwähnt, dass er für eine Weile wegwollte.

Kurz vor sieben traf sie bei Mike ein. Sie blieb im Auto sitzen, bis sie sah, dass er die Tür öffnete. Die Hunde bellten und jaulten. Es war ein kalter, mondloser Abend, und die Sterne wirkten zu weit entfernt, als dass sie eine Rolle spielen könnten.

Mike stand in der Tür. Das Licht hinter ihm kam ihr vor wie das einzige Licht im Modjeska Canyon, das einzige Licht auf der Welt, das übrig geblieben war. Tim saß in seinem Kindersitz, den Kopf zur Seite geneigt, die Sicherheitsgurte festgezogen, wie ein klitzekleiner Fallschirmspringer auf dem Weg nach unten.

Merci stieg aus dem Impala. Ihre Rippen schmerzten, als sie sich aufrichtete und über die Trittsteine auf die Haustür zuging. Auf halbem Weg blieb sie stehen.

»Hallo, Mike«, sagte sie. Es war so kalt, dass ihr Atem in der Luft kondensierte. Sie sah die weißen Wölkchen, wenn sie ausatmete.

»Hallo, Merci.«

Sie hatte sich vorgenommen, nicht hineinzugehen, dennoch verletzte und ärgerte es sie, dass er sie nicht ins Haus bat.

»Was ich getan habe, tut mir Leid. Das war schlimm, sehr schlimm. Einen größeren Fehler habe ich noch nie gemacht. Oder vielleicht doch.«

Sie hörte, wie ihre Stimme versagte, und sie spürte die Tränen, die ihr über die Wangen liefen, aber sie würde nicht zusammenbrechen. Das war ihr ungeheuer wichtig, auch wenn sie nicht erklären konnte, warum.

»Aber es tut mir Leid, Mike. Ich kann dir gar nicht sagen, wie Leid es mir tut, dass ich dir das alles angetan habe. Ich wünschte mir so sehr, ich könnte das alles ungeschehen machen.«

Im Gegenlicht war sein Gesicht schwer zu erkennen. Vielleicht wollte er das so.

»Ich nehme deine Entschuldigung an«, sagte er ruhig.

»Und ich ... weißt du, ich habe dich wirklich geliebt, Mike. Ich habe dich mehr geliebt als jeden außer Tim junior und Dad, aber ich ... ich habe mich die ganze Zeit so ... idiotisch angestellt. Ich bin einfach nicht über die Sache mit Hess weggekommen und ich habe es an dir ausgelassen, und irgendwann ist es total schief gelaufen. Aber du warst mir ein guter Freund und Geliebter, und ich ... ich hatte nie die Absicht, dir so wehzutun.«

»Ich weiß.«

Am liebsten hätte sie ihm gesagt, dass sie ihn liebte, doch sie wusste, dass sie ihn nicht liebte und nie so geliebt hatte, wie sie es gern getan hätte. Das waren die falschen Worte. Worte für eine Zeit, die noch nicht eingetreten war, vielleicht nie eintreten würde.

»Verzeih mir.«

Eine ganze Weile sagte Mike nichts. »In Ordnung.«

»Ich meine, kannst du mir wirklich verzeihen? Wenn ich vor dir niederknie und zu dir aufschaue und dich um Vergebung bitte, wirst du mir die Hand auf den Kopf legen und mir verzeihen?«

Er schien etwas sagen zu wollen, tat es jedoch nicht. Sie ging auf ihn zu und kniete sich vor ihn auf die kalte, harte Veranda. Die Wunde in ihrer Seite verursachte ihr höllische Schmerzen und ihr Bein fühlte sich heiß und steif an. Als sie aufblickte, konnte sie den Ausdruck in seinem Gesicht immer noch nicht lesen.

»Verzeih mir.«

Sie beobachtete den weißen Dampf, der aus seiner Nase kam.

»Du hast mich billig verkauft, Merci. Aber das Allerschlimmste ist, dass du mir trotz allem, was zwischen uns gewesen ist, allen Ernstes einen Mord zugetraut hast. Du hast tatsächlich geglaubt, ich hätte dieses Mädchen umgebracht.«

»Verzeih mir auch das.«

Er schloss die Tür und verriegelte sie.

Dann hörte sie den Wagen hinter sich vorfahren, sah, wie die Hausfassade von den Scheinwerfern erleuchtet wurde. Mühsam raffte sie sich auf, fand ihr Gleichgewicht, drehte sich um und kniff die Augen zusammen. Die Scheinwerfer gingen aus und eine Tür wurde geöffnet.

Einen Augenblick später kam Lynda Coiner auf sie zu.

»Tut mir Leid«, sagte Lynda. Dann eilte sie an Merci vorbei wie jemand, der in den Regen geraten ist und versucht, ins Trockene zu gelangen. Die Haustür wurde geöffnet und wieder geschlossen. Merci hörte, wie der Riegel vorgeschoben wurde.

Kapitel 34

Später am Abend saß sie mit ihrem Vater am Kamin, nah am Feuer, um ihre schmerzenden Glieder zu wärmen. Von Norden her näherte sich ein Unwetter und der Regen trommelte aufs Dach.

Clark hatte es sich in seinem Lieblingssessel bequem gemacht, der eigentlich ein bisschen zu klein war für seinen langen Körper. Er hatte die Hände auf dem Schoß verschränkt und die Flammen des Kaminfeuers spiegelten sich in seinen Brillengläsern.

So kannte Merci ihn, seit sie denken konnte: wie er entspannt vor dem Kamin saß, während seine Frau unruhig um ihn herumlief und ihn in Gespräche verwickelte, die ihn nur am Rande interessierten. Er antwortete ruhig. Versuchte einem Streit auszuweichen. Und auch wenn sein schwarzes Haar grau und schütter geworden war, auch wenn seine Schultern gebeugt waren, so war er immer noch derselbe, wie er da vor dem Feuer saß und die Flammen betrachtete, als könnten sie ihm die Antworten geben, die das Leben ihm verweigerte.

»Dad, hast du gewusst, für welchen Zweck die achtundzwanzig Dollar im Monat verwendet wurden?«

Er riss seinen Blick von den Flammen los und schaute sie

an, sagte jedoch nichts. Merci dachte: Jetzt übernehme ich die Rolle meiner Mutter und versuche, etwas zur Sprache zu bringen, über das er eigentlich nicht reden will. Pech.

Sie fuhr fort. »Ich habe Jim O'Briens Abschiedsbrief an seinen Sohn gelesen. Er hat nichts ausgelassen. Im Auftrag von Bill Owen und Ralph Meeks hat Brighton verlangt, dass O'Brien Patti Bailey aus dem Weg räumt. Als O'Brien sich weigerte, hat Brighton Pat McNally zu ihm geschickt mit der Drohung, dass sie Jim an seine Frau verpfeifen würden, wenn er nicht spurte. Das hat gewirkt. Aber im Gegensatz zu dem, was sie versprochen hatten, haben Brighton und McNally die Beweismittel vom Tatort nicht vernichtet, um Jim zu schützen. Sie haben sie aufbewahrt und gegen Jim benutzt, damit er Owen und Meeks erpresste. Brighton hatte Tonbänder von den beiden im Gespräch mit Patti Bailey, in denen sie über ihren Plan redeten, Jesse Acuna ein paar Schläger auf den Hals zu hetzen. Das hätte wahrscheinlich gereicht. Aber als O'Brien damit drohte, sie bloßzustellen, hat das den Deal perfekt gemacht, und beide sind von ihren Ämtern zurückgetreten. Gut für Brighton. Zu dem Deal gehörte auch, dass Owen Brighton bei der Wahl zu seinem Nachfolger unterstützte. Vance Putnam, der kommissarische Sheriff, hatte mit der ganzen Sache nichts zu tun.«

»Und weiter?«

»Nein, Dad. Den Rest erzählst *du* mir. Hilf mir. Bei dem Versuch, diesen Fall zu lösen, wäre ich beinahe ums Leben gekommen, und du hast die ganze Zeit gewusst, wer der Mörder war, verdammt nochmal. Ich bin mehr als ein bisschen sauer auf dich. Wenn ich es dir nicht wert bin, dass du meinen Hals rettest, okay. Aber du hättest es um Haaresbreite zugelassen, dass Tim juniors Mutter getötet wurde, und das ist alles andere als okay. Hab ich mich deutlich genug ausgedrückt?«

»Ja. Ja. Ich ... war mir ziemlich sicher, dass sich alles so abgespielt hat, wie du es sagst. Aber ich wusste es nicht genau. Ich wusste, dass diese monatlichen Zahlungen irgendetwas mit dem Fall Bailey zu tun hatten, mit dem Rücktritt von Owen und Meeks, mit Brightons Aufstieg. Ich habe die achtundzwanzig Dollar gezahlt, weil man mich darum gebeten hat. Aber ich habe nie etwas Genaues gewusst. Ich habe mich nach all dem ... von Brighton und Pat distanziert. Habe mich in die Verwaltung versetzen lassen. Versucht, mich von allem fern zu halten. Ich wusste, dass ich Blut an den Händen hatte, viel mehr habe ich nicht gewusst.«

»Du wolltest es nie wissen.«

»Nein.«

»Du warst mutig genug, um das Spiel mitzuspielen, aber du warst nicht mutig genug, um dir deine Belohnung abzuholen.«

»So kann man es betrachten. Aber man kann es auch anders sehen.«

»Nun, dann will ich dir mal erzählen, was in dem Lagerraum war, für den du die Miete bezahlt hast. Patti Baileys Kleid und ihre Schuhe. Ihre Tonbänder mit den Stimmen von Owen und Meeks. O'Briens Pistole und Patronenhülsen. Alles, was ihr brauchtet, um den Mord zu vertuschen und einen Mann in den Selbstmord zu treiben, während ihr weitergelebt habt, als wäre nichts geschehen. Du, McNally, Brighton. Rymers war wahrscheinlich mit von der Partie und hat dafür gesorgt, dass sein Partner nichts erfuhr. Glandis hat den ganzen Kram gestohlen, nachdem O'Brien sich das Leben genommen hatte. Dachte, er könnte ihn vielleicht eines Tages gebrauchen. Er hat Evan dazu gebracht, mir den Schlüssel zu schicken.«

Clark schaute sie erneut an. Er richtete sich im Sessel auf und legte die Arme auf die Lehnen. »Wir haben nie rausgefunden, was mit der Kiste passiert ist. Oder dem ganzen anderen Plunder. Der Lagerraum war komplett leer geräumt.«

»Jetzt weißt du's. Und du hast nie irgendjemandem erzählt, was sich in der Kiste befand.«

»O nein, nie.«

»Nicht mal mir.«

»Nein.«

Lange sagte keiner von beiden etwas, nur der Regen war zu hören.

»Also gut, Dad – auf welche andere Weise könnte ich das alles betrachten? Beihilfe zum Mord. Erklär es mir auf eine andere Weise, ja?«

»Tja, meine liebe Tochter, ich habe das alles für dich getan.«

»Ich habe dich nicht darum gebeten.«

Clark stand auf, wärmte sich die Hände über dem Feuer. Seine Stimme klang sanft.

»Das ist der Dreh- und Angelpunkt, verstehst du das denn nicht? Ich steckte mit drin, Merci – durch Brighton und Pat. Sie waren meine Freunde. Am Anfang war das ein gemeinsames Ding. Und wenn man erst mal den ersten kleinen Schritt gemacht hat, kann man nicht mehr zurück. Man kann es nicht ungeschehen machen. Meine Rolle bestand darin, die Beweismittel in den Lagerraum zu schaffen. Rymers und ich haben das alles organisiert, die Kiste hingeschafft, Schlüssel anfertigen lassen. Nach Rymers' Tod habe ich die Miete weitergezahlt. Ich wusste tatsächlich nicht, was wir da in dem Lagerraum aufbewahrten, bis ich die Kiste schließlich geöffnet habe. Tja, und da war es zu spät. Ich hing mittendrin. Denn was hätte ich an dem Punkt für Möglichkeiten gehabt? Jim O'Brien wegen Mordes verhaften? Während Brighton auf dem besten Weg war, Sheriff zu werden, während Jim dabei war, sich in der

Wüste zu verkriechen, und Pat McNally immer noch mein Freund war? Und dann? Mich aus dem Department ekeln lassen, mir einen Job bei einer Wach- und Schließgesellschaft suchen? Nicht, solange ich dich und deine Mutter versorgen musste. Du warst damals ein Kindergartenkind mit einem wunderbaren Lächeln und einem wachen Verstand und einer leuchtenden Zukunft vor dir, und ich wollte nur das Beste für dich. Nein, es war zu spät, um das Richtige zu tun. Zu spät.«

Sie betrachtete den alten Mann am Feuer, die lebenslange Schuld auf den schmalen Schultern.

»Ich stehe jetzt vor derselben Entscheidung«, sagte Merci. »Ich kann den Fall Patti Bailey lösen. Das würde bedeuten, dass ich Brighton, McNally, dich und alle anderen zu Fall bringe. Oder ich könnte die Finger davon lassen. Wenn ich mich bedeckt halte, wird Brighton mir den Weg ebnen – die Leitung der Mordkommission und der Abteilung für Delikte am Menschen, alles, was ich will. Irgendwann würde er meine Wahl zum Sheriff unterstützen, wenn ich das wollte. Ich würde alles bekommen, wovon ich immer geträumt habe. Wenn nicht, ist mein Leben ruiniert. Und Tims wahrscheinlich gleich mit.«

Clark schaute sie an.

»Was würdest du tun, wenn du an meiner Stelle wärst?«, fragte sie.

Er überlegte lange, bevor er antwortete. »Ich habe es bereits getan.«

»Ich meine, wenn du es noch einmal tun könntest.«

»Dann würde ich die Beweismittel dem Bezirksstaatsanwalt übergeben, anstatt sie zu verstecken. Dann würde ich das Richtige tun. Wer weiß? Wenn ich das Richtige getan hätte, würdest du wahrscheinlich genauso hier sitzen wie jetzt. Aber nun sitzt du hier mit einem gebrochenen Herzen, weil ich es nicht getan habe. Siehst du? Ich wollte dich schützen. Du warst meine größte Liebe, mein wichtigster ... Lebenszweck. Aber was habe ich mit meinem Verhalten erreicht? Dass du dreißig Jahre später fast ums Leben gekommen wärst. Überlass es nicht deinem Sohn, den Fall Bailey zu lösen.«

Sie sagte nichts.

»Und noch was, meine liebe Tochter. Wenn du die Presse einschaltest oder das Schwurgericht oder was auch immer du vorhast, wirst du dir einige echte Feinde machen. Schlimme Feinde. Aber du wirst auch ein paar Freunde gewinnen. Alle werden Hochachtung vor deiner Entscheidung haben, egal, ob sie dich dafür lieben oder hassen. Diese Hochachtung kannst du mitnehmen, falls es zum Schlimmsten kommt. Dein Leben wird nicht ruiniert sein. Du wirst nur für eine Zeit lang ... einen Umweg machen müssen. Du wirst sehr vorsichtig sein müssen. Vielleicht musste das alles so kommen. Vielleicht dient das alles dazu, dich auf einen besseren Weg zu bringen.«

»Auf welchen Weg? Wohin?«

»Keine Ahnung.«

Merci stand auf und ging näher ans Feuer. »Ich dachte immer, dass diese Art Optimismus zwar praktisch, aber der letzte Blödsinn ist. Etwas, das die Leute sich sagen, um nicht zu verzweifeln. Vielleicht ist es das ja. Vielleicht auch nicht. So oder so, was wäre die Alternative? Zu glauben, dass das Leben nur dazu da ist, einen unglücklich zu machen.«

»Ziemlich unwahrscheinlich.«

»Aber ich hätte nie gedacht, dass man so vielen Menschen Schaden zufügen kann, indem man das Richtige tut. Meinem eigenen Vater. Meinem Sohn.«

»Deswegen ist es nicht weniger richtig.«

»Richtig und falsch. Schwarz und weiß. Ja und nein. Die und wir. Deswegen bin ich überhaupt zur Polizei gegangen. Um die richtigen Antworten zu finden.«

Clark legte ihr eine Hand auf die Schulter. »Vielleicht bist du zur Polizei gegangen, damit du die Fragen nicht zu stellen brauchtest.«

Sie blickte auf und musterte sein Gesicht. »Ja, das stimmt zum Teil wohl auch.«

»Stell die Fragen. Jetzt hast du die Chance dazu.«

»Auf jeden Fall werde ich morgen bei Patti Baileys Schwester anrufen. Ich werde ihr sagen, was sie wissen muss. Es wird ihr nicht helfen, aber sie glaubt, dass es das tut.«

»Man kann nie wissen.«

Sie schaute ihn an. »Das ist es ja gerade, Dad. Manchmal weiß man es doch. Manchmal weiß man es ganz genau.«

Es war fast halb elf, als sie Gary Brice zu Hause anrief. Als er sich meldete, hörte sie im Hintergrund eine Tastatur klappern.

»Ich habe eine Story für Sie«, sagte sie. »Sechs Uhr morgen früh an der Imbissbude in der Fifteenth Street.«

»Ich werde pünktlich sein. Brauche ich ein Sonnenschutzmittel?«

»Vielleicht einen Sonnenschirm. Und einen Kassettenrekorder.«

»Sie sind ein Schatz. Ich will Sie heiraten und ein Kind mit Ihnen haben und für Sie sterben.«

Sie lächelte, dann legte sie auf.

Kapitel 35

Zwei Wochen später verließ Merci Rayborn den Zeugenstand vor dem Schwurgericht und folgte dem Marshal nach draußen. Sie hatte den ganzen Vormittag über ausgesagt und vom langen Sitzen waren ihre Beine schwer.

Als sie durch die doppelflügelige Tür trat, sah sie das Meer aus Gesichtern: Zeitungs- und Fernseh- und Radioreporter standen dicht gedrängt, eine Infanterie aus braun uniformierten Deputies, auf der einen Seite Brighton und seine Entourage, auf der anderen Glandis und seine Leute, zu ihrer Rechten Mike und Pat McNally mit einer Reihe von Verwandten, die sie teilweise erkannte, weiter hinten einige Kollegen von der Mordkommission, und eine ganze Menge Leute, die sie nur vom Sehen kannte, Kollegen aus dem Department, Leute aus dem Labor.

Alle starrten sie an. In dem ganzen Gesichtermeer konnte sie nicht ein einziges freundliches Gesicht entdecken.

Einen Augenblick lang schienen alle den Atem anzuhalten. Dann schossen die Mikrofone auf sie zu, die Kameraleute hockten sich hin und nahmen sie ins Visier, die Reporter bombardierten sie wie aus einem Mund mit ihren Fragen.

Mit gesenktem Kopf, die Handtasche an ihren Bauch gedrückt, bahnte sie sich ihren Weg durch die Menge. Sie dachte an Lee Harvey Oswald im Kellergeschoss des Polizeihauptquartiers in Dallas, stellte sich vor, dass ein untersetzter Mann mit Hut jeden Moment auf sie losgehen konnte. Sie fragte sich, wie es sich anfühlen mochte, wenn man eine Kugel in den Bauch bekam, hielt sich die Handtasche vors Herz.

... was hat Sie auf O'Briens Spur gebracht Wahrheit über den Mord an Patti Bailey wie haben Sie die zweiunddreißig Jahre alten Beweismittel entdeckt warum wurde der Abschiedsbrief erst jetzt veröffentlicht haben Sie mit Sergeant McNally gesprochen stimmt es dass Sheriff Chuck Brighton und Ihr eigener Vater den Mord gemeinsam vertuscht haben ...

Sie hob den Kopf und blickte über die Köpfe und Blitzlichter und Mikrofone hinweg zu der Treppe hinüber, die in den Eingangsbereich führte. Die Leute auf der Treppe standen da wie erstarrt, glotzten auf sie herunter. Durch die Fenster oberhalb der Treppe fiel Sonnenlicht, aber hier unten, inmitten der Menschenmenge, kam sie sich vor, als hätte sie sich in einem dunklen Wald verirrt.

Sie schaffte es acht Schritte weit, bis sie stolperte und gegen einen Kameramann fiel, der sofort zurückwich und sie filmte, während sie sich, von stechenden Schmerzen gepeinigt, mühsam aufrappelte.

... Ihre Rolle im größten Skandal in der Geschichte des Departments hatten Sie eine Affäre mit O'Brien wie zuvor mit McNally werden Sie den Polizeidienst quittieren welche Zukunft hat das Department Ihrer Meinung nach ...

Die Treppe schien meilenweit weg zu sein. Zorn und Trauer überkamen sie, alles verschwamm ihr vor den Augen, sie kämpfte sich durch ein Meer aus Körpern, ohne vorwärts zu kommen. Dann nahm sie die braunen Uniformen um sich herum wahr, spürte, wie sie näher rückten. Schreie. Laute, wütende Stimmen.

Sie werden mich erschießen, dachte sie. Sie werden mich hier vor aller Augen abknallen. Am liebsten hätte sie laut geschrien, doch sie konnte nicht – sie holte tief Luft, doch ihr war klar, wenn sie jetzt schrie, würden sie sie auf der Stelle töten.

Plötzlich wusste sie, was sie zu tun hatte. Sie hatte schon früher daran gedacht, den Gedanken jedoch jedes Mal wieder verworfen. Aber jetzt nicht. Jetzt war es das Richtige, das einzig Richtige, das ihr einfiel. Sie nahm ihre Polizeimarke aus der Jackentasche, versuchte sie auf den Boden zu werfen, doch in dem dichten Gedränge fiel sie nicht, sondern blieb zwischen ihrem erhobenen Arm und der Brust eines Polizisten hängen, den sie noch nie in ihrem Leben gesehen hatte. Der Mann schaute sie mit hasserfüllten Augen an, schob sich ein bisschen rückwärts, bis die Marke endlich doch zu Boden fiel.

Dann hörte sie eine vertraute Stimme, die sie jedoch nicht gleich einordnen konnte, klar und zornerfüllt hob sie sich aus dem allgemeinen Geschrei ab. »*Aus dem Weg, Platz da, lassen Sie mich durch, verdammt! Lassen Sie mich durch ...*«

Vergeblich versuchte sie, einen Schritt vorwärts zu machen. Ihr Gesicht wurde in ein braunes, frisch gestärktes Hemd gedrückt. Sie spürte den ungeheuren Druck der Menge um sie herum, die sie nach rechts, dann nach links schob. Es gelang ihr nicht, auch nur einen einzigen Schritt vorwärts zu machen.

Dann auf einmal Licht. Und Platz. Einen Moment lang fragte sie sich, ob sie dabei war, in Ohnmacht zu fallen, aber sie war in ihrem ganzen Leben noch nie in Ohnmacht gefallen und wusste nicht, wie sich das anfühlte. Sie stolperte erneut und fiel wieder hin, suchte auf dem Boden nach ihrer Marke, aber sie war weg, und das war gut so, sie hatte ihren Entschluss gefasst, das war vorbei, das hatte sie endgültig hinter sich.

Sie schaffte es auf ein Knie. Sie hörte Schreie und Flüche, ein Gerangel, das dumpfe Geräusch von Faustschlägen. Ihr Bein tat höllisch weh, es fühlte sich an, als wäre sie erneut von einer Kugel getroffen worden. Eine starke Hand packte sie am Arm, riss sie auf die Füße. Sie rechnete damit, als Nächstes eine Faust ins Gesicht zu bekommen. Jemand ging neben ihr her, schob sie durch das Menschengewühl.

»Aus dem Weg! Aus dem Weg, verdammt, lassen Sie uns durch ...«

Zamorra schob sie vorwärts. Er war stark und ruppig, und er schob sie vor sich her wie eine Waffe oder einen Rammbock, etwas, das unzerstörbar war. Mit seiner freien Hand langte er um sie herum und steckte etwas in ihre Jackentasche. »Überleg's dir nochmal«, sagte er. Er zog sie die Treppe hinauf, und irgendwie gelang es ihr, einen Fuß auf jede Stufe zu setzen, und schließlich hatte sie es bis oben geschafft.

Vor ihr lag die große Eingangshalle, erstarrte Gesichter, alle Augen auf sie gerichtet. Sie keuchte vor Anstrengung, und sie fühlte sich wie ein Tier, das nach einem Schlupfloch sucht.

Plötzlich waren die Männer neben ihr. Sie brachte kein Wort heraus. Clark grimmig und Tim fröhlich plappernd auf seinem Arm. Tim streckte die Ärmchen aus, und sie nahm ihn und drückte ihn an sich und wusste, dass sie alles hatte, obwohl sie alles verloren hatte.

Mehrere uniformierte Polizisten schirmten sie ab, verschafften ihr Raum. Joe Casik war unter ihnen, und ein paar Männer, die sie nicht kannte. Zwei Streifenpolizisten. Auch ein paar Zivilfahnder, unter ihnen Wheeler und Teague. Kathy Hulet vom Sittendezernat. Timmerman vom Schießplatz. Gilliam, Ike Sumich und zwei weitere Tatortspezialisten. Einige Kollegen aus der Abteilung Einbruch/Diebstahl, noch ein paar andere vom Sittendezernat, ein säuerlich dreinblickender, älterer Lieutenant, der in den letzten zehn Jahren höchstens zwei Sätze zu ihr gesprochen hatte. Gary Brice, ohne Kassettenrekorder, Block und Bleistift, einen Gesichtsausdruck, als hätte er keine Ahnung, was er tun sollte, wäre aber bereit zu kämpfen.

Sie durchquerte den Eingangsbereich in Richtung Tür. Ein Kameramann lief um sie herum, um sie von vorne zu filmen. Er blieb auf Distanz und tat seine Arbeit. Dann trat Merci in den hellen Winternachmittag hinaus, Sonnenlicht brach durch riesige weiße Wolken und ein kalter Wind schlug ihr ins Gesicht.